沧海月明珠有泪、
蓝田日暖玉生烟、
沧月

有爱的青春陪伴者

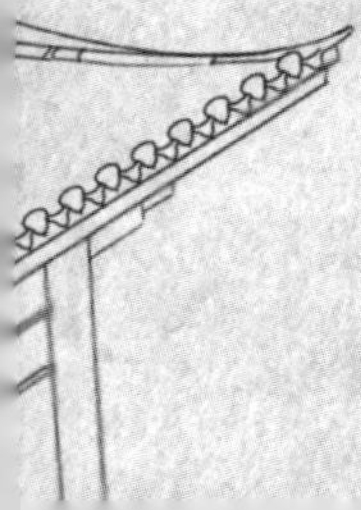

# 暝夜燃星

沧月一 著

·霜铎卷

江苏凤凰文艺出版社
JIANGSU PHOENIX LITERATURE AND ART PUBLISHING

**图书在版编目（CIP）数据**
照夜燃星. 霜铎卷 / 沧月著. -- 南京 : 江苏凤凰文艺出版社, 2025. 9. -- ISBN 978-7-5594-9806-9
Ⅰ. I247.5
中国国家版本馆CIP数据核字第2025ZX0483号

**照夜燃星·霜铎卷**

沧月 著

责任编辑 王昕宁
特约编辑 廖 妍
责任校对 言 一
责任印制 杨 丹
出版发行 江苏凤凰文艺出版社
南京市中央路165号，邮编：210009
网 址 http：//www.jswenyi.com
印 刷 天津睿和印艺科技有限公司
开 本 880mm×1230mm1/32
印 张 10.5
字 数 389千字
版 次 2025年9月第1版
印 次 2025年9月第1次印刷
书 号 ISBN 978-7-5594-9806-9
定 价 49.80元

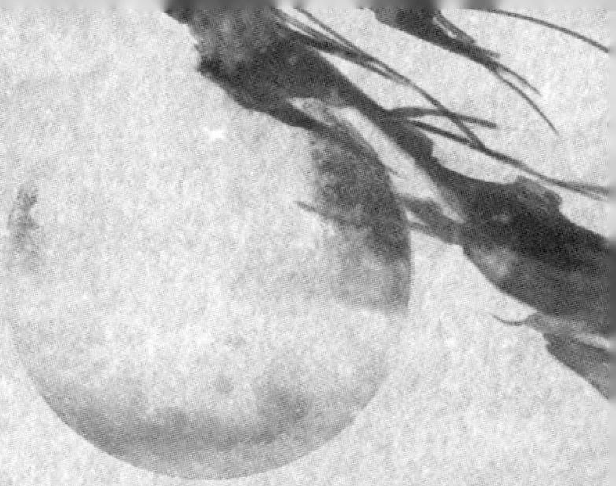

# 目录

## 霜铎卷

# 霜铎卷

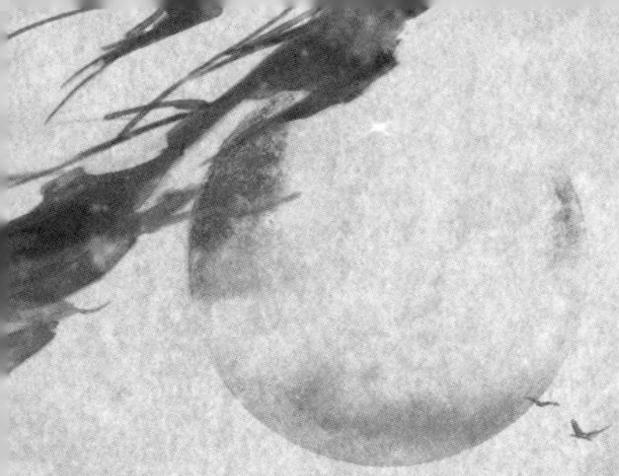

日月并悬，璇玑于天，紫微罗列十三星。

北斗七星，南斗六星。北斗主死，南斗主生。

北斗主攻，南斗司守。守望相助，照彻永夜。

——题记

# 序章

## 空城

暮夏末月，暑热蒸腾，空城寂寂。

庭中的雨好似永不停歇。雨丝风片里，居然有白色的细雪簌簌落下，泛着奇特的灰冷微光，不等掉到地面就消融不见。

每当春夏秋冬四个季节进入尾声时，天地间辰戌丑未四个墓库便依次打开，蕴藏的余气释出，这座北襄古城里就会有“劫灰”出现，随着大雨降临，覆盖了死寂的空城，仿佛天和地都在给那座大墓献上无声的祭奠。

茫茫十载，流尽了天下苍生的血，难道还不够吗？

他独自坐在廊下，握着酒杯，望着天地间的飘摇雨幕，出神。

风掠过廊下，风铎摇响。一滴雨飞溅进来，落在了手边的黑色长剑上。那剑忽然亮了一下，阴湿的劫灰瞬间消融无痕。

剑名“匿阳”，神域之器，可斩鬼神。剑身略宽，黑鞘古朴，密饰着云纹和雷纹，吞口上刻着一个古雅的“穆”字——和院外牌匾上的“穆”字一模一样。

北襄扶风郡的穆氏，北斗之主①、武圣穆钺的骨血，传承百年的显赫世家，名将辈出，四房的后裔曾一度达到三百余人。

然而，这个百年世家，如今却只剩下了他一人。

昔年哀皇后下穆氏三世而亡的诅咒，居然真的应验了？

他看着雨幕，茫茫然地想着这一切，侧脸映在雨帘中，轮廓俊美，修眉长睫，宛若女子。然而美人似的眉睫下，却有着利剑似的双眸，凛然明亮，锋芒毕露，两者间赫然有一种对比尖锐的奇特美感。可惜眉间有一道寸许长的伤痕，深可见骨，仿佛曾有第三只眼开启又合拢，留下一道触目惊心的深痕，生生破了相。

---

① 说明：本文的概念设定基于中国传统的紫微斗数理论，但根据行文需要局部设定有所改动，与星曜篇不符。比如北斗七星并无主星，而南斗之主实际应为天府星。诸如此类，不再逐一枚举。

庭中槐树浓荫如盖，古井青苔暗生，廊下风铎垂落，古旧喑哑。面前棋枰上，黑白两色的棋子还停在原处，残局交错，一如数月前她离开时的样子。

“时间过得真快，连小穆都有白发了。”

——上次下完棋，初霜看着他，忽然感慨了一句。

而她坐在长廊的风铎下，白衫银簪，身形单薄，腕骨伶仃，面容清丽，赫然已经苍老，一头长发如同霜雪流泻，衬得眉心那一点朱砂更是显眼。

“没事，”他微微一笑，“反正在空城里也没人看见。”

“那不行，”她也笑，“自古名将如美人。”

——不许人间见白头？

怎么可能呢？十载漫漫长夜，一路腥风血雨，倾盖如故，白发如霜，故人泉下泥销骨，一切早已面目全非。

如今，她是在天临吧？此时此刻，又在做什么呢？

一念及此，他右手虚握成拳，抵住唇边，剧烈地咳嗽起来。

当虚握的手展开时，掌心满是咳出的黑色血痕。

初霜说过，若照这样下去，他最多还有一年时间。

一年……也已经够了吧？足够让他在这座空城中做完要做的事。

他默然擦去掌心的血痕，推门出去，走入空无一人的迦师古城。

外面日新月异，时移世易，但这座空城里的时间仿佛凝固了，数年前那一场旷世大战的痕迹依旧随处可见：每个路口都设有结界，每个废墟上都建了法阵，每个将星的战死之处都立了神龛……那一张张泛黄的纸上，用血写就的符咒已经黯淡，似是风一吹就会碎，却被一层光幕笼罩着，任凭劫灰伴着大雨落下，丝毫不能触及。

星陨之地，光芒犹在。

他一路走上城头。

一列黑甲战士转身，齐齐行礼：“穆帅！”

那些战士的盔甲上都有夔狰纹徽，举动僵硬，连瞳孔都是灰色的，劫灰落在身上、脸上，连一丝消融的迹象都没有——那是穆氏最后的十名玄甲军，早已阵亡，只是躯壳暂时停留在这里，跟他一起守着这座空城而已。

他点点头，走上城头，望向城外正北方十里。

大雨笼罩了全城，却唯独没有落在那一片高大的槐林上。

槐为木鬼。那片古槐林曾被万人之血浇沃，成片成林地生长了数百年，土里带着极阴寒的气息，正适合禁锢来自黯域的魔物——从远处看去，这一片所有“死”的气息，都是从中心那座白色巨物上透出的。

那是一座玉石砌筑的巨墓，在雨中岿然不动。

墓体呈覆斗状，脊高十丈，底边长三十丈，望去宛如一具巨大的白色棺椁。大墓的四壁上雕着南北星斗，北斗七星而南斗六星，一共十三颗，象征着璇玑十三将星。此刻，那些星辰正在大雨里射出耀眼的光芒，在虚空交织成网，辗转舞动切割，将所有半空落下来的劫灰消融殆尽，一片劫灰也不曾落到大墓上。

墓顶正中是一颗紫色的大星，那是帝星紫宸，被南斗和北斗簇拥，光芒四射，直冲云霄。紫宸旁有巨龙盘绕，龙鳞染血，片片皆赤。它巨口张开，咬住了身下另一条黑龙的咽喉，怒目而视——神情栩栩如生，庞大的身体却已经化为白骨，支离破碎。

这是炎龙赤霄，中州大地的守护神。

在永夜之战结束后，炎龙飞降墓顶，舍身镇墓；紫微帝君登临其上，将大墓封顶；诸位将星或以身殉，或以血结印，筑起四壁——所有这一切，形成了一道坚不可破的结界，守着幽冥两界的关口。

这就是名震天下的星变大墓。

而他，就是这座空城里最后的守墓人。

申时，他在大雨中离开了迦师古城，孤身走入了城外那片古槐林，绕着大墓巡视一圈，在酉时之前悄然返回，一路走到了独居的小院。

没有人知道他独自在那个死域做了什么。

只是短短的一个时辰，归来的人疲态毕露，乌黑的鬓发似又白了几根，甚至连走路都有些不稳，雨水沾染了眼角眉梢，劫灰堆满肩头。腰畔之剑已入鞘，但剑身上还萦绕着闪电般的剑气，显然是刚刚经历过一轮爆发。

回来时外面已是薄暮，廊下劫灰和着大雨依旧纷扬而落。当他走过去时，檐下挂着的那串古旧风铎轻轻一响，声音似乎和平日有一点不同。

他停下，抬眼看了片刻。

这个风铎，从他幼时就挂在了廊下，无数次地在他的生死之际响起，也听到了他从童年到少年再到如今许下的所有愿望——

得见天地，得见所爱。

永忆江湖归白发，欲回天地入扁舟。

当初所立下的志向，如今是完全实现了。可是，仿佛又缺了一点什么。

如今，古城寂寂，穆宅一空。所有曾在这里生活过的人都死去了，唯有这一串风铎和他还在这里——上面系着的红色祈福丝带早已在岁月里褪了色，铎舌摇动，撞向锈迹斑驳的风钟，在大雨里发出喑哑的声音。

那个声音里，已经没有丝毫的异样。

一切都没有变，宛如儿时阿娘抱着他挂上去时那样。

# 第一章

## 风铎

多年后，他还清晰地记得这个风铎挂上去的时候，是一个特别冷的腊月。

大雪封城，冻入骨髓，北风在破碎的窗纸间发出如泣的长音。

阿娘从院子里拢回了最后一点枯枝，往炉里添了点，努力将快熄灭的炉火拨旺，然而房间还是冷得像冰窟似的。她从那个破旧的红漆箱子里翻出一件厚点的褂子给他裹上，自己却穿着薄夹袄，冻得不时呵手跺脚。

“管事的跟老太君去了武庙祭祀，不知道炭火今天能不能送来。”阿娘喃喃，有些焦虑，“晚上要是还不能生起炉子，我们就去厨房的灶台边上待一夜吧……我已经和骆祥打过招呼了。”

阿娘是贱籍，没有姓也没有名，旁人都唤她“九儿”。据说祖上姓楚，也曾是良民，因为卷入了前朝著名的巫蛊宫难，抄灭没籍，所以阿娘从生下来起便是个女奴。阿娘长大后在三房太夫人身边做了一个负责管理衣物的小婢，为人本分、容貌俏丽、手脚爽利，本来大家都说她迟早会升做太夫人的尚衣大丫鬟。

然而，天有不测风云，命运在某个普普通通的夜里一夕转折。

那天二更，三房那个二世祖穆蟠赌钱输了，大醉归来，把上来服侍的她认作了通房丫头，强行宠幸。事后，三房太夫人大发雷霆，骂她故意勾引酒醉的少爷。而酒醒后的二世祖被房中妻妾一顿数落，又惧内又怕麻烦，也就把这个记不清长相的婢女撂到了脑后。

直到生下了儿子，阿娘也没有得到名分。非婢非妾，阿娘带着孩子住在一个偏僻的小院子里，身份尴尬，被各房排挤轻贱，不但缺衣少食，到了北襄严酷的冬季，往往连足额的炭柴也领不到。

他出生后很久，甚至没有得到一个正式的名字。

“这种婢生子，也要我来取名字吗？”他五个月的时候，三房太夫人对着前去求赐名的阿娘冷笑，“你好歹也识几个字，自己取一个就行了——反正这孩子无论叫什么，将来也入不了族谱。”

阿娘眼眶泛红，垂头退了出来，抱着大哭的婴儿在廊下出了一会儿神。

深宅大院里，高墙壁立，头顶仅见的那一方天空是如此狭小，灰冷高旷，看不见外面的世界，只有廊下风铎在耳边摇响——那是风的声音，来自千里万里之外，吹过这个孩子的头顶。

当那个声音响起的时候，怀里的婴儿忽然就不哭了。

于是，阿娘便给他取了个名字——风铎。

穆风铎，这个名字后来成了他童年的一道伤疤——穆氏这一辈的嫡系以“玉”字排行，庶子多半以“木”字命名，而这个不伦不类的名字便成了笑柄，每次在学堂或者演武场上点到名，其他穆氏子弟都围着他，叫他“小杂种”或者“小铃铛”。

——那时，谁也没想到，这个名字将会载入史册。

作为北襄大族、百年世家，每年的腊月二十九，掌家的怀瑾老太君都会带着穆氏全族去城外的武庙祭祖。仆从如云，车马相接，庞大的队伍绵延数里。

三百年前，穆氏始祖穆钺以一介白衣之身在乱世里拔剑而起，成为北斗之主、武曲战神，和紫微帝君冲默炎、南斗之主天医裴寂并肩百战，率领神策天军逐黯域于绝地，封魇魔于归墟，清扫乾坤、重开日月。

大战结束后，天地秩序恢复。冲默炎率军班师，定都于中州天临城，成为万王之王。然后封疆列土，将天下分为十三国，由神策天军的十三位将星治理。

作为北斗之主，穆钺本应成为北襄国主，统领北庭三国。然而一生戎马的统帅无意于朝堂政务，便让位于副手嬴氏，获得了赞拜不名、入朝不趋、剑履上殿的特权，回归扶风郡故乡终老，娶了一妻两妾，身后留下三子一女，四房后裔绵延迄今，已三百余人。

他的一生光芒万丈，生荣死哀，生前有“战神”之称，死后亦武庙封圣。

那座闻名天下的武庙坐落在扶风郡迦师古城外，占地百亩，庄严宏大，和北襄帝都的嬴氏宗庙制式齐平。武庙里面供奉着穆氏始祖穆钺、中兴之主穆云岐，以及其他十二位穆氏家主。除此之外，武庙内还陈列着历代家主使用过的兵器甲胄。

其中最著名的，便是先祖武圣穆钺的佩剑阊阳。

阊阳，为北斗武曲之别称，意为初升之日，光芒万丈，照彻黑夜。神兵天铸，可斩鬼神，数百年来一直是神域排名第一的灵器。

然而，阊阳择主，自有灵性。自从中兴之主穆云岐去世后，那把长剑自行封印，已经被供奉在武庙八十年——穆氏三代上百人，无论嫡庶，每个人都在成年第一次祭拜武庙时试图拔剑，却无一例外铩羽而归。

怀瑾老太君为此痛心疾首，却无可奈何。

穆风铎虽然出身卑微，但生于穆宅之中，耳濡目染，自然也期待着有一天能去那座神圣的武庙，看一眼那把传说中的武圣之剑。然而，作为一个不被长辈承认的婢生子，且年纪尚小，他自然是没有资格跟着去的。

那一天，整个宅子冰冷空荡，落单的孩子也郁郁寡欢。

为了安抚他，阿娘从那个红漆箱子里翻出了一个古旧的铜铎，拿丝线缠缠绕绕，又寻了个铜响板当作铎舌穿了起来，竟做出了个像模像样的风铎。

阿娘抱起孩子，让他将它挂在廊下，对他说："这个风铎是古物，里面住着神灵。只要心诚，在这里祈福就和去庙里一样灵验。"

十岁的他信以为真，便在廊下双手合十，对着风铎虔诚地许愿。

他还记得自己当时许下的愿望，是有朝一日能够进入武庙，看一眼历代家主和各种神兵利器，特别是那把传说中的武圣之剑阊阳。

如果不能，那晚上的炉子里能有炭火也是好的。

孩童时的那些愿望，是多么微小而简单啊，只争朝夕温饱——却完全不知道宿命的巨浪即将灭顶而来，从此一生被挟裹而去，天翻地覆。

…………

想到这里，穆风铎忍不住无声苦笑，轻抚身侧长剑。

如今，阊阳择主多年，陪着他出生入死，已经成为他生命的一部分。而永夜之战后，天下河清海晏，百废俱兴，穆氏武庙也在废墟之上重建——殿上供奉的牌位上，赫然写着一个新的名字：穆风铎。

北襄扶风郡穆氏的第十五代家主。

北斗之主、武曲战神，统领神策天军的穆帅。

——也是永夜之战中，最后一剑诛魔的盖世英雄。

那个粗糙的自制许愿风铎，竟然是真的灵验。他儿时许下的每一个愿望，无论卑微或宏大，到了如今，都已经超出百倍千倍地实现了。

可是，那时候，他为什么不问问阿娘许了什么愿呢？

——如果里面住着的"神灵"这么灵验，为什么唯独阿娘许下的愿望却从来不曾实现？

他还记得那天阿娘衣衫单薄地跪在雪地里祈祷的样子：大雪落满打了补丁的衣衫，那一双日常劳作的手上布满冻疮，身体冻得发抖，却仍旧跪得端正，在廊下闭着眼睛虔诚而卑微地祈祷，面颊微红，心里仿佛燃烧着一团火焰。

直到后来，他才明白阿娘许了什么愿。

——她想离开这座深宅大院，和心上人私奔去东陆。

在被那个喝醉的二世祖糟蹋之前，阿娘和厨房里的骆祥本是一对青梅竹马的小情侣：都是家生奴，一个是尚衣侍女，一个是厨房小厮，本想等年龄到了就去求主人开恩赐婚，再搬到外面下房里成家。

然而，世事无常，命如草芥。因为贵人老爷们醉后一夕贪欢的暴行，那个小小卑微的梦想便彻底破碎了。

阿娘生他的时候才十六岁，年纪太小，不足月便生下了他，几乎因难产而死。在生下来后，这个孩子也没有给她带来什么实质性的好处。

可即便如此，阿娘待他还是极好。

在幼时，除了衣食拮据、会被同辈排挤，他也和其他庶子一样有机会读书识字、去演武场习武。他虽然出身卑微、年纪幼小，却天生聪慧，知道要努力上进，成绩在同辈中一直排在前列——若是这样下去，母子二人倒也会有一条活路。

只可惜，这样的日子在他十一岁时彻底结束了。

那一年，阿娘的心上人，厨房里那个叫骆祥的仆役要成亲了。作为一个年纪不小的家奴，被主人指婚与另一个婢女成亲是常见的事。可是阿娘居然不肯认命，她跑去找骆祥，想拉着他私奔，离开穆宅远走他乡。

然而，那个一辈子没出过远门的小厮却没有这个胆量，找了各种借口推托，怎么也不肯。两人拉拉扯扯之间，惊动了外头的人，双双被逮住——面对管事的责问，那懦弱的男人一哆嗦，便把所有事情推到了阿娘身上。

此事传开，阿娘顿时成了府里的笑柄。她被三房太夫人狠狠责罚，掌嘴一百下，跪了针毡。三房太夫人还放话说等请示过老太君，就要拉她去沉塘。

或许被这些话吓到了，或许觉得心灰意冷，回来的当夜，阿娘拖着伤痕累累的身体给他做了一顿丰盛的晚饭，边讲故事边安抚孩子歇下。

他还记得那个故事，是关于东陆桃源谷的。

阿娘的脸上还残留着血痕，眼中却满是憧憬，微笑着对他说，那个遥远的世外桃源里常年桃花盛开，黄发垂髫、鸡犬相闻，没有赋税、没有苛政、没有奴役，人人丰衣足食、自由自在……总有一天，她会带他去那里安家。

他听得入神，渐渐睡去，梦里是一片桃花。

等清早醒来，他发现枕边放着一个月饼，屋子里却没有人。他揉着眼睛，叫着阿娘，推门出去，一抬头，却赫然看到阿娘和那个风铎一起挂在廊下，阿娘脸色惨白、身体僵直，在深秋的冷风里摇曳。

他不敢相信地看着，半晌才撕心裂肺地大叫起来。

阿娘就这样扔下了他。

那一天正好是八月十五，中秋节。为了不打扰宅里贵人们过节的兴致，阿娘当天就被拉出去，草草葬在了城外十里的义庄中。

送葬的时候，穆宅没有一个人来送行，连骆祥也没有露面。只有十一岁的他抱着灵位跟在薄棺后，一路跌跌撞撞地走，不停地流着眼泪，却始终没有哭出声音。

天地很大，前路很长，而他孤身一人。

区区一个侍婢的死，在深宅大院里激不起一点水花。三个月后，连那些最爱嚼舌根的奴仆都很快忘了这个八卦。

但那之后，他在穆宅的日子便成了一场噩梦。

经此一事，全宅都在传这个孩子其实不是穆氏骨血，而是九儿和那个厨房仆役偷情怀上的贱种——因为穆宅以军法治家，奴仆不经主人指婚而私通有孕乃是重罪，九儿害怕被罚，便趁着二少爷喝醉酒回来主动上前勾引，想把肚子里的孩子扣在主人家的头上，博个荣华富贵。

这个谣言在奴婢中越传越盛，且细节不断丰富，各种仆役都出来做证，说得有鼻子有眼。原本三房太夫人就看不上这个婢生子，这种谣言传得多了，也懒得查证，就顺理成章地不再把他当作庶子看待。

在这座深宅大院里，人一旦失去了身份，就意味着被褫夺一切待遇：没有了衣食来源，没有了月例银两，也不能再去学堂念书、演武场习武——到后来，甚至连那个偏僻的小院子也不许他住了。

他被勒令搬入马厩旁边的下房，和奴仆一起住。

离开住了十一年的小院子那天，他简单收拾了一下，只带走了阿娘留下的红漆木箱和那一串古旧的风铎——木箱子放在炕上，风铎挂在了马厩檐下。每次风起，铃音中仿佛能依稀听到阿娘的轻语。

沦为奴仆后，在恶意中长大的他变得更加沉默，经常整天不说一句话。十三岁后，他个子开始长高，却因为总是吃不饱而瘦骨伶仃。他细腰长腿，眉目如阿娘一样美丽，低头不说话的时候就像个女孩子。

那些马厩的仆役一贯势利，拉帮结伙，见这个孩子羸弱无依，便肆无忌惮地欺负他，不但摊派给这个孩子劣马病马，连伺候怀胎母马、给马喂夜草的苦差事也全部给了他。到最后，他连一份口粮都被克扣得七七八八。

他正是长个子的时候，却每天都饥肠辘辘，干活久了直起腰就眼前发黑。实在饿得不行了，他就偷偷从马槽里淘几把给马添膘用的粟米，洗洗干净，生嚼吞咽下去果腹。

某日，骆祥路过，正好看到他在狼吞虎咽地偷吃马槽中的粟米。或许是于心有愧，或许是惦记着旧情人，那个厨房小厮在半夜摸到马厩，偷偷地塞给了他一包面饼。

然而，穆风铎一看到这个懦弱的男人便想起惨死的阿娘，拿着那一包热乎乎的饼，只觉得恶心，转头就将它全部扔到了马槽里。

当天在马厩一同值夜的是个二十岁出头的壮仆，名叫鲍勇。他也是个家生奴，父母都是有头有脸的管事，自己也混成了马厩仆役的头儿。这人粗鲁好酒，人高马大，却好男风，手下凡是长得齐整一点的小厮都被他威逼利诱地勾搭凌辱过。自从穆风铎到了这里，鲍勇也几次试图调戏这个羸弱清秀的孩子，然而穆风铎年纪虽小，为人却机敏谨慎，每次都不声不响地及时躲开，是故，鲍勇一直未能得手。

这一日，鲍勇特意跟人换了班，喝完大酒前来值夜，正好看到骆祥离开的背影，便醉醺醺地开口嘲笑：“怎么，你爹给你的东西，不吃啊？”

“胡说！”穆风铎捏紧了拳头，瞪着对方，“才不是！”

“哟，不是你爹给的？那么就是你偷来的啰？”对方越发嚣张地笑起来，拨拉着马槽里那些面饼，嘲讽，“你娘偷人，你偷食——倒是一个种。”

“胡说！”穆风铎毕竟年纪小，被人一激，眼睛都红了，冲过去便是一拳。

鲍勇今晚打定了主意要得手，出言激怒他后，拼着胸口受一拳之痛，张开手臂一把将这个冲过来的孩子抱在怀里。鲍勇吐着酒气，醉醺醺地笑：“哎，看这爹毛的小栏子……还真惹人怜。”

“放开我！”穆风铎拼命挣扎，大骂，“滚！”

“怎么，不从？”鲍勇人高马大，双臂用力控制住羸弱的他，便往马厩的草堆上压，满身酒气地笑，“你现在也不是半个主子了。一个没爹没娘的小奴，就算在马厩里死了也没人管——跟着老子有吃有喝，不好吗？”说话之间，便去撕扯他的衣服。

只听一声刺耳的裂响，布衣裂开，露出尚未发育的苍白羸弱的胸膛。

“放开我！”穆风铎拼命挣扎，大骂，“畜生！”

“哎哟，看着跟小丫头似的，居然还挺烈性？”鲍勇却越发得意。

他只觉得恶心得反胃，血直直往头上冲，想也不想地一口狠狠咬住眼前人的手臂，同时曲起膝盖用力一顶身上之人。

“哎哟！”鲍勇痛得整个人弓了起来，“小兔崽子！”

鲍勇一松手，穆风铎就立刻跳了起来，一拳就往鲍勇面门打了过去。穆风铎用足了力气，直把痛呼的人打得从草堆上滚落，厉声大喝：“滚开！畜生！”

穆氏乃名将世家，对子弟的训练非常严格。穆风铎虽然是个庶子，十一岁之前却也一直在演武场接受启蒙，打下了坚实的底子。鲍勇尽管比他年长、比他强壮，在扭打中却占不到便宜，最后只能狼狈地逃出马厩，冲到下房，对里面大喊一声：“快来帮忙！这个小兔崽子造反了！”

很快，其他奴仆闻声赶来，四五个人蜂拥而上。

穆风铎被围在中间，拼命地反击。然而毕竟又累又饿，且双拳难敌四手，半个时辰后，他筋疲力尽，被一群人狠狠摁在了马厩脏硬的地上，满头满脸都是血。

“小杂种，给你脸不要，那就别要这张脸了！”鲍勇狠狠踩住他的脸，狞笑，“不从是吧？那就打到你从为止！”

一声令下，那些奴仆扑了上来，拳脚如雨。

穆风铎虽然年纪小，但也知道在这样的情况下，自己越是反抗越会刺激得这些家伙兽性大发，于是用双臂护住头缩在地上，一声不吭地任凭踢打。

那些人围住他打了许久，见他毫无反应，果然渐渐失去了兴趣。

“小兔崽子，给我起来！”鲍勇见他不叫不动，便换了个法子，用草料杈从马槽里挑出一块面饼，将其浸透泔水，拿到他眼前晃荡，“你不是很饿吗？叫我一声爹，就赏你吃！”

“畜生！”穆风铎倔强地扭过头，“滚！”

“哈哈……敬酒不吃吃罚酒！”鲍勇见他终于有了反应，反而开心地大笑起来，招呼周围的人，“来，给我摁住他！”

他再次被摁在马厩的地上。左右两个人掰开他的嘴，将那块饼硬生生地塞入他口中。泔水的气味令他作呕，他拼命挣扎，却被几个人死死按住。挣扎中，他被撕裂的衣襟散开了，苍白羸弱的身体上青紫交错、伤痕遍布。

鲍勇揪住他的头发将他拎起，又重重地按入马槽里，一下又一下，他的额头在石槽上磕得鲜血直流，流满了整个面部，他却始终一声不吭。

“吃！把这槽里的全吃完！”鲍勇踩住他的肩膀，死死地把他整个头埋进马槽的泔水里，纵声大笑，“不吃完就别想起来！”

他呛了好几口，口鼻窒息感袭来，眼前一片漆黑，双臂乱挥，无意中碰到了扔在地上的木杈——刹那间，不知道哪里来的力量，他握住杈柄，骤然反手一挥，将那个踩住他肩膀的人重重击飞！

鲍勇正笑得猖狂，被这一击直接打出了马厩，半晌爬不起来。

什么？所有人都怔住了，吃惊不已。怎么回事？这个被打得只剩下一口气的羸弱孩子，竟骤然爆发出了这么大的力量！

“滚！给我滚！畜生！”穆风铎手执武器，发疯一样地爬起来，一边大叫着，一边将沉重的木杈挥舞得呼呼生风，竟令四五个人都不能近身。

最后一击，悬在了其中一人的天灵盖上，硬生生地停住。

“滚！”穆风铎拼命控制住自己，才没有一棍将面前的人打得脑浆迸裂，他瞳孔变成了血红色，厉声大喝，“畜生！再不滚就杀了你们！”

那些仆役也不蠢，看到他这疯魔的样子，不敢硬来，便相互拉扯着退开。

“这小崽子疯了吧？哪儿来的那么大的力气？”

“先撤先撤……回头再找他算账！”

当所有人离开后，满脸是血的孩子站在马厩里，衣襟破碎敞开，身体羸弱苍白。他紧握着手里的木杈，全身剧烈地发着抖，僵直地瞪着外面，却不敢松开手，生怕那些人会去而复返。

足足过了半个时辰，见没有人反扑回来，他终于松懈下来，身体仿佛一下子被抽空，顿时瘫软下去。他扑在地上，放声大哭：“阿娘……阿娘！”

深夜里，没有人听到这个孩子的哭声。

只有他喂的那匹刚生产的母马闻声凑过来，蹭了蹭他血泪斑斑的面颊，打了个响鼻，示意它和它的孩子都饿了。

当时才十四岁的穆风铎，毕竟还是年少单纯。

那时候，他竟天真地以为只要凭着一腔血勇打赢了群架，就能震慑住对手，就能从此不再被欺负，然而却不知道，一个孤儿生活在那样恶劣的底层环境里，他的境遇并不是仅仅靠一次反抗就可以扭转的。

那些恶仆结党成群，个个都是人精、滚刀肉，平日在穆宅瞒上欺下、肆无忌惮，被一个孩子打了一顿，哪肯罢休？于是便商议了一番，想出了一个毒计。

过了几天，一切风平浪静，穆风铎便以为事情过去了。却没料到，鲍勇去上头告了一状，在马厩的管事面前指认他是个贼，说他经常偷主人家的各种东西藏在房里，同住的仆役们看不过去，便揭发了他。

“我没有偷！”马厩管事找穆风铎询问，穆风铎自然一口否认。

“那这些东西是哪里来的？”管事冷笑了一声，居然在他炕上翻出来半个饼，拿在手里看了看，不屑地问他，“是它自己从厨房里飞过来的吗？”

“这个……是……”他心里有点奇怪怎么还会有剩下的饼落在房内，犹豫了许久，终于如实回答，“是骆祥给的。”

“哟，他倒是顾惜自己的杂种儿子。”管事明白过来，越发冷笑，“偷拿厨房里的东西，按规矩是要砍手的——来人，给我把骆祥押过来问清楚！”

然而，那个害死阿娘的无能男人，在面对管事的喝问时全身发抖，居然再一次退缩了。只见他匍匐在地，连声否认此事，表示自己从未偷拿过厨房里的东西，更不曾和穆风铎有过什么往来。

“你……你说谎！这些明明是你给我的！”穆风铎震惊了，不敢相信地看着那个满脸油汗的男人，声音发抖，“明明是你！你……你为什么说谎？”

对方垂下头去，身子缩成一团，不敢和穆风铎对视。

管事冷笑一声，派人去房里查抄，居然在炕上的小木箱里发现了更多的东西——那些零碎的银子、铜板也就罢了，但其中的一盒八珍茯苓糕，竟是前日老太君房里丢失的，阖府上下兴师动众地找了许久。

“这不是我拿的！”穆风铎看到那个从自己床上搜出来的精美盒子，完全莫名其妙，却也知道大祸临头，立刻否认，“是这些人想栽赃给我！”

“大人，别听他胡说八道，这小兔崽子就是个贼骨头！”那些仆役早已串通好，马上联合起来指认他，“无冤无仇，小的们何苦特意冤枉他？”

管事正在为丢失茯苓糕的事被上面骂，焦头烂额，一见到赃物不由得怒气勃发，不由分说地大骂：“胆大包天，连这个都敢偷！来人，给我把这个小兔崽子吊起来，抽上一百鞭，再把他的手砍了！”

那些仆役眼见奸计得逞，忙不迭地应声，合力上来捉穆风铎。

穆风铎本能地想挣扎反抗，却又犹豫了一瞬——作为在穆宅里长大的孩子，他从小接受的便是军中训导：作为穆氏子弟，绝对要服从上级的命令，不可以下犯上！

这种刻入骨髓的教条束缚了他的手脚，令少年无法反抗。

只是略微一犹豫，他便被仆役捉住，拖了下去。

“怎么样，小杂种？现在你想从了你爹，也来不及了。”鲍勇将穆风铎在马厩前的空地上捆起来，在他耳边冷笑，“一百鞭啊……非活活抽死你不可！”

穆风铎被高高地吊了起来，粗硬的马鞭蘸了水，狠辣地抽下来。

刚开始他还会大声喊冤，但在二十鞭后就失去了知觉，他不再呼喊，也放弃了挣扎。每一鞭子下去他整个人就大幅度地晃动，他觉得自己就像廊下那串风铎一样，摇摇晃晃，魂魄离开了躯壳，很快就要跟随阿娘而去。

恍恍惚惚中，他想着从未去过的武庙，想着还没见过的那把阎阳剑，想着阿娘说过的要带他一起逃出去安家的东陆桃源谷——不！不！还有很多很多事情没有去做，这一辈子就这样结束了吗？

“不……不！不是我！”

他撕心裂肺地大叫起来，双眸是血红色的。一刹那，也不知道哪儿来的一股力气，他反向抓住那条捆住手腕的粗绳，弓起身一用力，整个人瞬间凌空翻起，竟然硬生生地将双手从绳子里挣了出来，整片的皮肉被硬生生撕脱，血肉模糊。

他双手一挣脱，就从高空摔了下来，重重地扑倒在马厩前的地面上，疼得如同四分五裂。

“这小兔崽子！”众人大吃一惊，齐齐上前，“快抓住他！”

“怎么搞的？给我绑好！”管事一看，气不打一处来，“马上把这双手给我剁了，看他还敢不敢——”话音未落，只觉得眼前一黑，已经无法呼吸。

那个摔落的孩子飞快地撑起了身，双手一按地面，整个人如箭一样地冲了过去，在周围人都来不及反应之前，一把掐住了管事的脖子，把他按在了墙壁上！

那个满手是血的孩子剧烈地喘息着，双眸变成了血红色，目光扫向众人。

所有人都大吃一惊，往后退了一步。

“小兔崽子，想造反？这里可是武圣穆家，以下犯上者杀无赦！”鲍勇看着忽然爆发的人，色厉内荏地大喝，“还不快把赵管事放了……”

话没说完，他就打了个寒战。

少年瞪着一双血红的眼睛，转过头看着他，宛如疯了的孤狼，只待搏人而噬。少年手一松，扔掉那个管事，拿起马厩里的那把木杈，便直直地朝着他冲过来！

那一瞬，作为一个成年人，鲍勇竟下意识地转头就跑，然而刚跑出三步，肩头一阵剧痛，整个人踉跄着摔倒。

“该死的……你们这些人冤枉我！”一棍将这个恶仆打倒后，穆风铎对着围拢过来的家丁和仆役嘶声大喊，“不是我偷的！不是！”

“快！把这个造反的小兔崽子拿下！”鲍勇在地上声嘶力竭地大喊。

穆宅以军法治家，以下犯上便是死罪。此刻，马厩附近的人足足有十几个，个个都是成年男子，手里有武器，要对付一个拿着木杈的十四岁孩子绰绰有余。

在众人围上来的那一刻，穆风铎握着木杈站在空地上，第二次面对以一敌众的局面，全身伤痕累累，心跳如鼓，热血如沸，脑子却忽然冷静了下来——

刹那间，过去在演武场里接受过的启蒙忽然跳出了脑海——如何用槊，如何步战，如何左右格挡，如何突围而出……那些童年时学过的东西，原本已经记不清了，但在生死刹那忽然又在脑海深处复活过来，支配着他的身体，左右着他的举动，仿佛刻在骨髓里的本能。

少年的动作生疏却迅速，低头闪避，横杆击出，分取两路，瞬间就扫平了迎面而来的人。然后，他一个箭步上前，左右突刺，一连挑翻了两个从侧面冲上来的仆人，借力打力，拼着左腿受一击，将挑翻的人横着打出去，压倒了后续追来的几个奴仆。

只是一眨眼，那些围上来的乌合之众便人仰马翻。

趁着这个空当，他忍着左腿的剧痛往前冲了几步，占据了墙角的有利地形，喘着气，用满是血的手握紧了木杈，和剩下的几个仆役对峙。

“咦？”有人闻声赶来，看到这一幕不由得惊呼。

那是一个三十多岁的英武男子，刚刚带着几个穆氏子弟结束了弓马课程，正牵马回厩，听到了这边的骚动声，过来看了一眼。

一见之下，男子不由得露出了吃惊的表情。

刚刚这个少年使出的是槊击课里的基本招式，虽力道不逮、动作生疏，运用的时机却妙到毫巅。在以一对多的混战里，这个身形单薄的少年出手利落，反应迅捷，善抓重点，兼顾全局，一路借力打力，行云流水，一气呵成，简直令人惊叹。

少年手里只有一把木杈，居然就瞬间撂倒了五六个成年人，若拿的是利剑，还不知道会是怎样的局面！为什么自己在演武场里没见过这样的好苗子？

“怎么回事？”那位教官立刻出声喝止，“这里发生了什么？”

“钟大人！谢天谢地，您来了！”鲍勇一抬眼，立刻认出这是演武场里的钟岳教官，不由得大喜，“这个小兔崽子是马厩里的奴仆，偷了东西，不肯束手就擒，还打伤了好多人！请大人帮我们——”

“钟教官！”话音未落，那个少年大喊，“他们冤枉我！”

“你是？”钟岳皱了皱眉头，没认出面前这个血污覆面的少年。

“我是穆风铎。”少年急切地道，“三年前在演武场见过您！”

穆风铎？好像不记得这一辈的穆氏子弟里有这个名字？不过，既然他在演武场里接受过训练，如今又怎么会在马厩里为奴？

钟岳迟疑了一下，转头看到横躺着的赵管事，心里咯噔一下，知道穆氏家法森严，此事定然不能善了，立刻道：“穆茆、穆荇，替我拿下这个孩子，不可伤了人。”

“是！”两个穆氏子弟领命上前，熟练地从左右两路包抄。

穆风铎脸色苍白，颤了一下，知道眼前这个昔日的教官也帮不了自己，握着木杈靠在墙角，试图站起来，然而左腿刚才被那一击打断了骨头，挣了几下，却不能动，只能被动地站在原地等着被围。

穆茆一步上前，试图夺下他手里的木杈，穆荇便趁机突击左路。

他们两人都是长房庶子，是年纪差不多的堂兄弟，在演武堂里是一组的，日日操练，相互打这种配合已经数百次，今日就算不用武器，要对付马厩里这个闹事的小奴仆也不在话下。

然而，出乎意料，那个少年极难对付，反应敏捷，对他们的招式也烂熟于心。他们两个刚往前冲了几步，对方已经先行一步抬手将木杈点在半空，拦住了去路——只要他们再往前踏出一步，咽喉便会撞上木杈尖！

两人迅速交换了一下目光，半途变换方向，左右交错，继续攻击。

然而，他们身形刚一动，还没有相互换位成功，趁着这个空当，那个少年横向扔出了手里的木杈，用尽全身力气在横杆尾部重重一击——刹那，横杆“唰”的一声荡开，左右互摆，竟在一瞬间同时撞中了穆茆和穆荇两人！

“好！”钟岳脱口而出，眼神一亮。

这是一招简单的神龙摆尾，动作略微进行过改动，是槊击课里面最基本的招式之一，连第一年入演武场的学生都会。然而这个少年能在这样的情况下使出来，干脆利落，时机拿捏得妙到毫巅，的确令人惊叹。

“该死！”穆荇被这一下击中鼻梁，血流满面，痛呼了一声，再也顾不得手下留情，一拍腰间，长剑应声出鞘！

他的剑术造诣不弱，在同期的穆氏子弟里可以排到前十名。剑光横扫，凌厉无比，只是一瞬间，那把劣质的木杈便被绞得四分五裂。

他将手无寸铁的少年逼到了墙角，大叫一声：“穆茆！”

穆茆应声上跃，挥出袖中武器，凌空抽了下去。

穆茆擅长的武器是九节长鞭，在演武场训练了十年，挥舞自如，准头极好。长鞭应声化成一道流光，在半空中“唰”地套住了对方的脖子，接着一扬一甩，绕过了横木，一把就把那个挣扎的少年吊到了马厩廊下！

长鞭关节上遍布尖刺，勒入咽喉，瞬间一圈血就顺着脖子流下。

“让你逞能！”穆荇狂怒，反手就打在对方腹部，“臭奴才！”

伤痕累累的少年再也受不住这一击，一口鲜血直喷出来，他被吊在半空，拼命地挣扎，却渐渐不能呼吸。那一刻，他的双眸变成了血红色，绝望和狂怒在心底交错涌现——不，不能就这样死了，不能！

他才十四岁……还没去过武庙，没见过阊阳……怎、怎么能在今天就被勒死在这个肮脏的马厩里？不……不！不可以！

被吊在半空的他瞪着一双充血的眼睛，无声地剧烈挣扎，抬手抓住勒住脖子的那条布满尖刺的鞭子，因为拼尽了全力，面容扭曲，手指痉挛——在几次试图抓住那条鞭子的瞬间，指尖竟然有微小的亮光一闪。

什么？钟岳吃了一惊，几乎以为自己看错了。

罡气？刚才的一刹那，那个垂死的少年的指尖上，居然有罡气出现！

那是修习武道多年的高手才会在气海里生成的东西。就算在今日的穆宅，能修炼出这种护体罡气的人也不会超过十个！

然而，微弱的罡气只出现了一瞬，少年的手指随即无力地滑落，全身僵直地抽搐着，面色发青，不能呼吸。

“住手！”钟岳爱才，立刻阻拦，“放下他！”

穆荇和穆茆身为主子，刚在一个小奴仆手下受了伤，当众出丑，心里怀恨，听到此语相互看了一眼，竟然没有立刻服从命令，当钟岳喝止到第二遍的时候，他们才说了一声“是”，悻悻地松手。

在放下他之前，穆茆手腕暗地里猛地一使力，瞬间收紧长鞭。

这一下暗劲极重，几乎可以勒断这个小奴仆的喉骨。

然而，就在这一瞬，廊下挂着的那串古旧风铎猛然无风自动了起来！

仿佛被什么操控着，中间垂落的铎舌剧烈地震动，撞击铜铎，发出刺耳的金铁交击声，似是警示，似是呼救，一声声直入云天，引得所有人都转头看了过去。

“住手！”风铎声里，有人远远大呼，声音清凌凌的，“快住手！”

谁……是谁？布满尖刺的长鞭正在喉头锁紧，额头的血覆盖了双眼——从被血糊住的眼睛看来，天地是一片血红色。

在血海里，远方有两骑并辔驰来。

那是一对骑着白马的少年男女，一人背着剑，一人背着琴，从远处疾驰而来。神清骨秀，气质出尘，眉心点着朱砂，穿着制式统一的白衫，乌发和衣袂在风里翻飞，远远望去宛如姑射仙人。

什么？这……这是御风而来的神仙吗？

# 第二章

## 初霜

“住手！”背着琴的少女大声喝止，“快放开他！”

这两人是谁？穆茆和穆荇对视一眼。刚一犹豫，她身边那位少年并指遥遥一点，一道寒芒忽地从背后的剑鞘中飞出，闪电般地击向廊下——只听“啪”的一声，正勒紧喉头的鞭子便骤然断裂。

“我的飞电！”穆茆心疼武器，失声惊呼。

鞭子一断，被吊着的人猛然下坠。

“小心！”眨眼之间，白衫少女飞一样地掠到，舒展袍袖，一把便将满身血污的伤者凌空接住，托在怀里，稳稳地落到马厩肮脏的地面上。

穆宅仆役刚要围上来，那个同行的少年也一掠而至，伸手一拂，空中那把剑仿佛有神识，“唰”的一声凌空绕了一圈，剑气四射，逼得所有人倒退了一步。

一剑退兵，少年并拢手指，那道剑光便悬停在他指尖。

那是一把青色的长剑，光如霜雪，凛冽逼人。

那位少年站在同来的白衫少女身侧，在众人环伺之下神色不动，修眉朗目，神情冷肃，双眸深处有一种暗涌的杀戮血色，竟和白衣胜雪的仙风格格不入。

“不可擅动。”钟岳立刻抬手，按住了几名穆氏子弟。

钟岳毕竟年长，历练也多，此时已经看出这两位来客绝非常人——那少女还看不出来历，但她身侧的少年以气驭剑、纵横凌厉，竟隐约是西昆仑裂玉宫的路子，而且身上的杀气藏而不露，绝非好相与之人。

“怎么把人打成这样？”白衫少女低头看了一眼怀中伤者，露出吃惊愤怒的表情，手指捏诀，刹那间掌心一亮，绽放出光华。

什么？奄奄一息的穆风铎睁开被血糊住的眼睛，竟看得呆住了。

这……这是在做梦吧？

她、她的手心里，居然……绽开了一朵莲花？

“天医门下？”看到这一幕，钟岳失声，“南斗空莲！”

白衫少女微微一笑，手心拢着那一朵光华，悬停在穆风铎的心口，轻轻念了一句，五指忽地张开——那朵光华四射的莲花随之唰地展开，覆住了垂死的人。刹那间，几处深可见骨的伤口血流即缓，传来一片清凉，甚至连疼痛都迅速减轻了。

这……这是神仙吧？

穆风铎躺在她的怀里，模模糊糊地想着，感觉像做梦一样不真实。

“好一点了吗？”那个少女掐着诀，低头关切地看着穆风铎，颈间垂下一枚晶莹剔透的玉扣，轻声问，“还有哪儿痛？”

穆风铎吃力地翕动了一下惨白的嘴唇，却说不出话来。

“对了，还有这里。”她明白过来，随即按住了他的咽喉——刹那间，一股柔和的力量注入，消除了灼痛，让他终于顺利地从胸腔中呼出一口气来。

“太可怜了，”白衫少女指尖轻抚，喃喃，“喉骨差一点就被勒断了。”

她一路顺着任督二脉点下，衣袖轻拂过他的身体，莲花和白鹤都染了血，白袍脏污，她却毫不在意。在这个过程中，白衣少年一直站在她身侧，长剑在指尖上凌空旋转，眼神凛冽，逼视着所有围上来的仆役。

等所有的大伤口都暂时止住了血，少女终于松了一口气，抬头看着围上来的穆宅仆役，愤然怒斥：“你们这些家伙，简直狗胆包天！居然敢在这里动私刑，把人吊起来活活打死？”

“这个小崽子他……”旁边的穆苻和穆茆刚要反驳，立刻被教官按住。

“两位，实在是抱歉。”钟岳上前一步，诚恳道歉，“是在下管束不严，让弟子莽撞行事了——还请贵客见谅。”

“哎，贵人您人美心善，却有所不知。”鲍勇却不知好歹，见对方年纪小，便以为好糊弄，大着胆子上来赔笑，“这小子是个贼！刁钻可恶，胆大妄为，犯了穆氏的家规，所以赵管事才不得不让我们教训一下。”

“对对！”一看到有人牵头，旁边的几个仆役纷纷附和，上前做证，“这小贼不仅偷厨房里的吃食，连老太君的茯苓糕都敢偷！刚才受命来抓他，他还发了疯，把赵管事活活给掐死了——”

“胡说！地上这人哪里就死了？”少女瞥了一眼躺着的赵管事，便断定他还有呼吸，愤然说道，“这孩子都饿得皮包骨头了，偷点吃的又怎么了？只为一盒茯苓糕，你们就能把人吊起来活活打死吗？”

这……钟岳一怔，不知道怎么回答。

——穆氏乃武圣后裔，以军法治家，规矩森严，仆役敢偷盗老太君的珍贵药膳，自然是杀头的罪名。

“按宅里的规矩，偷盗主人之物者，当死。”鲍勇赔笑，大着胆子继续分辩，“就是主人愿意额外开恩免死，也得砍掉贼的一只手。”

“好吧！就算这孩子做了贼，但让他饿成这样，难道不是你们的错吗？”白衫少女越发气不过，眉梢扬起，怒斥，“堂堂穆宅，名将世家，居然还能让一个孩子饿得去做贼！老太君知道你们做出这种事吗？”

“不！不是我偷的！”听到她这么说，穆风铎忽地挣扎了起来，全身发抖，拼命辩白，“我不是贼……不是！不是我偷的！”

“哎呀，就是他！”那几个恶仆哪能让他争辩，立刻围上来七嘴八舌，“东西是在他房中搜出来的，而且只剩下了半盒，肯定是被这小子吃了！”

“不是我……不是我！”那一刹那，穆风铎不知道哪儿来的力气，撑起身来，大喊，“这些家伙冤枉我！不是我偷的……我没吃！没有！”

情急之下，穆风铎手一伸，抓住旁边一把匕首，“唰”地就拔了出来！

白衣少年只觉腰间一空，闪电般地回头看了一眼，眼神忽地变了。

“不是我偷的！他们冤枉我……我没吃茯苓糕！没有！”穆风铎头脑发热，只觉得一股怨气在心中左冲右突，没有个出路，血直往头上涌，想也不想地拿起匕首就往自己的肚子上划下去，口中大喊，“不信的话，你们来看看！”

白衫少女失声惊呼：“住手！”

然而匕首刚划下，身边的白衣少年的指尖一动，空中悬浮的青色长剑唰地下击，只听“铛”的一声，双刃相接，竟然擦出了一道耀眼的火花。

那一瞬，穆风铎只觉得整条手臂酸软，匕首“啪”地掉了下去。

“这孩子！”白衣少年凌空接回匕首，看了他一眼，“气性好大。”

“不、不是我！”穆风铎手臂剧震，痛得无法动弹，却还在拼命地辩白，声音哽咽，“我没偷！他们冤枉我……不是我！不是我！”

“好好，我知道了，不是你。”白衫少女感觉手底下的心脉高亢欲裂，连忙按住他，柔声安慰，“别乱动……来，姐姐给你吃颗糖。”

她打开腰间一个织金蟠龙锦囊，从里面取出一物，托住他的头，喂给了他。

那个锦囊里隐约还有什么东西在动。

“不是……不是我……我没偷……”穆风铎下意识地挣扎，反复辩白，扭头间却闻到了她身上的一缕幽幽清冷香气——微寒带暖，干爽洁净，如同雪后的晴空一样，又依稀像阿娘发丝间的馨香。

那种气息有一种奇特的宁神作用。

于是，他彻底放松下来，含着那块不知道用什么做的糖，昏了过去。

穆风铎不知道自己昏迷了多久，身在何处，只在恍惚中听到琴声在耳边环绕，远远近近，泠泠淙淙，如同从天上传来。

是谁在弹琴？

随着曲声起伏，他身体仿佛在一片大海之上荡漾，有明亮的天光从苍穹射落，将伤痕累累的身体覆盖——他躺在那片光里，周身说不出地舒服和煦，仿佛大大小小的伤口都浸泡在温暖的泉水里，被无形的手渐渐修复。

接着，琴声曲调一转，他感觉身体瞬间下沉。

他被无形的力量压住，沉入深深的水底，无法动弹。无数的昔年的噩梦接踵而来——深夜吊死在廊下的阿娘，把他摁在马厩草堆上的鲍勇，勒住他脖子把他吊起来的穆氏子弟……那些人的脸是黑洞洞的，死死地看着他，一寸寸逼近他。

不……不！他在心魔暗影里剧烈地挣扎，却叫不出声。

然而下一个瞬间，一道琴音如惊雷般从天而降，铮然作响，"唰"的一击，就把那些翻涌上来的黑暗幻象击溃！

接着，铮铮琴声连续而来，仿佛是一道道光，从头顶依次照射下来，把那些萦绕在他心底的魔影一个个破除、驱逐，化作稀薄的雾气。

昏迷中的他舒了一口气，全身放松下来。

当所有暗影都退去后，琴音转为温柔，如流水从天上而来，一道一道注入心底，流转蔓延，令奇经八脉都舒服无比。隐隐约约地，他觉得那琴声似乎化作一个声音，在虚空中和他说话，轻柔如梦。

伴随着曲声，仿佛有神明从云端出现，对着这个孤苦无依的孩子俯下身，伸出了双手——那些遍体鳞伤，无论是身上的还是心底的，都被细心地安抚了一遍，舒畅宁和，宛如新生。

真好啊……在阿娘离开后，多少年没有这样舒服过了。

他迷迷糊糊地想着，压抑多年的泪水再也忍不住，无声地从眼角滑落。

"嘘……没事了，哭出来就好了。"有人在耳畔轻声道，如琴声幽幽回响，"哭出来吧，没事了……没事了。"

有一双手轻轻地抚摸着他的头，那一刻，饱受折磨却从未讨饶过的孩子猛地一颤，再也止不住地发抖起来，放声大哭："阿娘……阿娘！"

"嘘，没事了……没事了。"那个声音一直在他耳边轻声安抚着他，"别怕。"

依稀间，他又闻到了那股清冷的香气，干爽洁净，如同雪后的晴空，又似阿娘发丝间的馨香——是谁？是谁在那里？

他下意识地向着气息的来源摸索着，握住了那只纤细柔软的手。

他死死地抓住那只手，不肯放开，就这样重新陷入了昏迷。

不知过了多久，穆风铎醒了过来，映入眼帘的是熟悉的房间。床头坐着一个梳着发髻的女人，正俯下身，将温热的手巾敷在他额头上。

“阿娘？”重伤的他一时恍惚，喃喃。

“谢天谢地，”那个影子松了一口气，“可算是醒了。”

那是一个陌生的声音。

“谁？”他一瞬间清醒过来，浑身绷紧，下意识地抬起手，“啪”的一声拍开了那只摸上来的手，挣扎着撑起身。

他吃力地睁开眼，发现自己回到了从小居住的小院子里。伤口都被包扎好了，身边被褥温软，器具齐全，床头还放着汤药和饮食——那些欺负他的仆役都不见了，房间里坐着一个慈眉善目的老嬷嬷，花白的发髻梳得油光水滑，髻上一支白玉钗，戴着一对金耳环，竟比那个马监还体面许多。

“我是董嬷嬷，”那个老妇人看着他，语声温和，“老太君吩咐我来这里照顾你。”

董嬷嬷？他不由得怔了一下。

在穆宅长大的人，没有人不知道这个名字。这个董氏顺娘是怀瑾老太君嫁过来时的陪房，贴身伺候老太君几十年，极得信任倚重，是女仆们的首领，在宅子里几乎是半个主子，连各房太夫人都要卖她几分面子。

怎么回事？他一个小小奴仆，居然还惊动了老太君？

“来，既然醒了，快把这个喝了。”董嬷嬷端过来一碗药，道，“这是小神仙留给你的药。前几日，她每天都来给你弹琴疗伤呢……你可真有福气。”

小神仙？他怔了一下，是说那个白衫少女吗？

“哎，你还不知道自己是被谁救了吧？”看着他茫然的表情，董嬷嬷忍不住摇摇头，啧啧，“傻人有傻福。”

“她……她是谁？”他茫然地问，“真的是神仙吗？”

“还真信了？实心眼的孩子。”董嬷嬷有些好笑，“是初霜救了你。”

初霜？他怔了一下，眼前忽地闪过那一片广袖疏襟，清丽容颜。

在老嬷嬷的叙述里，他才知道那个白衫少女叫初霜，来自遥远的东越国，无父无母，自幼被天医收养。

而她那个传奇般的师父，东越国第八代天医空莲，是穆氏老太君文怀瑾的好友。最近一年，老太君病重，请遍北襄名医，都束手无策，所以初霜受师命出发，行了千里路，来到扶风郡给老太君看病。而那盒差点让他送命的八珍茯苓糕，也是初霜在一年前手制，送给老太君补养身体之用。

多么奇妙的缘分……他的灾祸因她而起，却也因她而解。

“多亏她来得及时，你才保住了这条小命。”董嬷嬷有些感叹，“九儿命苦，年纪轻轻就上吊死了，但你的运气可比她强上百倍！”

听到她提起自己的母亲，他怔了一下，神色黯然。

“别怕，你昏迷的这几天里，事情都解决了。”董嬷嬷擅长察言观色，立刻温言安抚，“老太君让刑堂查清了真相，把那些陷害你的恶奴都处理了——那个带头的鲍勇被斩首，现在脑袋还挂在白虎堂上呢！其余参与的奴仆也都打了一百棍，发配去回雁关戍边了，一个也没放过。”

是吗？他吃了一惊，心里不知道是什么感受，眼眶却红了。

这么多年来，还是第一次有人替他出头。

“至于厨房里那个骆祥，”董嬷嬷顿了顿，继续道，“他不仅犯了偷窃之罪，还公然说谎，陷无辜之人于死地，所以也被一起发配边疆了。”

她端详着少年的神色：“你要是想替他求情，我可以转告老太君。”

他身体一僵，垂下眼帘，最终还是摇了摇头。

不，为什么要替那个男人求情呢？那个人，心里虽然有一点善念，但随之而来的怯懦退缩更甚，不仅害死了阿娘，也差点害死了他——这样的人，不管是不是自己的父亲，都永远离开他的视线比较好。

董嬷嬷点点头，赞赏道：“倒是个脑子清楚的孩子。”

“贵客……贵客在哪儿？”重伤初愈的他吃力地支撑起来，翻身下榻，“我……我要去谢谢她。”

“哎，你还没好利索呢！”董嬷嬷连忙按住他，安慰，“别急，小神仙最近一段时间都不会走，要留在穆宅给老太君看病。”

最近一段时间都不会走吗？他松了口气，身体顿时摇摇欲坠。

“来，喝一口药。”董嬷嬷赶紧扶住他，递上了碗，“小神仙说，她用太古遗音给你调理气血，修复了心脉损伤，等你醒来，再喝这个药巩固一下。”

什么？他猛然一惊，她所携的那把琴，居然就是太古遗音？

传说中，三百年前天下一度陷入大乱，瘟疫横行，来自地底的黯域力量趁机复苏，魇魔在血月之夜降临，率领阴兵鬼将，驱使烛龙，吞噬了世上半数人的生命。

这一场大乱持续了三十年，直到炎龙降世，紫微帝君冲默炎组建了神策天军，以璇玑为旗帜，旗下罗列十三将星。其中，北斗七而南斗六，北斗主死，南斗主生；北斗主攻，南斗司守。众星拱卫，照彻永夜。

在武圣穆钺和天医裴寂的协助下，紫微帝君带领天军血战多年，终于将黯域逐出塞外，在极远的归墟将魇魔封印。

而在那史诗般的一战里，定鼎天下的至宝共有三件：符、剑、琴。

——璇玑虎符、阊阳神剑和这把传说中的太古遗音。

这三件至宝，分别属于紫微帝君，御龙冲氏；北斗之主，武曲穆氏；南斗之主，天医一门。

当战争结束，太平盛世开启，兵戈尽藏于武库，符、剑、琴也各归其位。

太古遗音归于东越国天医，为南斗之主所持有。此琴蕴有巨大的灵能，常人抚之喑哑，唯独天医一门以此琴为引，沟通天地，顺逆阴阳，用五音调理五脏六腑，以七弦修补三魂七魄，以十三徽呼应十三将星，即使在神域里也是无可匹敌的灵器。

“这样的东西，普通人能看一眼都算是幸运了，你居然连续听上了好几天，可真是几生几世修来的福气……”

董嬷嬷絮絮叨叨地说着，让他知道了更多的事情——

比如，天医空莲原名叶岚心，出身于十三国之一的齐朔王室，国色天香，曾是天临城的太子妃，为皇太子冲照即位出过大力。然而不知为何，在冲照登基之前，两个人居然以一纸和离书昭告天下，从此一别两宽。

那之后，她改名空莲，去东越国继承了天医的称号，从两人的名字中各取一字，建立了照心堂。她在二十几年里孤身行医，诗酒风流，将天医一门发扬光大，治了无数病人，收了许多徒弟——

其中最出色的，便是这位年方十六岁的首徒初霜。

初霜是个孤儿，从小被天医收养，也跟着天医姓了叶，天赋惊人——十岁通读《云笈十二卷》，十三岁出师，十五岁登入神域，开始替师父主持照心堂。大家都说，她将来会成为新一任的天医，还有人猜测说这个女孩来历不明，又极得天医青睐，说不定就是那个一生风流的天医的私生女……

而那个和她同行的少年，名叫阆风，年方二十二，修剑道，师承西昆仑裂玉宫剑尊，本来是天临皇室龙禁卫的顶尖高手，三年前被紫微帝君派往照心堂，保护天医一门。这一次初霜奉命来北襄出诊，他也千里随行保护。

…………

重伤初愈的少年在病榻上听得入神，心潮澎湃，久久说不出话。

他第一次发现，原来在穆宅的高墙之外，世界居然如此广大，风起云涌、高人林立、传奇无数——那个叫作初霜的少女和并肩而来的少年阆风，仿佛是从神话中走出来的人物，光芒四射，就这样走进了这个封闭已久的深宅大院。

他的人生从此被照亮。

接下来的日子平静而顺遂，是穆风铎在穆宅中从未有过的好时光。

天医门下的高徒远道而来，在千钧一发之际，救下了一个即将被吊死的马厩小仆役。或许是对这个奄奄一息的孩子动了恻隐之心，或许只是看在贵客的面子上要给个交代，怀瑾老太君抱病亲自过问了这件事，不但派出心腹去照顾这个庶子，还责令刑堂去查清前因后果，还了他一个清白。

甚至，老太君还不顾自己的妯娌三房太夫人的反对，亲手将他的名字添在了族谱之上——从此他在族里终于有了名分，再也不用回到马厩为奴。

然而，经此大变，原本就内向的孩子变得更加敏感、自卑。

等重伤初愈可以下地后，他第一时间便去向两位恩人道谢。然而，他在贵客居住的后院暖阁外踌躇了许久，却迟迟不敢敲门。

他远远地抬头，看到那个救了自己的少女在高楼的廊下看书。白衫银簪，侧颜清秀，如同不染尘埃的仙子，乌黑的发丝垂落下来，在风里轻轻飞舞——当他看过去的时候，正好有一缕阳光洒落，竟让发丝反射出五彩的光芒来。

他目眩神迷，渐渐心跳如鼓，垂下眼睛不敢再看。片刻后，他终于鼓起勇气，战栗地抬手去叩响门环。

然而不巧，院子里的仆从正好走开了，半晌没有人来应门。楼上看书的白衫少女应该是听到了敲门声，站起身想下楼来开门，一路却手不释卷，没走几步，就一头撞上了楼梯口的柱子。

“啊？”他在下面看到，不由得失声——不会吧？这个神仙一样的恩人，居然会这么……懵懂？走个路而已，还能撞上柱子？

在他不知道该怎么办的时候，一道白影瞬间掠到。

阆风明明不在楼上，却于电光石火之间应声而至，伸手一把将几乎跌倒的人扶住。

“怎么又边走路边看书？”阆风蹙眉问怀里的人，关切却远大于责问，“上次都摔到池子里去了，还不长记性？”

“啊，抱歉抱歉……一时看得忘了。”初霜连忙将书卷收起，揉了揉额头，有些不好意思，“刚刚外面是不是有人敲门？”

“是吗？”阆风扶住了她的腰，视线冷冷扫过来。

不知道出于什么心态，当两人在楼上往这边看过来的那一瞬，穆风铎心头一跳，竟下意识地退了一步，避到了灌木的暗影里。

朱阁绮户的高楼上，两位来自远方的贵客并肩而立，袍袖翻飞，眉心一点朱砂相互辉映，宛如神仙中人，更是衬得躲在暗影里的他羸弱卑微，如同米粒之珠。

穆风铎呆呆地站了一会儿，魂不守舍地回到了自己住的小院。

“……这个阆风，据说是裂玉宫剑尊的高徒，本事仅次于少主凌夏。以前就是龙禁卫的头领，将来等新帝即位了，少不得要做到天临御林统帅呢！”然而，还没进门，就听到董嬷嬷和老太君房里的另一个女仆福娘聊天，提到的也是同一个名字，“端的是好相貌、好本事——穆宅那么多少年郎，竟没一个比得上！”

“嘘！快别说了，”董嬷嬷打断了她，“老太君听到可要生气。”

“嘿，我说的是实话。你看穆氏最近三代，哪还出过一个亮眼的？”福娘不以为然，“自从中兴之主逝世后，阊阳都封剑八十年了……”说到这里，她忽然压低了声音：“你还记得吗？哀皇后说过：穆氏三世而亡！”

“呸呸呸！”董嬷嬷连忙喝止，“这种话也敢在宅子里提？小心老太君把你这灌多了黄汤的老婆子拉出去，一顿板子打死。”

福娘却还是啧啧：“说真的，这一代啊，不如一代！”

那个福娘说得对，整个穆宅里，没有一个人能比得上阆风。

穆风铎后来还特意去藏书阁查了书，发现“阆风”这两个字的意思是“昆仑山上的仙人居所”——说不定，也是那个人师承血脉的来处？

登临神域的天才少年，光芒夺目，负剑而来，一路和她并肩驰骋。

这是他一生都不能企及的人。

他将古籍重新放回藏书阁的书架上，垂头郁郁地路过廊下，听到风铎轻轻击响，如同阿娘昔日的低语。

——同样是“风”，阆风是来自神域西昆仑的风，纵横天地，无拘无束；而他呢？不过是一个被困在深宅大院里的婢生子，是那个只能在廊下摇响的、残旧喑哑的风铎而已。

那一刻，十四岁的少年抬起头，凝视着那锈迹斑斑的风铎，在心底许下了第二个愿望——“但愿有朝一日，我也能和阆风一样，和她并肩而行。”

那时候，他并不知道这个愿望在将来某日居然实现了，当然更不知道，那个被他视为神明的阆风，最后竟会死在自己的手里。

当然，这都是很久很久以后才会发生的事情了。

在他们相遇的这一年，整个天下还是河清海晏，四海升平。从东陆到西域，从南疆到北庭，一片平安繁华的景象。在天临紫微帝君的主持下，十三个诸侯国之间联姻通商，未启兵戈已有百年。

长久的太平时光，不但令武将们髀肉复生、弓马废弛，甚至连出任北襄元帅的家主穆衍都心宽体胖，不要说像先祖那样拔剑诛魔、横槊绝漠，连穿上重甲、驰马跑一百里都气喘吁吁了。

有谁能想到，仅仅几年后，滔天血浪就将掀起？

# 第三章

## 生辰

那天过门而不入之后，穆风铎回到了自己的小院里，继续如常生活。吃尽苦头的少年非常珍惜来之不易的机会，白天在演武场苦练，回来后又在夜里点灯苦读，似乎不把自己折腾得筋疲力尽便不能释怀。

后来，他也曾再次鼓起勇气，重新登门道谢。

然而第二次去，她却不在院子里，甚至整个暖阁都空无一人。他打听了一下，说是因为老太君的病情到了紧要关头，天医首徒已经搬去和老太君同吃同住，日夜看护。

看来，他暂时是没有机会见到她了。而自从伤愈之后，初霜也没有再来看过他——或许对她来说，救人只是举手之劳，回头一忙正事也就忘记了。

他是奴婢之子，在被人磋磨中长大，性格低调隐忍，见董嬷嬷年纪大了，又是老太君的心腹，未必习惯做这些杂事，便竭力不让她多劳。到后来，他甚至天不亮就悄悄起床，一口气扫地、打水、做饭，把庭院内外该做的杂事都做完。

等董嬷嬷起来，他连洗脸水都烧好了。

“哎呀，我的小主子，哪用得着这样！”他这么谨慎勤勉，倒是惹得这个积年老嬷嬷都笑起来了，“老太君是派我来伺候你，可不是让你来伺候我的。”

“不敢劳动您老人家。”他恭敬地回答，“反正从小做惯了。”

“唉，这么实诚，难怪会被人欺负。”董嬷嬷作为老太君的心腹，来这里原本不过是走个过场，此刻眼见这个孩子如此乖觉，又想起他的身世，倒有些动了恻隐之心，不由得诚心诚意地劝告了几句，“你如今好歹是个主子了，不比以前，得硬气一点才行——别像九儿那样做个软脚虾，被人拿捏欺负到死。”

听老嬷嬷提起母亲，他的脸色苍白了一下，眼里有一闪而过的暗影。

“别怕，”董嬷嬷见他色变，连忙安慰，“既然你已经入了族谱，只要不出大岔子，就能一辈子衣食无忧——穆宅上下几百口人呢，短不了你的衣食！”

“是。”他点点头，表示受教。

“九儿命苦，但你却是个有福气的，可别辜负了这一波贵人运。”董嬷嬷拍拍少年单薄的肩膀，安慰他，“你看看我，丈夫早逝，独生儿子也早早死了，一个孤老婆子不也活得好好的吗？”

“是。”他心下感激。

“别想太多，好好地学点本事傍身。等十八岁了，穆氏子弟都有机会去参选北襄羽林。”董嬷嬷真心真意地替他筹划起来，“等你选上了，我再去求老太君，让她给你定一门好点的亲事——”

“啊？”认认真真地听到这里，他不由得愕然。

“啊什么啊？你也快十五岁了，得把这事儿放在心上！”董嬷嬷见他一脸茫然，不由得低叱，“你阿娘不在了，难道三房那边会替你安排这些事？你看看四房那个和你差不多出身的庶子，穆郢，人家母亲好歹还有个通房的名分，你知道他最后怎么样了吗？”

“……不知道。”听到这个名字，他心里一跳，摇了摇头。

那个族兄穆郢，他是认识的——比自己大六岁，英武挺拔，聪慧任侠，无论骑射还是兵法都在同辈中数一数二，待自己也很好，一度是他在演武场时的榜样。

“当年，他以三甲的成绩入选了羽林，他阿娘的眼光就高到天上去了！非要他娶个高门嫡女。”作为老太君身边的陪房，董嬷嬷对于大宅里的八卦如数家珍，“可哪家的嫡女肯嫁个通房丫鬟生的庶子呢？高不成低不就，最后拖过了弱冠之年，才勉强娶了兵部侍郎杜家的次女。”

“那不是挺好？”他下意识地说。

“嘿，这你就不知道了吧？”老嬷嬷一拍大腿，压低声音，“那杜家的女儿早就在外面有了相好！听说还是个戏子，私通怀了孩子，被父母逼着喝了一碗药打掉了——在高门大户里坏了名声，才干脆破罐破摔地嫁给了穆郢。”

“……啊？”他听得呆住了，不知道说什么才好。

“这事儿穆宅几房太夫人都知道，个个都不说，只瞒着穆郢那边，”董嬷嬷摇头，嗤笑，“还说什么宁拆十座庙不毁一桩婚——嘿！还不是等着看人家笑话？”

她顿了顿，叹气：“可怜的新郎官，白白戴了绿帽子不说，还要天天挨骂。新娘子被逼着嫁过来，看见他像是看到仇人一样，成婚几个月连身都近不得——最后他熬不过，干脆主动请缨，去塞外戍边了。”

是吗？穆郢……去戍边了？他还是第一次听说此事，不由得愕然。

“所以，你更要聪明一点，”董嬷嬷见他发呆，顺势引导，“虽然你娶不了高门大户的嫡女，但至少姓穆，模样又不错，娶个富商家的千金却是绰绰有余。”

富商的女儿？这样的人家，他好像从不认识。

好好学文习武，好好抱紧老太君的大腿，好好入选北襄羽林，再好好地娶一个有钱但没地位的妻子，不愁衣食，生儿育女——大约，这就是董嬷嬷为他设想好的一生了。

他是应该感激的。

毕竟除了阿娘，这世上还是第一次有人替他着想那么多。

只是……总觉得哪里不对。虽然年少不谙世事，但在内心深处，此刻的他也隐隐约约觉察到，那种生活绝对不可能是自己的未来。

“怎么？不甘心？”老嬷嬷看出了他的神色，轻哂，“也是，据说你阿娘祖上姓楚，原本也是个好人家，只因犯了事才被充作奴婢。你说这人啊……三代穷，三代富，可难说得很。”

他忍不住问：“祖上……犯了什么事？”

“自然是非常大的事。”董嬷嬷看了他一眼，“城北十里的那个筑京观，听说过吧？这个地名就是那时候来的。”

筑京观？那不是城外那片非常出名的闹鬼古槐林吗？

那片林子临着溯水，旁边原本有个采玉场，也曾经是个热闹的所在，后来却被废弃了。传说林中有一座高台——不是由砖筑成，而是由白森森的骷髅头所筑。到了满月之夜，林内便有鬼火万点，幽幽浮动。所以一到夜里，附近就家家闭户灭灯，彻夜不出，道路空空荡荡。

他愕然：“筑京观里，真的有骷髅台？”

“当然是真的了！”董嬷嬷啧啧，“上万具骷髅呢！”

“那些骷髅……都是什么人？”他忍不住问。

“嘿，你不知道了吧？这些东西，可是书里没敢写的！”见他好奇，老嬷嬷便拉过一把椅子，舒舒服服地坐下，开始说起深宫旧闻——

“八十多年前，北襄已太平很久了，武道废弛，穆氏大权旁落，在朝堂上遭受了冷落。来自朱崖一脉的文臣慕容氏权势滔天，不但把控朝堂上下，其嫡女静徽也成了后宫之主——即后来谥号哀皇后的那位。

“但慕容氏实在权力太大，又是外来之姓，钧皇帝嬴商由此心怀不满，想废了皇后和太子，另立穆氏贵妃所出的三皇子为储君。然而不巧，此事被哀皇后提前得知，她派巫女缟衣用巫蛊之术诅咒，令皇帝一夜暴毙。

“北襄因此大乱。最后多亏中兴之主亲自出马，斩杀巫女，清理皇宫，诛杀皇后、太子，拥立新帝，这才安定了天下。”

穆风铎听到这里，点点头。

在学堂里，他也听过曾祖穆云岐平定内乱、拥立新帝的丰功伟绩——正因为在这次大乱中一举拔除了文臣势力，让穆氏重掌大权，穆云岐才被称为“中兴之主”，和始祖穆钺并列受祭于武庙。

但是，书里却没说这个中兴之主居然还建了骷髅台？

“哀皇后临死之前发下毒咒，咒穆氏三世而亡，子孙一人不留！”董嬷嬷叹了口气，“中兴之主一怒之下，便将慕容氏灭了门，所有宫女侍从统统陪葬——最后，竟然连八岁的太子和六岁的小公主都没有放过。

“那场巫蛊大祸株连了整个皇宫，处死了上万人，血流成河啊……砍下的人头被筑成了京观，堆放在城北那片古槐林里。”说到这里，董嬷嬷顿了顿，压低声音，“据说最上面那一颗，就是哀皇后的人头！”

他倒吸了一口冷气，有种毛骨悚然的感觉。

白骨支离的高台上，万具骷髅，死不瞑目，皇后美丽的头颅被供奉在最上面——这是标记的战利品？还是镇魂用的祭品？

“那一场抄家灭门，株连无数，人命就像草一样贱！”董嬷嬷叹了口气，“后来，筑京观建好后，古槐林不停地闹鬼，曾祖的身体也变得极差，不得已从伽蓝佛国请了慈航大师，做了三天三夜的法事，才勉强平息了下去。

“不知道是不是杀业太重的缘故，曾祖只活到了三十岁。那之后，穆氏就一代不如一代，连个能拔出阖阳的人都没有了。”

她顿了顿，忽然道：“到现在，正好是三代了。”

到现在正好三代？他一震，不由得色变——那岂不是说，哀皇后当年的那个诅咒要在他这一代身上应验？

“哎，”他正出神，董嬷嬷看着他，却忽地说了一句，“你阿娘祖上若是姓楚，说不定当时就是因为那个巫女才倒霉呢。”

“什么？”他吃了一惊，抬起头。

“哀皇后身边的那个巫女，名叫缟衣，据说是从楚地云梦泽来的。因为术法了得，得了皇后的倚重，在北襄收了很多弟子，那些门人个个都以楚为姓。”董嬷嬷回忆着往事，“巫蛊宫难之后，皇后和太子伏诛，慕容家灭门，唯独这个巫女却下落不明——于是望冬城里所有姓楚的、从楚地来的全遭了殃。成年的被砍头，幼小的充作了奴婢……甚至有些人明明是姓褚的，因为念起来一样，也莫名其妙地被一起砍了头。”

什么？他一怔，心里有难以表达的震惊。

史料记载，中兴之主穆云岐天赋惊人、武道卓绝，为太祖穆钺之后的第一人，十八岁那年便执阖阳召唤出了苍狼夔狰。而且其人容颜俊美，隽雅风流，诗词造诣堪比白衣卿相，完全看不出是武将出身。

这样的人，居然也曾血洗京城，筑出了京观这样的东西？

那些居上位者，争权夺利，翻手为云，覆手为雨，最终遭难的却是下面蝼蚁一样的百姓……而他的祖上，是凑巧姓楚或褚，还是真的从楚地那边来的？

楚地云梦泽，巫术盛行，是高唐神庙的所在。楚巫始祖望舒也是璇玑十三将星之一，曾和紫微帝君一起远征极北归墟。那些穿着白袍、佩着芷兰的巫师，以舞降神而事鬼，据说可以来往幽冥两界……

他有些出神，对自己的血脉来源有一种不可抑制的好奇。

“你呀，别老打听这些有的没的——有这时间，不如多去老太君那边问安，”老嬷嬷说完了知道的旧事，好心提点，“那位小神仙救了你，又是老太君面前的红人，你还不趁着她还在宅里多去亲近亲近？日后等她成了天医，你要想再见她一面，估计都得烧香拜佛呢！”

“是。”他点点头，表示受教。

然而，出于某种微妙而复杂的心态，他踌躇良久，却还是没敢去老太君所在的内院见她。而她也绝足于内，没有走出过那个内院。

“哎，你不知道，那位小神仙可是个书虫。”董嬷嬷嘀咕，“每天除了给老太君看病，就是捧着书看个不停……别说足不出户了，简直是足不下楼。”

是吗？难怪自己再也没能见到她。

她喜欢看哪些书呢？医书？还是别的什么？到底是什么书，竟然让她手不释卷，看得入神直接撞了头？

他心里有无数的疑问，却一个也得不到解答。

那天在马厩里救了他之后，她再也没有出现过。有时，他会听到深院里传来幽幽的琴声，弹的是从未听过的曲子，古朴清雅，意蕴深长，一听便令人心里安宁，泠泠淙淙，如流雪回风，简直非人间所有。

宛如琴的主人一样。

他在小院子的风铎下听得入神，等回过神已是风露中宵。

以前在马厩为奴的时候，他总觉得日子过得极慢，白天有做不完的脏活累活，晚上也不能睡，得等下半夜给马添了夜草才能松一口气，几乎是一日一日熬过来的。然而没想到，因为心里藏着事，好日子却也是一样过得缓慢。

在搬回这个小院后，冬去春来，到了四月初四，已是他的生辰。

阿娘过世后，宅里就不再有人记得这个日子。他一早起来便照常去演武场，练了半天的剑术、骑术，射了一百支箭，在午时一刻回到院子。回来后发现董嬷嬷不在，便自己打水沐浴更衣，煮了一碗素面吃了，开始在廊下研究棋谱。

过了午时，见日头正好，他便又开始读书。

他正握着书卷看得入神，忽地听到头顶风铎摇响，似有风吹过。

“哎，小穆！”有人朗声唤他。

他下意识地抬头一看，便立刻站了起来，手足无措——那一袭白衫仿佛从天而降，正盈盈站在庭中，看着他微笑。

“怎么，打扰到你读书了吗？”初霜不知是何时进来的，笑着问，语气还是如最初听到时那样明朗亲切，“看什么看得这么入神？”

“没……没有。”他连忙摇头，差点弄掉了手里的书。

几个月不见了，他以为她早已忘了自己的存在，怎么今天下午却忽然来了？她……她是怎么知道自己住在这里的？老太君告诉她的吗？这个小院很是偏僻，从老太君那边过来很远……她是自己一路找来的吗？

万幸万幸……中午从演武场回来后，他就沐浴更衣了，否则……

只是短短一瞬，少年脑子里掠过了无数念头，却依旧张口结舌。

“哎，才三个月不见，居然就长高了一寸？”初霜看着他，有些吃惊，抬起手在他头顶比了比，“果然一吃饱了饭，就可劲儿地长了。”

他贴墙站着，拘谨地僵硬着脖子，感受到那只手在头顶拂过，心里一震，天翻地覆——从小到大，除了阿娘，还从没有人这样摸过他的头。

虽然在心底抵触她这种将自己当作小孩子的做法，然而出于某种微妙的心态，他却也不想反抗。十五岁的少年，身体如竹子一样拔高，心态也在飞快地转变和成长，晦涩而微妙，连自己也搞不明白自己在想什么。

“怎么啦？”看出他的不自在，她放下手来，“哪里不舒服？”

他摇摇头，咽喉发紧，还是没有出声。

初霜虽然年少，但行医多年，待人处事落落大方，见他过于拘束，便转了个话题，问：“对了，阆风说前些日子你来过我那里，却没有进门？真的吗？”

“啊？”他的心猛然一跳，不知说什么才好。

是了，阆风身怀绝技，自然不可能没发觉躲在暗影里的他。只怕自己当时瞻前顾后、畏畏缩缩的样子，阆风冷眼旁观，早就了然于心了——回去还不知道是怎么对初霜说起他的呢！

那一瞬，他有一种做贼被抓住的尴尬，羞愧不已，恨不能挖个地洞钻进去，免得在她面前丢人现眼。

“怎么了？”初霜看着少年紧张不安的表情，却显然误会了，有些担心，“你来找我，是有什么事吗？是不是还有人欺负你？”

“没、没有！”他赶紧摇头，顿了顿，“我就是想去找你们道个谢……”

“哎，怎么这么客气？”她明白过来，笑了笑，“举手之劳而已。师门古训就是济世救人，哪能看到了这种事还不管？”

是吗？她那天救他，只是举手之劳，执行了师训而已？

他垂下眼睛，长睫微动，沉默不语。

“又怎么了？”她注意到了他微妙的情绪变化，有些诧异，“今天是你生辰呢，开心一点。”

什么？他不由得一怔，不可思议地抬头看着对方，心中乍惊乍喜：她居然知道今天是他生辰？她来这里看他，难道就是为了这个吗？

“看，我给你准备了礼物！”果然，她笑吟吟地拿出一个盒子，“我刚刚先去了一趟演武场，发现你已经回来了，就只能一路送到这里来啦。”

他看着那个精美的盒子，受宠若惊：“这是……”

“你猜猜是什么？”她却逗他。

“八珍茯苓糕？”他想起了老太君那个精致的漆雕宝盒。

“哎呀，笨！你那么小，哪里到了要吃那种大补之物的地步？”初霜气馁，也不卖关子，揭开盒子给他看，“喏。”

盒子里，是一个瓷瓶和一把乌金短匕首。

“这把匕首，”她笑盈盈地看着他，“你还认得吧？”

“……嗯。”他自然是认出来了，只觉得面颊发烫。

马厩初见的时候，自己正被欺凌，含冤莫白，激愤之下竟生了死志，想用这把匕首剖腹以证清白。

当时他的这些疯狂情态，都被她看了去吧？她……她会不会因此看轻了自己？会不会觉得自己是个没脑子的家伙，热血一上头，动不动就发疯？

“这把匕首叫弱水，是阆风的随身兵器。”初霜双手托起匕首，慎重地递给了他，“他说你和这把匕首挺有缘的，让我带来给你当礼物——哎，他这个人啊……大概是暗卫当多了，从来不擅长和人交往。”

短短的匕首，入手却极沉，不知什么材质铸成。

他拿着匕首，有些发怔——和这把匕首有缘？还有这种事？

“怎么，不信？这把弱水虽然看上去不起眼，却是龙泉谷大铸剑师皓羽亲铸，神域排行前十，有自己的器灵——你居然能一拔就出鞘，那就是有缘啊！”看到他迷惑的表情，初霜笑了，“你们穆氏那把阊阳不也是一样吗？”

“对。”他恍然大悟，点点头。

能拿出来和阊阳相提并论，定然也是宝物吧？而那个来自昆仑山上的阆风，居然慷慨地把它赠给了一个卑微的奴仆……

这样的人，自己居然还妄想某一天能和他比肩？

“还有这个，”初霜拿起另外那个小瓷瓶，从里面倒出一颗朱红色的丹药，用手掌托着递到他面前，“这是我送你的礼物——吃吧。”

“谢谢。”他想也不想地拿过来，也不嚼，一仰头服下。

那药丸有拇指大，他噎了半晌，憋得满脸通红。

“哎，你可真是的。”初霜忍不住好笑，连忙把桌子上的茶盏递了过来，“也不问问是什么就吃了？万一是毒药怎么办。”

他低下头，就着她的手猛喝了一大口茶，忽然又觉得此举不合礼仪，顿时连耳朵尖都红了，讷讷地道：“我……我的命都是您救的。您如果要毒死我，也……也没关系。”

“哎，瞎说什么！”初霜见他如此，反而不好意思再打哑谜了，“听过南海朱崖的火麒麟吗？这是用它内丹炼出来的药，叫炽天，可以辟寒毒、驱邪气。”

南海朱崖的火麒麟？那居然真的存在吗？

他不知道说什么好，只觉得有一线热意顺着咽喉而下，仿佛一道烈火一路燃进了肺腑。他下意识地抬起手，发现每一个骨节都有赤色透出，似有无形的火焰在身体里燃烧，不由得目瞪口呆。

“你小时候过得太苦，损伤了根本，身体有外邪入侵的迹象。若不补好，只怕不得永年。”初霜耐心地解释，“这瓶炽天是一炉炼制出来的，共有六枚，你每到月初就服用一枚。半年吃完后，体内的寒症和邪气就消弭了。”

“……谢谢。”他感激不已，甚至有些忐忑。

——把这么珍贵的东西耗费在他这样的人身上，值得吗？

“这个药很珍贵，还能替你提高修为。很多武道之人苦练一甲子，也不如这一颗内丹有用呢！”初霜眨眨眼，“打算怎么谢我？”

“这……”她只是开个玩笑，他的心却猛然一沉。

阿娘死后，除了厨房里那个骆祥，已经很多年没有人对他这样好了。上次那个仆役给他的礼物不过是一包馕饼而已，自己已然差不多要拿命去还。而这次的礼物更加贵重，作为一个一无所有的微贱之人，又何以为报？

除了这条命，他好像也没什么可以给她。

可是……可是，他的命，不也是她救回来的吗？

“怎么？不喜欢吗？”她随口说了一句，却看到这个少年沉默不答，神色顿时黯然下去，不由得有些诧异。

“喜、喜欢的！”他回过神来，连忙道，“只是不知道要怎么谢……”

“哎，喜欢就好。”她见他终于会说话了，松了口气，嗔怪，“你呀，别一听就当真——我就是说说而已，哪真的要你报答呢？”

他有些羞惭，内心隐隐不安：怎么回事？在初霜面前，自己竟然变得如此敏感又纠结。她随随便便一句话，就能让他张口结舌、胡思乱想一大通。

然而，此刻的他却不知道，多年之后，天下皆言武圣穆帅冷峻寡言，杀伐果断，心深似海，喜怒不形于色，是统领北斗赢得黯域决战的千古名将。

却不知，在初时，他也不过是一个少年。

而此刻这一缕不为人知的幽微牵念，将贯穿他的一生。

——即便是血月升起、天地倒悬，统领万军于暗夜，戎车远征于血海，在漫长的十几年过去后，这一点初心也始终未曾改变。

# 第四章

## 对弈

初霜送完了礼物，指了指门内，道：“去内屋坐下，关上门。”

穆风铎不知道她要做什么，却顺从地走进去，在平日读书的案几前坐下。

“把衣服脱了。”耳边忽然听到她又说了一句。

“啊？”他大吃一惊，下意识地站了起来。

“哎，别怕，不是要非礼你。”初霜按住了他的肩膀，笑道，“穿着衣服，我怎么知道你身上的伤是不是都痊愈了呢？”

少年红了脸，内心挣扎了半天，终于还是一件一件地脱下了衣衫，期间一直低着头，压根儿不敢看她。

“不用这么扭扭捏捏，我又不会吃了你。”初霜看着他红透的后颈，忍不住笑了，“在天医门下的眼里，人的躯壳不过是一个容器而已，和桌子上的花瓶啊，碗碟啊，没太大区别——如果发现裂了或损伤了，我们就去修补。仅此而已。”

她试图让这个腼腆的少年放松下来，一边说，一边检查着他的伤口。

十五岁的少年身量颇高，身形却清瘦，锁骨下方有一颗红痣，前胸后背上全是新旧疤痕。背上前些日子留下的鞭痕已经结痂脱落，新长出的嫩肉如同蜈蚣一样爬满了单薄的后背，看上去触目惊心。靠近肩胛骨的脊柱有明显扭曲，骨节曾经因为重击而错位，一直没有复位。

“那些该死的家伙虐待了你很多年吧？”她仔细看了看，忍不住发怒，“就算不把你当同族子弟，也不能当成奴畜啊！老太君怎么不管管？”

他低头坐着，规规矩矩地将手放在膝盖上，不说话。

穆氏一脉人丁兴旺，在他这一辈光是嫡出的男孩便有二十几位，估计老太君连名字都记不全，哪能知道还有他这么一个婢生子？

“是不是那些人看你长得秀气，像个女孩子，就以为你好欺负？”初霜愤然，“下次再遇到这种事，你就打回去，让他们明白你不是好惹的！知道吗？”

“知道了。”他低着头，轻声回答。

“这才对。”她叹气，“可怜。你才几岁啊……这身体就伤痕累累了。”

初霜低着头，细心地检查着他身上的新旧伤口，指尖轻触他的后背，沿着脊骨一路往下——被她触摸的感觉很美好，温暖而柔软，让人没有丝毫的抵触，反而隐隐触发了他内心从未有过的渴求。

那一瞬，他呼吸加重，心头狂跳，竟希望她的指尖继续流连，永不离开，甚至希望她能从背后抱一抱自己。阿娘走后，这世上好像就再也没有人抱过自己了。少年低着头，竭力控制着内心翻涌的杂念，耳尖发红，不敢抬头。

“上下共有八处暗伤需要修补。今天我没带太古遗音，只能让夭夭来帮忙了。”初霜检查完毕，拿下腰畔的锦囊，将手指按在蟠龙纹徽上——那一瞬间，锦囊自动打开，一条青影从中飞了出来，闪电般直扑他咽喉！

什么？他下意识地抬起手，瞬间双指一并，正正好夹住。

“夭夭！”初霜立刻喝止，“不许咬！”

那条蛇一样的东西在他双指之间扭动，大张着嘴，几次想要掉头去咬夹住它七寸的手指，却又顾忌着主人的禁令，不由得气急败坏地嘤嘤大叫。

“小穆，快放了夭夭。”初霜哭笑不得，“没事的。”

出于本能，他在电光石火之间夹住了那条扑来的东西，直到这一刻才反应过来，连忙松开手指，用力往外一甩，失声：“这、这是什么——”

惊慌之下，他用了很大的力气。那条青色的小蛇被他甩飞，“啪”的一声趴到了初霜的肩膀上，发出一声奇怪的嘤嘤，扭动了一下，然后滑落。

“哎，没事，”初霜连忙接住它，解释，“夭夭是我的灵蛟。”

他看着对面，不由得怔住：夭夭？蛟？

眼前这个东西像蛇而有四足，像龙却没有角，全身鳞片密布，在日光下透出湛碧色，唯独头顶有一点朱红，宛如宝石，和初霜眉间的那点朱砂一模一样。

那一瞬，他猛地想起来了，是了……在马厩濒死的那一瞬，也曾依稀看到过这个锦囊里有活物起伏，想来就是这一条夭夭了？

天医门下，竟有这么多珍宝异兽。

“夭夭是灵物，可以帮我护法，也能给人疗伤，是初代天医裴寂从越溪带回来的，养在门下有两百多年了，但以龙之一族的年龄来论，却还是个幼崽。”初霜戳了戳小蛟的脑袋，训斥，“平时从不伤人，不知道今天怎么了。吃到苦头了吧？”

那条小蛟悻悻地顺着初霜的肩滑落下来，一路嘤嘤地叫，似乎在哭诉，盘在她膝盖上，将脑袋高高抬起，盯着对面的少年看，神色不善。

“以后不放你出来了。”初霜问，“刚刚为什么咬人？”

夭夭抬起头，再次看了他一眼，纯黑色的瞳孔忽地竖成一条直线，似乎在思考着什么，红色的小舌如信子一样吐了吐。

“是吗？”初霜显然听得懂蛟类的语言，有些诧异，不自觉地顺着它的目光转头看着对面的他，下意识地反问，“不至于吧？”

他微微一震，顿时心中不安：不至于怎样？这条蛇……不，蛟，是在初霜面前说他的坏话吗？

“夭夭说，你身上有杀气——尸山血海一样的杀气。”初霜蹙眉，解释了一句，“它以为我身陷险境，才一出来就攻击你。”

他怔住，看向灵蛟纯黑的瞳孔。

那双非人的眼睛也在看着他，仿佛一个深不见底的黑洞，一眼看去，竟令他短暂地失了神，似乎看到了一瞬即逝的幻境——烈火燃起，黑暗无尽，而他全身是血地站在尸山里，拄着剑，眉心一道红痕如血，双眼空洞，毫无感情，似乎躯壳里没有灵魂，只余杀气。

尸山血海……是哪些人的尸体？他身上的是谁的血？

“不！不会的！”那一瞬，他悚然一惊，从幻境里挣扎出来，心神震撼，语无伦次，“不会的！我……我绝不可能伤害你……不可能！不可能！”

“哎，别听它的。”初霜连忙安抚，呵斥那条多嘴的蛟，“夭夭，你才两百多岁，不像赤霄经历过归墟大战，知道什么叫尸山血海？”

她弹了弹灵兽的脑袋：“快干活。”

小蛟不情不愿地一弹身子，从初霜膝盖上飞了起来，凌空化成了一道流光。初霜从头上抽下了银簪，手指轻轻一错，眨眼间，那簪子竟然化成了一束银针！

针尖上浮动着幽幽的灵光，澄净明亮，如同一束小小的火苗。

“起。”她轻叱一声，手指松开，那些银针瞬间化为一阵光雨，“唰”地刺入他背部穴道，整整齐齐，分毫不差。

刹那间，他身体震了一下，手指下意识地在膝盖上握紧。

“疼就叫出来，没关系。”初霜轻声叮嘱，十指在空中依次点去——随着她手指的移动，那些刺入穴位的银针仿佛被无形地操控着，忽地依次亮了起来！

夭夭飞速舞动，一团青光从口中吐出，沿着经脉上下，辅助着初霜控针，依次咬住了穴位上的银针，将一缕缕黑气吸出、净化。

初霜凝神聚气，手指轻拢慢捻，忽快忽慢，就像是在虚空中弹琴。有一股柔和的力量如同流水一样注入他的身体，渗透进四肢百骸，和原先由炽天引起的灼烧感相互抵消。如水火相激，四肢百骸顿时有钻心刺骨的疼痛。

他死死咬住牙，不让自己发出一声痛呼，额头上冷汗涔涔而下。

足足过了半个时辰，终于，初霜手指一划，仿佛极快地拨弦，所有银针随着那一下闪出了光，从他周身穴道上反跳而出，凌空汇聚，重新凝成了一根簪子。

她的手指往下一划，那根簪子“唰”地下击，刺入天灵正中！

那一瞬，他整个身体往前倾了一下，全身发抖，拼命忍住了痛呼的冲动。

“好了。”初霜说了一句，如释重负。

她停下手，神色有些虚弱，好像是刚刚长途跋涉回来一样，额头上沁出细密的汗珠，走过来轻轻拍了拍他的头。

他不知道这是治疗还是单纯的安抚，僵在那里不敢动。

初霜闭着眼睛，按住他的头顶，低声念动咒术，一股温暖和煦的力量从灵台穴注入，流过他的四肢百骸。片刻后，她移开了手，指尖下移，轻轻擦了一下少年额头密布的冷汗，柔声问：“怎么样，确实很痛吧？”

“还……还好。”他低着头回答，唇齿间却已咬出了血。

“一声不吭，还真是个硬骨头。”初霜赞许了一声，摸摸他单薄的肩背，啧啧叹气，“你看你，太瘦太单薄了……堂堂穆氏男子汉，武圣血裔，要长高长壮一点才行，知道吗？”

“是。”他更加不好意思，感觉脸颊都热辣辣的。

太瘦太单薄了，还满身是伤疤……在她眼里，自己是个劣质的器皿吧？居然还敢在心里乱想，觊觎可望而不可即的东西。

“夭夭，可以回来了。”她说了一句，那条碧色小蛟一瞬跃起，回到了她腰畔的锦囊里，疲惫不堪地白了他一眼，龇了龇牙，缩进了锦囊里再也不见了。

“起来吧。”她替他拿过外袍，覆住少年苍白羸弱的背部。

他就着跪坐的姿势深深一礼，道：“多谢贵人相助。”

“怎么那么见外？”她忍不住笑了，“什么贵人不贵人的，叫我姐姐就好。”

他却卡住了，半晌不作声。

“怎么，不乐意？”初霜诧异，“我比你大两岁，叫一声姐姐怎么啦？”

“今天……是我生辰。”他红着脸，低声道。

“那又怎么了？”她还是不明所以。

“我……我十五岁了，”他低着头，“只……只比您小一岁。”

“啊？”初霜愣了一下，显然没想到这个内向的少年居然在这种小事上纠结，不由得笑了起来，“小一岁也是小呀！”

他垂着头，还是不说话，神色有些复杂。

“算了，那就叫我初霜吧。”她也没有勉强，叮嘱了几句，“今天的事，谁都不要说，连老太君那边也不必提——把弱水好好收起来，别让人看到了，起了觊觎之心，知道吗？”

她是天医首徒，从小跟着师父行走天下，见识甚广，自然也知道人心的险恶。

眼前这个孤弱的少年骤得奇遇、身怀至宝，却尚未有能力自保，若不低调隐忍一点，只怕她一走便会在这座深宅大院里引来祸患。

“是。”他谨慎地回答。

初霜治疗结束，收起银簪，擦拭干净双手，重新推开门走出去。

门一开，廊下风铎应声一摇，声音柔和清脆。

“哎，你会下棋？”视线扫到廊下摆着的棋盘，初霜眼睛不由得一亮，扭过头看他，“听说穆氏子弟在武学兵法之外也要学习六艺，但好像不教弈术吧？”

“自己瞎琢磨而已。”他有些不好意思。

下棋是最简单的娱乐，也不需要什么器材。穆氏尚武，藏书阁里的棋谱没人去借阅，只有他翻得最多。在压抑孤寂的童年时期，他经常独自蹲在院子里，用树枝在地上画个棋盘，按照棋谱一步步琢磨，自己和自己玩半天。

“也对，”初霜很快明白过来，点点头，“棋谱和兵书，都讲求谋略布局，走一步看十步，筹划长远——两者有异曲同工之妙，也难怪你喜欢。”

他微微一怔，没料到这个天医门下的少女居然有这样的洞察力。

初霜坐在廊下，挪过棋盘，笑道：“来，下一局吧！”

“啊？”他有些愕然，“和我……下棋？”

“怎么了？”她看着他，故作不悦，“看不起天医门下第一棋道高手吗？”

他哑然，半是欢喜半是忐忑地在她对面坐了下来。

棋名璇玑，博戏之首，据说由武圣穆钺在卸甲归田后所创。

每局两人对弈，棋分黑白，其中十三枚主棋也称为将星，以南斗北斗诸星命名，每一枚用处各自不同。北斗主攻，南斗司守。棋枰二十经二十纬，中心为紫微帝星所在，称为天元帝座，以首先夺下此处者为胜。

他从小喜欢琢磨棋道，悟性极高，到十岁的时候便下得极好，在穆宅里几乎没有对手。但以前和人下棋，每每赢了便会挨骂挨打，所以也一直藏拙。

遇到她后，终于可以一展身手。

初霜不愧是天医门下第一棋道高手，棋力甚佳，棋风稳健，筹谋长远，然而行棋却过于温和，擅守不擅攻——不出五十步，天元位就被他的黑子包围，杀破狼三星成势，截断白子大龙去路，全盘再无腾挪余地。

她不由得“啧”了一声，蹙起眉头思考。

他等了许久，不见动静，忍不住抬头看了看对面的人。

廊下执白子的少女今年才十六岁，平时行医济世，总是一副沉稳从容的小大人样子，但此刻凝神思考、抿嘴皱眉，却回到了及笄少女该有的模样。

那一刻，他发现她有一双小鹿般的杏眼，双眉淡淡如烟，小小的瓜子脸，思考时咬着嘴唇，下嘴角有一颗小小的痣，一对小兔牙洁白可爱。

他只看了一眼，心中一跳，又赶紧垂下头。

又等了片刻，发现她还在苦苦算着左下角那处，完全没找到棋眼，他忍不住抬起手，虚摆了一颗黑子在三经七纬之处，示意了一下。

“哎呀！这边怎么不声不响地就合围了？”被他提醒，初霜这才一眼看到了关键，失声，“这好家伙，你可真会装！居然来了一个声东击西？”

他腼腆地笑了笑，立刻收回了手。

“怎么，想放水给我？那可不成，”她连连摇头，按原来的计划在左下角落了一子，催促，“来，继续下——你这颗子一落在这里，不出三步就要赢了！”

“不敢冒犯贵人。”他躬身，投下棋子认输。

“怎么了？敢下还不敢赢啊？”看他一副客气拘谨的样子，她不由得好笑，“一盘棋而已，怕什么？难道以前你赢了棋，那些人就会用棋盘砸你不成？”

她说得随意，他长睫颤了一下，却垂头不语。

“什么？”初霜一怔，脸上的笑意慢慢消失了，“还真有这样的事？”

那一刻，她注意到了少年的眉心有一道颜色偏浅的旧伤，寸许长，深可见骨，赫然是被硬物尖角砸出的样子，心里一惊，越看越不对劲，忍不住倾身过去摸了摸：“这是？”

他下意识地想侧身，却没能躲开。

“一定很疼吧？这里的骨头都裂了。”初霜一摸，瞬间便明白了前因后果，脸色沉了下去，“是谁下这么重的手？摆明了是要人命啊！”

他垂下头去，没有说话。

确实，那一次他被棋盘狠狠砸倒在地，颅骨破裂，血流如注，若不是旁边的族兄穆郢出面阻拦，大概等不及遇到初霜，便要在十一岁时被活生生打死。

“堂堂武圣后裔中，竟然会有这种人？”又想起刚来到穆宅时看到的情景，初霜忍不住拍案而起，“说！到底是谁干的？”

“一个误会而已。”他摇摇头，“也过去很久了。”

“唉，息事宁人是不行的，只会让恶人蹬鼻子上脸！”初霜恨铁不成钢，戳着他的脑门，教训他，“人家都把你脑袋砸裂了！当时不敢声张，趁着有我在，还不赶紧说出来？过了这村就没这店了！”

她尖尖的手指点在那一道伤痕上，他有些疼，却没有躲。

“真的不用了。”他低下头，回答。

“你呀！”初霜见他还是拒绝，越发生气，“我们行医，再厉害也只能治得了病人一时，管不了他一世——你自己不给自己争气，以后的日子怎么过？我一走你又被他们弄死了怎么办？可不要让我白费力气救你一回！”

“对不起。”他不敢看她生气的样子，避开了视线。

人贵有自知之明。当年那个输棋后暴怒，抡起棋盘几乎把他活活砸死的人，正是穆氏长房嫡孙穆瑀，阖府上下的掌中明珠，老太君的心头肉。

老太君虽然仁慈豁达，对他这个没有直接血缘关系的旁系子孙却并无舐犊之情，只是看在贵客的面子上才给了他几日的青眼而已——若是他此刻说出真相，岂不是给穆宅和天医两边都出了难题？

即便是初霜替他据理力争，老太君过意不去，最多也是象征性地给穆瑀一点惩罚，而等贵客一走，自己在宅里肯定再也没有容身之地。

虽然年纪小，他却已然将利害关系看得透彻，所以咬紧了牙关。

“真的不说是谁？”看到他低眉顺眼的样子，初霜心里不舒服，本来还想再来几局，但此刻坏了兴致，便推开了棋盘，站起，“那算了。”

怎么？要走了吗？他心里一紧，无端地懊悔起来。

自己今天怎么了？为什么就按捺不住胜负心，非要在她面前卖弄一下棋力呢？今天这棋就不该敞开了下的！如果一开始就输给了她，就不会有后面这一番波折了。

他发誓，从此以后，绝对不在她面前赢棋了。

“你……你别生气！”他一急，也跟着她站了起来，声音发抖，紧张得话都说不顺，“我……我下次不这样了。”

“不怎样了？”初霜停下，觑着少年。

“……不让他们随便欺负我。”他鼓足勇气，承诺，“下次再遇到这样的事，我就用弱水还回去！我……我会争气，绝不会让你白费力气救我的！”

“这才对，”初霜心里的气渐渐顺了，对他招招手，“过来。”

他不知道她要做什么，乖乖地走过去，站在了她面前不足一步之处，垂着眼睛看地面，心情忐忑。

初霜伸出食指，轻轻按在少年的眉心，向上一路推到了额顶，唇中吐出轻轻的吟诵——那一刻，她的指尖发出了光芒，一股奇特的清凉触感传来，流水般地覆盖了他整个额头。

“好了。”片刻后，她移开了手。

只是短短一瞬，他额心那一道竖向深痕就已经完全消失！

“那道骨裂，我替你补好了。”初霜施展补天之术，瞬间赤手愈合了旧伤，她想想还是生气，屈起手指敲了敲他的额头，“但是呢，这里面有没有真的长好，我就不知道了！”

他面红耳赤，不知道怎么回答，只能低头道了一声谢。

# 第五章

## 名将之血

经过这一番波折，初霜不再有兴趣和他下棋，却也没有立刻就走。

初霜坐在廊下喝着他泡的茶，夸奖了几句他的茶道，又一眼看到搁在一边的书，不由得笑了：“《武圣韬略》？小小年纪，能看懂那么艰深的兵书吗？”

他有些不好意思：“十之五……三四吧。”

“已经很厉害了！”她夸奖他，“我在你这个年龄的时候，去照心堂藏书阁看《云笈十二卷》。哇，简直是看天书，连上面的字也只勉强看得懂一半——”

听到她略为夸张的语气，他忍不住笑了一下，为了安抚和鼓励自己，这位天医首徒居然睁着眼睛说瞎话？她十三岁就出师了，怎么可能十五岁的时候还看不懂《云笈十二卷》？

“咦？”初霜随手翻着那卷兵书，忽地在一页停了下来，露出诧异的神色——那是一张古地图，因为太长而折成了三折。古旧发黄的书页里隐隐透出一个淡得几乎看不出的字，依稀是个“爱”。

她好奇地沿着夹缝翻开，将折页拉开来。

刹那间，里面居然掉出来一张极小的笺。

那是一张上品的雪色罗纹纸，上面用浅浅的绯色写着两行字——

静女其姝，俟我于城隅。
爱而不见，搔首踟蹰。

“《静女》？”她忍不住笑了，看了面前的少年一眼，“你写的？”

“啊？不……不是！”他也是第一次发现这个东西，不由得张口结舌，脸上绯红，连声否认，“不是我！这书我刚从藏书阁里借出来……什么都没做！”

“也是。”初霜点头，一笑，“你还小，懂什么爱而不见？”

他不敢回答，垂着头，连耳朵尖都红了。

“哎，写这个的应该也是穆氏族人吧？”初霜看了看，重新将那一页折了进去，叹息，“没想到武圣后裔里，竟然也会有这样的深情之人——当年你们先祖穆钺一生戎马，号称肝胆如铁，可不怎么有儿女情长的时候。”

少年低着头，不知道怎么回答。

初霜把那卷《武圣韬略》放回了案上，又瞥见下面叠着的几本书，眼睛一亮，想抽出来看。他在一旁浑身一僵，想要阻拦却又不敢，瞬间脸色都变了。

她停住了手，只是看看对面的少年，抿嘴笑了笑。

那一叠书底下，赫然压着一本《照心秘史》——不是什么兵书韬略，也不是什么武学典籍，而是一本流传于天下的著名话本，由梦龙阁主所著，讲的是昔年天临城里皇太子冲照和太子妃叶岚心，也就是如今的紫微帝君和天医空莲之间的一段惊世情缘。

天知道为什么武圣穆氏的藏书阁里还有这种东西。

原本穆风铎专心武道，心无杂念，也不看杂书。但自从初霜一行到来后，他心里有了遏制不住的好奇，想要知道更多天医一门的讯息。结果，他刚刚从藏书阁里借出来这本书，还没看几页，居然就被天医首徒抓了个正着。

他不知道说什么好，低着头，尴尬得耳尖都红了，几乎想挖个地洞藏起来。

“哎，你喜欢看这个？”初霜眼睛一亮，语气骤然欢快了起来，仿佛遇到了知己，“这一本是梦龙阁主的成名作，我当时花了五天一口气看完。虽然文笔有些粗俗，但情节曲折，引人入胜，很是值得一读。”

她掰着手指，如数家珍，眼睛亮亮的：“这个梦龙阁主很神秘，写的书也不多，到现在一共也就两部——除了这本《照心秘史》，还有一部《相思引》，目前出了三卷，还没写完。”

“是……是吗？”见她这么说，少年一怔，尴尬终于缓解了一些，“天医门下，也……也看这些书？”

“当然了。难道我们只看医书？那多无聊呀，”她笑了，眉眼弯弯，“你以为天医一门是和尚庙尼姑庵吗，那么不食人间烟火？”

他愣了一下，旋即明白过来，难怪董嬷嬷说小神仙是个书虫——难道那天在楼上，让她看得出神的不是医书，而是这些话本？

“可是……你师父……天医空莲……”他看着那本《照心秘史》，结结巴巴，不知道怎么措辞，“她……她要是看到了……”

“怎么了？我师父她也爱看这些书啊！”初霜笑起来了，对他眨眨眼睛，“不但爱看，还每一章都要点评一下——特别是关于她和皇帝之间的那些内容，她经常一边念一边笑，还跟我逐字逐句地点评过去呢！”

“什……什么？”少年不由得惊呆了。

天医空莲，居然也看这种以她自己为原型的民间话本？这些深宫秘闻，被梦龙阁主瞎编乱造广传天下，她……她看到难道不生气？

“哈哈哈……不要惊讶。我师父她就是这样的人啊！”看到少年脸上的表情，初霜忍不住笑得更加开心，“她很开明，也很恣情任性，可不是你们想象的那种慈祥威严的一代宗师——哎，你将来见到她就知道了。”

他心中一震，什么？他……他以后能有机会见到天医吗？

“总之，别担心。”仿佛是怕他尴尬，初霜不再多提话本的事，转过话题，诚恳地鼓励，“就算中间在马厩耽误了三年，但以你的资质，后发先至，照样大有作为，哪里是宅里那些纨绔能比得了的？”

“多谢贵人鼓励。”他垂下眼，规规矩矩地回答。

“哎，你不信吗？”她看到他答得客气，加重了语气，“师父传了我洞观之术，也就是你们所谓的‘望气’——相信我，你将来绝对会很厉害的——因为你头顶有武罡紫气呢！”

“是吗？”他有点不敢相信。

“嗯！你头顶的紫气腾起，直贯北斗，可厉害了。”初霜双眸闪亮，点点头，“所以你要努力！自从中兴之主穆云岐去世，穆氏已经三代无人了呢。”

真的？他一惊，一时间不敢回答。

“不过，你头顶紫气的颜色太深，有点反常。”初霜看着他头顶的虚空，有些不确定，“看上去似乎有些发黑了？”

“那又会如何？”他紧张地问道。

“会有一点凶吧？从贵气变成煞气了。”初霜托着腮，定定看着空中，沉吟，“难怪刚才夭夭说你身上有尸山血海般的杀气——唉，将来你若掌兵，可不知道要杀多少人呢！”

那一瞬，他想起了自己在夭夭瞳孔里看到的幻境，心里一沉。

“算了。你们穆氏是武圣，是兵家，凶一点也不怕吧？”她顿了顿，最终放弃了思索，“兵者，本来就是凶器嘛！”

他点点头，又摇了摇头，道：“止戈亦为武。”

“咦？”没料到他忽然有这一句，初霜笑了起来，颔首，“说得很是。当年你们先祖穆钺百战沙场，无敌于天下。可等干戈平息后，他就交还虎符，退隐故土，终得武庙封圣——止戈为武，说的就是这样。”

“是。”他点头赞同，“永忆江湖归白发，欲回天地入扁舟。”

“……哇，小穆你很厉害嘛！”初霜再一次被惊到了，赞叹，“不但熟悉话本小说，还精通诗词歌赋？可真有点像当年号称白衣卿相的穆云岐呢！”

“谬赞了，”他发现自己不知不觉居然又在她面前力求表现了，觉得不好意思，低下头，“哪……哪能跟中兴之主相比？”

“嘿，谁知道呢？说不定你比他还厉害！”初霜不以为然，看了一眼案上的书，“不过你以后也多看一些武学典籍吧——藏书阁里有武圣亲笔的《剑道》《金鳞甲》《横槊七击》……我让老太君都拿出来给你看看。”

“真的可以吗？”他眼里放光，又是欣喜又是忐忑，“那些书都是珍品孤本，只有各房嫡子才能阅读。而我只是个……”

“看本书而已，有什么大不了？不给人看也是放在那里吃灰。”初霜不由得皱眉，“放心 我去跟老太君说——她肯定不会这么小气。”

“是。”他连忙道，不敢多说。

“小穆，你的天赋远在其他人之上，可别看低了自己。”初霜看着他，正色道，“再过几年，等满了十八岁，你就可以去武庙祭拜了——先学好剑术，到时候去试试那把武圣之剑吧！”

什么？少年猛然一震，双眸因为这句话而亮了一下。

武庙，武圣之剑，阊阳！

“你……你觉得我可以？”他声音发抖，双眸里有难以压抑的光芒。

“试试嘛！阊阳已经封剑八十年了，说不定就在等你呢？”初霜挑起眉，看着面前的少年，笑了起来，“反正，我觉得你的潜力比穆瑀大多了。”

“穆瑀？”他不敢相信，“他是嫡长孙，最纯粹的武圣血脉，而我……”

“嘁！别听那些人的鬼话，”初霜打断了他，“既然武圣穆钺当初立下了武庙拔剑的规矩，就说明他对后裔一视同仁——不分嫡庶，能者居上。是不是？”

他心里一震，竟觉得她说得颇有道理。

“而且，北襄穆氏又不是天临冲氏——人家至少真的有炎龙之血要传承。”初霜言语爽利，如珠落玉盘，“你们始祖当初不过一介白衣，早年还在扶风郡编竹器卖呢！当年阊阳选了他，难道是因为他有什么高贵血统吗？当然不是。而是因为他能力卓绝，心怀天下！”

对，是这个道理。他不由自主地点点头。

“帝王将相，宁有种乎？英雄不问出处！”初霜看着他，眉梢扬起，“就算做不了英雄，也不能做一个碌碌无为的庸人——是不是？”

他心底一热，脱口而出：“是！”

“那就对了。小穆将来肯定会是一个了不起的人物呢！”初霜击节，笑眯眯地看着他，“走之前，我要再去见一次老太君，让她好好照拂你。”

“啊？”他却没有注意她的夸奖，脱口而出，“你……你要走了？”

“对。我和阆风过几天就要离开了，所以抽空来看看你，”初霜点点头，“还有什么事尽管告诉我，走之前我替你解决。”

“真的？”他脸色苍白，颤声，“为……为什么要走？”

“北襄又不是我家，”初霜奇怪地看了他一眼，“我们在穆宅已经停留了三四个月，如今老太君病体痊愈，当然该走了。”

“哦……”他冷静下来，无言以对。

“眼见要到夏天了，后面还有很多事呢。”看到少年神色黯然，她耐心地解释了几句，“师父用仙驭传书，派我赶往南疆十万大山，去瘴气深重的村里给病人布施药物过三伏。南北路途遥远，我还要备药，得马上启程才能赶得上其他同门。”

“这样。”他点了点头，不知道说什么好。

她要走了，这一别，可能再也见不到了吧？

也是，她这样的人，就像是天外飞仙，能惊鸿一瞥地出现在他的生命里已经是个奇迹，难道还能指望她一直留在这座深宅大院吗？

“那……你们打算哪天启程？”他压下心头汹涌的思绪，问。

“四月二十。”她起身，笑吟吟地拉开院子的门，“到时候要来送我哦！”

“一定！”他用力点头。

门一打开，他们才发现董嬷嬷拎着个篮子站在院子外面，已经不知道听了多久。

初霜认识这个老太君房里的老嬷嬷，也不在意，只是对她点点头道了声好，便翩然而去，只留下少年在庭院里发呆。

董嬷嬷看着少女的背影，不由得“啧”了一声：“刚刚她问有什么要求，你怎么不和她提一下月例银子不够用呢？难得贵客来一趟！”

他恍若没有听到，走回廊下，从《武圣韬略》里将那一张小笺抽了出来，拿在手中怔怔看着，心里只是想：她就要走了。

离四月二十，只有十几天了。

“来，看看我给你带了什么？”董嬷嬷将篮子上的布揭开，里面赫然是八个碟子的精致吃食，“上午我特意去了一趟城里的醉云楼，让大厨给你做了拿手菜——这一路走得急，有点洒出来了。”

他回过神，看到那么丰盛的一篮子食物，愕然：“这么多？”

“今天是你生辰啊！哎，不会傻到忘了吧？”看到他发愣的样子，董嬷嬷推了他一把，“赶紧摆上，我再下厨给你做一碗长寿面。”

他愣愣地看着这个老妇人颠着小脚进屋，忙前忙后地张罗，布上了一桌前所未有的丰盛晚饭，忽然间眼眶发热，握紧了手，才把心里翻滚的热流压了下去。

他仰起头看着廊下，那一串风铎无风自动，忽然又轻轻响了一声。

——阿娘，你看，我现在过得这么好，你安心了吗？

剩下的日子里，初霜没有再来找他，他也没机会再见到她。

甚至，连深院里的琴声都听不到了。

他还是每日早起，看书习武，练剑打谱，把每天都排得满满的。然而生平第一次，他居然做任何事都变得心神不定，在演武场里不能集中精神，回来后也无心看书下棋，只是望着廊下的风铎发呆。

他很想许个愿，让她在这里多留一段日子，然而一想起她此行是要去疫区救人，又觉得自己的私心过于偏狭——说不定在那遥远的十万大山里，有很多个像他一样的人，正眼巴巴地等着她去救命，解于倒悬呢？

初霜是属于整个天下的，又岂能被某一人、某一地困住？

“爱而不见，搔首踟蹰。”

那一瞬，这句诗忽然浮现在心头，令少年心里一动，若有所悟。他低头看了看案上那本《照心秘史》，想起里面的某些章回内容，忽然脸上一红。

“又在发呆了。”董嬷嬷走过来，笑话他，“想什么呢？”

他一惊，连忙将书掩起，收拾心思，低声回答：“恩人要走了，我想给她回个礼，可是……拿什么回礼呢？”

“心意到了就行，哪怕送块石头呢。”老嬷嬷笑，随口安抚了一句，“人家是天医的高徒，结交的都是天下一流的权贵，啥好东西没见过？”

“石头？”他眼睛一亮，仿佛想到了什么。

第二日，他破天荒地向钟岳教官请了一天的假，独自出了门。

从小到大，他甚少有离开穆宅的机会，因此在出门前颇为紧张，连夜默记了几遍路线和地图。

出了迦师古城的北门，沿着官道往城外十里处，便是那个传说中的古槐林，临着溯水，旁边是一个荒废的采玉场，曾经出产整个北襄最好的寒玉，却在那一场巫蛊宫难之后彻底关闭。

等他一路走到那里的时候，已经接近巳时，古槐林附近一个人影都不见，只有清冷的风在吹拂。

他小心地避开林子，绕路而行，沿着荒烟蔓草的道路摸到了采玉场。他找到了废弃的入口，将外袍脱在岸上，沿着矿井涉水而下，在薄冰尚未消融的溯水里摸索。

四月的溯水冷得刺骨，他站在齐腰深的水里，瑟瑟发抖，咬着牙坚持，翻遍了河床。然而淘了一个时辰，他摸出来的都是介于玉和石之间的次品，裂纹遍布，不堪雕琢。

他不由自主地越走越深，在几近齐胸的河道中反复摸索。最后，他看到深邃的水底有一点幽幽的光，立刻憋了一口气，冒险潜游下去。

“小穆？”忽然间，有人幽幽地唤了他一声，声音近在咫尺，几乎是贴着他的耳后。

初霜？怎么会……他猛地吃了一惊，呛了一口冰冷的水，整个人在水下失去了平衡。

他剧烈地挣扎，手足拼命划动。在几乎溺毙的时候，指尖忽地碰到了一块温玉，他下意识地握住，死死不放。

握着采来的玉，他挣扎着浮出河面，剧烈地咳嗽着，然而四顾之下，溯水河面上薄冰片片，空无一人。

是听错了吗？还是……还是心有所念，思虑过重，竟出现了幻觉？

他怔了片刻，低下头将那块玉石拿在手里看了又看——那块玉有拳头大，白如凝脂，细致温润，冰凉之中居然还有微微的暖意。

这应该就是溯水寒玉了吧？

他松了口气，涉水上岸，战栗着重新穿起了外袍，裹着湿透的身子往回走。

回程路过古槐林，他忍不住往深处看了一眼——董嬷嬷说的筑京观，是不是就在林子深处？那里，是真的有骷髅台吗？

然而，就在他看去的那一瞬间，古槐林里忽地起了一阵风，一个声音在耳边幽幽响起，仿佛是一句随风而逝的梦呓：“……小穆？”

谁？他悚然一惊，茫然四顾。

四周没有人，但幽林深处有影子在动。

那一瞬，仿佛直觉有什么不对劲，他下意识地往外退。然而刚一动，密林深处忽地有一股阴风急卷而来，似乎是探出了一只无形的手，一把攫住他往里拉了进去！

他猝不及防，竭尽全力和那股拉着他的力量对抗，在密林深处刹住身形，踉跄抬起头——然而，映入眼帘的，居然是一座闪着森然白光的高台，上下层叠，布满了密密麻麻的黑洞。

那是千万双不瞑的眼睛，正在看着他。

这……这是……筑京观？骷髅台？

“小穆……”那个声音又响起来了，宛如贴耳低语，“你来了？”

谁？那一瞬，仿佛被魇住，他居然忘了逃离，反而抬头顺着声音看了过去。

密林深处，骷髅筑成的高台顶部，竟然有一个极其美丽的女子。她正在高处俯首看着他，容颜绝世，气质高华，金钗玉簪，玳瑁华胜，眸子是罕见的湛碧色，头上戴着六龙六凤衔珠冠冕，一头乌黑的长发从高台上倾泻而下，蜿蜒垂落，无风自动。

然而，那个女子全身上下，却只得一颗头颅！

那一刻，他心神剧震，不敢相信眼前看到的这一幕——天下诸国，天临紫微皇后的冠冕为九龙九凤，除此之外，其他十三国皇后的冠冕均为六龙六凤。

骷髅台上的……居然真的是哀皇后！

她、她的头颅，正在和他说话？她……她居然认识他？叫他小穆？为什么？眼前这一切是真的，还是梦魇？

少年震惊得说不出话来，仿佛被魇住了，怔怔地站在高台下，和高台上那个美丽的皇后头颅对视，被那湛碧的眸光所慑，竟完全不能动。

那一瞬，他没有注意到那丝丝缕缕的长发从高台垂落，在地上无声地延伸过来，攀住他的脚踝，往上缠绕，密密麻麻如同织茧。

“小穆……小穆。”长发冰凉丝滑，如同蛇一般缠上来，发梢轻抚着他的脸颊，那个梦呓般的声音在耳边轻轻道，“三世之后……你终于来了……”

他一阵恍惚，心神开始动摇，仿佛贴耳在唤着他名字的是另一个女子。

然而，就在那一瞬，怀中匕首剧烈震动，似是在警告。

不、不……那不是她……那不是初霜！

他猛然明白过来，凝聚起心神，一咬舌尖，在剧痛中摆脱了那种溺水般冰凉的触感，踉跄后退，反手“唰”地一把拔出弱水，刃上光华四射。

“哧”的一声，宛如裂帛，那些缠上来的长发被一切而断！

“啊——”那一瞬间，高台上的头颅发出痛苦的嘶喊，宛如被第二次斩首。

神兵斩鬼，刀锋过处，被截断的长发里居然流出了鲜血，蜿蜒满地，飞速地往回缩。他往后连退了几步，这才透出一口气，从梦魇中醒来。

然而瞬间，眼前的一切又消失了。密林中空空荡荡，竟然什么都没有！

刚才……是幻觉？还是……

他怔了怔，只觉满身冷汗，再也不敢停留，转身疾奔，冲出了密林。一路上，那个哀婉的声音似乎还贴在自己耳后，不住地呼唤——

“小穆……小穆！”

等出来时，他发现进入林中不过短短片刻，外面的天色居然已经黑了。

怎么回事？这古槐林里的一刻钟，居然长过了外面的一个时辰！

夕阳落下，暮色笼罩溯水边的这座古槐林。

他一刻也不敢停，朝着穆宅方向一路飞奔——穆氏规矩森严，三百年来，在日落之前，大宅四门必须同时落锁，无论发生什么事都彻夜不开。

据说这是武圣立下的规矩。为了保护穆氏后裔，在归隐建造此宅时便设下了结界，日落前只要四门一闭，这座大宅便固若金汤，万军难入。

他一路疾奔，终于在落锁之前回到了小院里，跑得心都快跳出来。

董嬷嬷看到他一大早就出去，直到暮色浓厚的时候才回来，脸色苍白，全身湿透，衣衫脏污，不由得数落了半天。他一声不吭地吃了饭，也不解释，只早早回房放好了怀里的东西，沐浴更衣，躺下休息。

然而到了子夜时分，他却在榻上发起烧来。

“怎么回事？脸色这么差？”他撑起身，想去厨下找点茶喝，被董嬷嬷撞见，走过来摸了摸他的额头，失声，“哎呀！怎么烧得这么高？”

“没什么，”他有气无力，“受凉了而已，睡一觉发发汗就好了。”

“那怎么行！烧得烫手，”董嬷嬷站起来往外走，“白天到底去了哪儿？回来全身都湿淋淋的，得赶紧找大夫看看。”

“不用不用……”他连忙道，“大晚上的，别麻烦。”

“哎，你这孩子——还当自己是在马厩里，死活听天命吗？”董嬷嬷把他按回了炕上，拍拍胸口，“靠我这张老脸，让值夜的去请个大夫来还是够的。你就好好躺着，别乱动。”

他躺在那里，看着董嬷嬷急匆匆地出门去，恍惚之中似乎看到的是阿娘的背影。那一瞬，心潮如涌，身体滚烫，头有千斤重，眉心好像裂开了一样地痛，不知道有什么想钻出来，还是有什么想渗进去。

他烧得迷迷糊糊，不知不觉就昏睡了过去。

“小穆……小穆。”昏昏沉沉中，他又听到那个声音叫他，清凉温柔。

不，不能答应……那个东西，不是初霜。

然而紧接着，一双手抚上了他的额头，轻轻擦拭着密布的冷汗，依次按住不同穴位。依稀之中，他又闻到了那种熟悉的气息，如同雪后的万里晴空，干净澄澈，清爽温暖，萦绕在梦里千百次。

啊？是她……这气息，是她！

“初霜！”那一瞬，他再也忍不住应了一声，欣喜若狂，“初霜！”

“是我。”那双手轻抚他额头，“好了，没事了……”

“初霜……”在那个声音里，他整个人都松懈下来，无意识地侧过头，将自己滚热的脸颊贴上了那双手，蹭了蹭，喃喃，“初霜。”

然后，他全身脱力，重重地倒了下去。

刹那间，有羽毛一样轻柔的怀抱接住了他。

醒来的时候已经是第二日，他热度退了下去，全身轻松却又虚弱。

“你醒了？都午时一刻了。”董嬷嬷端着一碗粥过来，啧啧赞叹，“小神仙就是神！都没用药，只扎了几针你就好了。”

他不由得一惊：“她……她来过了吗？”

“对。我昨天去老太君院子里请大夫，结果正好碰到了她，你说运气好不好？”董嬷嬷还是有些后怕，“小神仙说你不但寒气入肺腑，还有邪魅侵扰，幸亏我半夜就去叫人，拖到白天就麻烦了……唉，你说你，到底跑去了哪里？”

他没有回答这个问题。

高烧醒来后，记忆变得恍惚，他甚至都不能确定那段遭遇是不是真实的——他是不是真的进入过密林？是不是真的看到过骷髅台和哀皇后？

那个高台上的皇后的头颅，是不是真的和自己说过话？

“你呀，怎么老不声不响的？发生了什么事也不说，总让人白白担心。”董嬷嬷把手里的粥递给他，又剥了一个咸蛋，催促，“快吃，这是鸡丝碧粳米粥，我从老太君私厨那里蹭来的，连大少爷房里也没有这样的稀罕物儿呢！”

他捧着碗，沉默了半晌，忽然道：“以后……我叫您阿姆吧。”

——阿姆，是北襄对祖母的称呼。

董嬷嬷怔了怔，笑道：“叫我阿姆，是要给我养老送终的。”

“嗯。”他点了点头，眼神凝重。

“哎，乖孩子！”老嬷嬷欢喜得很，满脸皱纹都成了一朵花，摸摸少年的脑袋，叮嘱，“不过只能私下叫叫，可别让三房太夫人听了去——没想到我都六十的人了，居然还白得了个好孙子！”

可不？他都十五岁了，居然还能在这个世间再找到一个亲人。

热粥喝下去，肺腑之间一片暖意。

# 第六章

## 长亭之别

等董嬷嬷收拾碗筷离开，他在榻上撑起身，默默地探手进去，摸了摸那一块从溯水里淘来的玉石。那块冰冷的玉石在枕下被他焐了一晚，已经变得温润细腻。

接下来，大病初愈的他向演武场告了三天的假，关起门来，拿着弱水埋头工作，日夜琢磨，一直到初霜出发前一天晚上，他才堪堪做完了那件要送出去的礼物。

双手磨得红肿，他乌着双眼吹灭灯睡去，却不敢睡得太深。

因为心里藏着事，他卯时就醒来了，早早地起了床，换上最好的衣服，细心地整理仪容，反反复复检查，直到接近辰时才打理完毕，推门走了出去。

“哎呀，今儿这是怎么了，打扮得这么俊俏？”董嬷嬷在庭院里洒扫，一眼看到他，不由得失笑，“头发梳得这么光，从头到脚簇簇新，像个要去迎亲的新郎官——这是要去干吗？吃早饭了吗？”

“去……去送客。”他有些不好意思地回答。

有这么夸张吗？他不就是换了一身比较新的衣服？

“那你怎么起得这么迟？”董嬷嬷停住了扫帚，有些愕然，“贵客早就出门了，半个时辰前，老太君也坐着步辇去送客了。”

“什么？”他大吃一惊，不顾一切地往外奔跑。

他果然去晚了。

一路狂奔到长亭的时候，他才看到穆氏的送客队伍长达半里路，各房都来了人，亭子内外乌压压地聚集着上百人，他根本挤不到前面。

当他赶到的时候，初霜正坐在亭中，膝上横着那把太古遗音，轻舒广袖，专心地弹奏——指尖划过处，仙乐流淌，仿佛有形有质一样流过每个人的耳畔。

他甚至隐约看到有无数细细的光，从弦上腾空而起，随着曲声如同透明的雨丝一样，注入了每个人头顶的灵台穴。那些弦上之光，蕴含着灵气万千，仿佛天降灵雨，给凡人抚顶，授与长生之秘。

一曲毕，所有人只觉神清气爽，宛如一梦初醒，竟都忘了鼓掌喝彩。

“这一曲《无忧》，专为老太君祝颂，有宁神安魂、延年益寿之效。”初霜收住手，压在弦上，笑吟吟地道，“才疏学浅，贻笑大方。”

“哪里哪里，灵力充沛，挥洒自如，真是青出于蓝而胜于蓝啊……”老太君拊掌，“这把太古遗音到了你手里，也算是得其所哉。”

什么？听琴就可以让人祛病延年？

这样神奇的事，在天医门下说来却并无荒诞之意。毕竟天医在神域中位列南斗之首，南斗三生，用这极品灵器弹奏的一曲，虽然不能达到传说中起死回生的地步，却足以让重病重伤者闻曲而起，一夕如常。

根据《照心秘史》上所说，二十多年前，在天临城爆发的政变中，当时还是太子妃的天医空莲就曾携名琴九霄环佩独坐东宫殿上，一人一琴，七弦十三徽，支撑两千名御林军血战多日，击退了围来的三万敌军。三个月后，皇太子冲照等到了北襄援军，顺利平定了叛乱，太子妃却因为气血损耗过大，大病不起足足一年。

其后不知为何，这对共患难的恩爱夫妻就此分道扬镳。

然而，这两人虽然一纸和离书公告天下，私下却一直分分合合，藕断丝连。紫微帝君即位二十余年，中宫皇后之位始终悬空，不曾另立皇后。宫里都传言如今天临城的皇太子冲少羽，虽然名义上由雅宣太后抚养，生母其实是天医空莲——天知道为什么她放着堂堂的皇后不当，却要跑到东陆行医，再不返回天临城。

而如今，她的首徒初霜继承了她的医术，自然也继承了她的琴艺。

一曲毕，众人纷纷围上去感谢夸奖。穆风铎也从话本野史里回过神，定睛四顾，发现初霜只是独自一人，和她一起来的阆风居然不见了踪影，一时间有些诧异。

初霜一边应酬穆氏各房，一边用视线在人群里寻觅，终于看到了站在人群后面的少年，眼睛一亮，抬手招了招，高声道：“小穆，这边！”

小穆？所有人都怔了一下，顺着她的视线回过身。

那一瞬，穆风铎被无数人盯着，拘谨得头皮都有点发麻，不由自主地低下了头，不敢和那些飞刀一样扎过来的视线对望。

“这谁啊？”顿时有人窃窃私语，“哪一房的？”

“啧，不就是三房那个？差点被吊起来打死的。”

“哦……那个杂种？模样倒是不错。”

“三房太夫人身边的那个九儿，当初可是个美人，才会被穆蟠那家伙看上了。”

“哎，他不是那个贱婢和厨房骆祥所生的吗？也算三房的人？”

“老太君让他认祖归宗了，怎么不算三房的人了？”

穆风铎在铺天盖地的议论和审视中犹豫了一下，终于还是定了定神，硬着头皮往前走去——初霜在路的那一端叫他过去，别说是流言蜚语，就算面前是刀山火海，他也得一步步走过去。

见他走来，那些族人停止了议论，自动让出一条路，似乎怕沾到什么不干净的东西，目光里有厌恶也有警惕。那个二世祖穆蟠站在那里，也好奇地盯着这个自己名义上的儿子，正想上前一步看仔细，却被夫人瞪了一眼。

“可算来了，”初霜迎上去，穿过人群拉住穆风铎，“都在等你呢。”

都？除了她，还有谁？

对了，她、她也在等自己吗？

穆风铎心里乍惊乍喜，却被她一把拉了过去：“过来。”

初霜的手指纤细柔软，触感微凉，如同美玉，和他在半昏迷之中感受到的一模一样。少年心头狂跳，就这样在众目睽睽之下被她拉着，走入了亭子里。

初霜朗声道：“老太君，小穆来了。”

怀瑾老太君拄着龙头拐杖，被一群女眷围在中间，抬起头来打量这个身形单薄的少年一眼，笑道：“可算来了……小辈让祖辈等，可不大像话。”

什么？他一怔，看了三房那边的人一眼——无论是祖辈还是父辈，这边从没有人通知过他今天要送客，更不用说告知他具体送别的时间。

然而，他还是立刻垂下头，恭敬地回答：“请老太君责罚。”

“算了，”老太君心情好，大度地挥挥手，“下不为例。”

初霜暗中轻拍他的掌心，似乎对内情了然于心，拉着他来到老太君面前，弯下腰，言笑晏晏地说了许多他的好话，大意是说他聪明敏锐，品性良好，天资出众，如果得了老太君的照拂和栽培，将来必成大器，可以替穆氏光耀门楣云云。

她一个劲地夸奖，他只听得面红耳热，内心羞愧，不敢抬头。

穆宅人才济济，自己只不过是个婢生子，初霜这样在老太君面前抬举他，夸下海口，万一他将来不能出人头地，岂不是辜负了她的期许，丢了她的脸？

慈眉善目的老人一边听，一边看着面前的少年，连连点头。

“放心，以后我会顾着这个孩子，就和自己的嫡孙一样。”老太君一口应承了下来，夸赞，“哎，这模样是难得一见的好，就是身子单薄了一点……怎么，顺娘她没照顾好你的衣食起居吗？”

“董嬷嬷极好，”他连忙道，“这几个月晚辈已胖了五斤了。”

“那就好……以后就让她替我看着这个没娘的孩子吧。”老太君笑了笑，回过头吩咐身边的大管家齐善，“阿善，你去叮嘱厨房，每日里给他配点好菜，每五日再送一盏聚灵露过去——就和瑀儿的份例一样。”

此语一出，旁边听到的人都是一怔，露出羡慕的神色来。

穆氏是武圣世家，自然有祖传的秘法帮助子弟提升武道修为，而聚灵露这种珍品数量有限，便是嫡系子弟也未必人人领到。

“是。”旁边的大管家齐善马上应承，“今晚立刻送去。”

“哎，实在是太瘦了……要多吃一点，吃好一点。”老太君笑着拉过穆风铎的手拍了拍，看了一眼三房那边的老妯娌，微微提高语调，“可怜见儿的，我一日病得没顾上宅子里的事，就被人欺负成了这样——别怕，有我在，宅里不会有人再敢欺负你了。”

听得这话，三房那边的人不由得变色，只是盯着他看，眼神刻毒。

穆风铎心中一震，明白老太君是故意如此当众抬举他，好绝了三房那边的路子。从今日起，自己在穆宅里想要立足，只怕要完全倚仗老太君青眼了。

老人的手枯槁微凉，如同古树盘绕，摩挲着他的手背。少年下意识地一颤，却僵硬着不敢收回——自从少时马厩值夜的那次遭遇之后，他对于别人的触碰就变得非常抵触，即便是在高位掌权的长辈面前亦是如此。

唯一的例外，便只有初霜。

“既然妹妹如此推许，想必这位风铎小弟定是极优秀的人才了。”旁边有一人站了出来，笑道，“日后在学堂和演武场，就和我一组好了——我那一组的文武教官都是宅子里最好的，免得埋没了这般优秀的人才。”

这位身形微胖、面如满月的锦衣少年，正是穆宅的嫡长孙穆瑀，比初霜略长几个月，他目不转睛地看着少女，嘴里道：“妹妹觉得这样安排如何？”

穆风铎心下不悦，这个人别的不行，一口一个妹妹倒是叫得热络。

自从初霜来到穆宅后，这个嫡长孙借口服侍祖母，日日往老太君的后院跑，去了却什么汤药也不端，只管围着初霜转。初霜待人一贯大方，对他也客客气气的，但不见得比待旁人更好一分，对他所提的出游邀约更是一概婉拒。

若单论容貌，穆瑀房里的侍妾婢女尽有比初霜更出色的，他一开始只不过因为初霜天医传人的身份想结交一下，为将来铺路。然而碰了几次软钉子后，从小到大被捧在掌心的穆氏嫡长孙反而不甘心起来，他大献殷勤，非要获得佳人青睐不可。

“对对，亏得你想到这些。”老太君听得高兴，连忙拍了拍心肝宝贝的手，

“你们要手足相扶，日后才能振兴穆氏！”

“是是。”穆瑀顺着祖母说着，眼角却瞥了瞥穆风铎。

毕竟是大病初愈，说到这里老太君已经有些疲惫，道：“说了这半日话，辰时都快过了，别耽误了上路的时间。初霜这一去得一千多里呢……瑀儿，你跟大管家去看看，穆宅给天医的回礼和那十八骑都准备好了没有？”

“是。”穆瑀躬身退了下去。

很快，各房送行的人也依次退下，分头打道回府。

穆风铎那个醉鬼二世祖父亲穆蟠离开的时候望了他一眼，眼神带着好奇，大约是没想到自己的便宜儿子今日居然大出风头。顿了顿，穆蟠似乎想过来说点什么，但被夫人恶狠狠地盯着，只能悻悻地走了。

等四房人马依次退下，亭子里一下变得空空荡荡。

穆风铎站在老太君身边，正在犹豫要不要一起告退，初霜却拉住了他，拿过桌子上的一块糕点，塞到了他的手里：“哎，看你脸色发白，快填填肚子，一路赶过来，还没吃早饭吧？”

“这……”世家大族规矩森严，他有些赧然，不敢去接。

“没事，吃吧，”老太君看了这个庶侄孙一眼，笑眯眯地道，“坐下来，慢慢吃，别饿着了。”

“是。”穆风铎规规矩矩地坐了下来，捧着糕点，小心地吃了一口。

“哎，这孩子模样还真是俊，在整个宅子里都拔尖，”老太君打量着这个少年子弟，嘴角浮出一丝笑意，转头对初霜道，“难怪你这么上心。”

什么？他一下子僵住，糕点“啪”地跌落衣襟，连耳朵尖都红了。

“老太君！”初霜也尴尬起来，跺脚，“您乱说什么呀！”

“你看你，脸皮这么薄，随口说一句就急了？”老太君笑了起来，“天医空莲的徒弟，继承了她的一切，怎么就没继承她的风流不羁呢？”

“我师父是风流不羁，您是为老不尊。”初霜嗔道。

“所以我们这辈子是闺中好友嘛！”老太君笑了起来，握住了身边少女的手，语重心长，“初霜啊……我跟你说，人生苦短，花朵一样的年纪，不要日日对着古籍医书，天天忙着病人病案——去找点其他乐子吧！才子佳人，花前月下，才不负青春年华……”

顿了顿，老太君笑道：“我看阆风就不错。”

什么？他在旁边听了这一句，猛然一震，只感觉全身的血都涌了上来，心怦怦地跳着，极想听到她怎么回答，却怎么也不敢抬头去看。

初霜却一脸尴尬：“哎，求您老人家，别乱开玩笑了。”

“怎么，看不上阆风？”老太君却没放过她，继续笑着问，“霜儿，你也十六七岁了，身边这么多青年才俊，难道就没有一个看上的吗？是不是你师父心里早有了主意，不许你分心？”

听到此处，他忍不住蹙眉，心中极不舒服。初霜明明是不想回答这些问题的，却被一再催逼——老太君这是怎么了？这是长辈对晚辈该说的话吗？

“不关师父的事，”初霜辩解，“确实是我忙不过来。”

“徒弟都忙不过来了，那师父呢？”老太君蹙眉，有些嗔怪，“忙着花天酒地？哦，对了，她身边还是那个西泠公子吗？”

“……不是了。”初霜看到穆风铎在身侧，犹豫了一下，只道，“师父她一贯诗酒放诞，随心所欲，哪一天身边没有合意之人呢？”

“也对，”老太君哑然失笑，“只怕你出来数月，她身边又换了一个。”

他在旁垂头听着，不敢出声，心里却是大感意外——天医空莲，应该是空谷之莲，不染凡尘才对，怎么会是个诗酒放诞、身边新欢旧爱无数的女子呢？

“那倒不是，”初霜有些窘迫，似乎是想替师父挽回一些颜面，道，“师父她最近一直在闭门炼丹制药，没有离开照心堂。”

“炼丹？什么丹？”老太君有些愕然，“她在驻颜有术之后，难不成还想长生不老了？”

“师父不曾细说。”初霜回答，“只说为即将降临的天下大难而准备。”

“天下大难？”老太君有些不解，“太平盛世，哪儿来的大难？”

“这个……”初霜迟疑了一下，才低声道，“前不久，伽蓝佛国的方丈来到照心堂，和师父闭门密谈了一次。”

“枯荣大师？他说了什么？”老太君一惊，顿时收敛了脸上的调侃——枯荣大师已经九十高龄，竟然千里迢迢拜访了照心堂，那定然是为了极其重要的事。

“不知道。”初霜摇摇头，“但是枯荣大师一离开，师父就闭门谢客，让门人点燃地宫的鼎炉，开始炼制丹药。”

“是吗？照心堂的那个鼎炉，可是足足有十年不曾点燃了。”老太君蹙眉，半晌才道，“难得看到她这么专心做正事，不容易。”

初霜在旁边点了点头，表示赞同。

“你师父也快五十了吧？还是那么随心所欲，容颜不老。”老太君蹾了蹾手里的拐杖，有些羡慕之意，“同样是高门贵女，同样是嫁了天下一等一的丈夫，但她这一辈子啊，就是比我等过得舒爽自在！”

初霜笑了笑，也是有些羡慕：“师父确实活得恣意。”

“当年她死活不肯进宫当皇后，非要和离，冲照还找了我去当说客……其实，我完全理解她的想法。”老太君回忆往事，不由得感慨，“当皇后有什么好？

一辈子被拘在深宫，一言一行都要母仪天下，丈夫却能名正言顺地三妻四妾——哪有当东越女君和天医来得自在？你说是不是？”

“是。”初霜笑着点头，“能做天医，谁会去做皇后？”

这句话令旁边的少年一怔，忍不住偷偷抬起眼看了她一眼。

北襄风气保守闭塞，女子从生下来开始便循规蹈矩，在家从父，出嫁从夫，夫死从子，绝不可改嫁，更不可抛头露面出来做事。

而她却说，能做天医，便连皇后也不值得去做？

“所以，我没有替冲照去劝你师父，反而劝他早点罢手。人情留一线，日后好见面。”老太君摇头，“他因此足足生了我好几年的气——可是你看，后来过了七八年，他们两个兜兜转转，不又和好了吗？”

初霜微笑道：“老太君不愧是师父一辈子的好友。”

“你师父她敢作敢为，去留两不顾。知道自己要什么，也狠得下心。”老太君轻叹一口气，神色寂寥，“哪像我，被困在这座穆宅里，半辈子都在算计这算计那，未老先白头。”

“哪里呀！”初霜立刻笑道，“老太君您一生尊贵荣宠，大权在握。如今子孙满堂，孝顺恭敬，可谓福慧双全——多少人羡慕还羡慕不来呢！”

“你看你这张嘴……还真是能治病。”老太君见她说得巧，不由得笑了起来，“去问问你师父，她羡慕吗？要跟我换吗？”

“那，师父大概是不肯的……”初霜也笑，“她最烦小孩了，当年光我们两个就闹得她头痛——子孙满堂，那还得了？”

“哈哈哈……”平日肃穆威严的老太君放声大笑，竟是少有地开怀。

两个女子，一老一少，在亭子里随口说着这些帝都皇室、世家大族的秘辛，仿佛在说一些寻常街巷闲事一般。穆风铎在一旁默默地听着，捧着糕点，不敢抬头——原来，这些年高德劭的长辈、名震天下的传奇，也都是有血有肉、有七情六欲的常人……虽然高高在上，却也有做不到的事，也会遗憾，也会羡慕，也会发牢骚。

也和普通人一样，有挣不开的无形的网。

“你却不像你师父，”老太君看了看初霜，忽然道，“你有些太乖了。”

初霜微微一怔，不知如何回答，只是尴尬地笑了笑。

“我回头要好好教训教训你师父，怎么能为了自己风流逍遥，就让弟子做牛做马呢？”老太君摇头，“你也到了年龄，才容这般出众，就该找个如意郎君嫁了，别生生地耽误了大好年华。”

“哪里，”初霜微笑，“能为苍生尽微薄之力，才是不负年华。”

“啧，”老太君叹气，有些失望，“岚心那家伙，简直是把你弄得死心塌地地替她干活呢——记住，人的一生，是要为自己而活的。”

“是。”初霜抿嘴一笑，没有反驳。

“回去替我向你师父问好，”眼看对方并不领情，老太君不再继续这个话题，叹了口气，“跟她说，若是有空，多去天临城看看——就算跟丈夫已经和离了，儿子总还是自己的吧？”

“您别担心。”提到这个，初霜眼神微微一动，笑道，“帝君每年都会让少羽来东越国一趟，在照心堂住一个月，陪陪母亲。”

“这样？那倒也还好。可是，他们母子谈得来吗？”老太君摇头，“听说少羽那个孩子桀骜不驯，一身反骨，做事荒唐，经常把皇帝气得不轻——有一次皇帝差点下了废太子的诏书呢！”

“唉，确实是个混世魔王。”初霜说起这个，也是叹气，“每次他来之前，师父都让我备好救心丹和理气丸。”

“哈哈哈！那可为难你了吧？”老太君再次开怀大笑起来，“按下葫芦浮起瓢，两头救火。”

“还好一年也就那么几天。”初霜抿嘴微笑，双眸却是亮的，“任凭他们怎么闹，熬一熬也就过去了——他若不来，照心堂原本也没这么热闹。”

穆风铎在一旁听着，看到她嘴角的那个笑意，不由得一震：少羽？她们说的是天临皇太子吧？她腰畔那个锦囊上绣着赤色的蟠龙，分明是天临皇室的纹徽……难道，是那个人送给她的吗？

那一瞬，他只觉得心里猛地一沉，说不出地难受。

紫微帝君冲照和天医空莲的独子，天临少主，炎龙血脉的继承者，从一出生就站在光芒四射的阶梯顶端，拥有这个天下的一切——这样的人，是卑微的马厩小仆役毕生都无法仰望的存在。

围绕在她身边的，全都是这样耀眼夺目的人吗？

他将视线从她微笑的嘴角移开，默默垂下头，再也不敢看她。

“穆氏给天医的谢礼，我都让人放在马车上了。”说到这里，老太君拿出一个雕着莲花的碧玉瓶，递给了初霜，“这是我私下给你的体己，拿着。”

“您太客气了，”初霜有些不好意思，“晚辈只是奉命前来。”

“拿着吧。”老太君把玉瓶放到了她的手心，笑道，“只是一颗驻颜回春丹而已，其实还是当年你师父给我的。”

“啊？”毕竟是女孩子，初霜顿时眼睛发亮，“驻颜回春丹？”

这是举世罕见的奇药，用材极珍贵，炼制又艰难，连师父也只在三十年前炼成过一次，一炉仅仅两枚——她自己用了一枚，而另外一枚居然是给了老太君？

“怎么样，喜欢吧？”老太君微笑，看着面前的少女，“你现在还小，用不上，等到了韶华最盛的时候再服下此药，就能和你师父一样毕生美丽、永不衰老了。”

“谢谢老太君！”初霜捧着碧玉小瓶，诚心诚意地道谢。

穆风铎在旁边垂着头，没有去看她，却也听出了她语气里的激动愉悦，忍不住地替她高兴——他不能想象初霜到了韶华鼎盛的时候会是怎样，只觉得现在的她已经如同姑射仙子一般光芒四射，天下无人能及。

“可是，”初霜想了想，却有些迟疑，“您为什么自己不用呢？”

“我的夫君早早离世，唯独留我不老，又有何意义呢？”白发苍苍的老太君笑了一声，摇头，“而且，如果我当时真的用了，如今执掌穆家的就是一个少妇——岂不古怪？怎么服众？哪能像现在这样，我一跺脚，子子孙孙立刻就噤若寒蝉。”

说着，她蹾了蹾手里的龙头拐杖，笑声里带着寂寥。

也就在这一刻，穆风铎才记起这个权倾北襄、掌控穆氏几十年的威严老人，同时也是一位孀居的妇人。

怀瑾老太君出身北襄名门文氏，十七岁嫁给穆氏嫡长子穆衡，虽是家族联姻，但夫妻感情融洽，在十三国高门贵族里是罕见的美谈。

只可惜情深缘浅，穆衡在二十五岁时死于突发意外，只余下老太君在深宅独自度过了漫长的三十年。

当初两人结缡三年，子嗣艰难，经过天医调理才得一子，也就是如今的穆氏家主穆衍。而穆衍早早成婚，虽然妻妾成群，却也只有一子穆瑀——因为三代单传，老太君极为溺爱这个嫡长孙，简直是一路捧在手心长大，百依百顺。

初霜听到这里也沉默了下去，看着手里的碧玉瓶子，没有说话。

“你是不是在想，若有一日你遇到了所爱的人，驻颜回春丹却只有一枚，应该如何是好？”老太君洞察了她的想法，“不能共白头，世事难两全，是不是？”

“我……大约会把驻颜回春丹给他吧？”初霜想了想，居然回答了这个问题。

“也对。”老太君点点头，“这样，他就能永远是你所爱的模样了。”

初霜微微一笑，没有回答。

穆风铎在一旁听着，顿时五味杂陈。难道……难道初霜已经有所爱的人了吗？她所爱的人，会是什么样的呢？是阆风那样的绝世高手，还是天临少主那样的人中之龙？

——无论是谁，能被她所爱，都是极幸运的吧？

“能这么想，说明你是个好孩子……希望那个人也要当得起这一片真心才行。”老太君叹息，“初霜，你性格温柔，待人亲切，落落大方，明事理又能干。

将来无论是谁娶了你，都是福气。”

“哪里。”初霜脸上一红，“我将来要像师父一样，一辈子行医济世，不嫁人。”

“然后情人知己一大堆吗？”老太君笑了起来，摇摇头，“你做不到的。”

穆风铎在旁边默然听着，也暗自点头。

“对了，还有一件事。”顿了顿，老太君仿佛想起来什么事，“你师父上次跟我说，堂堂武圣世家，居然数百年来都不曾出过一位巾帼英雄，实在是可惜。我深以为然，就此向族中提议。”

说到这里，老太君叹了口气：“长老会却不许改祖制，坚决不让女子进演武场——唉，北襄风气之守旧，仅次于齐朔。不比东越开明，更不比天临包容万象，想做一点点的改变都难啊。”

“是。”初霜也收敛了笑容，“难为老太君为此费心。”

“回去跟你师父说，我明年会继续设法，即便不能让女子进演武场，也总能让她们先进学堂。”老太君看着远方的武庙方向，点点头，“三百年了……北襄，穆氏，也不能一直这样下去。”

初霜颔首：“那我先替师父谢谢您了。”

穆风铎在一旁，听得心里一怔。

这之前，他总以为自己在穆宅里过着最低等的生活，却忘了自己从小至少有机会读书识字，也能进演武场，而族里那些女子，无论嫡庶，连这种机会都没有——她们从小被关在深宅大院的绣楼里，等着到了年龄就被拉去婚配。

这样的一生，即便是锦衣玉食，和马厩里的马匹又有多大区别？

天医果然是心怀大爱，竟然想到了这一点。这真的不只是行医，更是济世啊！不愧是初霜的授业恩师……这个世上就是因为有了这样了不起的人，才会一直向前。

他心里想着这些，暗自敬佩。

两人刚刚说到这里，穆瑀已经回来，禀告：“祖母，十八骑均已就位，马车和礼物也已经准备好了，妹妹随时可以出发了。”

# 第七章

## 七弦十三徽

“十八骑？老太君也太客气了。”初霜听了忍不住一怔，笑道，“如今天下太平，哪用得着这么多人护送我回去？”

“我这条老命都是你救回来的，哪有‘太客气’之说？”老太君指了指远处的一行黑甲骑兵，道，“这次我派出护送你的十八骑，都是从穆氏玄甲军里精选出来的——年轻勇武，忠诚善战，一声令下，赴汤蹈火无所不从。”

初霜连忙道谢：“多谢老太君。”

“南疆十万大山路途遥远，阆风不在，得有人一路随行我才放心。”老太君顿了顿，又道，“事情结束，也不用送他们回来了，从此就归天医门下差遣。”

“啊？”初霜一怔，脱口，“这……不太好吧……”

“什么不太好？看不起我们穆氏吗？”老太君故作不悦，蹾了蹾手里的龙头拐杖，“穆氏的铁骑，哪点不如天临城的皇室龙禁卫？阆风虽然厉害，我拿十八个来抵一个，也总够了吧？”

“……晚辈不是这个意思。”初霜有些无语，看了看远处的一行黑甲骑兵，“这十八个人，家都在本地吧？千里迢迢送我一趟也罢了，何必让他们从此背井离乡？”

“这你就错了，”老太君肃然，“穆氏铁骑，只知有主，不知有家——若个个都眷恋故土，只想着老婆孩子热炕头，怎配征战沙场？”

长辈语气冷峻，说一不二，初霜便也不说什么了。

玄甲军为先祖穆钺所创，作为亲兵跟随左右，百战沙场，立下赫赫战功。后来先祖在武庙封圣之后卸甲归田，交回了虎符，这一支军队却没有解散，跟着他回到扶风郡，成了穆氏私军，世代相传至今。

她一个晚辈，不能硬生生拂逆老太君的好意，最多等将来回了东越，再让师父拿主意决定去留就是了。

她恭恭敬敬地开口："如此，初霜便多谢老太君之赐了。"

穆风铎站在旁边，远远看着那一行黑甲铁骑，感受却有些复杂。这些战士比自己大不了几岁，个个都是穆氏精英，为首的穆珂更是年轻一辈里的佼佼者，和自己算是堂兄弟，原本可以凭着一身本事，和穆郢一样在战场上立功受封。但此刻，只凭老太君的一句话，他们的人生就彻底改变了。

在这些居上位的掌权者看来，他们这些年轻子弟，到底算什么呢？是璇玑里面那些为了十三将星，可以随意驱使和牺牲的棋子吗？

但是，天医空莲贵为东越国女君，名播天下，地位超然，这些人投入天医门下，或许会拥有比在穆宅里更广大的前途也说不准。

换了自己，遇到这样的情况，多半也是希望走的吧？能离开这座深宅大院，看到更广阔的天地，能陪初霜一路走遍千山万水……简直是梦寐以求的事。

只可惜，目前连当这样一个赠品，他都还不够资格。

他默默地想着，心中无限怅惘。

"好了，日头都高了，也该走了。"才想到这里，旁边的老太君便站了起来，坐上步辇，回头吩咐嫡孙，"瑀儿，你替我送初霜一程。"

"是。"旁边的穆瑀立刻回答，情不自禁地露出一丝笑意。

——祖母显然是有心让他和天医弟子多接触，以便培养两家后辈的情分。

然而他刚上前想要献个殷勤，初霜却一抬手，将药囊交到了他的手里，口中道："那就麻烦瑀少爷帮个忙，替我把这个送到前面的车上去吧！"

"啊？"穆瑀一怔，下意识地接了过来，有些窘迫。

作为穆氏的嫡长孙，他从小被全族上下捧在掌心，金贵无比，连老太君都不曾这样支使过他，然而这个少女居然一上来就吩咐他干活？

——旁边不是还有个空着手的庶子吗？

他一抬眼，穆风铎果然立刻上前，道："我来拿吧。"

"不，这药囊贵重，别人拿我不放心。"初霜却拉住了穆风铎，笑了笑，"里面还有我送瑀少爷的礼物呢……等一会儿到了车上拿出来给你。"

穆瑀本来是满心不乐意，此刻一听，又喜形于色。

初霜看了看身边的穆风铎，道："这个孩子身上的伤有点麻烦，我想走之前再看一下——这边好了马上就过来。"

"好。"穆瑀没法，只能不情不愿地接了那个药囊，转身走向车队。

看到他走远，初霜脸上微笑收敛，忽然道："这个人，你以后要小心一些。"

穆风铎一怔，没有问为什么，只是点点头："是。"

"老太君一世英明，却唯独在这个嫡孙身上犯了糊涂。"初霜看着穆瑀的背影，叹了口气，"心胸狭窄，才能跟不上野心，将来不误入歧途就不错了——

还要你去辅佐他？你可比他厉害多了。”

穆风铎听得一怔，脸上发烫，不知道怎么回答。

初霜……初霜对他的期望这么高？万一自己做不到呢？如果将来自己拔不出闾阳，还有什么脸面再见她？

“你呀，别想那么多。韬光养晦，低头做人，好好地看书习武，再过几年就可以进武庙了。”说到这里，初霜冷哼了一声，“但是，穆瑀这个家伙要是再敢拿棋盘砸你，你也别惯着他——知道吗？”

什么？穆风铎忽然大吃一惊，脸上“唰”地变色，表情顿时凝固。

自己从没有透露过昔年那个人是谁，她、她是怎么知道用棋盘砸他的就是穆瑀？天医门下，难道还会读心术吗？

那么，他心里的其他杂念，难道也……

“嘿，你以为不说我就不知道？”看到他目瞪口呆的样子，初霜忍不住笑了，“那天回去后，我让阆风去查了一下事情的来龙去脉——穆宅才多大？他是暗卫出身，查这种事易如反掌。”

“阆风？”他顿时释然，松了一口气。

原来是因为阆风，而不是因为她会读心术……谢天谢地。

“阆风？他……他去了哪里？”见她提到了那个名字，他终于有机会问出心里的疑问，“今天为什么不在？他不和你一起去南疆吗？”

“他呀……临时接到个任务，”初霜想了想，含糊地回答，“裂玉宫下令，要他去一趟归墟——那件事情非常重要，所以不能和我一起南归。”

归墟？他不由得心里一惊。

北襄已经位于北庭三国的最北，紧挨着边塞，而归墟却更在境外一千里，雪原的极深之处。荒凉寒冷，渺无人烟，数百年来几乎没听说过有人活着到达过那里。

长久以来，关于那个地方有很多虚无缥缈的传说，而其中流传最广的一种，说那里是个幽冥无阳之地，妖风阵阵，遍地邪祟。三百年前，紫微帝君冲默炎曾率领天军在此地和黯域力量对决，斩杀烛龙，将魇魔封入地底。

——阆风为什么突然扔下同伴，折身去了那里？

刚想到这里，耳边却听得她道：“……他让我告诉你，宝剑锋从磨砺出。你小时候多受磋磨，未必不是一件好事。要力求上进，别辜负了弱水。”

他回过神来，慎重点头：“是。”

“他还说，你年纪虽小，气性却大，要小心过刚易折。”初霜转述着那个话语不多的同伴的行前留言，“即便是群犬吠影，苍狼也自可独行——何必非要向那些鼠辈剖白证明自己？”

“是！”他心中一震，有一股暖流涌起。

北襄武圣穆氏的家族图腾，便是苍狼夔狰。

那个从西昆仑负剑而来的少年剑客，在危难时出手救了自己，还赠予重宝，殷殷嘱托。可从头到尾，两人竟然从没有交谈过一句。

“其实你呀，哪里像匹苍狼？”初霜转述完毕，看着他笑了起来，“倒像只闷闷不乐的小狗崽子——老是低着头夹着尾巴，也不知道急了会不会咬人？”

他无语了一瞬，下意识地挺了挺后背。

“好了，过来，让我看看。”说到这里，初霜伸手捉住他的手腕。

他垂下头，一只手探入袖子里，摸了摸那个袋子，想要拿出来，却又有一点情怯，竟是不敢说出口。他将手搁在桌子上，任凭她搭腕脉，一边想着阆风，忍不住又道：“归墟很远，你……你不担心他吗？”

“谁？阆风？”初霜搭着脉，有些莫名其妙，“他的剑术在天下首屈一指，龙潭虎穴都去得，哪轮得到我担心？何况还有缬云和他一起去呢。”

“缬云？”他一怔。

“他的同门师妹。他们在裂玉宫的时候就是一对，感情可好了。”初霜摇头，苦笑，“老太君说得可太离谱了，还好缬云没听到……哎，那个丫头脾气可暴躁着呢！还不把他打一顿？”

“哦……这样？”他忽然松弛了下来，“那就好！”

“好什么好？”初霜感觉对方的脉搏一下从紧张变为舒展，不由得诧异，抬头看了对面的少年一眼，“你怎么这么关心阆风？”

“他……他于我有恩，还送了我弱水。”他不敢说自己和老太君一样好奇她和阆风之间的关系，脑子飞快转动，找了个借口，“没能当面相谢，所以……”

“这样呀！其实倒也不必。”初霜信以为真，笑了起来，“灵器认主，是弱水选择了你这个新主人，阆风也只是做个顺水人情罢了。”

原来是这样？他怔了怔：“可是我出身卑微……”

初霜诊脉完毕，原本已经拿出了银针，一听这话又停了下来，面露不悦之色，轻斥：“你呀！能不能别把这种事时时刻刻挂在嘴上？”

他顿时不敢说什么了，垂下头去：“对不起。”

“怎么老说对不起？”她反而更不高兴了，看着他，忽地叹了口气，道，“来，我告诉你一件别人都不知道的事吧！”

什么？他有些意外，抬头看着她。

“外面都说，我是被师父收养的孤儿，所以跟了师父的姓。”初霜看着面前的少年，第一次提起自己的身世，问，“你也知道这事，对吗？”

“是。”他有些尴尬，点头。

其实外面还有一个传言，说她是天医的私生女。

“但是，没有人知道师父是在哪儿捡到我的，”初霜垂下眼帘，轻声道，“那是青州的旖旎溪下游。我被装在一个木盆里，裹了一件薄袄，从河面漂下来——那时候天气已经很冷了，木盆上布满了薄霜。”

所以你叫初霜，他默默地想。

叶初霜，如此美好、洁净的名字。

“师父说我胎中带毒，有严重的不足之症，被发现的时候已经全身发紫。若不是被她捡到了，我大约就要死在那个清晨。”她叹了口气，神情忽然严肃起来，顿了顿，似乎是下定决心，才说出了下面的话——

“而旖旎溪上游，是青州著名风月所在，花楼画舫如云，号称‘小十二楼’……师父说，估计是哪一家青楼女子不小心怀了孕，服过了重药却没把胎儿打掉，只能在生下来后赶紧扔了。”

什么？他大为意外，嘴角动了动，不知道说什么好。

不可能！初霜这样的人，怎么会……会来自那样肮脏的地方？她的母亲是个青楼女子？而父亲则压根儿不知道是谁？怎……怎么可能！

“所以，你看，”初霜看着脸色大变的少年，坦然反问，“我的出身，是不是比你还不如？”

那一瞬，他心神剧烈震动，一个字也说不出来。

“人不能选择自己的父母，你我均是如此。”初霜看着他，“还好除了这个，剩下的都是靠自己一步步走出来的——天医门下有很多家世显赫、血统高贵的弟子，甚至还有好几个公主、皇子呢……可是你看，跟他们比起来，我可一点都不差！”

说到这里，她扬眉一笑，夺目耀眼，令他几乎不敢看。

“所以，说到底，是不是奴婢之子，甚至是不是姓穆，这些都不重要。重要的是你自己是谁，想成为谁。”初霜看着他，恳切真挚，“你看，我遇到了师父，你遇到了我——我们出身都不好，但运气都很好，是不是？”

他下意识地点点头，喉咙发紧，说不出话。

她……她告诉他这样的秘密，不惜自揭伤疤，就是为了鼓励他？

“所以，别总是因为自己的出身而自卑。”对面的少女双眸清亮，“人生如逆旅，既然来都来了，就好好走完这一趟——要证明给这个世间看：天之所授，虽贱必贵！”

天之所授，虽贱必贵！

“是！”他心神一怔，重重点头。

“好话不说第二遍啊……记住了就好。”她眉眼弯弯地笑了起来，拍拍他的肩膀，“坐好，我给你补几针。”

他心中激荡，顺从地转过身，把外袍除下，又犹豫着攥紧了里面的单衣。

“好了好了，不用脱了。”他还在那儿纠结，初霜却在身后笑出了声，隔着里衣陆续布针，“这里是亭子，没遮挡，我知道你脸皮薄——就这样可以了。”

话音未落，他只觉得曲垣、秉风、天宗三穴微微一麻，刹那一股力量疾冲而来，穿过整个肺腑，逼得他身体往前一倾，一口血吐了出来——那一口血，居然是惨碧色的，夹杂着丝丝缕缕的黑气。

宛如密林深处那些蜿蜒垂落的长发。

“你那天晚上忽发高烧，是由寒气和邪魅入侵引起的，”初霜看到地上那一口颜色诡异的血，眉头蹙起，“幸亏你服用了炽天，体内阳气正盛，才堪堪扛住了阴邪的侵袭。”

是吗？如果不是恰巧刚刚服过她的灵药，在那片古槐林里，自己是不是就已经出事了？他犹豫着，不知道该不该告诉她那天遇到的一切。

那短短的一霎，是他的幻觉，还是真的存在过？

骷髅台上，哀皇后的幻影在呼唤他，用发梢轻抚他的脸颊，叫着他小穆，说什么三世之约……这一切，都是真的吗？难道自己的前世今生，竟然和那个女人有关联？

不，不会的……不应该！

那一瞬，他心里掠过无数念头。出于某种复杂而奇妙的心态，他咬紧了牙，终于决定将哀皇后的事埋入心底，不告诉初霜。

——多年后的某一刻，他才知道这是一个多么愚蠢的决定。

“好了，我已经替你把体内的寒邪逼出来了，你以后要小心。”这次，初霜只用了片刻便调理完毕，将外袍重新拉上少年的肩头，叮嘱，“我走后，记得要按时服用剩下的五颗炽天——等一瓶吃完，你的身体就会脱胎换骨。”

“是。”他垂首轻声道。

“那好，我该走啦！”初霜收拾东西站起身，看看天色，“都过了辰时了，得抓紧赶路。”

“我送你。”他连忙站起来，捏紧袖子里的东西。

两人并肩走出了长亭，沿着官道往前面的驿站走去。

“哎，你是不是又长高了？”初霜侧头看了看旁边的少年，惊诧，“我记得刚来的时候，你好像还没我高呢！怎么一转眼就齐平了？照这个势头下去，等下一次见面的时候，不知道你又要长到多高呢！”

什么？她说，下一次见面的时候？

那一瞬间，仿佛有一团小小的火花忽然“噼啪”一声爆开了，映照得内心一片璀璨炫亮。少年一时间目眩神迷，嘴角动了动，浮现出一个无法抑制的笑。

“笑什么？”初霜看着他的表情，有些莫名其妙，没好气地嘀咕，“长得快长得高，有这么了不起吗？”

——或许由于天生有不足之症，从小到大，她的个子一直比同龄人娇小，总是被高一个头的少羽嘲笑是“青州小矮人”，所以对此特别敏感。

“不，不是的！”他吓了一跳，连忙收敛了笑容，结结巴巴，“穆氏子弟都高。我……我的母亲个子也高。”

“哦，你像你阿娘。”初霜撇嘴，叹了口气，“我的生母估计很矮吧。”

她又看了他一眼，忽然抿嘴一笑：“老太君是没说错。”

“什么没错？”他茫然地问道。

“整个宅子里，确实小穆最出挑。”仿佛第一次注意到他的外貌，她看着他，赞叹了一声，“眉清目秀，唇红齿白，貌若女子——真像是话本里那个在元宵节男扮女装上街，到处搭讪闺秀小姐的淮陵少年郎呢。”

“啊？”他愣了一下，脸上泛红。

如果换了别人说他貌若女子，他多半要生气，可这话从初霜口里说出来，他却觉得是夸奖——甚至觉得为了让初霜开心，真的男扮女装一次也未尝不可。

可惜，等元宵节的时候，她已经不知道在天涯还是海角了。

她去过淮陵吧？那边的民风……这么开放吗？元宵灯会，居然连没有出阁的小姐也可以独自上街看灯？听说那边的少年文采风流，个个衣饰华丽，傅粉簪花，以白皙柔和为美，和北襄完全不一样。

初霜难道喜欢这样的男人？那可有点……糟糕。

他心里又胡思乱想了一会儿，忍不住问：“是……是哪一本话本？”

“《相思引》，第二卷。”初霜笑了起来，“也是梦龙阁主所著，目下到了最后一卷，尚未写完——不知道穆氏藏书阁里有没有？”

“我回头去借借看。”他讷讷地道，顿了顿，又问，“南疆路途遥远，车马劳顿，为什么不乘蛟去呢？”

“夭夭还太小了，带着我奔波千里，有些辛苦。”初霜摸了摸腰畔的锦囊，笑道，“它才两百多岁呢，相当于十岁出头的小女孩子，不像赤霄那么强大。它那一点灵力，还是攒着替病人治伤要紧。不到十万火急，我也不会把它当马骑。”

两人絮絮地说着这些闲话，又并肩行了一段路。

行到此处，便可以看到驿道旁整装待发的车队。十八名英俊高大的穆氏骑士，黑甲黑盔，列队站在华丽的马车旁，如同两列沉默的雕像。

“再会啦，小穆。”她摆摆手告别，转身。

“等……等一下！”看到她转身走向车队，穆风铎握紧了汗津津的手心，终于说出了一句话，“我……我有礼物，要送给你。”

“啊？”初霜怔了一下，回过身来，“礼物？”

“这个。”他垂下头，僵硬地把手从袖子里伸出，手心里握着一个皱巴巴的白布袋子，结结巴巴，“大、大恩难报，些微薄礼……”

“咦？是什么？”初霜有些意外地从他手里拿过来，袋子里面传来轻轻的撞击声，似是装着一些小石子。她好奇地打开看了看，发现里面是十三枚圆圆的玉石，晶莹剔透，光华内敛，触手之处有一种幽微的暖意。

“这是……璇玑的白棋？”初霜定睛一看，有些愕然。

璇玑的棋分黑白两色，主棋共有十三枚。可是，如果他想送自己一套璇玑棋子，为何这里面只有白棋而没有黑棋？

“哦！”她想了想，似乎明白了，“你只送我一半棋子，意思是你那里留着另外一半黑子，等下次见面了再一起下棋吗？”

“不……不是！”他一窘，连忙道，“这不是璇玑。”

“啊？”她一怔，“那是什么？”

她再仔细一看，那十几颗圆珠大小不一，确实也不是棋子。

“这……这是琴徽。”见她没明白，他只能硬着头皮解释，尴尬得耳朵尖都有点红了，“就是古琴上用来……用来定音的那个东西。”

古琴木斫，龙池凤沼，七弦十三徽。

琴徽作一列嵌在弦旁。弹琴者演奏时左手按弦，以徽位定音，若按位有毫厘之差，则全弦尽哑。十三枚琴徽形如满月，由小渐大，又由大渐小，象征着一岁之中的十二月及闰月，如星斗排列于琴身。

而灵器太古遗音则以此呼应璇玑十三将星，连接彼此力量。

“哎呀！果然是琴徽呢……”初霜恍然大悟，拿在手里看了又看，不由得笑了，看看面前的少年，“谢谢了，还真是有心。哪里弄来的？”

“我从溯水里淘了一块寒玉，自己雕琢的。”他低着头，有些惭愧，“玉质并不算绝品……配不上太古遗音这种灵器。”

“溯水淘玉？你不要命了吗？”初霜却愕然，继而恼怒起来，“现在才四月，河面的封冰都还没化！那天晚上你就是因为这个才发高烧的吗？真是乱来！”

他越发低下了头：“……对不起。”

“以后可别这样。再病了我可不在你身边。”看到少年忐忑的表情，她语气缓了下来，道，“既然是你拿命换的，我回头把它们饰在琴上。”

“真的？”他一怔，不敢相信。

“我难道还会骗你？”初霜笑了，“这把太古遗音正好到了十年一次的修缮时间，我去禀告师父，她若是觉得合用，就让神域工匠把这一组琴徽也换了新的。”

“太好了！”他喃喃，喜不自禁。

这样的话，以后她每一次弹琴的时候，会不会有一瞬间记起他？

如果有一日，他真的达到了她的期望，他们还能再次相见吗？

他要走得多快、多远、多努力，才能和她再次相遇，并肩而行？他们之间有云泥之别，相遇得又太晚，从今天开始竭尽全力地奔跑，还能赶得上吗？

“哎，我得走啦！”初霜将礼物收好，展露出一个明媚的笑靥，“小穆，你要好好的！等哪天你去了武庙，记得要试试那把阊阳——它说不定就是在等你呢。”

“是。”他点头，慎重承诺，“一定。”

“再见。”初霜挥了挥手，回身走向马车。

她对着在那里等了半天的穆瑀点了点头，从药囊里拿出一物，只是简短地说了几句什么，竟然让等了半天的穆瑀转怒为喜，眉开眼笑，不住点头——那是一盒护手的脂膏，可令皮肤柔滑细腻，据说是天临千金难求的珍品。

他心里明白初霜看不上这个被宠坏的大少爷，借此暗讽其不习弓马，但穆瑀却以为她是对自己青睐有加，一副如获至宝的样子，令他不自禁地觉得好笑。

初霜和穆氏嫡长孙客套了几句，便转身上了马车。

华美高大的马车辚辚而行，十八铁骑随之而动，黑甲战士簇拥着居中的白衫少女，人似虎，马如龙，一路南去，消失在视野里。

他快走了几步，情不自禁地跟着奔跑，一直跑到马车再也看不见。

那是他们一生中最初的一次相遇和别离。

在那次长亭之别里，十五岁的他对着十六岁的她许下了人生中的第一个诺言，青涩的少年情窦初开，心中怀抱着希望，眼中充满了亮光。

然而，那时候的他，却并不知道未来等着自己的是什么，也不知道自己将无法按设想的那样去往武庙、拔出阊阳——在那个时候，才十几岁的他们都还不明白这个世间的血腥森冷的面目，也不知道命运一旦残酷起来，又将会是什么模样。

而多年后，血月升起，永夜降临，天地倾覆。

在血色的月光下，他重新见到了那把传说中的太古遗音——在古琴上，赫然装饰着那一列他送的琴徽。

寒光凛凛的十三枚琴徽，映照在刀山火海、枪林箭雨之中，昭如日月。

# 第八章

## 归墟梦魇

初霜离开后的最初一年，穆风铎在穆宅的日子过得非常顺利。

差点被打死的马厩小仆役遇到了贵人，得了老太君的青眼，从此过上了好日子。在贵客离开后，董嬷嬷也没有回到旧主人身边，而是留在了这个小院子里——有了这一层关系，整个宅子里没有人再敢找穆风铎的麻烦了。

在初霜走后不到半个月，穆风铎就把那本《照心秘史》读完了。

不愧是流传天下的著名话本，对于天临深宫的权力争斗和皇太子夫妻的感情变故描写得细致入微、栩栩如生，甚至还写到了兄弟阋墙、瀛台废太子最终命丧北海的秘闻，几乎令人觉得是皇室内部的知情人士所著。

看到最后一段时，他心里忽然震动了一下。

紫微帝君和天医空莲，岂不是也是一样的“爱而不见”？

当年，他们二人不顾皇室规矩，冲破世俗阻拦结为夫妻，又在宫变中并肩击退强敌——如此深情厚谊，历经考验，为什么却会在登基称帝之前分道扬镳？

生平第一次，在兵书韬略和武学典籍之外，他对其他书籍产生了兴趣，一口气看完了《照心秘史》，意犹未尽，忍不住又想看她提到过的《相思引》。然而穆氏藏书阁没有这本书，他便特意在元宵节那天出了趟门，从外面的书肆里买了回来。

原来，她喜欢看这样的书？

所以老太君没说错，像她这样年纪的女孩，确实是喜欢花前月下的——只不过，她喜欢的是纸上谈兵的花前月下而已？

想到这里，少年的双眸里都是笑意，嘴角忍不住微微扬起。

将这些话本都看过，等下次再见到的时候，就可以多一些话题了吧？总不能老和她下棋——说实话，她的棋艺，真的和医术不能比呢……

和她对弈过的那盘残局还摆在那里，他看了无数遍，几乎将她下过的每一步都记在了心里，温习了无数遍，似乎每日都能和她重新坐在廊下对弈一样。

那一卷《武圣韬略》已经还回去了，但他却做了生平第一件大胆之事：偷偷地留下了书里夹着的那张无名小笺。怕被董嬷嬷发现，他便每日随身带着，只在夜深人静的时候偷偷拿出来看一眼——只一眼，便又藏起，心中久久不能平静。

静女其姝，俟我于城隅。

爱而不见，搔首踟蹰。

谁说他年少，不知道是何意？

五个月后，他悄然服完了那一瓶炽天，感觉身体充盈通透，气脉流转，之前需要极费力才能完成的动作，现在几乎可以一蹴而就。在演武场上对练的时候，他经常需要极力克制、掩饰，才能让自己不至于太引人注目。

有一天，暮色深浓，当所有人都离开后，他如平日那样独自留在空旷的演武场里，默默地挥汗反复练习，试图将《剑道》里的绝招一气呵成——在这之前，他已经努力了上百次，却没有一次能完美地达到预期。

暮色中，那一剑下去，整个场地亮了一亮！

只差一点点，他翻身落地，握着剑，心里回顾着刚才的得失，却听到角落里有人鼓掌——是教官钟岳，这么晚了竟然还没有离开演武场。

他心里一惊，脸上色变，一时间不知道该说什么。

“一剑破万军？”暮色里，钟岳教官的眼睛也是亮的，语气有些激动，“已经有五成功力，像模像样——这一招，整个穆氏已经多年未有人能练成！”

穆风铎低下头，沉默了片刻：“我……我也尚未练成，此事……”

“放心，”钟岳教官点点头，了然于心，“不会外传。”

他抬头看了教官一眼，双眸里掠过一丝感激：“多谢。”

“唉，什么时候起，连出类拔萃也需要遮遮掩掩了？”钟岳看着面前的少年人，忽然感慨了一声，“北襄是塞上长城，护卫全境，而穆氏是武道圣者，统领北斗——总不能只出一些大腹便便的官老爷、娇生惯养的公子哥儿。”

穆风铎心里一动，知道教官说的是家主穆衍和嫡长孙穆瑀。

听说钟岳教官来自邻国高阙，擅长刀法，原本是北襄军中的前锋将军，因为在平叛中救过家主穆衍一次，落下了旧伤，便退下来到穆宅做了演武场的教官，也算是得了个美差颐养天年。

从第一次见面开始，这个教官就对马厩里的少年心怀善意。进入演武场后，教官对他也是多有照顾，让从小看惯了族人白眼的他暗自感激。

“以后别在这里练了，人多眼杂。”钟岳指了指演武场西北角的一道门，道，“那边有专门的武室——我回头给你配一把钥匙，到了晚上你也可以来练习。若有什么不明白的地方，别在课上提，回头私下里问我就是。”

穆风铎没料到自己居然能得到这种待遇，不由得一怔，喃喃：“多谢。”

“谢什么谢？”钟岳拍拍少年的肩膀，眼里都是笑意，“能遇到你这样的好苗子，是我的运气——不是谁都有机会教到一个天才的。

“以你的天赋，只怕再过个一年半载，我就教不了你啦！”

日升月落，日子就这样流水一样地过去。穆宅里波澜不兴，而深宅外面却风起云涌，局势变幻。

多年的太平岁月，让北襄的文官力量重新强大，逐渐压制以穆氏为首的武将。目前在位的昭文帝更是推波助澜，他似乎不再记得祖上嬴氏只不过是穆钺的副将，全靠武圣禅位才当上了北襄国主，然而，他却一直没有忘记八十年前的那场巫蛊宫变，对穆氏在其中展现的废立之能深怀戒心。

从即位开始，昭文帝便取消了穆氏家主赞拜不名、入朝不趋、剑履上殿的特权，更开始逐步限制穆氏子弟进入羽林。两年前，就连禁城九门统领也换成了太后姜氏那边的人。

所以，在这种情况下，塞北传来了三郡叛乱、塞外流民入关掳掠的消息，对穆氏来说反而成了一个好的契机。

当今穆氏家主穆衍行使了元帅职权，坐镇塞北，调动三军平叛。于是，一批穆氏子弟也随之驻防边境，几场仗打下来，不少人因此升了职。消息传回内宅，更是激励了那些少年子弟勤奋苦练，想早日出演武场，建功立业。

出人意料的是，尽管得到了天医门下的嘉许，也被老太君一直特殊照顾，穆风铎在演武场上却似乎并没有特别亮眼的表现——虽然学文习武都非常努力，成绩却一直不拔尖，在十个人里大约排在四五名。唯一亮眼的是韬略策论、沙盘布阵，然而这种纸上谈兵，向来为尚武的穆氏年轻子弟所看不起。

穆瑀自从跟穆风铎分在一个组里后，果然几次三番地找机会挑衅，时不时就要跟他在众人面前一比高低——然而，每一次比拼他都输了，甚至有一次被穆瑀横槊从马背上击落，若不是被钟岳教官从旁边拉了一把，差点就被马蹄踩断了骨头。

此事惊动了老太君，老太君把嫡长孙叫去责骂了一顿。那之后，穆瑀终于消停了一些，不再在演武场上找穆风铎的岔子，却换了个法子，开始找他下棋。

而穆风铎也是先赢后输，三局里一胜两负。

“哈哈哈……奴婢之子，不过如此！”穆瑀一连赢了两局，忍不住放声大笑，指着他，得意扬扬，“初霜还说你如何厉害，哝！”

“谬赞而已。”穆风铎垂下头，并不辩解。

“天医门下擅长治病，看人却不行。”旁边的其他穆氏子弟凑趣，“老是看走眼，估计医不好眼病。哈哈哈……”

风铎悬在廊下，虽有风过，却依旧喑哑无声。

穆风铎低着头，长睫垂落，掩住了双眸深处那一团隐秘的火焰。

此刻的他已然少年老成，不在意外界臧否，不介意一时的得失，只想着要尽量不引人注意，默默积蓄力量，等到了十八岁再去武庙拔出闾阳，令所有人刮目相看——正如她对他期许的那样。

然而，他却不知道，上苍早已另有安排。

世事翻云覆雨，命运草蛇灰线，远非他所能想象。

在她离开后的第二个春天，他十七岁了。

那一年里，少年的身高一下蹿了上去，足足八尺一寸，容颜俊美，姿仪出众，挺拔英朗，整个人如同初发于硎的剑，站在同辈里鹤立鸡群。宅里人见了个个都赞叹他是穆氏难得一见的美少年，甚至有人说堪比当年中兴之主穆云岐。

董嬷嬷一直留在小院子里，以阿姆自居，已经开始替他操心婚事。

“夏猎庄子上的柳庄头今天找我探口风，想把女儿柳燕儿许给你呢。”吃晚饭的时候，董嬷嬷笑眯眯地开口，“他资历深，在老太君面前说得上话，庄子上每年有几百金的收入，柳燕儿又长得不错，本来是一心想要送进穆瑀房里做个姨娘的——没想到居然改了主意，想要许配给你！”

“……不要。”他头也不抬地吃着饭，简短地拒绝。

“听说是柳燕儿看上你了，才主动和她爹提起这事儿。”董嬷嬷说到这里，忍不住笑了起来，“你看你，长得这么好，宅子里哪个女孩看了不心动呀？据说你每天从演武场回来的时候，路上都有很多女孩儿等在那里看你一眼，塞给你荷包和香囊——是不是真的？”

他没有否认，只道：“我从没和她们说过话。”

他非但没有回答一句，连那些塞过来的荷包、丢过来的香囊，也都被他灵活地避了开去，连一个都没有落到身上、沾到手上。

这几年在演武场的苦练，确实没有白费。

“哎，也好，别和那些丫头扯上关系。”董嬷嬷赞许，“那个柳燕儿，说到底也是个家仆的女儿，娶了她有什么用呢？你等着，我给你挑个好的！”

“不用。”他再度摇头，断然拒绝。

然而董嬷嬷根本不理会，不知从哪天起，小院子里就经常会出现一些陌生的妇人，一边做着针线活，一边不停地觑着他，上下打量，频频点头，相互耳语。

他只觉得莫名其妙，连书也看不下去，便转身去了院子里练剑。

然而那些目光却依旧黏在背上，挥之不去。

“哎，太好了！”某一日，送走了一个女客，董嬷嬷满脸喜色地关上门，转头对他道，“刚才来相看的是城南卓家的媒妁——就是那个在郡里开了二十几家药铺的卓家！你听说过吗？”

他不答，只是摇摇头，继续练剑。

他又不是初霜，怎么会知道这些药铺的事？

“憨娃，你今儿可中了头彩！”董嬷嬷心中欢喜，眼里都放着光，“卓小姐家在扶风郡富甲一方，上面三个哥哥，自己却是独女，全家的掌上明珠——这两年已经相看了郡里不下十个少年郎，个个都是非富即贵的嫡子，但卓小姐却唯独对你情有独钟。”

他默然地听着，手里的剑矫若游龙，并没有停下。

嫡庶、富贵、婚娶，这些词，在日常生活里他早就听得厌倦了——甚至连梦龙阁主的话本里头也逃不过，在那些话本故事里，所有女子都钟情于豪门世家公子。连不惧世俗约束的天医空莲，来自钟鸣鼎食的齐朔叶氏，也被许配给了门当户对的御龙冲氏……那些故事里，个个都是公子小姐、王侯将相，半点也没有他这样出身微贱的人什么事。

只有初霜说：英雄不问出处。

只有她告诉他：天之所授，虽贱必贵！

“卓家小姐芳名婉婉，今年二十岁，相貌……喜庆，女大三，抱金砖！多好。”董嬷嬷见他不回答，继续游说，“而且她是家中独女，极受父母宠爱，妆奁丰厚，有十万金呢——只要娶了她，你这一辈子就不愁吃不愁喝了！”

所以，这是一门婚事，还是一门生意？

“你给我停下听好了。”见他还是只顾着埋头练剑，董嬷嬷径直走上来，试图把他手里的剑拿走，“除了真金白银，她家还打算陪嫁一套三进的大宅院——就在城南的金锁大街上！你知道那得值多少钱吗？”

“不知道。”他持剑回旋，往后一退，灵巧地从董嬷嬷的身边避开。

“哎！你是庶子，没资格留在宅里，等成年了是要分房搬去外头住的。”董嬷嬷捉不住他，不由得急了，“这种大宅，靠你自己一辈子也买不起！”

为什么非要住这样的大宅？有片瓦遮头，不也就够了吗？

“媒婆说，卓家富甲一方，本来一心想着和高门联姻，但卓小姐元宵节跟着父母去看灯，碰巧遇到了你，回来就害了相思病。”董嬷嬷说到这里，又笑了起来，“你看，这不是天赐缘分吗？无论男女，长得好就是命好！”

元宵灯会？他不由得一怔：难得出门一次，居然还撞上了这种事？

那次元宵节，他翻看梦龙阁主的《相思引》，里面写到东陆淮陵国的元宵灯会，他不由得想起初霜以前说过的话，心中一动，便上街去凑了个热闹——可惜，东风夜放花千树，人山人海之中，灯火阑珊之处，也没有他想遇见的那个人。

早知道那一次出门会带来这种麻烦，还不如躲在家里看书习武呢。

不过……既然这些女孩子个个都觉得自己长得好，那么……初霜会不会也这么觉得？这几年他长高了许多，也不瘦弱了，初霜若是回来，看到自己现在的模样，她……会不会也喜欢呢？

那一瞬，他心里一跳，耳根竟隐隐发热。

“哎哎，你看你，一说到娶媳妇脸都红了。”董嬷嬷却是会错了意，不由得笑了起来，“怎么？满意吧？你快十八岁了，也到了成家的年纪，宅子里多少女孩子眼巴巴盯着呢……夜长梦多，可得赶紧定下来。”

“不急。”他摇了摇头，拒绝，“我还没去过武庙。”

“去不去武庙不要紧。那边说了，可以先换庚帖，把这门亲事给定下来。”董嬷嬷继续去捉他的剑，口里道，“卓家知道你这边的情况，都没开口要彩礼——反正老太君也不会亏待你。先定了亲，等你将来入选了羽林，婚事就可以立刻办了。”

“……婚事？”他愕然。剑气一瞬间收不住，穿透了院门。

万万没料到董嬷嬷做事如此高效，只是媒婆来了一次，居然已经突飞猛进地计划到了这里——要是再过几天，是不是都要拉他去拜堂了？

“快来看看！”董嬷嬷见他好不容易停住了剑，连忙展开了一幅小像。

卷轴上用工笔填彩，画着一个妙龄女子：满身珠翠，遍体绫罗，细眉细眼，眼角微微下垂，鼻头丰隆，身形富态，一望而知是个好脾气的富家女。

“怎么样？”董嬷嬷赞不绝口，“看这体态，好生养！”

“这……”他将视线从画像上移开，不知如何回答，毕竟臧否女子外貌是一件极无礼的事——他总不能说和初霜比起来简直是天上地下吧？

“你要是不满意，就再让他们陪嫁一个药铺好了……日后我也可以替你们打理，找点事儿做，不用光靠你来养老。”董嬷嬷笑眯眯的，显然是心满意足，“这样一门婚事，若是你阿娘知道了，只怕在地下也要笑醒的！”

是吗？阿娘会满意吗？他心里一震，忍不住抬起眼睛看着廊下——那一串风铎挂在那里，随风摇曳，却没有发出丝毫声音。

他沉默了一会儿，忽道：“穆瑀还没有定亲。”

“他？”董嬷嬷怔了一下，不明白为什么忽然提起这个。

作为北襄世家大族，长房嫡孙的婚事自然是慎之又慎。即便穆瑀将满十八岁，他的婚事却一直悬而未决。至于议亲对象，有说是北襄公主的，有说是文氏嫡女的，也有说是邻国皇室什么的，不一而足。

“他呀，心气高。”董嬷嬷嘀咕，“看上谁不好，非看上了天医家的。”

“天医？”他听在耳中，心忽地一沉。

“就是两年前来过的那位小神仙——穿着白衫，会弹琴，爱看书。”董嬷嬷说到这里，抬眼看看他，“她还是你的救命恩人呢！可没忘吧？”

他微微一顿，低声道：“没忘。”

“我想也是。”董嬷嬷似有深意地看了他一眼，“但依我说啊，那位小神仙，多半和那个谁，和她一起来的……阆风？是一对。”

“才不是！”他立刻反驳。

“你怎么知道不是？”董嬷嬷反而有些惊诧，“这孤男寡女，千里同行同宿的，不是一对怎么行？坏了清白名声，以后还怎么嫁个好丈夫？”

这……他听得一怔，一时不知从何反驳。

董嬷嬷婢女出身，在老太君身边服侍多年，见识、格局竟然也不过如此——那翩翩两骑少年，来自广袤的天地，剑胆琴心，济世救人，纵横千山万水，事了拂衣而去，大约从没想过还有“同行会坏了清白”“以后嫁不了好丈夫”这一回事吧？

毕竟她说过，能做天医，都可以不用去做皇后。

夏虫不可语冰。有些人也难以理解另一种人的人生。

幸亏他早早遇到了初霜，才知道世上有怎样的女子，自己的一生应该如何度过，再不会像阿娘那样委身于厨房懦夫，稀里糊涂地葬送了一辈子。

他只道：“天医门下悬壶济世，不讲究这些细枝末节。”

“唉，真是有师父就有徒弟！”董嬷嬷嘀咕，有些不满，“天医空莲那个女人啊，也是不大检点——放着好好的皇后不当，非要出去行医跑江湖，你说可不可笑？这么多年来不成亲，身边不知道换了几个情郎面首，这上梁不正下梁歪……”

“够了！”他听得厌烦，忽地喝止。

董嬷嬷刚说得起劲，被他的语气吓了一跳，立刻停了下来。

“夏虫语冰，井蛙论天！”胸口怒气翻涌，实在是压不住，他厉声，“天医是何等人物？不要说是在这座穆宅，就算在这个天下，又轮得到谁来说她的是非？”

董嬷嬷虽然没听懂，但看了他一眼，顿时不声响了。

这个沉默内秀的少年，竟然也有这样怒形于色的时候？

“哎，总之，老太君拗不过嫡孙的央求，还真的给天医写了封信去探口风，”董嬷嬷顿了顿，转开了话题，“天医回了一封信，不知道里面说了什么，老太君看了不大高兴，只对穆瑀说此事等两年加冠时再说，不急。”

“那，”他顿了一下，道，“我也不急。”

“哎呀！怎么不急呢？”董嬷嬷见他这个态度，却不由得急了，“这么好的婚事，不赶紧定下来就被人抢了——你就是入选了羽林，靠那点俸禄能做什么？能买得起大宅子娶得起老婆？不过是一辈子做个大头兵而已！”

“不会的。”他道，“我会建功立业、出人头地。”

就算不能做英雄，也不能做个庸才！

这是他和她的约定，就是刀山火海、千难万险，他必将去实现。

“哎，孩子话！现在天下太平，靠军功哪里出得了头？”董嬷嬷苦口婆心地教训这个不知天高地厚的少年，“如今在军中想要出人头地，就得和官场上一样，一要经营人脉，二要花钱铺路——你一穷二白，不讨个好老婆，钱从哪里来？”

是吗？他怔了一下，盯着剑出神。外面的世道，已经是如此了吗？十年磨一剑，锋芒未开，如果他连这最初的一步都迈不出去，那初霜……岂不是要失望？

“怎么样？你倒是给个准信呀！”董嬷嬷看他发呆，不禁着急，“这么好的一门婚事，可得抓紧！你应一声，我明儿就去求老太君把事情定下来。”

他摇了摇头，只回了一个字：“不。”

那天晚上，董嬷嬷气呼呼地摔了碗，嘴里嚷着要回老太君那边伺候，再不待在这里受气了，连饭也没吃就倒头睡下，一直哼着头痛脑热不舒服。少年不知所措，在榻前彷徨许久，讷讷地赔半天不是，也没让老嬷嬷顺过气来。

他保证：“就算是大头兵，我也会给您养老。”

董嬷嬷气哼哼的：“还养老？不被你活活气死就不错了！”

他又道：“我年纪还小，谈婚事太早了。”

“我看你不是年纪小，是心思多！”董嬷嬷忽然撑起身来，盯着他看，“我瞧你最近在看的那些劳什子话本，里面全是公子小姐花前月下春宵苦短的——怎么，年纪到了，心思活络了？是不是有了心上人？”

什么？他不由得大吃一惊，董嬷嬷……居然进过他的房间，还翻到了他藏在旧木箱子里的话本？她……她怎么可以这样！

还好还好……那张小笺和弱水他一直随身带着，没有被发现。

“我没猜错，是吧？”看到他张口结舌的样子，董嬷嬷更是确定了什么，劈头来了一句，“我说，你是不是也喜欢那个小神仙？”

“啊？”他毕竟年少，难掩心事，骤然面红耳赤。

“我就知道！”董嬷嬷一语中的，顿时拍着床榻叫起来，回忆着之前看到的景象，愤愤然，“那天，你们两个人关起门来在房间里单独待了那么久，到底是在做什么？害得我回来后也不敢推门，只得又退了出去。”

什么？他怔住了，不曾料到老嬷嬷在那么早之前就已经回了院子。

那时候，初霜在房间内为他疗伤。

“没、没什么。”他有些心虚，“她来送我生辰礼罢了。”

“送生辰礼，需要单独关起门来？都十五六岁了，男女大防不懂吗？”董嬷嬷冷笑，对这样拙劣的谎言嗤之以鼻，“后来我躲在门外，看到你和她出来。你衣衫不整的，连衣带都没系好，说话的时候看也不敢看她，耳朵都红了……哎，她还抬手摸了你的脸！是不是？”

“不、不是的！”他结结巴巴。

这些细节都是真实发生的，可完全不是这么一回事。

“不是？我明明都看到了！”董嬷嬷越想越气愤不已，“这天医空莲为人不正经，教出来的徒弟怎么也如此不知廉耻？连那么小的孩子都不放过！”

“不是你想的那样！”他“唰”地站了起来，大怒，“信不信由你！”

那天之后，他没有再主动和董嬷嬷说话，沉着一张脸，每天从演武场回来就自己吃饭练剑看书，洗漱睡下，态度冷硬，弄得小院子里好几天没有人声。

自从被戳破，他干脆把那些话本拿了出来，明着看了起来。但是每次离开房间，他就给自己的屋子上了锁，再不许别人进去。

董嬷嬷见这个一贯恭敬温顺的孩子一反常态，忽然态度强硬了起来，心下知道这次是戳到了他的逆鳞，只怕是不会轻易低头。她是老太君房里的积年老仆，见惯了世事，自然不会和一个孩子一般见识。到第三日，她便在晚餐的桌子上主动找了个机会跟他说话：“来，吃块鱼——你听说塞北的事儿了吗？”

他没有理睬，自顾自地扒拉着饭。

这几年来，那三郡的平叛打打停停，停停打打，虽然范围不再扩大，却总如星星之火一样无法灭尽。他心里总觉得这或许是穆氏故意为之，拖着不剿灭，养虎为患，以便保持在朝堂上的影响力。

可是，为了一族之私，就能将三郡百姓拖入战火之中受煎熬吗？

太祖武圣若泉下有知，不知道会不会从武庙里冲出来劈了这些不肖子孙。

“我说的可不是平叛的事儿，”董嬷嬷继续唠叨，“从立秋起，塞外那些荒原上的流民忽然疯了一样，成千上万地冲进关内。你听说了吗？”

他继续吃饭，依然不接话。

那些塞外流民，多半是在北襄犯了重罪出逃的犯人或奴婢，那些人在苦寒之地挨不下去，等风头过了有偷偷潜回内地的，也有沦为盗匪成群结队来边境打劫的，每年都会对北庭治安造成影响，并没有什么稀奇。

“那些人不要命地冲进回雁关，大叫大嚷，说后面有什么怪物在追着他们。”董嬷嬷压低了声音，神秘兮兮地说，“守关的将士喝止不住，只能杀了一批带头的。可那些人却像潮水一样地涌来，几乎是踩着尸体往上爬，完全不怕死。”

他听到这里，忍不住停下了筷子，蹙眉。

有怪物在后面追他们？会是什么？

北襄境外便是广袤的雪原，一望无际，渺无人烟，据说有人往北走了三个月也没有走到尽头。那么大的雪原上，自然有种种怪力乱神的传说。据说雪原的极北之处，太阳从不升起，终年暗无天日。而漫漫长夜笼罩下的，是传说中的归墟，魇魔的葬身之地。

阆风就是去了那里吧？他回来了吗？

一晃神之间，他听到董嬷嬷压低了声音，阴恻恻地说了一句：“……见了鬼了，他们说那些发疯的流民居然杀不死！”

什么？他震惊，抬起头：“杀不死？”

“是啊！据说砍了好几刀，胸口、喉咙都穿了，居然还能动，眼里放着光，见到人就抓就咬。”董嬷嬷见他终于感兴趣了，立刻滔滔不绝，“直到有人冲上去把流民的头砍掉，那些疯子才彻底不动了。你说奇怪不奇怪？”

“不可能，”他回过神来，不可思议，“假的吧？”

“守回雁关的也是穆氏的人，还能错得了？”董嬷嬷摇头，啧啧称奇，“后来他们找仵作解剖了尸体，说那些人是得了一种奇怪的口蹄疫，脏腑和脑子全变成了灰色的棉絮，和那些得了疯病的牲畜一样，被癔症驱使着往前冲。”

“什么？”他心里隐约有一种不祥的冷意，“全部疯了？”

“也抓到了几个看上去正常的流民，”董嬷嬷皱着眉头，道，“审问时，那些人说他们是从极北的地方一路逃过来的，后面有瘟神骑着黑马在追，他们只能拼命地跑，不然就要被活活地吃了。”

“瘟神骑着黑马在追？”他愕然。

不知道为什么，这一瞬间，廊下的风铎忽然响了一声。

刹那间，他眼前闪过一个支离破碎的幻象：雪原、血月。雾气一样涌动的黑潮，挟裹着那些呼号逃难的活人和死人。

黑潮之上，有巨大的阴影游弋着，所到之处天地俱暗。

他在瞬间出神，眼前无数幻影一闪而过。等回过神来，耳边只听到董嬷嬷嗤笑：“别听他们胡扯，哪有东西在后面追？城头上放哨的士兵都说了，那群流民后面空空荡荡，连个野狼的影子都没有——那群人完全是疯了，才会没命地往关内冲。”

他眼神凝重：“流民冲关成功了吗？”

“差一点就成功了，那些成群结队的疯子都踩着尸体爬上城头了！”董嬷嬷拍拍胸口，心有余悸，“还好后面援军赶到，守住了城门，还当机立断在城头泼了滚油下去，再点火一烧——嘿！彻底清静了。”

他松了口气，问：“是哪位增援的？”

“穆郢，四房那边的庶子，”董嬷嬷眼睛一亮，顿时打开了话题，“就是那个戴了绿帽子、主动申请去戍边的！记得吗？”

“是他？”他一怔，“难怪。”

“那一战后，他因此被破格提拔，当上了骁骑将军呢！现在兵部的岳父一家对他客气得不得了。”董嬷嬷啧啧赞叹，有些感慨，“你说这人哪……哪怕是个庶子，哪怕有个没脑子的娘，但凡身上有点真本事，怎么压也压不住！”

他点点头，深为赞同：“如锥处囊中。”

“哎……你可别以为自己也能和人家一样！”董嬷嬷瞬间回过味来了，立刻泼冷水，“穆氏这一代里能出一个穆郢就了不得了，哪能个个都这样？你就给我老老实实地娶了卓家小姐过日子吧。”

他脸色一冷，重新低下头去吃饭，没有接这个话。

“我的老天爷哎，你这傻小子，难道还在想着小神仙？”董嬷嬷看着他的表情，一拍大腿，气不打一处来，“做梦也没做过这么久的啊……人家连穆家嫡孙都看不上，还能看上你？”

“我没有做梦让人家看上我。”他身子一僵，低着头，语气很平静，“只是，也不想胡乱凑合着过一辈子。”

“胡乱凑合？这样的日子多少人烧香拜佛都求不来，你居然看不上？”董嬷嬷顿时火气上涌，喉咙也响了起来，“我看你是好日子过久了，都忘了自己到底是谁了！你难道忘了在马厩里被吊起来打死的事了吗？”

“咔嚓！”他霍然抬头，盯着对面的人，手里的筷子断为两截。

董嬷嬷被他那一眼看得心里一凉，顿时噤口。

这个孩子，平日闷声不响老老实实，看起来一点脾气也没有，但是猛一抬头，那眼神竟然像是暗夜里的狼一样，令人胆寒。

“我没有忘。”他在一瞬间重新控制住了自己的怒意，将那双断了的筷子整整齐齐地放回桌上，低声说了一句，“……我也知道自己是谁。”

他说这句话的时候，有一丝暗色掠过眼底。

那一天是正月十五，夜空晴朗，奇怪的是却没有月亮。

当天夜里，他做了一个奇怪的梦。

梦境里是一片不见尽头的苍茫白色，雪原的极深处，风雪呼啸，永无日出。

永夜之下，他看到圆月如血，升起在雪海上。

有人在吹着远古不知名的乐器，曲声中，一群白袍巫女在一座巨大的坟茔前跳舞。一共十四位，分成两组，一组七位，一组六位，跟随着居中领头的巫女。那些巫女的站位，竟然隐约符合璇玑南斗北斗方位。

白袍巫女们的舞姿极其诡异，宛如提线木偶，被无形的力量操纵，做着傀儡似的祭献动作。那座白色坟茔的周围，匍匐着数百名衣衫褴褛的人，那些人的眼睛，一双双都是纯黑的，没有光，如同空洞的古井。

祭祀之舞跳到极致，曲声忽然凄厉，毫无预兆地拔高。

一瞬间，他看到那座巨大的坟茔仿佛被砍了一刀，刹那间无声地裂开！

带头那位巫女一边舞蹈，一边向着坟茔走去，手里高举着一颗红色的东西——那竟然是一颗心脏，在暗夜里散发出血色的光芒。

当坟茔裂开的瞬间，她毫不犹豫地一跃而下，投入了地底！

那血色的光芒顿时盛放，照亮了大地深处。

同一时刻，其余旋舞的巫女齐刷刷地做了一个奇怪的献祭动作，仿佛被看不见的引线提起，身体刹那腾空而起，在虚空中居然还停顿了一下，调整四肢，摆出各种不同的姿势，面露莫测的诡异微笑。

然后，巫女们垂首向下，被一股看不见的力量瞬间拉入了地底。

紧接着，那数百名衣衫褴褛的追随者也纷纷站起，一个接着一个地，义无反顾地跳进了那条裂缝！

那一刻，头顶高悬的血月光芒大盛，照耀着空无一人的雪原。

血红色的光芒照耀了地底深处，有巨大的黑气从裂开的坟茔上透出，铺天盖地而来，在虚空中乍然凝聚出了一道黑影，长达百丈，盘绕回旋，渐渐成型——

那，竟然是一条黑色的龙！

那一瞬，即便是在梦境里，他也想起了古书上曾看到过的话——

“极北雪域，有幽冥无日之国，名曰黯域。有龙衔烛而照之，视为昼，瞑为夜，吹为冬，呼为夏，不饮，不食，不息，名曰烛龙。有魔名魇，怨气所结，为黯域之主，驱烛龙，领阴兵鬼将，祸乱世间。三百年前为紫微帝君率璇玑十三将星所败，筑归墟，封于地底。”

那……难道就是传说中的烛龙？

那么说来，这座巨大的坟茔，难道就是史册记载的封魔之墓归墟？

血月照耀下，他看到有无数的黑气从那条裂缝里蔓延而出，如同污黑的潮水从地底涌出，朝着雪原的四方滚滚扑去。黑气之中，有隐约的人形涌动，密密麻麻，凝成波浪 被裹挟着朝前扑来，竟是无数死去的人。

雪原深处，黑潮之上，有数骑黑影飞驰而来。

越来越近、越来越近——

那一瞬，他蓦然从梦魇中惊醒，全身冷汗涔涔，甚至尚未清醒就下意识地探手，“唰”地拔出了枕头下垫着的弱水！

弱水在震动，仿佛在示警。

然而，深院寂静无声，冷月高悬，一如平日。只有廊下风铎无风自动，发出刺耳的声音，宛如他濒临死亡的那一天下午。

# 第九章

## 塞北烽烟

这一年清明，穆风铎见到了从前线回来祭祖的穆氏族兄们。

除了年节，老太君的院子里从来没有那么热闹过，二十几个青年将领济济一堂，个个英姿勃发，盔甲鲜明，带着初次经过血与火洗礼后的锋芒毕露，在堂上谈笑风生，令后辈们羡慕不已。

那些人里最引人注目的，便是四房的穆郢。

穆郢独自站在人群中，如鹤立鸡群，虽然落落寡合，却从容自若，一身铠甲英武挺拔。他年方二十三，便在前线立下赫赫战功，升任骁骑将军——这样的战绩，在这一辈穆氏子弟中无人能及。

此次，穆郢立功晋升回来，惊动穆氏上下，连老太君都对他另眼相看，握着他的手夸奖他是“吾家千里驹”，开席时还特意让他和穆瑀两人在一侧并席相陪。

老太君院子里的宴席只开了五席，各房只有嫡子才能参加。刚刚升职的穆郢似乎不习惯众星捧月，在人群里显得有些拘谨，话语不多，但进退有度，礼数周全。和其他庶子一样，及冠成家后，他已经在外另置宅院安顿下来，这次回来祭祖居然带了妻室——那个传说中的兵部侍郎家二小姐杜皎月。

席间，夫妻两人并肩而坐，相处融洽，并无丝毫怨偶的模样。

“哎呀，居然还带老婆来了？”穆风铎坐在那儿，听到那些人窃窃私语，“我还以为他一回来就会提出和离呢！这顶绿帽子戴得这么舒服？”

“摘不下来了吧？毕竟泰山大人是兵部的，日后还得仰仗。”

“嘿，给一座金山银山，老子也不当这活王八！”

“人家是庶子嘛，没办法，还不是只能忍了？不过这个杜家小姐居然挺美，斯斯文文，也看不出会红杏出墙的样子。”

“能装呗。私底下不知道多浪呢！”

“说够了没？”穆风铎实在听不下去，猛地回过身，低声厉喝，“有本事就去边疆立战功，没本事就去投靠泰山——只懂在背后嚼舌根诋毁女人，配姓穆吗？”

穆风铎的眼神如刀，私语立刻停住了。

那些簇在一起的脑袋散了开来，交头接耳的人没有一个敢和他对视，纷纷装模作样地转过头，各自去做别的事。

“哎，忘了这边还有个庶子呢。惹到他了？”

“嘘，他可是老太君面前的红人，小心回头告你一状。”

“嘁！一个奴婢生的杂种而已，他才不配姓穆呢。”

那些窃窃私语萦绕了整个晚上，令穆风铎心神不宁，强压着怒火。

等宴席结束，穆风铎随着人群从大院出来。其他子弟三五成群地走着，唯独他身边仿佛有看不见的结界，连三房同辈也对他视而不见，绕路而行。

他对此早就习惯了，自顾自地回了小院。

群犬吠影，苍狼独行——有人曾告诉过他这句话。他虽然年少，却也能分辨出哪些是犬、哪些是狼。他宁愿被孤立，也不愿与劣犬为伍。

然而，刚走到那个偏僻的小院门口，忽然身边风声一动，一个黑影无声无息地出现在他背后，伸手拍向他的肩膀。

“谁？”那一瞬，他背部绷紧，想也不想反手格挡。

对方一侧身，利落地躲过，称赞：“好身手。”

他那一击落了个空，不由得心下暗惊，下意识地抽出怀里的弱水，“唰”地回身和对方打了个照面，不由得一惊，顿住了手：“兄长？”

穆郢看着他，笑了：“你是小铃铛吧？都长这么高了。”

穆风铎比这个四房的族兄小六岁。在穆郢离开演武场、入羽林的时候，他还在马厩为奴，是个瘦弱矮小的孩子——但最近几年衣食无忧，个子长得飞快，此刻站在那里只是身形略显单薄，身高却不落下风。

“听说我不在的时候，你被人诬陷，差点死了？”穆郢问了一句，视线扫过他手里拿着的匕首，神色不易觉察地一变，“真命大，能遇到贵人。”

“是。”穆风铎赶紧收起弱水，“命大。”

“只要不死，总有出头之日。”穆郢简短地说了一句，“你又岂是池中之物。”

“是！”穆风铎心里一热，“多……多谢兄长。”

除了初霜，这是世上第二个这样鼓励自己的人。

穆风铎鼓起勇气，发出邀请：“兄长……兄长要不进来坐坐？”

“不了。天色已晚，内子还在车里等我一起回家。”穆郢摇头拒绝，“我只是顺路来道个谢罢了。”

“谢……我？”穆风铎有些愕然。

“谢谢你替我打抱不平。”穆郢笑了笑。

穆风铎一怔，万万没想到他坐在上首，竟然也听到了底下那些人的闲言闲语，一时觉得有些尴尬：“那些人太无礼了，不配姓穆。你别往心里去……”

“无妨，”穆郢反而宽解他，“宵小蛀虫而已。”

穆风铎点点头，心里还是有一股不平之气。

此刻，在他的心里，所憧憬的最好的未来，无非是和面前的族兄一样，能摆脱出身、出人头地，让初霜高看他一眼。然而，今日却亲眼看到即便像穆郢这样立下赫赫战功，亦无法获得族人的尊重，心里顿时就有一种不可压抑的无力和愤怒。

——是不是拼尽全力，还是无法让那些废物闭嘴？如果连让那些废物闭嘴都做不到，他……他还怎么能让初霜不失望？

穆郢似乎了解他内心在想什么，拍了拍他的肩膀，低声说：“穆氏百年世家，家主之位虽然历来传嫡不传贤，但每一代也都需要几个能撑住家业的台面人物——不管那些人怎么说，只要能拿出真本事，迟早都会有一席之地。”

“是！”穆风铎知道这个族兄对自己说的是肺腑之言，不由得感激。

“告辞了，”穆郢拱手，“你也早点休息。”

“我送送兄长。”穆风铎连忙跟着上前几步——对一贯沉默内敛、独来独往的少年来说，这还是他第一次对族人表现出这样的殷勤热切。

偏僻的小院寂静无人，两人沿着小路走向穆宅侧门。

“……听说北庭塞外有成千上万的流民冲关，个个像疯了一样。”穆风铎忍不住内心的好奇，问，“他们是真的都染了疫病吗？有没有办法治？”

穆郢沉默了一下，只道：“事出无明，尚不知是天灾还是人祸。”

“兄长要小心。”他道。

“北襄已经派使臣去东陆向天医求助了，应该有解决的方法。”穆郢说到这里又顿了顿，“其实要小心的，反而不是这些疫病和流民。”

“……是，兄长需得小心行事。”穆风铎心里一凛，知道他是什么意思，“木秀于林，风必摧之。”

“有凌云之志，自然要走凌云之路，岂能怕居高风摧？”穆郢一笑，双眸里有冷芒一掠而过，看了看身边的少年，又温和了起来，叮嘱，“倒是你，要把头低下去，别惹得穆瑀来找你麻烦——明年就该进武庙了，到时候给我争口气。”

“是！”穆风铎没料到对方竟然说了和初霜一样的话，内心一暖。

又沉默地同行了一段路，少年内心痒痒的，忍不住再次开了口：“兄长，武庙里的那把阖阳，究竟是什么样子？难道连你也拔不出来？”

“唔……那剑看上去倒是普通。”穆郢想了想，简单描述了一下，“黑鞘，阔身，空柄，密布雷纹和云纹。重剑无锋，大巧不工。上古神兵，自有灵性。我的能力不够，所以阖阳没有回应我的召唤。”

说到这里，穆郢顿了顿，看着身边的少年人：“到了明年，你可以去试试——如果今年穆瑀失败了的话。”

“是！”穆风铎的眼睛亮了一下，情不自禁地点点头。

“今天太晚了，等下次有空再来和你下棋。”穆郢看着他，眼里有一点淡淡的笑意，“放心，我虽然棋艺平平，但保证不会拿棋盘砸你。”

穆风铎却没有因为这话会心一笑，反而一怔，脸色变了变。

如果没有眼前这个族兄站出来相救，自己只怕在十一岁的时候就已经被穆瑀活活打死了，而穆郢也因那一时的挺身而出，得罪了族里长房嫡孙，后来无论仕途还是婚事都波折重重。

说到底都是自己不好，白白连累了兄长，不知何日才能报答。

“好了，就送到这里吧。”穆郢停了下来，看了看不远处的侧门，“让那些多事的宵小看到我们两个在一起，又要横生口舌是非。”

穆风铎点了点头，看到侧门外停着的那辆马车。

车上软帘子掀起一角，露出佳人半面，云鬓花颜，玉容凝睇，在月下看去如同画册上的美人卷帘图一样——兵部侍郎家的二小姐杜皎月，确实是美丽端庄……只是，和初霜的清丽出尘相比，还是天上地下。

穆风铎正在默默想着，却听旁边穆郢说了一句：“没有立下战功之前，不要娶妻。”

“啊？”穆风铎一怔，回过神来。

“像我们这样出身的人，在一开始的选择实在有限——与其仓促决定，还不如等日后再说。”穆郢语气平静，听不出喜怒，“否则，误人误己。”

“是。”穆风铎点头，深以为然。

反正阿娘已经走了，只要他不松口，董嬷嬷也不能逼着他成亲吧？

“但是，活在这个世上，孤军奋战也是不行的——照顾一下别人，也被别人照顾，也是个不错的选择。”穆郢凝望着月下香车，语气复杂，“不然一路腹背受敌，就算再有能力，也很难走得远。”

穆风铎怔怔地听着这番肺腑之言，一时间不知道如何回答。

此刻，十七岁的少年未经情事、不通世故，还不能理解兄长语气里那种温和萧索的意味，只觉得这个新立了赫赫战功的兄长在这一刻有些落寞，然而，似乎也没有太多的不满。

——对兄长而言，这样的妻子、这样的婚姻、这样的人生，到底算是好还是不好呢？如果说娶了杜家小姐就算是走得远，那么……初霜岂不是远在天边？

少年一时间心思百转，黯然神伤。

“告辞。”穆郢拍拍他的肩膀，走向了那辆载着美人的香车，掀开帘子，对车中人轻声温和地说了一句什么，马车便消失在了夜色里，只余他站在那里出神。

良夜寂寂，春风和暖，远处高楼上灯火阑珊。

那时候，他并没有预想到，在很多年以后也会有同样一个良夜，美人卷珠帘，遥遥相邀，如同命运在那一瞬对他展露出的高深莫测的微笑——他只要走过去，顺服地接受，沉湎其中，那之后的一切都会改变。

然而，他却斩断了那只伸过来的手，逆着命运的潮涌握剑而去，不曾回头。

那之后，一连几天，穆风铎都没有等到能和穆郢对弈的时机。

穆宅里的这场热闹只持续了小半个月。清明祭祀刚刚结束，又有斥候飞驰而至，带来了一个坏消息——北方三郡的叛乱死灰复燃，已有数城失守。而趁着开春回暖，又有一大批流民从雪原深处奔来，成千上万地聚集，冲击边塞关卡。

穆氏年轻的将领们受命回调，匆匆拜别了老太君和家人，再度返回了前线。

众人启程的那一日是四月中旬，杨花飞舞，宛如飘雪漫天。垂杨下，一队甲胄鲜明的年轻军人策马鱼贯而出，离开深宅大院，奔赴边境。整个扶风郡为之轰动，城里人头攒动，沿路无数百姓夹道欢送。

那些穆氏子弟鲜衣怒马，意气风发，以各房为血脉联系，三五成群结伴而行，唯有军衔最高的穆郢独自走在最后，连他同父异母的兄弟穆璘也不曾理睬他。

“兄长，”看到那个落落寡合的身影，穆风铎心中一热，忍不住走出人群，给他送别，“愿兄长立下战功，早日凯旋。”

“小铃铛？”马上的人怔了一下，看了看这个十七岁的布衣少年，嘴角露出一抹几乎看不见的笑意，也没说什么，只是握剑拱了拱手，策马而去。

穆风铎望着那一路烟尘，心里有一种隐隐的热望。

“嗬。”背后忽然有人发出一声冷笑，“惺惺相惜？”

穆风铎一惊，回过头看到锦衣华服的穆瑀。那个长房嫡孙站在那里，身边簇拥着一群跟班，眼里充满了讥诮。或许是自恃身份，他并未继续开口说什么，旁边的跟班却肆无忌惮，替他将心里的话说了出来：“嘿，两个庶子，一个比一个出身低贱——其中一个走了狗屎运，就让另一个浮想联翩了吧？”

那两个说话的，就是当日在马厩里受命来制伏他的穆荇和穆茆，都属于穆氏长房旁支，和他一样都是钟岳教官的学生。

穆风铎不想和这群人起冲突，没有回话，只是低头走开。

“你就等着吧，”穆瑀忽然开口，“看看那个穆郢能得意几天？”

这句话里面有明显的恐吓和不屑意味，他不由得一怔，蓦地回头看了对方一眼，双眸里有锋锐的光一掠而过，想说什么却最终还是忍住了。

“马上，我就要进武庙了。”穆瑀在背后高声扬言，“到时候，我要让大家都知道，究竟什么才叫穆氏的正统！”

回到院子里的时候，董嬷嬷埋怨了穆风铎一顿，说他不该站出来给穆郢送行，落得各房纷纷侧目，以为他们两个很熟，甚至已经结成了一伙。

“这个穆郢，可遭人恨呢！”董嬷嬷嘀咕，“你最好离他远一点。”

他低头吃着饭，没有说话——自从那次争吵后，他和这个老嬷嬷之间就疏远了许多，甚至连自己的房间都上了锁。

“别看老太君现在处处抬举他，也只是做个表面功夫而已，毕竟是四房那边出来的人，哪能亲得起来？”董嬷嬷压低声音，对服侍了几十年的老主人非常了解，“若是太出挑了，反过来挡了嫡长孙的路，老太君怎么想可就说不好了。”

他手里的筷子僵了一下，没开口。

那个慈眉善目的老太君，开明通透，是天医的好友、穆宅的实际掌权者，对自己也照顾有加。难道，这一切其实都有一个前提，那就是不能挡了她嫡孙的路？

“等几个月后，嫡长孙满了十八岁，就要去武庙了，”董嬷嬷嘀咕，“要是他不能拔出那把剑，后面可就有热闹看了！”

他还是没说话，嘴角却不易觉察地动了一下。

怎么可能？穆瑀那个家伙，还能拔出武庙那把阖阳？

“怎么不说话？”董嬷嬷觑着他的神情，竟是有些惴惴不安。

这些天来，董嬷嬷明显感觉到了少年态度上的转变，暂时不敢提什么婚事了，反而只挑他爱听的说，想引他多说几句话。可是穆风铎的态度一直淡淡的，爱搭不理，似乎心里还是有个疙瘩。

看来，那个小神仙是他的逆鳞，一碰就不得了。

“哎，你知道吗？”董嬷嬷看着少年的脸色，顿了顿，抛出了撒手锏，“听说前几天，天医那边有派仙驭传信给老太君呢！”

什么？他怔了一下，不由得停下了筷子。

董嬷嬷见他终于感兴趣了，反而卖起了关子：“我一开始还以为天医那边回信，是答应了上次老太君提出联姻的事儿，结果居然……”

她说到这里故意停了下来，吃了一筷子米饭，又吃了一筷子鱼。

“结果怎样？”他终于忍不住，问道。

“结果呢，居然和联姻没关系，”董嬷嬷道，“是另一件喜事。”

“喜事？”他一怔，心里忐忑起来，“什么喜事？”

“天医在信里说，她已经离开了东陆照心堂，最近要来一趟北襄，大约会在秋季路过扶风郡。”董嬷嬷看了看忐忑不安的少年，不再卖关子了，“到时候，她们要顺路来看望一下老太君。”

他心中一喜，眼睛亮了起来：“她们？”

“小神仙说不定也会来哟！”董嬷嬷看着他，笑了，“算不算喜事？”

“当然算！”他心花怒放，情不自禁地用力点头。忽然又反应过来，他瞬间红了脸，连忙拿起碗埋头吃饭，腼腆得连头也不敢抬。

“唉……傻孩子，”看到面前的少年如此欣喜，老嬷嬷忍不住叹了口气，只道，“快三年没见了，天南海北，你也不知道她现在怎样了吧？”

什么意思？他一怔。

“唉，跟你说了吧，”董嬷嬷想了想，还是决定将事情挑明，“原来小神仙她早就有了真命天子，定了亲了，对方的身份可不得了，是天临城皇太子呢！”

“什么？”他一惊，筷子从指间滑落，“皇太子？”

“紫微帝君和天医空莲的宝贝儿子，冲少羽。据说两个人青梅竹马，一起长大，感情好得不得了——皇太子还说非她不娶呢！”董嬷嬷啧啧赞叹，摇了摇头，“我们北襄穆氏虽然厉害，但比起人家也差远了。难怪难怪。”

那一瞬，头顶风铎动了一下，发出喑哑的震动。

他嘴唇动了动，怔在那里，只觉得这一声仿佛是震到了心底里，震得他魂魄涣散、神思紊乱，半晌听不到对面的老嬷嬷又说了什么。

皇太子冲少羽，就是那个织金蟠龙锦囊的原主人吧？

那……就是她的真命天子？他们……已经定了亲了？

“听说紫微帝君早就有意和天医联姻了，所以每年都派皇太子去照心堂住一阵，好让两人培养感情……”董嬷嬷啧啧，“你说好笑不好笑？当皇帝的自己跑了老婆，就希望儿子能把老婆的爱徒娶回来。不过，听说皇太子也是个不省心的……一身反骨，飞扬跋扈，勾栏瓦舍没少去不说，据说还有断袖之癖！”

唠唠叨叨说到这里，看他脸色苍白，董嬷嬷连忙问：“哎……你没事吧？”

他摇摇头，埋下头去吃饭，手却抖个不停。

怎么……怎么可能？初霜定亲了？还是和这种人？

“谁年轻时没做过梦呢？”董嬷嬷喃喃，似是在安慰他，又似是在说服他，

“只是这世上的事啊，哪能都按着梦里头的来？人一生下来，就分了高低贵贱——心气儿再高，也高不过命！”

那些话像刀子一样扎来。少年脸上一下子失去了血色，掩饰似的低下头去，长睫微颤，手里捧着的碗仿佛有千斤重，不停地微微战栗。

不不，她说过，帝王将相宁有种乎，英雄不问出处。

她还说，天命所授，虽贱必贵！

但……那又怎样？

毕竟是，天上地下，云泥之别。

那一年，是北襄昭文帝十一年。

这一年里发生了很多事，然而，几乎每一件都和穆风铎想的不一样。

那一年的仲夏，穆瑀满十八岁。

这个被寄予厚望的长房继承人，在十八岁成年后第一次随长辈们朝觐武庙——在历代祖宗面前磕过头后，穆瑀走向那把供奉在主位上的黑色长剑，深吸一口气，踌躇满志地出手拔剑。

整个武庙里人头济济，没有一个人说话，气氛凝重。

就在万众瞩目之下，长房嫡孙穆瑀出手握住剑柄，屏声静气，然后一个起手势，“唰”地一引，那把封印已久的神剑居然应声跃出了剑鞘！

神剑悬停于空中，微微振动，剑上的云纹开始舒展变幻，一道道转成雷纹。同时，剑刃上光芒流转，照彻整座武庙，如一道从天而降的雷霆，凛然不可逼视。

什……什么？这把剑，在自封八十年后居然被拔出来了！武庙里所有人都怔了怔，面面相觑，各怀心事，均觉不可思议。

穆瑀手腕一转，再用上了一个封手势。

又是“唰”的一声，如闪电天降，神剑应声落到了他的手里！

穆瑀稳稳地持剑在手，用剑锋割破自己的手指，将鲜血滴上了剑刃，那一瞬，他的鲜血在剑脊上沁入，消失无痕，与阊阳融为一体。

“列祖列宗在上！”老太君激动万分，用龙头拐杖蹴着地面，高呼，“武圣保佑，阊阳剑出认主——穆氏在三代之后终于有英主出世了！”

所有人这才从震惊中回过神来，发出了轰然的欢呼声。

穆瑀在万众欢呼之中，持剑站在武庙中间，仰面看着堂上供奉的历代武圣，意气风发，将阊阳剑高高托起，大声祝颂：“孙儿穆瑀，为武圣血脉，今日奉天承命，受此殊荣——阊阳应之而来，穆氏随之而兴。

“从此剑不离身，守护北襄！”

当日下午，消息传回穆宅的时候，整座大宅为之震动。

穆风铎如平日一样在演武场专心致志地练习，听到这个消息，手里的剑一时间停住了，微微发抖——怎么可能？穆瑀在武庙拔出了阊阳？他那样的人，无论剑术还是品性，怎么会配得上那把武圣之剑！

然而，这是众目睽睽之下发生的事，无人怀疑。

难道真的是因为他有纯正的血脉，所以召唤出了阊阳？

自从中兴之主穆云岐去世后，阊阳封剑几十年，如今重新出鞘，三代还宗。此剑一出，昔年哀皇后的诅咒便不攻自破。

武庙之事惊动天听，经过天临紫微帝君认可，昭文帝下旨将穆瑀正式册立为武圣世子，将来袭父亲穆衍的三军元帅之职。为此，穆宅里连续开了三天的宴席，感谢天恩，酬谢各方贵客。

穆瑀高冠华服，佩着阊阳剑，坐在宴席最高处，陪伴着银发祖母，志得意满，视线不时扫过下方陪坐的其余人等。

穆风铎没有抬头，却也明白那道视线里隐含了多少讥诮和不屑。

席间，当长辈们都离开、酒酣耳热之后，穆瑀解下剑来给座中同辈，让那些好奇的人试试看拔不拔得出。那些跟班都跃跃欲试，一个一个轮着去拔剑，然而无论如何用力，那把黑剑却岿然不动。

穆风铎在远处冷眼看着，心里也有一丝诧异：阊阳居然认了穆瑀为主？这简直是天下最不合理的事情——和穆郢就这样战死在回雁关一样不合理。

这样说来，他再也不会怪梦龙阁主书里那些胡编乱造的地方了。

毕竟，无论话本写得多离谱，也比不上世事的匪夷所思。

“喂，小铃铛！”仿佛是挑衅似的，穆瑀点了穆风铎的名，“你也来试试！”

穆风铎全身一震，本来想拒绝这种嗟来之食一样的招呼，然而看到那把传说中的剑，却不自禁地心潮澎湃，脚下不由自主地走了过去，抬起手接过了那把阊阳，心跳如鼓，神色忐忑。

传说中的神剑就这样躺在了他的手中，沉甸甸的，凝重沉默。

然而，他尝试着去拔剑，用尽全力，那把黑色的长剑却还是一动不动！

“哈哈哈……怎么样，服不服？”穆瑀在上首大笑，看着穆风铎几次竭力却失败的样子，讽刺，“不配就是不配——天医首徒会看错人，阊阳却不会！”

那一刻，听到穆瑀提及初霜，穆风铎全身发抖，只觉得血都瞬间凝固了。

是的……他拔不出阊阳！他……他让初霜失望了。

这一生，他还有什么脸面再去见她？

# 第十章

## 抉择

那一年的七月，边境传来好坏参半的消息。

好消息是北方三郡叛乱得到了控制，但主要兵力被调去平叛之后，边关的防守变得薄弱。面对着上万流民的冲击，骁骑将军穆郢独守回雁关，日夜不休，击退了上百次的攻城，同时还要防备疫情在城内扩散。当城内兵力和粮草都开始短缺之后，穆郢几次点燃烽火向外求援，但始终不见援军到达。

这样苦苦支撑了三个月后，回雁关终于被攻破。

城破当日，数以万计的塞外流民蜂拥而至，拥入关中，如同溃坝的大潮，朝着刚刚平定了动乱的北方三郡冲来。

守关的三千军士全部覆灭，穆郢也在动乱中下落不明。

有人说，看到他在弹尽粮绝之际，率领数百轻骑破城而出，冲向西边接壤的高阙国；也有人说，看到他在城破之日被那些发疯的流民围攻，苦战至力竭，被拖下战马活活撕咬，尸骨无存。

…………

穆风铎听到这些触目惊心的消息，只觉热血沸腾。

为什么？为什么他就不能早一点出生？只要满了十八岁，他就可以离开演武场去往前线，让一身本事派上用场，和族兄并肩作战了！

而如今，他却只能被困在这里，眼睁睁地看着这种结局。

“唉，这个娃有本事，但命也忒差了。”董嬷嬷听到消息，也忍不住叹了口气，“才二十三岁呢……刚有点出息，居然就这样死了？他那个老娘可怎么办。”

顿了顿，董嬷嬷又道：“这回他老婆开心了，可以马上改嫁了。”

他没有说话，心里沉甸甸地像坠了铅块。

他想起不久前柳荫下策马而去的穆郢，鲜衣怒马，意气风发。那时候，他还憧憬着有朝一日能像这位族兄一样，叱咤疆场，建功立业，让所有人都高看自己一眼。

却不料在几个月后，他所仰慕的对象已经战死沙场！

人的一生，居然会这么短暂，宛如蜉蝣。

——连夭夭都可以活几百岁呢……

“哎，你不知道，早上穆郢的娘还去了老太君院子里，跪下来又哭又闹。他娘被从院子里拖出来的时候，一路还在大喊救救她家郢儿！”董嬷嬷喃喃，“这个婆娘，虽然确实蠢，但是为孩子也算是豁出去了。”

老嬷嬷这一次没有露出讥讽的表情，只是叹了口气。

“穆郢他……还活着吗？”他忍不住问。

“谁知道？但他娘一直坚持说他还活着，在白登镇的废墟里，只是被大群疯了的行尸流民围着出不来。”董嬷嬷摇着头，“老太君问她是怎么知道的？那个婆娘居然说是自己反复梦见的——在梦里，她儿子被困在那里，点燃烽火对外呼救，头顶的月亮还是血红色的。”

“血月？”他也不由得怔住了。

那一瞬，不知道为什么，他想到了自己的那个梦。

——在那个离奇诡异的梦境里，也有血红色的月亮。

“就凭这样的疯话，老太君自然不能派人出去找啊！白登镇那么远，还沦陷在叛军的手里。”董嬷嬷摇摇头，“于是他娘就发疯了，大骂说都是姓穆的，又一起领兵在外，那些人却任凭他儿子被困在回雁关，弹尽粮绝，见死不救！”

他忍不住霍然抬头：“真的是这样？”

“所以说她是个坑儿子的蠢婆娘嘛——这外面的事，妇道人家哪里清楚？这么一骂，不就把人全得罪了？”董嬷嬷叹了口气，“她梗着脖子骂个不休，越说越难听，老太君不得不让人把她拖了出去，还用麻核堵住了她的嘴。”

他默默握紧了拳头，只觉得全身微微发抖。

不，这肯定是真的。

穆瑀那天说过，过不了多久就会让穆郢好看——说这句话的时候，那个长房嫡孙的眼里充满了冷笑和不屑，身边所有人都在附和。

这些穆氏嫡系，大概是早就想好了要联手将这匹不合群的黑马除掉吧？就像当年在马厩为奴时，那些恶仆联合起来绞杀他一样！

“可恶！”他再也忍不住，狠狠一掌拍在桌上。

“咔嗒”一声，整个桌子瞬间寸寸碎裂。

“哎呀，我的小祖宗！”董嬷嬷唠叨到一半，被他吓得直跳起来，“你……你这是怎么了？怎么把这桌子给弄成这样了？”

在那一击之下，面前的桌子忽然就凭空消失了，下一个瞬间竟然平摊在地上，变成了一堆粉末！奇怪的是，桌子上的碗筷却分毫不损地落在了地上，连碗里的汤都不曾洒出来。

“没什么，”他对上老嬷嬷震惊的目光，收回手站起，沉默了片刻，只道，“我来收拾。不要大惊小怪地告诉别人。”

“……好。”董嬷嬷点点头，神色复杂地看着少年俯身收拾一地的碗筷，怔了半晌，还是去拿了簸箕，帮着他将一地狼藉收拾干净。

“今年腊月祭祖的时候，你就要进武庙了。”老嬷嬷躬身打扫着，忽然道，“我本来还有点担心，没想到……你竟这般厉害了。”

“那又如何？”他摇了摇头，“反正闾阳也不在武庙里了。”

“闾阳？”董嬷嬷听了这一句，霍地抬起头，变了脸色，“怎么，莫非你还想去武庙拔那把剑不成？”

“不可以吗？”事到如今，他反而很坦率地承认了内心的秘密，“我也姓穆，也是武圣后裔，凭什么就不能试试？”

“唉……难怪老太君说你不同寻常。”董嬷嬷看了他半天，神色复杂地摇了摇头，叹了口气，“果然是心气高，居然还敢想着这个！还好你没真的去试……”

董嬷嬷凑过来，压低了声音：“想想穆郢的下场吧！别不知死活。”

那一瞬，他全身一震，手下意识地握紧。

什……什么意思？董嬷嬷是说，穆郢如今的局面是被设计的吗？

“老太君……”半晌，他挤出一句话，脸色惨白，“她……她知道穆郢在回雁关陷入重围吗？知道那些人见死不救吗？”

“这个，老太君肯定是不知道的啊！”董嬷嬷在他的注视下沉默了片刻，最后只勉强笑了笑，“男人在外头打仗，大宅里的妇道人家哪管得了？”

“那家主呢？”他又追问，“他知道吗？为什么不增援？”

“哎，哎，这些军国大事，我一个老婆子怎么知道？”董嬷嬷见他较真起来，连忙把话题岔开：“反正现在没了那把剑，你就别多想了。等过年后满了十八岁，你就可以进羽林了——多好啊。”

这就是老嬷嬷设想中的完美人生吧？娶一个出身普通但富裕的妻子，用嫁妆置办个宅子，生儿育女，按部就班地在军中升迁——如果机灵一些，讨了老太君和穆瑀的欢心，说不定能争上一个裨将的职位？

不！与其过这样的一生，还不如像穆郢一样早早死了！

“别苦着脸啊，”董嬷嬷看到他的表情，把一盏浅碧色的羹推过来，“来，喝了这一盏聚灵露吧！老太君疼你，你可要惜福。”

他愣了一下，看着面前的灵药，回过神来。

这几年来，老太君对自己照顾有加，不但允许他借阅只有嫡系子弟才能看的武圣秘籍，还让大总管按时送来罕有的灵药——这等破格青睐和用心栽培，自己又拿什么来报答？难道要拿质疑和反抗来报答这样一个对自己恩重如山的长辈？

他叹了口气，松开了眉头，端起药盏喝了下去。

“哎，这才对嘛，”董嬷嬷看到他不再纠结，安慰了一句，“想一想开心的事吧，听说天医一行到中秋就要来了呢！”

“真的？”他一怔，抬起头来，有一种难以言喻的惊喜迅速盖过了心里的阴霾，令少年的眼神都罕见地亮了起来——

两年多不见，她们马上就要来了？

那几天，原本沉静敏锐的少年开始变得心神不宁。

穆风铎一反常态，开始注意起自己的仪容，每日出门的时候都换上熨洗好的衣衫，配齐冠带。但是，他举止却有些反常，和人说话的时候慢半拍，在演武场里也经常失手，一堂骑射课，十箭里倒有三箭脱靶。

“哎哟，小铃铛这箭术！幸亏我站得够远，不然这一箭可都要射到我身上了！”穆荇和穆茆见他出糗，便如往日一样带头揶揄，惹得一众少年放声哄笑。

唯有钟岳教官皱着眉头，有些担忧地看着这个爱徒。

“有心事？”在校场歇息时，钟岳上前问。

穆风铎怔了一下，下意识地摇头，不想说出原因。

“心若不定，箭如何定？”钟岳蹙眉训斥。

“再定又能如何？”他有意将话题引开，“穆郢倒是百发百中。”

钟岳沉默下去，双眸里掠过一丝异样——昔日在演武场，穆郢也是他的得意弟子，前方消息传来内宅，确实令他心底不好受。

“至少学成后，你可以离开这里，成家立业，”钟岳叹了口气，低声道，“至少不会再像那时候一样，被吊起来鞭打至死也无人在意。”

“能自立，能自保？”穆风铎蓦然抬头，反问，“可我所求的若不止于此呢？”

钟岳再次沉默了片刻：“闾阳已有主，你还想怎样？”

“……是。”提到这个，他忽地泄了气，“还能怎样？”

若武圣之剑都无眼，那这个世间还有什么盼头呢？

暮色初起的时候，穆风铎疲惫地从演武场回来，却看到穆氏宅院门外停着一辆装饰华丽的马车，从帘子和马鞍来看，主人应该是一个身份尊贵的女子。

他停下了脚步，瞬间一震，心神动摇。

谁的马车？是……她来了吗？天医一行居然在今天来了！

然而，很快，内院传出的声音就打破了他的幻想。

他看到一群健壮的女仆簇拥着一个人往外走，连拉带扯，态度粗暴。那个女人衣衫华贵、哭声不断，中途几次想挣扎着返身再回内院去，都被旁边的仆妇拦住，几乎是一路架了出去。

“哎，别看了，”他正迷惑，身后传来董嬷嬷的声音，“是穆郢的老婆。”

“杜家二小姐？”他怔了怔，“她来干什么？”

“来求老太君派人去找她夫君呗！”董嬷嬷摇头，嘀咕，“这个杜小姐，好歹是官宦人家的闺秀，居然也信了她婆婆那番梦呓，觉得穆郢被困在梦里的那个地方。你说奇怪不奇怪？”

他心里一震，不知道说什么好。

那个女子，竟然为穆郢亲自来了穆宅哀求？那么说来，她在这之前肯定也求过她的父亲，当朝的兵部侍郎了？不是说她婚前另有情郎，是被迫下嫁给穆郢的吗？为何到了如今，她还这样抛头露面地四处为他奔波求援？

一时间，他心绪复杂，喃喃：“族兄是这一代里拔尖的人物，又刚刚立下大功，如今生死不明，派些人手去找也是应该的。”

“唉！说得容易。白登镇在好几百里外沦陷的地方，怎么找？”董嬷嬷叹了口气，“难道只凭着一个疯婆子的几句梦话，就派出穆氏精英去那儿送死吗？就算老太君答应了，又有谁会愿意去？”

“我愿意去。”穆风铎站在远处，看着那个杜家小姐被仆妇们连推带扯地架出去，心中震动，脱口，“如果没人肯去的话，我去！”

“什么？”董嬷嬷吃了一惊，“别乱说疯话！”

“不是疯话。”心里有一股热血直涌上来，他慨然道，“我明儿去问老太君，如果她允许，我真的可以去一趟白登——”

“给我住嘴！”董嬷嬷脸色一白，怒喝，“你这小子！明明说过要给我养老的，现在就急着去送死？”

“我……”他微微一怔，觉得自己有点理亏，“我会平安回来的。”

“胡说！反正老太君也不会准许你去的。”董嬷嬷定了定神，道，“你是小神仙看重的人，在天医一行没来拜访之前，哪能让你出意外？”

他心里一震，那股愤怒和血勇忽然又消失了，有些踌躇起来——是的，初霜……初霜她就要来了！自己怎么能在这个时候离开？就算是辜负了她的期望，不能拔出闾阳，好歹也是要见上一面吧？

等见面了，他会告诉她，这几年他并非没有努力，也已经进步许多，只是……上天却压根儿不曾给他机会。

然后，他再主动请缨，去白登镇找生死不知的穆郢。

“好了，别光站着看热闹了，”显然他刚才的话让董嬷嬷有些不高兴，她的语气也沉了下来，“天都黑了，回去吃饭吧。”

他点点头，便一起回身走向了院子。

进门后，董嬷嬷径自去厨下拿菜摆桌，他便去后面院子打了桶水，在浴堂冲了个凉，将在演武场上汗湿的衣服换了下来。

然而，还不等擦干头发，他耳边忽地听到了一声细细的呜咽。

什么声音？他霍然抬头。

很快，第二声呜咽传来，只到一半便被捂住截断。然而，他猛然一震，清楚地听出了那并不是什么小猫的声音，而是一个女子的声音！

他迅速束起半干的头发，推开窗往外看了一眼。他所住的这个院子在穆宅角落，靠着外墙，平时少有人来，不远处就是侧门，周围也没有其他屋子。此刻已经天黑了，宅内或附近不可能有人，难道是侧门外的官道上有人……

他来不及多想，抓起挂着的葛布袍子裹上，便掠了出去。

出去时，衣袂的风带起了廊下的风铎。忽然间，一直喑哑的风铎仿佛被什么触发，剧烈摆动，发出了一声刺耳的鸣声。

他怔了一下，驻足回头看了一眼。

“哎，来吃饭了！”董嬷嬷刚刚把菜摆好，如往日一样地在屋子里喊他，“快点，不然菜就要凉了。”

“稍等。”他短促回答了一句，顾不上回房拿上剑，只匆匆抓了贴身带的匕首就出了院门。

然而等出了院子时，那个声音已经消失了。

四下暮色沉沉，星光下整个宅院到处黑影重重，在深秋有一种阴冷的感觉。他在院子附近看了一圈，没发现有人，到侧门旁看了一眼，发现门外也没有人。树下只系着一辆马车，车夫在打盹，帘子挽起，里面连个人都没有。

他看了一圈，没有发现什么，就打算回去吃晚饭。刚走到半路，忽然听到假山后簌簌一声，有断断续续被闷在鼻子里的喘息声传来。

“别喊了，”一个声音低低地道，“乖乖从了我，你夫君就有救了。”

那个声音极其熟悉，让他瞬间全身发冷。

穆瑀？那个藏在荒僻暗影里的人，居然是穆瑀！他在干什么？和他在一起的又是谁？难道是……那一瞬，他霍地回头，又看了一眼门外那辆马车。

那帘子、那车夫，有点眼熟，似乎不久前曾经在同一个地点见到过。

没错！这是杜家小姐的香车！

刹那间，他明白发生了什么事，立刻掩上侧门，回身就走。

他循着声音传来的方向疾步走去，转过一座假山。假山后是一个临水的玲珑小阁，只容一人独坐，幽僻非常，此刻陷在无灯的夜色里，更是连路都看不见。

他几步冲过去，待要推开门，却又忽然停住了。

“你既然都回头私下来找我帮忙了，怎么就不能放聪明一点呢？”里面的人压低了声音，冷嘲，“谁不知道在和穆郢成亲之前，你在外头早就有相好了？打胎都打过了，何必现在来装什么贞洁烈女呢？”

里面那个女子呜咽了一声，拼命挣扎，却只听见一声布帛的撕裂声。

穆风铎站在那里，手按在弱水上，有一瞬间的发抖。

那一刻，他甚至依稀听到了小院里那串风铎的声音，凄厉而短促地震响，一声又一声地传入暗夜，似乎是某种激烈的警告。

“只要你……你从了我，我就去向祖母求情……让她派些人去找……你的夫君。”里面的人继续道，大约因为对方在不停挣扎，他的语声有些断断续续，“笨，不给点甜头……怎么让人替你办事呢？”

里面那个女子的声音还在呜咽，却渐渐小了下去，似乎已经屈服。

穆风铎站在阁外，暗影笼罩，不见五指，全身的血瞬间涌了上来，手脚却冰冷僵硬，不能动弹。是的，他知道此时此地正在发生着什么样的事，但也知道此刻只要一冲进去，自己又会面临什么样的事！

十七岁的少年站在夜色里，全身发抖，整个人如同置身于冰火交煎之中，要不要冲进去？他在这个深宅大院里吃尽苦头，隐忍多年，如今目标尚未达成，难道就要因为一时多管闲事，把一切都葬送在这里吗？

然而，转瞬间，他又想起在同样的月光下，那个唯一对自己友善的族兄。

“谢谢你替我打抱不平。”

那时候，穆郢笑了笑，对自己这样说。

“唔……”里面又传来一声断断续续的呜咽，似在痛苦地挣扎。

“贱人！”随即是一记响亮的耳光，“乱动什么！跪好！”

那一瞬，穆风铎全身一震，一股怒气直涌上来，想也不想地往前疾冲，一脚踢开小阁的门就闯了进去！

“谁？”穆瑀显然想不到，这个地方居然还会有人闯入，顿时僵住。穆瑀一只手制伏着身下的女子，另一只手下意识地去拿旁边搁着的剑，然而手刚抬起，闪电般的一击就落在了手腕上，又狠又快。他居然来不及避开，腕骨瞬间被震裂，脱口惨叫了一声。

“谁！”穆瑀放开了身下的杜皎月，护着手腕，厉喝。

阁里一片黑暗，几乎不辨五指，穆瑀只能看到小阁里影影绰绰站着一个人，看不清容貌，只觉对方身形偏瘦，身量甚高。

那个人推门冲进来，一击打断他的腕骨，将在地上挣扎的杜皎月一把拉了起来，护在身后，往后疾退。

这一系列动作快得如同闪电，过程中却始终一言不发——既不对外呼救，也不厉声喝止，似乎有所顾忌。

“站住！”穆瑀眼见对方将杜皎月拉走，知道此事万万不可传出去，立刻用另一只手握住了剑，瞬间抽出，迎头刺去。

闾阳闪出一道寒芒，如同割裂了黑暗。

剑一出，那个人似乎被镇住了，下意识地倒退了几步，然后立刻将杜皎月往外一推，自己挡在了门口，不让穆瑀追出去。

杜皎月踉踉跄跄地往门外跌了出去，在外面台阶上绊了一下，满脸泪痕，神思混乱，扭头便往外拼命地跑去，一路啜泣，却始终不敢出声呼救。

“该死！”穆瑀一剑追去，下手不容情。

是的！今晚的事绝不能让第三人泄露出去！

少不得要把这个不知好歹的闯入者格杀当场，从此死无对证。这样一来，只凭着杜皎月一个胆怯又风评不好的女人，对外说什么也不能翻出什么花样来。更何况杜皎月一心想要救穆郢，投鼠忌器，有的是办法让她闭嘴。

心下恶念一起，穆瑀剑剑紧逼来，要置对方于死地。

奇怪的是，那个闯入者的身手却不像普通人。虽然身处于黑暗中，对方似乎对他的剑招了如指掌，一连十几剑竟然全部落了空。

糟了！穆瑀心下大惊，顿时明白过来——对方居然是和自己一样是穆氏子弟？那么，更加留不得了！

刹那间，穆瑀杀机涌现，下手更不容情，连长空十二击都用了出来。

然而，任凭他竭尽全力攻击，对方都只是沉默着闪避，回旋腾挪，身形如风，进退自如，依旧在空间极小的阁内全数躲了过去！

“你究竟是谁？”穆瑀再也忍不住惊骇，失声问。

穆宅之中，只有各房的嫡长一支才有资格翻阅武圣的《长空十二击》。而迄今为止，还从未有人在演武场上以剑术胜过他！面前这个人，居然如此轻松就避开了他的杀招，而且一直不还手！

对方并没有回答，眼看杜皎月顺利离开，也不恋战，足尖一点，“唰”地穿窗而去，身形极快，便要没入夜色中。

“站住！”穆瑀哪肯让对方就此离去，厉声大喝，不顾腕上骨折，握剑一振，便用上了所学的终极一击！

闾阳应声腾起，化为一道凌厉的光，直取对方的后心。

这一击如暗夜雷霆，有万钧之力，可以万军之中取敌首，放眼整个穆氏只怕也没有几个人可以接得下。然而，那个人身形转折，竟然堪堪在千钧一发之际避开了去。然后，那人反手一挥，只听铮然一声，金铁交击，阖阳的光芒蓦然黯淡！

什么？一时间，双方都怔住了。

接着，他们竟然看到那把阖阳断裂，直坠了下去！

黑暗里的那个人似乎也有点震惊，不敢相信地看了看自己的手——穆瑀看到他手里是一把类似于匕首的东西，闪着幽幽的蓝光。然而对方只是怔住了一瞬，仿佛回过神来，知道不能久留，立刻点足飞掠，消失在浓重的黑暗里。

一切只不过发生在短短片刻间。

杜皎月和闯入者都先后消失，只留下穆瑀震惊地站在黑暗里。半晌，穆瑀才回过神，冲出去捡起了断为两截的长剑——阖阳在月下，剑身上的云纹和雷纹都骤然消失了，断口整齐，正沁出一道几乎看不见的淡红色雾气。

不可能！穆瑀拿着剑看了又看，露出不可思议的神情。

不可能……这个穆宅，居然有身手远超过自己的人？这个世上，居然有可以一击切断阖阳的兵器？这怎么可能？

他独自站在黑暗里，全身发抖，犹豫半晌，知道事情严重，终于将断剑收入剑鞘，踉踉跄跄地向着老太君所在的内院走去。

这一切只发生在片刻之间，无人知晓。

穆风铎沐浴后略略出去了一下，便赶回去吃晚饭。进门前，他收好了匕首，在小饭桌前坐下，面色不动地拿起筷子，似乎刚刚只是出去关了一下门而已。

开饭只是比平日略微迟了一点，董嬷嬷便唠叨菜凉了不好吃了，抱怨他饭点还要出去一趟，絮絮叨叨说个没完。他坐在桌子旁，有一句没一句地听着，探手摸了摸怀里的那把匕首，表面不动声色，心里却是惊涛骇浪——刚才生死一线之际，金铁交击，阖阳在刃下断裂。

这把弱水，竟然切断了传说中的武圣之剑！

怎么可能？难道龙泉谷铸造的这把短兵，会比武圣之剑更加厉害？

不，不对，就算是在神域级别的灵器里，阖阳也是排名第一的名剑，绝无可能被这匕首一击轻松切断！那……到底是什么地方出了问题？

难道……断掉的那把，并不是阖阳？

他沉思着，心里激烈地翻滚着，没有定论。

“哎，你没听我说话？”董嬷嬷的声音略略拔高，打断了他的沉思。

“什……什么？”他回过神。

“我说，马上就要中秋了，我要去城里准备一点过节的东西——月饼你是喜欢吃甜口的还是咸口的？”董嬷嬷重复了一遍，看着他，诧异，“你今晚怎么怪怪的？心不在焉，想什么呢？”

“没什么。”他草草回答，“甜口。”

“莲蓉？”董嬷嬷问，有些不敢相信，“你吃甜口的？”

“不，我自己不吃月饼，”他回过神，终于认真回答了，“但阿娘她以前喜欢吃甜口的，我想在中秋给她供上几个莲蓉馅的。”

“这样啊。”老嬷嬷停顿了片刻，点点头，叹了口气，“别看你平时不声不响，还真是个长情的孩子呢……什么事都在心里记着不忘。”

包括那个小神仙。

然而，穆风铎一直有些心不在焉，也没在意老嬷嬷话中带话，草草吃完了饭便站起来，打算回房间休息。

“哎，你不想知道小神仙什么时候来吗？”董嬷嬷看到他就这样离开，终于忍不住点破话题，在后面问了一句，“听老太君房里的人说，天医一行人已经到了扶风郡，正在沿途施药救人，等弄完了就要来穆宅了。”

“是吗？”他一怔，猛然站住。

“是呀！你也知道回雁关前些日子失守了。好多塞外流民冲进了北方三郡，见人就咬，那种疯病就跟着传进来了。”董嬷嬷叹了口气，“前几日，还听说连我们扶风郡都已经有了呢——幸亏天医及时赶到，带来了药。”

“原来如此。”他怔了一下，忽然明白过来。

那次初霜跟老太君说，她的师父最近一反常态，正在闭门炼丹，难道竟是为了今日之事？是伽蓝佛国的枯荣大师预见了这一场大疫，才去照心堂提前告知了天医，让她早做准备吧？

这些位列神域的高人大德，竟有这般洞见未来的能力和悲天悯人的情怀！

董嬷嬷道：“天医托人捎信给老太君，说中秋节后两三天就过来拜访了——她们两个人有四年多没见面了，所以老太君特别上心，现在穆宅上下都在忙着准备接待贵客呢！”

“中秋节后两三天？”他一怔，猛然站住，“这么快？”

怎么现在就来？他现在还什么都没有，什么都不是……她怎么就要来了？若是晚一点来就好了……那一瞬，他忽然情怯，竟然下意识地想回避，不想让她见到此时此地的自己。

随即，他又醒悟过来，摇了摇头。

可笑……晚一点？要晚多久？等到他去武庙拔剑，还是等到他建功立业、名动天下？目前看来，他这一生，终究不过就是这样罢了——甚至连穆郢的成就只怕都遥不可及，完全辜负了她当初的期望。

“知道了。”他低头，只答了一句就回屋去了。

“哎，这孩子！”董嬷嬷嘀咕了一声，不明白为什么他听到这个消息反而情绪低落了起来——只要一碰到关于小神仙的事，这个少年就会变得不可理喻。

董嬷嬷瞪了他一眼，开始收拾桌子。然而，她眼角瞥到一处，忽然怔了一下，穆风铎的衣襟下摆裂了一道大口子，似是被利器割破。

他……刚才到底去了哪里？做了什么？

董嬷嬷嘴角动了动，终究还是没有开口，只是神色复杂地低下头去，看着抹布下的桌子——这张桌子是新换上的。而之前那张桌子，在他随便一拍之下竟然化为齑粉，简直令人震惊。

这个羸弱孤独的少年长大了，渐渐变得连她也看不透。

# 第十一章

## 交锋

等第二天起来，穆宅还是平静得一如往日，没有任何异常。

正好是逢五之日，穆风铎换了一身衣服，按惯例去老太君房里请安，一路上心里微微忐忑。进去的时候，他竟然看到穆瑀从老太君房里出来，沉下脸，心事重重的样子，压根儿没看他一眼，快步而出，和他擦肩而过。

穆瑀的腰间，还佩着那把黑色的阊阳剑。

穆风铎在廊下停下来，回头看了对方一眼，松了一口气，倒也没有过于意外——毕竟做下这等事，肯定也不敢到处张扬，多半只能装作从未发生过。只是……阊阳断裂，这种事又怎么能长久地瞒得过去？老太君知不知道？

“外面是小穆吗？”穆风铎只是驻足了一瞬，里面就传来了熟悉的声音，似乎只凭着脚步声就认出了他是谁，“进来吧。”

穆风铎连忙整理心情，拂了拂衣襟，进去跪下：“给祖母请安。”

“好孩子。”堂上的银发老人慈祥地笑着，抬抬手，“快起来。”

“是。”穆风铎站起来，垂手站在旁边。

“长大了呢，”老太君抬起眼，端详着这个十七岁的少年，忽然发出一声感慨，“和我第一次见你的时候完全不一样了。”

他恭恭敬敬地回答：“风铎孤弱，全仰赖祖母照拂。”

“听说你最近的功课很不错——剑术第三、骑术第五，是不是？”老太君笑眯眯地看着他，“钟岳教官甚少夸赞谁，却说你是可造之才。”

啊？他微微一怔，心下有些不安，老太君位高权重，一贯不问这些琐事，何时开始关心起他在演武场的成绩了？钟岳教官……都和她说了什么？

但是，既然说他剑技第三、骑术第五，看来是有所保留，没有将实情告诉老太君，更没有提及课后额外给自己开小灶的事情。

阅人无数的教官，难道是想在老太君面前保护他？

想到这里，他心里微微一沉。

“明年就要进武庙了吧？”老太君笑容慈爱，道，“等满十八，拜祭过祖宗，就可以去军中效力了——穆氏子弟，武圣血裔，少不得又是一个国之栋梁。”

他垂着头：“风铎才疏学浅，不敢当。”

“才疏学浅？不要太谦虚了。”老太君凝视着他，笑了笑，“少年人锋芒毕露固然不好，过于藏拙，却也非正道——我知道你一直以出身而自卑，但是君子豹变，贵贱何常？”

这句话让他一震，垂头：“多谢祖母教诲。”

“对了，叫你来是有一件事，”幸亏老太君及时改了话题，笑了笑，“过几天，天医一行就要来拜访了——我给她们准备了不少礼物，不知道送哪个合适。都放在那边案上了，你来帮我看看。”

什么？他微微一惊，有些意外。

怀瑾老太君和天医空莲是几十年的至交，彼此身份都尊贵。她们之间相互送的礼，又如何轮得到他这样的小辈来置喙？

“没关系，你来挑，”仿佛看出了少年心里的疑虑，老太君用龙头拐杖蹾了蹾地面，道，“其中一件是送给初霜的——你是她当初救下来的人，你来挑一件，到时候去送给她，也算是替穆宅还了这个人情。”

他明白过来，不敢推辞：“是。”

少年规规矩矩地行了一个礼，走到一侧的窗前，垂头仔细看着案几上陈列的珍宝——足足有十几件，珠玉堆积，奇珍罗列，每一件都是贫贱孩子没见过的珍贵之物，有些甚至他都不知道那是什么东西。

他看了又看，有些尴尬地顿住了，不知道说什么。

“喏，右手起第一个是辟水珠，持之入水不湿，自由来去。”仿佛知道少年的窘迫，老太君微笑起来，给他逐个介绍，“第二个是照夜玑，可于长夜无光之时照彻方圆一里，明如日月。

“第三个是九幽玉暗芝，其质如玉、形如莲房，长于纯阴纯寒之地，服下可逆转阴阳，弥补气血损耗，是天下难得一见的灵药。

“第四个呢，是传说中的承影剑——”

少年转过头，视线落在旁边的那把长剑上。那是一把有着银白色剑鞘的长剑，宽剑身，剑鞘上镶了璀璨的各色宝石，价值万金，剑柄上缠着精美的丝带护手，显然是刚刚被精心装饰了一番。

“龙泉谷铸剑宗师玉树的遗作，锋芒所指，可斩神鬼。”老太君在一旁指点，“不信你看，剑刃上还有流水一样的紫气呢。”

听到这里，他不由自主地拿起剑，铮然抽出。

顿时，剑刃射出紫气万千，竟映照得满室生辉！

少年拿剑在手，一时间看得呆住了，目眩神迷，心神震动——这样的剑，是传说中名垂史册的神兵利器吧？神域中的灵器，只配宗师，能见上一次都算是幸运。

他拿在手里看了又看，竟舍不得放下。

“怎么？”老太君静静坐在堂上，看着少年持剑发怔的样子，忽然笑了一声，语气莫测，“很喜欢？送你好不好？”

“不……不敢！”他立刻回过神来，连忙把剑收起，结结巴巴地回答，“晚辈……晚辈只是觉得，剑乃凶器，似乎不适合天医门下。”

“也是。”老太君点了点头，也没说什么，又指了指另一件东西，“那你看看旁边的鲛绡如何？”

“这个好！很合适。”他连忙道，看着玉盒里那一束晶莹剔透的丝弦，“初霜……不，天医首徒以琴音入神魄，正好可作为琴弦之用。”

老太君微微一笑：“果然还是你细心周到，知道她喜欢什么。”

“……晚辈不敢。”他有些窘迫，连忙低下头。

“那就这一件吧！”老太君似乎有些倦了，摆了摆手，“我让人把鲛丝用玉盒装好——等贵客来了，由你去呈给她。”

“是。”他垂首，退下之前却犹豫了一下。

“怎么？”老太君何等精明，便问，“还有什么事想说？”

“孙儿想问问……”他鼓起了勇气，“可有族兄穆郢的消息？”

“穆郢？”老太君眼里的光芒亮了一下，又压住了，只是淡淡回答，“尚未有他的下落。前些天他的母亲和妻子先后过来，说两人都梦见他在白登镇被困，希望穆氏派人去找他一找。”

“族兄是族中才俊，又刚刚为穆氏立了战功，”寡言的少年罕见地多话了起来，带着恳求之意，“如今生死不知，还万望祖母体恤。”

“怎么？你们两个人差了五六岁，一共也没见过几次吧？”老太君看着他，微微眯起了眼睛，“你倒是好心，在这时候替他说话？”

他站在那里，觉得紧张，垂首不语。

“不是我不去找，实在是此事过于荒唐。哪有凭着做了几个梦，就让别人去冒险的道理？”老太君看着这个不知天高地厚的少年，意味深长地开口教训，“何况，连他自家的亲祖母对此事都不上心，四房那边也没有一个人去找他的——要知道他的亲兄弟穆璘可就驻兵在白登镇旁边不到一百里的地方！”

他明白老太君的意思，然而这一次，平日沉默的他却没有退缩，道：“正因为四房那边坐视不理，所以祖母作为当家人才更要派人去找——不然，外面会说我们穆氏没有胆气，族人不齐心，就这样抛弃族中子弟。”

他顿了一顿：“堂堂武圣血脉，不应如此被轻贱！”

“哦？”老太君没料到这个平日温顺的少年此刻忽然变得激愤强硬起来，不由得打量了他一眼，“那你说，应该如何？”

“请祖母派出穆氏直属的玄甲军，”他居然也不客气，直言不讳，“一骑精锐，可日行百里，到白登镇来去一番，查个究竟。”

“派出玄甲军？”老太君皱了皱眉头，不悦，“穆氏统领万军，但直属玄甲军却只有三千。其中一千名按祖训常年驻守在武庙，一千五百名被我派出去协助平叛。如今整个穆宅只有五百名玄甲军留守，以一挡百，是精英中的精英——你让我调他们去搜索一个在梦里走丢的人？”

他垂下头：“可是……当日祖母也曾赠予天医十八骑。”

“嗬？好大的胆子！”老太君一拍桌子，眼神锐利起来，冷笑，“你是在指责我宁可拿这些精锐来做人情，也不肯拿他们来救自家子弟？”

“孙儿不敢。孙儿愿意跟着他们一同去！”他立刻屈膝跪下，语气诚恳，“只求祖母体恤，不要弃族兄于死地！”

“你愿意同去？”老太君一怔，凝视着这个少年，眼里的怒气倒是平了下去。半晌，似乎是极其疲倦，她摆了摆手，“倒是胆大。先下去吧，我考虑一下。”

“谢谢祖母！”他大喜，叩首退下。

当少年怀着希望离开后，老太君从椅子上站了起来，凝望着他的背影，眼神复杂，握着龙头拐杖的手慢慢握紧了。

“齐善，”老太君开了口，“你也看到了吧？”

“是。”内堂里的一个密室无声打开，大管家从里走出来，脸色肃穆。他的身边跟着一个银发老妪，正是董嬷嬷。

董嬷嬷不知道在后堂听了多久，出来的时候垂着头，神色凝重，身子发抖，手里捧着一件粗布葛衣，衣襟上一道裂口赫然可见，正是穆风铎昨晚换下来还来不及缝补的。

老太君抬起手翻了翻那件布袍，神色复杂：“是他。”

“看来董嬷嬷说得没错。”大管家在一旁道，“昨晚确实是他。”

老太君沉默了片刻：“想不到他竟然能击败瑀儿。”

“何止。那次董嬷嬷说他一掌击碎案几，木成粉而碗不碎，依我看，用的应该就是‘寸山河’——这在穆氏子弟中已经多年未有人练成，”大管家语气肃穆，“如此才能，只怕当年的穆孤光也难以望其项背。”

提到那个名字，诸人都一怔，似乎被触动了什么心事。

“怎么会是他？一个婢生子而已！”半晌，老太君喃喃，不可思议，“我都不能确定他是不是穆家的种——把他名字添入族谱，不单是为了卖初霜一个面子，也是为了恶心一下三房那边的妯娌。”

她顿了顿，苦笑：“没想到，真是搬起石头砸自己的脚。”

“还好他还没到年龄入武庙。”大管家道，“否则就坏了大事了。”

“已经坏了大事了！”老太君厉声，“若他才是真正的武圣之血，那我的瑀儿又怎么办？他拔出来的‘阖阳’又该怎么办？”

身边两个心腹都沉默了。

“原本，我确实是想好好栽培这个孩子的。”老太君叹了口气，有些遗憾，“毕竟他是初霜推荐的，潜力大，性格好，不骄不躁又无依无靠——如果把他揽过来，将来也能给瑀儿多添一个臂助。结果……”

她摇摇头：“不能养虎为患。”

董嬷嬷一震，鼓起了勇气求情：“那个孩子……也不是虎。”

“你能保证？你也说过他心大得很，是不是？”老太君看了一眼心腹婢女，眼神凌厉，“对初霜怀着心思，那也罢了。我就当他少年思春，不知天高地厚——但他居然还敢觊觎阖阳？那还不是养虎为患？”

董嬷嬷一颤，不敢回答。

“昨晚做下这等大事，今天还是照样来请安，在我面前一点声色都不露。不到十八岁就有这等心机，可不可怕？”老太君蹙眉，语气森然，“这样的孩子，非池中之物，绝不是将来可以随意拿捏的！瑀儿驾驭不了他。”

“是。”这一次大管家出声，表示同意。

听到齐善开口，董嬷嬷垂下头去，知道此事已没有回转的余地。

“穆氏三世而亡的诅咒，就近在眼前了。”老太君叹了口气，“我苦心孤诣地安排了这一切，让瑀儿在武庙拔剑，继承家业。结果，居然被这个小杂种给搅和了？”

董嬷嬷眉头一动，心中有话却不敢说。

怎么不说是穆瑀胡作非为在先，居然乘人之危染指族兄妻子，才会惹来这一番波折呢？老太君虽然严明慈爱，待人处事有口皆碑，但唯独在这个三代单传的嫡孙身上却实在是偏心，几乎达到了不分是非的溺爱程度。

“天医一行已经在扶风郡，过几天就要到了，”大管家看到当家祖母如此沉不住气，忍不住提醒，“此事不如先压一压，容后再说。”

“不行！”老太君摇摇头，“只要她们来了，和他碰面，难保这件事不泄露出去，不能冒这个险，必须抢先一步处理干净。”

“抢先一步？”大管家愣了一下，“老太君的意思是……”

"事不宜迟，夜长梦多。"老太君看看外面，日头刚刚到正午，冷然开口，"马上替我传个信给杜皎月，你亲自去。"

"是。"大管家点头。

"还有，"老太君想了一下，又吩咐，"立刻召集刑堂主事，说有紧急要事，请四位长老明日一早在白虎堂会集。"

"是。"大管家并没有多问，退了出去。

当大管家走后，老太君从怀里拿出一个小小的瓶子，看了看身边的侍女："顺娘，该你了。"

董嬷嬷一眼看到那个黑色小瓶，身子一震，手里的葛布袍子落了下去。

"求老太君饶那孩子一命！"董嬷嬷随着袍子一起跪了下去，重重叩头，"风铎……风铎他是个好孩子！他很听话，绝不会和您作对，对大少爷造成威胁！"

"怎么？才去了两年多而已，就舍不得了？"老太君有些意外，冷笑，"你可是跟了我四十年——那之前，什么事没替我做过？"

"奴婢不敢。"董嬷嬷没有去接那个瓶子，不停地重重叩首，地上已经有血印，"要不然……要不然请老太君废了他的武功，饶他一命吧！"

"你还真把那个孩子当自己的孙儿了啊？"老太君看着这个心腹侍女，叹了口气，"我知道你儿子去世得早，孤单了半辈子，临老了很想找个寄托吧？"顿了顿，冷笑，"但是，想养老，也先得有命。"

董嬷嬷匍匐在地，将额头贴在地上，身子微微发颤。

"过了明天，你就可以重新回到我身边了。"执掌穆氏三十年的当家祖母俯视着地上的婢女，语气森然，"这两年里的事，你就当一场梦吧——放心，你若怕孤老无依，我再从族里找一个出色的孩子过继给你。如何？"

她淡淡地说着，眼神里透露出一丝冷意。

那种冷，第一次出现在这个鹤发童颜的慈祥老祖母身上，竟然有一种由仙入魔的可怖。

那天晚上开饭比平日迟了一些，等董嬷嬷将饭菜摆上的时候，竟到了酉时一刻。穆风铎早已在灯下看了半天兵书，饥肠辘辘。

他一抬头，不由得愣了一下："阿姆的额头怎么了？"

"没什么。"董嬷嬷摸了摸额头上的绷带，不动声色，"下午去阁楼上拿个东西，昏暗里绊了一跤，不小心撞横梁上了。"

"以后要拿什么跟我说一声就好，别自己去。"少年连忙站起来，帮她摆好碗筷，“等下我来洗碗——不要沾水。”

董嬷嬷看了他一眼，没有说话。

“怎么了？”注意到对方的神情有些异样，他更加紧张了，“不舒服？要我去给您叫大夫来吗？”

“这点皮外伤，哪里用得着？”董嬷嬷换了个表情，松弛了下来，笑道，“看，我替你把月饼买好了。”

她从厨下拿了个提盒，打开，里面是几样新鲜时令吃食，还有五色月饼，琳琅满目，码得整整齐齐，交给了少年：“有莲蓉的，也有豆沙的，连咸口的也买了一些。明天你把这些都拿去给你娘供上。”

“是，多谢阿姆。”他点点头。

阿娘的忌日就在中秋，每年他都会在那天起个大早，去城外义庄祭奠。

“今天早点休息，”董嬷嬷道，“明天一早要走远路呢。”

“是。”他点点头，迟疑了一下，“她们……几时来？”

“她们？”董嬷嬷怔了一下，“小神仙？”

他点点头，有些不好意思，硬着头皮问：“总……总不会是明天吧？”

董嬷嬷心里一动，明白过来——原来，这个孩子是在担心自己等了两年，离开一天就会错过相见的时机？

看到少年那腼腆又期待的表情，老嬷嬷一时间又是心酸又是难过，停顿了半晌，只道：“哪能这么快呢？原本也要在中秋后才会到的——如今扶风郡病患多了起来，好几个地方都发现了疫情，只怕她们一路耽搁，又要比原来计划的更晚几天才到呢！”

“……那就好。”他松了一口气，点点头走了。

董嬷嬷看着少年的背影，脸上忽然露出不可抑制的悲哀，无声地握紧了怀里那个小瓶，在灯下垂首，落下了泪来。

因为第二天要早起，所以就寝时间比平日早了一个时辰，穆风铎回房换了寝衣，在熄灯之前，翻了几页梦龙阁主的《相思引》，正好读到了男女主角再次相见，两人情难自禁、共赴巫山，一夜被翻红浪。

梦龙阁主文笔大胆直接，里面一些段落令人面红耳赤。他看了几页连忙放下，心头怦怦跳，耳尖都不由自主地红了。

这样的书……她、她也看吗？

那个梦龙阁主不知何许人，靠着两部书名播天下，写得也杂，上至宫闱秘闻，下至传奇江湖，乃至花前月下、才子佳人都有涉及，还总爱写一些艳情戏，显然是个久经风月的老手。

这本《相思引》，内容非常大胆露骨：讲的是伽蓝佛国的佛子心悟，在淮陵国元宵灯会上偶遇青州旖旎溪的花魁白璧，被美色所诱，从此沉沦欲海，想离开佛门，和名妓双宿双飞。然而，他却发现所谓的心上人竟是师父派来试炼他心性的白狐——而且，还是一只雄狐。于是，他一怒之下斩杀了情人，冲回伽蓝佛国，竟想动手弑师。

故事就停在了这里，最终卷尚未完成，看得人好生心焦。

书里面的那位师父，赫然叫作：容枯大师。

不知道伽蓝佛国的方丈枯荣大师看到了会作何感想。

入睡前，他从怀里拿出那张私藏的小笺，小心翼翼地再看了一眼——

静女其姝，俟我于城隅。

爱而不见，搔首踟蹰。

那张古旧的小笺上，那几行字已经淡得几乎没有了。然而，这样短短的诗句却依旧在许多年后击中了他。

爱而不见。

她离开穆家已经快三年了，应该走遍了这个天下吧？据说也和天临少主定了亲，要成为母仪天下的皇后——不像他，一直被困在这座深宅大院里，一直看不到外面的天地，每日如履薄冰，只为争得一个像样点的前途而努力。

到如今，他甚至没有把握她还记不记得自己。

要不然，为何两年里他写了许多信寄往照心堂，却一点回音也没有呢？

十七岁的少年怀着重重的心事入睡了。睡前，他望了一眼窗外。廊下的风铎静静地垂落，黑夜里明月当空，光华四射，看去已经几近满月。在月晕的边缘，不知道是不是幻觉，竟依稀有些红。

那一夜，他又梦见了初霜。

“小穆。”清丽的少女穿着白衫，背着古琴，站在一片桃花深处，轻唤他的名字，双眸如同晨星，声音温柔如梦。

这里是阿娘说过的桃源谷吗？初霜她……她怎么在这里？

他飞奔过去，定定地看着面前的人，惊喜到说不出话来。

“还疼吗？”她轻轻抚过他喉上的伤痕，疼惜地问，呼吸近在他耳畔。那样轻柔的触摸令他全身剧烈地颤抖起来，再也控制不住内心长久以来的渴慕，俯身一把将面前的人紧紧抱入了怀里——初霜……初霜！

然而，当手臂收拢的那一刻，她在他怀里无声无息地碎裂了。

就如水里触手即碎的月影。

第二日，他起来得很早，想起昨天夜里的梦境，怔怔地发了一会儿呆。然后，他出去冲了个澡，换了衣服，在卯时就收拾妥当，束好发，系上白色的发带，穿了一身素衣白袍，准备去郊外的义庄给阿娘祭扫。

董嬷嬷布好了早餐，又端来了一盏浅碧色的羹，放到他面前。

“今天有聚灵露？”他有些诧异，“不应该是明天才送来的吗？”

董嬷嬷回答：“大管家说中秋要过节，让厨房提前做了。”

“哦。”他不疑有他，拿过来几口喝了下去。

那一刻，廊下的风铎忽然无风自动，发出了一声刺耳的响声！

怎么？他微微一惊，放下空盏看了看外面——外面什么也没有。没有人，没有风，好像一切只是他的幻觉。

“我先走了，拜祭完，申时前就会回来，”他看了看日头，简短地交代了一句，“晚上阿姆若不去老太君那边伺候，就留着席等我回来一起过中秋。”

董嬷嬷点点头，没有说话。

当他推开院门的瞬间，廊下的风铎又急促地响了一声。

少年微微一惊，下意识地回头看了看那个古旧的风铎，风铎没有摇晃，里面的铎舌却在震动，仿佛有无形的手在竭力摇动着那枚锈迹斑斑的东西。

那一瞬间，他心里隐约有一种不祥的预感。

“小穆！”他正迟疑，蓦地听到董嬷嬷在后面叫了他一声。

他提着盒子应声回过头，看到银发的老嬷嬷站在廊下凝视着他，嘴唇微微颤抖，眼神复杂无比——见到他回头看过来，反而立刻错开了视线。

“怎么？”他有些诧异，“阿姆还有什么吩咐吗？”

那一声“阿姆”令董嬷嬷内心一怔，再也止不住地走过来，抬起手想摸摸他的头。虽然是朝夕相处的人，少年还是不习惯这样的身体接触，下意识地往后躲了一下。然而刚一侧身，他却看到老嬷嬷的眼里居然有泪光闪烁，不由得吃了一惊，便站在了原地没有动。

苍老的手指落在少年的头顶，微微发抖。

“去吧！”最终，董嬷嬷只是轻声道。

# 第十二章

## 天医空莲

当穆氏深宅中那个风铎无风自动的瞬间，在三百多里外的天梁镇，仿佛也有无形的风掠过，一整排的风铎铁马齐齐摇响，声音铮然刺耳。

似乎被廊下传来的声音刺激，困在一隅的病人们再度暴躁起来，嗬嗬大呼，在空中乱咬一气，浑浊的眼里有嗜血疯狂的表情，却被捆住了手脚，无法动弹。

“唉……怎么还没起效啊？难道师父的药不对？”看着面前群魔乱舞的病人，白衫少女收起看到一半的话本，叹了口气，探过身，伸手拨了几下案上的古琴。

琴音一响，躁动的人群就安静了下来。

“胡说。”廊下花影动，一个声音道，“若是我的药不对，此刻这群人早就变成了发疯乱咬的活尸，哪还能用绳子捆得住？”

北襄的深秋明亮高爽，日光下，有美人从外面迤逦行来，她看上去不过二十五六岁的年纪，梳着高髻，凤目长眉，容色照人，指间戴着一枚细细的指环，一身青色纱衣如云如雾，一路走来摇曳多姿，裙裾飞舞，宛如洛神妃子。

那便是名动天下的南斗之主：天医空莲。

“师父。”初霜笑着站了起来，上前接过她手里的药，“我来。”

“腹诽师尊，大不敬。”天医空莲“啧”了一声，瞥了瞥案上的书卷，“你看你，天天蹲在房间里捧着话本——哎，《相思引》？”

看了一眼案上的书名，天医空莲立刻摇头：“梦龙阁主这本写得挺无聊的，整个故事简直瞎编乱造，哗众取宠，就靠那些佛门破戒、妓女从良的风月段落来吸引人，难为你还一卷一卷地追着看。”

“打发时间嘛。”初霜笑了，赶紧收起书。

“你看看，里头写的都是些什么？”天医空莲摇头，继续不客气地点评，“佛子恋上妓子。心悟和容枯大师——如此诋毁伽蓝佛国，小心惹恼了枯荣大师，回头在皇帝面前告一状，变成天下第一禁书。”

“枯荣大师是世外高僧，早就不理这些尘世纷扰了，”初霜笑道，“照叔叔也没那么古板，连那本《照心秘史》他都没禁，才不会管这个。”

“你以为他看了《照心秘史》不生气？他可都快气疯了好不好！”天医空莲嗤笑，“他不禁那本书是因为……”

说到这里，她停了一下，只道：“哎，把新的药给他们用上。”

“是。”初霜没有追问，只是笑着将手里的药盒打开——里面整整齐齐排了十几枚丹丸，是天医空莲令随行弟子刚刚配好拿过来的。

药一下去，只是片刻，那些躁动不安的人就安静了，纷纷瘫坐下来，急促的呼吸变得舒缓，眼里那种灰色的雾气也消退了。

“这一路走来，遇到的病人越来越多，病情也越来越重。”天医空莲喃喃，抬起手揉了揉眉心，“我调整了好几次方子，才堪堪管用，带来的药材也都快用尽了——这次的北方大疫，只怕要比枯荣大师预言的更加险恶。”

顿了顿，天医空莲又道：“阆风一去，至今未归，也不知道出了什么事。”

初霜脸上也有忧虑之色，只道：“无论如何，弟子都会和您一起分担。”

“这两年你也够累的了，”天医空莲叹了口气，怜惜地看着她，“一路南奔北走，几乎就没停下过，天天早出晚归，连一点自己的时间都没有。”

“应该的。”初霜微笑，“师父传了我医术，不用起来岂非可惜？”

“哎，不知不觉你也快二十了，”天医空莲看了看自己最倚重的弟子，眼神微微变幻，“阿瑾说得对，我是该替你考虑考虑终身大事了。”她顿了顿，“少羽脾气最近改了不少。你要不重新考虑一下？”

“您说什么啊！”初霜没想到师父忽然扯到了这件事上，瞬间红了脸，“我要跟师父一样，一辈子行医济世，不嫁人！”

“跟我一样？”天医空莲嗤笑，“别开玩笑了，你哪一点像我？”

初霜被这句反问噎住，神色微变。

“哎……别多心！”天医空莲看到爱徒的表情，连忙道，“我的意思是你的性情脾气和我截然不同，哪适合过这种生活？让你一辈子在门下行医，不是让你当一辈子尼姑吗？那我还不如让你直接去拜枯荣大师为师呢！”

初霜被这一席话弄得局促不安，垂头不答。

因为驻颜回春丹的关系，天医空莲的容貌一直停留在韶华鼎盛之时，她出身高贵，洒脱率性，从不自矜一派宗师的身份，和爱徒说起话来也没有长辈、晚辈的泾渭分明。

“天临城以前的那些流言，如今早就没人理了。太后也薨了，没人再从中作梗刁难。你不用对那些旧事心怀芥蒂。”天医空莲旧话重提，语重心长，“你天天蹲在房间里，看这种不着边际的话本，这样下去可不行。你得多出去玩玩，花前月下地谈几次恋爱——哪怕不合适再一拍两散也行啊。”

她凑过来，再次提议：“不如就拿少羽练练手吧？”

初霜脸红了一下：“别……别开玩笑了，师父。”

“怎么会是玩笑？我儿子虽然忤逆不孝、一身反骨，但好歹也算英俊潇洒、雄才大略。你们两个也知根知底——去和他谈一谈嘛！”天医空莲循循善诱，“放心，我肯定不会让他爹真的废太子，将来他还会是皇帝呢！拿他练手，不亏。”

初霜刚想说什么，忽然听到外面一声冷笑：“拿我练手？我谢谢你啊亲娘……”

室内两个女子不由得齐齐一震，变了脸色。

刹那间，一道赤色的光从天而降，风起云涌。巨大的神龙穿下云霄，降落在庭院，引起了外面一片如潮惊呼。

一个穿着箭袖龙纹外袍的年轻人朗声冷笑，抬臂一撑，从龙背上一跃而下。来人不过二十出头的年纪，纯黑重瞳，剑眉星目，英俊非凡，一头乌黑的长发在风里猎猎飞舞，整个人锋芒毕露，如同太阳般耀眼。他跃下地时手臂一转，那条赤龙“唰”地飞起，回到了他左臂上，化为一道缠绕的赤纹护臂。

那就是炎龙赤霄，天临皇室的守护神。

冲少羽御龙外出，在疫区逡巡了一圈，回来正好听到了房间里的谈话，不由得心头火起，一声冷笑：“她不亏，我亏。”

初霜一见到他，忍不住赧然，红着脸退了一步。

“怎么说话的？”听到儿子阴阳怪气的话，天医空莲顿时勃然大怒，“你这种烂泥扶不上墙的家伙，胡作非为、声名狼藉，只知道吃喝玩乐，气你老娘——初霜可比你强十倍！”

“刚刚不是还说我英俊潇洒、雄才大略吗？怎么又烂泥扶不上墙了？”冲少羽向来好胜，在口齿上不甘示弱，立刻反击，“我看你还是让爹早点废了我得了——免得哪天救心丹不够用，你们两个都被我气死，那就没人能阻拦我君临天下了！”

“逆子！”天医空莲说不过他，气得拿起镇纸就打。

“哎……多逆的孩子也是你生的。”冲少羽敏捷地闪躲，嘴里却不停，“你说你，和我爹都和离昭告天下了，还非要藕断丝连，结果搞出一个我来——哎哟！”

一根银针“唰”地飞来，扎入肩上要穴，定住了他。

“怎么？还想着要气死我？”天医空莲上去就给了他一个栗暴，怒斥，“不如我今天就弄死你这个不孝子——”

"师父，别，"初霜连忙拦住，"少羽就是嘴坏。他如果不关心师父，才不会一路跟我们来北襄呢！是不是？"

"哪里，是父皇逼着我来的！"被定住的人却犟如驴，依旧不肯顺坡下，"他说我们两个有好几年没见面了，非要我跟来和你多培养一点感情……一个个都在算计我！我真的是你们亲生的吗——哎哟！"

又一个栗暴落下来，打得他额头起了个包。

"喂，别逼我啊！"冲少羽嚷嚷，振了一下左臂，那一道赤光顿时微微浮动，"再逼我，我就要放赤霄出来了！"

"好了，好了，"初霜连忙拉住师父的手，"再打他，他真的会拆了这房子的——"

天医空莲收住了手，瞪了一眼自己的儿子。冲少羽也瞪着她。

初霜轻笑了一声，斜身隔开了母子二人，从冲少羽的肩膀上拔下那根银针，顺手揉了揉，转开了话题，问："这里的病人服了药，基本上都不碍事了——可以放他们出去了吧？"

天医空莲"哼"了一声，也没多说，转头走了出去。

冲少羽也"哼"了一声，扭头从另一边走了出去。走过初霜身边的时候，他白了她一眼，嘀咕着："小书虫！做你的白日梦，看你的书去——还想拿我练手？做梦！"

初霜一怔，忍不住嗤笑出声。

天医空莲在门外回过头来看了一眼，不由得叹了口气。

这两个人，一个是她唯一的儿子，一个是她从小养大的弟子，从童年时便在照心堂一块长大，原本是青梅竹马的伙伴。

少羽比初霜大两岁，不知为何却没有做哥哥的自觉，反而老是欺负她。那时候，初霜三天两头哭，说少羽哥哥揪她的头发、扔她的东西、推搡她，还总是讽刺她胖、矮、土气，是个除了啃书本啥也不会的书虫。

天医空莲原本就不是贤妻良母的性子，国务、医务繁忙之余，还要被两个娃搅得不胜其烦，一怒之下便把儿子拎过来一顿打。

"你为她打我？"少羽却大叫，"我是你亲生的！她又不是！"

"闭嘴！"她大吃一惊，生怕初霜听见，"再瞎说我缝了你嘴巴！"

"你干脆打死我好了！"十岁的男孩毫不害怕，反而直着脖子叫得更响，"反正我从小就没爹，她一来，连娘也不要我了！你打死我算了！"

"胡说，我哪有不要你？"她觉得这熊小子简直不可理喻。

他大声控诉："每天你都带她出去，却把我一个人丢在这里！"

“初霜可比你乖多了，聪明伶俐，过目不忘，才八岁都可以给我当帮手了，”她不以为然，“你呢？带你出去我还不搞得人仰马翻？”

“我不聪明吗？”少羽却瞪着她，似乎竭力憋着什么，最终还是号啕大哭起来，“我……我是你的累赘吗？所以你和父皇都不要我，把我丢在这里？”

天医空莲怔住，忽然间明白了问题所在。

“哪里，少羽也聪明也能干！”她连忙把儿子抱在怀里，哄着，“你是上天赐给我的宝贝，我盼了很多年才把你盼来呢……你父亲也非常喜欢你，他不是每年都来这里看你，给你带礼物吗？皇室子女该有的你一样也不少呀！”

“嗯……可我要双倍！”怀里的孩子抽抽噎噎，好不容易被她哄住了，忽然开口问，“他们都说初霜也是你的孩子……真的吗？”

“我的？”天医空莲愣了一下，第一次听到这个流言，“我和谁的？”

“那么多个叔叔，我就是不知道才来问你的啊！”十岁的孩子看着自己的母亲，跺了跺脚，纠结万分，“是那个很帅的霍叔叔？还是国师离云？还是海客……”

“胡说八道！”听到儿子把自己情人的名字挨个报了一遍，天医空莲脸上顿时有些挂不住，火气“噌”的一声冒了上来，怒叱，“初霜是我在旖旎溪上捡来的弃婴，不是我生的！我只生了你一个孩子！”

“真的吗？她是你捡来的？”他“哇”的一声开心起来，“太好了！”

“好什么好？”天医空莲捏了捏他的鼻尖，“其实，初霜是你捡来的。”

“什么？”怀里的孩子愣住了，“我……我为什么要捡她？”

“真的是你。”天医空莲笑了起来，看着儿子，“我那时在溪边采药，都没看到木盆漂下来卡在岸边，是你颠颠跑过去，用吃奶的劲儿拉上岸的——那时候你才不到两岁，大概记不得了吧。”

“还有这种事？”少羽愣住了，“那个小书虫……真的是我捡回来的？”

“真的。”天医空莲点点头，叮嘱，“但这事你可要保密，不许说出去。”

“也不是什么好事，有什么好说的？”怀里的孩子目瞪口呆，仿佛气馁了，嘀咕了一声，“捡了就捡了……算我倒霉。”顿了顿，他强调，“但是你只能生我一个，不许再生其他孩子了！”

“好好好。”天医空莲苦笑，叮嘱，“以后要对初霜好一点，知道吗？她可是你自己捡回来的——其实你什么都有，她才是真的没有父亲也没有母亲呢！”

少羽仿佛心理平衡了许多，在她怀里点了点头。

从那一日起，她尽量将儿子带在身边，让他和初霜平等地分享自己的时间。两个孩子每天都在一起，相互之间自然少不了比较。仿佛是不想被初霜比下去，总是闹腾的少羽转了性，居然安安静静地待着，没有屁股长刺地乱跑，也不给她惹事。

然而，初霜很软地叫他“少羽哥哥”，他还是爱搭不理。

直到有一天，她发现儿子鼻青脸肿地回来，心中生气，以为他又在外面惹祸打架了。然而，她把他揪过来一问，居然是因为初霜。

原来初霜课业出类拔萃，日日跟随在天医身边，门下弟子妒忌，便成群结队地排挤她，整天在背后嚼舌根，说她是天医的私生女，还给她编派了不同的父亲。今天初霜又拿了针砭课的第一，那一群人便你一言我一语，把她都说哭了。

少羽本来懒得管，后来听到那些人言语之间把天医也扯了进去，一时气不过，便冲出去把那几个人全部打了一顿，也不管其中几个是女孩，照打不误。

“打得好！”她听了心花怒放，“不愧是我儿子。”

“哼，我才不是为了小书虫才揍那些家伙。”少羽气哼哼地翻了个白眼，“我气的是他们非要把她扣在你头上——你可只生了我一个！”

“是是。”天医空莲笑起来，抱住儿子亲了一口，“只生了你一个。”

“别！疼。”少羽挣开她的怀抱，揉着额头上的包，嘀咕，“看来还是得好好学一点拳脚功夫——打群架的时候，术法一点都不顶用！”

“怎么不顶用呢？”天医空莲有些奇怪，“你父亲每年都从天临派来太傅、少傅，传授你控星和御龙之术，连大神官云麾都来过。那可是独步天下的至高术法。”

“什么控星御龙……那个要真用出来，还不把那些人一下就全打死了？”少羽“哼”了一声，“到时候你和爹又要罚我，说我不够仁善，将来定然是个暴君。”

天医空莲忍不住笑出来：“……还真挺像个小暴君的。”

“我才不要做暴君，要做也得做个昏君！”怀里的孩子又“哼”了一声，大言不惭，“酒池肉林、夜夜笙歌、后宫三千那种——对，还要烽火戏诸侯！”

“哈哈哈……”她放声大笑，觉得儿子简直十足十地像自己。

“算了。要不你还是再生一个吧！”冲少羽想了想，忽然改了口，“这样的话，以后打架的时候我也好有个帮手。”

“要死了……你这小家伙！”天医空莲哭笑不得。

“少羽哥哥，”初霜拿着药膏走过来，给他肿了的额头涂上，声音软软地道谢，“今天那些人太坏了……谢谢你。”

女孩子的手指细嫩柔软，指尖沾满了浅碧色药膏，如同初春新长出来的柳枝，清清凉凉地拂过，担心地问：“是不是很疼？”

“哎，谁是你哥哥？”少羽笑了起来，回手一抹，给她也画了个大花脸，“小屎包，被人欺负了就知道哭！好歹你也打回去呀！”

“天医门下，只能救人，不能打人。”初霜认真地回答。

“哎！我可没这么教过你。”天医空莲忽然有些担心，生怕这样下去爱徒某天会被欺负，不由得及时训导，“有时候，弄死一个该死的人，抵得过救十个呢！”

“真的吗？”小女孩震惊了。

“真的！”天医母子齐齐点头。

“你看，《素问》也说‘上医治未病’，先下手为强。”天医空莲知道这个弟子从小多读多思，凡事非要得到一个解答才肯罢休，便临时编出了一个理由，“防患于未然，是圣人所训的最上等手法。”

“真的吗？我只记得书上是说过‘治未病’……可好像没说‘先下手为强’‘防患于未然’啊？”初霜歪着脑袋想了想，还是有些纠结，“人命和病，终究不一样吧？比如今天那些人虽然可恶，但罪不至死——”

她回过头，有些担心：“少羽哥哥，你可别真的打死他们啊！”

“行，”冲少羽“哼”了一声，“那就打个半死！”

那之后，两个孩子的关系融洽了很多，每天都在一起玩。

初霜总是很软地叫他“少羽哥哥”，而他却经常随口乱叫她“小书虫”“小屎包”“小矮人”……初霜也不生气，无论他叫她什么都笑吟吟地答应着。每次他说要出去玩，她都跟屁虫似的跟在后面，替他提着东西，拿着衣服。

少羽天生性格外向，飞扬跋扈，精力充沛到片刻都停不下来，做事没长性，好奇心又极旺盛，凡是看到新鲜的东西都想要去试试，连没见过的狗屎都想尝一口。

少羽十岁出头的时候，更是到了连狗也嫌的年纪，爬墙上树，上房揭瓦，出去和人打架，头破血流地回来，怕被母亲看到了责怪，就先钻进初霜的房间里让她包扎，每次都惹得小姑娘又心疼又害怕，一边叮嘱劝告，一边替他治伤。

有一次，他看到一个鬼伞红菇中毒的病人描述看到的奇特幻觉，居然好奇心大发，回头也去找了鬼伞红菇吃下去。然后，他就出现了强烈的幻觉，觉得满天都是大鱼在游，脱光了衣服在房间里扎猛子，捞来捞去，还死活憋着气不肯呼吸。

最后幸亏初霜及时过来，才让他没有活活被自己憋死。

最离谱的一次，是某天他突发奇想，想试试天医门下那把太古遗音，便让初霜偷偷把琴拿出来给他。初霜原本是拒绝的，可是她心软，耳朵也软，挨不过他一次次软磨硬泡，居然真的把这至高的灵器私下拿出来给了他。

少羽拿到琴喜出望外，模仿着母亲的手法，想弹首最简单的《秋风吟》。然而无论怎么折腾，那把古琴都弹不出一丝声音。他一怒之下，居然用出了控星之术，生生拉断了两根琴弦！

那一瞬，两个孩子面面相觑，知道大祸临头了。

不知道两人私下是怎么商量的，最后初霜站出来顶了罪，怯怯地说是自己练习不当，弄坏了本门灵器，听凭师父处罚。

天医空莲一看小徒弟的表情，立刻知道是怎么回事，却故意拉下脸来，把初霜一路扯到了法坛前，按门规请出法杖，厉声让徒弟跪下受刑，且偏偏不许少羽走，让他在外面听着。

法坛的门关着，初霜在里面一声不吭地受刑，杖击声钝而沉。她在房里每挨一下，外面的少羽就猛然抖一下——那一刻，向来天不怕地不怕的男孩站在外面，不知所措，重瞳里露出惊惧痛悔的神色，脸色惨白，全身不受控制地发抖。

从小到大，他不是没挨过罚，比杖击更重的也有，却皮糙肉厚过了就忘。

直到这一刻，他才知道什么叫作懊悔和恐惧。

“别……别打她了！是我！是我！”里面才刚刚打到第三杖，他就再也忍不住地大喊出声，一把推开门冲进去，扑在了初霜身上，哽咽着连连向母亲认罪，“是我干的！是我！别打她了！”

然而，房间里的两个女子居然都没有说话。

冲少羽怔了怔，一抬头，这才看到之前的每一杖其实都落在了蒲团上，而初霜毫发无伤地跪在一旁，定定地看着扑到身上护住她的人，眼眶泛红，怯怯地叫了一声：“少羽哥哥……”

冲进来认罪的男孩呆住，眼泪挂在脸上，说不出话。

十二年来，这个无法无天的熊孩子第一次被吓到哭。

“认了？”天医空莲松了一口气，看着儿子冷笑，“还算你有点担当！”

她掉转法杖，当场狠狠揍了少羽三十杖，打得他三天没法走路，同时骂了初霜一顿，说她不该听少羽教唆，无原则地包庇掩盖他犯下的错误。

“这次他能损坏灵器，让别人顶罪，下次就会犯更大的错！这样下去，迟早会误入歧途。”她怒斥爱徒，“你从小就比他懂事，以后要看着他，及时纠正他，而不是放任他犯了错之后再替他背黑锅！知道吗？”

初霜怯怯地点头，抹了抹眼泪，搀扶着没法走路的男孩站了起来。

“哎！”少羽疼得咬牙切齿，却硬是憋住，表现得满不在乎，“小书虫，你哭什么？挨打的人可是我！别哭了，别哭了……

“屁股都被打肿了……快回房里去替我敷一点药！”

挨了这顿打后，两个孩子的关系更加亲密起来，日日不离左右。

初霜听取了师父的训导，变成了一个小大人，时时刻刻看着少羽，一见他做得不对便出言规劝。少羽烦得很，觉得自己又多了一个娘，却又离不开初霜，两人别别扭扭地在一起继续玩着，感情越来越好。

过年时，紫微帝君来东越看儿子，带了皇室御用灵器蟠龙锦囊当作年礼。初霜见到后夸了一句好看，少羽二话不说就摘下来，爽快地送给了她，还手把手教了她怎么打开和关上，一边演示一边道："这个东西什么都能装——有了它，你就可以把所有的书，甚至整个书柜和药柜都装进去了！"

"谢谢少羽哥哥！"初霜非常开心，眼睛都是亮的。

"小书虫。"他笑着，捏了一下小女孩的脸蛋，"这是给你的新年礼物！"

天医空莲在一边看着，心里欣慰，忍不住暗戳戳地想：这两个青梅竹马的孩子看上去如此般配，等将来长大了，说不定能成为一对佳偶？

然而，她却想错了。

又过了一年，少羽十三岁了，再不启蒙便要错过炎龙血脉觉醒的时间。而这二十年中，紫微帝君和其他妃子所生的孩子里，除了小公主冲灵有些天赋，其余皇子皇女的资质都很普通，无一人可以和赤霄结契。

在雅宣太后的催促下，为了保证炎龙血脉的延续，紫微帝君亲自从天临城来到照心堂，和天医空莲长谈，要将这个流落在外的儿子带回帝都抚育。

天医空莲经过慎重考虑，最终同意了此事。然而，少羽从小在东陆自由自在惯了，不想离开照心堂回皇宫。他日夜大吵大闹，却发现父母都毫无改变想法的意思，干脆心一横，试图离开中州，逃到父亲势力不能及的海外去。

十三岁的男孩子执行力极其惊人，说干就干，去码头上打听了一番，找到了一支去往海外的船队，用压岁钱付了订金，然后就开始为离家出走做准备。

他跑去问初霜要回了那个蟠龙锦囊，说要打包带走一些东西，还约她和自己一起离家出走，坐船去海外探险——

"我们扬帆出海，把三山碧落都走遍，再一路向北，去看看从极冰渊！

"等玩个两三年，再回照心堂。到时候我已经过了十五岁，不能再和炎龙结血契，我爹就不会抓我回天临了——你难道不希望我留下来吗？

"别担心，我们不会饿死的，我偷了好几件我娘的珠宝呢！就算钱花完了也不怕，我可以去跑码头卖艺，你可以去挂牌子给人看病，是不是？

"总之，小屎包你别怕。你是我捡回来的，我会一路罩着你的！

"哎，不跟你多说了，你快回去收拾一下东西！

“后天亥时，我们在鲸川大港的东码头集合，一起上船走！”

他眼睛放光、手舞足蹈地游说初霜，描述着未来的冒险生涯。

那么小的男孩，居然有那么大的胆子，令父母完全料想不到。

幸亏在他打算偷偷出走的那一天，初霜半夜跑来，及时告知了此事，夫妻两人在入睡后惊醒，连忙带着人去码头寻找，才在千钧一发之际拦住了那艘即将出海的船，没有让这个熊孩子离家出走成功。

“你居然告密？小叛徒！”被龙禁卫押着带下船的那一刻，少羽眼睛血红，恶狠狠地冲过来，一把将初霜推到了水里，咆哮，“不肯跟我一起走也罢了，居然还带人来抓我？叛徒！可恶！”

“少羽哥哥……你别生气。”初霜湿淋淋地爬起来，眼睛都哭肿了，“我好担心你啊……我戌时就来看了一圈，发现船上的人不对劲，口音很奇怪……我怕这是人贩子的船，他们会把你骗去卖了！所以……”

“小叛徒！滚！”少羽恶狠狠地对她喊，“我的一辈子都被你毁了！”

天医空莲叹了口气，知道儿子和自己一样无拘无束、热爱自由，并不愿意回到天临成为皇室继承人——然而，炎龙之血即将断绝，这种关系到天下国运的大事，岂容一个孩子任性？

那天之后，少羽再也没和初霜说过一句话，无论她怎么求饶、赔不是都不理不睬，甚至厌恶到连她端上来的饭都不肯吃。

“小叛徒，这回你开心了？”被押上皇室马车去往天临的时候，天医空莲听到儿子语气不善地对初霜说，“靠着告密立下了大功，又把我弄走了，从此以后，阿娘就是你一个人的了！”

“少羽哥哥……别生我的气了。”初霜被他骂得红了眼眶，怯怯地去拉他的袖子，下一个瞬间却被恶狠狠地推开——

“滚开，小叛徒！谁是你哥哥？

“那天如果不是为了等你，在一个时辰前我就出海去了！

“可恶！我当初去捡垃圾也比捡了你强！”

# 第十三章

## 天临少主

这两个孩子的人生轨迹，就在这个岔路口分开了。

十三岁以后，冲少羽回到了天临，成了紫宸里尊贵的少年皇子，长居帝都，但每年总要回到照心堂和母亲待上一段时间。

然而，刚刚一到天临，他就闯了一个惊动整个皇宫的大祸——

少年皇子桀骜不驯，不服皇家司礼监的管束，竟然把前来训导他礼仪的女官绮华打成了重伤，还拔出刀割了对方的嘴！

“这个臭婆娘，居然说让我改掉野孩子的坏习惯，不要像我娘这样不知礼仪羞耻！”面对太后和帝君的责问，少年狂怒地大喊，“放屁！我娘是天医——她爱跟谁好就跟谁好，爱跟谁和离就跟谁和离，我和我爹都乐意！她又算老几？居然敢跑来我面前教训我？”

听得此语，稚宜太后和紫微帝君双双沉默，面色各异。

虽然是对方出言不逊在先，但毕竟伤了太后倚重的心腹女官，还差点弄出人命，他被勒令关了三天禁闭。然而少年不饮不食，直到饿昏过去也不肯认错。

进了皇宫后，因为被限制了自由，冲少羽反而更加叛逆起来。

他不但时时刻刻都在挑衅皇室，目无规矩，甚至在进行庄严的结契仪式时，桀骜不驯的少年皇子也不肯听从璇玑神庙的安排，没有按照古训举行繁复冗长的祈祷仪式，逐步获取赤霄的信任和认可，而是等结界一打开就直接走到了炎龙面前，抬起左臂按了下去。

赤霄被惊动，一声怒吼，红莲赤炎吞没了面前的少年！

所有旁观的皇族都发出了惊呼，齐齐变色。大神官云靡虽然平日和这个少年皇子不睦，危机当前，却是第一个冲出去救人的，飞速结印施法，试图劈开火海。

历代以来，曾经有无法结契的冲氏激怒炎龙，无一不被烈焰化成了灰烬。

然而，火焰散去后，冲少羽沐火而出，乌发飞扬，身上浮动着闪电，单手结印，并拢眉心，重瞳熠熠生辉，竟然毫发无伤——那一瞬，仿佛所有龙焰都被吸收进他的瞳内，转为蕴藏在身体里的力量！

冲氏御龙，为炎之主宰，光芒照彻天地。

“怎么样，我够格了吗？”少年毫无畏惧地跟神龙对视，然后抬起左臂，按住了炎龙脖子下方的那片逆鳞——赤霄没有拒绝，只是低下头看着他，发出一声长啸。

刹那间，少年的左臂上赫然出现了一圈奇特的烙印！

那一年，他十五岁，正式和赤霄结下血契。

新一代冲氏皇族之中，终于有人获得了炎龙的认可，天临皇室为此欣喜若狂。紫微帝君更是心花怒放，还不等加冠，便迫不及待地册封冲少羽为皇太子。

当时，贤妃所生的皇长子冲霄已经二十一岁，为那个位置等待了多年，希望终是落空。而其他皇子皇女虽然嫉恨，却也同样无法违抗神灵的意志，只能俯首称臣，以这个野孩子为尊。

从此，少羽成了天临少主，众星捧月，在帝都几乎横着走。

而在同一时间，初霜也在成长。

这个来自旖旎溪上的弃婴天赋惊人，勤奋刻苦，十二岁能弹太古遗音，十三岁登入神域，十五岁出师，符、炁、药、针、灸、砭六法无不精通，年纪轻轻就独当一面、名动天下，人人均称小神仙。

在冲少羽离开东越的这些年，初霜每天都随着天医空莲出诊行医，聪慧细心，事事想在前头，分担了照心堂的大半工作，和天医空莲同行同住，情同母女。

少羽每次回来看到这一幕，眼神都不善，冷言冷语地讽刺，说初霜是鸠占鹊巢，靠着告密出卖朋友，独占了母亲，却把他扔进了天临那个大监牢。当年若知会有今天，他定然让她冻死在旖旎溪上，绝不捡回来给自己添堵。

他一向擅长骂战，口齿上毫不留情。初霜每每被说得眼眶一红，也只是一个人躲起来默默地生一会儿闷气，第二日便又若无其事地出来，照样做事。

刚开始，天医空莲以为这只是两个孩子间的争吵，等时间长了总会消解。

然而几年下来，两人的关系却丝毫没有恢复。

“别叫我哥哥！套什么近乎呢，小叛徒？”那天，天医空莲听到少羽在廊下推开了初霜，语气极不耐烦，“天临城里，我多的是弟弟妹妹——个个都是皇子、公主，个个都比你好看、比你矜贵，比旖旎溪上捡来的你拿得出手！”

“怎么说话的？”天医空莲心里一惊，连忙出去呵斥，“快向初霜道歉！”

“我又没说错！”少羽仰着头，犟着不肯，“我当初就不该捡这个妓女生的垃圾回来！不然能落到今天？”

这句话让初霜怔了一下，脸色“唰”地苍白，然而看到天医空莲要上前打儿子，她连忙分开两人，劝住说没什么，然后独自回了房间。

那次之后，初霜就没有再主动和少羽说过话，即便在廊下碰见了也远远避开——仿佛经过了两年的努力后，那些刀子似的话终于把她彻底刺穿，令她放弃了修补他们之间关系的任何尝试。

到后来，初霜甚至申请出门去行医，离开了照心堂一段时间。

天医空莲知道好性子的徒弟这次是真的伤了心，故意避开了少羽，不禁大为心疼，痛骂了儿子一顿，说他不该老记着童年的仇，动不动就揭人家的伤疤。

“你是紫微帝君和天医的儿子，就觉得自己了不起吗？”天医空莲戳着儿子的脑门，训斥，“投胎投得好算什么本事？论真本事，旖旎溪上来的初霜可比你强百倍！”

“投胎投得好怎么不算本事了？这天下十三国，诸侯世子有一大堆，皇太子却只有一个！’少羽却是说一句顶一句，压根儿不服输，“她要是真有本事，就别投胎到妓女肚子里啊……弄得连自己爹妈是谁都不知道！”

“混账！”她气得发抖，扬手便打。

“又打我？”少羽一抬手就捉住了母亲的手腕，动作快得不可思议，瞪着她，脸上露出受伤的神情，“从小到大，你为她打了我多少次了？她才是你亲生的吧？我当初真应该坐上那艘去海外的船，再也不回来！”

看着儿子的神色，天医空莲忽然明白了：“你从小就嫉妒初霜，是不是？”

“我？”他死不承认，“嫉妒一个旖旎溪上捡来的？”

“蠢材！你知不知道，那条船根本不是去海外的？”这一刻，天医空莲终于忍不住说出了当年的实情，“如果不是初霜，你早就被废太子掳走了！”

少羽愣住了：“瀛台废太子？”

“对。”天医空莲叹了口气，“你父亲一母同胞的长兄，冲晔。”

冲晔！冲少羽一震，变了脸色。

这个名字是天临皇室里的禁忌，已经许多年不曾有人提到，甚至连他昔年居住过的瀛台宫都被废弃封存。冲少羽也曾好奇地去询问过祖母此事，结果雅宣太后勃然大怒地把他轰了出去，整整一个月不见他。

“你的父亲只是雅宣太后的次子，他上面还有个大两岁的哥哥，嫡长子冲晔。”天医空莲追忆着往事，叹气，“原本这个皇位是轮不到你父亲的——而你，最多也不过是个小小的亲王，自然不可能是现在飞扬跋扈的样子。”

冲少羽不以为然：“不是说冲晔能力平庸，骄奢暴虐，所以才废长立幼？”

“当然不是。外面的话哪里可信？”天医空莲摇头，“实际上，冲晔虽然性格峻急，才能却很出众——灵力卓绝，不仅和冲照一样可以和炎龙结契，而且比他更得雅宣太后欢心，在八岁时就早早被立为皇太子。”她顿了顿，“当初，太后派人来齐朔纳采问名，其实是想让我嫁给他的。”

“什么？”冲少羽怔了怔，不可思议，“那为什么后来……”

天医空莲傲然道：“因为，我选了你父亲。”

冲少羽一震，明白了过来，母亲原名叶岚心，是齐朔嫡长公主，母系出自淮陵王室南宫氏，自身又是天医一门高足，可谓一身荣宠引动天下——当她在两位嫡出皇子中选择了次子冲照时，天临皇室的局面便由此悄然改变。

齐朔是十三国中最守旧循礼的国家，王室女子更以贤良淑德著称，偏偏出了这样一位离经叛道的公主，估计连雅宣太后也始料未及。

难怪后来雅宣太后一直不怎么喜欢母亲。

“我们的婚事定下了后，你父亲原本并无夺嫡之意，然而，冲晔却率先动了杀心。”说到这里，天医空莲冷笑了一声，“他以为杀掉了冲照，我便会改变主意了？可笑……也不想想，有我在，他杀得了吗？”

“他暗杀冲照三次，被我击退三次。最后一次，他甚至用出了黯域邪术，想连着我一起杀掉！嘀……”天医空莲摇头，“阴谋暴露，皇帝一怒之下终于废了他，改立你父亲为皇太子。

“可是冲晔一直不甘心，退居瀛台宫后，暗地纠集党羽图谋复辟。三年后，趁着皇帝病危昏迷，虎符无主，炎龙无首，他竟然调集三万叛军围攻了东宫！”

说到这里，她叹了口气，垂下眼帘，手指微微发抖。

在那一场宫变之中，天临大乱，东宫成为孤岛。诸侯观望，太后袖手。她携古琴九霄环佩独坐殿上，一人一琴，和冲照并肩作战，靠两千御林军足足支撑了三个月——直到穆氏玄甲军从北襄驰援，才终得逃出生天。

兵退后，城下尸山血海，两千御林军只剩下不足五百。冲照重伤垂危，而她十指流血、气脉枯竭，也失去了腹中才四个月大的胎儿。

这一战，在多年后回顾，依旧触目惊心。

“那一场宫变，最终以你父亲的胜利而告终。然而因为雅宣太后苦苦哀求，你父亲一念之仁，只是褫夺了兄长的御龙能力，将其流放北海。”说到这里，她眼里闪过寒光，“结果，居然留下了后患——你那年离家出走，差点就上了他的贼船。”

“什么？”冲少羽怔了怔，“真的是他？”

“真的。”天医空莲叹了口气，“宫变之后，你父亲的身体一直不好，子嗣也很平庸，除了流落在外的你，没有一个后裔可以和炎龙结契——这就让流放海外的冲晔动了心思。毕竟若无人继承炎龙血统，等冲照驾崩，皇位不还是他的？”

“所以，他率人从海上潜行归来，想把离家出走的你诱拐上船。”说到这里，天医空莲心有余悸，“全凭初霜细心，从那些口音和气息里察觉出了不对劲，以为你是遇到了人贩子拐卖，连夜跑来告诉我们，才把你拦了下来。”

少羽神色变换，半晌不说话。

这一刻，他才依稀记起来——船上的那一行人里的确有个人很特殊，那人戴着面具，左臂残废不能动，在远处一直看着他，沉默不语。

那个人，是不是也有着黑色重瞳？他不记得了。

“那次之后，你爹终于听了我的话，派龙禁卫去海上把冲晔给杀了。尸体带回来后，太后恸哭了三天三夜，从此恨我入骨。

“兄弟阋墙，不是什么好事，所以只对外说瀛台废太子死于流放途中……唉，这些乱七八糟的事，本来是不想让你知道的，免得你更抗拒回到天临。

“我以为你们两个不过是孩子吵架，过一段日子自然会和好，却不料误会重重，愈演愈烈，竟然到了今日的地步。”

“你想想你这张狗嘴都说了些什么！初霜对你那么好，而你这个混账竟然戳她的伤疤，嫌弃她是妓女的孩子？”天医空莲怒斥自己的儿子，“要不是初霜，你现在会落到什么下场？等她回来，给我好好道歉！听到了没？”

“好好好。”这一次，桀骜少年终于服了软，嘀咕，“听到了听到了。”

然而，等了半个月，出去行医的初霜还没有回来。直到一个月后，天临皇室按时来接走了皇太子，她还是没有回来。

两个月后，等照心堂重新安静下来，初霜才远游回来，对师父说自己去了桃源谷采撷桃花，结果花期拖延，耽误了归来的时间。

天医空莲知道她多半是心情不好，又去龙泉谷找闺中密友骊歌诉苦，兼躲着少羽，但是她没有戳穿，只问：“采桃花何用？”

“桃花加上白芷制茶，可以疏通经络，静气凝神，润泽肌肤。”初霜奉上了新制的茶给师父，杯中桃红芷白，分外美丽，“我给它取名叫桃花映雪。”

“好名字。”天医空莲喝了一口，笑了笑，“下次让少羽也尝尝。”

初霜却摇了摇头：“微贱之物，只怕配不上天临皇室。”

第二年桃花开的时候，少羽一行又来到了照心堂。

初霜已经及笄，出了师，登入神域，眉心点了朱砂，脖子上戴了一粒玉扣，侍奉在师父身侧，客客气气地和天临贵客说话，似乎完全忘记了去年的那一次不快。

然而，那种节制而疏远的客气让人如芒在背，若不是天医空莲居中斡旋，两个自幼相识的人之间竟经常陷入无话可说的冷场。

天医空莲深知这一对少年人的脾气，少羽天生富贵，张扬肆意，放浪不羁，心中有事不藏过夜。而初霜却外柔内刚，心思缜密，不言不语而胸中自有天地。

这样的两个孩子，一旦生了嫌隙，只怕非外人所能插手。

果然，少羽来了没几天，初霜又提出要外出行医。天医心知事情不好，立刻严令儿子赶紧去补救，千万不能再让两人之间的裂痕越来越大。

“放心，要哄这个小书虫还不容易？我早有准备——包管手到擒来！”冲少羽却信心满满，被母亲一说，立刻就去了初霜的房间。

初霜正在收拾行装，看到他连门都不敲就闯进来，赶紧盖住了行囊。

“哟，《花月梦》？”冲少羽眼睛贼亮，一眼就认出那是前朝流行的话本，讲的是东越名医花想容和淮陵才子柳梦月的生死两度姻缘，立刻找着了话题，不顾对方的冷脸，贴上去自来熟地讨论了起来，“这本书都过时了！你怎么还看？”

“里头讲的都是些什么脑子进水的故事？那个柳梦月病恹恹的，一阵风都能吹倒，除了写点情诗就没别的本事了——这种废物书生有什么好？值得名医自毁修为，不惜代价救他的命？”

初霜不悦地看了他一眼，反驳：“好在生死如一，至死靡它。”

“什么至死靡它？一辈子对着一个人，岂不是无聊死了？”冲少羽嗤笑，“我说，肯定是因为那家伙身体不好、有心无力，才那么专一——哎，要么就是因为名医她有独门的特效药？”

“胡扯！”见他说得粗俗，初霜更加不悦，干脆转身不再理睬。

“怎么胡扯了？男人都这样！”冲少羽被她一激，顿时就犯了老毛病，忘了来这里是要哄人回心转意的，竟然非要争赢才肯罢休，“小书虫，你可别看多了这些胡编乱造的东西，满脑子白日梦——小心以后嫁不出去。”

男人都这样？她饶有深意地看了他一眼，不说话。

天临皇太子今年十七岁，天纵奇才、英俊潇洒，年纪轻轻已经风流名声满帝都。不但东宫里美人如云，还和一众高门贵女往来暧昧，甚至在民间四处留情，见到感兴趣的美女就撩，撩完就跑，堪称负心薄幸之典范。

因为桃花太旺，几天前，甚至有一位萧美人不远千里从天临跟来了照心堂，向天医空莲苦苦哀求，希望她能让儿子出来见自己一面。

那个萧美人名梦蝶，是帝都红极一时的名伶，多少达官贵人求一面而不得，可冲少羽花两个月就追到了手，很快就嫌对方太黏人又管得宽，翻脸分手，接着逃之夭夭不见了人影。可怜的萧美人进不去天临深宫见皇帝，便只能来照心堂求天医空莲。

天医空莲听得头疼，皱眉问：“少羽有说过非你不娶吗？”

“倒不曾。皇室婚姻，岂能容自己做主？”美人黯然啜泣，“但他上个月还带我赏花，说希望我年年岁岁都如花娇美，长伴身侧。可转眼……”

“他这不是明摆着哄你吗？”天医空莲忍不住笑了一声，坦率开口，“我儿子像我，爱玩贪新鲜，不想在一棵树上吊死——你就算貌美如花，他看一阵子估计也就看腻了。更何况你没驻颜回春丹，又怎么能永远美貌如花？”

萧梦蝶睁大眼睛，不相信名满天下的天医居然会说出这种话来。

“天临风气开放，男欢女爱有情郎，不会影响你日后婚嫁——更何况对方还是天临少主。”天医空莲喝了口茶，语气淡淡，“萧小姐是梨园名伶，众星捧月，要什么样的男人没有，何必非要追着一个不定性的浪荡子不放呢？”

“可是……可是我是真心想跟少羽在一起的！”萧梦蝶急道，“我知道他是皇太子，身份尊贵，我不求名分，只想进东宫做个侍……”

“侍妾？”天医空莲蓦然沉下脸，一拍桌子，“别做梦了！”

萧梦蝶身子一颤，脸色瞬间苍白。

“少年情侣，一开始你情我愿，到最后一拍两散，不是很正常的事吗？我和皇帝也是如此！”天医空莲见她不听劝，语气冷了下来，“萧小姐绮年玉貌，名满天下，放着好好的梨园行首不做，居然想去深宫里做个侍妾？要不要我先帮你看看脑疾？”

萧梦蝶怔住，一时不知道怎么回答。

“做女人要大气洒脱一点！你若无情我便休——人家都分手跑了，还哭哭啼啼千里追上来纠缠不放，像什么样子？你难道不知道少羽最讨厌黏人的女人吗？”

这番大义凛然的护短之语，正好被路过廊下的初霜听到。

初霜隔着窗子，看着里面那位哭得梨花带雨的女子，心中一沉，只觉无法呼吸，便想立刻扭头离开照心堂，眼不见为净。

房中的这位萧美人有倾国倾城之貌，如果以花而论，堪称艳冠群芳的牡丹。然而，在喜新厌旧的人眼里，却也只得两个月的花期——国色的牡丹既然如此，那越溪边上的白芷又算是什么呢？

不过是春风无意拂过时都不会停留的闲花野草罢了。

“堂堂天临皇室，自然是不会喜欢这种不入流的书的。”初霜将那本《花月梦》放入行囊，垂下眼，淡淡地讽刺了一句，“我就是喜欢看胡编乱造的白日梦，怎么了？”

冲少羽却压根儿不知道她在想什么，见她沉下脸来，连忙靠过去用肩膀顶了顶，压低声音：“来，别看那个了！给你看个新鲜的，包你满意——我辛辛苦苦从天临偷着夹带过来的，可带劲了！”

“什么东西？”初霜被他神神秘秘的样子唬住了，竟然忘了避开。

“好东西！看了就知道了！”他的手从袖子底下伸过来，将一物强行塞给她，顺便捏了捏她纤细的手腕，低声道，“可别让我娘看见了，知道吗？”

初霜被他一碰，顿时烫着一般地缩了回去，红着脸将手抽出来一看，发现塞过来的居然是多年前那个蟠龙锦囊，不由得一愣。

“打开看看？”他在一旁催促，“送你赔礼的！”

赔礼？她下意识地将手指按在那个蟠龙上，灵器应声打开。

那一刻，初霜不由得一怔，看了他一眼——自从在鲸川大港码头决裂之后，好几年过去了，这个锦囊上居然始终留存着她的灵识，不曾被他抹去？

锦囊里有一本小册子。她拿出来一看书名，顿时变了脸色。

那个话本，赫然叫作《照心秘史》。

“你不是总暗地里好奇，想知道我爹娘当初是怎么回事吗？”冲少羽眨眨眼，笑得邪气，“这是天临这一年新出的话本，轰动全城，可劲爆了！写书的这个梦龙阁主据说是前大内总管，所以才知道这么多内幕——我爹看了气得胡子直翘，都想砍了那个人的脑袋呢！”

“真的？”初霜不由自主地翻了翻，渐渐睁大了眼睛。

“怎么样？好看吧？”冲少羽看到她的表情，不禁得意，“喜不喜欢？”

“……嗯。”她下意识点头，一抬眼，发现那个不可一世的少年正看着她，重瞳里面竟然有少见的殷勤讨好意味，不由得心里微微一动，说了声“谢谢”，便将书收到了行囊里。

“哎，拿蟠龙锦囊装！物归原主，本来就是我送你的。”他看到她缓和了神色，越发像牛皮糖一样黏上来，“怎么又要出去行医？该不是躲着我吧？我娘说你生我的气了？哎，我上次是乱说的，真的生我的气了？来抽我几下好了。”

他抓起她的手，就往自己脸上放。

“没有。”她赶紧把手抽回来，很是克制地回答，“没有生气。”

“哎，我就知道你没有！”冲少羽眉开眼笑，拉住她的袖子晃了晃，用出了在天临城哄女孩的手段，软语央求，“那就不要走呗！我一年难得来这里几天，次次你都不在，照心堂冷冷清清的，害得我也不想待了——别走好不好？”

她经不起他的水磨功夫，甩开了他的手，垂下双眸：“好吧。”

“那明天我带你去越溪里钓王八！”冲少羽立刻兴高采烈，兴冲冲地安排了起来，“早点起来啊……辰时来接你！”

"那是鼋。"她忍不住又像往日那样劝阻他，"是灵物，不能钓。"

"没事没事，我钓上来，你再去放生呗！算是你做了一件功德。"他不以为然，"反正炖汤也不好喝。"

"什么？"她一震，"你……"

冲少羽没等她开口教训自己，立刻颠颠地跑回来，得意地和母亲拍胸口："你看，我说过那个小书虫很好哄吧？我一出马，还不手到擒来？"

天医空莲摇了摇头，没有回答。

是的，初霜收下了礼物，也不走了，看上去一切如常，没有再和他生气——但那之后，她便再也不叫他少羽哥哥了。

也是从那一年起，两个人之间是真的生分了。

又一转眼，冲少羽快二十岁了，按照皇室规矩要举行加冠典礼。

在授冠的前一年，冲照一度病重，和天医空莲商量，希望先替儿子选好太子妃。毕竟皇帝是在和离之后才生下的这个儿子，非嫡非长，名不正言不顺，而少羽性格又骄纵跋扈，全靠炎龙之威才压住朝野舆论。他担心儿子将来会遇到自己当年那样的夺嫡政变，而身边没有妻族相助。

最初的一批人选里，便有初霜。

天医的传人、未来的东越女君，足够配得上天临少主。

"那个小书虫，我才不娶她！"然而，少羽却激烈地反对，梗着脖子说什么都不肯，"为什么要册妃？我才不想在一棵树上吊死，就不能和你一样逍遥自在吗？"

"当然不行！"天医空莲毫不犹豫地拒绝，"天医一门，能者居上，只讲传承不讲血脉——而你是天临皇太子，将来的天下共主。你若不好好地娶妻生子、开枝散叶，炎龙之血就要绝嗣了！"

"喂，什么意思？把我当配种的猪吗？"少羽更怒，反击得锋利，"我是猪的话你们两个又是什么！"

"闭嘴！"天医空莲和冲照都气得变了脸色，拍案而起，"初霜不好吗？配你这种家伙足足有余！"

"你们是想把她安插到我身边，一辈子管着我吧？"冲少羽指着位高权重的父母，愤然地翻起了旧账，"这个小叛徒！事到临头各自飞，根本不和我一条心——我已经被她卖过一次了，才不要一辈子和她绑死。"

顿了顿，冲少羽发了毒誓："就算世上女人都死绝了，我去娶个男人，也不要娶她！"

天医空莲啼笑皆非，觉得儿子都这么大了，居然还记恨小时候的事，简直不知好歹，便和冲照联手施压，试图促成这一桩两人都觉得是青梅竹马、天作之合的婚事。

然而越是施压，少羽就越发反抗，甚至说出了要再次离家出走的浑话。

起初，天医空莲并没有往心里去。毕竟，和炎龙结契的皇太子，一举一动无不受万人瞩目，再也不是当年那个收拾包袱就能独走天涯的叛逆孩子。

然而，虽然没能够像小时候那样离家出走，少羽却想出了更多的法子来折腾父母——短短的时间里，他就让自己恶名昭彰，不仅斗鸡走马，赌钱喝酒，纵情声色，和多名高门贵女暧昧不清，还开始公然出入秦楼楚馆，写出了“销魂解罗带”“魂梦印红唇”之类的艳诗，四处传唱，让自己的风流事迹传遍天下。

仿佛还嫌不够，他甚至在东宫留宿了淮陵国世子——那个举世皆知有龙阳之好的南宫无瑕。两人在半个月里同起同卧，出入同车，举止亲密，还一起去了南风馆，令天临贵族纷纷侧目，断袖分桃之谣立刻不胫而走。

虽然这一番男女通吃、离经叛道的行为弄得朝野哗然，但紫微帝君和天医空莲见惯了儿子的荒唐，不为所动，将册妃的事情有条不紊地推进了下去，大有随你怎么折腾，这门婚事也是要办的意思。

然而不妙的是，很快，天临城开始出现了一个流言。

流言说天医空莲的这个爱徒初霜，看上去是个一尘不染的小神仙，其实出身非常下贱，竟是旖旎溪上一个妓女和不知名的嫖客所生，完全不能匹配君临天下的冲氏皇室——炎龙血裔，怎么能和娼妓孕育后代？

这个流言不知从哪里传出，甚嚣尘上，很快整个帝都的高门贵族都在议论纷纷。最后连雅宣太后都听说了，她特意召天医空莲和冲照去询问真假，并严肃表示她已经派人去往青州核查，此事若是真的，这个女孩绝不能进入东宫成为太子妃。

天医空莲不能回答，只是震惊于这个流言的来处。

“是不是你？为了不娶初霜，竟然做出这等事！”天医空莲冲到儿子房里，劈头盖脸地骂，“你觉得把她的身世秘密公开，让她成为天临城的笑柄，就能毁了这门婚事？混账！你……你简直没有一点良心！”

“什么？”少羽吃了一惊，矢口否认，“不是我干的！”

“那还有谁？”她怒斥，“旖旎溪这件事，我只告诉过你一个人！”

“我……我……”冲少羽愣了一下，仿佛忽然想起什么，哑口无言。半晌，他只问，“能不能……能不能有什么药，把听过这件事的人全部弄失忆？”

“你——”她气极了，甩了儿子一个耳光。

这一次，少羽一动不动地站着，没有闪避。

“我不是故意的。大概是喝醉了酒后，说漏了嘴。”他被打得晃了一下，忽地咬牙，“以后要是有人敢拿这个说她，我见一个打一个！”

“你还想用小时候的方式来解决吗？”天医看着儿子，摇摇头，眼里全是失望，“你能把天临全部贵族都打一遍？还是能把太后也打一顿？”

冲少羽呆住，仿佛才第一次明白事情的严重性。

“从小到大，初霜都待你极好。你却三番五次地伤害她，令她颜面扫地，甚至无法在天临立足——我真不该生出你这个混账东西！”天医空莲摇摇头，心灰意冷，“等将来，我也找不出后悔药来给你吃。”

她再也不看儿子一眼，拂袖而去。

“哎！等等，”冲少羽在后面叫住了母亲，顿了顿，仿佛下了个大决心，咬牙道，“如果这一下真的没人肯娶她了，那么……我娶好了。”

她有些吃惊地回头看着儿子：“真的？”

“真的。”他点点头，一副豁出去的表情，“我认了！”

当整个天临贵族阶层都在议论纷纷的时候，远游在外的初霜回来了。

过去一年里，天医首徒背着太古遗音走遍了天下——先在北襄给怀瑾老太君看了病，又去了南疆的十万大山治疗瘴疠。最后，她才转回了天临来见师父。

然而，一回来，初霜便被铺天盖地的流言击倒，所有人看她的眼神都充满了异样，像躲避瘟疫一样躲着她，却又在她走过去后，聚集在背后窃窃私语。

特别是那些爱慕冲少羽的女子，更是成群结队地走过她身边，上下打量着她，扔下了“呵呵小神仙”“旖旎溪的娼妓”“山鸡也想做凤凰”之类的刻薄言辞，然后团扇掩面，嗤笑着扬长而去。

旖旎溪！为……为什么那些人会知道这个？

远游归来的少女背着古琴，脑子里轰然一声响，站在天临的皇城下僵住了。她眼前一阵阵发黑，全身微微发抖，用尽全力才将眼眶里涌出的泪水忍了回去。

不，不能哭。那些人还在看着，等着她闹笑话。

很快，初霜便听说了整件事的前因后果，沉默不语，把自己关进房间里一整天，不饮不食，只顾弹琴。天医空莲从未见过弟子这个样子，急得要命，却不敢硬闯进去，只能把罪魁祸首押了过来，让儿子赶紧去弥补过错。

少羽在外面敲了半天门，才进去见到了初霜。

两个人在里面不知道说了什么，足足用了一个时辰，才开门出来。

少羽如释重负，而初霜眼眶发红，神色复杂。

第二天，初霜便主动过来和师父说，她打算一辈子行医济世，不愿意嫁人，更不愿意嫁给少羽。

真的吗？天医空莲想要追问几句，却又不忍心——因为她感知到初霜在强撑着说出那句话时，心绪激烈起伏，情绪已经接近崩溃的边缘，再也经不起多余的诘问。再想起雅宣太后的手段和态度，她觉得初霜一旦嫁入皇室只怕根本无法应付，便点了点头，表示同意。

既然两个人都不肯，这门婚事就黄了。

天临城流言汹涌，众口铄金，积毁销骨，初霜在帝都根本没办法出门，只待了几天，便向师父和帝君告辞，独自回了东越。

在她走的时候，仿佛是为了打脸那些在背后议论的贵族，冲少羽居然主动去送她，并且大张旗鼓地亲自驾车，一路送到渭水旁，做足了戏——他恋恋不舍，一副黯然神伤之态，哀求她不要走，说那些流言都是她的情敌，那些天临贵女捏造出来抹黑她的。而他自幼就倾慕于她，也知道她清清白白、洁净如霜雪。

天临少主滔滔不绝地说着，不顾灞桥旁围观人群越来越多，抑扬顿挫，饱含感情，说到动情之处居然眼眶泛红。

初霜莫名其妙，几次打断他，尴尬地抽身想走。冲少羽却拉住她的手，一把跪下，当众指天发誓："初霜！既然你不肯嫁给我，那这辈子我也绝不会娶别人！

"我会和父皇一样不立皇后，让中宫之位永远悬空！"

什么？围观者顿时哗然，交头接耳地议论。

万万没想到，事情竟是这样！居然是皇太子一厢情愿，单恋而不得？这么说起来，关于天医首徒的那些传言说不定真是捏造出来的？毕竟，天临那群嫉妒的女人为了抹黑情敌，有什么事做不出来？

"哈哈哈……你看到那些人的样子了吗？"然而，等驾着马车离开了人群后，冲少羽立刻换了一张脸，回头对初霜眨眨眼，得意地笑出了声，"一个个眼珠子都要掉出来了！这下好了，那些人肯定再也不敢乱嚼舌根看低你了——"

顿了顿，他邀功似的探过头来："怎么样？我替你把丢了的面子全争回来了！"

"什么？"初霜怔了怔，一时间不知道说什么好。

刚才，她还以为面前的人又吃错了鬼伞红菇，才忽然当众发了疯。

"哎，我真的不是故意的。"驾车送她的冲少羽一脸愧疚，嘀咕，"爹妈逼得太紧，烦死了，那天和狐朋狗友喝醉酒的时候，估计不小心说漏了嘴——唉，我就是个浑蛋！就应该把舌头给割了。"

他回身，眼神恳切地看着她，恳求："初霜，你原谅我吧。"

白衫少女背着古琴，坐在马车里，脸色有些苍白疲惫，神情复杂地看了他片刻，点了点头："好。"

"真的？你原谅我了？"冲少羽大喜，"那，以后我们还是照旧？"

“好。”她再次点头，唇边露出了一个转瞬即逝的微弱笑容，“照旧。”

“太好了！”天临少主欢呼一声，策马扬鞭，一路将她送出了天临，“我就知道小书虫你没那么小气！”

天临少主当众表白天医首徒，发誓这辈子非她不娶。这件事在第二天就传遍了全城，所有贵族都大吃一惊，纷纷猜测这两人是不是真的好事临近，即将定亲。

然而出乎意料的是，天医首徒这一去就没有再回来。

初霜回到了东越国，替天医打理照心堂，采药炼丹、治病救人，忙忙碌碌，在随后的几年里，足迹几乎走遍了半个天下，却唯独再也没回过天临。

而紫微帝君给儿子选了一个又一个高门贵女，无一例外地被搅黄——顺带着，冲少羽也把自己弄得声名狼藉，让帝君气得心病发作，差点下了废太子的诏书。

直到冲少羽加冠、雅宜太后离世，太子妃的人选也没能确定下来。

想到这里，天医空莲叹了口气，看了看儿子的背影——

医术高明如她，也第一次有了“此人不可救药”的念头。

“刚刚出去一圈，有什么收获？”一轮母慈子孝的交流之后，天医空莲在院子里坐下，拿过初霜送上来的理气丸，问对面正在吃午饭的儿子。

“忙了半天，能不能等我吃口饭再说？”冲少羽看着桌子上的六菜一汤，满腹怨言，“三个人才给这么一点菜，北襄也太穷了吧？驿丞也不派几个服侍的人来，弄得我还得自己动手夹菜……而且，居然连助兴的歌姬舞女也没安排一个！”

“什么毛病！”天医空莲白了养尊处优的儿子一眼，冷笑，“没有美人伺候喂饭、唱歌跳舞，你会活活饿死是吗？”

“死也不能死在这种穷乡僻壤。”冲少羽一边抱怨，一边饥肠辘辘地扒拉着，风卷残云，“大爷我能屈能伸。”

“哎，给初霜留点儿！”天医拿筷子敲开了他的手，“你是猪啊？吃这么多！”

“她又不爱吃大肉。”冲少羽不客气地反敲开母亲的筷子，一口将鸡腿吃了，指了指旁边，“这不是还有鱼和素菜吗？够她吃了。”

天医空莲刚想数落，他却仿佛想起了什么，从口袋里摸出一样东西，拍在桌上给了初霜，道：“你的。”

“什么？”两个女子都愣了一下，看到了一本小册子。

“那个什么阁主的新话本……你最爱看的。”冲少羽啃着鸡腿，手上油腻腻的，嘀咕，“我在半空中路过尚书坊，发现底下有个书肆开着门，就跳下去问了问，居然还真有。”

“哎呀，”初霜欢喜地叫了一声，“《相思引》的最终卷！”

天医空莲一怔，忍不住摇头叹口气——她这个徒弟是个书虫，即便是在为疫情南奔北走的日子里，还记着要去追梦龙阁主新出的话本。不过，少羽居然还能记着这种小事，可见还是对她上心的……

初霜拿到新书，也顾不得吃饭，翻开了书页看起来。

“真的那么好看？”冲少羽有些好奇，歪身凑过来，“讲什么的？”

“别碰！”初霜紧张地挪开了书，“你手上全是油！”

“小气。”冲少羽“哼”了一声，摊开手，“一百金。”

“什……什么？”初霜怔了一下，“怎么要一百金？”

“喂，你怎么能问人家要钱！”天医空莲刚刚还在窃喜儿子开了窍，这一刻又心凉了半截，训斥，“一本书一百金，这不是讹人吗？亏你还是皇太子！”

“我讹她？”冲少羽不甘示弱，指了指身上的袍子，反驳，“这书是我用一颗扣子换来的，一百金都是往少了算！”

他身上穿着的是一袭黑金两色的蟠龙暗纹箭袖外袍，天临御衣坊所制，用料昂贵，手工精美，前襟扣子是一溜拇指大的明珠，中间赫然少了一颗。

天医空莲语气一滞，无言以对，知道这种产自南海的鲛珠价格惊人，只怕百金也未必买得到一颗，嘴里却道：“那也怪你大手大脚乱花钱！怎么不用银子买？”

冲少羽冷哼了一声：“我身上哪会带这种阿堵物？”

他转头又看了初霜一眼，摊开手：“一百金。”

初霜握着那一卷书，有些为难——作为天医门下弟子，她从小不缺衣食，每个月有例银，数额不多不少，总是用不完，所以也没有存钱的意识。

“要死了你！居然为了一本书跟初霜要钱？”天医空莲见他不依不饶，越发生气，“在外头为了博美人一笑一掷千金的时候，怎么不见你这么斤斤计较？”

这句话让初霜微微怔了一下，垂下眼睛，不说话。

“那能比吗？”冲少羽却不以为然，嗤之以鼻，“温柔乡是销金窟。美人投我以木桃，当然报之以琼瑶。我帮她跑腿，难道还要贴钱？”

“你……”天医空莲气得要拿筷子打他。

“好了好了……少羽说得对，应该给的。”初霜连忙阻拦，想了想，“但我身上没有那么多钱，就拿这个跟你抵了吧！”

她从怀中拿出一物，放桌子上，小心地推了过去。

“什么东西？”冲少羽有些奇怪，拿起来看了看——那是一个雕刻着莲花的碧玉小瓶，制作精美，玉料温润，一望而知并非凡品。

天医空莲一怔，依稀觉得有些眼熟。

“于阗的碧三？倒是个好东西，雕工也出自名家，”冲少羽见多了珍宝，立刻便认出了好歹，拿手里摇了摇，“里头是什么？”

“驻颜回春丹。”初霜低下眼，轻声道。

天医空莲一惊，瞬间明白这是自己三十年前送给老太君的东西，不由得若有深意地看了弟子一眼，若是其他女子，一旦拿到了这种东西，多半早就自己用了，而初霜居然把它送给了少羽？

“那是什么？”冲少羽没听说过，“吃了可以驻颜不老？”

“嗯。”初霜轻轻应了一声，面上表情不显。

“有啥用？”他失笑，“我一个大男人，还要永葆青春？”

“别不知好歹！”天医空莲见他这种大大咧咧的态度，心里顿时火起，训斥，“这东西世间只有一颗，万金不换！初霜拿这个给你，还不好好说声谢谢？”

“万金不换？”被这么一说，冲少羽倒是多看了瓶子一眼，收回怀里去，有些得意，“那我岂不是赚了九千九？谢了！”

初霜没有说话，只是垂头笑了笑，动了一筷子素菜。

“来，吃点肉。”仿佛是补偿，冲少羽大方地夹了另一个鸡腿给她，“你看你，这么瘦，气色也不好，得多吃一点，补补身体长胖一些。”

初霜一怔，总觉得这句话耳熟，似乎以前自己对谁说过。

对，是在北襄的扶风郡？

那个马厩里的美丽少年，小穆，苍白羸弱，天赋出众，可折不可弯……他现在还好吗？为什么这几年她写了信去北襄，却一直没见他回信？难道是在路上弄丢了？

没关系，再过几天就要见面了，到时候问一下他。

她心里微微一动，下意识地看着古琴，竟然出神了片刻。

“现在吃饱了？”天医空莲看着狼吞虎咽的儿子，没好气，“有力气说话了吗？”

“没啥大收获，”冲少羽放下筷子，嘀咕，“周围一百里全部是这样的镇子——疫病在扩散，邪气也在扩散。村庄里的人都逃空了，城镇里的人倒是挤挤挨挨，但中间夹杂着很多病人。北襄只怕要糟糕。”

天医空莲和初霜都沉默下去，神色凝重。

这一次，因为得到了枯荣大师的预先提点，她们预制了大批的丹药，带领天医一门精英从东越国赶来，试图扑灭疫情，却没料到眼前情况依旧比预料的严重。

这一场大疫从北方而来，原因不明，已渐渐失控。

“丹药都发完了吗？”天医空莲问。

“发完了。嘿，那些人看到我御龙飞来，在地上呼啦啦跪了一片！”冲少羽眼睛发光，兴奋不已，“捧着药丸拼命磕头，还以为我是天神下凡——哎，当年先祖也是如此威风吧？对了，你们还有没有药要我去发？”

天医空莲和初霜看了他一眼，都不由自主地摇了摇头。

“怎么了？”冲少羽不服，“我替你们普度众生，有啥不对？”

“炎龙是神灵，轻易不能现形于世间，哪是让你当马骑出去扮天神长威风用的？”天医空莲忍不住教训儿子，“你看看人家初霜，夭夭跟了她那么些年，她哪次让夭夭出来是为了炫耀嘚瑟的？”

“哎，她那条是蛟，才两三百年而已，怎么和我的赤霄比？”冲少羽嗤之以鼻，“从辈分上说，它得叫赤霄一声祖爷爷！那种小角色有什么好炫耀的？”

听到这句话，锦囊里有东西动了一下，夭夭似乎生气了。

天医空莲和初霜再次对视了一眼，摇摇头。

“不过，我这一圈巡查，在半空看去，倒是发现了几个地方很不对劲。”冲少羽想了想，语气正经了起来，“你们有空应该去看一看。”

“什么地方？”天医空莲蹙眉。

“一个是西向两百多里外的白登镇，”冲少羽收起了刚才的惫懒，沉吟着，“有大片邪气围而不散，似乎在盯着什么不放。”

“白登镇？”天医空莲想了想，“那里不是已经在战火中沦为废墟了吗？”

“嗯。”冲少羽点头，“北襄边乱，加上大疫，早就荒无人烟了。但是那些邪气盯着不放，说明那里肯定还有活人。”

“回头得去看看，”天医空莲又问，“还有呢？”

冲少羽拿筷子蘸了点汤，在桌子上画了一个图，简明地示意了一下，道：“在西北向三百里外，还有一道血色怨气冲天而起，比白登镇那边更厉害，竟然白日不散，贯通天地，连赤霄都被惊动了。”

天医空莲沉吟：“西北向三百里外……扶风郡迦师古城？”

初霜一惊，脱口而出：“穆宅！”

# 第十四章

## 荒坟处刑

扶风郡有十三座义庄，其中穆氏的这座仁善堂规模最大。

仁善堂位于宅外大约十二三里，在一片高冈上，地势高敞，视野开阔，周围是一片荒凉的山冈，外侧一圈种满荆棘，坟间有几棵苍老的古槐，周围并没有什么人居住。

义庄朝南再过去数里，就是规模宏大的武庙和穆氏祖坟，常年有人驻守祭祀，和那片闹鬼的古槐林呈三足鼎立之势，隔着溯水遥遥相对。

穆风铎提着食盒，一路步行而去，抵达的时候刚到午时。

或许是一路行得急，他胸口微微有点不舒服，似乎是昨夜受了寒凉，有说不出的难受。他不由得在门口的棚子里停了下来，休息了一会儿，看了看四周。

今天是个大晴天，日头明晃晃地悬在空中，让这片坟场看上去并无一丝阴森寒意。义庄大门口看守的老虞不在，棚子里也没有看到其他几个守墓人，整个坟场上空空荡荡，寂无人声。

他有些诧异，但又想起董嬷嬷说最近扶风郡疫病扩散，患者增多，觉得那些人说不定都出去收殓尸体了。于是，他歇了一会儿，便径自走了进去。

六年前的今天，阿娘被草草葬在义庄东南一个偏僻的角落，挨着她的父母和祖父母，祖孙三代凑在了一堆。这些下人的坟都没有资格立碑，只有几个土堆挤挤挨挨地在一起，一眼望去仿佛是几个蚁丘。

他提着食盒看了一眼，心底腾起一丝凄凉。

这片荒凉的黄土下，埋葬着他的祖辈。几代为奴为婢，世世代代侍候穆氏，吃尽苦头，遭尽践踏，到头来也不过是草席一卷，葬身荒冈，如同蝼蚁一样短暂卑微，没有任何人记得。

他将来的归宿，是不是也会如此？

少年白衣素巾，孤身在坟场里吊唁，将供品一样一样拿出在坟前摆好，特意将一碟月饼摆在了阿娘的墓前，轻声道：“阿娘，来吃月饼了。”

荒凉的坟场里，有一阵风吹过，拂动他的鬓发。

除了那些吃食，提盒里还放了一壶时令的桂花酒。他俯身拿出酒杯，在坟前仔细斟上，等布食完毕，他拿出准备好的纸钱，一叠叠地在坟前焚烧。最后，他还从义庄的棚子里拿了铲子，将几个土坟重新修葺了一番。

等全部弄好，已经接近未时，日影开始西斜。

他想着要在申时之前回到穆宅，便开始收拾地上的东西。然而，就在弯腰的一瞬间，他忽然感觉到周围有一丝异常。

那种细微的异常，仿佛是风的流动被扰乱了。

就在那一瞬间，他看到酒杯水面上有影子一掠而过——刹那间，他来不及想，一俯身，双手一按地面，整个人折腰俯身，贴地向前飞出。

几乎是同一瞬间，一道寒芒落在了他刚刚站过的地方，击碎了酒杯！

“谁？”他失声，回头。

然而还不等他站定，空气中又传来一声呼啸，有数道影子从四周破空而来，极快极凌厉，交织组成了一张网，寒光闪烁，毫不容情。

他顾不上探究来人是谁，足尖一点，横向掠起，半空中身形轻灵转折，以极快的速度贴着那一道道影子而过。

只是一瞬间，他就落到了墓地的另一头。

落地的一瞬间，又有三道寒气袭来，直取他的要害。危机逼来，来不及多想，他拔出怀中弱水，刃上寒光流转，迅速地封住了上中下三路，只听一阵刺耳的裂响，在刀刃转动的过程中，不停地有袭来的东西被飞速地格挡住。

等他站稳时，衣角已经有一道裂痕。

“唔……居然身上带了兵器？”有一个吃惊的声音从暗处传来，低低地议论，“这等身手，是个庶子？”

同一刻，他也是心神一怔，说不出话来。

刚刚那些人用出的，居然是穆氏的修罗十二剑阵！

扶风穆氏为武圣后裔，以军法治家，从高祖穆铖开始便在宅中设有刑堂，名为白虎堂，由四房各派出一位长者组成长老会共同掌管，专司族内刑法，下面的执行人也全部是族里百里挑一的精英。其中最负盛名的是刑堂十二刑吏，不但个个身负绝学，还能结成一种特殊的修罗剑阵。

据说这剑阵是先祖穆铖所创，专门用来克制穆氏门下的各种武学，用以惩治族中的不法败类。无论刀、剑、枪、槊、棒，到了此阵中都处处受限，再杰出的子弟，到了剑阵之中，便如堕修罗地狱，再不能解脱。

百年来，白虎堂替穆氏家主清理过许多次门户，诛杀过许多能力出众的败类——包括二十多年前那个被称为奇才的穆孤光。

今日，他是犯了什么事，居然要出动刑堂的修罗剑阵？

然而不等他想明白这一切，面前剑阵再次变动，十二道寒芒交织成一片，刺眼地绽放，劲风割面而来，逼得他不得不再次纵身后退。

“还不束手就擒？”剑阵中有人厉喝，“弃剑！”

然而说话的同时，十二道剑光穿空而来，呼啸成势，将卷入的一切绞得粉碎，招招致命，竟丝毫没有给他弃剑的余地！

他知道修罗剑阵的厉害，一旦发动便不死不休，绝无弃剑乞命的可能，顿时也顾不得藏拙，内息注入之处，弱水光芒暴涨，竟将短匕当成长剑使用，瞬间刺入交织的剑光之中，孤身与剑阵对抗！

只听“叮”的一声，坟地上的光芒乍现又分。

显然是最初有些轻敌，这次刑堂诸人用了十成十的力量，剑阵迅速变换，大开大合，虚空中那些剑化成了流光，凌厉交错，凛冽得令人无法呼吸。

迄今为止，他只有在演武场里训练的经验，从未和这样的高手对阵过，一时间手忙脚乱，竭力腾挪闪避，手里的弱水化成一团光，飞速格挡，将漫天的剑光逐一反击回去。白衣已经被剑气割得千疮百孔。

然而，即便是最精妙的剑阵也会有招穷之时。

当他狼狈地支撑过了一轮，剑阵的光芒乍现又敛。那一瞬，刑堂十二刑吏重复了一次前面用过的招式。几乎就在同一个瞬间，他飞快地认出了这一招，判断出走向，弱水铮然格挡住剑刃，觑准时机，左手一掌便从间隙穿出，冒着奇险准确地击中了一道掠过的幻影！

只听一声闷响，有人受伤，整个剑阵停了下来。

“寸山河！”那一瞬，首领脱口惊呼。

这是武圣穆钺的七大绝学之一，用于战场上近身搏击。整套掌法的动作幅度极小，前后摆臂不过三尺，一击甚至只有一寸之距，然而收发自如，可以用寸劲裂山河。因为修习难度大，在穆孤光之后，穆氏再无人能练成此绝技。

而面前这个庶子，居然一掌便击破了整个剑阵！

剑阵停后，穆风铎下意识地收手，看了看掌心。方才那一瞬，生死交睫，他已经顾不得藏私，几乎是想也不想地用上了这一招，竭尽了全力。此刻看到掌心被剑气割裂出的细细血线，他才明白自己几乎是在千钧一发之时扛住了必杀一击，不由得暗自心惊。

这些人，居然是想把他格杀于当地！

为什么？他做了什么，竟然引得白虎堂来下杀手？

“孽畜！竟敢抗命不遵，击伤刑吏？”穆风铎的反击显然激怒了对方，首领怒斥，合身一剑飞来，“万剑归一！”

一声令下，首领身后的同伴迅速就位，同时顺着他的方向一起出剑——只是一刹那，十二人之力相叠，虚空中顿时凝结出一柄无形之剑，破空呼啸而来。

那一剑的速度极快，刹那间，剑光就逼至！

生死关头，穆风铎凭着本能急速闪避，同时竖起一指点在了弱水上，将剑气催发到最大，竭尽所能，“唰”地刺入剑的来势中。

对方十二人合而为一，剑势凌厉，剑光华美宏大。

然而少年以匕为剑，催起剑气，只极简地回了一剑。

双方交锋的瞬间，那迎面而来的一道剑气，竟然被硬生生从中破开！

剑气在虚空中裂开，又化为十二道，宛如被击溃的流星，四散分离。同一刹那，刑堂十二刑吏齐齐一震，各自往前一个踉跄，哇地吐出一口鲜血。

“什么？”首领失声，“这是……一剑破万军？”

那是武圣在《剑道》里压卷的招式，有睥睨天下、扫平六合之势，沙场之上可一剑定胜负，自穆云岐之后已经失传三代。

听到这句话，白虎堂诸人顿时脸色大变。原本，他们觉得老太君今日一早召开长老会，紧急派出刑堂十二刑吏，就为处置一个庶子，简直是杀鸡焉用牛刀，却万万没想到这样一个尚未成年的孩子，竟然拥有这样惊人的武学造诣！

穆风铎一剑得手，却也被巨大的力量逼得踉跄后退，只觉得骨骼寸裂，看着面前的人，失声问：“你们……你们这是干什么？为什么要——”

话音未落，刚才被他击得四散的剑气紊乱地当空飞舞，有一道擦着他头顶掠过，恰好将发带割断，乌黑的长发散了开来，短暂地挡住了他的视线。

就在那一瞬间，首领抓住了机会，再次一剑袭来！

缺乏实战经验的少年应变不及，无从避开，觉得肩上一痛，已被一剑刺入。然而，就在那一道剑光即将洞穿肩膀的瞬间，穆风铎下意识从气海提起一口内息，全身一震，刹那间有一层金色光芒在躯体表面浮现，如甲胄瞬间加身，一闪一灭，竟然和那道剑光相互抵消！

“金鳞甲？”首领抓住时机全力一击却被震开，失声，“不可能！”

沙场百战阊阳落，甲光向日金鳞开。

这一门绝学也是武圣穆钺所创，以护体罡气为底，用开甲之术提升全身的防御，配合阊阳剑，在战场上攻守兼备、所向披靡。

然而金鳞甲需要浑厚的内力基础，开甲极其艰难，在这一代穆氏中也只有三人修得此术——而眼前这个才十七岁的少年，竟然早已自行开甲，而且收放自如？怎么可能？这样的事，老太君知不知道？

难道正因为知道，才会……

首领心念电转，脸上的神情变了几变。

被对方喝破来历，穆风铎踉跄后退，看清楚了来人的模样，神色大变——刚刚出手击伤他的灰衣人，正是白虎堂的大护法，穆长空！

此人为白虎堂四护法之首，出身长房嫡系，被老太君一手提拔，深得重用，威名赫赫，整个穆宅上下对他都敬畏有加。当初他在马厩为奴时被联合诬陷，也是老太君令此人出面调查真相，最后斩下了鲍勇的人头示众。

据说，当年诛杀穆孤光也是由其主导。

今天怎么了？不但十二刑吏出动，连穆长空都亲自来了？

不知道是不是刚才那一击一防动用了太大的力量，开了金鳞甲后，穆风铎感觉心肺之间有一股奇怪的凝滞感直涌上来，令呼吸都有些困难。

“还负隅顽抗？”穆长空看出了他的不适，没有立刻动手，只是看了看周围，“这个义庄里的人呢？都去哪里了？被你杀了吗？”

“没有！”穆风铎一惊，否认，“我来的时候这里就没人！”

“胡说，穆氏规矩森严，看守人怎敢擅离义庄？”穆长空冷笑，“是不是你一早逃来了这里，生怕被人发现踪迹，就干脆把他们全杀了？”

“我没有逃！我是来扫墓的，”穆风铎激烈地反驳，“到这里的时候就没人！”

十二刑吏相互看了一眼，神色有些奇怪，相互点了点头——倒也好，这里没人，也就不用清场了。老太君说过，这次行刑需要秘密进行，行刑完毕就地掩埋，必须尽快处理完毕，不留痕迹。

穆长空视线下移，又问：“你手里拿的是什么？”

穆风铎一惊，低头看了看手里的弱水，想要藏起已经来不及。

“这种神域级别的兵器，怎么会出现在你手里！是从哪里偷的？”穆长空眼神凛冽，“快交出赃物，束手就擒！”

“我没有偷！”穆风铎抗声，握紧了匕首，“这是别人送我的！”

这一刻，多年前在马厩里的屈辱压顶而来，令他眼睛都红了。

“人赃俱在，还敢狡辩！”穆长空是老太君的心腹，此次奉命而来便是要取他性命，见他抵抗，正中下怀，吩咐左右，“给我拿下！死活不论！”

“是！”十二位刑吏齐齐上前一步，再度将穆风铎围住。

接下来的一战，漫长而激烈。整个空旷的坟地上流光飞舞，剑气四射，几乎将所有的草木化为齑粉。好几次，穆风铎都觉得自己慢一步便要被杀死，然而身体本能地催促着他急速腾挪，每次都在千钧一发之时闪开。

弱水在他手里发出了耀眼的光芒，如同闪电般纵横。

是的，他答应过初霜，从此以后再也不会让人随便欺负自己了——她也说过，如果以后有人再想置他于死地，他就要用这把弱水反击，捅对方一个窟窿！

所以，这一刻，他无论如何也不能束手就擒！

一个时辰后，他冲出剑阵，竭尽全力跃起，全力一击，将剑阵再次击溃。同时，十二刑吏联手用出了修罗剑阵中的“破甲式”，十二道剑光齐齐射来，击碎了他的护体罡气，金鳞甲片片裂开，满身鲜血瞬间沁出。

就在金鳞甲被击破的一瞬间，他心口那种凝滞之气更明显，穿阵而出后再也支持不住，口吐鲜血，跌倒在母亲的坟头。

不……不对劲！这不像是内息不继，竟然像是……中了毒？

他挣扎着想站起来，然而一口气怎么也提不上来，手脚麻痹，战栗不止。

秋季的申时末尾，天色已然黑了。风吹过来，带着森森的冷意。

“嘀，没想到你竟能跟我们拼到这种地步……倒是比当年的穆孤光还难对付。”穆长空看着面前倒地的少年，冷笑，“还好让董嬷嬷留了一手。”

董嬷嬷？什么意思？难道是……

还不等他想明白，穆长空手中剑倏地透出，将他的手钉在了地上！

穆风铎痛呼了一声，想要挣扎，然而气血凝滞，全身根本无法动弹。他不可思议地抬起头，厉喝：“我……我到底犯了何事？”

“做了什么，你自己心里没数？”穆长空冷笑，踩住了他握着匕首的手腕，一点点碾碎，“若不是心虚，怎么会一大早就逃出宅子，跑到这里来？”

“我没有逃！我是来扫墓的！”穆风铎在剧痛中大喝，双眸血红，愤怒不已，“我到底做了什么！你们倒是说啊！”

“盗窃，强暴，禽兽之行。”穆长空一字一顿，如同宣判。

“什么？盗窃？强……强暴？”少年惊呆了，不相信自己的耳朵，几乎无法重复那几个肮脏的字，“禽兽……之行？”

“乘人之危，强暴族兄之妻，不是禽兽是什么？”穆长空看着他，双眸冰冷，带着深深的恶意，“不仅如此，还偷师偷学，盗窃灵器，拒捕，杀伤白虎堂多名刑吏——罪行累累，实在是该死！”

“族兄之妻？不……不是！我没有！”他惊呆了，不明白这罪名从何而来，反驳，“我没有盗窃！也没有强暴杜皎月！”

穆长空忽然冷笑：“我又没说是谁，你怎么知道是杜皎月？”

穆风铎怔住，脑子里乱成一团，一时间不知道这究竟是怎么回事。

“今儿一早，兵部侍郎家的杜小姐哭着来了穆宅，向老太君指认说那日你趁着天黑，把她拖入侧门假山旁的小轩中强暴。”穆长空冷然，“老太君大为震怒，找来你院子里的董嬷嬷问清楚了前后经过，当即在白虎堂召集了四位长老——

确认罪行无疑后，就立刻派我们来处决你这个孽障。”

“什……什么？”穆风铎一时脑子转不过弯来，“董……董嬷嬷？”

“董嬷嬷出来指证，说你最近老是看那些下三烂的色情话本，估计是看得心野了，见色起意，饥不择食。”穆长空冷冷地看着他，“那天晚上，董嬷嬷听到了假山那边呼救挣扎的声音，分明就是杜小姐的呼救声。而等你从那边回来时，衣服前襟都被她撕碎了——董嬷嬷还把那件袍子呈上来做证。”

“人证物证俱全，还有什么话说？”

什、什么？那一瞬，穆风铎脑海一片空白，几乎无法理解听到的这一番话。

穆长空说，是杜皎月跑过来，向老太君指证他强暴她？而董嬷嬷，竟然拿着他的袍子，出来做旁证？甚至连他看的那些话本，都成了罪证之一？

怎么可能！一切……一切明明不是这样的！

“不可能！”穆风铎喃喃，“阿姆不会这么说……她不会诬陷我！”

“才十七岁，就做出这种事！我看你真的不是穆家人，是厨房那个骆祥的种吧？”穆长空冷笑，“色心大发，无耻下贱！”

“不……不是我！不是我做的！”穆风铎如遇雷击，失声大呼，“杜皎月……杜皎月在哪里？让她出来跟我对质！她……她为什么冤枉我？阿姆为什么也说谎？我亲眼看到，强暴杜皎月的明明是穆——”

然而话音未落，穆风铎的声音忽然卡住了。

那一瞬，穆长空点住了他的穴道，令他再也说不出一个字。

穆风铎看着近在咫尺的行刑者的脸，心肺之间那股寒意迅速蔓延上来，混乱的脑子忽然间就清醒了——是的，穆长空……他其实知道真凶是谁。

他们，其实都知道是谁！

只是，非要拿他抵罪，非要取了他的命！

为什么？难道是因为他出头去为穆郢求了情？不……不至于！就算他是因此而触怒了老太君，也断无可能马上就遭到这样精心设计、罗织罪名的诬陷。

难道……闾阳的事被老太君发现了？

不可能，他没有把这件事张扬出去，穆瑀也应该不希望此事外传。而且，就算此事外泄了，平日那么慈爱开明的老太君，难道问都不问一句，忽然间就翻了脸，直接要他的命！这……这也未免太狠毒了吧？

而董嬷嬷……那个自己叫“阿姆”的老嬷嬷，为什么也……

刚刚想到这里，袭来的剧痛就让他的思维中断了。

穆长空宣判完毕，手一挥，一道剑光“唰”地刺穿少年左边的锁骨，一下子将他击飞，钉在了坟场正中的古槐树上！而旁边的另一个刑吏也同时出手，另一道剑光对称地穿过了少年右边的锁骨，将他钉在了树上。

白虎堂的执刑者仰头看着他，一字一字宣判——

“穆氏三房庶子穆风铎，年少荒淫，恶行累累，偷师学艺，盗窃灵器，犯下强暴之罪、禽兽之行，又抗罚不遵，杀伤刑堂使者多人——按穆氏家法，当受百剑穿身之刑，曝尸荒野，以飨禽兽！”

不……不！不是这样的！冤枉！

穆风铎拼命想要说出声来，然而咽喉剧痛，竟是一个字也无法吐出。他越是挣扎，胸口的凝滞就越来越浓，内息完全无法运行，手足麻痹不能动弹。

那一瞬间，仿佛有闪电穿过，让他猛然醒悟过来。

那盏聚灵露！

难怪在他喝下之后，阿姆会用那样的表情看着自己。

因为那时候，她已经知道自己将一去不回。

回忆起出门前那一刻，老嬷嬷走过来摸着他的头时的那种表情，几乎令他心脏都停跳——是的！从头到尾，阿姆也知道一切！她……她是老太君指派来监视他的吗？所以，即便相处了两三年，一旦接到要取走他性命的指令，她就在餐食里下了毒！

但……但就算如此，为什么杜皎月她也会……

然而，他没能继续思考下去。

宣判结束，话音一落，其他几位刑吏上前一步，组成了剑阵，手中长剑齐齐一震，化为一道道流光，向着被钉在树上的少年激射而来！

那一瞬间的剧痛，令穆风铎再也忍不住地呼号出声。

“一，”穆长空在一旁冷冷开口，一剑一剑地报数，“二。”

不……不！穆风铎拼命挣扎，想要挣脱，然而那一盏由他最信赖的人端上来的毒药冻结了他的内息，封住了他的声音，无论他如何拼命，还是一动不能动！

一剑，又一剑，周身被切割得鲜血淋漓。

渐渐地，他的神志随着流出的血消散，视觉和听觉都开始模糊，意志涣散开来，仿佛被拖入了无底的黑沉沉的泥沼。

“二十七……二十八。”

百剑穿身之刑还在继续，一道接着一道，十二剑依次起落，一丝不苟地刺去，错落地切割着他的身体，残忍而严苛，分毫不留情。

不……不应该是这样！不应该是这样的！

一切的一切，尚未开始，更不应该在这里结束！

死不可怕，但是，绝不能做一个籍籍无名的贫贱少年，被污名埋葬，被世人唾弃，就这样死在荒坟里，腐烂为白骨，死不见天日！如果……如果他就这样死了，等初霜到了穆宅的时候，听到的会是什么？

三年后，当她回到穆宅，那个她看重过、期许过的少年，已经因为强暴族兄妻子，犯下禽兽之行，偷盗灵器，成为人人唾弃的重犯，被刑堂处决了？

不……不可以！绝不能是这样的结局！

“不！”那一瞬，他心里有一股狂怒和憎恨翻涌而起，如火焰一样上行，居然瞬间冲破了咽喉上的封禁，令他在月下厉声呼号起来。

那一瞬，他双眸血红，沾满鲜血的手剧烈痉挛，十指倏地握紧！

一股力量如烈火一样从气海中燃起，瞬间席卷了全身——少年血迹斑斑的躯体上，竟然重新出现了一片璀璨耀目的金光！

金鳞甲再次轰然盛开，全数挡住了刺过来的剑光。

与此同时，一道光芒从地上跃起。弱水居然在这一刻呼应了他，如同有灵识一样跃起，自动飞向他虚握的掌心！

被钉在树上的少年提起最后一口气，手指并拢，弱水凌空自动回转，化为一道弧光，“唰”地掠开，竟是隔空控剑，再次使出了“一剑破万军”！

只听一声裂响，十二道剑光全数被击回，分头激射，剑剑穿心而过。

刹那间，十二刑吏之中竟然倒下了八个！

一切只发生在转瞬，坟场上所有人都惊呆了。

垂死的少年一击得手，在树上喘息，竭力想要挣脱，然而左右锁骨被死死钉住，每一次挣扎只会流下来更多的血。愤怒和绝望令他平日清朗的双眸变成了红色，狰狞可怖，一袭白衣斑斑点点，如血池爬出的厉鬼。

血雨之中，没有人注意到随着挣扎，有一张小小的纸片从少年的怀里飘落——纸上有一行古旧的字，被淅沥而落的血雨倏地染红了。

就在遇到血的刹那，那张小笺竟然当空亮了亮！

“小穆。”

忽然间，他仿佛听到了一声细细的呼唤。

# 第十五章

## 血月升起

“小穆，是你吗？”

那个声音在月下幽幽传来，仿佛就贴在穆风铎耳畔轻声低语。

谁？谁在和他说话？这声音……似乎有些熟悉？难道……是她？垂死之人神志恍惚，心里忽然一阵轰然的喜悦：是她吗？初霜！她……她来了？

少年被钉在坟场的古槐树上，百剑穿身，血流满衣。他竭力睁开眼睛，在暗夜的月光里，他似乎看到一个美丽的影子从天而降，飘然而至，轻轻伏在他的耳畔说话。

那个影子是熟悉的，声音也很亲切。

只是，她身后的月亮，却是血红色的！

“血月升起来了，小穆。”那个人附耳低声，“你看到了吗？”

是吗？血……血月？穆风铎努力抬起被血污糊住的眼睛，看向虚空——然而在视线里，坟场上的所有一切都是污暗的，笼罩着血色，只有虚空里影影绰绰一团光，不知道是月亮还是什么。

坟场里的其他人看到垂死的少年在一击之后忽然又安静下去，只是抬头看着夜空，嘴唇微微翕动，似乎在和虚空中的什么东西对话，神游物外。

“快！”穆长空见到时机，立刻上前一步，准备补上一剑。

然而，就在刹那间，空中忽然传来隐约缥缈的歌声，哀婉低回，相思无尽，似吟唱，似歌咏，似祈祷，听上去有说不出的诡异。

所有人都惊住。穆长空握剑厉喝：“谁？出来！”

整个坟场空空荡荡，只有漆黑的夜空中升起了一轮圆月。

所有人这才注意到，今晚的月亮极盛大，居然是血红色的！

红色的月光洒落大地，丝丝缕缕，如同洒下了血色的细雨。那些血丝从明月上洒落，仿佛被什么力量吸引，飘摇着向古槐林里密密地聚集，注入其中——

从义庄这边隔着溯水遥遥看去，林子深处竟然出现了隐约的光，就像是无数的幽幽鬼火从那座筑京观上浮出来，照彻了密林！

“血月升起之夜，穆氏将三世而亡！”

那一刻，一句谶语浮现心头，令穆长空全身一震。

歌声还在月下继续传来，缥缈如梦。伴随着歌声，黑暗里忽然出现了异动——远处的古槐林中发出了奇特的血色光芒。在那种诡异的光里有影影绰绰的人影，竟似是要从那林中走出来。

“不好！今晚血月出现，筑京观有变！”穆长空首先回过神来，心中凛然，看了一眼被钉在树上的少年，立刻道，“先处决了这孽畜，回去禀告老太君！”

“是！”几位刑吏也回过神来，顾不得计数，“唰唰”几剑向着少年咽喉割去，想要立刻取走少年的性命。

然而一阵风过，那几道剑光在虚空中忽然灭了，仿佛被吹熄的灯。

血月之下，墓地上凭空出现了一个人影，那是个女子的剪影，在血月下冉冉凝聚，缥缈如雾，美丽无伦，璎珞玉胜琳琅，一头乌黑漆亮的长发随风飞舞。

她抬起手指，接住了那张飘落的血笺，垂头看了一眼，曼声吟出了上面那句诗——

“静女其姝，俟我于城隅。

“爱而不见，搔首踟蹰。”

垂死的人听在耳中，忽然间整个人都僵住了。

这个声音……这个声音，不是初霜！同样的声音，他曾在对岸那片古槐林里听见过！不　那不是初霜……而是……哀皇后？

那一瞬，穆风铎虽然还没明白过来究竟发生了什么，却有透骨的寒意立刻浮出，“唰”地穿过他的脊背，刹那间，他竟然连百剑穿身之痛都忘记了。

那个美丽的女子凭空出现在血月之下，低头看了看手指间的那张古旧小笺，又抬头看了一眼树上血迹斑斑的少年，双眸微微一动，似是有些吃惊，问：“小穆？你怎么把自己弄成了这样？”

她顿了顿，恍然：“对。你说过，若负我，千刀万剐。”

什么？这句话仿佛一道闪电掠过心底，让穆风铎全身一震，刹那间明白了过来，他情不自禁地脱口而出：“哀皇后？你……你是慕容静徽！”

是了……是了！静女其姝！

他怎么会忘了呢？

哀皇后在史书上的真实名讳，就是——慕容静徽！

此语一出，坟场里所有人都惊呆了。

虚空中在血月下浮现的剪影，那个歌唱吟咏而来的幽灵女子，居然……居然真的是筑京观里的哀皇后？这简直像是血月下的一场梦魇，恍惚而不真实。

“怎么忽然叫我的全名了？”月下那个女子却没有否认，望着树上的少年笑了起来，“你一直叫我静儿的啊……小穆。”

在听到那声“小穆”的瞬间，被钉在树上的穆风铎猛然一震，只觉得全身发冷。无数的恍然汇聚成洪流，在心头呼啸冲过，令他战栗得说不出一句话。

直到这一刻，他终于明白了——留在穆氏兵书上的这张小笺，是很多很多年之前，由穆氏的某个人写给慕容静徽，用来相约私会的情书，而写下这些诗句的那个“小穆”，不是别人，正是穆氏中兴之主：穆云岐！

静女其姝……爱而不见。

那张小笺在八十多年前写下，隐秘热烈，温情缱绻。但随之而来的，就是诛皇后、废太子、巫蛊宫难、筑京观、屠九族……腥风血雨扑面而来，天地翻覆，将这一张薄薄的小笺抛入血海。

“快走！”穆长空毕竟是首领，眼看惊变发生，知道哀皇后在血月之夜重现意味着什么，顾不得受刑的少年还没死，立刻转身，带领剩下的人试图夺路而去，“事情不对，立刻回去禀告老太君！”

然而，刚一转身，他们就看到了不可思议的景象——溯水对岸，密林里的那团光已经飘过来了。

那发着光的，居然是一架非常华丽的金色肩舆，由四个人抬着，涉水而来，无声无息地停在了墓园里。那些抬轿的人面无表情，宛如被提线而来的木偶，竟赫然是白日里失踪了的几个义庄守墓人！

肩舆上，端坐着一名绝世美丽的女子。

容颜胜雪，长发垂地，金钗玉簪，玳瑁华胜，戴着六龙六凤衔珠的皇后冠冕——然而，除了一颗头颅美丽鲜活，全身都是由累累白骨组成，袍间那些骷髅睁着一双双眼睛，死不瞑目地看着他们。

在肩舆后，更有无数白骨滚滚而来，仿若仆从般跟随。

“鬼……鬼！”那样的场景实在是过于骇人，剩下四位刑吏心胆俱裂，再顾不得什么任务，不顾一切地想要逃离这个地方，“鬼！”

然而，他们刚刚冲到墓园门口，咽喉忽然被绕上了一丝黑发，令他们再也叫不出一个字。黑夜里，一缕一缕的黑发无声无息地蜿蜒而来，勒住了他们的喉咙，冰冷滑腻如蛇。

“穆氏的人，怎么都那么胆小怕事？”哀皇后在肩舆上微笑，长发在血月下蜿蜒飞掠，从四个方向勒住了那些人的咽喉，曼声，“和你当初一样呢……小穆。”

倏地一扯，颈骨断裂的声音在月下如爆竹般响起。

只是一刹那，四名穆氏刑堂精英便横尸在地。

这一切发生得极其迅速，几乎让人连反应的时间都没有——血月升起时，哀皇后竟然真的从筑京观中走出，拥有了被黑暗赋予的可怕力量，三世而返了！

然而，就是那么一顿，穆长空已经借机掠出围墙，迅速地逃离义庄，一路踉踉跄跄地飞奔，消失在黑夜中。

“算了，”哀皇后一笑，“留着他回去报个信也好。”

骷髅组成身体的美丽皇后转过头，看着坟场内唯一的活人，恍若无事地微笑：“姓穆的，都得死。这是我对你发过的誓——小穆，你还记得吧？”

“我……我不是穆云岐！”穆风铎忍住周身剧痛，猛力一挣，终于挣脱了刺穿身体的剑，从古槐树上跌落地面，说出话来，“你……你认错人了！”

“不是？”哀皇后的微笑停了一下，露出怀疑的神色。

“我是穆风铎！”少年嘶哑地大喊，“不、不是穆云岐！”

“穆风铎？”哀皇后端详着面前的人，有一些相信，有一些疑惑，“你看上去是要比小穆年轻一些——可是，如果你不是他，为什么会有这个？”

那张美丽的脸上露出一丝迷惑，她拿起了指间的小笺。

“这……这是我在藏书阁的旧书里翻到的，”穆风铎看着那张染了自己鲜血的小笺，嘶哑地回答，“我……我不知道这是他写给你的。”

如果知道是这般骇人的来历，他定然不会留在身边。

“真的吗？不是你？”哀皇后低头看着手里的旧笺，又抬头看了看百剑穿身的少年，疑惑未解，“可是，为什么我能感应到你？你的血召唤了我——若不是为了赴约，为什么你会在血月降临的时候出现在这里？”

“我……我不知道。”穆风铎喃喃，一时间脑子有些混乱。

如果这是巧合，那也未免巧合得太多了一些。

短短的一天里，发生了太多的事情。由日出至月出，每一刻都变乱陡生、峰回路转，几次生死交错，简直让他不知道这一切是真的，还是一个漫长的噩梦。

“不要再对我说谎了，小穆！”哀皇后眼神凌厉，长发上下飞舞，“唰”地探过，直取他的眉心，“时间到了，纳命来！”

那一刻，穆风铎下意识地往后退了一步，全身瞬间再度出现了一层金色光芒。金甲覆身的同时，弱水在手心发出雪亮剑气，转腕一击，便封住了探过来的那一缕长发！

不……不能死在这里！他要回去——回穆宅去，和那些诬陷自己的人当面对质，洗刷冤屈。他……他还要去见初霜，把今天发生的一切都原原本本地告诉她。

无论如何，她一定会相信他的。

今夜，他绝不能死在这里！

“金鳞甲？一剑破万军？和小穆一模一样呢……”一击不中，哀皇后居然没有继续出手，若有所思地停了下来，“可是这双眼睛里的东西，却有点不一样——你这一刻的求生欲，和他那时候的求生欲，是不一样的。

“他不想死，是因为舍不下祖宗家业，舍不下权势富贵，当然，还有自己的性命。而你不想死，是因为心底有愤怒和冤屈，有未完的心愿和想见的人。

“你确实不是小穆……”

那一缕黑发忽然收了回去，发梢轻轻地抚过那一张染了血的小笺，仿佛通过血迹瞬间洞察了前因后果，哀皇后的神色变了，转头看着他：“原来你是缟衣的后人？难怪——楚地巫女的血脉，也有唤醒我的力量。”

什么？穆风铎吃了一惊，楚地的巫女，缟衣的血脉？

所以……阿娘的祖上，真的是姓楚吗？

“原来你真的不是他……难怪看上去年轻了那么多。”那一刻，哀皇后身上的杀气终于彻底散去了，看着他，换了另一种眼神，“那小穆呢？他在哪里？”

“小穆……不，写下这张小笺的先祖穆云岐，”穆风铎吃力地靠在树上，看着面前妖鬼一般的美丽女子，“已经去世了。”

“什么？”哀皇后神色大变，“死了？”

“巫蛊宫难已经过去八十年了。”他看着面前的哀皇后，尽量语气委婉地提醒她，“无论之前有什么恩怨，现在也都化成了一抔黄土。”

“八十年？”她一怔，喃喃，“那么久了？”

“是的，很久。”他轻声道，“已经过去了三世。”

“不可能……不可能！”哀皇后仰头看着头顶的血月，眼里有一瞬的失神，喃喃，“他……他请慈航大师来做法的时候说，只要我停止诅咒，还家宅安宁，他就会在血月升起之夜来见我，了断我们的恩怨——他，又失约了吗？”

她的声音哀痛愤怒，隐约透出了煞气。

“先祖无法赴约。”穆风铎道，“他在巫蛊宫难之后身体一直不好，只活了三年不到便去世了，刚刚是而立之年。”

“不可能！独孤大师说过小穆他有七十年的寿元！”哀皇后嘴唇颤抖了一下，失声，“怎……怎么就这样死了？是因为亏心吗？那也太便宜他了！”

下一刻，她的眼神转为凌厉，狠狠看向了天空的血月！

“所以，现在是三世之约的时间了？”顿了顿，她厉声大笑起来，“是！就算他死了，我也必于子孙三代身上追讨他的罪！”

血月升起，穆氏三世而亡。

那，就是在今夜！

“无论先祖和您之间有什么恩怨，如今也都埋于黄土之下了。”看着月下妖鬼似的皇后，他鼓起勇气开口，“一人做事一人当——即使先祖当年做过什么对不起您的事，他也已经因此折了寿……您好不容易重回世间，何必要耿耿追溯，罪及无辜？”

“哈哈哈……罪及无辜？”肩舆上的哀皇后一怔，大笑起来，“你一个黄口小儿，什么都不知道，却来这里替先祖说这种话？”

“我马上就十八岁了！”他忍不住反驳。

“十八岁？小穆跟我在一起的时候也是十八岁……还真是什么都不知道，什么都不怕的年纪。”哀皇后笑了笑，再次抬眼看看他，问，“穆风铎，是吧？刚刚差点被刑堂弄死，现在居然还来替穆氏说话？”

他默然，心绪复杂，不知道说什么才好。

就算是穆氏中有人要陷他于死地，也不至于三代人都该死吧？

“你这个小穆，是做了什么要受此酷刑？”看着遭受百剑穿身之刑的少年，哀皇后好奇地问了一句，“也是对别人发誓过，若是辜负她就要被千刀万剐吗？”

“我没有！”穆风铎一震，抗声，“是他们冤枉我！”

“哈哈哈……冤枉？”哀皇后再次大笑起来，双眸在一瞬间雪亮，“冤枉人，不是穆氏最擅长的事吗？当年，他是怎么诬陷我用巫蛊杀死皇帝的？”

穆风铎猛然一怔：“钧皇帝……不是因为巫蛊死的？”

“当然不是。”哀皇后冷笑，“皇帝，是小穆杀的。”

“什么？”他一怔，失声，“穆云岐……曾祖，杀了皇帝？”

“是。这事在三世之后还没泄露出去吗？”哀皇后看着他震惊的表情，不由得笑起来，“其实倒也不是故意的——那天实在是很不巧，我们在城隅的角楼上私会，正浓情蜜意、翻云覆雨，居然被皇帝闯进来当场抓到了。”

“哈哈哈……”说到这里，她大笑起来，美丽的双眸里充满了讽刺，“天知道他已经疑心了我们多久……居然还带了一大批心腹来捉奸！”

什……什么？他一下子怔住，目瞪口呆。

“我和小穆两人，很小就在一起了。”哀皇后轻轻叹了口气，“可慕容氏是文臣，穆氏是武将，两族在北襄对立争权，不睦已有三代——所以，最后我去当了北襄皇后　他去当了穆氏家主。

“可是进宫后，我们还是没有断过联系。”

“皇帝与我情薄，三宫六院，自有所爱，经常数月不入椒房殿。小穆就通过羽林中的心腹，用小笺约我私会——就是你找到的这种绯字小笺，”说到这里，她垂下眼看了一眼手里的东西，神情复杂，“我们叫它‘桃花笺’。我每次接到，都会让缟衣用巫术改变我的外貌，伪装成普通的宫女，趁夜偷偷溜出去和他相会。

我们秘密来往了很久，以为万无一失，却终究有一日还是出了错。”

“那天晚上，皇帝忽然来到椒房殿，发现我果然不在，便带着心腹侍卫去抓我们——当时那一幕真的是……”哀皇后大笑起来，语气里不知道是讽刺还是恨意，“好吧，既然被发现，我横下一条心就全认了。事情我做了，要杀要剐随便！”

她顿了顿：“然而，小穆却不这么想。”

穆风铎默然，确实，作为穆氏家主、北襄元帅，卷入了这种宫闱丑事，只怕刑堂家法不够，还会连累全族遭难。无论如何，总是不能束手就擒的。

“小穆平日里看似温文尔雅，吟诗作画，号称白衣卿相，没料到临大事时却是个狠人。”哀皇后顿了顿，冷笑，“发现瞒不过去，他竟然一不做二不休，当场拔出阊阳，将皇帝给一剑杀了！”

“什么？”穆风铎目瞪口呆，一时间不知道说什么。

当年……当年钧皇帝是这么死的？

可是无论正史还是野史，居然没有丝毫相关的记录！

“为了灭口，他还杀了所有目击者。就是那一天，我看到了金鳞甲和一剑破万军……啧，不愧是武圣血脉，以一敌百——只是可怜了那些跟着皇帝来捉奸的侍卫。”

“事发突然，我们毫无准备，只能仓促应对。小穆将现场之人杀光之后，让我先回椒房殿锁上门，不要声张，他来想办法善后。”哀皇后道，“我听了他的话回去了，以为凭他的才智定会找出一个方法将此事掩过去——日后拥立我儿即位，从此我垂帘，他摄政，双宿双飞，岂不美哉？”

“结果呢？”她停顿了一下，冷笑起来，神色森然。

“他回到穆宅之后，和族中四房长老通宵密议。然而，长老会惊觉此事重大，生怕深究之下会牵扯出穆氏，更担心一旦年幼的太子即位，太后垂帘听政，会让宿敌慕容氏的势力更加强大，于是一致表示反对——长老会甚至宣称，若他不能彻底解决此事，便要拥立他的胞弟为穆氏新家主！”

“于是，小穆权衡了利弊，连夜便做出了决定。”说到这里，哀皇后眼睛里闪出了恨意，“他当机立断，干脆封锁了内宫，对外宣布说帝后失和，皇帝想要废太子，而我……我是一代妖后，竟让巫女缟衣用巫蛊害死了皇帝！”

穆风铎听到这里，身子微微一震。

是的，那才是正史上的记载，一字不差！

“当夜，他就调集羽林和玄甲军，封锁了椒房殿。缟衣觉得事情不妙，劝我带着孩子们逃离帝都，回朱崖求慕容国主来主持公道。”她苦笑起来，“缟衣一心为我，可我一时糊涂，竟没有听她的劝告，生生错过了最后的逃生机会。

“是啊……我怎么肯相信小穆会这么对我？他明明还和我浓情蜜意，对我发过誓——若是负我，千刀万剐，永世不得超生！

“结果，清晨的时候，各方人马会齐，插翅难飞。他一声令下，羽林和玄甲军就冲了进来，不由分说地大开杀戒——椒房殿的几百名宫娥侍从、巫女神官，整个慕容氏和望冬城上万不相干的人，全部被他杀了灭口！”

穆风铎在一旁静静听着，在血月下微微战栗，全身发冷。

“他杀掉我身边的所有人，斩下我的头颅，昭告天下，传首九边，将此事盖棺定论。最后，在古槐林建立了筑京观，镇压冤魂的愤怒和憎恨。

“他杀了我生的皇太子……甚至，还杀了六岁的小珏。

“然后，他拥立了他们穆氏贵妃所出的三皇子为新帝！”

“真狠啊……是不是？”血月下，哀皇后的双眸里隐约有一种妖异的疯狂，嘴唇颤抖，喃喃，“我……我明明告诉过他，小珏其实是他的孩子！结果……他居然还是……”

哀皇后没有说下去，垂头看着手里那张小笺，上面写着——静女其姝……爱而不见。

“他身为穆氏家主，却私行不检、耽于爱欲，结果惹来大祸。大难临头之时，又不肯束手就擒，干脆心一横下了狠手，杀了皇帝、换了太子，还顺便族灭了慕容家这个死敌，从此独揽朝政国政。”哀皇后轻声喃喃，“多么划算的一笔买卖，是不是？和这些比起来，我和孩子，就像这张纸一样，微不足道。”

她轻轻一抬手，那张小笺在血月下飘起，转瞬焚成灰烬。

穆风铎怔怔地看着纸灰落下，散在风中，震惊得说不出话来——三世而亡的诅咒，每一个穆氏族人都听说过，却没有人知道这一段隐秘扭曲、血泪交织的历史。

一切的一切，被隐匿在史籍背后，沉没至今。

直至今夜血月升起，才昭然于天下！

“现在，你还会说不用再耿耿追溯了吗？”哀皇后焚烧了那张小笺，转头看着他，冷笑，“若是你，被所爱之人如此对待，你觉得这样就能结束了吗？”

穆风铎看着面前的白骨红颜，无法回答——若有一日，初霜这样对待他，他自然会愤怒难过，会痛不欲生，但……但是……

她若这样待他，自然会有她的原因吧？

“什么？你居然还在犹豫？”哀皇后倒是有些诧异起来，看着他，“少年人，你心里爱的那个人，可以让你死心塌地到这样的地步吗？”

“她不会这样对我的。”最终，他低声道。

“嗬，愚蠢……我也曾经以为小穆不会。”哀皇后冷笑了一声，“可那一天，整个椒房殿里血流成河！我的宫人侍女全部被杀，缟衣的门人弟子也全数死去……只剩下一些年纪幼小的孩子逃过一劫，被籍没为奴。其中，大概就有你的祖上。”

她看着他：“世代为奴的日子，好过吗？”

他猛然一怔，无法回答。

“在羽林和玄甲军冲破最后一道宫门之前，我自知难逃一死，便用驭灵术召集了所有新死亡魂，开辟出一条血路，让缟衣孤身逃了出去。”哀皇后双眸冰冷，透露出一丝狠意，“走之前，缟衣跪下来对我发誓，说会不惜一切代价替我报仇，若是这一代不能报，就交给下一代，不死不休。然后，我让缟衣带走了一样东西——”

“什么？”穆风铎下意识地问。

“我的心。”哀皇后抬起手，按在由森森白骨组成的身体上，那里有一个黑洞，深不见底，说话时仿佛都有回声，“慕容氏一脉源于南海朱崖，祖上是神域级别的驭灵师，曾参与过三百年前的归墟诛魔。朱崖为离火，至阳，为心，专门克制北方极寒的坎水——缟衣需要我的心，才能完成要做的事。”

“什么事？”穆风铎愕然。

“破开归墟，放出魇魔！”哀皇后说到这里，放声大笑起来，“哈哈哈……要对付这种人，要报这种仇，普天之下，也只有魔才能做得到！”她顿了顿，“于是，我就挖出了自己那颗充满憎恨的心，让她带走了。”

他全身一震，说不出话来。

为了复仇，她竟然不惜自尽，放出了被封印的魇魔？今夜的血月，是由此而升起的吗？三百年前被镇在归墟地底的魔物，难道已经回到世间了？这……

“那一夜后，我的心里空空荡荡，只剩下仇恨。”哀皇后抚着心口，低语，“后来，在筑京观，我把小珏填了进去，才好受了一点。”

什么？小珏？他一惊，忍不住看向那个黑洞洞的心口，却发现里面不是空无的，居然探出了一个小小的骷髅头——只有拳头大，比旁边的骷髅都小许多，还是个孩童的模样，正睁着黑洞洞的眼眶看着他。

那一瞬，穆风铎仿佛明白了什么，只觉得全身发冷。

“可怜的小珏，从那天起一直在哭呢……可无论怎么哭，也不见她的生父有半点心软。”哀皇后爱怜地抬手，轻抚着心口那个小小的骷髅，喃喃，“直到回到我的心口上，她才终于不哭了。”

他看着这母女一体的白骨，全身战栗，再也说不出话。

是的——确实，不能就这样结束！

无论过去几代人，这样的血海深仇，依然滔天扑面而来，不死不休！

“那么久以来，我被困在这里，不知道外面时间的流逝。”哀皇后抬头看着头顶的血月，“但我知道缟衣一诺，生死相许，定不会负我所托——你看！三世之后，她真的令血月在今夜升起了！”

“她做到了！”哀皇后对着夜空伸出了化为白骨的双手，哈哈大笑，“你不知道血月给我注入了多么强大的力量——强大到连我自己都不敢相信！筑京观的上万亡灵的愤怒，他造下所有杀业的反噬，如今都要扑面而来！”

她双手握紧，似乎捏住了那一轮血月，双眸雪亮而疯狂。

“所以，告诉我，小穆。”说到这里，哀皇后看了一眼这个少年，“闾阳现在在谁的手上？如今穆氏的家主是谁？”

“穆衍。”他迟疑了一下，如实回答，“但是，先祖穆云岐去世之后，闾阳自动封剑，再也无人可以拔出。如今……不知下落。”

他没有说谎，他是真的不知道那把武圣之剑如今在哪里。

穆瑀身上佩的，分明不是真的闾阳。

“哈哈哈……闾阳果然是有灵性的！”哀皇后一怔，放声大笑了起来，“它是诛魔之剑，平天下之剑！这样的剑，握在这样的人手里，杀了皇帝，杀了皇后，杀了太子，杀了自己的亲生女儿，杀了上万不相干的人……沾了这么多无辜之血，你觉得它还会庇护穆氏吗？”

“穆氏血脉已污，德不配位！”

穆风铎心里一震，觉得她说的居然是对的——或许，这才是三代以来，再无一人可以拔出那把剑的原因？

“所以，穆云岐现在在哪里？”哀皇后停止了笑声，“武庙？”

“曾祖穆云岐的灵位，如今被供奉在武庙，”穆风铎下意识地回答，说了一句让自己后悔的话，“……是第十二代家主，也是穆氏的中兴之主。”

“中兴之主？”哀皇后一震，双眸忽然雪亮，“哈哈哈哈！”

那一瞬，她在月下放声大笑，面容变得狰狞可怖。随着笑声，满头长发飞舞而起，向他扑来——他来不及挣扎躲闪，只觉得全身被包裹如茧，一股冰冷的水流刹那间注入四肢百骸，在一瞬间，竟然将所有的伤口都愈合了。

这种愈合的速度，竟比初霜的治疗速度更快！

“起来吧，小穆。”哀皇后冷冷一笑，双眸转向暗夜远处，“跟我去一趟武庙——去看看所谓的中兴之主，穆云岐！”

# 第十六章

## 破阵

中秋夜，一轮明月悬挂中天，清辉洒落。

穆宅里一片热闹。

如往年那样，昭文帝御赐诸多赏物，宅里四房各开宴席，老太君那边还请了著名的梨园班子来唱戏，带兵在外的家主穆衍和嫡子嫡孙们都从外面赶了回来，这个百年世家里人头攒动，到处是欢声笑语、觥筹交错。

日间那个被白虎堂判了死刑的庶子，似乎从未存在过。

偏僻小院里，只有最后一盏灯还没熄灭。

“都收拾好了吧？”福娘看着忙碌的董嬷嬷，抱怨，“你看你，在这里也就住了两年多，怎么就攒下那么多零零碎碎的东西？”

董嬷嬷收拾完了房间里的东西，提着篮子，掩上了房门。篮子里是她平日里做的针线——衣衫、鞋袜、发带，都是少年人的款式和尺寸。然而，东西还没来得及用上，已经永远失去了主人。

“马上就好。”董嬷嬷应了一句，在院子里摆了一桌菜，放了几个月饼，又倒了一杯酒，拿出几卷书放在了案上，《照心秘史》《相思引》……都是他平日喜欢读的。想了想，她最后又摸出了几封信，压在了书的下面。

那是来自东陆照心堂的信，落款是一个清秀的“霜”字。

“哎，你这是在做什么？”福娘在一旁感到奇怪，“那小子此刻只怕已经死在乱坟冈了——你这是给他准备的回魂酒吗？”

“如果他今晚真的回魂，至少还能吃上一些吧。”董嬷嬷喃喃，语声发抖，“可怜的孩子……不到十八岁，都没去过武庙呢！”

“嘁，谁叫他小小年纪，却做出那种畜生事儿来？”福娘冷哼，毫不同情，“依我看，早点死了才好——等长大了，不知道会添多少祸害呢！”

董嬷嬷想说什么，却终究忍住了，没有替那个孩子分辩。

视线掠过廊下，她想起昔日穆风铎一身白衣，在庭院里一个人舞剑下棋的样子——那个卓尔不群的少年，谦卑聪慧，俊美沉默，虽然面容像个秀气的女孩子，但眼底有深藏隐忍的远大志向。

这样的孩子未能成年，却在今夜死于荒坟，而且，即便死了，也会背负一身污名，无人洗刷。

想到这里，老嬷嬷饱经风霜的心里就有刀刺似的疼痛——

傻孩子啊……老太君守寡多年，三代只得穆瑀一个嫡孙，你为什么非要去触她的霉头呢？

穆郢的死活跟你有什么关系？杜家小姐的清白，跟你又有什么关系？为什么要为了不相干的人，白白葬送自己的前途？为什么就不能做个安分守己的庶子，好好地娶一房富家小姐，好好地在这深宅大院里相依为命？

一个毫无根基的卑贱少年，虽然能力出众，但要逆天改命，本来也需要极大的能力和极佳的运气，而这傻孩子居然一时脑热，路见不平，替人出头。到头来，年纪轻轻就化为荒坟中的白骨。

她心头刺痛，擦了一下眼角，提起篮子，喃喃道："走吧。"

然而，就在回过头的那一瞬间，她忽然浑身一震。

小院上空的月亮，不知何时居然笼罩上了一层血红色！

那一刻，有一句谶语闪电般地掠过心头——

"血月升起之夜，穆氏将三世而亡！"

就在她想起这句话的同时，仿佛感应到了什么一般，廊下那个古旧的风铎忽然无风自动，在血月之下剧烈地摇动了起来！

一声一声，尖厉刺耳，竟然震上了九天。

那一刻，仿佛是幻觉，董嬷嬷看到高空的明月转成血色，月光里居然洒下了血色的雨，一丝一丝从高空飘下来，注入了那个古旧的风铎之中！

刹那间，她看到庭院里的古槐树忽然无风自动，"唰唰"摇摆。树下那一口水井里发出细微的声响，仿佛有什么从地底悄然浮出水面。

"怎……怎么回事？"福娘吓了一跳，失声。

然而下一刻，福娘就看到有一个影子从古槐树下的井中浮出，影影绰绰，手里持着一条白练，脚尖悬在地面上一尺之处，幽幽地浮动着。那个女子的影子抬头看了看那个震动的风铎，又回头看了看庭院里惊呆了的两个老仆，咧了咧嘴，黑沉沉的双眸里掠过一丝诡异的笑意。

"九……九儿？"董嬷嬷脱口惊呼，几乎不相信自己的眼睛。

此刻，这个凭空在井底出现的幽灵女子，居然是多年前吊死在这里的婢女九儿，穆风铎的生母！

那缕存在于铃中的怨气，竟然在今夜复活了！

血月之下，复活的幽灵从井中升起，飘到廊下，伸出苍白的手，开始摇动那个风铎，一声又一声，直上云天——铜质的铎舌上印着复杂的花纹，在怨灵的推动下，居然发出了刺眼的光，和天上的血月交相辉映！

“鬼……鬼啊！”福娘撕心裂肺地大喊起来，拼了命地往外跑，“来人……有鬼！有鬼！”

然而，还没有跑出几步，一道白练凌空掷出，转瞬就绕喉而过，把逃离的人拉了回来，高高地吊在了廊下！

福娘拼命挣扎，却说不出话，眼睛渐渐突出。

“当年，去三房太夫人那边告发我的，就是你吧？”九儿的幽灵凝视着那张濒死的脸，冷笑起来，“长舌妇……该死！”

只听“咔嚓”一声，喉头软骨断裂，福娘便软软地悬在了廊下，舌头吐出，整个人僵直不动，和那个风铎一样摇摇摆摆。

“天啊！”董嬷嬷看得心胆俱裂，扔下了篮子，下意识地就向外跑。

然而，董嬷嬷同样咽喉一紧，“唰”地被白练拉了回来。

“至于你……老虔婆！更可恶！”幽灵盯着这个面目慈祥的老嬷嬷，眼里充满了憎恨和杀意，“铎儿这么信赖你，日日照顾你，还叫你阿姆！你这恶妇居然给他下毒？该死！”

血月下，幽灵冷笑，再次“唰”地将第二个人吊起。

董嬷嬷毕竟年纪大了，挣扎了一两下便两眼翻白，昏了过去。

然而就在同一时间，另一个仆妇推门而入，一边道：“怎么收拾了半天还没好？老太君那边院子里开了十几席，正缺人手呢……哎呀！”

话语到了一半便转成了尖叫，那个仆妇还没进门，便看到了廊下不可思议的一幕，转身夺路而逃，一路号叫：“有鬼……有鬼！来人啊！”

“该死！”幽灵顾不得董嬷嬷，转身倏地追了上去。

然而，那个仆妇刚跑到垂花门下，就被一股力量凭空拉住，整个人直接被吊了上去——血月下，一袭神袍猎猎飞舞，一个女子从天而降，站在穆氏大宅的屋脊上，白发如雪，面容枯槁，双眼是两个黑洞，里面燃烧着幽幽的暗火。

她凌空俯视，动了动手指，便在瞬间将一个活人捏死！

“缟衣巫主。”九儿的幽灵看到那个女子，立刻停下来，恭恭敬敬地行礼——那一刻，她的声音又变了，不再像刚才的九儿，而变得苍老嘶哑，似有另一种来自幽冥的力量悄然附身。

那个苍老的女子沐浴着血月，站在最高处，穿着一袭古旧的神袍，上面绣着楚地云梦泽的香草灵芝纹徽，显然是个侍奉神明的巫女。那件神袍原本应该是白色的，如今却已经被风霜和鲜血染成了深灰色。

灰袍巫女站在黑暗最高处，俯视着整个穆宅，又看了看那个复活的婢女九儿，双眸深处有烈焰，声音嘶哑：“很久不见了，我的门徒——”

她手指一划，廊下那个古旧的风铎忽然发出血色的光芒！

刺耳的震动声里，风铎中有无数暗影散出，呼啸着在血月下盘旋，渐渐地，凝结出了上百个影子，面色惨白，肢体不全，穿着血色的白袍——那，居然是八十年前那一场巫蛊宫难里，被屠戮殆尽的楚巫门徒！

那些从铃中出现的幽灵齐齐俯身：“参见缟衣巫主！”

“当年，我知道无法带你们走，也无法保住你们的命，只能在这个风铎里设下了摄魂封印，”巫女缟衣点头，凝视着那个古老的风铎，“这样，当你们惨死之后，便能将魂魄藏在里面，不会和其他怨灵一样被封印在筑京观。”

“整整一百二十七名弟子啊……全部背上了巫蛊弑君的罪名，被不由分说地诛杀了。”巫女缟衣喃喃，在血月下回顾往事，“只有一些孩子活了下来，带着这个风铎，把这个秘密小心翼翼地守了三代——时间太长了，到最后，世代沦为奴婢的你们，估计都不知道这个谶语到底是真是假了，对吧？”

“巫主，我从未忘却祖辈的嘱托，知道这个铜铎内栖息着神灵。”九儿的幽灵垂首，“所以，当走投无路的时候，我对着它祈祷了——我愿意献出自己的性命，祈求它保护我的孩子，让所有迫害我的人都不得好死！”

“放心，铜铎里的神灵回应了你的愿望。”巫女缟衣笑了起来，“你的孩子，正在血月的照耀之下，黯域之主眷顾了他——而那些迫害你的人，都要死在今夜！”

“多谢巫主！”九儿的幽灵重重地叩首，颤声，“我被困在铃中多年，一口怨气不散，就是为了等待今日！”

“九儿，你立了大功。多亏你在此引路，我们才能顺利潜入穆宅。”巫女缟衣颔首，四顾这个巨大的宅院，“穆氏先祖在此地布置了护宅结界，遵循祖宗规矩，在日落之后便落锁，四门齐闭——若没有你在内策应，要破开结界硬闯进来，还真需要不少力气。”

“愿为巫主效死，”九儿叩首，“万人之血，刻骨之仇，岂能忘却！”

“是的！”巫女缟衣在月下举起双手，纵声大笑，“看，血月升起了！今晚，让我们有仇报仇、有怨报怨！”

巫女仰首向天，在暗夜之下对着血月祈祷：“黯域的魇魔啊……天下至高的暗之力量掌控者！您谦卑忠诚的仆人已经献上祭品，破开大墓，将您从极北的归墟地底迎回血月之下——

“如今，您降临在了宿敌的家园。请实现我的愿望，让穆氏就此而亡！”

就在那一瞬，夜空里血色的月亮光芒大盛！

北襄的穆氏武庙位于迦师古城北部，建成已有三百年的历史，占地广阔，制式恢宏，由穆氏子弟日夜供奉，四周设有结界，守卫森严。

然而此刻，血月照耀之下，这一切脆弱如纸。

哀皇后的肩舆停在了武庙正门，看着这一座象征着百年辉煌家业的宗庙，唇边露出讽刺的笑，将手轻轻按在心口上，轻声道：“小珏，看到了吗？这就是当年他宁可牺牲我们母女，杀掉上万无辜的人，也要保下的东西！

“今夜，我要毁了武庙，将他的牌位、穆氏列祖列宗的牌位，都劈了当柴烧！再把他这个中兴之主从宗庙里拖出来鞭尸！”

冷笑未毕，她手指一抬，“唰”的一声，无数的白骨浮出月下，包围了这座巍峨的武庙——那些死于巫蛊宫难，又在筑京观困了八十年的尸骸浮现在血月之下，万具骷髅瞪着死而不瞑的双目，将这个地方包围得水泄不通。

穆风铎孤身站在一群白骨之中，显得分外刺眼。

这一路，他从义庄跟着行来，满身是血，疲惫至极，身上的累累伤口已经被瞬间修复，然而伤口却呈现出了诡异的黑色，似被什么侵入污染。

那一刻，行走在血月之下，他的呼吸清而浅，气息渐渐冰冷，竟觉得自己和旁边那些骷髅并无二致。

“血月！血月升起了！”

武庙位于地势高敞之处，日夜有人值守。在哀皇后一行到来之前，守夜人便发现了今夜的血月惊变，等看到月下那诡异的一行人逶迤而来，立刻奔出，刺耳的金柝声在武庙深处响起，表明遇到了强敌来袭。

“天象有异，血月妖变——结阵！”

驻扎在附近的一千名穆氏玄甲军闻声而来，严阵以待，看到血月下那漫天飞扑而来的骷髅，眼里虽有震惊和恐惧，却未乱了阵脚，迅速结阵。

同一时间，武庙四个角上有火光燃起，照彻了黑夜。

那是烽烟，在向不远处的穆宅示警求援。

当四方烽火燃起后，黑夜里陡然有什么东西亮了亮。刹那间，以武庙的祭祖台为中心，赫然绽放出一个金色光圈，如同绵延不断的巨大经幢出现在夜里，倏地当空垂落，将整个武庙笼罩其中！

玄甲军战士在金色结界之后布防，以盾护身，严阵以待。

“咦，守备严密嘛。”哀皇后看了一眼，冷笑，“小穆干的？”

穆风铎站在一旁，恍然大悟。八十年前，中兴之主在去世前修改了穆氏家规，将三千名玄甲军中的三分之一调到了武庙，并令其日夜操练阵法，代代驻守，不许擅离——那时候没有人知道是为什么。直到今夜，才真相大白。

“给我杀掉所有人，攻下武庙！”哀皇后双眸里掠过一丝冷意，抬起手，遥指武庙大门，厉声下令，“冲进去，看看那个所谓的中兴之主！”

所有的骷髅发出一声厉呼，顿时从四面八方冲了过去。

玄甲军战士们长刀出鞘，弓箭雪亮，死死守住了武庙的入口。每二百人结一队，五队对应五行，战阵严整，变动有序——很显然，对于今日血月升起的异动，穆氏一族早有准备！

或许，从八十年前，就已经做好了准备？

万具骷髅滚滚扑来，千名精英战士拔刀迎战，大阵启动，开阖辗转，恢宏无比，整个场面诡异而血腥。

穆风铎站在月下，看着眼前这匪夷所思的一幕，全身颤抖，心中剧烈起伏，一时间竟然有些不知所措——穆氏是他的父系血脉，楚氏是他的母系血脉，三代以来，恩怨纠缠难解。

如今血月升起，他，又该何去何从？

“穆宅里全是恶人，又有哪个对你真的好过？何必到了现在还替他们着想？”似乎看出了他内心的挣扎，哀皇后冷笑起来，“不过，你是缟衣后人，我不为难你——你就站着，给我做个见证吧！”

血月之下，双方激战不休。

玄甲军不愧是穆氏精英，事发突然，竟然也没乱了手脚，阵法变动迅速，严谨有序，凭借金色封印护盾的力量，刀枪突出，万箭齐发，轮番凌厉反击，又迅速退回其中，始终固守武庙，寸步不让。

血色的月光之下，万具骷髅汹涌冲去，如同白森森的尸骸浪潮，骇人无比。然而几波攻击均被阻拦，无数骷髅被玄甲军当空击得粉碎，骨屑如同雪一样纷飞，在血月的映照下，有一种凄艳诡异的美。

穆风铎站在那里看着，心里有难言的震动——

八十年前，这些无辜者卷入巫蛊宫难，含冤而死。

八十年后，这些挣脱禁锢前来复仇的亡灵，最终神魂俱灭！

而他的先祖，那个惊才绝艳、号称白衣卿相的穆云岐，即便是在身死之后，竟还能靠着当初的深谋远虑，设下排兵布阵，在八十年后保住了穆氏武庙！

如此手段，如此心肠，该是怎样一个可怕的男人？

然而想到此处，眼前战局渐渐发生了变化。

血月不停升起，渐至中天，血色的月光如雨丝一样洒落下来，持续地加持阴灵的力量。筑京观里被释放出的骷髅数量十倍于玄甲军，即便是有阵法结界加持，在一轮又一轮的攻击下，穆氏子弟也开始出现惨烈的伤亡。

有一个玄甲军战士退回得略慢，便被亡灵咬住肩膀，硬生生拖出了战阵，血流满地。那个年轻战士拼命抽刀格挡，却无法抵御密密麻麻冲来的亡灵，迅速被淹没在白色的骷髅群中，只余下厉声惨叫，刺耳惊心。

转瞬，他便血肉啖尽，化为一具血淋淋的骨架。

当阵法出现了一个缺口，便有更多的骷髅冲了进去，不惜一切地撕开那个缺口——很快，那个巨大的经幢结界也开始出现破损。

穆风铎看得浑身发冷，手下意识地握紧。

是的，刚刚那个惨死的玄甲军战士，他其实是认识的——八年前，当他作为庶子进入演武场的时候，眼前这个青年战士也在那里，他们也曾一起射过箭、骑过马，对方也曾叫过他小铃铛。

如今，血月之下，竟被生生啖尽了血肉！

"嗬……小穆啊小穆，当年你为了权势富贵、百年家业，不惜推我入死境，"哀皇后看着这一幕，冷笑起来，美丽的眼睛里全是憎恨，"三世之后，我就让你看看家业尽毁，千名子嗣在武庙被活活吞噬的样子！"

血月光辉大盛，那些筑京观上被禁锢了三世的怨灵凌空飞舞，像疯了一样地攻击，将一个又一个穆氏子弟从阵中拖出来生生咬死，只留下白骨鲜血。

穆风铎在一旁看着，内心剧烈震荡，几次握紧拳头又松开。

百剑穿身的刑罚还血迹未干，十几年来多次被诬陷、被虐待，几近于死，无人站出来替他说一句话——平心而论，他对穆氏并非没有恨。然而，此刻看着眼前这样惨烈的景象，他却觉得震撼而不忍。

那一刻，又有几个落单的玄甲军战士被拖出了阵中。那些人在尸骸中拼命搏杀，想要冲出一条血路来，情急之下几乎不辨方向，竟朝着他们这边冲来，手中长刀舞成一团光，将挡路的骷髅劈得粉碎。

穆风铎不由得一怔，那样的武学造诣，在演武场也能排上前十吧？

冲不了几丈，那些落单的玄甲军战士便尸横就地，只余下了一个幸存者。那个穆氏战士厉声嘶喊，拼尽了最后的力气斩杀骷髅，一路往前冲来——看他的视线所落，竟然是认准了金舆上的哀皇后！

什么？穆风铎不由得一震，这个人，是明知不能再活着返回阵中，所以想要拼命冲过来斩杀首恶吗？倒是很有一点武圣血裔的风骨。

当那个战士逼近的时候，血月映照之下，穆风铎浑身一震。

这个人，他也是认识的！

那是穆瑢——四房的嫡子，穆郢的异母兄弟。

穆风铎还记得十一岁那年，当他被穆瑀用棋盘狠狠砸倒的时候，穆郢站出来拦住了对方，而这个人默不作声地扶起了他，将满头是血的孩子藏在了自己身后——那个时候 即使是站出来扶他一把，也是需要勇气的。

此刻，那个扶过他一把的少年成了玄甲军战士，拼死守护着穆氏圣地武庙，血流满面，几近疯狂地向着自己这个方向冲来，不顾亡灵撕咬，血红的眼瞳锁定了金舆上的哀皇后，眼里有舍生忘死的狂烈杀意。

然而，那些密密麻麻的尸骸如同潮水一样涌来，将他团团困住，孤身落单的战士很快就寸步难行。只是回刀稍慢，一道白光“唰”地掠过，骷髅就一口咬住了他的侧颈！

很快，更多的骷髅簇拥了上来，如同白色的云雾覆盖住了活人。

“住手！”那一刻，穆风铎想都来不及想，手腕刹那间一挥！

弱水得到了催发，光芒凛冽，如闪电般斩入白骨之中，回旋飞切，硬生生逼开了那团白色的雾气。

穆风铎飞身上前，一把将穆瑢从中间拉了出来，护在自己身后：“小心！”

“你……是？”年轻的战士怔住，看着这个少年，显然已经遗忘了那个昔年被棋盘打得奄奄一息的孩子。

“快走。”穆风铎低喝，弱水飞旋回到他的手心。

剑芒一闪，指向了通往穆宅的道路，穆风铎厉叱：“快回去！”

穆瑢怔了怔，一言不发地行了个礼，重新握起了长刀，朝着大道拼杀而去。

然而，刚一举步，黑暗中微风袭来，一缕长发悄然缠绕上穆瑢的咽喉，如同无声无息靠近的蛇——只是一勒，便立刻将喉咙生生捏碎！

“不！”穆风铎失声惊呼，弱水飞速斩去，却已经来不及。

年轻的战士在眼前倒下，手里犹自握着长刀。

血月笼罩着消失的年轻生命，刹那间，穆风铎心底震撼，倏地抬头看向金色肩舆上妖异美丽的皇后，失声大喊：“为什么杀他！”

“血月献祭。”哀皇后冷然，“姓穆的，全该死！”

“不……不！”穆风铎喃喃，只觉得心中狂怒，“不应该！”

这一切 不应该是这样！

这些穆氏才二十几岁的年轻战士，从小习武学艺、严格训练，一腔热血，心中有着抱负和理想，不应该为八十年前那一段不为人知的血腥历史白白牺牲，莫名其妙地全数死在今夜！

“为什么不应该？”哀皇后大笑起来，“我们慕容氏已经身死族灭，你们穆氏为什么还能活着？今夜，就是血债血偿的时候！”

“不！”穆风铎全身发抖，目眦欲裂，“还债的，不应该是这些人！”

“怎么，你现在打算选边站了吗？小穆？”金舆上的哀皇后看着他，冷笑，双眸慢慢变冷，“你要帮你的族人来对付我了？”

随着一声冷笑，乌黑的长发骤然飞舞，逼近他。

“冤有头，债有主！何必如此？”穆风铎看着金舆上的哀皇后，丝毫不惧，“皇后要复仇，直接冲进去找穆云岐就是了！何必如此？”

“怎么冲进去？”哀皇后指着面前的大阵，声音凄厉如夜枭，“只能把这些挡路的全数杀尽了，才能冲进去！”

“不，”穆风铎握紧了手，看着哀皇后，一字一顿，“穆云岐布置在武庙的这个阵法，是‘天地交征阴阳无极大阵’，专门为克制阴界邪魔而设，传说先祖穆钺曾用此在归墟困住魇魔——我在穆氏古籍里看到过此阵的破解之法。”

“哦？”哀皇后一怔，看着这个少年，“所以？”

“所以，”穆风铎凝视着面前惨烈的血战，手腕一转，弱水倏地迸射出一道耀眼的光芒，“我可以替皇后破开这个阵，冲入武庙，去见穆云岐！”

金舆上的哀皇后一怔，有些意外：“你？”

“是。”穆风铎咬着牙，点头允诺，“我来破阵，带皇后去见曾祖——还请皇后约束手下人，穿阵而过，放过这些穆氏子弟！”

“嗬……真的？”哀皇后怔了怔，嘴角浮起一丝冷笑，“你也算是穆氏，竟然帮邪魔破阵，不守着武庙，不守着祖宗？”

“冤有头，债有主。有人欠，就有人还。”穆风铎凝视着眼前惨烈的战局，知道若不阻拦，天亮之前所有玄甲军战士便要横尸当场，“但是，要还的，不应该是这些人。武庙、祖宗——这些东西，哪有活人重要？何必牺牲无辜！”

“……还真的和小穆完全不一样呢。”哀皇后似乎被他的回答所动，停顿了片刻，忽地大笑起来，“好一个冤有头，债有主——我答应你！”

血月下，她对着穆氏武庙伸出了手，白骨支离的指尖上有一点血色的光，如同明灭的火苗，厉声：“去吧，小穆！替我破了这个阵，打开这扇门——

“让我看看所谓的中兴之主，穆云岐！”

月影渐至中天，园子里人头攒动，戏台上正唱着《满床笏》。

作为扶风郡百年世家大族，穆宅的中秋一贯的热闹奢华，三代济济一堂，座中英才云集，有北襄元帅一人，将军七人，指挥使十一人，统领副将不计其数，可谓冠带如云，满座珠玑昭日月，一堂黼黻焕烟霞。

怀瑾老太君刚刚处理掉了麻烦事，兴致很不错，喝了一盅穆氏家主穆衍敬的酒，又被孙子穆瑀缠着喝了一杯，被夜风一吹，渐渐有些不胜酒力。

“顺娘呢？怎么还没来跟前服侍？”老太君问旁边的人，语气有些不快，“她难道想在那个小院子里住一辈子不成？”

“已经派人去催她了。”管家齐善道。

“长空呢？让他来这儿领赏。”老太君又道，带着微醺的酒意，“今儿是中秋，还累他出门这一趟办差事。”

“青龙长老和十二刑吏尚未回来。”管家微微停顿了一下，道，“按祖宗规矩，四门在日落时便要落锁，中夜不得开启，即便回来也得等明日了。”

“……唔，是吗？”老太君应了一声，放下了酒盏，不由得变了脸色——这件事并不难，穆长空带了那么多人过去，居然这么久还未归，倒是有些蹊跷了。难道那个庶子竟然如此棘手，连白虎堂的十二刑吏都办不了？”

“叫杜皎月过来。”她沉下脸，道。

“杜小姐已经回去了，”管家在旁边回答，“我劝了半日，她还是不肯留下来过中秋。我看她哭得厉害，眼睛也肿，脸也肿，留下来怕扫了老太君的兴，干脆就让她回去了——放心，我派了个侍女一路跟着她回去，不怕她乱说话。”

“嘀，怕什么？这女人是个没主见的，”老太君冷冷道，“她说出来的话也没几个人会信。”

管家在旁边没接话。救人须救彻，杀人当然也要杀彻，这个杜皎月确实有些纠结软弱，但是那些官宦人家出身的小姐，哪个不是这样呢？像老太君这样杀伐果断、手段高超的，又有几个？

“不过，既然她乖乖地按我说的把事都办妥了，回头还是派些人手去白登镇那边看一看吧。”老太君顿了顿，道，“穆郢若真还活着，也是件好事——四房的人都袖手旁观，我今日救他一命，日后也好让他死心塌地跟着瑀儿。”

“是。”管家道，“人手已经安排好了，明日便可出发。”

老太君点点头，又低下头拿起了酒盏，想要啜一口：“天医那边有消息吗？是不是还在天梁镇？那边疫情这么凶猛，居然拖了她们这么多天？”

正说着，就在那一瞬间，她猛然一震。

酒杯里，正荡漾着一轮血月！

什……什么？那是被酒的颜色染的吗？老太君不可思议地看着酒杯，迟疑了一瞬，又立刻仰起头看天——映入眼帘的，还是一轮血月。不知何时，头顶那一轮满月已经悄然变化，清辉变血色，幽幽地映照着整个大地。

那一刻，酒杯从她手里滑落，在地上跌得粉碎。

“怎么了？”管家也是一怔抬头，刹那间变了脸色。

血月！这一刻，俯照穆宅的月亮，竟然笼罩了一层妖异的红！

血月之约，三世之咒。这个谶语，每个穆氏子弟都不会忘记。可是，难道会是在今夜？不可能吧……怎么会真的在今夜！

“快……快！去把白虎堂的所有长老都找过来！再派人去把驻守在宅子里的玄甲军全部调到这里！”顾不得拄龙头拐杖，老太君立刻站了起来，失声吩咐，“还有……还有，派人去找老爷和少爷，让他们不要留在外面，立刻回到内宅里等着我！”

“是！”管家立刻动身往外走，“我马上去。”

管家一路疾走，分头派出了自己的心腹，去传信给白虎堂长老以及玄甲军的首领，然后准备亲自去把家主穆衍和大少爷穆瑀叫回来。

然而，刚刚到门口，他就遇到了一个人。

那个老妇人踉跄奔来，面容惨白，一见到他，立刻求救一样抓住了他的前襟，声音发抖：“管家……大事不好了……大事不好了！鬼！鬼来了！”

“顺娘？”管家认出面前这个人竟然是去了小院里长久不归的董嬷嬷，不由得吓了一跳，“怎么了？什么鬼？”

“那些鬼……那些鬼，都进来了！”董嬷嬷一边喃喃，一边恐惧地回头看着身后，似乎那边会有东西从黑暗里扑出来一样，颤声道，“快……快跑！”

管家跟着看了过去，幽暗的廊灯下却什么都没有。

“好了，你安静一些。别进前头院子去了，老太君心情正不好。”他以为这个老嬷嬷是因为日间穆风铎的事大受打击，变得疯疯癫癫，于是好心叮嘱，“先回后面自己房间里休息一下，今儿晚上就别出来了。”

“鬼……鬼！快跑！”然而，董嬷嬷还是回头看着空廊，脸色惊惧，推开了管家，不顾一切地朝着后面奔了过去，“鬼！”

管家摇摇头，眼看她没去前院打扰老太君，便也顾不上，径自朝着外面走去，想从一桌桌的酒席里找到家主穆衍和大少爷穆瑀。然而，今晚是中秋阖府团聚之日，上百名穆氏子弟簇拥在那里，人头济济，觥筹交错，一时间哪里找得着？

他在人群里急速寻着，乍然看到了一张熟悉的脸。

“青龙使？”管家不由得一怔，以为自己看错了，“你回来了？”

面前的人，赫然就是日间带着十二刑吏出去的穆长空！奇怪，在大宅的四门下锁之前，尚未看到他们一行人归来，怎么此刻在宴席中却又看到了他？难道是哪个不守规矩的守夜人，径自偷偷开门放了他进来？

然而刚想到这里，穆长空却骤然冲过来，一把抓住了他，脸色铁青，声音发抖，回头看了一眼，连声大喊：“你们……你们怎么还在这里喝酒？她们……她们来了！快逃……快逃！”

“谁来了？”管家已经是第二次听到类似的话了，心中一惊。

他下意识地顺着穆长空的视线看过去，然而，黑洞洞的门廊下什么也没有。只有月色洒落，将一切罩上了淡淡的一层红色。

忽然间，不知道从哪里传来的笛声幽幽响起，令人毛骨悚然。

血色月光下，大宅里每一座屋子都动了起来，屋顶的五脊六兽忽然跃出，幻化成形，无数的黑影凝结而出，如兽般蠕蠕而动。

那一刻，有一股疾风从极北方卷来，在血月之下呼啸盘旋，檐角所有的风铎铁马一起摇动，只听“叮叮当当”一片密集的响声，此起彼伏，刺耳惊心——铃声中，血色的雨丝仿佛被催发，更加密集地从月中落下，只是一转眼，便覆盖了整个穆氏大宅！

风过处，穆宅四门无声无息地洞开，敞在月下。

同样的明月之下，暗夜里有一行人在戴月疾行。

天医空莲在午后带着门下弟子从天梁镇出发，已经策马不间歇地走了四个时辰，眼看迦师古城已经近在眼前，头顶清朗的月色却忽然变了。

月晕如血，有丝丝缕缕的光芒从月中洒下，竟似下起了一场血雨。风从北方席卷而来，肃杀之气浓厚，竟然带来一股说不出的森然冷意。

“不好！”天医空莲抬头望月，失声，“血月妖变？”

她身边的两个人同时抬头，看到那一轮圆月，也齐齐一震。

“哇，这颜色……红得跟猴子屁股似的。”冲少羽抬手指月，惊叹不已，“这算是什么意思？不是好兆头吧？”

“血月升起……三世而亡？”一旁的初霜却变了脸色，瞬间想起了那一句谶语，失声道，“穆宅今晚，恐怕有大劫！”

“大劫？不至于吧？”冲少羽撇嘴，习惯性地唱反调，“月晕而风，月红……说不定只是有哪边着火了？”

“初霜，少羽，你们两个先赶去看看。”天医空莲当机立断，做出了安排，“让赤霄和夭夭带你们空行，我和明雪、飞岚带人随后赶到。”

因为事先得到了枯荣大师的提点，天医空莲此次来北襄准备充分，四大弟子中除了夕雾留守照心堂，几乎一门精英尽出。

在“霜、雪、雾、岚”四位大弟子中，初霜因为从小被收养，所以列在首位，论年龄却反而是最小的。飞岚和明雪均是二十出头的年纪，一男一女，和初霜一样穿着心字小篆莲花纹白袍，眉间点一粒朱砂，神清骨秀，样貌不俗，都是被天医空莲亲授的得力弟子。

“是。”初霜立刻领命，背上了琴囊。

“你不跟我们一起？有这么急吗？”冲少羽有些意外，出于怠惰的本性有些不情愿，“如果我们赶过去的时候发现穆家真的出事了，要怎么办？”

“当然是尽量帮忙啊！”初霜心急如焚，催促，“快点！”

“咦，小书虫，你怎么这么着急？”冲少羽被她一催，反而刻意拖拖拉拉起来，有些好奇，“担心谁呢……穆瑀那个不成器的小子？”

“别胡说八道，”初霜放出了青蛟，催促，“快点！”

“哎，听说老太君写信提亲，想让你嫁给穆瑀？”冲少羽看着她焦急的样子，反而觉得更加有趣了，“穆瑀是老太君的孙子，你是我娘的徒弟——你们之间可差着辈分呢！你不会看上了那个小纨绔吧？”

“闭嘴！”好脾气的初霜终于厉叱，“别啰唆，快点！”

“哎哎……松手！别揪我！”冲少羽叫了一声，被她从马背上扯了下来，身在当空便手臂一振，释放了炎龙。刹那间，一赤一青两道光腾空而起。

血月下，两人驭龙乘风而去。

# 第十七章

## 武庙

迦师古城外的武庙，一声巨响，整个大地都在震动。

“金鳞甲！”

“一剑破万军！”

玄甲军如潮退去，发出惊呼，不可思议地看着面前发生的一切——面前的白衣少年遍体鳞伤，脸色苍白，似乎摇摇欲坠，却在刚才忽然冲出战阵，身上金甲璀璨，手里气凝成剑，硬生生地将大阵破开了一个缺口！

那个和哀皇后同行而来的少年，竟然是穆氏子弟？

然而，他开出来的金鳞甲却是黑色的！

那些黑气仿佛是从他身上无数的伤口里渗透进去，侵蚀了血脉，污染了内息，令他身上的金鳞甲都不再纯粹。

“跟我来！”破阵完毕，穆风铎提剑，转头厉喝。

当他如约击破大阵的刹那，无数的骷髅仿佛接到了号令，没有再和那些玄甲军混战，随即转身跟着他拥入，呼啸着化为阴风急卷——那股巨大的力量，几乎是推送着这个少年，一路势如破竹地冲上了武庙的高台！

只是一转眼，穆风铎已经站到了九十九级台阶之上。

穆风铎手里握着弱水，身覆黑色的金鳞甲，剧烈地喘息着，抬起头看着面前这座金碧辉煌、威严巍然的武庙——身为穆氏子弟，他从未想过有朝一日，自己会以这样的方式踏入向往了十八年的圣地！

“列祖列宗见谅。”

他在心底默念了一句，抬手推开那扇在暗夜中闪着金光的巍峨大门。

那一刻，仿佛被某种力量催动，武庙檐下的风铎齐齐震响！

“小心！”金舆上的哀皇后倏地飘忽上前，一把将他拉开，自己抬手按上了武庙的朱漆大门——白骨嶙峋的指节上绽放出血色的光，只是用力一推，便将高达两丈的庙门整个震开！

刹那，只听轰然一声响，有一道金光从门上射出。

仿佛感受到了外邪的侵入，封咒被瞬间触发。那一刻，武庙左右两扇大门上骤然盛放光芒，浮突出一道剪影，在刹那间凝聚成形——血月下，有两座巨大的金甲神人现身于暗夜的武庙，左右提剑，迎头击向了闯入者！

虚拟的巨剑交错而落，几乎凝聚了天地风云之力。

那一击的力量极大，哀皇后的身体被迎面击中，在一瞬间四分五裂，消失在血月的光辉之下，化为漫天纷扬的白骨。

什么？穆风铎抬头看到这一幕，震撼不已。

这就是传说中的神隐天击吗？归墟封魔时用的最后一招！

这样一触即发的神域咒术，只怕在武庙建成时便已经设下，存在了数百年，又被历代穆氏家主层层加持，竟变得如此强大！

哀皇后在推开庙门时，被那迎头一击粉碎，再无身影。与此同时，她身后跟来的骷髅也在刹那间化为了齑粉，而抬着肩舆的那几个傀儡轿夫则根本来不及有反应，在同一时间化为一堆血肉。

只是一瞬间，形势便突发逆转。

剩下的骷髅们失去了首领，在血月下团团乱转，凭着本能和围上来的玄甲军继续厮杀，不让那些穆氏子弟冲上武庙台阶。

事情发生在一瞬间，穆风铎站在血月下，有一种不真实的恍惚。

什么？难道……这一切，就这样结束了？

“怎么了，小穆？”忽然间，他听到一个娇俏的声音招呼，“进来呀！”

什么？他骤然一惊，不可思议地望了过去——武庙大门洞开，大殿金碧辉煌，列祖列宗牌位如林，其下无数供灯燃烧，宛如点起了一片璀璨星海。而那个戴着凤冠的美丽女子居然就在那片星海之前重新出现了，正回头看着他，笑盈盈地打了个招呼，眉目如画，风华绝代。

什么？哀皇后……居然没有死？

他以为刚才大门上的封咒上金甲神人那一击已经让她神形俱灭，然而只是一转眼，那由无数骷髅组成的身体居然凌空散开后又再次聚拢，在血月下重新组成了人形，宛若无事……这是什么样诡异可怕的力量？

“哈哈哈……我怎么会这么容易就死了呢？”仿佛看出了少年的震惊，哀皇后放声大笑起来，指着殿外的夜空，傲然说道，“虽然武圣设下的这个结界足以令神鬼辟易，但是今夜血月升起，赐予了我无比的力量——在它的光芒照耀之下，我是怎么也不会死的！”

她顿了顿，又笑：“毕竟我早就死过一次了，是不是？”

他站在那里听着，一时有些恍惚。

“进来呀，小穆！你不是一直想看传说中的武庙吗？”哀皇后在里面遥遥招呼，“进来，看看你的列祖列宗——看看中兴之主，穆云岐！”

说到最后一个字时，她的语气已经变得咬牙切齿，霍然转身，一拂袖，瞬间将整个供台掀翻，扬手下劈，一切为二！

下一个瞬间，她又抬手将殿中高悬的牌匾逐个扯了下来，将“文昭武烈”“塞上长城”“止戈为武”几个字一个个地捏碎，在供灯上焚为灰烬。

“鬼……鬼！有鬼！”

武庙里有一些专司祭祀、供奉祖先的穆氏子弟，看到哀皇后破门而入，每个人都神色大变，有些心胆俱裂地往外逃，然而，有几个血气方刚的穆氏子弟却冲了上去，试图杀死这个在血月之夜闯入的妖物。

“姓穆的，都该死！”哀皇后冷笑，霍然回身。

“唰”的一声，她满头的乌发飞舞而起，化为无数蜿蜒的蛇，袭入人群，顿时将冲上来的几个人拦腰卷起，“唰”的一声扭成两段！

刹那间，武庙内血流满地。剩下的几个祭祀者从未见过如此血腥的场面，一时呆若木鸡，看到又一缕长发直飞咽喉而来，竟然连逃都忘了逃。

下一刻，只听一声刺耳裂响，那一缕长发骤然消失了。

“住手！”穆风铎握剑冲进来，在危急关头拦下了哀皇后的那一击，整个人也晃了晃，一口血喷出，飞溅在衣襟上。

那血，居然是黑色的。

“快跑！”此刻，穆风铎也顾不得多想，一剑拦下哀皇后，扭头对着庙里的同族厉声，“快离开这里，和玄甲军一起回穆宅去！”

那些人终于回过神，纷纷爬起，踉跄着冲了出去。

武庙里顿时空空荡荡，只留下了他们两个人。

“哈……小穆果然还是小穆。”哀皇后看着持剑守在门口，提防着她再次追杀的少年，嘴角有一丝捉摸不透的笑，“到最后，你还是站在穆氏这一边！”

“皇后……皇后答应过我，不会伤及无辜。”他摇摇欲坠，却还是勉强握着弱水站在门口，“您……您要说话算话！”

“嗬……无辜？”哀皇后冷笑起来，“这些穆氏余孽，一个个全部该死！”

“冤有头债有主，”他吸了一口气，勉强压住全身的剧痛，抬起手，指着殿堂深处，“先祖穆云岐，就在那边。”

庄严宏大的武庙内，千百盏供灯汇聚成海，璀璨辉煌，簇拥着穆氏历代先祖的塑像和灵位，一共十四尊，由北襄能工巧匠用名贵寒玉雕刻制作。

高居正中的，自然是穆氏的始祖，扫平天下的武圣穆钺。

那座等身高的塑像栩栩如生，武曲战神、神策天军元帅穆钺策马飞驰，目光如炬，一身金甲璀璨，挥动阊阳，将魇魔斩杀于归墟。

而位列第二的，便是穆氏中兴之主，穆云岐。

和其余历任家主不同，穆云岐的塑像一身白衣，容颜俊美，轻袍缓带，眉眼风流，唇边带笑，手上也没有拿着兵器，而是一手持笔，一手展卷，似乎正在沉吟着想要书写诗句，宛如翩翩世家公子。

只是看了一眼，哀皇后的眼神就变了。

“小穆？”她下意识地轻声唤，声音里有一种惘然——然而下一个瞬间，语气里就充满了杀意，“……穆云岐！”

话音方落，她狂怒地腾身而起，衣袍猎猎飞舞，千万具骷髅重新从她身体里散开，化为白色的风暴直扑过去，咬牙切齿，双手交撕而下，几乎是把这个塑像当成真人一样碎尸万段！

轰然巨响之中，那个塑像被她一击斩首。

“咔嚓”一声，哀皇后将穆云岐的头颅握在手心，生生捏碎，手指再一张一收，塑像手里的书卷倏地落在掌心。然而，她只是低头看了一眼，脸色就再次变了——那个书卷上，赫然写着两行字：

静女其姝，俟我于城隅。
爱而不见，搔首踟蹰。

“该死……该死！”她狂怒地厉声喊道，瞬间撕碎了书卷，然后回手，一把将穆云岐的金身塑像一寸寸捏碎，千刀万剐！

当哀皇后在武庙内横扫一切的时候，穆风铎筋疲力尽地往后踉跄了一步，缓缓靠着柱子坐到了地上，全身战栗，几不能支。手中弱水暗淡无光，一身白衣血迹斑驳——然而，此刻沁出来的血都变成了黑色。

靠在柱子上，他神志变得恍惚，眼前的一切都开始模糊——难道，今夜，竟然要死在这座武庙内了吗？不、不……不能！

初霜就要来了……他只要还有一口气，爬也要爬回穆宅！

只剩下一颗头颅的哀皇后在高声大笑，在武庙内飞舞盘旋，将穆云岐的塑像斩首裂体，毫不容情，仿佛还觉得不解气，她双眸一转，看到了供奉的穆云岐牌位，上面写着“中兴之主”四个字，手指一张，“唰”地抓住，硬生生地将牌位裂成了两半！

“中兴之主……中兴之主！哈哈哈！该死！”

然而，就在狂笑声里，那个裂开的牌位中忽然飞出了一道光！

那是一道符，闪着凛冽的寒光，如同活了一样，直接朝着哀皇后飞去——因为距离极近，她根本无法避开，只是一个眨眼便贴上了她的胸口！

一瞬间，虚空中的女子发出了一声惨厉的叫声，仿佛被一股巨大的力量穿心而过，颤抖到不能自控，全身的骷髅瞬间四散开来。

什么？在这个武庙里，竟然有人设下了埋伏！

哀皇后全身发抖，用尽全力，想把那张忽然出现的符从身上撕下去，然而那一道符力量惊人，似乎是专门用来克制她这样的回魂亡灵，手指一沾到就发出了灼烧的吱吱声，白骨一截一截地掉落。

“不！”哀皇后惊呼着，飞快地往外掠去，试图冲回血月之下。

只要回到血月的光辉之下，她就能恢复力量！

然而，刚刚到了门口，只听外面檐下风铎、铁马又是一阵齐动。铮然的响声中，武庙大门忽然间“唰”地自行关闭，然后，一道又一道的窗户接着同时闭合，在一瞬间就将她困在了里面！

哀皇后身形急刹，及时顿住，才堪堪没有撞上那一道设了禁咒的门。

然而就在这个停顿后，她身体一颤，又猛然往前一冲，吐出一口血来！

那一刻，当空有尖厉的呼啸声。武庙内风云急速变幻，一把长槊挟风云之势从背后刺来，穿透了她的胸口，将她往前一推，死死地钉在了大门上！

刹那间，来自冥界的女子被按在施了咒术的庙门上。神域禁咒被再次催发，整个庙宇都盛放出耀眼的光，如同火海燃起，将这个闯入的恶灵围绕。只是一刹那，那一头乌黑亮丽的长发就被全部焚烧殆尽！

“啊——”哀皇后失声惨呼，挣扎着回过头，“谁？”

忽然间，她不可思议地睁大了眼睛——

大殿正中供奉的武圣穆钺塑像，不知何时已经消失了，只留下那匹扬蹄的战马还在高台上。而马背上的“穆钺”却出现在眼前，挥槊直击，瞬间从背后刺穿了闯入者的胸口，将她挑在槊尖上！

那双冷静到残忍的眼睛，近在眼前，带着复杂而深不见底的表情，冷静地看着她——和三世之前最后一刻，看到的一模一样。

那一瞬，她失声惊呼：“小穆？”

不可能……不可能！他不是已经死了吗？死在八十年前，死在而立之年！

“我终于等到你了，静儿。”那个人微笑着开口，面容缓缓变幻，瞬间变成了另一个样子，竟和她片刻前摧毁的那座塑像一模一样——容颜俊秀，双眸温柔，轻裘缓带，风流倜傥，翩翩如白衣卿相。

这……这是，穆云岐？

她剧烈地战栗，不敢相信地看着，一时间竟说不出话来。

“我等了你很久……感谢血月，带你回来跟我见面了。”那个人凭空出现在武庙内，一击刺穿了她，将她压在武庙禁咒封印之中焚烧，下手毫不留情，语气却是温柔缱绻，“静儿，我答应过你生生世世，那便是生生世世。”

“不可能……”哀皇后终于挣扎着说出话来，“你、你还活着？”

“你忘了吗？独孤星怀大师说过，我能活到七十岁。”穆云岐微笑，语气温柔，“他是天下首屈一指的术数宗师，计算寿数又怎么会出错呢？”

“所以……你是……”她看着面前的人。

面前这个人，究竟是死了，还是活着？

“我原本还应该再活四十年。但是，静儿，我为你放弃了。”穆云岐凝视着她，嘴角露出一丝笑，“我知道你迟早要回来复仇，我也知道三世之后，穆氏只怕无人再能抵挡住你——所以，为了穆氏的百世基业，我只能在三十岁鼎盛之年，做好了一切安排，让自己提前‘死’了。”

提前死了？哀皇后看着面前的人，不敢相信。

“我一直在武庙休眠，保存着力量，以待今日。”穆云岐说到这里笑了笑，语气倏地一转，“静儿，我等了三生三世，可算是等到你了。”

“所……以？”哀皇后艰难地开口，“你、你在武庙设了埋伏？”

“当然，静儿，我知道你定然极恨我，三世之后一旦复苏，首先便会来这里将我碎尸万段、挫骨扬灰！”他凝视着她，语气温柔无限，“所以，我怎么能不在这里等着呢？不然岂不是让你空跑了一趟——尾生抱柱，至死不休，不是吗？”

说到这里，他笑了笑，忽然曼声低吟：

“静女其姝，俟我于城隅。

“爱而不见，搔首踟蹰。”

“该死！该死！”哀皇后在这个声音里剧烈地发抖，目眦欲裂，恨极，伸手往后凌厉地一抓，却被他迅速扣住了手腕。

那双化为白骨的手已经指节尽断，支离破碎，被握在活人温热的手心里，剧烈地战栗着，无论怎么挣扎都不能动半分。

穆云岐一手持槊抵住她，拉过她的手，放在唇边吻了一下，眼里的光芒亮如妖鬼，语气却极尽温柔：“哀者，爱也。爱而不见，哀也——哀皇后。这是我给你的谥号，你可喜欢？”

“去死！”她回头瞪着他，身体不能动弹，双眸里全是憎恨。

“人生自古谁无死呢？我自然会去死的——只是，不是在今夜，也不是在八十年前宫变的那一夜……”穆云岐叹了口气，“静儿，筑京观太简陋了，配不上你。很抱歉让你在外风餐露宿了八十年，如今，我给你准备了一个好地方！”

他一拂袖，只听“嘎吱”一声响，武庙祭坛的地面忽然移开，露出了地下的一间密室。那个预先挖好的密室不过一丈见方，里面荡漾着一种奇特的血红色液体，宛如鲜血，上面浮动着一口朱红色的棺材，棺盖上贴满了符咒。

“你看，我替你准备好了新的居所，就在武庙的地底。

“这是血池禁咒，可以消融一切亡灵。

“今夜，我在这里将你封印进去，镇在武庙地下——从此你便生生世世留在此处，保佑我穆氏家业昌盛，子孙百代荣华！”

温柔地说到此处，他忽地变了脸色，长槊一扭一挑！

被刺穿的哀皇后被凌空挑起，向着那个血棺落下。她凄厉地大叫，目眦欲裂，想要去抓面前那个恨了多年的男人，然而满头长发已然被焚烧殆尽，冰冷的长槊贯穿胸口，阻隔在他们中间，距离长过一臂，怎么挣扎也无法触及。

在血月光辉不能照到的武庙里，身中暗算受了重伤的哀皇后凌空坠落。当她落到那个血棺上的瞬间，棺盖打开，血潮从内汹涌而出。

血池禁咒自动触发，令一切坠入的阴灵魂飞魄散。

哀皇后用尽全力挣扎，用化成白骨的手指抠住了血棺边缘，拼命让自己的头颅悬停在血棺之上，无论如何也不肯沉入其中。

穆云岐冷笑了一声，俯下身，持槊用力将她往棺内戳去。

“穆叔叔？”挣扎之间，有一个微弱的声音响起。

什么？穆云岐怔了一下，顺着声音看过去，变了脸色——在哀皇后那一具由白骨组成的躯体上，忽然冒出了一个小小的骷髅。那个只有拳头大小的幼儿骷髅正睁着黑洞洞的眼睛，开口对他说话：“穆叔叔？是你吗？”

语气怯怯的，带着一丝哭音，和当年一模一样。

“小珏？”他怔住，不由自主地脱口而出。

“穆叔叔……你、你真的是我的阿父吗？”那个小小的骷髅居然在这个时候冒了出来，睁着空洞的眼窝看着他，在生死之际问着这样天真的问题——

那是当年没有得到的回答，困扰了孩子三生三世。

那一刻，穆云岐的眼里掠过一丝震动。

“不是！”然而转瞬，他就俯下身，持槊一击，将哀皇后连同那个小骷髅一起狠狠向下压入，一字一顿，厉声回答，“我不是你阿父！也不是穆叔叔！我，是穆氏中兴之主，穆云岐！”

“都给我进去吧！”仿佛下定了决心，昔年温柔的恋人变了脸，他厉声，“从此灰飞烟灭，永镇地底，再也不要出来了！”

三世之前，他就曾杀了她们母女一次。

三世之后再杀一次，那又如何！

“穆叔叔！穆叔叔！不……不要杀我！”

被生生压入血池之前，那个小骷髅发出了惊惧之极的哭喊，回荡在整个空荡荡的武庙里，刺耳惊心。

在那个哭声中，武庙的暗处忽然闪过了一道光！

那道光是微弱的，似乎已经是强弩之末，划了半个圆弧便止住——然而，那一击却落在了穆云岐的背后，将正在俯身的人击得一个踉跄，整个身体往前压向了手持的长槊。只听“扑哧”一声，长杆竟在一瞬间透胸而过！

“谁？”穆云岐失声惊呼，不可思议地回头看去。

随着小骷髅凄厉的哭喊，空旷的武庙内，不知何时竟站起来一个人。

那是一个白衣少年，全身血迹斑斑，从柱子后疾冲而来，死死盯着武庙里复苏的中兴之主，脸色惨白，双眸暗沉，一言不发，扬手便是一击！

“一剑破万军！”看到对方的身手，穆云岐失声，“你是谁？”

然而那个少年咬着牙，根本不回答，一击将穆云岐击倒后，身形回旋，再次一剑凌空刺出，用的却是长空十二击里的绝招——出手果断狠辣，毫不留情，竟要把穆云岐连同哀皇后一起打落血池！

不好！这个地方，居然还有哀皇后的同党？穆云岐全身一震，身凝罡气，“唰”地开启了金鳞甲，握住胸口的槊杆急抽而出，同时腾出另一只手，往后一掌挥去！

然而，当中兴之主还击的刹那，那个少年也应声开启了金鳞甲，同时出掌，用了一模一样的招式，硬生生接下了中兴之主的这一击！

双掌对击之后，少年落下地来，猛然呕出一口血。

这一掌动作幅度不大，力量却极其强悍，压顶而来，以寸劲撼山河，竟然将刚刚脱离槊杆的穆云岐压得往前一个踉跄，再次被穿胸钉住！

“寸山河？”穆云岐失声，更是震惊。

八十年后，穆氏竟然出现了这样的高手！

“你是穆氏的人？”穆云岐愕然，感到不可思议，“为什么要帮她？”

“以前，他们都说我像你……”那个少年喘息着落在地上，死死盯着他，声音喑哑，“今日看来……其实一点也不像！”

穆云岐一怔，面前这个穆氏少年非常年轻，面容极美，双眸却是血红色的，暗沉狠厉，全身血迹斑斑，手里握着一把吞吐着耀眼剑气的匕首——可那一刻，他身上开出来的金鳞甲，竟然是黑色的！

这是……黯域的金鳞甲？这个穆氏少年，难道已经被侵蚀同化？

“你到底是谁？”穆云岐失声，“为何——”

话音未落，忽然间咽喉一阵剧痛，再也说不出话来。

刚刚那一击，让槊杆再次贯穿了他的胸膛。他整个人往下冲去，不知不觉离槊尖上挑着的哀皇后已经不到一臂的距离——就在他因为受袭而分心的那一刻，那双白骨之手迅速地攀了上来，终于扣住了他的肩膀，凑上去便是用力一咬！

他失声惨号，松开槊杆去推，却怎么也无法挣脱。

就在咬住他咽喉的那一瞬，哀皇后身上的累累白骨骤然散了开来，如同一阵白色雾气飞起，将他密密麻麻地裹住。每一个骷髅都同时张开了森然白牙，死死地咬住了他的全身血肉！

“不……滚开！”穆云岐拼尽全力一掌击去，却只是将那一堆骷髅击得散开了一瞬，转瞬又聚合。无论如何反击，竟完全没有着力之处。

三世之后，哀皇后终于伸出手抱住了昔日的恋人，死死地攀住他的肩膀，撕咬着他的咽喉，吞咽着他的鲜血，将他往地底那个血棺里一起拉去。

穆云岐拼命挣扎，堪堪才将她推开，心口却忽然一阵剧痛。他下意识地低头看去，竟看到那个小骷髅无声无息地贴了上来，正在啃噬着他的心脏！

“阿父……”只是品尝了一口鲜血，便确认出了什么，那个小小骷髅发出了欢欣雀跃的叫声，用黑洞洞的眼眶看着他，咧开嘴，“你是阿父！”

那一瞬，他因为震惊而失神，竟然忘了挣扎。

鲜血迅速从咽喉和心口两处涌出，被母女二人分头吸食。全身的力量飞快地流失，穆云岐再也无法挣脱，只能回头看着那个少年，目眦欲裂：“你……究竟是谁？”

“我叫穆风铎，”那个少年站在武庙里看着他，声音低哑，双眸烈烈，似乎有火焰在胸中燃烧，“是您的曾孙。”

“那为、为什么……”穆云岐看着他，咽喉里发出含糊的声音。

这个少年也是穆氏子弟，为什么要做这样的事？

“因为我答应过哀皇后，冤有头，债有主。”穆风铎回答了中兴之主的问话，一字一句，“所以，今夜便是冤者讨债、欠者还债的时候！”

随着那一句厉喝，他提剑急速冲来，再度发力，一掌击在穆云岐的背部，竭尽全力地将自己的曾祖向着血棺内压了进去！

“不……不！”穆氏中兴之主拼命挣扎，却根本无力挣脱，只能一分一分坠入他自己设置的血池之中，不敢相信，“你也姓穆！为……为什么……”

“因为他看不起你。”哀皇后在他耳边轻笑，口中含着他的血肉，“这个小穆，可跟你一点都不像呢……是不是？”

她伸出带血的舌尖舔了舔情人的耳垂，眼神却怨毒，厉声：“时间到了，我们一起走吧！去地狱！小穆，送我一程！”

穆风铎一言不发，咬着牙，加重了手上的力量，拼命往下一压！

长槊刺穿身体，穆云岐发出无声的惨号，全身震颤。在坠入血棺的那一刻，似乎知道无望，他放弃了挣扎，垂头看着怀里美丽的皇后和小女孩，眼里又换了一种表情，似乎是释然，又似乎是欢喜。

忽然间，他伸出手抱住了怀里已经化为白骨的皇后，低下头狠狠地吻住了沾着血的朱唇，任凭她撕咬，再也不松开。

“既见所爱，”他含糊地喃喃，“死而无憾。”

“该死……该死！”哀皇后用力咬住他的嘴唇，抱着昔日的恋人向着血棺内飞速坠下，厉声，“一起永坠地狱、魂飞魄散吧！”

地底血棺自动打开，血海翻涌，人影相拥坠落其中。

穆风铎握着弱水，站在成为废墟的武庙里，剧烈地喘息，看着两个情人相拥而坠，看着哀皇后美丽的头颅一点一点地沉入了棺中血潮，和心口那个小小的骷髅一起再也看不见，因为内心激烈的感情全身发抖，筋疲力尽。

在最后的那一刻，哀皇后看向穆风铎，双眸里居然全是笑意和嘉许。

那眼神里再也没有了愤怒和憎恨，就这样凝成永恒。

“谢谢你。”在哀皇后从天地间消失的那一瞬，穆风铎听到哀皇后轻轻说了一句——随着那一句道谢，有一滴血珠从血池内激射而出，直取他的眉心！

疲累已极的少年来不及躲避，就被那道光透颅而入。

“这是我的谢礼。”哀皇后的声音在血池里传来，躯体却在飞速消失，“我……把我所有的力量……都赠予你。

“愿你此生……得见所爱……得见天地。”

什么？谢礼？他一惊，下意识地抬手抚摸眉心。然而，那里什么也没有——没有血迹，也没有伤口，更无疼痛。

就像是一片冰凉的羽毛轻轻划过，什么也没留下。

“小穆……”最后一刻，他又听到血池里有人轻唤，语气惘然缱绻。

——不知道，唤的又是哪一个。

血棺自动阖起，下沉，武庙彻底地安静了。

那一场绵延了三世的爱欲情仇，在此刻彻底消弭，宛如过耳逝去的长风。隔了三世，这一家三口终于团聚了，从此永不分离。

仿佛力气用尽，穆风铎踉跄了一下，只觉得胸间那股凝滞又开始出现，全身都像是被击碎一样疼痛，百剑之伤不停地渗出血来——然而，那些从他身体里流出来的血，颜色也是黑的。眉间被那一滴血透入之处仿佛有烈火灼烧，让思绪变得恍惚。

结束了吗？这么漫长的一日，这么漫长的一夜。

漫长得，简直就像是过了三生三世。

这一切，仿佛是个梦。

他在血月之夜朝觐了武庙圣地，却没有拔出那把阊阳，而是帮着邪魔杀掉了自己一直崇拜的先祖！

穆风铎吃力地撑起身，抬眼看去，发现视线里所有的东西都笼罩着一层浓厚的血色，仿佛叠了血月的光辉，影影绰绰，怎么也看不清。他下意识地擦了擦眼，然而那种血色还是附着在他所看到的每个轮廓上，挥之不去。

怎……怎么回事？他心下焦急烦躁，却又筋疲力尽。

不知道过了多久，依稀听见外面有琴声传来，幽然渗入暗夜。刹那间，眼中无所不在的血色竟被一层层洗去，视线渐渐恢复了清晰。

这个琴声是如此熟悉，难道是……

初霜！他猛然一震，回身推开了武庙的门，踉跄着冲了出去！

外面血月已经西斜，依旧照耀着这片天地，然而那一场惨烈的战斗已经结束。广场上的玄甲军还有不少人幸存，而那些骷髅却随着哀皇后的消逝转瞬间就散落了一地，一眼看去，仿佛是月下铺了一层白沙。

然而，视线所及，他看到每一个骷髅里，都影影绰绰地浮起了一张脸。

那些脸是宫女、是内侍……或新或旧，或恐惧或愤怒，藏在血月的暗影里。那些死去已久的怨灵在看到他走出来时，仿佛受到了什么召唤，忽然齐刷刷地飘了过来，将他围住簇拥，俯首跪拜！

血月下，武庙破碎，万鬼称臣。

那一瞬的景象实在太过诡异，以至于他下意识地往后退了一步，只觉得头痛欲裂，眉心那一线红痕宛如鲜血透出，竟然和天上的血月光辉相互呼应！

怎……怎么回事？这些怨灵，难道是因为那一滴血，竟然将他当作了哀皇后？

他下意识地抬头，看向了虚空中那一轮血色的满月——忽然间，那种幻觉又如同呼啸的疾风，席卷而来！

同样的血月照耀着极北雪原。地底裂开，黑潮从大地深处涌出，凝聚成形，如同海啸扑向了整个人世。浊浪滔滔，一路挟裹着那些呼号逃难的活人和死人。黑潮之上，血月之下，有巨大的阴影在游弋，所到之处天地俱暗。

得见天地。

难道，这就是哀皇后希望他看到的天和地？

他怔怔地站在血月下，被这个幻象压倒，双目血红、神志恍惚地仰望着夜空，似乎看到了另一个完全不同的世界正在降临——宛如炼狱一样的人间。

直到一个声音忽然传入耳中，轻唤：“小穆？”

那样熟悉的声音，魂牵梦萦，令摇摇欲坠的人猛然一震，从幻觉里回过神来，是初霜？她……她来了吗？是真的，还是幻觉？

他终于将视线从血月上移开，随着声音看了过去，心中狂跳——

月光下，有两个人并肩而来，站在不远处看着他。

那是一对出众夺目的少年男女，如日月相互辉映，左边的少年剑眉星目、英俊高傲，身侧盘绕着一道赤影，整个人光芒四射，竟然将血月的妖气都冲淡了；而另一侧的少女白衫银簪、容颜清丽，气息柔和宁静，如同未曾受到污染的皎皎月色，尽管在旭日之旁，却丝毫不曾被夺了光芒。

那……那是初霜！真的是初霜！

初霜她……居然在此时，出现在了武庙！

他恍惚地看着眼前这一幕，整个人如坠梦境——

“得见所爱。”

哀皇后最后留下的那句话，竟然和三世之前的诅咒一样灵验！

很多年过去之后，天地失序又重启，武庙毁弃又重建，穆宅却已永远地空无一人。荒草蔓于庭中，群鸦集于堂前，画栋雕梁落满尘埃，前尘往事逝去无踪。

槐荫深深，风铎喑哑，连那一轮血月都已隐匿于长夜背后。

独居空城的他劫波渡尽，华发暗生，被天下人称为盖世的英雄、武道的圣者，得见所爱，也得见天地，最终武庙封圣，江湖归白发，一生已然无所遗憾——但忆及血月升起的那一夜依旧是刻骨铭心，永无或忘。

那是困扰了他一生的黑暗心魔的来源。

那么多年来，他从来不曾问过初霜：那一天、那一夜、那一刻，在重逢时看到这样的自己，她心里又是什么样的感受？

# 第十八章

## 重逢

血月照耀之下，初霜和冲少羽从天梁镇御龙空行而来。

人还在半空，就看到了天地间腾起的两道巨大黑气，一处在武庙，一处在穆宅，如同一阴一阳两极，凌空对峙盘旋，凝成遮天蔽日的旋涡，隔了十里路，竟将整个迦师古城全部覆盖！

冲少羽御龙而行，俯视下界："快看，武庙这边！"

他们两人抵达的时候，那一场大战已经结束。在满地的骷髅中间，是死伤无数的玄甲军，血流满地、肢体残断，甚至有很多人已经化成了血肉殆尽的新白骨——不过短短半夜，穆氏千名精锐居然只剩下不到一半！

他们两人跃下地来，看着面前这一切，面面相觑，沉默不语。

天医说得没错，这里还真的出事了？哀皇后和穆氏的刻骨深仇、三世之约，天下尽人皆知，却无人知道背后深藏的秘密，也不确定这诅咒是否会真的实现——

直到今晚血月升起。

"龙？这是炎龙！"幸存者看到血月下降临的两个人，一怔，然后失声惊呼起来，"快看！赤霄！天神降临了！"

"天神？"冲少羽听到如潮的惊呼，不禁得意，傲然扬声，"我乃天临少主、紫微帝君之子冲少羽——别怕，我来救你们了！"

初霜看了他一眼，心中无语，这个家伙向来好出风头，爱充老大，做事怠惰，冒领功劳倒是快得很，等下还不知道要由谁来救人呢……

然而她也没时间和他计较，她解下太古遗音，横琴于膝上开始弹奏。

琴声瞬间覆盖了整个武庙，丝丝缕缕，如同灵雨落下，顿时将血月的光辉洗去，一缕缕地注入了伤者的灵台，迅速地修复着他们的损伤。夭夭化为一道青光，在人群中迅速穿梭，飞快地将一个个伤员伤口里渗入的邪气吸出，吞噬净化。

很快，有一些轻伤的战士已经可以站起来。

“天医！是天医一门！”玄甲军看到这梦幻般的一幕，不由得面露狂喜之色，欢呼，“太好了……是天医来了！我们有救了！”

瞬间被抢走了风头，冲少羽不禁有些扫兴，“啧”了一声，扭头问旁边一个首领模样的玄甲军：“你是谁？这里发生了什么事？”

“回禀天临少主，属下穆珏，玄甲军副统领。”那个人挣扎着站起，单膝跪地，“今晚血月妖变。哀皇后从筑京观里出来了！她带领万具骷髅，攻击武庙，我们结阵抵抗，誓死不退——结果，有一个叛徒竟然帮着邪魔冲破了我们的大阵！”

“叛徒？”冲少羽有些意外，“穆氏的？”

“对……是穆氏的人！”穆珏抬起手，指着紧闭大门的武庙，目眦欲裂，“那个叛徒，开出了黑色的金鳞甲，用穆氏的剑术击破大阵，带着哀皇后冲进了武庙！”

“哀皇后进去了就没再出来？”冲少羽望着紧闭的武庙大门，眼睛却亮了亮，“到现在都还在里面？”

“是。”穆珏点头，“两个都还在里面！”

“太好了！”冲少羽顿时喜形于色，扭头对初霜道，“你看，幸亏我们提前来，正好赶上了！”

初霜一曲弹毕，凝望着武庙，开启了洞观之术，点头：“确实还在里面。”

武庙大门虽然紧闭，她却可以感觉到里面有一股巨大的黑气正在萦绕盘旋，发出人耳听不到的凄厉声音，似有极强的怨灵在里面愤怒地呼啸挣扎——那种阴暗恶毒的力量呼应着天地，浓烈到令她惊心。

那就是三世而返的哀皇后吗？为何如此愤怒，又如此悲哀？

“快！进去看看。今晚撞上我们算她倒霉！”冲少羽摩拳擦掌，跃跃欲试，“我们一起进去，把她拖出来弄死！”

“太冒险了。”初霜行事稳重，摇摇头，拒绝了他，“不如在原地设下封印，把邪魔困在武庙里面，等师父来了再说。”

“为什么要等到我娘来？”冲少羽大为扫兴，反驳，“她带着几十个人赶路，到这里的时候估计都要改天了！不能等她。”

“你是天临少主，身份尊贵，不容有失。”初霜还是不同意，“今晚血月，哀皇后三世而返，非同小可。师父不在，我们贸然闯入，万一出什么意外……”

“嘿！还能出什么意外？”冲少羽却信心满满，“我是紫微少主，你是天医传人；我有赤霄，你有太古遗音——这阵容，别说什么哀皇后、乐皇后，就算里面的是我父皇和你师父，我们俩对上了，难道会输吗？”

初霜一时无语，那倒确实不会。这不是说她的本事已经超过了师父，而是紫微帝君已然病重多年，甚至早已无法御龙控星。

“哎，我告诉你了没？”冲少羽想起什么，笑了一声，“上次我爹气极了想揍我，我下意识地抬手挡了一下——我发誓，我真的只是想挡一下而已——结果，他就飞到太液池里去了。我差点来不及捞他。”

“真的？”初霜啼笑皆非。

什么时候的事？难道就是把紫微帝君气得要废太子那次？

“所以啊，我们联手，天下无敌！”冲少羽摩拳擦掌，“事不宜迟，快跟我去——你可别像下棋时那样磨磨蹭蹭，耽误了时机！”

血月在西斜，神庙里的煞气也在减弱。初霜被他这么一说，有些犹豫。

“何况，我还带了紫微令呢。”见她意动，冲少羽手指一转，一支小小的令箭在指尖出现，“唰”地化成了一支三尺长的金色箭！

紫微令？她吃了一惊，变了脸色。

这支箭，确实可以号令北襄。三百年来，天临城里的紫微帝君御龙称霸，以璇玑为兵符，以紫微为令，统领天下，十三诸侯国见令如见帝星亲临——可冲少羽只是刚加冠不久的皇太子，按理说无权持有紫微令，如何竟能拿出这东西？

还不等她开口，冲少羽握箭平举，遥遥示意。

“万星拜斗，朝见紫微！”刹那间，所有玄甲军战士一震，齐齐跪下，声音震动云天，“北斗穆氏，但凭驱遣，万死不辞！”

“怎么样？”冲少羽握着金箭，得意地转过头来，眨眨眼。

初霜有些不可思议：“照叔叔……怎么把这个东西都给你了？”

“这次出发前，我爹不放心，就让我带着这个来北襄。”冲少羽耸耸肩，“有了这个，万一遇到什么，就可以随时随地调动诸侯国的兵力。”

初霜怔了怔：“帝君该不会把虎符也给你了吧？”

“那倒没有。”提起这个，冲少羽有些遗憾，“他说虎符是用来召集神策天军的，除非他驾崩，才能给我……小气！”

“那还好。”初霜松了口气，“大概是怕你来一出烽火戏诸侯吧？”

这一对父子，确切地说，这一家三口，虽然贵为天下至尊，可行事从来都率性随意，说和离就和离，说放权就放权，连个旨意都没有拟过——冲氏御龙，做事也是如此天马行空吗？

“到底去不去？”冲少羽挑起了眉，“你不去，我就自己去了啊！”

一边说，他一边已经大步朝着武庙走去。

“等等！”初霜连忙抱着琴站起，跟上去，“别一个人乱闯。”

刚走出几步，她想了想，又回头对旁边的玄甲军道："你带队退开一些，免得开门的时候里面有东西冲出来，再次伤了你们。"

"不！我们尚可一战！"穆珏却拄着刀站起来，咬牙，"紫微令出，玄甲军自然跟随帝星而战，怎可退缩！"

"哎，这时候就别逞英雄了！"冲少羽看了看这一地的伤残，摇摇头，"这边有我们两个就足够了。你在庙外候着，等那些人被夭夭治得能走了，就赶紧回去支援穆宅。那边只怕也有邪魔入侵。"

穆珏一惊，回望穆宅方向，血月之下果然有黑气冲天——今夜的事情确实不大对劲。在受到哀皇后阴灵攻击的第一时间，武庙的守卫们就点燃了烽烟，向远处的穆氏示警。如今已经过去了半夜，穆宅方向竟然没有派人过来！

难道，真的如天临少主所言，穆宅也受到了攻击？

他心里一震，低头领命："是！"

"好了，我们开始吧。"冲少羽安排妥当，转头看着初霜，双眸光亮，摩拳擦掌，"来来，我还没看过你的本事呢——同去同去！"

"等一下。"初霜却叫住了他，"右手。"

"什么？"冲少羽怔了一下，下意识地伸出手。

初霜捉住了他的手掌，垂下头，细心地用指尖在他掌心画下一个符咒，叮嘱："这是天医门下的传灯咒，用来在璇玑之间结盟的——等下若遇到哀皇后，我就可以传递力量给你，让你在对战中刀枪不入。"

"这么厉害？"冲少羽看着手心，"刀枪不入？真的假的？"

她笑了笑："不信的话，去试试看？"

"好！"冲少羽仰天大笑，和她并肩走向武庙。

一路上，他始终走在她前面，右手横持金箭，左手虚握，臂上炎龙光芒浮动，睥睨高傲，锐气十足，全身如旭日般发着光，映亮了整个黑暗的武庙。脸上笑容收敛，第一次露出沉静锋锐的表情，仿佛变了一个人。

这就是统领璇玑的帝星风范吧？

那些玄甲军战士在下面仰视，无不心神动摇。

初霜跟随着他一路走到九十九级台阶前，停住脚步，手一拂，背后的古琴应声跃出，停在腕下。她在阶下凌空抚琴，指尖凝聚了灵能，竟然微微闪出七彩光芒来，调了调七弦，然后用手止弦，用目光示意一旁的少羽。

"准备好了？那我上去开门了啊！"冲少羽看了看她，随即大步上前，大喝一声，"这武庙门上有神隐天击封印，来，看我的——"

然而，还不等他释放炎龙，武庙紧闭的门就在这一刻无声无息地打开了。

成为废墟的庙堂深处，走出了一个血迹斑斑的白衣少年。

那个少年虚弱地推开了大门，一路踉跄地走到月下，失魂落魄，眼神空洞，一时抬头看天，一时垂首看着自己的双手，神情恍惚，似乎沉浸在另一个时空里，完全看不到眼前的一切。

然而，在他走出来的刹那，地上那些散落一地的骷髅忽然动了起来，呼啸着朝着那个少年飘了过去！

“不好！”初霜一惊，以为那些亡灵要攻击幸存者。

然而下一刻，她就看到那些怨灵竟围住了来人，齐齐俯首！

血月之下，武庙破碎，成为废墟，万鬼汹涌而上，簇拥着一袭血衣的少年俯首称臣——而那个血月下的人，有着一张她熟悉的面容。

“小穆？”那一瞬，初霜脱口而出，不敢相信自己的眼睛。

血月下的少年骤然回头，看了过来。

视线相对的刹那间，初霜不由得倒吸了一口冷气——这个从武庙深处走出来的人仿佛受过极残酷的折磨，伤痕累累，脸色苍白，眼神空洞，眉心里有一道竖向的血痕，宛如血池里爬出来的妖鬼。

这……这真的是小穆吗？还是……

“初霜？”被她那一声惊动，那个走出来的人眼神一亮，不敢相信般盯住她，喃喃，“初霜！是……是你？”

“小穆！”初霜下意识地想迎上去，却被旁边的人拉住。

“别过去。”冲少羽蹙眉，警惕地看着走出来的人，“这个人不正常。血月之下，群鬼称臣，只怕是哀皇后的党羽——你看看他的头顶！”

什么？她一怔，注意到了少年头顶笼罩的那一层黑气。

那黑气是从他眉心的那一道血痕里渗出来的，如缕不绝，在血月下大片凝结，竟然如同墨海深渊倒悬于他的头顶，触目惊心！

这……这还是小穆吗？还是某种附体的邪灵？

那一瞬，她不由得变了脸色，往后退了一步。

“初霜？”走出来的少年一震，双眸倏地变了。

从清晨离开小院开始，整整一日一夜，他仿佛进入了一个漫长绵延的噩梦里。几次死去活来之后，一切平息，受尽折磨的他终于看到了尽头的曙光——站在光里的，还有梦寐以求的人。

他用尽了最后一点力气，想要走向她。

然而，她身边那个高贵英俊的少年拉住了她，说了一句什么，她就不再上前，反而往后退了一步，仿佛不认识一样地看着自己，满脸的震惊和疑虑。

那一刻，仿佛当胸受了一记重击，他只觉得心寒气馁，猛然一个踉跄，重重地跌倒，从高高的台阶上滚落下来。

“小穆！”初霜吃了一惊，再也不顾什么，抢身迎了上去。

“哎！你！”冲少羽拦不住，只能立刻跟着上前，挥手一箭呼啸而出，将那些骷髅全数化为齑粉，给她清出了一条路。

“就是这个人！”然而，幸存的玄甲军战士看到这个从武庙里走出来的少年，却立刻惊呼起来，愤怒的声音排山倒海而来，“就是这个叛徒！是他帮邪魔破了大阵，冲进了武庙，杀了穆氏子弟！就是他！”

什么？初霜一惊，下意识地站住了。

是小穆？是他帮助哀皇后破了阵？怎么可能？

“初霜……”穆风铎虚弱地喃喃，不知道说什么好，只觉心痛如绞。

长亭一别后，他等了她快三年。数着日子，一日一日地期待，反复设想过无数次，小心翼翼地准备着重逢时的仪态言容，想要给她留下最好的印象——然而，等终于能重新见到她了，却是此刻这样的情景！

他心中剧烈震动，眼里的泪水终于滑落。

那泪水，竟然也是黑色的！

“就是他！”玄甲军围住了他，雪亮的刀剑迎头而落，“杀了这个叛徒！”

在刀刃临头的瞬间，穆风铎猛然从恍惚中惊醒。

不……不能死！初霜就在面前……他、他要去见她！他不能就这样死了！

那一瞬，他心里只有这么一个念头，反手一剑，用弱水格挡——只听一阵刺耳的裂响，那些落下的刀兵刹那间全部折断。

“初霜……初霜。”穆风铎恍恍惚惚地撑起身来，看也不看那些潮水一样冲上来的穆氏玄甲军，只是听着破空的风声，下意识地侧了侧身体，那些刀剑便全数落了空。偶尔有无法避开的，他便随手用弱水格挡，只是一抬手，那些冲上来的人便如同纸片一样向后飞出，完全不堪一击。

连他自己都不知道，他此时的身手，和进入武庙之前已然不可同日而语！

什么？初霜震惊地看着这个走过来的人——三年不见，小穆长高了许多，再也不是昔年羸弱的模样。可是，用天医的洞观之术看去，他头顶紫气却已经完全消失了，代之以冲天而起的黑气。全身血迹斑斑，体内黑潮涌动，连落下来的泪水都变成了纯黑，和旁边亮如旭日的冲少羽截然相反。

可是，尽管站在深渊血海之中，他看着她，双眸却是痛苦而清澈的。

——就像是她最初遇到他的时候一样。

他还握着那把弱水，他还认得她……

“初霜，小心！”冲少羽见穆风铎满身是血地从武庙里走出，一路击溃玄甲军直奔初霜而去，吃了一惊，抢身上前，“这个人中邪了！你离远点！”

说话之间，他手臂一挥，在血月下再度释放出了炎龙。

仿佛是感知到外界出现了极强的邪气，生怕契主有所不测，赤霄在被释放的瞬间就闪电般腾起，直扑不远处的穆风铎，一张口，红莲烈焰轰然席卷而来！

“不！”初霜大惊失色，抢身挡住烈焰，“住手！”

“喂！”冲少羽吓了一大跳，立刻屈指召回赤霄。

“初霜！”然而摇摇欲坠的人看到炎龙，却猛然惊醒过来，一抬头，双瞳血红，失声，“初霜……小心！”

刹那间，穆风铎握紧手中的弱水，忽然在血月下暴起！

本来已经黯淡的弱水光芒暴涨，亮如闪电。穆风铎身上每一个伤口都沁出血来，那些黑色的血在他身上瞬间凝结，竟如同墨色的花瓣绽放，“唰”地重新开出了一层金鳞甲！

他用尽全力跃起，凌空对着炎龙一剑挥出，劈开火海，护住初霜。

这一剑，竟让血月都黯了黯！

冲少羽一眼看见，不由得倒抽一口冷气。

在血月照耀之下，奄奄一息的少年瞬间跃起，气凝全身，那一剑用尽了他剩下的力气，弱水被激发出强烈到炫目的光芒，一剑就劈开了火焰！

剑锋如电，直刺炎龙颈下逆鳞。

赤霄低吼一声，在剑锋下凌空转身，竟然被那一剑逼退！

“小穆！”初霜也被惊住了，连忙阻拦，“别对赤霄动手！”

挥出一剑后，穆风铎终于力竭，落地时想要继续进攻，身体却再也无法支撑，看了看初霜，还没来得及说什么，便又是一口血吐出，眼前一黑，失去了知觉。

“小穆！”初霜连忙上前一步，及时将他接住。

下一刻，夜空中炎龙怒吼如雷，一个飞旋，搅动漫天风云，再次携着烈焰俯冲了下来，誓要吞噬这个满身邪气的少年。

“住手！”初霜一手扶住昏过去的人，另一手抬起，手腕一转，太古遗音瞬间凌空飞来，停在腕下。

她单手操琴，飞快拂弦，铮然有声。

太古遗音为神域三大灵器之一，一弦一柱无不引动天地。七弦分别对应着天地间的金、木、水、火、土、风、雷七种力量，十三徽分别对应联结着璇玑十三将星。南斗之主持此琴可以沟通天地，召唤苍穹星斗之力。

此刻，她的手指在第三弦清角上拨动，琴声如水，仿佛有形有质的波浪“唰”地漾开，竟然在漫空的赤炎中辟出了一方清凉，形成透明的结界，刹那护住了两人！

轰然冲撞，水火既济，归于寂灭。

“哗……厉害！”冲少羽再次脱口赞叹。

初霜唇边掠过一丝笑，也不看他，只是扶住昏迷的人，继续单手操琴，发出流水般的淙淙声。在这样的声音里，炎龙赤霄渐渐平静下来，在冲少羽的再次召唤之下，盯了地上那个昏迷的少年一眼，后退了一步，“唰”地回归于臂上。

“啧啧，难怪我娘这么偏心，”冲少羽还是第一次看到初霜出手，顿时肃然起敬，“没想到你除了死磕书，居然还有点真本事！”

初霜一笑，道：“你快把赤霄收好，不要伤了小穆。”

“什么大穆小穆，”冲少羽脸色一沉，走上来想要拉开她，“这个人不正常，身上全是邪气，你没见他连血都是黑的吗？别靠那么近，小心他反咬你一口。”

“他都快要死了。”初霜瞪了他一眼，“快帮我扶一把。”

“什么？你居然还要救他？”冲少羽顿时有些不乐意，指着广场上那些玄甲军，“没听见那些人说他是个叛徒，帮着哀皇后夷平了武庙吗？”

初霜蹙眉：“事情都没弄清楚，先救人要紧。”

“我们今晚是来对付哀皇后的，你救个叛徒算什么？”冲少羽不乐意，用紫微令在昏迷的人脖子上比了比，“直接弄死算了，还费这个力？”

初霜见他不愿帮忙，便自顾自地将人扶了起来。

“离他远一点——哎，算了，还是我来吧。”冲少羽看不过去，最终还是出手帮她将身侧的人扶了起来，“你让开。”

然而一抬手，冲少羽首先下重手封住了对方的气海。

“喂，不要封他的穴！”初霜有些痛惜，连忙阻拦，“小穆本来就伤得重，若再被打断了子午流注，伤势会立刻加重的！”

“嘁，不弄死他就算不错了，还挑三拣四的？”确认了对方已经毫无反抗能力，冲少羽才松了口气，看了看洞开的武庙大门，迟疑了一瞬。

哀皇后在里面吗？那么……

他想了想，手臂一振，炎龙赤霄如箭一般飞出，瞬间绕着武庙一圈，身体展开，首尾相接，化成一个巨大的圆，将这座血月下的宗庙圈在里面。

“别让里面的任何邪物逃逸出去。”冲少羽开口对炎龙说了一句，又看了一眼外围的玄甲军，往回走下台阶，对穆珏道，“好了，这边的事接下来就交给我们了。不用担心武庙里的哀皇后，我们绝不会让她逃逸出去祸害人间。”

他抬起头，看了看远处的那一道黑气，吩咐：“你们赶紧回穆宅去——那边只怕也出了事，需要你们支援。”

“是！”穆珏一震，立刻领命。

# 第十九章

## 倾诉

丑时三刻，血月西斜，光芒开始减弱。

“我先进去看一眼，”冲少羽处置好了一切，再次看向洞开的武庙，左手握着金箭，“你在外面等着，看好你的小穆。”

已经治疗完玄甲军的夭夭化为一道青光，飞回到初霜的身侧。

“去，”她轻声吩咐，“跟着少羽。”

夭夭应声而去，初霜一抬手腕，太古遗音倏地移到手指下。

“小心一点。”她十指轻触琴弦，看了看洞开的庙门，神色肃穆，“我已经用传灯咒和你结盟，等下无论发生什么事，我在外面都可以跟你共进退。”

“好。”还是第一次面临如此强敌，冲少羽难掩兴奋，摩拳擦掌地对她点点头，举步登上台阶。

人还未进，一拂袖，金箭化成一道流光“唰”地飞出，穿入了武庙洞开的门。接着，他在夭夭的伴随下，随即一步踏入。

同一刹那，金箭已经在武庙里逡巡一圈，“唰”地飞回。

他抬手握住，发现上面并没有沾染到任何邪气，不由得有些意外，举目四顾——这个被穆氏视为圣地的武庙里已然是一片废墟，所有的塑像和灵位都化为齑粉，祭坛破裂，地板陷落。然而，已经没有了方才盘旋其中的那一股浓烈的黑暗。

仿佛是有结界张开，将那一股煞气吸入并抹去，天地骤然清朗。

“哀皇后呢？”冲少羽警惕地四顾，却什么也没看到，不由得诧异，“不是说那个东西在里面？人呢？”

“似乎已经消失了。”初霜随之而入，同时开启洞观之术，审视了一圈武庙，松了一口气，“现在这里的气息很干净……真是奇怪。”

“怎么搞的？居然不在这里了？”冲少羽满怀失望，四处观望，视线忽然在某处停了下来，失声，“快看！这里居然有个棺材！”

“你站着，别动！”初霜一听，立刻变了脸色。

然而冲少羽已经难耐地冲了过去，直接想掀开棺盖。初霜手指迅速捏了一个诀，虚空一划。刹那间，面前凭空出现了一道透明的墙。同时，她右手一收，掌心的传灯咒骤然放光，追上冲少羽，往回一拉。

刚冲到血棺跟前的冲少羽整个人一震，身体不由自主地停顿，额头结结实实地撞上了那一堵凭空出现的墙，他捂住撞得出血的鼻子，瞪着她：“你想弄死我啊？”

“碰不得！”初霜紧紧拉住他，“哀皇后说不定就在棺材里！”

武庙这样庄严肃穆的地方，竟然有一个地底密室，大约一丈见方，里面盛满了暗红色的水，仿佛是微微沸腾的血液。血池的中间，浮出一口棺木，四面符咒贴满，棺盖紧闭，诡异非常。

然而，初霜只看了一眼上面的符咒，立刻松了一口气。

“这个东西不是邪物，而是澜沧国的镇魂棺——上面贴着的是血池大咒，可以消融坠入的一切污浊，”她松开手，走过去仔细审视了一番，道，“看上面的朱砂印，应该出自八十年前的澜沧大宗师独孤文殊之手，三重封印，力量极强……”

顿了顿，她愕然：“咦？居然还有伽蓝佛国的净莲往生大咒？天啊……这、这是南斗六星联手，一起设下的六重封印！”

“南斗联手？”冲少羽也吃了一惊，“璇玑六星一起？”

“对。”初霜看得怔住，半晌点头，“这个血棺，看来是花了很多心思才做出来的，是个了不得的物件——只怕连天下最强的邪魔一入此棺，都能被镇住。”

“是吗？”听说不是邪物，冲少羽反而沮丧，“我来看看。”

话音未落，他不由分说地抬手隔空一推，立刻就将血棺推开——果然，里面没有哀皇后的头颅，也没有尸体，甚至连一丝邪气都没有。

唯一留下的，居然是一顶六龙六凤的皇后冠冕。

“咦？哀皇后的凤冠？”冲少羽将那一顶凤冠凌空捞起，拿在手里看了看，“比天临城里那顶九龙九凤的差一个级别，却也是个好东西，丢了可惜。”

他说着，随手一扯，从上面扯下一颗拇指大的明珠来，在衣襟上比了比：“大小差不多——正好补上我那颗纽扣。”

初霜没料到这个不靠谱的人在这时候来了这么一句，一时无语。

谁知，冲少羽一抬手，竟然将凤冠套在了她头上：“送你了。”

“喂！”初霜吓了一跳，却已经来不及避让，头顶顿时一重。

“还挺合适，”冲少羽看着娇小的她戴上这顶累累垂垂华丽凤冠的样子，忍不住失笑，揶揄，“小细脖子小脸蛋，顶着这么大一个冠，真像是苍蝇套了个绿豆壳似的。”

“……别胡闹！”初霜白了他一眼，赶紧将凤冠摘了下来，嘀咕，“这么不吉利的东西也往我头上套。”

“怎么，你看不上这六龙六凤冠？难不成是等着天临城里的九龙九凤？”冲少羽看着她，哼了一声，“这些年来，爹娘可是没少拼命地撮合我们呢。”

“放心，我不会去天临当皇后的。”初霜看了他一眼，再次郑重声明，“我的梦想是像师父那样一辈子济世救人——能当天医，谁会去当皇后？”

“真的？那太好了！”冲少羽松了一口气，立刻道，“我的梦想是像我娘那样一辈子在万花丛中过，片叶不沾身！才不要让他们安插人在身边管我。”

初霜看看他，神色微微一动，点头：“那我们各取所需吧！”

“好，就这么说定了，不许反悔！”冲少羽心中一块大石头落地，看着她笑了起来，“以后无论我爹娘怎么催婚，你可都要顶住——嘿嘿！”

他笑得得意，初霜不由得摇了摇头。

她将凤冠收入随身的锦囊内，看着血棺内部，将扯远了的话题又收了回来：“这个血池大咒，估计是穆氏掌权者在这里设下的，非常有远见——如果哀皇后进了里面，那此刻她应该已经魂飞魄散，再也不存在于天地间了。”

“难怪四处都找不到！”冲少羽看向那个地底血棺，非常不爽，“居然抢在我之前把那个东西干掉了……可恶！谁干的？”

他顿了顿，又看向外面：“你的小穆？”

“不可能。”初霜摇头，否决了他的猜测，“小穆还没满十八岁，连进武庙的机会都不曾有，又怎么能在这里设下血棺？”

“居然还没满十八岁？果然是‘小’穆。”冲少羽“啧”了一声，“那是谁干的？穆氏当今家主穆衍是个庸碌之辈，不可能有这种远见卓识……老太君？她倒是有点本事，但是官宦人家出身的大小姐，又不懂这些符咒术法。”

初霜想了想，也没有头绪，只道：“这个血棺存在已久，说不定是更早的家主设下的。等师父来了再说这些吧——我先给小穆治伤。”

她扶着昏迷的伤者进来，扫开一张供案，将人放在了上面，同时召唤夭夭过来帮忙。然而那条小蛟一看到穆风铎就下意识地龇起牙，瞳孔收缩，发出了警示声。

“夭夭，这是小穆，你以前认识的呀！”初霜连忙安抚自己的灵蛟，拿出一颗灵丹喂过去，“他受伤了，快来帮忙。”

夭夭吃了灵丹，稍微平静了一些，在主人的催促下不情愿地盘绕起身体，在昏迷的人身上蜿蜒掠过，一路试探，最后停在少年的头部，昂起头，对着眉心那一道血红色的痕迹猛然一吸！

刹那间，一缕黑气从穆风铎的眉心透出。

“黯域？”正在武庙里四处看的冲少羽霍然回头，眼神顿时变了——作为紫微血裔，他自然对这种气息极其敏感。

这是来自极北之地，属于黯域之主的气息！

“小心！”那缕黑气一出现，冲少羽霍然改色，倏地便一箭射出！

“别！”初霜失声，连忙挥手一拂。那道金箭“唰”的一声擦着穆风铎的颈部掠过，擦出一道血痕，差一点就要割断咽喉。

“怎么，你还想救他？”冲少羽收箭在手，凝视着虚空里那一缕黑气，眼神肃穆，“这家伙和哀皇后是一伙儿的，肯定不是什么好东西。”

“如果他不是好东西，刚才也不会在赤霄面前拼死保护我了，”初霜却不肯退让，反驳，“如果他不是好东西，弱水怎么还会认他为主？”

“弱水？”冲少羽这才注意到对方手里紧握的匕首，不由得吃了一惊，“这不是阆风的随身兵器吗？怎么会在他这里？”

“阆风走之前，把弱水送给了他。”初霜简短地说了一句，抬手止住穆风铎颈部的血，“弱水是有灵性的。它此刻依旧认主，说明小穆只是被侵蚀，还没有丧失本心——难道你想趁着他毫无反抗之力，不分青红皂白就把他杀了吗？”

“呃……”冲少羽怔了一下，一时无法回答。

在他们谈话之时，夭夭盘踞在虚空，不停地从穆风铎眉心吸出黑气，然而那些黑气仿佛无边无际，源源不绝。片刻后，夭夭眉心那一点朱红开始发光，似乎有些不舒服，不住地甩着头，嘶嘶地吸气，神情痛苦。

怎么回事？这种渗入的邪气，居然连夭夭都处理不了？

她心里一惊，道：“夭夭，你先休息吧。”

青蛟有些疲倦地松开了穆风铎，倏地消失在她的腰畔锦囊里。初霜接住了当空摔落的穆风铎，探了探他的腕脉和心脉，眉头蹙起又松开。

“怎么伤成这样？”她喃喃，将他身上那件血迹斑斑的白袍脱下，抬手结印，一处处修复着伤痕累累的身体。

那一刻，她的眼神凝固，专心致志，手指上有灵光透出。

成为废墟的圣地武庙里，昏迷的少年被她托在怀里，乌黑的长发凌空垂落，面容苍白、嘴角带血，眉心一道红痕，容貌极美，但身体里却充满了黑暗的气息，伤痕遍布，仿佛是一个随时随地都会碎裂的描红人偶。

“怪不得你急着赶来，原来是因为这里有个小穆？”冲少羽这时候才看清楚穆风铎的模样，“啧”了一声，“是上次来北襄给老太君治病时认识的吗？看来，看多了梦龙阁主的话本果然有用，榆木脑袋竟然也开了窍！”

“什么？”初霜一时没明白这和话本有什么关系。

“你这个小穆，就算放到天临也是罕见的美人，跟南宫比都不逊色。”冲少羽眨眨眼，意味深长，“北方有佳人——难怪你这么惦记着要回北襄，原来是在这里有了个小情人？”

“别胡说，没有的事！”初霜一怔，顿时红了脸，“你这个人，眼里除了皮囊就看不到别的了？小穆他有赤子之心，善良聪慧，天赋惊人，我知道他将来定然能有一番成就。”

“怎么？原来你不是好色，而是惜才？”冲少羽听得有些刺耳，又“啧”了一声，“这么看来你还是没开窍啊……”

虽然口中尽情调侃，但他看着昏迷的少年，手里的金箭指向对方咽喉，眼神里却没有丝毫放松。

“奇怪……他先是中了罕见的毒，然后受到了袭击，身上一共有三十七道剑伤。”初霜判断着入剑的方位和深浅，诧异而痛惜，“对方还刻意避开了要害，不求瞬间杀人，只为增加痛苦，倒像是受刑——是穆氏的修罗剑阵？”

“估计是干了什么坏事，被刑堂抓了呗！”冲少羽脑子转得快，“哼”了一声，迅速推出了结论，“你看他这张脸，天生就是不安分惹祸的——大约是勾搭了不该勾搭的女人，犯了家法，受刑不过，干脆心一横就投靠了哀皇后！”

“胡说！小穆不是这样的人。”初霜怒斥，“百剑穿身之刑处置的都是穷凶极恶之徒，绝不可能是小穆。”

“是是，”冲少羽又“啧”了一声，“你家小穆最好。”

初霜没有精力回应他的阴阳怪气，从怀里拿出药瓶，倒出一颗浅碧色的药丸，小心翼翼地托起穆风铎，喂了进去。

药丸入口，那股寒滞瞬间融解。在被拥住的那一刻，那种熟悉的气息弥漫过来，清新而温暖，如同雪后的晴空。穆风铎猛然一动，神志从无边的暗影深渊里回归，轻轻呼出一口气来，长睫动了一下，缓缓睁开了眼睛——

刹那间，双眸里映入一袭白衫和清澈明亮的双眸，如同白云星辰。

“初、初霜？”穆风铎失声惊呼，猛然坐起，一把抓住了面前的人，声音发抖，有些不敢确定地喃喃，“真的是你？……我、我没做梦吧？”

然而刚一动，他咽喉忽地一寒。

“坐好，别乱动！”出现在面前的是那个御龙而来的高贵少年，金箭抵住咽喉，俯视着他，目光里全是警惕，“给我老实一点。”

“少羽！”初霜回过头瞪了冲少羽一眼，轻柔地回答，“是的，是我。小穆，我跟着师父一起来扶风郡了。”

“初霜……”怀里的人不敢相信地看着她，惊喜交加，宛如梦中，心神剧烈震荡，半晌才哽咽着说出话来，“真的是你？你……你来了！”

“是我。我来了。”她耐心地回答，擦去了他脸上斑驳的血泪，关切地问，“小穆，你这是怎么了？这里出了什么事？”

“我……我……”穆风铎张了张口，无数话涌到喉头，却说不出。

这几年来，他每一天的日子都过得极其简单规律。然而，偏偏这一日一夜里发生的事却是复杂至极——此刻听到她问起，一时竟不知如何才能说清楚。

“你是不是被血月的力量侵蚀了？”初霜凝视着自己指尖上的黑色，又看着他双眉间那一道深入颅脑的红痕，担忧地问，“你今晚为什么会在武庙？刚才那些玄甲军说的到底是不是真的？”

他的心往下一沉，沉默了一瞬，最后只能点点头。

是的，外面那些人说得没错。他确实背叛了穆氏，帮助哀皇后击破了大阵，冲入了武庙，甚至亲手杀死了自己的先祖，中兴之主穆云岐！

什么？看到他点头承认，初霜心下顿时一沉，今夜血月升起，邪气笼罩天地，难道小穆也是被这种阴毒力量侵蚀，迷失了神志，所以才做出了这种事来？

和邪灵为伍，摧毁武庙，残害同族。

无论哪一项，都是死罪。他怎么会……

“得，他自己都认了，你还有什么话说？”冲少羽冷笑了一声，“我就说他是犯了穆氏家法，受刑不过，走投无路，就跑去投靠了哀皇后！没错吧？”

“不！不是这样的！”听到这句话，穆风铎一震，竟然完全不顾金箭正点在自己咽喉上，忽地坐了起来，语气激动，“初霜！我……我没有犯家法，也没有投靠哀皇后！不是这样的……你、你听我说！”

冲少羽愣了一下，在即将刺穿对方之前及时收回了箭。

“好好，你说。”初霜连忙按住穆风铎，“别急，慢慢说……我听着。”

“初霜，你……你知道吗？”他松了口气，抓住她的手腕，身体剧烈地发抖，冲口道，“那些人……他们冤枉我！我听了你的话，把那些人都杀了！”

“什么？”初霜失惊。

“啥？”连旁边的冲少羽都一震，露出好奇的表情——怎么回事？难道这个一贯规规矩矩的小书虫，竟然还教唆杀人了吗？

“我把那些诬陷我、要杀我的人，都杀了！”穆风铎全身战栗地握住她的手，眼里含着泪，语气急促，“我、我没有偷学技艺、偷盗灵器！也没有犯下强暴之罪、禽兽之行！那些人，老太君……刑堂……他们联合起来诬陷我！”

什么？强暴之罪？禽兽之行？

初霜露出震惊之色，显然没想到这种罪名会落在面前的少年身上。

“他们……他们诬陷我！”九死一生归来，穆风铎终于有机会开口辩白，然而只说得几句，心中剧烈起伏，声音发抖，“罗织罪名、不问黑白……非要置我于死地！含血喷人！事情明明不是这样的！”

“老太君和刑堂？”初霜不敢相信，“他们为什么诬陷你？”

“因为那些事都是穆瑀做的！不是我！”说到这里，他眼睛忽地暗了下去，眉心那一道痕迹如血，狂怒地厉喝，“是穆瑀！是他！那个浑蛋……不知廉耻，想要强暴杜皎月……连他拔出的那把闾阳，也是假的！”

此语一出，初霜和冲少羽都怔了一下，面面相觑。

“什么，那把闾阳是假的？”冲少羽脱口，恍然大悟，“我就知道！”

冲少羽顿了顿，疑惑：“难怪老太君要弄死你——但你是怎么发现的？”

“因为我撞见了他非礼杜皎月……我上前阻拦，还用弱水击断了他的剑。”穆风铎的语声极虚弱，神情却激动，“真正的闾阳，怎么可能就这样被轻易击断？又怎么会认一个禽兽为主！是不是？”

“是。”冲少羽点头，好奇，“可杜皎月又是谁？你的小情人？”

“不是！”穆风铎一怔，立刻否认，“她是族兄穆郢的妻子！”

“哦，那穆郢呢？去哪儿了？你为什么替别人的老婆出头？莫非暗恋她？”听到这里，冲少羽越发好奇起来，“那个杜皎月长得是有多美，才会让穆瑀兽性大发，让你冒死相助？”

“没有！”穆风铎一怔，急得声音发颤，“我……我没有暗恋她！”

“小穆天生侠骨，路见不平而已。哪像你，什么事都要往色字头上套！”初霜瞪了打岔的人一眼，把话题拉了回来，“那后来呢？”

“我撞破了这件事，击断了那把假的闾阳……本来以为穆瑀不敢声张，”少年断断续续说着，声音里有压抑不住的愤怒，“结果……结果老太君竟然很快就知道了！他们设了局，买通杜皎月，反过来指证诬陷我——丝毫不给我分辩的机会，就这样给我定了罪！”

“他们生怕我不死，还……还让董嬷嬷给我下了毒。”说到这里，他的声音发抖，“再派了刑堂十二刑吏，在坟场伏击，想用百剑穿身之刑处死我。”

初霜和冲少羽听到这里，明白了大概，不由得交换了一下眼神。

此刻，初霜的手指还搭在少年的腕脉上，感受着心跳起伏、气脉断续，身为天医首徒，她自然也知道他这些话的真假，心中不由得大为震撼。

“初霜，我……我不能就这样不明不白地死了！”穆风铎双眼血红，握紧了手里的匕首，“我答应过你……以后再不能让别人这样欺负了！是不是？”

“是。”初霜慨然点头，“你做得对。”

“那……那就好。”听到她的回答，少年明显松了一口气，“我用弱水，把那些诬陷我、想杀我的人都杀了！杀了白虎堂大护法……杀了十二刑吏……凡是要我死的人，我都让他们先死了！

“可是……哀皇后，我杀不了。她要来武庙复仇……我也拦不住。”

“所以……我击破大阵，带她进了武庙找穆云岐……否则，不等天亮，她就要把这里的所有人都杀光了！”穆风铎看着她，喃喃，“宗庙、灵位、先祖……这些，哪有人命重要。是不是？”

然而，初霜垂下眼帘，嘴角动了动，没有回答。

在天医一门看来，生命自然高于一切。所以，小穆的选择也是她的选择。然而，在玄甲军战士们看来，为荣誉和家族战死是理所当然的事——他们是宁可死一百次，也绝不想看着武庙在眼前被毁！

小穆做出了他的选择，然而，那真的是别人要的吗？

“我……我做错了吗？”没有听到她的回答，穆风铎一怔，刹那间眼里的光芒渐渐熄灭下去，语气战栗，“初霜……我做错了？”

“不，你没错！”冲少羽忽然截口，从旁回答。

初霜微微一怔，看向同来的天临少主。

“武庙这种东西，建起来的初衷就是为了荫庇后人。哪里有反过来，让后人为它牺牲的道理？”冲少羽冷笑了一声，“舍本逐末！”

穆风铎一震，将视线从初霜身上转开，看了看她身边的冲少羽。

此刻，在穆风铎血色的瞳孔里，天地一片昏暗。那个尊贵跋扈的少年站在初霜身边，重瞳明亮、炎龙在握，身上散发出令人无法直视的光芒，如日初升、光芒万丈，足以照彻血月长夜，也刺痛他的眼睛。

天临少主，炎龙血裔。御龙冲氏，君临天下。

在这个世上，竟然……真的有配得上她的人？

“你相信我说的吗？初霜？”那一瞬，穆风铎心中一酸，抬头看着她，哽咽，“那些事……那些事真的不是我做的！是他们冤枉我！”

“相信。”初霜点了点头，“我相信你。”

“我也相信！”冲少羽嗤笑了一声，“什么强暴啊，禽兽之行啊，这些事，穆瑀那家伙绝对干得出来。你的小穆就算了——他还是个童子鸡呢……强暴？嗬！”

两个人都一怔，穆风铎骤然耳尖通红。

“我没说错吧？小穆？”谈话进行到此刻，冲少羽的神情松弛了下来，拿开了压在他心口上的金箭，问，“你叫穆什么？”

穆风铎下意识地回答：“穆风铎。”

“风铎？”冲少羽一怔，大笑起来，“怎么还有叫铃铛的？”

听到对方这样的笑声，穆风铎更是尴尬，垂下眼睛不知道说什么——他的母亲是个婢女，没什么学问，不像他，是炎龙血裔，万王之王。

初霜瞪了冲少羽一眼，这才让冲少羽略微收敛，止住了笑声。

“所以，这就是事情的起因了？”初霜低下头，怜惜地问怀里的人，“可是你中了毒，伤得又这么重，是怎么从刑堂的人手里逃出来的？”

“是哀皇后帮了我。因为我母亲的祖上，其实是楚地巫女一脉。”他没有隐瞒，完全向她坦白了一切，“哀皇后从刑堂手里救了我……在血棺里彻底消弭之前，又把她所有的力量都给了我。”

“什么？”这次初霜和冲少羽齐齐变了脸色。

所以，这就是此刻他身体里涌动着如此浓烈黑暗力量的原因？

“哀皇后为什么要把她的力量给你？”冲少羽蹙眉，问了一连串的问题，“她在那口血棺里消亡了？是你把她弄进去的吗？这口血棺又是怎么来的？”

“血棺……是中兴之主穆云岐设下的。”穆风铎虚弱地开口，尽量简单明了地解释，“他……他一直没有死，只是在武庙蛰伏。他辜负了哀皇后，杀了她们母女……生怕她回来报复，就在这里等了三世……”

“什么？”初霜和冲少羽又是齐齐大吃一惊。

穆云岐和哀皇后是情人？他一直没死？

这一切，听上去简直是匪夷所思。

“是真的……”穆风铎看着初霜，轻声念了一句，“静女其姝，俟我于城隅。爱而不见，搔首踟蹰。”

那张留在《武圣韬略》里的小笺？初霜恍然大悟。

穆风铎握着她的手，将武庙里发生的事讲述了一遍，情绪越发激动，神志却渐渐涣散，语无伦次：“最后，他们两人同归于尽了……和他们的孩子一起。

“那个孩子才六岁……他、他居然杀了她两次！砍下母女两人的头，筑成了京观……三世之后，居然还要她们永世不得超生！他、他怎么做得出来？

“这种人……这种人……不可能是我的曾祖！我也不认！

“那个小骷髅叫着他阿父，哭得撕心裂肺……初霜，我、我不能眼睁睁地看着！我怎么也不能眼睁睁地看着，让他去杀她们第二次！就算他是中兴之主，就算他是为了穆氏，也不能！”

说到这里，少年的声音拔高到了极点，又渐渐衰弱下去，喃喃：“所以……我在武庙里，把他杀掉了——把中兴之主，杀掉了！”

听到这里，初霜和冲少羽又是一惊——他杀了穆云岐？

“厉害啊……小穆！”冲少羽忍不住击节赞叹，“血月之夜，你的祖宗起死回生了，然后，马上又被你杀了？还是在这个武庙里？牛啊！”

初霜赶紧横了他一眼，令他闭了嘴。

穆风铎吃力地问：“初……初霜，我做的，对吗？”

“对！”她眼眶发红，声音也有些颤抖，“你做得对。”

“你……你也这么觉得，对吧？我……我就知道！”穆风铎松了一口气，喃喃，“我答应过哀皇后……冤有头债有主。所以……所以我杀掉了她的小穆……让他们一家从此在地底团聚了。”

他握住她的手，虚弱地喃喃：“初霜，我……我真的尽力了！”

“我知道，”她点头，“你做得很好，小穆。”

“是……是吗？那就好。”听到这句话，穆风铎紧绷的身体忽然放松下来，“我要做的都做完了……就算杀师灭祖，我也不后悔。能见你一面，也瞑目了。”他顿了顿，“你们带我回穆宅……让他们按家规处死我吧。”

“别胡思乱想。”初霜听到他说出这种话来，连忙安抚，“你先养好伤，等明日我师父到了，自然会还你一个是非曲直。”

“帮助邪灵击破大阵，冲击武庙……就是天医来了，也无法替我开脱。”穆风铎摇头，“一人做事一人当，我也不想推卸责任。对不起……我没能完成约定……”

“约定？”冲少羽好奇，“你们之间还有约定？不会私订终身了吧？”

初霜不满地瞪了冲少羽一眼：“少说几句，没人当你是哑巴。”

“怎么？舍不得你的小穆回去送死？”冲少羽看到她护犊子的样子，想了想，“要么，你治好他之后放他跑路吧！我可以当没看见。”

初霜怔了怔：“你想放他走？”

“是啊。不然难道真的把他送回穆宅找死？”冲少羽皱眉，“今晚发生的事，那么多玄甲军都看到了，要瞒过去是不可能了。与其回去被老太君名正言顺地弄死，不如今晚就一走了之——反正如今哀皇后已经消失了，没有什么后患。至于穆氏武庙是不是被扒拉了，穆云岐是不是被曾孙给杀了，我才不关心！”

初霜看着他，愕然：“怎么忽然间就发了善心？”

“因为他是你的小穆嘛，”冲少羽耸耸肩，“爱屋及乌。”

初霜脸红了一下，低叱：“别胡说！”

“因为我有断袖之癖，怜香惜玉，”他再次耸耸肩，“看不得小穆这般的美人，年纪轻轻就这样被恶毒的老太婆给弄死了。”

“正经一点！”初霜哭笑不得。

“好吧。因为我讨厌穆瑀，那个被宠坏了的小恶棍。”冲少羽嗤了一声，终于说了实话，“而且，你看到没？他刚才那一剑竟然逼退了赤霄——穆氏上下三代都没有出过这样的人了，就这样回去被分尸，岂不是太可惜了？”

初霜怔了一下。所以，他也是爱才？

“那……如果离开北襄，又能去哪里？”她认真地想了想，“小穆从小到大都没出过这座穆宅，在外地也没有什么亲友可以投靠……”

“不如去西昆仑？裂玉宫离穆宅千里迢迢，天高皇帝远，修剑道也适合他。”冲少羽脑子转得快，马上提了个建议，“我写信去和凌夏说一声，让他帮个忙收小穆入门，再给他换个新身份。”

初霜摇头：“凌夏性子冷淡，未必愿意理睬你这种人，还是我写吧。”

“我这种人？”冲少羽顿时不悦起来，“哪种人？”

穆风铎虚弱地躺在那里，听着这两人你一言我一语，在一旁说着决定自己命运的话，心中巨浪翻涌，一时间极不是滋味——

为什么每一次初霜出现的时候，自己都要沦落在这样的境地？狼狈绝望，奄奄一息，血污满身，无法保护自己，只能听凭别人摆布。

那一刻，他宁可不要这个天临少主在她面前纡尊降贵地回护自己，他宁可对方将自己押回刑堂审问，百剑穿身而死！

那样好歹也是敢作敢当，不需要仰人鼻息。

“好，那就这样。”初霜拿定了主意，对怀里的穆风铎道，“别怕，小穆——我先替你治好伤，再安排你离开北襄，绝不会让穆宅的那些人再害你。”

“不！”穆风铎一震，立刻道，“我不怕！”

是的，他不怕死，从来都不怕。他怕的是死得不明不白，沉冤难洗，永埋地下。而更怕的，是在她面前这样狼狈羸弱，生死全凭他人一念！

可是，她居然认为他害怕的只是一死而已？

“嗯，我知道你不怕，”初霜却并不知道他心里转过了多少念头，只是抬起手指按住他的灵台穴，轻声叮嘱，“别动，我先替你治伤。”

然而，她手指刚刚一触碰到他的颅脑，还来不及展开咒术，便有一股巨大的黑暗力量从十指注入，如同洪流一样冲来，反向侵蚀了她的神志！

初霜脱口一声惊呼，只是一瞬，眼前就全黑了。

# 第二十章

## 三世而亡

初霜的神魂仿佛被骤然抽离，飘浮在无始无终的虚空，眼前出现了无数的幻象——血月在虚空中升起，有无数的黑气从极北蔓延而来，如同污黑的潮水滚滚冲入关内。有黑影在血月下凝聚成形，盘旋呼啸，在大地上投下阴影，形如巨龙。

天地之间亡灵哭号，凄厉刺耳，如同狂潮涌向她。

她一个踉跄，身体僵住，脸色惨白，双眸忽然空洞变黑。

“初霜！”冲少羽在旁边眼看不对，金箭一挥，“唰”地割断了沾在她指尖的那一缕黑气，一把扶住她，“怎么了？”

刹那间，她颈中的玉扣微微一亮，化解了她眸中的黑气。同一瞬，太古遗音在身侧铮然鸣动，及时发出应和。

那一声琴音，终于将她剧烈震荡的神魂压住。

“这、这是……”初霜回过神来，愕然地看着自己的十指——只是按了一下灵台，指尖便已留下了漆黑的痕迹，仿佛从墨池里蘸过，那种黑气顺着经络迅速侵入，整个手臂都有灼烧般的刺痛。

小穆身体里的这股黯域力量，竟然连她也无法压制！

“初霜！”仿佛感到了自己给她带来的危险，穆风铎全身一震，立刻用尽全力撑起了身体，离开了她的身侧，喃喃，“别……别碰我。”

哀皇后的那一滴遗赠，穿透了他的颅脑，那种诡异而阴毒的力量此刻正在身体内蔓延，和体内原先由炽天筑成的纯阳之气激烈交战，令四肢百骸宛如寸断。

他只是一动，剧痛撕裂了身体，又一口血吐了出来。

“小穆！”初霜连忙扶住了他，“别动。”

她用银针封住他的要穴，试图止住他体内涌动的黑暗力量——然而只是一瞬，扎下去的银针已然全污，暗淡无光，上面蕴藏的灵能全数熄灭。

“别、别管我了……把我交给刑堂吧！或者就在这里杀了我。”穆风铎喃喃，不停地呕血，迅速地虚弱下去，“我……我被黯域力量侵蚀了……别碰我……脏。”

穆风铎恍惚地说着，似乎忽然想起了什么，用尽了最后一丝力气推开她，踉踉跄跄地站起来，朝着那个空着的血棺走过去，喃喃：“对……应该去这里。你们……你们赶紧把我封进去！这样，就、就能干净了……”

他用尽全力撑着身体，走向不远处的血棺，头也不回。

忽然间，耳畔风声一响，眼前顿时一黑。

“你做什么？”初霜吃了一惊，连忙将昏倒的人扶起，抱怨旁边的冲少羽，“出手怎么这么重！”

“怎么重了？他的脑袋不是好好地连在脖子上吗？”冲少羽看着昏倒的人，有些意外，“居然想自己进血棺？你家的小穆，气性可有点大啊。”

“他一直如此。”初霜感慨，“过刚易折。”

“既然你都治不好他，那还是先打晕了带回去吧！”冲少羽皱眉，“回头让我娘来看看——要是她也没办法，到时候我们再把他封进血棺里去好了。”

初霜怔了怔：“带回穆宅？”

“偷偷地带他回去，不让老太君知道。等我娘来了再交给她处理。”冲少羽眉头一挑，忽地冷笑，“放心。穆氏想弄死他可没那么容易！我是天临少主，还带着紫微令——我说的话可比昭文帝还管用！”

听到这样睥睨桀骜的语气，她不由得笑了起来：“又拿鸡毛当令箭！”

“有根鸡毛总比啥也没有强吧？”冲少羽“哼”了一声，将紫微令在指尖转了一圈，看了看外面的天色，“得，白白在这武庙里耽搁了半夜，啥都没找到——差不多卯时了，也不知道穆宅那边情况如何。”

初霜扶起穆风铎，道：“我们过去看看吧。”

离开武庙后，穆珏带领剩下的三百多名玄甲军一路疾驰。这一程不长不短，大约十里路。回到穆宅的时候，已经是寅时三刻。

血月还在天上，却已经西斜，光芒渐渐黯淡。

然而，在这样微弱的月光下，他们却发现了一件令人惊骇的事——

穆宅的大门，在夜里居然是敞开着的！

今天是中秋，原本应该是阖家团聚的日子，宅子里足足有两百多人。但是，从敞开的大门外看进去，整个院子里却黑洞洞的，没有丝毫欢声笑语传出来，仿佛里面所有的人都忽然间消失了。

“不好！”

玄甲军战士个个心知不妙，惦记家人，跳下马背立刻便要持刀冲进去，却被穆珏阻拦：“小心一点！里面有异，结了阵再进去。”

玄甲军战士纪律严明，立刻停住，接受了指令。每二十人一队，在穆珏的指挥下相互掩护、分批进去，留下约六十人在门外接应。

然而，那些人一进门便陷入了一片浓墨之中。

整个穆宅里寂静无声，连灯火都熄灭了，到处弥漫着一股黑气，四下里伸手不见五指，不但头顶的血月之光完全被遮蔽，甚至连三尺外的其他玄甲军的影子完全看不到了，只有一股浓重的血腥味弥漫，令人心惊。

“点起火折子。”穆珏心头一凛，吩咐下去，“每五人簇拥一火照明，从前院进到后堂。中间不得分散，不得停留，遇袭立刻反击。”

“是。”玄甲军立刻照办。

很快，就有一簇簇的火光燃起，照亮了方圆一丈。

奇怪的是，火光下，整个宅子里还是空空荡荡，没有丝毫人声，也没有一个人影，似乎在这阖家欢聚的时候所有人都凭空消失了。

“有人吗？”当先的队伍摸索着，一步步抵达了前院的垂花门，刀剑出鞘，一路戒备，大声呼唤，“人呢？都去哪里了？”

这里原本是耳房，应该有小厮值夜，以备主人传唤。然而此刻，任凭他们闯入大呼，却没有一个人回答，整片都黑沉沉的。

“啊！”上台阶时，一个玄甲军战士绊了一跤，摸到了一手湿漉漉的东西，等看清楚了，忍不住失声惊呼。

血！摸到手上的，竟然是半凝固的血！

火折子闪过的地方，横躺着一具尸体，依稀是耳房小厮的打扮。然而，血从断颈里流出，人却已经没有了头颅。

“有尸体！”那名战士失声，“这里有尸体！”

很快，黑雾里四处都传来了同样的惊呼：“这里也有！”

此起彼伏的惊呼声里，火光照亮了四个角落。中秋的血月之下，整个穆宅里满地都是尸体。那些尸体有主子，有仆人，有姓穆的，有外人，个个都被割去了头颅，断颈处的血如同汩汩流出的泉水，向着同一个方向流淌。

——那是老太君所在的长房后院，穆氏最高的一处楼阁。

“大家……大家切勿惊慌！”穆珏心里也是一惊，然而毕竟是首领，压住了内心的恐惧，提高声音，“保持队形！不要慌乱！”

他想指挥队伍继续向后院移动，去老太君那里看看究竟发生了什么。然而玄甲军战士已经出现了动摇，有些人惊呼，有些人驻足不前，有些人扑了出去，抱起地上的尸体辨认，痛哭失声。

“不要擅自离队！”穆珏怒斥，试图约束手下。

然而就在那一刻，一阵风吹过，所有的火折子居然在同一瞬间熄灭了！

“居然又来了一批穆氏的人？”黑暗里，有一个声音幽幽道，带着令人战栗的寒意和黑暗气息，轻笑，“太好了……”

血月之下，一名身穿灰袍的苍老女子站在穆宅最高的屋脊上，手里持着一支短笛，俯视着这座流满了鲜血的宅院，深陷的双目寒光闪烁，白发无风自动，宛如无数白色的蛇在蜿蜒，在月下向着四处散开。

“楚地巫女？”穆珏认出了法袍，却没有及时想起这个人是谁。

毕竟，史书上对于巫女缟衣的记载只有寥寥几句，三世之后的人根本不能在这种时刻骤然想起，明白因果关系。

于是，他们错过了最后一次离开的机会。

“真是及时，来了这么多姓穆的？”巫女缟衣看到冲入穆宅里的玄甲军，发出一声长笑，“新的京观造到了一半，这下就齐全了！”

随着那个笑声，又一阵阴风卷过，穆宅的四门同时关闭！

血月下，笛声幽幽呜咽了一声。刹那间，无数影子从黑暗的深处浮凸出来，蠕蠕而动，如同兽类逼近，围住了这一行后来者。

黑雾里骤然发出了连续的惨叫，凄厉恐惧，响彻大宅内外。

门外留守的那些玄甲军战士看到大门自动关闭，里面惨叫四起，知道事情不对，立刻拔刀冲过去，想要破门而入。然而，刚一接近，门缝里骤然探出了黑色的雾气，一缕一缕，如同无数蛇类扑出，“唰”地缠住了那些人，将他们拖了进去！

因为带着昏迷中的伤员，无法御龙而行，冲少羽和初霜赶到穆宅已经是卯时一刻。血月西斜，天际隐约透出一丝鱼肚白。远远望去，笼罩在穆宅上空的那一道黑气已经不如之前浓烈，似乎邪祟的力量得到了控制。

然而，两人刚一驰近，就闻到了一股浓重的血腥味。

黎明前的夜色里，穆宅四门紧闭，门口横七竖八地倒着尸体，每一个都没有头颅，倒下的方向冲着门内——那些从断颈处流出来的血如同蜿蜒的蛇，一条条地朝着门内爬行而去。

冲少羽和初霜对视一眼，双双变色。

看这些尸体的装束，居然是片刻前刚刚离开武庙的玄甲军！

“不能带小穆进去。”初霜用指尖在穆风铎手心划过，留下一个传灯咒。冲少羽挥手一拂，金箭呼啸旋绕一圈，布下一个防御结界，将伤者护在中间。

“走。”冲少羽对初霜点点头，两个人便一起冲向穆宅。

半路上，冲少羽一振手臂，炎龙呼啸而出，携着赤炎扑向黑暗，轰然撞开了封闭的大门——那一瞬，穆宅上空震了一下！

那一道黑气被搅动，开始盘旋，如同旋涡流动。

仿佛感受到了极大的煞气，赤霄在腾出虚空的时候便幻化身形，调整到了最高的“战于野”级别，对着穆宅最深处发出一声怒吼，吐出烈焰，疾冲而去——炎龙吐出的红莲赤炎烈烈燃起，顿时将黑暗的宅院映照得一片通明。

那一刹那看到的情景，让两个人齐齐震住。

穆宅里灯火全灭，寂静无声，到处都是一团团浓黑的雾气。雾气里有无数影影绰绰的东西正在蠕动，一堆堆地在地上聚集。当大门被撞开，赤霄冲入的瞬间，那些黑雾骤然散开了，仿佛被惊扰似的向着最深处缩回。

当黑雾散去后，他们看到了地面上无数的尸体——都是穆氏的族人，每一具都没有了头，断颈里的血也被吸食干净。

什么？两人对视一眼，神色均极为震惊。

血月升起之夜，三世之约结束，武庙坍塌毁灭，哀皇后和中兴之主一起消逝于血棺——可是，与此同时，居然还有其他力量袭击了穆宅？

“这里有埋伏！”冲少羽看着黑暗深处，“小心。”

“嗯。”初霜双手交错在胸口结印，开启洞观之术。

目之所及，居然都是浓到化不开的黑色煞气，来自极北，笼罩了整个穆宅——那种极厉害的阴寒邪气，一缕一缕飘舞，在血月的照耀下凝聚。

“这……这是黯域的力量！”初霜脱口而出。

黑暗里，一个声音忽地冷笑：“咦……又来人了？”

谁？两人一惊，同时抬头，循着声音看过去。

在血月之下，有一位穿着灰袍的巫女冉冉现形，被无数黑影簇拥着，站在屋脊上俯视着闯入的来人，对着夜空举起了手中的短笛，忽地吹了一声——随着那个声音，天际欲坠的血月忽然亮了一下！

“巫女祭月！小心！”初霜学识广博，一眼便认出了来人的身份来历，不由得惊呼，手指一动，肩头的太古遗音飞速跃出，盘旋着到了指尖。

铮然的琴声里，一道透明的结界如同伞般迅速扩大，竟然在一眨眼间覆盖了整个穆宅。同一瞬间，血月凝聚而成的一道闪电从天而落，又被瞬间拦截，化为黑色的灰烬，簌簌落在了结界上，让整个穆宅都震了一震！

一切发生得极其迅速，冲少羽甚至还没来得及动用紫微令。

“太古遗音？”灰袍巫女一怔，失声，“天医门下？”

灰袍巫女的眼神变了变，忽地笑了：“这两位，还真是贵客呢。”

“灰袍巫女？”初霜凝视着残月下那个剪影，前朝旧事清晰浮现心头，脱口而出，“你是缟衣！你……你居然还活着？”

这个人，若是活到现在，岂不是足足有一百岁了？

“不，我早就死了，是黯域之主又让我活了……”灰袍巫女发出了一声笑，再次对天举起了双手，厉声，“感谢黯主魇魔，让血月在今夜升起，让穆氏三世而亡！哈哈哈……皇后！我实现了对您的诺言！”

黯主魇魔！冲少羽和初霜一震，齐齐失色。

三百年前，由紫微帝星冲默炎带领十三将星血战多年，才合力封印入地底的黯域之主魇魔，竟然从极北归墟回来了？

眼前这个巫女缟衣，为了替哀皇后报仇，竟然做出了这种事！

“好，”冲少羽眼神一沉，一道金光旋绕指尖，手指一挥，紫微令化为闪电直刺黑夜，“既然你早就死了，那今晚就再死一次吧！”

然而，血月下那一袭灰袍却忽然消失了。

“哈哈哈……紫微后裔，果然有一手。”巫女缟衣闪开了这一箭，声音虚无缥缈，“但是想让我再死一次，却是不够！”

巫女再次抬起手中的短笛，急速一吹，整个穆宅仿佛被看不见的巨手搅动，无数浓重的黑气从各处院落腾起，呼啸着扑了过来！

“怨气凝结！小心！”初霜脱口，神色凝重，急速拂弦。

初霜右手飞速拨动，几近无影。左手移动徽位，琴声转调，从夷则转为无射，每弹一声都凝聚出一片灿烂光华，一声声叠加，顿时有一片白色光芒如同波涛汹涌而出，迎着那一波浓厚的黑雾对冲了过去！

一瞬间，两股巨大的力量迎面对撞，化为千堆雪，刹那消弭不见。

“厉害！”冲少羽赞叹了一声，也不多说，点足飞身而上，金色的箭在手中飞速旋转，瞬间竟然化为无形。

“破！”他厉叱一声，双指一并一扬。

刹那间，千百道金光从他手里飞射而出，如同旭日骤然盛放光芒，叠在初霜弹奏出的那片光华之上，射向了四处涌来的黑雾！

血月下，只听一声刺耳的裂帛声，那片汹涌而来的黑雾骤然碎裂！

金箭化为千百道光，刺穿了那些黑雾，将那些影影绰绰的人形全部粉碎。雾气里有惨叫的声音，竟然像是活人濒死时发出的。

“受死吧！”冲少羽跟着那一箭飞出，竟要把对方立时格毙。

“少羽！小心！”初霜没料到他一击后不返回，居然就直接冲了出去，失声惊呼，手指拼弦，立刻从无射律回归仲吕正调，将防御力量从成片推进改为单线深入，紧紧跟随着那个跃起的身形，寸步不离。

这一刻，她弹奏的是《风雷引》。

无数风雷从天而落，如流星霹雳划过，一道一道照亮漆黑的穆宅。

一路上，那些黑雾如同惊涛骇浪涌起，不停地扑向冲少羽，然而他手心的传灯咒持续地发出光芒，将天医力量隔空传递过来，配合着太古遗音的旋律，让他身上仿佛笼罩着一层看不见的盔甲，所有扑来的黑雾不等触及便自动溃散。

冲少羽一掠而至，手指并起，金箭从百归一，“唰”地回到了手里。

“去死！”他盯着那个巫女，扬手便是一箭！

巫女缟衣竖起短笛格挡，只听“叮”的一声，黑笛应声碎裂，金箭穿心而过！灰袍破碎，整个人在月下刹那化成了千百片——

然而，只是消失了一瞬，巫女缟衣又在血月下重新凝聚，宛如雾气。

竟然和武庙里的哀皇后一模一样！

“哈哈哈……愚蠢！”巫女缟衣脸色有些苍白，似是受了伤，却指向头顶的血月，放声大笑，“你们难道不知道，在血月的照耀下，我是永远不会死的吗？哪怕杀我一百一千次，黯域之主都会让我复活！”

“杀不死？”冲少羽怔住，看向初霜，“这要怎么打？”

“血月马上就要落下了，”初霜看看东方，低声，“日出在即。”

“那你替我拖住她！”冲少羽眼睛亮了一下，“我来！”

初霜点点头，手指重新按住琴弦，弹出一声，凭空筑起了一道道无形的墙，瞬间就将那个灰袍巫女困在了中心。

然而，就在这一瞬，方才冲入穆宅深处搅动风云的炎龙，忽然在黑气的深处发出一声厉啸！

“赤霄！”冲少羽和炎龙心灵相通，立刻感知到对方是遇到了极其强大的敌人，顾不得再去对付巫女缟衣，向着声音来处疾冲而去，“怎么了？”

手指一转，紫微令化为金光，再度呼啸着飞出。

当金箭全力出击，刺入黑暗深处的瞬间，仿佛击中了什么无形的结界，发出了一声轰然巨响。接着，一道黑气从穆宅最深处腾起，竟然直冲上了血月！

血月下，影影绰绰地凝聚出了巨大的影子。

那竟然是一条黑色的龙，脖中带血，正在和赤霄缠斗不休！

“天啊……这、这是……”初霜仰头看着这一幕，手指顿在了七弦上，不可思议地脱口而出，“烛龙？”

是的——这是烛龙瞑夜！

黯域魇魔的守护者，在归墟大战时被紫微帝君斩杀，封于地底。

三百年后，这个东西，竟然出现在了穆宅上空！

“三百年后，以穆氏之血，重炼烛龙成形！”巫女缟衣手持短笛，凝视着腾起的烛龙，放声大笑，“血月即将落下，黯域之主已经回到了这个世间！你们，做好迎接永夜降临的准备了吗？”

大笑声中，她袍袖一拂，横过短笛吹了一声。

随着那一声号令，无数的黑气再度涌起，如同怒潮一样向着她奔涌而来，一瞬将灰袍巫女推上了烛龙的背部，向着穆宅外飞速退去。

“京观已经完成，不缺你们两个。

“改日再见吧……紫微和天医的后人！”

# 第二十一章

## 筑京观

黎明前的天色是最黑的，只有隐约一丝鱼肚白。穆宅空空荡荡，寂静如死，只有风铎在深秋的寒风中摇响，丁零当啷，竟然显得分外刺耳。

初霜和冲少羽站在大宅最深处，已经有半晌说不出话来。

这个宽敞的内院，原本是穆氏当家祖母、老太君文怀瑾的日常起居之处，穆氏一切决策均从此而出。几年前，初霜来到北襄给老太君看病的时候，也曾在这里住过不短的时间，对这里的一草一木都熟悉。

然而此刻，这个熟悉的内院，赫然变成了地狱！

仿佛被一种看不见的力量吸引，所有的血从断口中蜿蜒而出，穿过重门，最后都汇聚到了此处，将整个三丈见方的内院都变成了一个血池！

上千人的血汇在一起，足足有一指厚，腥味刺鼻。

而血池里，赫然便是地狱变相！

空空的庭院里，拔地筑起了一座高台，由一个个人头砌成，层层叠叠。人头都是新斩下的，脸上还凝聚着临死前的恐惧、震惊和愤怒，表情狰狞。断颈上的残血尚在不停滴下，滴落在血池里，发出钝而迟缓的嘀嗒声，如同密雨。

初霜在那种声音里僵住，只觉得全身发冷，无法动弹，甚至连呼吸都停滞了。旁边的冲少羽伸过手来，握住她冰冷发抖的手腕，硬生生地将她拖到了自己身侧。

“居然……在穆宅，筑了京观？”冲少羽看着那座高台，重瞳里也露出了震惊之色，喃喃，“血月升起……哀皇后的复仇，终究还是完成了！”

听到这句话，初霜猛然颤了一下——是的，筑京观！

三世之后，穆宅里，居然筑出了和古槐林里一模一样的人头京观！

“三世而亡，一个不剩。”冲少羽喃喃，“还真狠啊！”

顺着他的话语，她看向了京观的顶部，忽然无法控制地惊呼出声。

这个京观，明显是严格按照穆氏族谱的顺序筑出来的——在四面分列了不同的四房，而每一房又按照辈分和尊卑，从下往上砌起，最底下是最年少最卑微的子辈，逐渐往上便是父母叔伯、祖父祖母……足足上千人。

而最上面，赫然摆着一排熟悉的人头。

“老太君！”一眼看去，初霜失声惊呼，脸色苍白，全身剧烈地发抖——是的，那列人头，竟然是老太君文怀瑾，以及家主穆衍、嫡孙穆瑀！

三世祖孙，就这样被斩下头颅，并列排在最高处！

如同战利品陈列在血月下，一个一个排好，向着黑夜展示血淋淋的一幕，昭示着武圣穆氏一族今日全灭的下场。

“我们还是晚了一步。”冲少羽眼里掠过平日少见的锋锐，拉住了身边的人，“头都被砍下来了，你也救不了——先出去，等我娘来了再说。”

他几乎是扣住初霜的手腕，硬生生将她从这个内院里拖了出来。初霜脸色惨白，全身战栗，神情恍惚，几乎是被他挟在肋下带出来的。

然而刚一出来，他们便听到了黎明前的风里传来一声奇怪的呜咽。

“不好！”他们两人几乎同时想起来什么，失声，“小穆？”

黎明之前的天色，浓墨里透出隐隐的靛蓝。穆宅外面也是空空荡荡，只有几十具无头的尸体倒在四门之外，断口中没有一滴血。

在满地惨死的穆氏子弟之外，还有一个活着的人。

在武庙里昏迷的穆风铎已经苏醒过来，白衣血迹斑斑，正在挣扎着，试图走出冲少羽设下的那一道结界——结界外面是一个披头散发的厉鬼，正围绕着那一道看不见的屏障飞旋，呜呜而鸣，想要破壁而入。

“小穆！”初霜失声，手指一捏成诀，“小心！”

刹那间，传灯咒在手心亮起，连结了彼此。她将手往里一收，远处的穆风铎整个人倏地被一股力量拉住，在走出结界之前踉跄地停了下来。

“破！”与此同时，冲少羽手一扬。

只是一眨眼，金箭便刺穿了那个厉鬼。那个东西发出尖厉的惨呼，顿时四分五裂，化为一道道黑气，向四方散逸开来。

“不！”穆风铎却失声，“阿娘……阿娘！”

什么？初霜和冲少羽吃了一惊。

转瞬，那个被击溃的怨灵重新凝聚，受了重伤之后居然没有逃逸，反而再次向着结界飘了过去，呜咽着，围绕着看不见的屏障一圈圈飞舞，声音凄厉：“铎儿……铎儿！我的孩子……”

“哦，怪不得所有的恶灵都跟着巫女跑了，唯独这个没有。”冲少羽明白过来，喃喃，“原来是舍不得自己儿子？”

那个怨灵凄厉地喊着什么，从虚空里伸出手，想要触摸面前的少年。然而手在触及结界的刹那被猛烈灼伤，发出了惨叫，却依旧不肯离开，只是一圈圈地飞舞着，环绕着看不见的屏障，化成了浓厚的黑气。

“把结界撤了吧，”初霜看着这一幕，“让他们母子相处一会儿。”

“不成。小穆的这个娘看上去已经沦为恶灵了。”冲少羽摇头拒绝，“只怕今晚穆宅灭门也有她出的一份力——不能留。”

“是不能留，”初霜轻声道，“但总能让他们见个面吧。”

她顿了顿：“你也有母亲，是不是？”

“本来是有的，”冲少羽一怔，“哼”了一声，“被你抢了。”

说话之间，冲少羽手一挥，金箭呼啸而出，反向绕着原来设下的结界逆行一圈，刹那就把看不见的屏障消除。

那一瞬，那个怨灵穿越了结界，扑上去抱住了儿子，开始无法控制地哭泣，泪水不停地滑落，在虚空中消失。

初霜看得黯然神伤，露出不忍之色。

然而冲少羽却毫无所动，只是好奇：“鬼哭原来是这样的声音？”

“阿娘……是你吗？”晨曦中，重伤的少年抬起头，怔怔地看着虚空中熟悉的脸，一时间竟然不知道自己是不是在梦境里——那么多年来，他梦到了阿娘无数次，却从未像这一刻清晰、真实。甚至，他还能感觉到泪水的温度。

穆风铎有些恍惚地喃喃：“阿娘，你……你真的回来看我了吗？还是……还是我快要死了？”

“孩子，我一直都在你身边……就在那个风铎里。”九儿的怨灵哽咽，“是阿娘无能……这些年，我眼睁睁地看着你受苦，却什么也做不了！我好恨……好恨啊！穆宅里那些畜生，居然这么对待我的铎儿！

“跟我走吧，孩子……这一次，我们再也不会分离了。”

他神志恍惚，开口问：“去……去哪里？”

“东陆桃源谷……你忘了吗？”怨灵的声音温柔，化为一缕一缕的黑气，围绕着垂死的少年，渐渐遮蔽了他的眼睛，“阿娘要走了……这回，我带你一起去那里安家……就像以前说过的那样，好不好？”

“好。”他沉浸于和母亲重逢的喜悦中，嘴角露出不可抑制的笑，如梦如幻，不知道自己正在被黑气覆盖，眉心那一道红痕几乎要滴出血来。

“这个娘！”冲少羽看到这景象，大惊，“她想勾他的魂？”

冲少羽手一动，金箭重新在指尖凝聚，便要将这个怨灵摧毁。

“别，让我来处理。”初霜连忙拦住他，抬手一召，太古遗音到了腕下，手指轻动，便奏起了新的一曲——那是《明净心咒》，专门用来净化怨气。

琴音如同流水席卷而来，九儿的魂魄在虚空中猛然顿住，仿佛被看不见的封条缠绕，挣扎不得。在淙淙的琴声里，恶灵渐渐褪去了身上那层黑气，逐步显露出昔日的模样来——那是一个二十五六岁的女子，乌发如瀑，眉眼盈盈，容色照人。

“果然是个美人。”冲少羽啧啧，点评，“小穆像娘。”

“铎儿……”九儿的怨灵渐渐恢复了生前的模样，神情痛惜而慈爱，再也没有片刻前要拉他一起下地狱的煞气，她抱住自己伤痕累累的孩子，哽咽，“你长大了……能回来再见你一面，阿娘太高兴了……什么都值得了。”

是的，什么都值得了。

能从地狱里返回人世，再见到孩子一面，能看到他平安度过大劫，哪怕是犯下大罪，死后永沉地狱不得超生，也都值得了！

朝阳正在升起，日光穿透，让她变成了一道稀薄的剪影。

“请你保护他。”朝阳里，九儿的怨灵看着不远处的白衫少女，哽咽着，恳求，“这些年来，我把一切都看在了眼里——你是这个世上待他最好的人……也是他心底最爱的人。未来的路很长很难……请一路保护他。

“不要让他心里的光灭了……变成我这样的人。”

初霜的手在弦上，凝视着消逝中的亡灵，无声地点了点头。

那一瞬，濒临消失的怨灵露出了欣慰的笑意：“……谢谢你。”

日光从东方的天际透出，刺穿了这个只能在血月下存在一夜的亡灵。那一刻，九儿的怨灵如同雾气一样开始飞速消散，变得稀薄而缥缈。

“阿娘！”神志恍惚之中，穆风铎伸出手，却怎么也抓不住眼前的人，失声道，“你要去哪里？带我一起去……带我一起去！别丢下我一个人！”

“乖，阿娘要去一直想去的桃源谷了。”亡灵的手恋恋不舍地拂过儿子的面颊，轻声耳语，“铎儿，你的路还很长呢……你要走完你的路，我们才能在桃源谷里重新相聚……到时候……到时候……”

她的声音如同风一样消逝在黎明中，再无丝毫痕迹。

“阿娘！”他在恍惚中拼命伸出手，却什么也抓不到。

只有日光刺入目中，将一切化成一片空白。

穆风铎醒过来的时候，已经不知道过了多久。

他睁开眼，恍惚间竟然回到了熟悉的房间里——怎么回事？他……是做了一个梦吗？噩梦中醒来后，还是在熟悉的院子，熟悉的房里？

穆风铎的神志有一瞬的紊乱，一时间记不清到底发生过什么。

是的，他在中秋节那天早上梳洗完毕，吃完了董嬷嬷端上来的早膳，离开了这个院子，去给阿娘上坟。那个早晨看上去是如此平常，和往日毫无二致——除了董嬷嬷最后看向自己的那一眼，似乎隐含哀伤。

然而接下来，就是坟场猝不及防的袭击，就是罗织罪名的诬陷，就是修罗剑阵的绞杀，以及百剑穿身的酷刑！

他的人生在那一天骤然转折，被打入最黑暗的谷底。

生死关头，哀皇后在血月下出现，救了他。

然后，他夷平了武庙，弑师灭祖，三代恩怨灭于血池之中。

一切转变得太快，让在深宅大院里成长了十几年的少年措手不及。他根本来不及多想，只能凭着本能和本心做出反应：拼命反击、挣扎求生，一路血战前行，在千钧一发之际，做出了永不能回头的抉择。

在血月下，他见到了初霜，宛如梦幻。

最后，他甚至见到了死去多年的母亲。

…………

这样纷繁复杂的梦境，一重接着一重，漫长得仿佛没有尽头，令他筋疲力尽。在醒来的恍惚间，他仿佛经历了三生三世。

今天到底是什么日子？是不是还是八月十五中秋节的清晨？他是不是还没有起床，还没有去过坟地祭扫，只是做了个噩梦而已？可是……

他下意识地去摸枕头下，却摸了个空。

弱水呢？那一瞬，他从恍惚中惊醒，遍体寒意。

外面日头已经升得很高了，房间里没人，董嬷嬷没有像平日那样叫他去吃早饭。透过半开的窗子，廊下的那串古旧风铎还挂在那里，喑哑无声。

然而，风铎下却坐着一个英俊少年，剑眉星目，气度不凡，紫金冠，龙纹黑袍，正在小院的日光下执着酒杯，百无聊赖地翻着面前的几本书。

这个人……是？他一惊，下意识地坐起。

然而刚一动，剧痛同时袭来，如同千万支针刺入四肢百骸。他这才发现身上已经换了干净的里衣，大大小小的伤口都细心处理过，妥善地敷好了药。

“哎，一醒来就乱动。”那个少年听到了他的闷哼，抬起头来看了一眼，“都死去活来好几次了，还要折腾？”

他看清楚了对方，心里一凛，瞬间将发生过的一切清晰地记了起来——是的，这个人，就是血月下和初霜一起御龙而来的冲少羽！

紫微帝君和天医空莲的儿子，天潢贵胄，万王之王，也是初霜的青梅竹马，甚至定了亲的未婚夫。

他在这里？初霜呢……初霜在哪里？

穆风铎吃力地撑起身体，四顾。整个房间没有人，外面的庭院也没有初霜的影子——然而她的气息还存留在身侧，萦绕着，清新而温暖，如同雪后的晴空。

片刻之前，她应该就在这里。

“哟，一醒来就四处找你的小神仙姐姐？”看到他这一瞬间的表情转变，冲少羽不由得乐了，“还真像一只刚睁开眼的小狗。”

穆风铎脸上一红，不知道说什么好，只能不接这句话。

“怎么又脸红了？像小姑娘似的。”冲少羽“啧”了一声，“如果不是看过你一剑逼退赤霄的样子，我还真以为你这般容貌，是南风馆里那些楚楚可怜的小相公呢！”

“……胡说！”穆风铎愤然作色，双眸一暗。

对方语言轻薄，态度无礼，竟将他和那些优伶妓子相提并论！

“这么开不起玩笑？”冲少羽摇头，不再继续逗他，指指屋里桌子上的一盏药，“你昏过去两天一夜了。初霜出去忙了，给你留了药，让你醒来喝。”

两天一夜？已经这么久了吗？他低下头，看了看自己身上，发现除了那些深入体内的贯穿伤，其余的伤口居然都已经结痂，只留下了淡淡的红痕，显然是被极高明的医术催化愈合。他努力地回忆，想记起自己在昏迷中有没有听到过琴声，然而一切都终止在阿娘影子消散的瞬间。

阿娘……他下意识地抬起头，看向廊下。

明丽的日光如瀑布落下，照射在那串古旧的铜铎上，风钟摇曳，响板低垂，在微风里无声旋转，看上去和普通的风铎没有任何区别。

“放心，”冲少羽顺着他的目光看过去，道，“这个东西有问题，初霜已经处理过，现在彻底干净了，没有邪祟附在其上。”

是吗？他将视线移开，没有说什么，踉踉跄跄地走下地来，撑着一口气摸到了桌子边上，拿起初霜留下的那一盏药喝了下去。

药性猛烈，如同极苦的酒，一路烧入肺腑。

他不由得剧烈咳嗽起来，抬起头，正好和铜镜里的自己打了个照面，不由得大吃一惊——只不过是几天而已，镜子里的少年仿佛换了个人，面容苍白，唇无血色，眼窝深陷，整个人形销骨立，如同一缕地狱回魂的幽灵。

眉心赫然有一道血印，透骨而入，诡异邪魅。

他骤然一惊，全身发冷，这……这个东西，是哀皇后留给他的！宛如那一场噩梦里留下的烙印，带着他曾经被侵蚀、被污染的记忆，怎么也无法摆脱。

不，不……不能留下这个！他抬起手用力地刮擦，几乎蹭破了皮肤，却怎么也无法让那一道血痕消失，不由得越发烦躁，双眸深处几乎涌出血色来。

如果弱水还在手边，他大概就要一刀剜下去。

“哎，别弄了！”看到他这种近乎疯狂的举止，冲少羽开口劝阻，“初霜折腾了一夜都没找出方法来，你就别白费力气了——等回头让我娘来看看。”

穆风铎怔了一下，停住了手：“天医……她也来穆宅了？”

那么，等她和老太君碰了面，会说什么？又会怎么处置自己？

“哦！对了，你一直昏迷，到现在还不知道吧？”冲少羽挠了挠头，大大咧咧地道，“就在血月升起的那天晚上，穆氏满门都死光了——”

“什么？”穆风铎脸色大变，失声，“死……死光了？”

刹那间，他记起了自己失去神志前看到的诡异景象——黎明前的黑夜里，穆氏大宅四门洞开，门口倒着无头的尸体，血液蜿蜒流入门里，整个宅子里涌动着极其浓烈的煞气，在血月下形成了呼啸的黑色旋涡。

昏迷的恍惚之中，他看到巫女站在黑潮上吹着笛子，指挥着无数的亡灵撤离，也看到穆宅成为血池，巨大的暗影在其上凝聚，于血月之下化为一条黑色的巨龙！

那一幕，如同极美也极诡异的噩梦。

原来……这恍惚中看到的一切，竟然是真的！

“满门……都死了？”他喃喃。

血月升起之夜，穆氏，真的如同诅咒的那样灭亡了？

“是啊，说三世就是三世，说死全家就是死全家——那个哀皇后还真是厉害！”冲少羽啧啧，摇头，“唉……果然不能随便得罪女人。”

“不可能！宅里那么多人，难道全、全死了？”穆风铎震惊不已，失声，“玄甲军呢？刑堂长老们呢？老太君他们呢？”

“自然也是全部、一起、都死了！”冲少羽有些不耐烦，摇摇头，“包括老太君和她的宝贝儿子、宝贝孙子，三代人整整齐齐被砍下头，筑成了京观！”

什么？他如遭重击，脸色煞白，一时间几乎站不住。

“这下好了，整个穆宅只剩下你一个。”冲少羽摊开手，耸耸肩，“从上到下一扫而空，彻底没人来找你麻烦了——惊不惊喜？意不意外？”

穆风铎站在那里，身体剧烈地发抖，一时失语。

什么？穆氏满门，居然在宅里被筑了京观？赫赫百年世家，堂堂武圣血裔，竟然在血月之夜被一夕灭门，几百子孙全部斩首，头颅堆垒筑京观！

“真是鸡犬不留……连那些从武庙撤退回来的玄甲军都死得一个不剩。”冲少羽有些遗憾，“早知道这样，我还不如让他们留在原地呢！好歹还能保住一条命。”

穆风铎说不出话来，心神剧烈震荡，身体不停地发抖。

全……全部死了吗？包括那些驻扎武庙的玄甲军？他原本以为自己已经在

武庙阻止了哀皇后，就可以避免后面的惨祸，至少可以保住剩下的一半人马——却没料到，灭门之灾还是在血月之夜如期降临！

那么说来，他所做的一切努力，都毫无意义了吗？

冲少羽摇摇头，啧啧叹息："我娘昨天中午才赶到这里，看到这一幕伤心得不得了。但又能怎样？天医虽然厉害，也没有起死回生的本事啊。"

"我……我要去看看。"穆风铎喃喃，撑起身体想要往外走。

"哎，别乱走。"冲少羽指了指门口，正色警告，"我娘说过，在你体内的黯域邪气没有清除之前，不许离开这个院子——如果不是初霜替你担保，她恐怕都要把你绑起来了。"

什么？他怔了怔，停住身。

"喏，我娘还让我收缴了你的武器，"冲少羽从怀里拿出一物，放在桌子上，"生怕你一醒来就会乱来。"

穆风铎愣了一下，发现那正是自己到处找不到的弱水。

"放心，我娘只是被老太君满门的死给震住了，平日她待人可不是这样的。"冲少羽看着他的样子，罕见地安慰了一句，"我和初霜对过口供，在我娘面前替你把事情都圆回来了——滴水不漏，包你没事！"

"什么？"穆风铎有些愕然，"口……口供？"

"哈？脑子没被打坏吧？你忘了血月之夜自己干过些什么了吗？"冲少羽瞪了他一眼，"你这个家伙，居然帮着哀皇后杀掉了中兴之主穆云岐！在穆氏武庙内杀了自己的祖宗！这种欺师灭祖的事，能说出去吗？"

穆风铎怔了一下，脸色苍白，瞬间无话可说。

"我和初霜商量过了，编了一套说辞，"冲少羽漫不经心，"我们说，你是穆氏这一代里的天才，因为过于出众受了嫉恨，被罗织罪名污蔑……嘿，我可没有明说是因为穆瑀！我娘可偏心她那个闺中密友了，最好别把老太君扯进来。"

冲少羽对他眨眨眼："而你呢，是个好孩子。虽然受了天大的委屈，在血月升起的时候，还是在武庙帮着复苏的曾祖一起诛灭了哀皇后，立下了大功——初霜还拿出了那顶凤冠作为证据，替你争功劳。"

什么？他听后震惊，一时不知道怎么回答。

冲少羽却泰然自若，继续说着弥天大谎："至于你在武庙帮哀皇后破阵，以及亲手杀了自家祖宗的事，谁也别提，就当没发生过呗——反正现在穆氏满门都死了，武庙的玄甲军也全灭了，鬼知道那一夜究竟发生了什么？我们说你是英雄就是英雄！"

冲少羽拍拍胸口，大包大揽："放心，滴水不漏！"

穆风铎不敢相信地看着面前这个人，喃喃：“你们……替我说谎？”

“谎是我说的，初霜可没有。”冲少羽嗤笑，“那个小书虫可夙了，一说谎就结结巴巴——我说，她负责点头就行了。”

穆风铎却很震惊：“你们……你们怎么能联手去骗天医？”

“啥？我们帮你，你怎么还这么一本正经的？”冲少羽愣了一下，不悦，“穆氏都是这样满嘴仁义道德，不懂变通的？”

“是非曲直，自有公断。是杀是剐，都把我交给天医发落就是了！”穆风铎却不肯认同，“你们……你们这样身份的贵人，怎能公然对师长说谎？”

冲少羽见他这么不知道好歹，顿时一声冷笑：“这你就不知道了吧？越是贵人，就越会说谎——天临那些公卿贵族，哪个不是口蜜腹剑说一套做一套？也只有你这个北襄乡下小子才这么老实，所以被那些人欺负到死！”

穆风铎心中一惊，定定地看着尊贵张扬的少年，心中极不是滋味。

“怎么，你这么刚正不阿，是不是想去我娘面前翻供啊？”冲少羽斜觑着他，冷笑，“初霜这么帮你，你不想把她也一起拖下水吧？死脑筋！”

穆风铎沉默了半天，开口：“你……你为什么要帮我？”

“为什么？”冲少羽有些不耐烦，挥挥手，“这个问题在武庙我就和那个小书虫说过了，懒得重复一遍——总之听我的就是了，包你没事！”

穆风铎神情复杂地看着对方，半晌也没能说出一个谢字来，只是吃力地撑起身，从房间里出来，一路踉跄地往庭院走去。

“喂，不要自讨苦吃啊！”冲少羽见他不听劝，指了指周围，“这个院子的四壁被我娘加了净化结界，你只要碰一下就会被弹飞！”

穆风铎不语，赤脚一直走到了院子里。

那一瞬，正午的阳光照到了他身上，直接而炽烈。

九死一生的少年穿着单薄的白布里衣，沐浴在灿烂日光里。他低下头，看了看自己脚底的影子，又抬起头，直视着头顶的旭日，在片刻后才闭上眼睛，从胸中吐出长长一口气，热泪盈睫——在这个刹那，他才确信自己还活着。

曾经一瞬，他以为自己再也见不到这样的阳光了。

“好了，别站在那里发愣了，”冲少羽见他原来只是想晒晒太阳，心中一松，敲了敲案几，招呼，“来，吃点东西。”

穆风铎下意识地回头看去，发现院子里摆了张桌子，案上盘盏琳琅——更令他吃惊的是，那桌子上居然还放着那几本他一直偷藏的书！

他变了脸色，几步过去想要拿回：“你、你翻了我的房间？”

“谁说的？我一进这个院子，这些就和酒席一起整整齐齐摆在这里了！”冲少羽却把那几本话本拿在手里不让他碰，对着他眨眨眼，“怎么，北襄也流行梦龙阁主的话本？你还看了全套？品位不错呀，小穆！”

穆风铎一时大窘，手足无措。

“你一个穆氏子弟，为什么也看这些书？是被初霜带的吗？”冲少羽翻着手里的书，觑着这个腼腆的少年，笑得邪气，“哎，《相思引》里破戒共度春宵那一章，你看了好几遍吧？书页都卷边了哦！”

“没……没有！”穆风铎讷讷，脸“唰”地红了。

“别否认了。气血方刚的，看个禁书又怎么了？”冲少羽不知为何忽然心情大好，指指对面的椅子，“来，坐下来一起用餐吧。”

穆风铎迟疑了一下，在他对面坐下，有些束手束脚。

如果董嬷嬷在，看到自己居然和天临少主平起平坐，大概会训斥他不分尊卑、不懂规矩吧？只是如今的穆宅血流成河，空空荡荡，就算他做出再大逆不道的事也已经没有人约束了。

一念及此，心中刺痛，难以言表。

他有些茫然地看着桌子上的菜肴，发现都是董嬷嬷平日拿手的菜式，琳琅满目，摆了满桌，甚至还有酒壶和一碟月饼，竟比过年还丰盛。

那一刻，一种极其复杂的情绪涌现，针一样地刺入心底。

“晚上阿姆若不去老太君那边伺候，就留着席等我回来一起过中秋。”

那天清晨，在离开这个院子之前，他和这个朝夕相处的老人说了最后一句话——那一句“阿姆”让董嬷嬷浑身一震，走过来，摸了摸他的头。

当时，他并没有明白那样的眼神意味着什么。

直到在坟场被百剑穿身，他才知道那一盏聚灵露竟然是毒药，才知道那样的眼神，竟然是最后的告别。

董嬷嬷……和穆宅所有人一样，都死在血月下了吗？既然已经决定要亲手下毒，送他上黄泉路，为什么还要做这样一桌酒席，留给一个永远不会再回来的人？

他神思恍惚地拿起一个月饼，食不知味，竟没吃出是咸口还是甜口。

“话说，你和小书虫是不是有一腿？是那年她来北襄给老太君治病时勾搭上的吗？”冲少羽将那些话本收了，从最底下抽出压着的两封信来，在他面前一晃，露出一个坏笑，“可是看她给你写的信，怎么都一本正经的？”

“信？”那一瞬，穆风铎手里的月饼跌了下去，“什么信？”

“初霜给你的信啊！”冲少羽扬扬手，“你不是看过了吗？”

“她、她给我写了信……不可能！”穆风铎再也顾不得什么，吃力地倾身过来，一把就将那两封信夺了过去！

冲少羽看他的表情，明白了过来：“你不知道？”

穆风铎拿着这两封信，飞速地看了一遍，双手开始不受控制地发抖。

第一封信，写在她离开后的第七个月。

那时候，她刚刚从天临回归东陆。一回到照心堂，她便写了一封信来，殷殷询问他是否服用完了那一瓶炽天，身体是否有异常，武道修习上是否有精进，其他穆氏子弟有没有刁难他等。

信写得很长，问了很多琐碎的事，语气亲切轻松。

第二封信写在半年前，穆瑀武庙拔剑之后。

她那时候正在楚地云梦泽采药，听闻此事后特意写了信给他，开头询问他为什么没有回复第一封信，接着婉转地表达了自己对穆瑀拔剑一事的震惊，鼓励他不要灰心，即便没有阎阳也要继续努力向前，切不可轻言放弃——信末，她再度提及了昔日说过的八个字：天之所授，虽贱必贵！

他将这两封信捏在手里，全身微微发抖，只觉晕眩。

原来……原来初霜她，并没有忘记自己！

只是她写给他的信，全数被扣了下来。而他写去照心堂的信，大概根本没有出过这座深宅大院的大门。穆宅里的某些人，一直在处心积虑地切断他们之间的联系——反正只是几封信而已，即便是日后被戳穿，也大可推诿给路途遥远，不小心弄丢了。

这些信，一封接着一封，都无声无息地湮没在岁月里，直到那天他走出小院，再无生还机会的时候，才被拿出来放在这里。

——宛如给冤死亡魂的一场祭奠。

事到如今，他已经无法确定这是老太君授意，还是董嬷嬷擅自所为——然而，她们的目的却都是一样，都想把这个天赋出众的少年困在原本的生活里，让他按照她们希望的路径成长，死心塌地地为她们所用。无论他有怎样高的天赋、怎样卓越的能力，都不能脱离被设定好的轨迹，也不能有不符合身份的奢望。

比如武庙拔剑，比如初霜。

而一旦没有遵从，等着他的便只有死亡！

他恍然大悟，心中又是酸楚又是欣悦，一时间红了眼眶。生怕对面的人看笑话，他连忙低头，竭力控制着自己的情绪。

“怎么回事？又是穆氏的人干的？”冲少羽不由得摇头，“啧，我说，你到底是怎么得罪了那些家伙？为什么穆宅里个个都恨不得弄死你？”

他不知道说什么，默然。

要怎么解释呢？这个生下来就高高在上、众星捧月的天临少主，钟鸣鼎食，应有尽有，根本无法理解他经历过的一切。

天临少主肯定不知道，对自己这样出身的人来说，能在深宅大院生存下来，能得到读书习武的机会，能去看一眼外面的世界……都是极奢侈的，需要竭力争取才能得到。而且，即便得到了也随时会失去。一路走来如履薄冰，一不小心就会坠入万劫不复的深渊。

就如为了救杜皎月而冲出去的那一瞬。

“哎，那个小书虫有什么好，让你这么神魂颠倒？”冲少羽见他拿着信发呆的样子，忍不住嘀咕，“长得一般，又矮又瘦，小脑袋小兔牙，一板一眼正正经经，还整天唠唠叨叨的——”

“她……一般？”穆风铎回过神来，脱口而出，“怎么可能？初霜……初霜是这个世上最好的女子！”

“哈？不会吧？北襄真是个乡下地方——你是多没见过世面，才会觉得她好？”冲少羽愕然，打量了穆氏少年一眼，“你要是打扮一下换上女装，估计都要比她好看十倍！”

什么？穆风铎一愣，不知道说什么好。

“啥时候来天临城，我带你去惜花楼开开眼界！”冲少羽嗤笑，发出邀请，“我让十二花魁联袂开宴，让你知道什么才是真正的风情万种、绝代佳人。”

穆风铎一怔，看着对面的人：“惜花楼？”

那不是《相思引》里面提到过的天下最著名的青楼吗？

这个家伙，居然还出入这种风月场所？

“天临城是天下最繁华所在，应有尽有，销金窟温柔乡，惜花楼不过是十二楼之一，其他十一楼也各有所长。”冲少羽看到他目瞪口呆的样子，更加觉得好笑，继续逗他，“你要是想开眼界，南风馆我也可以带你去啊！小倌们也百花齐放，各有千秋呢……”

说到这里，他看着穆风铎笑了起来：“不过，你到了那儿大概可以艳压群芳——要小心被南宫看上了，哈哈哈……”

“你……你为什么要去那些地方！”对方笑得放肆，穆风铎实在忍不住，厉声打断了他，“初霜……初霜她知道吗？”

“她？”冲少羽愣了一下，“关她什么事？”

“你们不是定亲了吗？”穆风铎握紧了手，一股怒意油然而起，声音不由自主地提高了，“你……你已经有了初霜，为什么还要去那些地方！”

“哈？”冲少羽怔了怔，“定亲？”

他本来是想否认，然而看到面前少年愤怒的样子，忽然又觉得好玩，嗤笑：“定亲了又怎样？哪个皇帝不是三宫六院的，我提前预习一下怎么了？那个小书虫就是知道了又能如何？她只是我娘塞给我的童养媳，还能管得了我？”

那样肆无忌惮的笑声，令面前人的心中一痛，脸色“唰”地苍白。

他……他叫初霜什么？童养媳？

这世上，竟然有这样不知廉耻的人！从小应有尽有，享尽荣华，却全无心肝，得到了稀世珍宝竟然毫不珍惜，还要将其贬得一文不值，踩入尘埃！

“无耻！”在对方得意的笑声里，穆风铎只觉得心头狂怒，再也忍不住，猛然一拍桌子——案上的那把匕首直飞起来，自动跃入了手里，手腕一转，弱水化为闪电，便是一剑刺去！

“哟，来真的？”冲少羽吃了一惊，倏地倾身后仰，同时手指屈起往前一弹。只听“叮”的一声响，那道迎面而来的锋芒顿时一停。

“怎么样？”冲少羽刚想吹嘘一下，“我的拳脚功夫也不赖吧？”

然而下一刻，他低头一看，另一掌已经悄无声息地按上了胸口。

那是穆氏的绝学——寸山河。一寸之力，可裂山河。

“住手！”刹那间，两个声音同时惊呼。

# 第二十二章

## 空宅寂

明丽璀璨的日光下，初霜推门冲入，失声惊呼。

她身后跟着一位看上去只有二十五六岁的女子，华簪青纱，容色照人，正是天医空莲。天医空莲身后还有一个陌生的红衣少年，面有风尘仆仆之色。

天医空莲刚一进来，就看到穆风铎暴起挥剑，一掌按在自己儿子的心口。

“少羽！”天医空莲变了脸色，抢身上前。

她身后的红衣少年倏地抬手，双手上密密麻麻绘满了各种符咒，十指交错，刹那一道光芒裂空而出，直奔两人而去。

一眼见到院外的初霜，穆风铎心中一怔，脑子一清，立刻撤回了掌心吐出的劲力，往后退了一步。然而红衣少年那一击破空发出，却是全无撤回的意思，竟是要把他的手切断！

“别！”初霜眼见来不及，急切之间抬起手，一并一引。

刹那间，穆风铎掌心亮了一下，附在其上的咒术在一瞬间激活。仿佛被一股无形的力量支配，他收回去的那一掌临时转向，飞速往后挥出，防住了来敌。

只听一声响，整个小院子震了一震！

红衣少年身子一晃，往后退出一步，十指上符文亮了一下又熄灭，手腕竟有些微发麻，不由得侧目看了一眼初霜，露出钦佩之意——这是天医门下的传灯咒吧？在千钧一发之时，竟然带着对方及时防御，引开了这一击！

穆风铎身不由己地还手，封住了那一击，然而毕竟重伤未愈，剧烈的动作之下，整个人往前一个踉跄，顿时呕出一口血来。

在他要跌倒的瞬间，身侧的冲少羽一抬手，凌空将他捞了起来。

“离他远一点！”天医空莲立刻道。

“没事，他伤不了我。”冲少羽却不以为意，一手捞住穆风铎，一手指了指自己胸口，“你以为赤霄是吃素的吗？”

就在刚才受到袭击的那一瞬，左臂上的龙纹悄无声息地迅速扩大，已然护住了他的心口要害。

“这小子！气性真够大的。”冲少羽嘀咕，看着手里的人，埋怨了一句，“一点玩笑都开不起，无趣。”

“小穆！”说话之间，初霜已经抢身扶过穆风铎，仿佛生怕师父责怪，有意无意地将他护在身后，不让天医空莲看见，“你没事吧？”

天医空莲看着徒弟下意识地维护对方的模样，神色有些微妙。

这个穆氏少年，据说是个婢生子，多年前沦落马厩为奴，靠着初霜相救才侥幸捡回了一条命。然而，看刚才他那一剑一掌，气势非凡，赫然有武圣遗风——此等惊人天赋，难怪连阿瑾都乱了心神，为了护住自己的嫡孙不择手段。

想到此处，她心里隐隐警惕，不由得看了看自己的儿子。

眼前这两个少年，可谓一时瑜亮，不相上下。

两人年龄相去不远，身份却迥异，经历更是天差地别，容貌气质也截然相反，一个英朗明亮、张扬肆意，宛如旭日初升天际；而另一个则俊美冷锐、沉静内敛，宛如皓月高悬于雪海之上。

然而，即便站在天临少主的身边，这个穆氏孤儿竟然丝毫不落下风。

刚刚受袭，冲少羽却不以为意，从地上的针线篮子里扯过块布巾扔给了初霜，抱怨：“你家小穆怎么又吐血了？简直是脆皮瓢子……快给他擦擦。”

“小穆，怎么回事？”初霜轻声责问，“为什么对少羽动手？”

“他……”穆风铎一震，看了一眼冲少羽，“他刚才说……”

“哈哈哈，没什么没什么！我刚才调戏了小穆一下而已！”生怕他一复述就把自己的胡说八道全扯出来，冲少羽立刻打断了他，大笑了几声，“我说他长得比南宫还漂亮，不去南风馆做头牌太可惜了，他一气之下就想打我——哎，也不看看我是谁？哪能这样就让他打着了？”

小院里的几个人顿时无语，表情各异。

穆风铎不敢相信地看了对方一眼，没想到他谎话居然随口就来，一时间反而张口结舌怔住了——他这么说，是有意掩饰，将责任都揽到自己身上？为什么？是怕惹初霜生气，还是怕天医责怪？

“南宫？南风馆？什么乱七八糟的！”天医空莲万万没想到是因为这个原因，随即想起帝都那些飞短流长，不由得心里一动，盯着面前的少年又看了一眼——这个穆氏孤儿果然是罕见的美人，容颜俊美，如冰雕雪砌，居然不逊色于号称淮陵第一贵公子的南宫无瑕。

怎么回事？自己的儿子，难道还真有龙阳之好？

“满嘴胡话！”天医空莲忍不住怒叱，“打死活该。”

“哈哈哈……”身后跟着进来的红衣少年忍不住失声笑了，露出好奇的神色，上下打量这位天临少主。

初霜见解释清楚了原委，师父也不再生气，不由得松了一口气，想笑却又不敢笑，扶着怀里的穆风铎坐下，用布巾擦了擦他的嘴角——血色已经转红，只有隐约的一丝黑气。她松了口气，心道师父的医术果然独到，昨日来了之后一番调理，竟然将小穆体内的煞气生生净化压制住了。

天医空莲看着初霜身边的穆氏少年，忽地问：“你叫穆风铎？”

穆风铎垂下头，恭敬地回答：“是。”

“风铎……”天医空莲重复了一遍，没有和其他人一样对这个名字露出嘲弄之情，眼神却扫过廊下，停在那一串古旧的风铎上，神情微动，似在思考着什么。顿了顿，又问，“听少羽和初霜说，你是穆氏这一代里最卓越的子弟，竟能一剑逼退炎龙？而且还帮着玄甲军守住了武庙，诛灭了哀皇后？”

“这……”穆风铎顿了一下，不知道如何回答。

很快，袖子里传来轻轻的刺痛，是初霜无声地捏了捏他的手背。与此同时，冲少羽的脚从桌子底下伸过来，也重重地踢了他一下。

穆风铎一惊，连忙点头，道：“……是。”

“看不出，小小年纪竟然有这等本事。”天医空莲凝视着这个少年，语气喜怒莫测，“但我看刚才你那一掌，可真的是想要了我儿子的命啊……就算少羽出言不逊，也不能因为一句调侃就痛下杀手吧？”

穆风铎心里一震，面露羞惭之色，无言以对。

是的，刚才那一瞬，他也不知道自己哪儿来的邪火，竟然被那几句话轻易地激怒，失去理智，想也不想地拿起弱水便给了对方一剑！

“晚辈有错。”穆风铎挣着跪下，“请天医降罪！”

“小小年纪，杀性如此之重！如何使得？”天医空莲眼神一变，说话之间手掌一翻，光华骤然绽放如电，并指就向着他额心刺了下去！

“师父！”

“娘！”

旁边二人齐齐失声。

那一瞬，穆风铎下意识地闭上了眼睛，“唰”地抓住了弱水，便要反击——然而一念刚刚升起，又硬生生地遏制住了。

不……不可以，他不能在初霜面前对天医动手！

同一瞬间，天医空莲的手指并起，已经直刺他的眉心。只听“嗤”的一声，有一道黑气从他额心那道伤口被逼出，宛如一条蜿蜒的小蛇。

初霜一惊，认出师父此刻出手并不是为了夺命，而是在用碧落天人诀为小穆逼出残留的煞气，连忙打开腰畔的锦囊，召唤灵兽："夭夭！"

一道青光"唰"地飞出，叼住了虚空中那条黑色的小蛇，将其吞噬干净。

天医空莲一只手并起，定住少年的眉心，另一只手连点，瞬间将经脉上下行遍。每一指下去，少年的面色便苍白一分，似乎身体里有什么东西被一分分地驱赶着往上，从眉心的那一道红痕中不停涌出。

初霜在一边看着师父施诀，落指如飞，不由得暗自钦佩。

当天医空莲最后一指点在胸口的璇玑穴时，穆风铎猛然一震，面色惨白，"哇"地呕出一口污血来。同一瞬间，天医空莲用指尖按住他的眉心，"唰"地往上一抹，所过之处顿时如同被火焰灼烧，将哀皇后留下的那一道痕迹彻底封住！

那个刹那，他只觉得身体轻盈通透，又无比虚弱，仿佛被瞬间抽去了脊骨，竟然连跪也跪不住，整个人都瘫软了下去。

"小穆！"初霜连忙弯下腰，将他扶住。

"好了。"天医空莲吐出一口气，也是有些疲倦。她顿了顿，看着面色苍白的少年，冷然开口，"刚才你若是真的想动手杀我，早就已经死在当场了——幸亏你在生死关头未动杀心，可见还没有被黯域侵蚀本性。"

他一时回不过神来，只觉得全身虚软，如在云端。

"谢谢师父。"初霜连忙替他回答。

初霜俯下身，几乎是连扶带抱地将他从地上拉起，坐回了凳子上，生怕他虚弱到坐不住，坐下时左臂始终圈着他的腰，右手扣住他腕上的尺关穴——刹那间，一股温暖柔和的气息注入，潺潺地充实了他的四肢百骸。

"谢……谢天医。"穆风铎这才透出一口气来，低声回答。

这一刻，他眉心那道红痕已经淡到几乎看不出。

天医空莲点点头，没有说什么，只是看着徒弟扶着这个穆氏少年并肩坐在一条长凳上的样子，又看了看一旁无动于衷的儿子，脸色有些不好。

初霜扶着穆风铎坐下，看着桌子上吃了一半的月饼，皱起了眉头，问对面的冲少羽："小穆的伤还没好，脾胃虚弱，不能吃这种容易积食的食物——我早上在这边的小厨房里煮了红枣山药小米粥，哪儿去了？"

"啊？那粥是给他的？"冲少羽有些意外，"难怪一股中药味！"

"你……"初霜气急，"你是猪吗？怎么什么都吃？"

"你又没做标记，我怎么吃不得了？"冲少羽却理直气壮，反咬一口，"我还没怪你没做标记，把我肚子吃坏了呢！"

"你！"

初霜白了他一眼，无奈地低头在桌上看了一圈，发现每个菜差不多都被冲少羽挑着精华吃了一遍，只能从盘子里夹了一些蔬菜，又拿勺子挖了一些蛋羹，放到了穆风铎面前，轻声道："先吃这些吧……我等会儿再去做新的给你。"

穆风铎下意识地接过，心中震荡，说不出话来。

这一刻，初霜就坐在自己身边，柔软的手臂环着他的腰，指尖搭在他的腕脉，呼吸吹拂在他的身侧。她身上那种清新宁和的气息萦绕在身边，令他一时间整个人竟有些恍惚——分别后那么多个长夜，曾经在梦里才敢想的事，今日竟然成真了？

"怎么了？"冲少羽对他眨眨眼，"吃啊，小穆！还要人家喂你吗？"

穆风铎的脸一红，连忙拿起碗，埋头吃了起来。

"师父，您也多少吃点。"初霜柔声劝导，"从昨日开始您就一点东西也没有吃，一直忙到现在，会累坏身体的。"

然而，天医空莲脸色苍白，神情郁郁，根本没有动筷子的意思——无论是谁，在看到闺中好友满门惨死的时候，都不会再有什么心情吃饭。

"我已经派出仙驭传信给了天临。"天医空莲叹了口气，"也派人送了消息给昭文帝——北襄失去了穆氏，朝野当有大震。"

"昭文帝该偷着乐了吧？"冲少羽哼了一声，"这几年北襄国主和穆氏不对付得很，双方暗地里争权夺利，这下好了，一把清了。"

"未必。"在旁一直没说话的红衣少年摇摇头，开了口，"北襄现在内乱外患交加，穆氏精英一夕尽空，三军无首，昭文帝哪里乐得起来？"

"你是？"冲少羽听到居然有人反驳自己，顿时不悦。

这个朱衣少年和自己一般年纪，五官俊美立体，眉弓很高，肤色是一种不同于中原的浅蜜色，乌发从两鬓编成数条细细的辫子，归拢脑后，用一枚样式奇特的骨刺挽住。身上没有任何兵器，看不出来历。唯有双手修长，骨节突兀，竟是每一根手指上都文满了奇特的符咒，密密麻麻，一直蜿蜒入手肘深处。

天临少主顿时明白过来："南疆朱崖的驭灵师？"

"这位是朱崖国慕容氏少主，单名一个'凛'字。"天医空莲点点头，向徒弟和儿子介绍，"今日一早，刚刚带家臣赶到此地。"

朱崖慕容氏是当初跟随紫微帝君的璇玑十三将星之一，居于南方离火位，隶属南斗——作为天下最强的驭灵师世家，每修成一术，他们便会在一根手指上文上符咒，等十指都刺满，便意味着出师登入神域。

面前的这双手，大约已经可以放牧所有的生魂了吧？

这个慕容凛今年二十岁，是朱崖国主的第三子，生母卑微，籍籍无名，本非储君人选，但因为天赋惊人，是百年来唯一一个在加冠之前就修齐了所有驭灵十术的王族，去年才刚刚被破格立为世子——那之前，他从来没有来过天临城觐见紫微帝君，难怪这里谁都不认识他。

“叫我凛就好。”慕容凛有些遗憾，“我从千里之外一路日夜赶来，可惜还是晚了一步，没赶上血月之变。”

冲少羽有些好奇：“你是怎么知道这边要出事的？”

“慕容氏驭灵，全靠血脉，灵觉一贯充沛。”慕容凛叹了口气，“即便一百年前其中一支移居千里之外，一旦天地惊变，相互之间亦能感应。”

冲少羽想了一下，忽地明白过来：“是了，哀皇后！”

哀皇后的原名慕容静徽，正是来自朱崖慕容世家的嫡系后裔。

“是。”慕容凛颔首，“她将要苏醒的时候，我感应到了。”

他顿了顿：“她寂灭的时候，我也感应到了。”

红衣少年摇摇头，叹了口气：“总而言之，我没赶得上，辜负了家族的嘱托，让慕容氏的后裔放出了黯域之主，犯下了弥天大错。”

穆风铎坐在一边听着他说话，忽然有某种非常微妙的怪异感——面前这个也姓慕容的朱崖少主，年纪虽然和自己差不多，言谈举止却过于少年老成，又有一双让他不舒服的眼睛。

那双来自朱崖王室的湛碧色眸子，和哀皇后几乎一模一样！

“不，这是穆氏血债，怎么怪得了你？”天医空莲似乎倦了，坐在那里微微闭上了眼睛，不多言语，“凛，你跟他们说说宅子里的情况吧。”

“好。”慕容凛点点头，简单明了地开口，“我刚刚清点过数目，穆宅里一共死了一千五百二十一人，其中穆氏四房子弟和家眷，共计三百零七人，全部身亡。玄甲军六百一十名，全部阵亡。其余六百零四人为杂役奴仆，也无辜受了牵连。此外还有二十三人幸存，但都被黯域力量侵蚀，均已丧失了神志。”

什么？穆风铎的手猛烈地颤抖，几乎拿不住筷子。

初霜小心地扶住他，轻轻拍了拍他的手背，眼里露出安慰的神色。

“我让家臣清扫了穆宅，将所有魂魄都驱赶出来，汇聚在一处。”慕容凛道，“那些横死的灵魂怨气冲天，需要及早处理——不然七七四十九天过去后，中阴身阶段结束，这些人就会沦入黯域，成为彻头彻尾的恶灵。”

“阎阳剑呢？”天医空莲闭目养神，“还是找不到？”

“找了一圈，四处不见。不过，穆瑀佩的那把剑倒是找到了，”慕容凛摇头，“可笑……直到头颅被砍下来的时候，他这剑都没来得及出鞘！”

慕容凛抬起手，将一柄佩剑放在了桌子上。

黑色阔剑，剑柄中空，剑鞘密布雷纹和云纹，吞口上有一个古雅的“穆”字——看上去赫然便是传说中的武圣之剑。

然而，红衣少年只是出手轻轻一弹，这把剑便铮然出鞘！

“仿得很像，还附了幻术，可以模拟云纹和雷纹互变。最妙的是吞口里设有机簧，若不按下机关，其他人用尽全力也拔不出来。”慕容凛摇头，叹了口气，“为了这个三代单传的嫡孙，老太君也真是费尽了心血。”

天医空莲没有说话，抬手摸着那把仿冒的剑，神色复杂。

什么？原来竟是因为这样的原因，他才拔不出这把剑？穆风铎坐在对面，看着剑身上若隐若现的那一道裂痕，嘴唇动了一下——这把“阊阳”，他是怎么都无法忘记的。因为他人生由此一夕转折，堕入地狱。

“也不知道老太君把真的阊阳剑藏在了哪里……最糟糕的结果，就是被巫女缟衣带走，献给了黯域之主。”慕容凛蹙眉，看着面前的三位同龄人，“那天晚上，你们看到黯主魇魔了吗？”

“黯主？”冲少羽怔了一下，“没有。”

初霜和穆风铎也仔细地回忆了一下，同时摇头——血月之夜，他们只看到穆宅里筑了京观，烛龙在血池里重新成形，巫女缟衣横笛指挥亡灵在日出前撤退……却唯独没有看到那个黯域之主的影子！

“奇怪。”慕容凛喃喃，“血月之夜，首脑居然未曾现形？”

“蛰伏不出，想必另有所图。”天医空莲神色也是凝重，“或者，和烛龙借穆氏之血再次炼形一样，他也在等待另一个更合适的时机，重返人间。”

“无论如何，先尽快把穆宅的事情处理完。”慕容凛顿了顿，道，“所有新死的魂魄我都集齐了，到了子时便可以净化——迟则生变。”

今晚子时？这么快？初霜有些担心地看了看师父。

天医空莲点点头：“我已经命门人去购买需要的药材和器具，也雇了车马，将宅中尸体分批拉去墓地，今晚子夜可以举行净化大葬。你也带朱崖门人去做准备吧。”

慕容凛点点头，对三人一礼，离开了小院。

“师父，到时候由我来操琴吧。”初霜看着天医空莲的气色，小心翼翼，“净化上千名横死的亡灵，心力耗费甚大。”

“不，我来，”天医空莲摇摇头，神情疲倦而哀伤，语音轻微发抖，“虽然来晚了一步，但总是要亲自送阿瑾最后一程的。”

“是。”初霜不再说什么，“那您多休息。”

初霜也有自己的多年好友，若是骊歌出了事而她没及时赶到，估计也会内疚一辈子吧？肯定也要竭力做一点什么来弥补遗憾。

此刻，穆风铎已经吃完了初霜拨给他的食物，感觉身体里的气脉旺盛了一些，人逐渐有了力气，能在凳子上独自坐住了。然而，他却并没有表现出来这一点，依旧是斜靠在她的臂弯里，唇色发白、气息微弱的样子。

天医空莲看了他一眼，没有说什么，只是对自己的徒弟开口：“《静观吟》《清心咒》《天风环佩》《不夜明河》《燃灯无量》——带他回房去，用太古遗音将这几首依次弹一遍。”

“是。”初霜点头，用心记下。

天医空莲又从怀里拿出一个药瓶：“等调理完了，再给他吃这个金乌养魂丸。”

“是。”初霜知道这是珍贵的药物，连忙点头，双手接过。

“多……多谢天医。”穆风铎开口，声音已经有了一些中气。

“不用谢我，谢我的徒弟吧！”天医空莲看了他一眼，淡淡地说，“穆氏只剩下你这么一个独苗，无论你是什么出身，看在阿瑾的分上，我也不能让你就这样死了。”

无论他是什么出身？看在老太君的分上？

他听在耳中，心中一震，忍不住变了脸色——天医是真的知道他什么出身，真的知道老太君和他之间发生了什么吗？

看着初霜扶着穆氏少年离开，天医空莲的神色有些复杂。直到两个人进了房间，她才回身看了看冲少羽，敲了他一记，低叱：“刚才你说的，不是真的吧？”

“什么真的？”冲少羽正在回忆那几首曲名，不由得一怔。

“你不会是真的看上了这个小穆吧？”天医空莲皱着眉头，上下打量自己儿子，“你和南宫究竟怎么回事？当年那些荒唐事，应该是故意拿来气我们的吧？”

“啊？”冲少羽怔了一下，似乎在想着怎么回答。

在天下十三国中，淮陵世子南宫无瑕是出了名的好男风，加冠后也不立妃，反而在东宫养了一群男宠狡童。冲少羽当初被逼着立妃的时候，曾经公然和他同宿同行半个月，频繁出入南风馆，轰动整个天临城，顺便劝退了无数高门贵女。

半晌，他才挠头，嘀咕了一句：“……也不是没试过。”

“什么？”天医空莲大吃一惊，“这种事还能试？”

“怎么不能了？南宫是个少见的美人，我也不亏啊！”冲少羽不以为然，大大咧咧，“呃……只可惜断袖分桃什么的实在不是我的菜，只能和他做回兄弟了。”

“你……”天医空莲看着这个离经叛道的儿子，顿足，“真是作死！”

“哈哈哈……试试而已嘛，你急什么？”冲少羽想起以前的事，忍不住大笑，“还好你开明，不像南宫他爹，一听我有龙阳之好就想给我下药。”

当初，淮陵国主南宫骞气急败坏地把十五岁的儿子押到了照心堂，要天医空莲帮忙治好儿子的断袖之癖。天医空莲严词拒绝，毫不客气地说这个不是病，认为这个是病的人才有病，把淮陵国主气得够呛——结果一来二去，儿子没有掰直回来，他自己倒是成了天医的裙下之臣。

这样的老爹，怎么会生出不喜欢女人的儿子来呢？

“所以，你并不是真的好男风？”天医空莲被儿子惊世骇俗的言论震住，松了口气，追问，“那为什么死活不肯立妃？”

“喜欢女人就要立妃？那喜欢吃肉，难道就要在家里养头猪吗？”冲少羽听到这茬又头痛起来，“我连后宫都不想有，就想和你一样万花丛中过，片叶不沾身！你们为什么非要逼我选一棵树去吊死？”

“为什么？因为我辛辛苦苦种的好白菜，却要被外面跑来的小野猪给拱了！”天医空莲气不打一处来，指着他骂，“而你这只蠢猪，因为从小吃得太饱太好，却还在这里挑三拣四！”

“什么猪？”冲少羽不忿，“我们冲氏是炎龙血裔！”

话未说完，脑门就挨了一个栗暴。

“炎龙血裔炎龙血裔，就知道这个！”天医空莲咬牙，低声骂，“所以你看不上初霜，觉得她是旖旎溪妓子出身，配不上你们天临皇室、高贵的龙族了？”

“哎……千万别再提旖旎溪这茬了！”冲少羽痛呼一声捂住头，心有余悸，“以前我随口一说，那个小书虫就生了好大的气——提两次翻脸两次！每次她生气我都要下血本才能哄回来。”

第一次是在照心堂。因为提了一次旖旎溪，初霜整整一年没理自己，直到他弄了一本梦龙阁主的《照心秘史》塞过去，才重新博了佳人一笑。

第二次是在天临帝都。他因为被逼婚而烦闷，大醉后失言，泄露了初霜出身于旖旎溪的身世秘密，引起满城流言。最后，他不得不放了大招，在灞水前当众下跪发誓，用一个更大更惊人的八卦挽回了不可收拾的局面。

“你也知道她生气？”天医空莲冷笑，“那就不能管好你的嘴？”

“我不是从此都不敢提了吗？而且，我哪有看不起她？”冲少羽嘀咕，“你没见那个小书虫在血月下对阵巫女的时候，简直飒得没边了！什么炎龙血裔？那些天临的公主、皇子，哪一个能比得上她半分！”

天医空莲心下稍安，点点头：“还算你有眼光。”

“可是，再厉害，我也不想娶回家供着。”冲少羽挠了挠头，对母亲说了真话，“只要对着同一个人久了，我就没兴趣了——那个小书虫我都看了二十年了！难道还要再看到死吗？而且她还老喜欢管着我！”

“初霜肯管你是你的福气，给我好好上点心！”天医空莲被这个儿子气得无语，“别成天在外头乱七八糟地鬼混——我看初霜这回对小穆可是上了心的。等哪天她真被人拐走了，你哭都没地方哭去！”

“嘁！哭什么？”冲少羽嗤笑，“我们刚刚在武庙里说好了，她这辈子要像你一样单身行医，我这辈子要像你一样单身风流——各走各路，各取所需！”

“真的？”天医空莲没想到两人竟然定了这种攻守同盟，怔住。

“是啊！她说了——‘能当天医，谁会去当皇后？’”冲少羽看看屋子里头，努努嘴，“不信，你去问问她自己。”

“是吗？她打算不嫁人了？”天医空莲苦恼地蹙眉，瞪了儿子一眼，“都怪你不争气，净瞎折腾，才会变成现在这样。”

“哪里，明明是因为你的好榜样，我们两个才上梁不正下梁歪。”冲少羽扬了扬手里的那本《照心秘史》，赶紧把话题引开，“看，你的光荣事迹惊动天下，连这只北襄乡下的小野猪都知道呢！”

“真的？要命。”天医空莲一看到那话本，也变了脸色，“堂堂武圣穆氏，怎么也藏了这种书？阿瑾她怎么搞的，也不好好管教这些……”

然而才说了一句，她神色渐变，眼眶一红。

冲少羽见成功转移了话题，也立刻不再说话，收敛了脸上的笑意。

“北襄此次发生的事情，非同小可，”半晌，天医空莲侧过头擦拭了一下眼角，控制住了情绪，道，“穆氏在血月之夜被黯域灭门，烛龙重现世间——这说明极北的封魔之墓已经被毁损了。”她顿了顿，“难怪阆风远赴归墟，一去不回。”

冲少羽神色一凛，也凝重了起来。

两年多前，阆风从北襄领命出发，奔赴塞外雪域。在离开塞外三百里的孤村，最后一次用仙驭传回消息给天临，信中说此地空无一人，但是积雪深处已然隐隐透出黑气。他们决定弃马步行，往雪域更深处走，往北再探寻究竟。

然而，几年过去了，阆风和缬云就这样消失在了雪域深处。

“北襄是北庭的最北端。当年分封天下时，武圣穆钺主动要求封疆于此苦寒之地，替天下守着门户。”天医空莲语气沉重，“如今三百年过去，穆氏族灭，塞上长城已崩，浩劫将至啊……”

“穆氏不是还有个小穆吗？”冲少羽皱眉，“他的本事你也看过了。”

天医空莲点点头，神色复杂：“他的内心，我也看过。”

“啊？是啥样？”冲少羽却没有领会母亲话语里的深意，反而眼睛一亮——如果能打开那个北襄小野猪的脑子，定要看看里面装的是不是全是初霜？或者……还有那些梦龙阁主话本里不可描述的段落？

天医空莲没有回答，只道：“你觉得小穆这个人如何？”

“他？不错啊！”冲少羽想也不想地回答，“堂堂名将世家，居然出了个美人！难得难得。”

“什么乱七八糟的？”天医空莲哭笑不得，“我问的是他的品性！”

“哦，这个嘛……品性？”冲少羽将相遇以来的所有事在脑子里过了一遍，道，“年纪虽小，本事却不小，有胆气有脑子，为人做事底线高——就是性格太刚了一些，开不起玩笑。心思重，又不声不响，有点阴恻恻的。”

天医空莲点点头，又问：“你觉得他有资格继承穆氏吗？”

“有啊！怎么没有？三代以来第一人！”冲少羽脱口而出，想也不想，“血月族灭后，穆氏还能留下这根独苗，算是祖坟冒青烟了好吗？”

他心性坦荡敞亮，虽刚刚被袭，也并不因此心存芥蒂。

天医空莲微微颔首，若有所思地看了一眼房里，低声道：“穆氏的祖坟，可未必冒得了这样的青烟呢……是福是祸，还难说得很。”

# 第二十三章

## 一念起

房间里充满了馥郁的药香，初霜扶着穆风铎小心翼翼地坐在榻上，脱下他身上的白布里衣，检查着少年伤痕累累的身体。

血月之夜，百剑穿身之刑虽然未曾行完，却在他身上留下了几十处穿透伤，经过刚才那一番搏杀全部重新开裂，浑身浴血，看上去异常可怖。

“你呀，”她叹了口气，将伤处逐一止血，“一醒来就乱动。”

“……对不起。”穆风铎不敢动，感觉到她的指尖在肌肤上一路下移，染满了鲜血，忍不住微微战栗——如果……如果天医一门认为人的躯体不过是个容器，那么，他肯定是个卑微劣质的容器吧？还总是四分五裂，污了她的手和眼睛。

“为什么说对不起？”初霜抬头看了一眼，发现对方眼神灼灼，看得她略微有些不好意思，“是我不好，来晚了一步，让你吃了这么大的苦头。”

“没……没有。不晚，”他讷讷，“你从来不晚。”

初霜逐一止住了他身上伤口的血，去水盆里洗净了手，回头再打量了他一下，有些意外也有些欣慰，笑道：“哎，小穆你果然长得很快——三年不见，居然都比我高一个头了？”

“有八尺一寸了。”他想起了她当年的话，脸颊微微一热，低声说，“也……也有快一百四十斤了，不瘦了。”

“嗯，看来这些年有好好吃饭呢，”初霜也想起了当年的对话，忍不住一笑，压低了声音，关切地问，“刚才被我师父吓了一跳吧？”

他点点头，垂下了眼睛，没有否认。

那一瞬，他确实以为天医要杀了自己，心神俱裂。

“我师父虽然嘴上说得凶，人却很善良。”初霜将古琴捧出来放在案上，对他道，“她这一辈子，其实没有杀过人。”

“是我的错。”他垂下眼睛，诚心诚意地回答，“我不应该被一语相激，就起了杀心，对人拔剑相向——天医若要杀我，也是理所应当。”

更何况，那个人是天临少主、天医的独子。

若按照穆氏家法，如此以下犯上，只怕已被刑堂格毙当场！

“哪里。你不过是被黯域的力量侵蚀，乱了心智。”初霜安慰，“现在我师父替你净化了内心煞气，以后就不会这样了。少羽心大，也不会记恨的。”

她说得温柔包容，他却浑身一震。

是吗？他是被黯域力量乱了心智，才会如此？

不，要怎么告诉她，在那一瞬，自己心底真实涌现的杀机？那种愤怒，那种嫉妒，那种恨人有、憎己无的恶念，烈烈如火，一念之间翻天覆地，蒙蔽了心智，竟然让他完全无法控制自己，只想把面前那个人碎尸万段、焚为灰烬！

他迟疑半晌，还是忍不住道：“那个家伙，不是个好人。”

“怎么？因为他调戏你了是吗？”初霜一怔，笑了，“他这个人就是嘴贱。放心，他其实不好男风——如果真敢怎样，师父不剥了他的皮，我也饶不了他！”

穆风铎摇摇头，内心挣扎了一下，还是没有将冲少羽刚才那一番肆无忌惮的话说出来——刚受人大恩，却背地里抹黑对方，实在非他所能为。

“谢谢你，”沉默片刻，他开口，“这回我阿娘终于安息了。”

“应该的。”初霜想起黎明前的那场母子告别，心里也是一痛，“你的阿娘现在解脱了，定然已经去了她想去的地方。”

“东陆，真的有桃源谷吗？”他有些茫然地问。

“有的，怎么没有呢？”初霜笑了笑，指向东方，“就在风巽国的龙泉谷旁边，有一条密径可以进去。我都去过那里很多次了——”

他一怔，眼里流露出惊喜：“真的有？”

“真的有。那里可美了，四季桃花盛开，云蒸霞蔚，人走在里面就像走在梦境里一样。”初霜微笑，眸子清亮而温暖，“等瘟疫过去，天下太平，我带你去！”

“真……真的？”他心下一怔，看着她的笑靥。

“当然是真的，”初霜看着他笑，“我难道还会骗你不成？”

什……什么？初霜说，将来要带他去桃源谷！

刹那间，一股强烈的幸福感从心底涌起，令他心神动摇，眼前一片炫目的白光。他看着面前微笑着的白衫少女，全身发抖，手指动了动，几乎无法克制住将这个笑靥如花的少女一把拥入怀里的冲动。

“好，”他勉强控制着自己的声音，“一起去。”

“那你要早点养好身体才行。”初霜转身将太古遗音从琴囊里捧出，开始为奏曲做准备，“这次血月，你受的伤可不轻，别留下什么后患才好。”

灵器七弦璀璨，琴身上徽位一列排开，温润如玉。

他看在眼里，心中猛然一震，这是他送给她的琴徽！她……她竟然真的用上了？那么卑微的人，那么卑微的礼物，她居然真的拿来配在了至高无上的灵器上！

在初霜的心里，真的是一片皑皑白雪吧？

眼中从无偏见，不以贵贱论人。

那么……说不定在她看来，自己和那个天临少主其实也并没有很大的差别？甚至，或许因为卑微的出身和悲惨的遭遇，反而能得到她更多的怜惜也说不准。

那一刻，他福至心灵，忽然顿悟了这一点。

刹那间，一个从未有过的大胆想法浮现心头，几乎无法抑制——或许，他心中最隐秘的渴求，并不是毫无希望的？既然上天已经垂怜了他一次，让他遇到了初霜，那么说不定还会垂怜他第二次，再给他一个机会去得到她！

无论如何，他都应该努力试一试。

哪怕对手是天临少主，未来的紫微帝星！

“初霜，”看着她的背影，他的心剧烈跳动，手指无声握紧，鼓起了勇气，忽然开口道，“我……我没有收到那两封信。”

“信？”她怔了一下，然后猛然明白过来，不由得一震。

“是董嬷嬷，她……她扣住了你写来的信，不让我看到。”病榻上的少年垂下眼去，长睫如鸦羽不停颤抖，语气也发抖，“大约是怕我看了，心里会有不该有的奢望。”

奢望？她怔了怔，神色微变，却没有说什么。

那个董嬷嬷，她当年也见过，是个慈祥嘴碎的积年老仆，和小穆吃住在一处，情同祖孙。然而即便如此，老太君一声令下，她竟然就对身边朝夕相处的孩子下了毒手！

扣下这些信，也是老太君的吩咐吗？

为什么？是为了在毒杀这个少年前，先扼杀他的希望？

“小穆，”一念及此，她忍不住心疼，“穆氏实在不应该这样对你。”

“该不该，如今都不重要了……董嬷嬷也已经死了吧？”他语气一顿，有些哽咽，“这几年，我其实给你写过很多信，只怕她一封也没寄出去……我不恨她。只是不想你误会我。”

“嗯。”初霜心中一震，轻轻点头，“我知道。”

她没说她知道什么，然而却仿佛什么都知道。

“这些年，我一直没有你的消息，不知道你在哪里、在做什么。”他垂下头去，低声道，“我只能一直等，努力提高武技，也……也不敢有什么奢望。”

这次初霜沉默下去，没有说什么。

“这些年，我把藏书阁里的典籍都看完了，《剑道》《气海》《寸山河》《金鳞甲》《横槊七击》《破阵十三式》《九霄燃星诀》……武圣七秘技，我都已经学会了！”

说到这里，他抬头看着她，眼神明亮，有掩饰不住的骄傲和热切：“我没告诉任何人——就想等去武庙的时候，拔出那把闾阳剑给你看，给所有人看！”

说到这里，他声音颤抖了一下：“可……可是……”

可是这些人、这个世道，从一开始就没有给过他任何机会！

“小穆……”初霜听得心痛，抬起手轻抚他的肩背，平息少年的战栗，“穆氏对不起你。无论有没有闾阳，你都已经非常出色。”

“在坟场的时候……我其实很害怕，很不想死。”大劫过后，他才喃喃对面前的人说出心底话，“我怕自己死得这样不明不白，等你来了这里，听了那些人的话，就会觉得我是……是个……”

“不会的。”她开口打断了他，温柔而坚定，“小穆绝不是这样的人——就是老太君亲口指证你，我也不会相信她。”

“初霜！”他猛然一震，抬头看着她，眼里瞬间盈满了泪水，不知道从哪里来的勇气，竟一把握住了面前那只纤细的手！

初霜一惊，手指动了动，最终还是没有挣开。

“初霜，我……我等了你三年，拼命努力，只想让你看看现在的我。”他声音发抖，哽咽，“没有见到你，我是怎么也不能死的。”

看看现在的他？她不由得微微一怔，凝眸看去。

经过一番生死大难，面前的少年伤痕累累，紧紧握住她的手，抬头看着她，脸色苍白，容颜却美得惊人，眼神里充满了不加掩饰的渴慕，长睫如鸦羽，双眸清亮晶莹，深色的瞳子映着窗外透射进来的日光，竟隐隐如琥珀琉璃。

初霜被这种清澈的目光笼罩，在一瞬间竟然失神。

“初霜，我……我竭尽了全力……想不辜负你的期许，”他喃喃，眼眶泛红，“可是……我什么都没做到。既没能拔出闾阳，也没能阻拦血月升起，挽救三世之祸——他们一个个，照样全死了！”

他说不下去，垂下头，双手痉挛握紧：“我什么也没做到！”

“不，你已经做得很好了，小穆。”初霜连忙道，“三世血仇，是穆氏种下的孽缘，怎是你一己之力能拦住的？穆宅上下那么对你，但大难临头的时候，你还是竭尽全力去阻拦——以德报怨，世上多少人能做到？”

她的语声温柔诚挚，如同太古遗音般有着抚慰人心的力量。

“真的吗？”他不敢相信地看着面前的人，哽咽，“我……我没能救下一个人，还在武庙里做出了弑师灭祖的事——你……你觉得我做得很好？”

“当然，你做得很好，”她点头，“好得超过了我的想象。”

“我没有让你失望吗？”

“当然没有。”

房间里的喁喁私语终于停止了，淙淙琴声随之响起。

天医空莲侧耳听着，在午后日光下闭起了眼睛，美丽的脸上露出了难以掩饰的疲惫。虽然经过了门人弟子的日夜清理，穆宅的风里还是隐约带着血的腥味。

故人已去，年轻一辈也各怀心思。

这个小穆，看似纯真脆弱、孤身无依，其实也心机匪浅吧？

出身这么低，能力又这么高，能在阿瑾眼皮底下活到如今，哪会是个简单的孩子？想当年那个穆孤光，也算是难得一见的人才，挡了穆衍的路，还不是照样被悄无声息地摆平了？如今，这个穆氏孤儿的下一个目标，是不是初霜？

自己的那个傻儿子，居然还无知无觉。

也难怪，少羽他从小养尊处优，骄傲狂妄，眼高于顶，估计从没把谁放在眼里当成对手吧？可如今这个穆氏庶子都动手想杀他了，他居然不计较，还替对方掩饰、盛赞不已？

而初霜，原本就是个心软的人，在看到这个出身微贱、满身是伤的少年时，眼里的心疼爱惜都要溢出来了，几乎要由怜生爱——再这样下去的话……

她拿起桌上的酒杯，蹙眉喝了一口，心思百转。

在深秋的旭日下，酒依旧是冷的。

瞬息浮生，转眼竟然已年将半百，回顾她这半生，似乎没什么遗憾——生于高门，天赋卓绝，恣意任性，本以为世间再无可挂心之事。

然而这次北襄之行，却好像令很多事都改变了。

那之前，她总是嘲笑阿瑾操心过度，恨不得将子子孙孙每一个人的每一步路都安排好，甚至不择手段，大失身份和风度。

“儿孙自有儿孙福，与其操心那么多，不如自己多享福。”

然而，等类似的事轮到了自己儿子身上，她竟也不能免俗。

天医空莲在日光下，翻着那本《照心秘史》，看到里面的那个天医对紫微帝君说：“我若居于深宫，只能做你一个人的皇后。但我若离开天临，便能做世间人的天医——你说，我怎能因你一人而舍天下人？”

“嗬……”她端着酒杯，不由得讽刺地笑了起来。

其实，真正故事里的人，哪里会是这样的呢？

当年，她跟冲照说得很简单——“离开天临，我就自由了。”

是的，自由，她这一生的追求，其实说到底无非如此，离开深宫，离开权谋，脱离一切束缚，尽情发挥自己的天赋，随心所欲地选择自己的人生。

然而，如今她却又兜兜转转回到这里，面对着和阿瑾一样的困境。

深秋，天黑得早，等申时将尽的时候，已是暮霭沉沉。空荡荡的穆氏大宅一片黑暗，只有依稀几点灯火亮着，寂静无声。

风吹过，风铎在廊下摇响，声音伶仃。

在这两天里，天医一行人抵达穆宅，闭上四门，日夜不停地将这座大宅清理干净，血迹被冲刷，尸体全部被运走，只等今晚进行大葬。

全宅空空荡荡，这个荒僻小院灯火通明，反而成了最热闹的所在。

等一行人在院子里用过晚膳，初霜收拾好了东西，背上古琴，回头看着走出来的白衣少年，道："小穆，你身体刚恢复，不如留在这里。"

他摇摇头："我跟你们一起去。"

今晚子夜，天医一门要给穆宅亡灵送葬。作为穆氏满门唯一的幸存者，他自然也是要去的。

"随他吧。"冲少羽看了对方一眼。

不知道初霜用了什么法子，经过一下午闭门治疗，穆风铎的气色忽然就好了很多。他此刻站在月下，双眸雪亮，身姿挺拔，眉心那道血痕完全消失，白孝衣白发带，宛如夜色中的皎皎玉树。

"气色好了很多，看来初霜是用心了。"天医空莲显然也注意到了这种变化，只是对着他点点头，问了一句，"金乌养魂丸吃了？"

"吃了。"穆风铎恭敬地回答，"多谢天医。"

"这个药，你以后要按时服用，才可以压制住体内侵入的黯域邪气。"天医空莲双眸掠过一丝光，点点头，"等下站得远一些，也不要跟去墓地——你刚刚伤愈，眉心那个缺损尚未闭合，不要靠近，以免受到影响。"

"是。"他再度领命。

天医空莲吩咐完，对旁边的慕容凛道："穆宅清扫干净了吗？"

"干净了。"朱崖少主点点头，"煞气最重的地方是筑京观所在，其次是小穆的院子——廊下那串风铎和槐树下的古井都有问题，被我清理过，封印好了。"

什么？槐树下的那口井，居然也有问题？穆风铎不由得一震，忽然想起那棵槐树也是十几年前阿娘种的——难道，是从古槐林里移植来的？

这次穆宅在血月之夜覆灭，其实……阿娘也算帮凶。

一念及此，他神色黯淡下去，心中隐隐刺痛。

“还有一件事，颇为奇特。”慕容凛停顿了一下，道，“这些新死的亡灵，虽然听从指令被我归拢在一处，但每个人都七窍被封、六识全灭，变成了无知无觉的恶灵，和普通横死的新鬼完全不一样。”

“什么？”天医空莲脸色一变，“是黯域的原因吗？”

“嗯。”朱崖少主点点头，正色道，“估计巫女缟衣对每个亡者都做了手脚。”

天医空莲不语，脸上掠过黯然之色，在月下沉默。

初霜知道师父心中难过——千里赶来，却看到闺中好友满门横死，而且在死后变成了无知无觉的恶灵，连最后一面、最后一语都没有。

天医空莲停顿了许久，勉强开口道：“那就开始送灵吧！”

“牧魂之术需要两个时辰。仪式过程中，任何人都不得惊扰。”慕容凛一身红衣，在月下十指交错，慎重叮嘱，“放牧亡灵，最忌讳生人冲撞——魂魄受惊则溃散，无法凝聚往生。”

“好。”天医空莲点头，问门人，“把他们都定住了吧？”

“是。”门人回答，“已经定了身。”

他们？谁？穆风铎正在疑惑，慕容凛却足尖一点，倏地拔地而起。

八月十七日，月已隐约开始略亏，光芒却依旧清亮。红衣少年点足站在穆氏大宅的最高处，闭上眼睛，双手在胸口结印，文满了符咒的十指飞速地变幻，口唇翕动，绵延不断地吐出咒语。

随着低低的祝颂，竟然有一道光从他口中透出。

那一刻，冲少羽从下面仰头看去，不由得大吃一惊——在翕动的口唇间，赫然可以看到这个人不仅十指文满符咒，甚至连上腭骨上都刺满了繁复的符纹！当施法时，随着每一句咒术吐出，那些上腭骨文的符纹就会亮一下，令那些咒语如同光一样从舌尖吐出，散入黑夜。

冲少羽连忙拉了拉旁边的初霜，抬手指给她看这个奇景——生怕她没注意到，又张开嘴，用力戳了戳自己的上腭骨，表情甚为滑稽。

初霜自然也看到了，心里正惊讶，但见他如此毛毛躁躁动手动脚，不由得瞪了一眼，拍开他的手，做了一个噤声的动作。

穆风铎站在一旁看了他们一眼，没说话——这两个人显然是自小相处，彼此熟悉，举止才这般亲密，一个眼神一个动作便能达成默契，同心同意。

但是这个人品行恶劣、三心二意，又怎么配得上初霜！

咒语念毕，慕容凛叱了一声，双手分开，向下一指。

刹那间，穆宅四门无声洞开，大敞在夜色中！

一阵风从穆宅最深处吹了出来，幽然冰冷，令人毛骨悚然。风里隐隐约约有哭泣声，无数的鬼影憧憧，一个接着一个，仿佛被放牧的羔羊一般，被看不见的绳索串在一起，从黑暗里排着队走了出来。

那些亡灵赫然是穆氏的四房，都是新死的生魂，在月下列成了四个队伍，被符纹的力量驱赶着，分别从大宅的四个门里走了出去，个个面无表情，死气沉沉。

穆风铎站在那里看着这一幕，全身微微发抖。

那些脸，每一张都是他自幼熟悉的——马厩里的奴仆，各房里的婢女，演武场里的同伴，私塾里的同窗，老爷和女眷，玄甲军战士……他一生之中认识的人，几乎都在此刻汇聚在此处，化为沉默木然的怨灵，被驱使着从暴毙之地走出。

冷月下，穆风铎看到了高高在上的老太君，看到了富态蹒跚的家主穆衍，也看到了那个金尊玉贵的嫡孙穆瑀……连自幼欺辱他的那几个旁支庶子，穆茆和穆荐，也都在其中。甚至，那些在演武场下课时叽叽喳喳来围观，塞给他香包锦囊的女孩子们，比如那个柳燕儿，都赫然在列，一个个都没逃过这场大劫。

那一瞬，看着这一张张熟悉的脸列着队，从他面前木然走过，他心中天翻地覆，有一种强烈的恍惚，仿佛是血月之夜的噩梦犹自绵延未醒。

当目光扫过其一张脸时，穆风铎猛然一震，几乎脱口惊呼。

此刻，在他面前走过去的，赫然是三房的穆蟠，他的生父！

那个一生都没有和自己说过一句话的“父亲”，跟在三房太夫人身后，列着队，毫无知觉地被驱赶着，木然地从他身边走过，没有看他一眼。

他死死地看着对方，嘴唇颤抖，说不出话来。

是的，这就是最后一面了。

原来，在这个世上，即便是极近的血亲、骨血的来处，竟也会存在这样薄如纸的缘分。一生从未有一句话，从未有一日的父子之情，就这样因为一夕纵欲暴行生生将他拖到了这个世间，又随意地将他孤身丢弃在这个黑夜。

从今往后，他在世间就真的孑然一身了。

那一瞬，他只觉得有利刃穿心而过，忍不住往前一步。

一只手悄无声息地伸过来，握住了他的手，止住他的冲动。

初霜显然也认出了面前的亡灵，在夜色里侧首看着面色惨白的少年，怜惜地轻轻摇头，握住他冰凉发抖的手，平息着他的战栗，不让他上前。

他看向她，下意识地握紧那只手，宛如握着大海中的一根浮木。

刹那间，激烈的感情在心中排山倒海般而来，令他全身发抖。

快十八年了，他一直都在这个深宅大院里长大，甚少出门，更没有看过外面的世界——对他来说，这座穆宅，就是世上的一切。

然而，他在世上的一切，就这样在今夜清空了。

所有的人，所有的羁绊，所有的爱与恨……全部毁灭、消失、埋葬。他迄今为止的人生轰然变成了一片废墟，唯独留下的，只有身边这只紧握的手，温暖纤细。

初霜……初霜！

那一刻，他听着廊下风铎的摇响，凝望着消逝在暗夜里的过往，心潮起伏，山呼海啸，有一个念头从内心腾空而起，再也不可抑制——

是的，他想握住身边这只手，永远都不放开！

无论经历多少艰难坎坷，都要和她一路同行，走到终点。直到看过天地，看到桃源谷的繁花，直到同穴长眠，也永不放开。

这一路上，若有人想挡在中间，无论对方是谁，必让其灰飞烟灭！

一念起，天地寂。

唯有头顶冷月无声，俯视众生，洞彻了他内心的誓言。

仿佛是感受到了那一瞬的微妙不同，天医空莲在一旁侧过头，默然看了看月下三个并肩而立的少年人——注意到了他们两人交握的手，以及穆氏孤儿眼中一掠而过的锋锐和狠意，天医空莲不由得微微蹙眉。

子夜，朱崖的神域级驭灵师在月下施法，引导着大批新死的亡灵依次离开了穆宅，列了长达数里路的队伍，去往宗庙和祖坟。

当离开穆宅的时候，穆风铎才明白了刚才天医口中需要“被定住”的是谁——冷月下，十八位骑士列队在穆宅大门外，看着满宅亡灵一个个从眼前走过，泪流满面，拼命挣扎，却喉咙喑哑，全身不能动。

这些人，正是当初老太君赠给初霜的那一队玄甲军精英！

他们因为受命离开穆宅，归于天医门下，才堪堪避过了这一轮灭门大难。然而，离家几年，归来时看到的却是这种惨烈景象，无不悲痛欲绝、心胆俱裂。

其中有一位穆风铎认得，是三房的嫡子穆珂，是这一行十八骑的首领，年少有为，原本是族中佼佼者，当初被老太君指派给天医一门的原因很复杂，一是，这一代穆氏里，四房已经有了一个出众的庶子穆郢，如果再有一个嫡出的穆珂，对嫡长孙穆瑀便会造成威胁；二来，打发这些人远远地去了东越天医门下，她也算是尽了当祖母的责任，至少给这些子弟找了一个好去处。

穆风铎还记得穆瑢在血月下冲向哀皇后，战死在武庙的情景。而此刻，除了远在外地生死不知的穆郢，穆氏精英已经全数死在了血月那一夜，无论嫡庶，无论长幼——当初老一辈们的钩心斗角，到头来，又留下了什么呢？

他心中正感慨，却感觉到初霜松开了手，跟着天医空莲往外走去。

他微微一惊，清醒了过来，连忙跟了上去。

八月十八，月已略亏，清光却不曾稍减。

经过一个时辰的跋涉，上千亡灵沿着朱砂描绘的路线，无声无息地列队走入了武庙地界，面无表情，死气沉沉，所过之处地面漆黑，百草枯萎。

天医空莲站在高台上，凝视着领头的那张脸。

那么熟悉的脸，从童年开始与她一路相伴，到了现在却苍老惨白，布满了皱纹和尸斑，银发散乱，双眸里凝结着濒死前的震惊和恐惧。

阿瑾……阿瑾，这就是你最后的样子，也是我们的最后一面。

所有的旧日记忆，好像全停留在那里，和面前的你一样触手可及。

可是瞬息之间，四十年就过去了。

天下十三国皇室里，人人都知道齐朔的叶岚心和北襄的文怀瑾是一对闺中密友——都出自北庭三国的门阀贵族，远房血亲，自幼相识，身份相当，虽年龄差了五岁，却依旧亲密无间。

那时候，我们都是闺中少女，经常同榻而眠，长夜私语，一说就是一晚上。我们什么都聊，推心置腹，无所隐瞒，关于皇室秘辛，关于首饰和妆容，关于那些少年郎，关于未来的夫婿人选……

每次长夜闲聊后，第二天起来日影高照，我拥被高卧、赖床不起，就能听到你在帘子外一边梳头，一边哼着歌——

“侬作北辰星，千年无转移。

“欢行白日心，朝东暮还西。

“明窗弄玉指，指甲如水晶。

“剪之特寄郎，聊当携手行。”

“哎，《子夜歌》？什么携手行，听着好肉麻……不如把手砍下来寄过去算了。”我躺在枕上嘲笑你，“今年就要嫁到北襄去了，穆氏是武圣血裔，家规严厉，再唱这些艳曲儿，小心被婆婆骂。”

“岚心是个小睡虫，睡觉磨牙，还说梦话。”你梳着头，反唇相讥，“等将来嫁了人，春宵苦短日高起，不知哪个夫婿这么倒霉，还得来伺候你起床呢！”

“要死了！撕了你这张嘴！”

那个长夏，满园青翠，日光绮丽，耳畔唯有欢笑。

后来，我们各自出阁，你嫁去了穆宅，我嫁去了天临。两地分隔，路途遥远。但每年一到夏季，我们都要相约去剑川行宫消暑，照样同榻而眠，如少时一样私语。

为了永远留住最好的年华，我潜心研究古籍，搜集天下至宝，花了数年的时间，炼出了一炉仅两颗的驻颜回春丹，一颗自己用，另一颗则送给了你。

那时候，我们都风华正茂，无忧无虑，家世显赫，目空一切，总以为时间可以停下，欢笑可以永久，知己好友可以永远不老不散。

然而，却藐视了命运翻云覆雨的力量。

腥风血雨卷来，天临政变，我和冲照被困东宫，苦苦支撑。那时你新寡，不顾族中四位长老的反对，以幼子穆衍的名义直接下令给玄甲军，第一个点兵勤王，从北襄千里迢迢杀到天临，担着巨大的风险，替我们解了围。

再后来，我决定和冲照和离，全天下震动。

十三国王室贵族无不骂我迷了心，丢了皇室脸面，连我的父王都要和我断绝关系——唯独你一直站在我这一边，以我为重，居中调停，苦劝冲照放手，最后我们才能签下和离文书。

离开天临后，我居于东越，你留在北襄，天涯海角相隔，见面的机会越来越少，但鸿雁往来频繁，内心却从未疏远。

你说，只可惜我在三十多岁才生了少羽，你又只得一个独子穆衍，两个小辈无论怎么都不能相配，不然，两家应该结成秦晋之好，这样你这一辈子攒下的珠宝首饰便不会便宜了外人——我听了只觉得好笑，连天临那顶九龙九凤皇后冠我都没有要，还贪图你这些体己宝贝吗？

再后来，初霜来了一趟北襄给你看病，被穆瑀看上了，你就替宝贝孙子写信来探我的口风。那时候，天临因为册立太子妃的事，正闹得沸沸扬扬。我焦头烂额之际接到你这封节外生枝的信，自然有点生气，回信回得很不客气。

你明明知道我私心是想让初霜和少羽在一起的，居然还来抢人？而且，你那个宝贝孙子被你宠成什么德行了，哪里是适合初霜的？你文怀瑾这辈子在穆宅说一不二、翻云覆雨也罢了，可别把手伸到我这里来打主意！

你接到信后，大约是生了我的气，很久没回信，我也就顺势不理你。

我们自小相识，相交几十年，吵吵闹闹又何止一次，总以为这一次闹僵，下一次总会和好。

然而，此刻，你的宝贝孙子就站在你身后，和你一样满脸死气。

阿瑾……垂髫总角之交，到了如今，竟然轮到了我来给你送葬。

天医空莲凝视着月下的亡魂，双眸里神色复杂地转变，隐隐含泪，忽然长叹一口气，双手轻抬，太古遗音倏地从初霜的肩头跃出，滑到了手腕处，凌空停住。

天医空莲坐在武庙的高台上，在冷月下闭上眼睛，深深吸了一口气，广袖轻拂，指尖划过七弦，开始弹奏。

刹那间，一道光华倏地展开，以天医为中心扩散，将整个武庙笼罩其中，形成了璀璨晶莹的结界。

天医空莲凌空控琴，在月下指尖轻点，衣衫无风自动，如同翻涌不息的云，眉心一点朱砂熠熠生辉，如宝石映照着不老的容颜，美得令人不敢逼视。

琴声扩散开，笼罩在月下。那一曲不知名字，却盛大华美，庄严圣洁，辉映着天上的冷月，竟仿佛借了天地之力，在空旷的武庙上回荡，激发风云回响，将云集的上千亡灵全数覆盖。

穆风铎站在阶下看着这一幕，心中震动——

这样的女子一生都是传奇，才能抚育出初霜这般的弟子吧？

琴声散开，如同密集的雨丝落下，滂沱而至，洗去那一层浓烈的怨气。仿佛是浓厚的雾气被天风吹动，那一群亡灵开始渐渐地变得稀薄，一个接着一个在月下消散，化为一缕一缕的白烟，在慕容凛的指引下归于东侧的穆氏祖坟——在那里，事先挖好了墓穴，设好了净化封印。

当所有人都离开后，唯独一个影子站在那里，久久不肯消散。

那是穆氏的当家祖母，老太君文怀瑾。

满头白发的老人站在冷月之下，脸色惨白，双眼充血，眼底的恨意和怨气在琴声中越发浓重，竟隐隐化为黑气！

“阿瑾，不要执着，放心地去吧。”天医空莲一字一句，“我会替你复仇！”

复仇，月下的亡灵不知道有没有听见这句承诺，气息一震，依然不肯散开。

“阿瑾，阿瑾……你把一生都耗费在了深宅大院里，只想替儿孙铺路。而如今，所有的苦心谋划却都落了空，所以你才满心的怨气，死不瞑目地站在这里？

“可是如果这样，你将永坠恶鬼道中，不能往生！”

“去吧……阿瑾，我来送你这一程。”天医空莲凝视着毕生挚友，哽咽不能语，指下却落如风雨，腾起清光万千——

新的一曲，旖旎深艳，竟然是古曲《子夜歌》。

那是属于她们的歌……在盛夏那个清晨，在隔帘的晨妆里，轻轻哼起。两个豆蔻年华的少女相视而笑，对于未来有着无限的期许。日光映照下，朱颜乌发，明眸皓齿，似乎衰老和死亡永不会来到。

转眼，却已经是几十年过去。天翻地覆，人鬼殊途。

“此生已矣，去往彼岸吧……”天医空莲的手指在琴弦上拨动，琴音如水，一波一波冲刷而来，将那个横死亡魂的煞气洗去，她凝视着对方，许下诺言，“放心，阿瑾，我一定会诛灭黯域、斩杀魇魔，为你满门报仇！”

月下的影子仿佛听见了这句承诺，眼里骤然滑落两行泪水。

白发苍苍的老太君似乎短暂地恢复了一瞬的神志，看到了不远处弹琴送别的闺中好友，嘴唇动了动，却被一种力量拘禁着，一个字都发不出来，只能抬起一根手指，指了指不远处的墓园，眼神激烈地变幻着。

“去吧，阿瑾。”天医空莲看到，低语，“去那边安息吧……”

琴音如水，一波一波冲刷而来，将那个横死亡魂的煞气洗去。老太君站在月色下，凝视着赶来见最后一面的毕生挚友，泪如雨下，徘徊不去，似有千言万语。

许久，老太君的身影才在琴声中渐渐稀薄，化为长风消散在黑夜中。

“阿瑾……”琴弦在指尖下微颤，天医空莲的泪水长划而落，面容哀戚，嘴角下垂，仿佛骤然之间衰老了十岁。

冷月下，故人逝去，仿佛一并带走了她不老容颜下那颗不老的心。

穆风铎在高台下看着这一幕，没有说话，双眸几度变幻。

最后一个，连穆宅的老太君，终于也走了。

那个几度主宰了他命运的长辈、不可置疑的权威，此刻就在冷月下灰飞烟灭，带着整个家族一起进了坟墓——而他心里的所有不解、愤怒和憎恨，在这一刻似乎也没有了着力之处，空空荡荡。

天医空莲沉默地垂头，看着膝上古琴，肩膀微微发抖。

“师父？”许久，初霜才上前，担忧地轻唤了一声。

“我没事。”天医空莲手指轻轻一挥，太古遗音重新飞起，回到了初霜的肩头，吩咐，“你带着夭夭去墓地那边清扫收尾——少羽和凛已经在那里开始封墓了。”

“是。”初霜看了旁边的穆风铎一眼，领命退下。

当弟子离开后，天医空莲却睁开了眼睛，看了一眼旁边穿着雪白孝服的穆氏孤儿，双眸闪了一下，忽然道：“小穆，你跟我来。”

他？穆风铎吃了一惊。

# 第二十四章

## 试炼

血月惊变之后，百年香火鼎盛、庄严肃穆的武庙已经是一片废墟，连正中供奉的武圣穆钺的塑像也化为齑粉。

天医空莲对着破碎的庙堂凝视良久，神色变幻，又看了看地底密室里那一口血棺，开了口：“你就是在这里，将哀皇后和穆云岐一起封了进去？”

“是。”穆风铎垂下头，回答。

那个时候，他还以为自己已经打破了三世之咒。

“传说中的中兴之主，居然能沉睡三世，只待昔日爱人回来复仇。”天医空莲喃喃，嘴角露出一个复杂的笑意，“如此深情大恨，倒也刻骨铭心。是不是？”

他不知道该如何回答，只能沉默。

“其实，阿瑾跟我说过当年那一场巫蛊宫难的真相。”天医空莲声音很平静，“‘静女其姝，俟我于城隅。爱而不见，搔首踟蹰。’”

什么？他一凉，看了面前的人一眼，原来……天医早就知道？

那么，冲少羽和初霜替他瞒下的那些事，天医是不是也早就知道了？

“爱彼此至深，恨却更深。沉溺爱欲，不肯一别两宽，苦苦纠缠，最后导致了这样玉石俱焚的结局。”天医空莲感慨，“一个断情绝爱，杀尽一切也要保住家族和权势；而另一个宁可挖出自己的心，毁天灭地，也要向对方复仇……简直都疯了。”

他垂头凝视地底那一具已经空无的血棺，眼前浮现的是最后那一刻，哀皇后和穆云岐两人相拥深吻，双双沉入血棺的样子——

三世后同死的瞬间，两人脸上的表情、唇上的鲜血、眼中的光泽……悲欣交织，缠绵刻骨，如烈火燃烧，直堕地狱。在这个世上，居然会有人这么爱一个人，却同时又这么恨一个人！

那一瞬的震撼直入心底，教给未谙人事的少年什么叫作爱欲纠缠、生死不忘。

“如今，他们倒是解脱了，却留下了一个巨大的烂摊子。”

天医空莲的语声越来越轻微，终于无声。

穆风铎不敢开口打断她的沉思，只在一旁等待。

片刻后，天医空莲忽然说了一句：“希望将来，你不会重蹈覆辙。”

什么？他猛然一震，不明白此话从何而来。

“武曲统领北斗，为寡宿。杀气极重，孤克决绝，容易剑走偏锋。”天医空莲凝视着身边的少年，双眸复杂，“你将来若是爱上一个人，却又无法得到，不知道会不会变得和穆云岐一样孤注一掷，走向另一个极端？”

他心中猛然一跳，仿佛心事被窥透。

他顿了顿，决然回答：“不会。”

“穆氏对于你来说，是非常复杂的存在吧？”天医空莲看着他，意味深长地问，“你是真的觉得自己姓穆，是穆氏的一员吗？”

他怔了怔，什么意思？天医是听说了宅子里关于他的流言吗？

然而仅仅一怔，他立刻慨然回答：“是！”

“唔……”天医空莲点点头，打量着武庙里的穆氏孤儿，“可是整个宅子上下，几乎没有一个人接纳你，更没一个人对你真心好过——现在，这些人全死了，你真的会为他们觉得难过，真的想替他们报仇？”

这次他几乎没有想就点头：“是！”

怎么不会呢？至少，他不想让董嬷嬷死，还有穆瑢，还有柳燕儿，还有那些堵在路上围住他的不知名字的女孩……那一条条鲜活的生命，都消失在了血月之夜。他怎么会不替那些人难过？怎么会不想诛灭黯域，让这种事不再发生！

“以德报怨，难得。”天医空莲凝视着他，看得出他句句出自真心，神色终于缓了缓，“那么说来，穆氏就算只剩下你一人，也能灭亡黯域！”

穆风铎再次郑重地点头：“是！”

“怎么？在长辈面前只会说‘是’吗？”天医空莲看着他，却忽然道，语气非常奇特，“为什么不说一点别的？到现在为止，你还没有在我面前说过一句阿瑾的坏话，也没有抱怨过一句自己受到的折磨和冤屈……还真是令人惊讶。”她顿了顿，“换成是我家那小子，只怕早就闹翻天了。”

什……什么？他浑身一震，抬起眸子飞快地看了对方一眼。

原来，尽管初霜和冲少羽替他隐瞒，天医还是什么都知道了？

“年纪这么小，心却这么深，这么沉得住气。”天医空莲审视着面前的少年，双眸锋锐，似乎能将人无形中剖开，“受了那么大的苦，忍着委屈不说，是怕得罪我？还是真的仁善宽恕？”

他停顿片刻，道：“事已至此，说也无用。何必多惹是非？”

天医空莲一怔，点了点头：“也对，倒是坦率。”

她凝视着这座武庙，叹了一口气：“阿瑾这些年执掌穆宅，做了哪些事，我大约也知道一些……虽然她出身高门，丈夫和儿子都是穆氏家主，但要保住这一支的地位，牢牢控制全族，少不得也要用一些见不得光的手段。

“二十年前，你们族中有一个年轻人，叫穆孤光——和你一样是庶子，武功卓绝、才略惊人，风头盖过了阿瑾的嫡子穆衍。后来……”

说到这里，她微微一顿：“后来，阿瑾重用了他。”

穆风铎在一旁听着，心中雪亮。

是的，那个穆孤光，后来死于刑堂之手。

“阿瑾把那个年轻人提拔到很高的位置，还让他掌管财权，每年上百万黄金白银进进出出。”天医空莲摇头，“果然，那个人出身贫寒，虽然天赋惊人，心性却脆弱，无法抵抗美色和金银的诱惑，被别有用心之人一步一步拖下水——最后，她借刑堂之手除掉了他，保住了自己儿子的地位不受威胁。”

听到这里，他肩膀一震，心中凛然。

——老太君文怀瑾虽然出自官宦世家，却丝毫不懂武学，但这种诛心之术，杀人不见血，堪比最锋利的刀！

“二十年后，她的孙子穆璃长大成人，结果，又遇到了你。”天医空莲说到这里，看了看他，“我知道她是想故技重施——如果不是遇到了血月之变，你这条命，估计也就断送在这里了。”

穆风铎站在武庙内，回想起几天前血月下的遭遇，吸了口气。

“当初她清除穆孤光的时候，我是知情的，但我没有插手。”天医空莲轻笑一声，“这是穆宅内部的争斗，我为什么要管呢？

“这些抢破头想往上爬的年轻子弟，在我们的眼里不过是一群可用可弃的卒子罢了——喏……就像你下璇玑棋的时候，只要能保住十三颗将星不失，又哪会计较几颗辅棋的得失？”

对方语气轻慢傲然，他没有说话，竭力克制着怒意。

“怎么样？我们这些居上位的老家伙，很可怕吧？”天医空莲看着少年的神色，笑了笑，“不过，如今血月升起，三世之咒应验。穆宅满门覆灭，剩下的都是一些无足轻重的旁支——未来穆氏这一门的荣光，可都在你肩上了。”

什么？他猛然一震，抬头看着对方。

什么意思？天医……她难道是说……

“当此沧海横流之时，非要你这样有能力的少年英雄站出来，才能力挽狂澜。”天医空莲看着他，将他的猜测直接说了出来，“希望我没有看错，你会像三百年前的武圣穆钺一样，和紫微帝君并肩百战，诛灭黯域！”

“我？”穆风铎怔住了，“我没有拔出阊阳，出身又……”

“怕什么？这三代以来，又有哪个家主得到阊阳认可了？”天医空莲打断了他，“在这种时候，不论出身，只论能力——说到底，谁来当家主还不是皇帝一句话的事？”

“真的吗？我？”穆风铎浑身一震，又是激动又是不敢相信，半晌才讷讷道，“多……多谢天医青睐。晚辈……晚辈……”

天医空莲却再次打断了他：“只是，有一个条件。”

条件？他一怔，看着对方。

天医空莲看着他，忽然道：“你喜欢初霜，是不是？”

她问得直接，单刀直入，不留余地。少年骤然怔住，脸色“唰”地苍白，又微微泛红，眼里有不知所措的神色一掠而过，下意识地垂下了眼帘，似乎想闪避。

然而只是一瞬，他又抬起了头，直视着天医，断然回答：“是！”

是的，这样的问题，避无可避，一步也不能退。

当年，那个厨房里的懦夫骆祥，不正是两次在关键的时候退缩、说谎推卸，才导致了后面不可挽回的悲剧吗？如果此刻一旦心虚否认，余生将再也无法抬头！

看到他断然承认，天医空莲不由得蹙眉：“有多喜欢？”

有……有多喜欢？仿佛没想到长辈会问这样的问题，少年怔了怔，手指微微发抖，苍白的面颊上浮出一丝红晕，咬牙回答：“很……很喜欢，初霜她救了我两次……我愿意为她死千百次！”

天医空莲忽地冷笑：“千百次？救一个人倒是可以救千百次，但死，只能死一次——不要说这种空话大话了！”

她语气中有不留情的尖锐，令面前的少年脸色苍白。

“不！”他握紧了手，出声抗辩，“这不是空话！因为除了这条命，我一无所有！你还要我怎么样？”

是的，他一无所有，所以这是他能许下的最重的誓言。

“也对……你现在确实什么都没有。”天医空莲点点头，语气忽然一转，“那换一个问题吧，如果我说，你想要当穆氏家主就不能要初霜。你要怎么选？”

他震惊，看着面前位高权重的长辈：“怎么选？”

“是。”谈话进行到这里，天医空莲不再掩饰自己真实的意图，坦然道，“我和阿瑾一样，都是个母亲，自然要为自己儿子打算——少羽和初霜两个人青梅竹马，本是佳偶天成。但初霜心里有他，他却尚自顽劣懵懂，不懂珍惜。”

她看了穆风铎一眼，意味深长：“我担心有人乘虚而入，卖乖讨好，让我儿错失了大好姻缘，日后悔之不及。”

这样直白的话令他倏地发抖，脸色迅速变得惨白。

“少羽和初霜有二十年的相伴相知，而你却不过只见了她两面。”天医空莲看着面前的穆氏少年，“怎么样？以一国尊荣、一世富贵，来换两面之缘——你一生里，不会再有比这个更好的机会了。”

“不！”他一怔，想也不想地脱口而出。

“不？”天医空莲没料到对方拒绝得如此迅速，冷笑，“不妨好好想一想，你若肯，至少能得到穆氏权柄，成为一方诸侯霸主——若是不肯，你觉得你还会有什么？”

“我本来就一无所有！还怕什么？”他脱口而出，拼命压制住内心的怒意，声音却已经发抖，“最多把我的命也拿回去！”

“唉……傻孩子。”看到他眼底的一抹血色，天医空莲放缓了语气，“你自幼失怙失恃，只是见着了一个稍微对你好点的人，便自以为是真命天女，情根深种——其实将来的路还长着呢！等你成了穆氏家主，权柄在握，就会知道天地广大，美人要多少有多少。而人生海海，第一个遇到的女子其实也不过尔尔。”

他实在听不下去，厉声喝止：“住口！”

那一声里的怒意和杀机，让天医空莲一震，停住了话头。

“初霜……初霜怎么会不过尔尔？初霜她是这天底下最好的女子！”他气得发抖，都忘了面前的人是长辈，厉声反驳，“你竟然让我拿她来换荣华富贵？你……你把我当成什么了？又把她当成什么了？”

天医空莲怔了一下，审视着他的表情，没说话。

“初霜是不可以被选的！只有让她来选！”一股怒意从心底直燃上来，他脱口而出，“她如果选了那个浑蛋，我无话可说。可……可是，万一她选了我，那我就是死一百次一千次，也不会拿她来和你换！”

天医空莲微微一怔，冷笑起来：“嗬……我的儿子怎么浑蛋了？他是天临少主，未来的紫微帝君，万王之王！你一个婢生子，也知道自己一无所有，凭什么觉得初霜会选你？就凭你长得好看，又会装可怜？”

此语说得尖刻，面前的少年顿时一震，脸色“唰”地苍白。

“别在我面前耍心机。你这样有点本事又野心勃勃的年轻人，我这辈子看得多了。”天医空莲看着面前的穆氏孤儿，冷笑，“你虽然出身差，却是个聪明人——你知道自己长得好看，很讨女人喜欢，对吧？也知道初霜心软，见不得人受苦，所以你就在她面前处处示弱，讨她怜惜。”

天医空莲冷笑：“嗬，我那个骄横跋扈的儿子哪会这些？”

这些话让面前的人脸色惨白，全身控制不住地战栗起来。

“别痴心妄想了！”天医空莲盯着他，语气越发犀利，“初霜不过是可怜你而已。就是路上看到一只阿猫阿狗要死了，她也会停下来帮忙——这是我对她从小的教导。你难道觉得是因为自己有什么特别吗？”

穆风铎猛然一颤，似是被利剑穿心而过，几乎站都站不住。

“你看看你自己——身受别人大恩，却利用别人的同情心，对别人抱着见不得光的想法，甚至还想把不属于自己的东西据为己有！”天医空莲眼神锐利，语言更是锋利，“这么做，不觉得亏心吗？”

“住口！”那一瞬，他往前踏出一步，怒极，眼底锋芒乍现，亮如妖鬼。

“怎么？被说破心事，恼羞成怒了？”天医空莲看着他，讥诮道，“好，我现在就明明白白地告诉你！初霜是我养出来给我儿子的，她将来会戴上九龙九凤冠，成为天临城的紫微皇后——你这种人就别痴心妄想了！

“只要我这个师父在一天，你就别想打她的主意！”

什么？他猛然一震，如遇雷击。

天医空莲看着他的表情，连声冷笑：“以为自己有点能力，就能逆天改命了？嗬，你再有能力，将来也不过是替我儿子跑腿办事罢了，还得看我们给不给你这个机会！你这一辈子，永远都不可能和少羽相提并论！”

天医空莲看着他，语气讥讽尖锐，如同利剑毫不留情地一剑剑穿心而过。

“怎么，不服气？不服气也没用。

“要知道，这个天下，永远是我们这种人说了算！”

“住口！”穆风铎全身发抖，再也忍不住，“唰”地一剑就到了她的咽喉！

天医空莲仿佛早有准备，往后退了一步，手指在身后捏了一个诀。这一刻，她可以看到对面的少年已经狂怒，眼露凶光，眉心血红，头顶杀气腾空而起，几如墨色深渊灭顶而来！

然而下一刻，弱水架在她的肩上，剧烈地颤抖着，却没有再进一寸。

“你——”狂怒的少年瞪着她，竟然在最后关头硬生生停了下来，嘴唇激烈地颤抖着，眼里有泪光，似乎有巨大的力量在争夺着他的神志，“你……”

“怎么？”天医空莲的嘴角扬起，“想杀我，却又不敢？”

“我……”他吃力地开口，似乎想分辩什么，却又语塞。

半晌，他只缓缓垂下了手，弱水的锋芒瞬间消失。

怎么？天医空莲松开了背后的诀，有些意外地蹙眉——下午在院子里，这个孩子分明是对少羽动了杀心，若非见初霜到了绝不会停手。如今在这座武庙，四下无人，再次被激怒后，他居然还能控制住自己的杀气？

利剑有鞘，倒是不可小觑。

“你儿子，是个浑蛋……配不上她。”他看着手里的弱水，语气发抖，苦痛而纠结，“他……他品行败坏！定了亲，还出入秦楼楚馆，和男人女人都纠缠不清……没娶她就想着三宫六院……还说她不过是个童养媳，就算知道了也拿他没办法！”

天医空莲微微一怔，脸上讽刺的笑意凝住了。

什么？她那个蠢儿子，居然跟情敌说了这种拆自己台的话？

“他、他明明什么都有了……你为什么还要把初霜也给他？”穆风铎看着面前的长辈，愤怒而悲哀，“为什么你不替初霜想想？像他这样的人，飞扬跋扈，喜新厌旧，不懂珍惜——他一定会伤她的心……你是她师父，怎么忍心？”

天医空莲似乎被这些话问住了，一瞬间居然无法回答。

半晌，她才冷然道：“初霜是我养大的，我让她怎样就怎样。”

“你养大初霜，就是为了拿她送人的吗！”穆风铎厉声，只觉得齿冷，“那你身为天医，和老太君、董嬷嬷这种人又有什么区别！”

天医空莲冷笑了一声，不为所动：“我们这种人，本来也就是这样的。拉你一把，总得拿到点什么好处——穷人庶民，不也有童养媳的吗？”

“那也不能是初霜！”他气极，“你不能这样对她！”

“所以？”天医空莲冷笑，“我这样做了，你就要杀了我吗？”

穆风铎站在武庙废墟里，死死盯着面前的长辈，双眸血红，竭尽全力控制着自己。半晌，他深深吸了一口气，忽地往后退了一步：“不。”

“不？”天医空莲微微一怔，愕然。

他看着对方，声音发抖：“你是天医，是初霜的师父，又救过我的命，我不能杀你——但是，我也不会接受你二选一的条件！”

“什么意思？”天医空莲看了看他，不解其意，“你不想做家主，也不想要初霜？还是你想两个都要？”

“不！我的意思是，我用不着你来给我指路！”穆风铎厉声，握紧手里的弱水，“我有一条命、一把剑，自然能杀出一条血路，替自己安身立命，替穆氏报仇雪恨，不用你们这些贵人老爷来替我费心！”

“哦？”天医空莲一震，似是有些意外。

“但是！”说到这里，他语气骤然一转，杀机毕露，“如果那个浑蛋对初霜不好，无论他是天临少主还是紫微帝君，无论在天涯在海角，我都会过去把他一剑斩杀！”

话音一落，剑风一闪，武庙地面瞬间裂为两半！

穆风铎一击断石，咬了咬牙，转身离开：“告辞！”

“好大的气性，”身后的人忽地笑了一声，“就这么走了？”

“怎么？”穆风铎顿足回首，握着弱水，双眸里寒芒四射，再不客气，“天医是想把我的命留在这里？好，那来试试看吧！”

“嗬，”天医空莲看着他，竟然微微笑了起来，“很好。”

“很好？”他怔了一下，一时间有些不明白。

“你很好，小穆。”天医空莲走过去拍拍他的肩膀，“初霜没有看错你——凭着刚才的一席话，从这一刻起，你才真正有资格跟我那个浑蛋儿子一争高下。”

他看着落在肩上的手，下意识地往后退了一步，脑子有些乱。

什么意思？天医说……让自己和她的儿子一争高下？怎么争？

“你……你不杀我吗？”他一时回不过神来，茫然地问，却没有松开手里握着的那把弱水。

“当然不。”天医空莲笑了一声，摇摇头，“你觉得我是什么样的人？和阿瑾一样，为了孩子不择手段的大家族主母？我刚才不过是想试一试你而已——”

什么？他怔住了，天医……在试他？

可是她刚才咄咄逼人的语气，鄙夷傲然的态度，居高临下的眼神……完全就像是真的一样！这个德高望重的天医，怎么和她的浑蛋儿子一样翻脸如翻书，说谎不眨眼，天生就会演戏？

“穆氏一脉，源远流长。但是武曲为寡宿之星，门下多无完人。”看着他发呆的表情，天医空莲叹了口气，解释了几句，“始祖穆钺武德充沛，为人铁血无情，一生只重视战场成败，视妻儿为衣履——当初为了攻下剑川，不顾全家被黯域扣为人质，战胜之后，穆氏满门，从发妻到幼子无一幸存。后来在天下大定后，他归隐故乡，照样娶妻纳妾，子女满堂，寿至八十，并不以昔年之事为憾。

“而中兴之主穆云岐，文武兼修，貌似风流，实际上却狠辣无比，更甚于先祖——这固然因为武曲天生便有凶暴孤克的决绝之气，也跟穆氏追求武道极致、冷血寡情的家风祖训脱不了关系。

“而你在其中成长，饱受践踏，内心不免留下阴影。在血月之夜又受了哀皇后的侵蚀，身上有尸山血海一般的杀气——你究竟成了什么样的人？能否控制住心魔？是否能承担得起重振穆氏的大任？我要好好试一试才知道。

“在刚才，若是你心志不坚，为权势富贵所动；或者杀气有锋无鞘，为夺爱而欺师灭祖、恩将仇报，现在自然都要另作别论。”

他不知如何回答，内心震动。

“至于少羽……他固然是我唯一的儿子，但初霜何尝又不是我唯一的女儿？”天医空莲叹息，摇了摇头，“在我心里，他们两人是一般的重要。虽然我有私心，想看到两个孩子成为一对佳偶，但绝不会因为偏袒少羽，而硬生生去牺牲初霜的幸福——如果她的幸福是你的话。”

她顿了顿，看向他：“不过，你得证明给我看。”

什……什么？这句话让他怔在了那里，脑海一片空白。

证明给她看？天医……天医的意思是？他有机会？

“但有两件事，我要说明一下，第一，少羽从没有和初霜定过亲。第二，初霜说她这辈子要行医济世，不嫁人。”天医空莲看着发呆的少年，“所以，你先别急，后面的路还远着呢——先把匕首收起来。”

啊？他站在武庙里，脸颊由白转红，又由红转为苍白，半晌不能说话，初霜……没有和那个浑蛋定亲？难道是董嬷嬷说了谎？是有这个可能……可冲少羽那个浑蛋为什么也骗他，说自己和初霜定了亲？初霜……她是真的打算这辈子都不嫁人吗？为什么？

“你说得没错，我儿子飞扬跋扈、不懂珍惜，有时候非常混账，”天医空莲叹了口气，“但是他本质不坏，璞中有玉，你认识了他，以后就会慢慢知道。”

“是。”他垂下头去，不得不承认。

血月之夜，第一次相遇时，对方明知自己触犯了穆氏家规，却依旧想要设法维护自己。后来又在天医面前说谎掩饰，不想让他被母亲迁怒追究——若不是因为牵涉到初霜，自己应该对这个人心怀感激才对。

“儿女私情，各凭本事。我不插手。”天医空莲点头，眉梢扬起，“初霜是要接我衣钵的人，是未来的天医、东越国的女君。她不想嫁就不嫁，喜欢跟谁就跟谁——若你们两个她都喜欢，那两个都要了也无所谓！”

什么？他一下子愣住，几乎不相信自己的耳朵。

两个……两个都要了也无所谓？这……这怎么行？

“怎么不行了？”仿佛看出了他眼里的疑问，天医空莲大笑起来，傲然，“我的徒儿，值得天下最好的东西，过她想过的任何生活。嘛……我的父王母后，当年也未能左右我的人生！”

这番话让面前的少年瞠目结舌，心神震撼，半晌无语。

他出身卑贱，自幼失怙，在深宅大院里艰难地成长，对所谓“长辈”的认知全来自穆宅里有限的几个人——然而，无论是董嬷嬷、三房太夫人，还是老太君，每个人都是戴着大同小异的面具，各怀私心，掌控欲极强，视儿女为私物，还从未见过天医这样洒脱包容的长辈。

“我师父她很开明，也很恣情任性，不是你们想象的那种慈祥威严的一代宗师——哎，你将来见到她就知道了。”

三年前，初霜就这样对自己说过。于今果然。

只是见了，未免一场虚惊。

“谢……谢谢天医！”他情不自禁地讷讷，难掩欣喜，“谢谢！”

“别高兴得太早了，”天医空莲看着这个穆氏少年，笑了一声，“我儿子只是没开窍，一时轻敌。若他认真起来，你可未必有胜算——”

穆风铎心中一沉，脸色又变，不知道说什么好。

“好了，今天的事，你知我知，不用告诉初霜和少羽，”天医空莲摇头叹气，“这两个人若是知道了，不知道要惹出多少麻烦来。”

“是。”他点头，心里也松了口气。

“少年人气血方刚，总是把情爱看得比天大，但是在天下板荡、苍生涂炭的时候，这些都必须放到其次。”说到这里，天医空莲语气严肃起来，“你是目前穆氏唯一可担大任的继承人，我希望你以后握起剑是为了守护天下，不是为了和我儿子争初霜！”

“是！”他脸上一红，羞愧不已。

天医空莲点点头，看着他眉心那一道几乎看不出的血痕，道：“血月之夜，你受到了哀皇后的馈赠，一举飞跃进入神域，却也埋下了祸根——黯域的力量如同一颗种子，见血生根，很难彻底清除。这也是我要几次三番试探你的原因。

“从此以后，你必须分外注意，即便在像方才那样被完全激怒的情况下，也要守住本心。否则，一念成魔，地狱便在瞬间打开。”

“是！”他凛然一惊，垂首答应。

天医空莲停顿了一下，忽然问：“小穆，你这一生，可曾有过至交好友？”

至交好友？就像她和老太君那样的吗？

他怔了一下，摇头：“不曾。”

“那么，”天医空莲微微一笑，“希望日后，少羽能成为第一个。”

他猛然怔住，露出不敢相信的表情——至交好友？他和冲少羽？

“武圣穆氏的继承者和将来的紫微帝君，怎么就不能成为至交好友了呢？”看着身边少年震惊的表情，天医空莲笑了笑，“毕竟，他们的先祖曾经沙场百战，一起驱逐黯域、诛杀魇魔，并肩守住了这万里河山！”

第二日清早，冲少羽坐在廊下喝着茶，好奇地问对面对弈的穆风铎：“哎，我娘昨晚跟你都说了些啥？怎么从武庙出来后，她对你的态度都不一样了？”

昨天半夜三更一口气埋了上千人，冲少羽在穆氏祖坟累得半死，到后来干脆到一边躲懒去了。慕容凛带着朱崖家臣通宵干完了剩下的工作，在曙光初露的时候才来把睡在坟地上的他推醒。

然而，他一抬头却看到母亲带着穆风铎从武庙里走出来，并肩而行，言笑晏晏，两人的神色都有了非常微妙的变化。

那一刻，不知道为什么，他忽然有一种不舒服的感觉。

这种感觉就像很多年之前，看到初霜占去了母亲身边的位置时那样。

“天医……”穆风铎不知道怎么回答，垂下眼睛看着茶盏——杯子里是一瓣一瓣绽开的桃花，点缀着白芷，微微浮沉，美丽如梦。

她说，这是桃源谷的桃花。

她说，将来要和他一起去那里。

而天医让他去一争高下，说，她的徒弟喜欢跟谁就跟谁。

他脸颊一热，捏紧了手里的棋子，因为心虚而不敢抬头。

“咦？怎么好端端的又脸红了？”冲少羽看着他腼腆羞涩的表情，却立刻就想歪了，顿时大惊失色，脱口而出，“什么？难道我娘这么离谱，看到你长得好，居然连这么小的都不放过？”

“……别胡说！”他连忙呵斥，脸烫得发烧，“没有的事！”

冲少羽松了口气，问：“那是说了啥？”

旁边的初霜刚刚从厨房里出来，手里拿着做好的早餐，听到这句话也好奇地看了过来，显然也想知道昨晚师父把穆风铎单独留在武庙做了什么。

“天医说……血月升起，黯域入侵，这个天下大乱已至，”他不敢看初霜清澈的目光，只能硬着头皮挑了几句能见人的话，“我是穆氏幸存者，她……她希望我能成为穆氏新家主，和你……你们，携手并肩，诛杀魇魔，为穆氏报仇。”

“哦？”冲少羽抓了抓脑袋，“让你和我联手？你行吗？”

他不答，只是抬手，将黑子“啪”的一声落在了棋枰上。

“啊，”初霜在旁边脱口轻呼，“你又输了！”

“……什么？”冲少羽低头看了一眼，愕然，“又来阴的？”

“兵不厌诈。”穆风铎微微一笑，抬眼看对方，眸光极亮。

“不算不算，”冲少羽连连摇头，伸手将棋枰弄乱，开始耍赖，“我刚才和你说话分了心，没有仔细看——再来比一局，一定赢你！”

“棋品如人品。”初霜笑话冲少羽，“小穆的棋艺就是比你高，认输吧。”

“不认！”冲少羽不服输的劲儿上来了，“再来！”

“快吃饭，别闹了。”初霜笑着转头对穆风铎道，“别理他，他这个人就是又好胜又要面子，每次输了都耍无赖。这样下去要没完没了了。”

“哪里耍无赖了？”冲少羽不服，“我只是要多比一局而已！”

穆风铎却毫不恋战，应声从棋枰前站了起来，去帮初霜布置好桌子，又转身进了厨房，从灶下的灰堆里将煨好的东西剔出吹净，用布巾垫了手，装盘端了上来，再放了一碟糖汁在旁边作为佐料。

"咦？"连初霜都有些意外，"这是什么？"

"这是北襄特产的雪芋，天冷后分外甜糯。"穆风铎解释道，掰开一个给她，"你尝尝——虽是苦寒之地，微贱之物，但在别处再也没有这样的味道了。"

"哇！初霜，你家小穆还会做菜？"冲少羽大惊小怪，"又是美人，又是名将，还会做菜……要比南宫还厉害！"

什么？穆风铎一怔，收敛了嘴角的笑意，眼底有冷意一掠而过——连他都知道那个南宫无瑕是个出了名的断袖，一直和天临少主不清不楚。冲少羽在初霜面前老是拿这个人跟自己比，到底是什么意思？

"呀，真好吃！"初霜只吃了一口，就眉眼弯弯地笑了起来。

"这东西怎么剥？怎么这么麻烦！"冲少羽毛手毛脚，半天还是剥不干净芋头皮，有些烦躁起来，一把掰断，"我娘呢？她怎么不出来吃早饭？"

"别乱来，"初霜实在看不过去，就将自己碟子里剥好的另外半个给了他，"师父昨晚度化了上千亡灵，需要休息。等外面的药材送到了，她就会起来。"

"药材？"冲少羽愕然，"什么药材？"

"北襄疫情严重超出预计，一路上我们带来的药都发完了。"初霜回答，"师父昨日派人去郡里采购了一大批药材，要在这里就地炼制新药。"

"哦，这样。"冲少羽点点头，蘸着糖霜吃了一口，"哇"了一声。

"小穆，你很厉害啊！这也太好吃了！"冲少羽眼睛放光地看着对方，脱口而出，"天临的御膳房也做不出这等味道——你真是个天生的厨子！"

然而，这一句话却让面前的人变了脸色，穆风铎霍然站起，拂袖而去。

"怎么？"冲少羽茫然，"夸他一句，他还矫情起来了？"

初霜白了他一眼，也没说什么，连忙跟了上去。

穆风铎一怒之下离开了院子，却不知道该去哪里，只是下意识地走到了小厨房，看着灶台下的灰烬发呆——天生的厨子。那个谣传是自己生父的厨房仆役，骆祥。这个天临少主，是不是在初霜面前暗讽他，拐着弯骂自己是个杂种？

"别听他瞎说，"初霜跟了进来，轻声，"少羽没有恶意。"

"我知道。"穆风铎茫然地看着灰烬，喃喃，"是我自己的问题。"

是的，这是他的心魔。也不知道怎么了，那么多年来，宅子里的人无论怎么冷嘲热讽说他是杂种，他也未必放在心上。然而，这话从面前这个张扬尊贵的少主嘴里说出来，又当着初霜的面，他就一句也忍不了。

可能因为出身太低，私心仰慕的又太高，心魔永远挥之不去。

初霜轻声安慰："哎，别理他。他这个人就是这样，嘴巴毒，自顾自，一身富贵病连我都治不好。"

"初霜，"穆风铎顿了顿，"你是天医高徒，你觉得……我真的姓穆吗？"

初霜一怔，看了看面前的穆氏孤儿，眼神微动：“当然了——你不但姓穆，而且是整个穆宅里最优秀的！”

他心中一轻，喃喃：“那我是真的在武庙里杀了自己祖宗了？”

“血月那一夜的事，你不要再多想了。”初霜拉住他的手，“小穆，你做得很好，一点也没错——错的是穆氏上下三代，是放出魔魔的哀皇后！”

她的手指温暖柔软，令他微微一颤，心跳加速。

“谢谢你。”他脸上发热，诚心诚意地说了一句。

“这个雪芋真好吃，”初霜岔开话题，“回头教教我怎么做，好不好？”

“好！”他立刻答应，心里乍惊乍喜，先是开心有了机会和她多接触，然而念头一转，心又一沉，初霜想学这个菜，是因为冲少羽刚才说喜欢吃，所以她准备学了日后好做给他吃吗？

只是一瞬之间，少年的心情起伏不定，忽明忽暗。

见旁边没人，初霜低声问：“我师父昨晚没有为难你吧？”

那天刚一见面，小穆就对少羽动了手，差点酿成大祸。师父向来偏心这个独子，只怕对小穆会有先入为主的成见——也不知道师父昨晚特意支开自己，把小穆留在武庙里那么久是为了什么。

“没有。”穆风铎摇摇头，想起在武庙的对话，脸上忽地热了一下，讷讷，“天医……天医待我很好，一直鼓励我。”

鼓励他和她儿子一争高下。

“哎，我跟你说过师父她很好的！”初霜终于放了心，拉住他的手，“来，去外面把早饭吃完——等吃完了，我带你去一个地方。”

一个地方？他有些愕然地看着她。

# 第二十五章

## 拔剑

一夜呕心沥血的操劳，天医空莲疲倦至极，黎明前才沉沉入睡。

梦里都是堆垒的人头，绵延的黑气，蜂拥而至的恶鬼。

忽然间，画面一转，光线变亮，她看到阿瑾在夏日的帘子外梳头，口中唱着熟悉的《子夜歌》，然而梳着梳着，那一头乌黑的长发却慢慢转成了花白。

“阿瑾？”那一瞬，她忘记了对方已经去世，脱口低呼。

对方应声回头，然而，映入眼帘的却是一张苍老的脸，表情狰狞痛苦，七窍流血，双瞳空洞，充满了怨气！

“岚心。”化成恶鬼的阿瑾看着她，喃喃飘近，“你来晚了……”

她一惊，双手下意识地摸去，却找不到太古遗音——琴呢？琴呢！她手指发抖，身体却梦魇似的不能动，只能竭尽全力一遍遍地念咒召唤。

“唰”的一声，太古遗音终于凌空飞来，停在了她手腕下。一声琴音响起，如石子投入水面，面前的人终于如倒影一样散去了。

然而转瞬间，她又看到了另外一张脸在面前凝聚浮现。

紫袍金冠，剑眉重瞳，英俊而贵气，眼里有一种睥睨天下的傲慢，是钟鸣鼎食的皇室才能具备的气质。

冲照？她松了一口气，松开了手里的太古遗音。

然而，对面的重瞳中忽然有黑色火焰烈烈燃起，充满了憎恨和不甘！那个人倏地飘到了她面前，抬起鲜血淋漓的左臂，一把狠狠攫住她的咽喉，厉声：“叶岚心！这一切都是因为你！”

她一震，失声惊呼：“你是……冲晔？”

刹那，万军汹涌而来将东宫围困，宛如一座孤岛。

她不敢放下手里的琴，日夜不停地弹奏，直到指尖鲜血淋漓，白骨渐露，每一声都伴随着刺骨剧痛。那种痛从指尖直入心底，随着一声一声地拨弦，几乎要把她整个人撕裂。

她低下头，看到鲜血从裙裾下流出来，如同蜿蜒的蛇爬入黑暗之中。

为了选择丈夫，她失去了父母。为了救丈夫，她失去了孩子。

这就是代价……是她一生恣意任性的代价！

…………

一宿噩梦绵延，等醒来的时候，日头已近中天，小院里寂无人声。只有锦袍金冠的英俊少年坐在廊下，独自对着棋局沉吟，薄唇紧抿，重瞳沉静，左臂上炎龙环绕，乌发在日光下熠熠生辉，有一种令人不敢直视的天纵贵气。

这张脸，和噩梦里那张脸依稀相似，却又完全不同。

她站在那里，定定地看着自己的儿子，恍然有一种不真实的感觉。

多年前的宫变中，她气血衰竭，失去了腹中胎儿，当时一度连天医崇熵都认为她无法再有子嗣。后来，休养了足足八年的时间，她才侥幸怀了少羽——有时候，她真想把这个世上的一切都给他。但更多的时候，她会后悔为什么要把这个混世魔王生下来，没让他投胎去别的地方祸害别家。

“醒啦？”感觉到了母亲的视线，冲少羽头也不抬，“桌子上有吃的。”

“初霜呢？”她没看到自己的爱徒，问。

“跟那个小野猪去后头了。”冲少羽看着棋盘。

“小野猪？”天医空莲一时间回不过神来。

“拱你白菜的那个。”冲少羽随口回答，拿着一颗棋子在棋枰上比画，不甘心地嘀咕，“奇了怪了，一个乡下小子，从哪里学来的棋艺？北襄好像没什么璇玑大国手啊……”

天医空莲看着儿子这模样，便知道他定然是刚刚输了棋，正在复盘，不由得摇摇头：“璇玑棋为武圣穆钺所创，穆氏藏书阁里自然会有祖传棋谱——小穆棋艺高强又有什么稀奇？”

说到这里，天医空莲忽然想起一事：“对了，你为什么骗他，说自己和初霜定了亲？”

“我？我可没说，是那小子自己说的！”冲少羽愣了一下，嗤笑，“也不知道他从哪儿听来的小道消息——我只是没否认而已。”

天医空莲蹙眉：“为什么不否认？”

“逗逗他呗……看他这么着急，特别有意思。”冲少羽想起那天的情景，忍不住笑了，“我一说初霜是我的童养媳，他顿时气得眼睛都红了……哈哈哈，简直像我抢了他老婆一样。”

童养媳？天医空莲无语，只觉得心塞——这个蠢儿子，自己的老婆快被人抢走了，还在这里笑得这么开心！

“他们两个去后面干吗了？”天医空莲看到桌子上还放了一份早餐，知道定然是初霜细心，特意留给她的，拿起来吃了几口，一边问，“去了多久？”

“半个时辰了。那个丫头神神秘秘的，也不知道干吗？”冲少羽摇头，啧啧，“说不定那个小书虫看多了梦龙阁主的书开了窍，久别重逢，发现小穆长大了也俊俏了，忽然春心大动……哎哟！”

“管好你胡诌的嘴！”天医空莲气不打一处来，拿手边的东西砸了过去。

冲少羽一把抄住，咬了一口：“哎，别乱扔啊！好吃得紧呢。”

“……什么东西？”天医空莲知道儿子锦衣玉食、一贯嘴刁，这一路在北襄日日抱怨无下箸之处，不由得看了一眼碟子里的东西。

“北襄的雪芋，可好吃了。”冲少羽几口吃完，啧啧，“你不知道，那个小野猪还挺厉害的——不但会拱白菜，居然还做得一手好菜！”

天医空莲也拿起一个，刚吃了一口，不由得一愣。

“你完了，输定了。”天医空莲看着手里的雪芋，叹了口气，“就算你是天临少主、炎龙血裔，将来的紫微帝君——但在挖墙脚这一项本事上，这个自学成才的北襄小野猪能杀得你片甲不留！”

“嘁，怕什么？反正初霜说了不嫁人。”母亲故意以言语相激，冲少羽却是一点儿也不肯上当，“你也知道我说话可以当放屁，但她说话可向来算话。”

天医空莲一怔，无言以对。

“而且，我要是想把她哄回来，还不是分分钟的事儿？”冲少羽停顿了一下，终究还是没能压住好胜心，大言不惭，“那个北襄小野猪算什么？轮得到他？”

“那就好。”天医空莲略感欣慰，想了想，又问，“当初在天临，你和初霜关起门都说了些啥？”

“啊？”他愣了一下，“哪个当初？”

“就是加冠前，打算给你册妃那会儿。”天医空莲心中的这个疑问一直未曾消失，“她回天临就听到了满城谣言，关门不出。我让你进去劝她——结果你们在里面说了好一会儿话，隔天初霜过来，就跟我说她也不想嫁给你。”

“哦，那时候啊？”她问得凝重，冲少羽却挠头，“时间过去太久，有点想不起来了……”

“你！”天医空莲勃然大怒，忍不住又砸了过去。

“哦哦，想起来了！”冲少羽接住了第二个扔过来的雪芋，“我跟她说，我只是喝高了说漏嘴，不是故意散布的。如果因为那些流言以后没有人肯娶她了，那我来兜底好了——别说娶个娼妓之女了，就是娶个娼妓，老子都无所谓！”

“……你！”天医空莲愣住，怒斥，“说的都是什么鬼话！”

“当然啦，我也跟她摆明了条件，大婚以后，大家要各过各的，互不干涉，保证将来凤仪殿的皇后之位是她的就行了，可不许管我在外头怎么玩，也不许像以前那样一有事就向你们通风报信！”

他说到这里顿了顿，抱怨：“结果，那个小书虫居然不领情！”

“唉，我的话可是说到了……仁至义尽，是她不肯。”冲少羽耸耸肩，如释重负，“既然她不肯，那就算了。”

看着对方无所谓的表情，天医空莲最终摇了摇头。

“确实，”她叹了口气，重复了儿子的最后两个字，“算了。”

“飞扬跋扈，喜新厌旧，不定性”“正因为什么都有，所以从来不珍惜”“他一定会伤她的心”……那个北襄小野猪说的每一句话都没错。

这个混账，其实已经伤了初霜的心了吧？

这样的两个人，就算勉强凑在一起，又能如何？

母子两人刚说到这儿，二弟子明雪和三弟子飞岚进来禀告说采购的药材送到了，但是对方听说了穆宅发生变故，心中忌惮，在门外不敢进来交割。此外，还有好几拨郡里的人听说穆宅出了事，纷纷上门探问，都在耳房里等了半天了。

“好了，去替我把那只小野猪叫过来，”天医空莲没好气地啃了一口雪芋，对儿子道，“穆宅现在无人，只有他能当家了。”

吃完早膳后，初霜带着穆风铎一路往里，直走到一个熟悉的内院。

那是老太君生前居住的内宅，庭院宽旷，空无一物。人头堆垒的京观已经被清理了，注满了鲜血的地面也被清洗得彻底——然而无论如何反复清扫，这里的空气中还是充满了挥之不去的血腥味。

他回忆着血月之夜发生的一切，不自禁地一怔，看向身边的少女。

初霜……带自己来这里做什么？

“有一件事，不知道你注意到没有？”初霜语气有些凝重，“昨晚我们送走的所有亡灵里面，并没有那位董氏顺娘，董嬷嬷。”

他心中一动，点了点头。

是的，那时他也注意到了，心里正疑惑——没有亡灵，说明人并没有死？可是，在二十几个幸存者里，却不见那个老嬷嬷的身影。

“跟我来。”初霜轻轻一拉他，往里走。

她的手指温暖纤细，柔若无骨。他情不自禁地一颤，昏头昏脑地随着她走去，每一步都像是踩在云端上。

然而等初霜走进门，将手放在中堂悬挂的那一幅松鹤延年图上时，他吃了一惊，立刻清醒了过来——就在那一瞬间，整个中堂四壁移动，往深处延展，刹那间出现了另一个房间！

作为每五日一问安的庶子，他来过老太君的房间无数次，却从来不知道在这个中堂的背后，居然还藏有一个密室。

密室里珍宝遍布，琳琅满目，其中赫然有几样他看到过的东西——辟水珠、照夜玑、九幽玉暗芝、鲛丝冰弦……正是当初老太君拿出来摆在中堂桌子上，让他帮忙选择送给天医的那几样珍贵礼物。

原来，这个密室是老太君用来存放体己珍宝的？

他疑惑地看了看初霜，不明白她的意思。然而，初霜看着他，抬起手指了指西北角的一件东西："你看。"

"啊？这是——"他眼睛一亮，情不自禁地走了过去。

放在密室角落里的是一套黑色铠甲，兜鍪、护颊、护项、肩甲、胸甲、襟甲、战靴无一不齐，全套呈玄铁色，寒光凛凛，胸口正中有夔狰的纹徽。

他失声："这……这不是明光铠吗？"

"喜欢吗？"初霜看到他眼睛发直的样子，不由得笑了。

这是武圣穆钺所遗留的战甲，后世称之为明光铠，由龙泉谷始祖、大铸剑师宗澈所铸，全套由千片玄铁甲叶组成，经过咒术加持，曾伴随武圣穆钺纵横沙场，百战百胜，直至归墟一战封圣。

三百年来，这个铠甲原本应该和阊阳一起供奉在武庙，此刻居然出现在了这里？为什么？难道……是老太君再次暗自私藏了起来？

穆风铎心神震动，忍不住走上前，抬手摸了摸。

当他触碰到明光铠的刹那，一道光芒倏地从胸甲正中的纹徽上亮起——盔甲上的夔狰忽然睁开眼，一口咬住了他的手指！

"啊？"他脱口惊呼，下意识地退后了一步。

一滴血从他的手指上渗出，迅速消失在夔狰的口中。而同一瞬间，只听铮然一声响，整套铠甲腾空而起，千片玄铁甲叶齐齐散开，然后又"唰"的一声围合，竟然自动覆上了他的身体！

穆风铎甚至来不及后退，就已经甲胄加身。

看上去那么重的一套铠甲，穿在身上居然轻若无物，他甚至觉得这套铠甲是活着的，它在呼吸，在微微震动，无声地呼应着他每一个举动。

"这……"穆风铎看着自己身上，惊诧到无法说话。

"明光铠是神域灵器，也会自行择主——我料得没错，它选了你呢！"初霜打量着面前的人，眼神极欢喜，"你看，你穿起来多合适！"

穆风铎下意识地摸了摸胸口的夔狰纹徽，一时间宛如梦中。

他看着身边的白衫少女，心神震动，几乎不能自持。初霜……初霜带他来这里，就是要给他看这套明光铠吗？她救了他的命，还给了他那么多，一路支持他向前——这种恩情，自己这一辈子只怕粉身碎骨都难以报答。

“还有一事，你要有心理准备。”初霜的面色却凝重起来，似有隐忧，轻轻道，“小穆，我找到了董嬷嬷。”

“什么？”他大吃一惊，脱口而出，“你……你找到她了？她还活着？”

初霜点点头：“你来看看这个。”

言语之间，她抬起手，“唰”的一声，拉开了面前的一道帘子。

“小心！”那一刻，穆风铎感受到了一股邪气迎面而来，悚然一惊，下意识反手握住了弱水，一步就挡在了初霜前面。

然而下一瞬间，当看清楚出现在面前的是什么时，他脱口惊呼。

缩在角落里的是一个极其熟悉的人，慈祥苍老，皱纹密布，满头银发散乱。然而那双熟悉的眼睛里，却已经充满了混浊的灰色，瞪着进入的两个人，蜷在密室的最角落，手里抱着一物，喉咙里发出恐吓般的嗬嗬呼声，宛如一头邪兽。

“找到她的时候，便已是这样了。”初霜轻声道，神情凝重，“估计是大变来临的时候，她及时藏进了这里，躲过了斩首之祸，却被无所不在的浓烈邪气从七窍中侵蚀——我让门人先不要动她，等你来看一眼。”

他看着面前的人，双手止不住地战栗。

是的……那是董嬷嬷！那个他叫过“阿姆”的老人，和他相依为命数年，照顾过他，毒杀过他，又在血月之夜失踪的老嬷嬷，此刻竟然缩在了这个密室里，变成了这样人不人、鬼不鬼的东西！

他猛烈地颤抖，转过头不忍看，咬着牙，半晌才问：“还……还有救吗？”

“被黯域邪祟从七窍侵蚀，三魂失其二，已经没法救回来了。”初霜叹息，看了看身边的老嬷嬷，“小穆，我知道她做了很多对不起你的事……但我觉得，你还是想看她最后一眼的，是不是？”

“是。”穆风铎点点头，眼眶已经红了，“初霜，谢谢你。”

恍惚间，他想起的是三天前的中秋，清晨离开时老人那只轻抚过头顶的手，又想起回来时在月下摆着的那一桌酒席，一时之间痛彻心扉，说不出话来。

然而，就在他恍惚的一刻，神志不清的老嬷嬷仿佛忽然认出了面前的人，嗬嗬地大呼，用尽了最后一点力气向着他爬了过来！

“小心！”眼看对方就要触及他的脚，初霜出声提醒。

“铎……铎儿。”那一瞬，那个半人半鬼的人模糊地喊了一句。

什么？这一瞬，两个人齐齐动容，看了过去——被侵蚀到如此程度，都已经失了大半魂魄，这个老嬷嬷居然还能说出话？她……居然还能认出面前的人！

“铎儿……”七窍流着黑血的老嬷嬷在地上痛苦地爬行，试图靠近穆风铎，抬起了手臂，声音虚弱得几不可闻，喃喃，“剑……剑……”

剑？两个人一怔，才发现董嬷嬷怀里紧紧抱着一把银色的剑！

“承影？”他一见之下便认了出来，不由得失声。董嬷嬷手里的，居然是那把他在老太君房间里看到过的，由龙泉谷铸剑宗师玉树所铸的传世名剑！

“铎儿……剑。”垂死的人用尽最后一点力气，将那把剑托起，口鼻中都流着黑色的血，目光也已经混浊无光，嘴里却反反复复地喃喃，“剑……”

剑？他下意识地拿住了送上来的那把剑，看了一眼，确实就是那把承影——锋芒所指，可斩神鬼，剑刃上还有流水一样的紫气。

他的手一握，“唰”的一声，那把长剑自动跃出，耀眼的光芒立刻点亮了密室！

穆风铎持剑在手，看着地上半人半鬼、挣扎爬行的老嬷嬷，一时心中一怔、眼眶发热——董嬷嬷变成了这样，居然还是心心念念想让他拿到这把剑？这是为了补偿他没有拔出阊阳的遗憾，还是为了弥补她对自己所做的一切？

他怔怔地站在那里，两年间的一切飞速掠过心头，心中震撼，泪水再也无法控制地划过面颊，簌簌落在尘土上。初霜在一旁担心地看着，却没有开口打扰，只是抬手设了个小小的结界，阻住了董嬷嬷去抓住他的脚踝。

“初霜……谢谢你带我来这里，就让我来送她最后一程吧。”沉默了片刻，穆风铎开了口，语气克制而隐忍，微微发抖，“我……我答应过要给她养老送终——前者已经做不到了……后者，总是还可以的。”

送终？初霜心头一怔，似是第一次认识般地看了他一眼。

血月里幸存下来的穆氏孤儿站在密室里，手握长剑，脸色苍白，全身发抖，眼神脆弱，双眸却凛冽，面对着昔日至亲之人也是杀伐果断，丝毫不曾乱了心智。

“好。”她叹了口气，点点头，“你来动手，我来为她净化。”

言毕，她手腕一动，太古遗音从肩后跃出，平移到了腕下。

穆风铎吸了一口气，握住承影往前踏出一步，“唰”的一声，凌厉的剑气透出，直逼蜷缩着的那个老嬷嬷。

“啊啊啊……”出于本能，丧失了神志的老人用混浊的眼睛盯着来人，张开嘴在空气中嗬嗬大呼，拼命往后退缩，想要回到角落里。

穆风铎毫不犹豫地上前一步，一剑刺入老嬷嬷的心脏！

那一瞬，老人发出惨烈的大叫，面容扭曲，拼命地挣扎。

穆风铎咬着牙，迅速旋转剑锋，穿透胸膛，连着心脏绞碎，确保这一剑彻底完成。然后，他断然收手，颤抖着往后退了一步，低下头，看着刃上流下的黑色血液。

同一瞬间，室内响起了《明心净咒》，琴音如潮涌来，一波一波地洗去被侵蚀在灵魂上的黑暗。当灵魂从尸体上脱离的瞬间，老人恢复了在世时的模样——那张脸慈祥而温暖，看着面前的少年，满目是泪，似是羞愧，似是欣慰，仿佛蕴藏着千言万语，却说不出一句话，只是飘过来，抬手抚了一下他的头顶，喃喃：“铎儿……”

穆风铎猛然一震，嘴唇动了动，声音轻不可闻：“……阿姆。”

董嬷嬷仿佛听到了，忽地对少年微微一笑。然后下一个瞬间，董嬷嬷就和他阿娘一样，如同雾气般在眼前消失。

那一瞬的情景宛如梦幻，令他止不住地全身战栗。

直到曲声结束，初霜走过来轻轻说了一句什么，穆风铎才回过神来，已经无法掩饰眼角的泪痕，只能扭过头去，不让她看见。

“别难过，小穆。你送了她最后一程，她心里很满足。”初霜轻声说，“如今董嬷嬷已经往生，一切都结束了。”

都结束了？那一刻，他松开手，长剑铮然落地。

短短几天之中，这已是他第三次杀人——第一次，杀的是穆氏长老和刑堂使者；第二次，杀的是中兴之主穆云岐和哀皇后；而这一次，杀的却是他在世上仅存的亲人！

这一剑剑地杀过去，所敬所亲，尽皆斩断。

或许天医说得对，武曲为寡宿，孤克决绝，在世上本无可依。

那一刻，他忍不住哽咽落泪，半晌才终于控制住了自己，低声：“初霜，我……我想把董嬷嬷送去义庄，和我的其他家人安葬在一起。”

“好。”初霜点点头，“我去安排，你不用担心。”

她收起了琴，俯身将地上那把长剑捡了起来，送回给他。忽然间，她手顿了一下，眼里掠过一丝疑虑，喃喃：“奇怪。”

“怎么？”他一惊，以为又有异常，立刻挡在了她面前。

然而，初霜只是看着手里银色的长剑，蹙眉沉吟：“承影是太平盛世中的王者之剑，中正平和，不应该有如此重的杀气……难道……”

一边说着，她一边并起双指，掐了个诀，在剑刃上轻轻一点。

她瞬间眼神一变，脱口：“不——这不是承影！”

中秋之夜后，穆宅便四门紧闭，谢绝一切来客，只派出了使者向望冬城报信。然而天下没有不透风的墙，如此重大的噩耗还是不胫而走，轰动了整个扶风郡。不到一日，外面已经来了十几拨人，纷纷前来探问消息。

冲少羽在前面大堂看着各路人马，草草应付了几下，实在是不耐烦，便回身走向内院，准备去把穆风铎揪出来主持局面——真麻烦，怎么穆家的人都死光了，留下的事情还这么多？

然而，刚走过中庭，他便看见了两个并肩而来的人。

初霜像往日那样穿着白衫、背着琴，神情肃穆。穆风铎却换了一身没见过的黑色铠甲，手里握着一把银色的长剑，整个人看上去仿佛有点不一样。

“你们俩去哪儿逍遥快活了？躲起来半天，好事成了没？”冲少羽刚问了一句，就发现穆风铎的眼眶居然有点红，像是刚哭过的样子，不由得好奇起来，“怎么，被初霜欺负了？放心，她会对你负责的——”

“别瞎说！”初霜脸一红，“师父呢？我们有急事找她。”

“在前头被一大堆人围着，脱不了身。”说到这里，冲少羽忽地转过头，对着穆风铎眨眨眼，“啧”了一声，“哎，小穆！没想到你小小年纪，居然也这么风流？果然是北襄之狼啊……佩服佩服，甘拜下风。”

“什么？”穆风铎本来有些心神恍惚，回过神，“什么狼？”

“色狼呗……嘿嘿，外头有好几个女人在找你呢！”冲少羽有些幸灾乐祸，“个个都要你对她负责，叽叽喳喳闹个不停——我娘被她们缠得都要发飙了。”

“什么？”穆风铎一怔，脱口，“不可能！”

“别胡说八道。”初霜也白了他一眼，“小穆不是这种人。”

“我哪里胡说八道了？不信自己出去看看！”冲少羽底气十足地嚷嚷，“知人知面不知心！你家小穆可不是吃素的，还没满十八呢，居然就招惹了那么多桃花——那几个女人一个拿出庚帖，说是跟他定了亲；另一个更厉害，说是小穆非礼了她，穆氏答应过要给个说法！”

“什么？”初霜倒抽了一口冷气，看着身边的人。

“不、不可能！”穆风铎一个激灵，瞬间手足无措，看着初霜拼命摇头，结结巴巴，“不是这样的！我没……没定亲，也没有非礼！她们胡说！”

“非礼应该是没有，长成这副模样，女人扑上来非礼你还差不多。”冲少羽看到他的表情，心里不由得越发好笑，嘴上却不饶人，“但是定亲多半是真的——卓家拿来的庚帖上有老太君的亲笔，这你能赖得了？”

“什么？”这一惊非同小可，他脱口，“卓家？”

“怎么，终于想起来了？”冲少羽啧啧，摇着头，“没错，就是扶风郡大药材商卓家的小姐，芳名婉婉，年方二十，长得真是……一言难尽，哈哈哈……你去看看就知道了，活脱脱一个女弥勒佛！”

穆风铎猛然一震，摇头：“不可能！”

这门婚事董嬷嬷提了很多次，他一直反对，从未松过口。难道后来她竟然不经过自己同意就去请示了老太君，直接把婚事定下来了？父母之命，媒妁之言，世家大族里，婚姻原本也轮不到小辈自己做主。

“不。”穆风铎想也不想，脱口，“这事我不同意！”

冲少羽嗤笑一声，言语刻薄：“哎，穷小子为了攀高枝，去娶有钱人家的丑千金，等一旦当上家主就变脸悔婚，嫌人家门户低微，抛弃糟糠之妻！”

仿佛觉得还不够煽风点火似的，冲少羽转过头对初霜道：“你看到了吧？你家小穆居然是如此无情无义、负心薄幸之人……”

“不是这样的！”穆风铎再也不能忍，直接往前厅走了过去，“不行！”

初霜忍不住摇摇头，笑了笑，并没有跟上去。

“走，”冲少羽过去拉起了她的手，幸灾乐祸，“看热闹去！”

“别了。”她却不肯，蹙眉，“这些事师父会解决的——小穆脸皮薄，我们就不要跟过去看热闹，白白让他困窘了。”

冲少羽顿时有些不快：“嘿，你还挺护着他？”

“所以呢？”初霜显然特别了解他，反问，“你就越发要找他麻烦？”

“哪里，”冲少羽耸肩，“我当年不是也被逼着册妃过？他要想悔婚，我肯定挺他！”

初霜双眸微微黯淡了一瞬，沉默不语。

少羽向来没心没肺，说话从不顾虑旁人的感受，随口提及当年之事，似乎压根儿不觉得这和身边的人有什么关系，就好像别人的伤疤对他而言是个陈年的笑话。

“别担心，刚刚我还给我娘出了个妙计。”然而，冲少羽完全没有留意她这一瞬的情绪波动，兴致勃勃，“你看，既然这两个女人都来找他，不妨借力打力，以子之矛攻子之盾！”

“以子之矛攻子之盾？”初霜不解。

“是啊！一个告非礼，一个要定亲。那就让想成亲的去见见那个告非礼的好了——两个女人一见之下，打上一架，这婚事自然就黄了，不是吗？”冲少羽“哈哈”大笑，自鸣得意，“一石二鸟，连消带打，我厉害吧？”

初霜白了他一眼：“亏你想得出来。”

“怎么？”冲少羽不悦，“哪里不好了？”

“北襄民风保守，注重声誉。要是这么胡来，小穆的名声就完了，以后还怎么做家主？”初霜不以为然，“你以为人人像你？”

“我？我怎么了？”他不服气，“我名声好得很！”

“是，名声好得很。”初霜点点头，抿嘴一笑，往大门走去——那边停着整整十辆牛车，放满了各种药材，全是天医列出单子让门人去采购来的。

“嘿！你这是什么意思？”他一蹦三尺地跟在后面，“阴阳怪气。”

门人看到初霜过来，齐齐停下行礼："师姐。"

初霜问："药材清点过了吗？都齐了？"

"哎，清单上的倒是都齐了，连悬枝茑萝这种北庭不产的东西都有。价格也合理，没漫天要价。"天医二弟子明雪抢着回答，她圆脸星眸，声音清脆，叽叽喳喳如云雀，"只是……对方刚刚说不卖了。"

"什么？"初霜一惊，"怎么不卖了？"

冲少羽顿感不悦："这奸商！是想坐地起价？"

"那倒不是。"明雪看了看里面，压低了声音，"这批药是卓家送来的——据说卓家女儿和穆家一个庶子定了亲，老太君亲自许的婚。那个小子运气不错，在血月之夜活下来了，可居然想悔婚！"

什么？初霜和冲少羽齐齐一震，下意识地对视了一眼。

"那人刚刚在堂上梗着脖子说这门婚事是长辈背着他定下的，他绝对不认，也绝不会娶卓家小姐。"旁边的飞岚摇摇头，有些无奈，"气得卓家小姐痛哭，卓员外当场把他痛打了一顿——那小子打不还手，骂不还口，只是咬紧了牙关，非要退亲。"她顿了顿，"卓员外迁怒于我们，非要把送来的药材全拉走。"

"哈哈哈……"冲少羽明白过来，放声大笑，幸灾乐祸地看着初霜，"原来如此！要不，为了疫情，为了苍生，让你家小穆干脆牺牲一下算了？这卓家小姐虽然长得一言难尽，但至少家里有钱，他也不算太亏！"

"少煽风点火。"初霜白了他一眼，走过去拦住要离开的牛车，想要好言劝解。然而卓家管事见她年少，便以为是个身份低微的小弟子，言语之间颇为不客气。两人刚说了几句，旁边的仆役竟然动起了手，想把她一把推搡到路边去，然而，手臂还在空中，就骤然折断了似的痛，不由得放声大叫。

"喂！"冲少羽瞬间闪现，捏住了对方的手腕，"好好说话，动什么手？"

看到来人衣衫华贵，气焰逼人，那群拜高踩低的仆役登时不敢乱动。卓家的管事上来，赔笑着："这位爷，别动怒。小的也只是奉命而已……"

"奉命？奉谁的命？你家老爷吗？"冲少羽冷笑起来，大大咧咧地拿出一物，"啪"地拍在面前，"我分分钟能要了你家老爷的命！"

此物一出，面前的人一震，几乎不敢相信自己的眼睛。

这、这是……天临紫微令？见令如见帝君亲临！这个传说中天临城紫微帝君的圣物，怎么会忽然就出现在了北襄的扶风郡？会不会是假的？

"怎么？认不出来？那看看这个！"冲少羽见对方目瞪口呆的样子，手臂一振，一道光芒顿时浮起——巨大的炎龙在白昼现形，从虚空中探下半身，张开巨口，对着面前的车队便是一声低吼！

刹那间，牛马全部瘫倒在地，无法动弹。

“龙……龙！”奴仆们吓得瘫倒在地，失声，“是龙！”

天下皆知，冲氏御龙，为天临皇室，面前这个人……竟是皇太子？

“看到了吗？”冲少羽左手一握，瞬间将炎龙收回，冷笑，“回去跟你家老爷说，这门婚事，天临皇室不同意！这一批药材，天临皇室也征用了！”

说完，他仿佛也觉得自己这话有点太霸道，开始讲起了大道理：“大难当前，穆氏族灭，你们这些人不想着齐心协力救灾，还在为这些鸡毛蒜皮的事计较——跟你老爷说，要是再叽叽歪歪，我就把卓家抄家灭门，财物统统充公！听到了没？”

“是……是 ”管事的点头如捣蒜，“听到了！”

“药材都留下，人都给我滚！”

等那些人连滚带爬地离开后，冲少羽立刻又换了一副脸孔，回头看着初霜，一副邀功的表情：“怎么样？瞬间搞定——很有王霸之气吧？”

“干吗这么吓人家？”初霜看了他一眼，有些无奈，“人家确实也是受了委屈，婚事不成 总不能连钱都不给吧。”

她吩咐飞岚：“去卓家把钱补上，让他们别担心，不会抄家。”

“是，师姪。”飞岚和明雪领命退了下去。

“嘿……怎么说得像是我仗势欺人、欺压百姓一样？”冲少羽见自己如此卖力还没有受到表扬，顿时气不打一处来，“我帮你家小穆摆平了这事，他不用去卖身换药了，还不谢谢我？”

“嗯，”初霜停下脚步，转头粲然一笑，“谢谢你。”

那一笑明丽清亮，如同此刻北襄的日光。冲少羽心里的那点气立刻便消了，拉起她的手就往里走，口里道：“来来，我带你去看看小穆救下的那个被非礼的杜小姐——长得还真是不错！难怪穆瑀为了她色令智昏，小穆为了她冒死出头……”

初霜来不及反抗，便被他一把扯了过去。

“杜小姐，你口口声声说数天之前，穆氏庶子穆风铎非礼了你，老太君答应过要给你一个公道。”打发走了卓家父女，天医空莲转头问另一个女子，语气肃穆，“可是，你怎么解释刚才他走进这间屋子的时候，你压根儿都没有认出他是谁？”

穆风铎握剑站在一旁，死死盯着面前的女子，不说话。

“我……我……”杜皎月不敢和他锋利的目光对视，脸色一白，讷讷，“当时……当时天太黑，阁里又暗……我……我没看清……”

“没看清？那你怎么又在老太君面前一口咬定是他？”天医空莲失去了耐

心，一拍桌子，厉声，“好了，别说谎了！小穆是清白的，那天非礼你的另有其人——那个人是穆瑀！对不对？”

杜皎月猛然一震，脸色煞白，整个人都在发抖。

“老太君许了你好处，要你指证是穆风铎所为，对不对？”天医空莲凝视着下首的女子，“所以，你就在刑堂长老面前说了谎，血口喷人，陷无辜之人于死地！”

“我……我……”她不敢抬头，身子发抖，几乎站不住。

“你知不知道这个‘没见过’的人是谁？”天医空莲指着对方，冷冷地说，“站在你面前的这个穆风铎，就是那天晚上从穆瑀的魔爪下救你的人！”

“什……什么？”杜皎月骤然抬头，不敢相信地看去，对上的是黑甲少年冷冷的眼神，锐利如剑，直刺心底。

“早知道你是这种人，小穆就不应该冒险站出来救你！”天医空莲语气冰冷，一丝情面也不留，“又蠢又坏又懦弱，活该被那个浑蛋糟蹋！”

“我……我不知道是他……我也是没办法！”杜皎月忽然间就崩溃了，失声痛哭，“老太君说，只要我这么说了，她……她就马上派人去救我夫君！”

什么？那一瞬，房间里的人都沉默了下去。

穆风铎一怔，眼里锐利的光芒收敛了一些，瞬间明白了前因后果。

“阿瑾她……居然做出这等事？”天医空莲神色复杂，喃喃，“真没想到。”

“我夫君他……他音讯全无好几个月了！朝廷、穆氏、杜家……谁都不愿意去找他！”杜皎月失声痛哭，“我求过我父亲……也求过老太君，能找的人我都去找过了！可是……可是每个人都说白登镇太危险，人也未必就在那里，谁都不愿意去……

“我……我不想他死……不想我肚子里的孩子没有父亲！老太君说她能帮我，只要我按照她的意思去说几句话，一切就能解决了。所以……所以……”

穆风铎吸了一口气，眼里的锋芒完全消失了。

“嗬，你不想让自己丈夫死，所以就让另一个人替他去死？”天医空莲冷笑，毫不容情，“你知不知道犯了这种罪，小穆是要被刑堂百剑穿身、曝尸荒野的？就算不知道他是自己的救命恩人，你这么做也忒自私狠毒了一点啊！”

“我……我……”杜皎月说不下去，放声大哭起来。

天医空莲见她哭得厉害，怕再催逼动了胎气，也不好再说什么，抬头看了一旁的人一眼，问：“小穆，现在真相大白了——你打算怎么办？”

穆风铎握住手里的剑，垂下头，半晌道：“……算了。”

“算了？”天医空莲看着他，微微扬眉，“你可是扎扎实实挨了几十剑，差点背着污名暴尸荒野——就这样算了？”

“算了。”他看着地上痛哭的女子，眼神几度变化，最终还是摇摇头，“穆郢是我族兄，于我有恩。我也没有死，难道真的让他的妻儿抵命不成？”

“唔……”天医空莲看着面前的穆氏孤儿，若有所思地点点头。

“好了，别哭了，小心腹中的胎儿。”穆风铎看着崩溃大哭的杜皎月，开口道，“现在穆宅全空，一时之间没有人手可用——等这边的事情安排妥当，我会设法去白登镇找族兄回来。”

什么？房间里的人齐齐一怔，抬头看着他。

“真的？”初霜被冲少羽扯到了门口，一怔，“你要去白登镇？”

“……是。”穆风铎回过头，看到了并肩而来的两人，眼神落在他们握着的双手上，微微一怔，竭力让声音平静，“血月之后，穆宅元气大伤，正是用人之际。族兄他若能回来相助，也可以撑大厦于将倾。”

他顿了顿，又补充了一句：“其实在中秋之前，我就请求过老太君，让她派我跟着玄甲军一起去白登镇找穆郢。”

听到这种话，杜皎月更加羞愧，不敢抬头。

天医空莲点点头，没有表态，只对杜家小姐道：“你先回去。这事等我们商量好了，会派人告诉你。”

“三下五除二，两个都打发了，效率真高。”内堂安静下来，冲少羽拊掌赞叹，“只是，小穆，你却是个傻子——那个穆郢，我记得已经是骁骑将军了吧？”

穆风铎看了他一眼，心里警惕，这个人冷嘲热讽，又要说什么？

“北襄小野猪，做事真是不过脑子。”冲少羽摇摇头，“虽然你们两个都是庶子，但论出身、年龄、资历，乃至在军中的声望，穆郢他可样样都比你高出一大截——万一他回来和你争家主这个位置怎么办？”

顿了顿，他嗤笑：“你难道回厨房去做菜？”

什么？穆风铎一怔，显然从未想过这个问题。

这个天临少主，出生于皇室，自幼钟鸣鼎食，被权势浸染，在看似轻狂不羁的面具之下，居然也藏着如此的帝王心术？

“好了好了，少来这一套。”初霜不悦地看了冲少羽一眼，“小穆才不怕别人和他争呢……他就是穆氏新家主，天命所归！看！”

她走过去，将手按在了银色的剑鞘上，对他点点头。

穆风铎明白她的意思，微一颔首，右手用力，一拔一引——刹那间，室内风云涌动，那把银色的长剑铮然出鞘！

剑出，光芒万丈，悬停于空中，剑身上密布的云纹开始舒展变幻，一道道转成雷纹，刃上的紫色光芒随着变幻流转，不可逼视。

穆风铎手腕一转，凌空控剑，“唰”地一指！

刹那，那把剑化成一道光，倏地直穿户外而去，在天宇下盘旋，一化为九，如一道从天而降的雷霆，光芒耀眼得无法直视！

那一瞬间，房间里的人都震住了。

“什么？”天医空莲和冲少羽看着那把剑，失声道，“这是……阊阳？”

“是，小穆拔出了阊阳——”初霜看着他们，又看看穆风铎，双眸里露出难以抑制的喜悦，笑了起来，“小穆他其实一早就拔出了阊阳！”

她的目光明亮，令穆风铎心中一热，他的嘴角也不自禁地露出了笑意，另一只手握紧掌心的剑鞘，用力一震——只听“咔嚓”一声响，一道裂纹从外鞘上延展开来，瞬间寸寸碎裂，碎片落下后，赫然露出了被遮盖的黑色内鞘。

“什么？”天医空莲一震，露出不可思议的表情，失声，“这怎么可能？”

“怎么不可能？”冲少羽却是一拍大腿，恍然大悟，“原来如此！这才是老太君下手这么毒，这么急着要杀他的原因？”

是的，这把真的阊阳，早就被老太君从武庙里私下拿出，改头换面，以“承影”的名义收藏在密室里，不让任何人有机会靠近。而放在武庙，专门等着嫡孙穆瑀去拔的，却是另外一把以假乱真的“阊阳”！

作为穆氏的掌权者，用了如此残忍的手段，出动如此规格的人手，只为了杀一个名不见经传的少年庶子，当然并不只是因为他撞破了穆瑀的好事，识破了那一把假剑，而是因为面前这个少年，早已拔出了真正的阊阳！

这是穆氏三代以来，从未有人做到的事！

所以，那个短视又溺爱的当家祖母，才会急着将对方扼杀，以绝后患。

天医空莲恍然大悟，定定地看着那把八十年未曾出鞘的阊阳，又看了看持剑而立的穆氏少年，不知想到什么，双眸复杂，悲喜交集。半晌，她才叹了口气：“不愧是神域第一名剑，有灵性，会择主。”

“厉害，小穆你居然拔出了阊阳？”冲少羽大为欣喜，跃跃欲试，“太棒了——相请不如偶遇，我们来比一场吧！”

“什么？”天医空莲和初霜齐齐一惊。

“三代以来，穆氏还是第一次有人拔出阊阳呢！这等好事我碰上了，岂能错过？”冲少羽难掩兴奋，理由冠冕堂皇，“你不是说让小穆和我并肩战斗吗？我当然要先看看他够不够资格了！”

“少胡来，”天医空莲摇头，“三百年前就有古训——符、剑、琴为定鼎天下的神域灵器，三者之间只能守望相助，绝不可兵刃相见！”

“比试而已嘛！”冲少羽被泼了冷水，不服气，“你和我爹没切磋过？”

“我们从来都是点到为止。”天医空莲还是不许，“小穆刚刚拿到阊阳，尚未熟悉此剑。而你好胜心切，出手没轻没重——哪能让你们两个胡来？”

“嘁！”冲少羽大为扫兴，看向穆风铎，“别听我娘的，来不来？”

穆风铎没有回答，眼睛却一转，下意识地看向了旁边的初霜。

初霜垂下双眸，嘴角动了动，并没有说什么。

“不来。”穆风铎却看懂了她的意思，随即拒绝。

“嘿！你这人……忘恩负义！我刚刚还在外面替你摆平了事儿呢！”冲少羽气不过，敲了敲他手里的黑色剑鞘，故意挑衅，“缩头不出，还算不算武圣后裔了？这把是真的阊阳吗？别又是假的吧？”

他一碰剑鞘，穆风铎的手指下意识地一紧——只听铮然一声，在空中盘旋的九道剑光应声归一，带着凌厉的气势直冲入堂内，朝着冲少羽刺来！

“别！”初霜失声惊呼，往前一步。

然而，穆风铎的手腕微微一转，那道光芒擦着冲少羽掠过，准确无误地投入了鞘中，“唰”地收拢，自动吞没，力道控制得妙到毫巅。

“不错嘛！”冲少羽松了口气，但臂上的炎龙已经隐隐浮现，他提了个建议，“这里腾挪不开，我们去演武场比比？”

“好了好了，你们两个别闹了。”天医空莲立刻打断了他们，“既然小穆有阊阳在手，那么，他就是当之无愧的穆氏新一代家主了——我会派仙驭告知天临，让帝君下旨意给北襄国主，授予爵位封号。”

她看了看面前穿着孝服的少年，神色凝重：“黯域重返世间，天下大乱已至——小穆，你得担起重任，像先祖一样迎战黯域了！”

“是。”穆风铎一震，握着手里的剑，心中有一种奇特的恍惚。

穆宅无人，他有阊阳，所以……他以后就是家主了吗？

在不到一个月前，这还是梦里都不敢想的事。

那一瞬间，他心潮涌动，竟然又下意识地看向了初霜。初霜也在看着他，眉目盈盈，尽是喜悦。那个马厩里垂死的少年脱胎换骨，成了手握阊阳的穆氏家主，她当日鼓励他的话，于今句句都成了真，岂不是比救了一百个人更令她欣慰？

两人相视而笑，看得旁边的冲少羽满心不爽。

“不过，我担心小穆出身低微，年纪又轻，虽有阊阳也不能服众。”天医空莲蹙眉，“少羽，到时候，你拿着紫微令跟他去一趟北襄首府，当庭宣读天临的旨意，免得昭文帝和朝野上下心中不服。”

“啥？”冲少羽有些不乐意，“还要我陪他跑一趟？”

“武曲是北斗之主，星野变幻的时候，紫微必然有所呼应——这是皇室的职责，不可推卸。”天医空莲看着儿子，语气凝重，“等日后你继位了，还要在三军之前为他授虎符呢！”

虎符！那一瞬，堂中的三个少年都一震。

紫微帝君冲氏作为天下共主，掌有传说中的璇玑虎符，可从剑川召集神策天军。而武圣穆氏统领北斗七星，为天下甲师之首——帝星将虎符一劈为二，授予武曲将星，双方合力，便能挥师纵横天下。

“那天医呢？”冲少羽不由得问，“天医要做什么？”

“天医是南斗之主。”天医空莲笑了笑，“南斗主生，北斗主死——将星在前方冲锋，我们就在后方保护，让他们一路刀枪不入、所向披靡。”

“这么厉害？”冲少羽看向初霜，想起了两人联手冲入穆宅的那一幕，下意识地问，“当年的那个天医，裴寂……后来也嫁给了紫微帝君吗？”

那一瞬，他甚至都没有留意到自己用的是“也”字。

“啊？”初霜和天医空莲齐齐愣了一下，显然被他的不学无术震惊了。

“紫微始祖冲默炎的妻子、开国的紫微皇后，是来自澜沧国的独孤梦伽。”初霜忍住笑，“天医裴寂是男的。”

“男的？哦哦，我知道的……一时忘了而已。”冲少羽有些窘，却不服输，开始强词夺理，“男的又如何？万一他和南宫一样是个断袖呢？”

“给我闭嘴！”看到儿子信口雌黄侮辱师祖，天医空莲顿时大怒，“师祖在归墟封魔后回到东越故国，创立了天医一门，传授医术，治病救人，一生高风亮节，终身未婚，乃是我辈楷模，岂容你小子随意污蔑？”

初霜在一旁颔首，将手按在颈中的玉扣上，目露崇敬之情。

“哦？一辈子都活得这么楷模？”冲少羽嘀咕，却不服气，“世上哪有这样的完人？暗地里肯定有什么见不得光的事。”

“胡说八道！”这回天医空莲和初霜一起怒斥。

他缩了缩脑袋，不说话了，却还是满脸不信之色。

穆风铎在一旁听着，心里也有几分异样，终生不婚、济世救人、高风亮节、心怀众生——这也是初霜秉持的信念吧？可是……他却并不希望她变成先代楷模的样子，无论那个楷模有多么光辉伟大。

“师父，外面有人求见。”这时，门外有门人弟子禀告，“那人说自己是穆氏下属，惊闻宅变，特来问讯。”

“让他进来吧。”天医空莲点点头。

那个人一步踏入，正准备拜见天医空莲，迎面却看到了穿着黑甲的穆风铎，顿时一怔，露出不可思议的表情，脱口而出：“小……小穆？”

穆风铎看到那人，吃了一惊：“钟岳教官！”

“你还活着？你——”来人欣喜不已，接着视线落在了阊阳上，眼神倏地亮了一下，竟然将下面的话全部忘了。

作为外姓人，这个中秋他并没有在穆宅里，所以侥幸逃过了一劫。本以为穆氏全族皆灭，不料面前这个少年不但死里逃生，而且此刻身上穿着明光铠，手里还握着阖阳剑！这……

钟岳立刻往前一步，屈膝：“属下拜见新家主！”

# 第二十六章

## 家主

血月之夜后，天医一行在穆宅安顿了下来。

千人大葬之后，慕容凛带着朱崖家臣留在穆氏祖坟善后。天医门下的两位高徒明雪和飞岚带着门人在后宅搭建了一个丹炉，用卓家送来的药材开始制作丹药。而初霜作为首徒，每日检验新药，出去赈灾，治疗上门求医的病患……日日忙得不可开交。

而徒弟忙碌的同时，天医空莲却心事重重，不停地派出仙驭寻觅那一夜的凶手下落。然而奇怪的是，血月消失之后，那些东西仿佛也一并消失了。黯域的力量在世间以瘟疫的形式继续扩散，却唯独不见巫女缟衣和烛龙瞑夜。

血月之后，穆宅一空，三代尽亡。

穆风铎年少无依，孤掌难鸣，幸亏有钟岳在一旁协助，又在外面找回了一些管事之人，才将穆宅中的事情一件件理顺，先将幸存者重新归拢，清点带兵在外的穆氏子弟，逐一联络，同时以穆氏新家主的身份，上书天临帝君和北襄国主，请求正式授予封爵。

然而，中间却颇为波折，发生了许多棘手之事。

中秋时，所有嫡系子弟都在宅中，进而被杀，剩下那些带兵在外的穆氏都是旁支，惊闻变故，心中意动，想知道北襄朝廷的旨意如何，族内长辈们的意见又是如何，纷纷观望，竟没有几个人主动回应新家主的召唤。

而扶风郡那些穆氏旁支里不乏辈分声望更高之人，眼见嫡系尽空，而穆风铎出身低微，年少无依，仅凭一把阊阳便称了家主，个个不服，蠢蠢欲动。

几日之间，竟有数拨人马进宅试探。

其中一个和老太君同辈，被称为六叔的旁支长辈，曾做到将军，在族中颇有势力，更是倚老卖老，语出不逊——言辞之间，不仅藐视这个庶子的出身和能力，更提及他母亲和厨房骆祥的关系，竟隐约质疑新家主是否真的姓穆，手里的闾阳是否为真剑。

“六叔想多了吧？若是婢女和仆役之后，又怎能拔出闾阳？”

“难说，谁知道此刻这把剑是不是真的闾阳？”

“之前穆瑀将闾阳拔出来的时候，六叔不也在场？”

“嘿……那得让我亲眼来看上一看才知道！”

那些旁支穆氏簇拥在主屋里，你一言我一语，浑不以堂上坐着的新家主为意，见黑甲少年沉默不语，言辞越发放肆。

那个六叔更是满脸睥睨之色，伸出手就想抓过闾阳验证真假。

初霜当日出门行医去了，天医空莲带着儿子坐在堂上，本想出声制止这场混乱，然而旁边的冲少羽却拉住了她，一脸看热闹的表情。天医空莲想了想，便再度坐下，也想看看这个少年如何应对。

若是连这一帮人都镇不住，何以平天下？

然而，就在对方质疑闾阳真假、辱及生母的那一瞬间，一直克制的穆风铎一抬头，瞬间变了脸，双眸深处杀气暗涌，隐现血色——那只伸过来的手尚未触及闾阳，一道电光飞跃而出，瞬间就将其齐腕斩断！

满堂惊呼声里，闾阳悬停空中，光芒万丈，剑尖血流如注。

“就凭你们，也敢碰闾阳？”穆风铎霍然长身而起，俯视着断手的长辈在地上呼号滚动，眼里光芒亮如妖鬼，“现在，你们觉得这把剑是真是假？”

一语毕，闾阳宛如凌空受到操控，“唰”的一声直逼所有人而来！

每个人都惊呼着往后退，踉跄跌倒，堂中一片狼藉。

“穆氏乃武圣之后，既然有人不服，就按族里自古的规矩来——比武夺魁！”黑甲少年按剑而起，一字一句，“明天辰时起，穆风铎在演武场上设擂三天，接受各方挑战——文无第一，武无第二。三天内，无论旁支嫡系，若有任何人胜过我一招一式，我便让出这家主之位！”

言毕，闾阳一转，“唰”地自动入鞘。

“小穆豪气啊！”冲少羽兴奋不已，“一个人单挑全族？”

然而，天医空莲却看着满地的血迹，不由得蹙起了眉头——刚才那一瞬间，在那个少年的眼睛里，她看到了雷霆般的狂怒和愤恨，杀气涌动如潮，眉心那一道已经消失的红痕竟然又隐约一现！

“出手未免太不留余地了，”天医空莲摇摇头，叹息，“血月之后，穆氏剩下的精英本来就不多，怎么经得起这样折腾？”

“小穆想要立威嘛！”冲少羽啧啧，“这些不知好歹的家伙惨了。”

顿了顿，他兴奋不已：“接下来有三天的好戏看了！哈哈哈……”

穆风铎言出必行，第二日便披黑甲执剑，在演武场上接受各方挑战。

冲少羽自然是不肯错过这般热闹，兴高采烈地拉了初霜去围观。初霜在百忙之中听说小穆要设擂比武，心里不安，生怕出什么意外，便放下手头的事去演武场。

第一日刚开始，呼啦啦就有三十几位子弟报名，包括天医空莲带回来的十八骑精英都在内，甚至还有一些人是从郡外特意赶回来参加的。

每一位挑战者都踌躇满志——这些旁支子弟和穆风铎年纪相近，曾在演武场学习，也曾见到过这个婢生庶子。论骑射弓马本事，这个人不过在十个人里排在四五名而已，平平无奇，赢了他完全不在话下。

然而那些人一上场，居然没有一个能在穆风铎手下撑过十招，有的甚至连佩剑都没有拔出，就被击飞了武器，剑指咽喉，个个面色发青，不敢相信。

特别是三房仅剩的嫡系穆珂。作为老太君赠予天医的十八骑之首，他从小出类拔萃，满心以为除了穆郢，自己在穆宅已经是无人能敌的高手，然而跟穆风铎对上时，只过了八招，剑便已经脱手。

“再来！”他心中又惊又怒，红着眼大喝，忘记了比武的规矩，竟然不肯认输。

后面排着的穆氏子弟顿时嘘声一片，冷嘲热讽。然而，穆风铎却没有动怒，只是点点头，给了他一个台阶下，指向演武场旁边的兵器架：“族兄或许不擅长用剑，那便换一种武器好了——刀、枪、剑、戟、斧、钺、槊……随便挑。”

下一刻，穆珂毫不犹豫地选了槊，顿时又引起一片嘘声。

一寸长，一寸强。在演武场这种无险可守的地方，用长槊来对佩剑本来就显失公平，然而穆氏新家主居然毫无异议，颔首：“那便请族兄再来赐教。”

然而这一次，穆风铎只用了五招，便将穆珂手中的长槊削断！

然后，剑尖突刺，轻点对方眉心，倏地后退一步，收剑。

一点鲜红的血珠从眉间沁出，划过穆珂惨白的面颊，他脸色惨白，不敢相信——究竟是从什么时候起，穆氏这一辈竟然有了这样的高手？

“承让。”穆风铎抱拳，不卑不亢，“族兄还想再来吗？”

穆珂不敢相信地站了片刻，背后嘘声连天，他不由得锐气尽失，咬了咬牙，上前一步，屈膝：“不愧是阊阳所选之人——穆珂服输！”

初霜看了几场，忍不住惊讶：“三年不见，小穆居然精进到了这种地步？”

就算是得了她的丹药帮助，再加上天赋卓绝、勤学苦练，可满打满算他也只有十八岁不到，实在是匪夷所思。

“得了哀皇后的加持呗，”冲少羽坐在她旁边，嗤笑，“飞跃进入神域！”

初霜心下一动，默然，露出了忧虑之情——哀皇后最后的馈赠，虽然出自善意，然而那股力量毕竟来自黯域，见血生根，只怕是……

“放心，有我娘和你双重封印，黯域控制不了他。”冲少羽明白她担心什么，嗤笑，“你看他现在多讲礼貌！打得文质彬彬的，哪有半分煞气？”

说话之间，穆风铎又击飞了一名挑战者的武器，收剑抱拳：“承让。”

“他怎么老手下留情啊，”冲少羽看得有些无趣，“都没见血。”

“你这个人！”初霜瞪了他一眼，“就不能盼点好的？”

“小书虫，你知道啥？”冲少羽不客气地瞪了回去，“穆氏是名将世家，家风悍勇，不见点血是不会服气的！小穆心软，老收着，还客客气气和他们真比武，这怎么行？不一开始就下狠手，后面估计越发难收拾。”

“小穆心地善良，”初霜蹙眉，“像你这样以暴制暴，是没个尽头的。”

“哈？我以暴制暴？”冲少羽跳起来了，“好，那就让你的小铃铛去以德服人试试看！”

果然，当第二天再次击败二十名挑战者后，刚刚离开演武场，新家主就遇到了一场意想不到的挑战。

连续拼杀了两天，穆风铎在暮色中疲倦地回到小院，独自从井中打水沐浴。然而，不曾料到那个浴桶被人做了手脚，水一旦浸没浴桶便会融合其中的毒药。

当他感觉到不对劲的时候，那些藏在暗影中的人骤然出现，个个黑衣蒙面，竟想把透支了两天体力的新家主杀死在当场！

那场暗杀只用了一刻钟便结束了，只是木桶里的水全变成了血。

沐浴到一半的少年收起阊阳，血污满身，连发梢滴下的水都是赤色。他默然扯过布巾擦拭，垂眼看着地上的尸体，双眸冷锐，连杀数人竟宛若无事。

“哎哟，居然有人洗澡还带着剑？”冲少羽跳下来，落在窗台上，一脸不可思议，“阊阳是你老婆吗？你是不是连睡觉都抱着它？”

穆风铎迅速扯过袍子裹住身体，看了来人一眼，神色不善——这个人从事发开始就一直在屋顶上，既不出声警告，也没有中途施以援手，纯粹是蹲在一旁看热闹。直到自己处理完了这些刺客，他才露面来冷言冷语一番。

天医居然还说，希望他们两个人有朝一日并肩战斗？

“抱这么紧干吗？”冲少羽看看他，又道，“你知不知道这把剑不吉利？”

穆风铎冷冷道：“阊阳是神域第一名剑。”

“第一又怎么了？不吉利也是第一。”冲少羽看了看他手里的剑，扬了扬下巴，“传说中持有它的人，必须进行祭献。”

“祭献？”穆风铎愕然——这又不是黯域魔兵，为何要祭献？

“穆氏是北斗武曲啊……你不想想武曲是什么意思？”冲少羽摇摇头，“神兵天铸，杀伐果断，无欲则刚。传说要获得这把剑的力量，必须割舍所爱、全心祭献，越是绝情，就越是强大！”

是吗？穆风铎一怔。为什么穆氏藏书阁里从未有过这一条记载？

冲少羽顿了顿：“所以，穆氏世世代代都一个样，你们先祖穆钺，即便全家被黯域扣为人质，照样想也不想下令进攻——嗬，史官怎么说来着？‘举家白骨成灰土，一代名将垂青史’！而你的曾祖，也是个无情无义的浑蛋。”

“住口！”穆风铎一怔，脱口怒斥。

“怎么？这事只有紫微帝星才知道，我告诉你是为你好。”冲少羽嗤笑，看着他的剑，“不过这把剑是神域之器，和要用血祭的黯域妖物确实不同——持有者的每一次祭献，必须心甘情愿、光明正大，得是为了天下、为了苍生才行。”

说到这里，他笑了起来：“哎，穆云岐杀哀皇后其实也是为了家族吧？在阊阳看来，这居然都不算？那次之后，就自行封剑了八十年。”

穆风铎感觉着鞘中的鸣动，心情复杂，竟下意识地松了松手。

是的，他拿到这把剑后，第一个杀掉的就是阿姆！可是……

冲少羽托着腮，上下打量着他，好奇：“那些人预先下了寒犀之毒吧？你怎么没事？难道不应该全身气血冻结、手足麻痹？”

穆风铎看了他一眼，冷冷道：“我服用过炽天。”

“啥？小书虫居然把这药都给你了？”冲少羽恍然大悟，上下打量了他一眼，嗤笑，“你们两个，果然在上次就有一腿了吧？”

“没有！”穆风铎有些恼怒地看了对方一眼。

那时他才不到十五岁！这个人的脑子里想的都是些什么？

“嘿，我就猜到今天晚上有好戏看！原本想拉初霜一起来的，可那小书虫忙着夜诊，”冲少羽嗤笑一声，“早知道我应该硬拉她过来的——那样她就能大饱眼福，看到你光着身子打架的精彩场景了！”

“……你敢！”穆风铎一怔，瞪了对方一眼，杀气外露。

这个天临少主，脑子是不是有问题？

“有啥不敢的？反正你身材这么好，人见人爱，不怕被看。”冲少羽耸耸肩，指了指他头顶，“哎，头发上都是血，快擦擦。”

穆风铎迟疑了一下，裹紧了布袍才抬起手，果然沾到一大片血。

小小的房间里横七竖八躺着六具尸体，肢体断裂、血流满地，几乎没有下脚的地方。穆风铎弯下腰，扯开那些人的面巾看了看，发现都是陌生的脸——不是三房的嫡子穆珂，也不是十八骑中的其他人，净是些旁支中的无名之辈。

这些穆氏族人，一辈子跟他没见过几面，却非要置他于死地？而且，他们能够联手发动袭击，可见背后还有人主使。

他默默地想着，脸色苍白，湿漉漉的乌发垂下，掩住了眼中的锐利杀意。

“我说，既然你这么擅长杀人，为什么在演武场上却束手束脚？连打二十个，每个都毫发不伤，客客气气送下场，傻不傻啊？”冲少羽看着那些尸体，“不让那些家伙见点血，哪能立威？看吧，现在居然还敢反扑了！”

穆风铎没有回答，显然心里也早就明白了这一点。

“难道，”冲少羽抬眼斜觑，“你是怕被初霜看到你杀人的样子？”

年轻的穆氏家主一怔，没有回答。

地上尸体个个身首异处，缺胳膊少腿，鲜血和脏腑流了一地——这样血腥残忍的场景，初霜看到了会怎么说？他……他还没有在她面前杀过人。

“你还真怕这个？”冲少羽怔住，一脸看傻子的表情，“哎！我跟你说，初霜可不是你看上去那么单纯。她从小行医，看到过各种各样的活人，也看到过各种各样的死人——活人不全是善类，死人也个个死得千奇百怪！”

穆风铎没有回答，垂下眼睛看着地上的尸体。

那不一样，那些人并不是他杀的，更不是当着她的面杀的。

“要不，这样？”冲少羽见他还在犹豫，便打了个保票，“初霜见你连着两天都没出什么事，放心了很多。我让她明天去外面出诊好了——调虎离山！”

“真的？”穆风铎一震，有些不敢相信。

“保真！”冲少羽拍胸口，大包大揽，“我去把她弄走，你来把那些人弄死，让我好好看看你的真本事。

“最后一天了，尽管放手去杀！”

第三日，便是设擂的最后一日，在两日内接连击败几十位挑战者后，已经没有人再敢上场挑战这位年轻的新家主。

“还有谁不服？”穆风铎站在演武场中心，握剑在手，目光逡巡过满场，“一并上！能联手打败我，也算你们赢！”

这句话让旁观者齐齐一怔，面面相觑，低声议论了许久。

片刻后，竟有十二位年轻子弟振衣而起，一起下了场！

其中有好几位，居然还是前两天在挑战中已经输给过穆风铎的。

还真的十二打一？周围不由得一片哗然，连前日输过的十八骑都纷纷摇头，露出了不屑之色，穆氏毕竟是武圣子弟，自矜身份血统，还从未发生过这种为了取胜竟然不顾脸面之事。

天医空莲坐在看台上，看了看场地中间的黑甲少年，皱眉摇头，也似乎有些责怪他忽然变得如此托大。

“嘿，”冲少羽却开心得很，“初霜不在，小穆终于放开手脚了！”

穆风铎站在演武场中心，手抚剑柄，视线扫过全场，似在寻找着什么——冲少羽和天医空莲在南面看台的第一排，身边并没有那张熟悉的面容。

初霜果然不在，他暗自松了一口气。

然后，穆风铎看了一眼围上来的人，双眸瞬间沉了下来，掠过一丝冷意，同为穆氏子弟，这些人居然还真的能做出十二人联手来战的事，显然是毫无底线、死也不服，既然如此，那就别怪他把这群螳臂挡车的家伙碾得粉碎了！

今天是最后一天了，若不把刺儿头全部挑出来摆平，日后留着也是大患。

“来吧。”穆风铎的手指缓缓收紧，望着那些同族，一字一句，“尽管上，不用手下留情——这一次，我们来决生死、分胜负！”

那十二人显然是相互认识的，一上来就布好了阵，将他围在中心，围攻时毫不留情、井然有序，竟是想用车轮战将穆风铎体能耗尽后再击败——然而那些人的资质平平，就算联手也比不上当初穆氏的十二刑吏，更不是他的对手。

可没料到的是，当穆风铎用阖阳斩断了其中两人右臂，破了他们的阵法时，领头一人呼啸一声，其他剩下的人顿时合围直冲，从四个方向扑来——刹那间，每个人都拿出一物，手里忽地绽放出了巨大的火光！

那是来自西宛国的火弩，连发之后几乎可以将演武场炸平！

什么？这些人居然用了火器？无耻！

刹那间，穆氏的人一片惊呼，个个都不敢相信。穆珂瞬间变了脸色，长身而起，领着十八骑跳下场地阻拦，却已然来不及。

天医空莲也是“唰”地站起，旁边的冲少羽却按住了她，摇摇头，神色淡定地继续啃着手里的雪芋，嘀咕：“别急嘛。”

话音未落，大地震动，居于中心的人瞬间被火光淹没。

而下一个瞬间，那团火光忽然向内一缩，然后反向绽放，居中裂开！

阖阳化为闪电，呼啸着破开火雷烈焰，接着黑影一动，穆风铎从火海跃出，毫发无伤，身上赫然出现了一套黑色铠甲，黑甲外笼罩着一层璀璨的金光，宛如旭日一样耀眼！

“明光铠？”那一瞬，全场惊呼，“金鳞甲！”

穆风铎第一次在族人面前展示出了绝学，用开甲之术抗住了火器联击，劈开火海跃出，“唰”地将阖阳收归掌心，握剑回眸，眼神如利剑一扫而过！

那一瞬，那些偷袭的人忍不住倒退一步，下意识地转身，四散奔逃。

“还想逃？”穆风铎一声冷笑，眼神一暗，再度跃起。

刹那间，阖阳在他的手中绽放光芒，闪电般射向四周，只听“唰”的一声，每个逃跑的人都被剑光拦腰而过，斩为两截——和前两日的手下留情完全不同，这一刻，穆氏新家主简直是在当众刻意地显示着杀戮力量！

“一剑破万军！”旁观的人群里再次发出了一阵惊呼。

直到此刻，穆氏新家主才祭出了《剑道》里的杀招！

一剑下，万军辟，更何况这区区十二人？

只一剑，便将全场屠戮殆尽。

那十二个奔逃的人在同一瞬间被这一剑斩杀，上身拦腰而断，双脚却还在收不住地往前冲，直到跑出了一丈多才颓然倒地，再无声息。

十二具尸体，向着不同方向倒下，在地上拖出了十二道长长的殷红血迹，宛如在演武场空旷的地面上画出了一幅巨大的血色日轮图！

此景触目惊心，全场一时悚然，寂静得连掉一根针都听得见。

“还有谁不服？”穆风铎孤身站在这个血色日轮的中心，收回阊阳，抬头看着剩下的族人，扬声喝问，“站出来！”

那一瞬，少年的双眸雪亮，血溅半面，美若女子的脸上杀气四溢，全身金甲开满，阊阳云雷变幻，万道光芒归于手中，宛如三百年前的武圣重临。

“还有谁！”穆风铎厉声，剑指全场，“不服？来战！”

全场寂静，甚至没有一个人敢与他对视。

他的视线扫过全场，只看到冲少羽坐在看台上，一边啃着雪芋，一边对自己竖起了大拇指，吊儿郎当地晃着脚尖，一副心满意足的表情。

这个浑蛋，怎么一副看猴戏的神情？

那一瞬，他心底有一种复杂的愠怒。

“还有谁？”穆风铎手握阊阳，再次对全场发问，“最后一遍！”

还是无人回答，只有冲少羽对他笑了笑，掉转拇指，指了指右侧出口处。

那一刻，穆风铎的视线随之而去，落在了一个人身上，微微一怔——那个老人正是穆氏旁支的六叔，见得此刻形势，正蹑手蹑脚地离开演武场。

“还有你，是不是？”穆风铎忽地冷笑。

话音未落，穆风铎点足一跃，横掠过半个演武场，舒臂一把将那个长辈抓了回来！

“昨晚和今天，这些来行刺我的人，都是你背后教唆组织的吧？”穆风铎捏住六叔的咽喉，将老人拖到了那个血色日轮的中心，冷然发问，“你不服？是不是？”

“不……不是！”地上的长辈瑟瑟发抖，拼命否认。

“不是？”穆风铎冷笑了一声，用脚尖踢开对方衣襟，“那这是什么？”

刹那间，一把同样的火弩掉了出来，落在他脚边。

“这……”六叔睁大了眼睛，不敢相信，“不、不是——”

话音戛然而止，阊阳“唰”地穿心而过！

穆氏新家主冷笑一声，用剑将这个挣扎的老人高高挑起，在众人面前旋了一周展示，然后再次一挥，将躯体高高抛起，一剑将其在演武场上空斩得四分五裂！

血雨落下，淋漓满身。黑甲少年的眼神亮如剑锋，冷冷一扫。

全场悚然，连天医空莲都倒吸了一口冷气。

“还有谁不服？”当众斩杀了幕后首脑，穆风铎握着阊阳，抬头逼视着剩下的所有人——那一瞬，所有穆氏族人都纷纷摇头，眼里露出了畏惧的神色。

穆氏乃武道圣者，从来强者为王，谁敢不服？

“既然没有人再有异议，那从今天开始，我就正式成为穆氏的新家主了！”穆风铎收了剑，满身是血地走上了演武场中心的高台，吩咐身边的人，“钟岳，你来做我的司军副将，让所有人按次序排好，过来参见！”顿了顿，“凡有不服从指令者，军法论处！”

天医空莲在演武场旁看着这一幕，沉默不语。

眼前这个穆氏新家主，还差几个月才满十八岁，自幼体弱，聪慧内向，仿佛只是一个空有美貌的少年。可是一旦阊阳在手，执掌生杀大权，整个人竟然焕发出剑锋般的光芒，沉着冷静、杀伐果断，仿佛是天生的将帅之才。

阊阳自有灵性，果然没有选错人。

只是杀性过重，竟已隐隐带了煞气。

然而，穆氏认主的仪式才进行到一半，初霜却回来了。

夕阳中，白衫少女背着太古遗音走进演武场，看着满地被斩为两截的尸体和一具四分五裂几乎已经看不出形状的残骸，怔住。然后，她抬起头，看了看被万众簇拥跪拜的穆氏新家主，倒抽了一口冷气，眼神顿变。

“初霜！”穆风铎大吃一惊，连忙推开众人，想上去解释几句。

看到他满身是血地走来，初霜不由自主地皱起了眉头，下意识地往后退了一步，似乎被刺鼻的血腥味逼开。

“初霜……”他张了张口，不知道从何解释，只道，“这些人……这些人，想联手用火器暗杀我……我只是还击。”

还击的话，需要一个个腰斩吗？甚至有一个人还被分尸了。

初霜看了看穆氏新家主，没说什么，只是解下了背后的琴，坐在那一轮血日的中心开始弹奏，将那些刚刚横死的亡灵净化。

穆风铎不敢再打扰，退了回来，看到冲少羽在旁边看热闹，不由得低声怒喝：“你……你不是说她今天出去了吗？”

“她是出去了啊！我怎么知道她会提前回来？”冲少羽挠头，有些遗憾，

“哎，她怎么老来晚？要是再提前半个时辰来就好了——正好能看到你大开杀戒！”

穆风铎听得对方这种语气，心中大怒：“你是不是故意的！”

“嘿，我就算是故意的，你又能怎样？”冲少羽反而乐了，看了看他手里的阖阳，上前一步，故意挑衅，“不服？来战！”

穆风铎双眸一冷，手下意识地按上了剑柄。

“怎么，要动手？武曲为臣，紫微为君——将星毫光冲犯帝座，这可是灭族的谋逆大罪！”冲少羽有恃无恐地笑了起来，“你刚当了家主，不掂量掂量？”

“你们俩在做什么？”天医空莲及时过来，分开了两人，训斥，“去去，各自干正事去，别打扰初霜送灵！”

# 第二十七章

## 剖白

以血立威，经此一事，族里的非议才停了下来。

接下来的事情就顺利了很多，那些旁支心服口服之后，见穆宅无人、权力真空，便争先恐后地派人手来到穆宅，希望早点填补这些空缺。而那些带兵在外的将领也得到了宅内传出的消息，遣信使过来，表示服从新家主的调遣。

穆风铎依次调动人手，有条不紊地安排下去，首先将十八骑中的穆珂提拔上来，和钟岳一起成为自己的副手，然后选出了新的刑堂人手，点清了在外的穆氏兵马，包括那一千五百名派出去平叛的玄甲军也都奉命回归，拢于麾下。

接着，他下令给驻边的穆氏将领，让他们及时封锁北襄和高阙、齐朔两国的边界，阻止境内之人出关，以免将这一轮大疫扩散到天下。

等事情初步理顺之后，他履行了自己的诺言，传令给驻兵在白登镇不远处的穆璘，让他带军队进入废墟搜索同父兄弟穆郢的下落。

一切都井井有条地执行下去，凡有人质疑，立时便被处罚。

大概是因为出身太低，担任家主后的穆风铎沉默寡言，分外注重自身权威，不容任何挑衅和异议，独断专行，在治军时甚至会出现过于严厉、刑罚过重的情况，弄得麾下人人心惊胆战，不敢有丝毫异议。

然而，但凡得了空，他便日日回到小院子里去见初霜。

仿佛是为了弥补在演武场留下的血腥印象，穆氏新家主卸下铠甲，收起阊阳，卷起袖子下厨做菜，拿出话本与她共读……总之，初霜喜欢什么他就挑着去做，宛如世上任何一个倾慕少艾的少年，小心翼翼、殷勤体贴，只恨不得将自己的心剜出来送过去。

然而，初霜看着他，眼神里却总有一些陌生。

“初霜，那天……我做的是有些过头……”他见她始终不悦，心下忐忑，努力解释，“我只是……只是想惩处那些联合起来暗杀我的家伙，一个不小心，下手过重了。”

“我知道。”初霜点点头，“慈不掌兵。你要立威。”

她虽然说得轻柔，眼神还是疏离。

“我并不喜欢杀人……也不是故意要杀那些人。”他试图消除她眼中那种隔阂，口舌却笨拙，“只是不得已……那些人留着是祸端，不杀不行。”

“我知道。”她点点头，“去芜存菁，必然之事。”

“那……那你为什么生我的气？”他终于忍不住直接问了。

初霜迟疑了一下，看着面前的穆氏新家主，说出了真正的原因：“送灵的时候，六叔魂魄不散，一直在喊冤。他说，那把火弩是你栽赃嫁祸给他的，好找个借口在所有人面前处死他——”

“他胡说！”穆风铎一震，失声。

“死人不会说谎。”初霜叹了口气，“我知道他是牵头反对你之人，先后筹划了两次暗杀——这样的人确实不能留。你这么做也是当机立断，防患于未然。”

“不……我没有！”他急忙摇头，“真的没有！”

“是吗？”初霜看着他，似乎有些迟疑，叹了口气，不再纠结于这个问题，“算了。师父说过，有时候杀一个该杀的人，能抵得上救十个人呢！”

那一声叹息仿佛雷霆一样落在他心里，令他全身一怔。

算了？死人不会说谎？那她的意思，就是他在说谎了？

“你……你不相信我？”穆风铎脸色苍白，反手“唰”地拔出了弱水，直直递了过去，送到她面前，“那你杀了我！”

初霜一惊，往后退开一步：“什么？”

“我没陷害那个六叔——我没有做过这种事！我没说谎！”他定定地看着她，声音发抖，“你如果觉得是我干的，现在就杀了我！”

初霜怔住：“我怎么可能为了那种人杀你？”

“不是为了那个人，而是为了我对你说谎！”他将匕首递到她眼前，眼神雪亮凌厉，竟有一种不顾一切的死意，“杀了我！等我死了，你再来问我一遍同样的问题！死人不会说谎，是不是？”

“小穆！”初霜明白过来，心中大惊，赶紧压住了他的手，连声道，“我相信你，快别这样了。”

他全身发抖地站在那里，任凭她拿走手里的弱水，心里天翻地覆——别怎样？别动不动就要死要活？在她心里，自己是不是从一开始就是个疯子？

可是……她难道不知道，正因为他什么都没有，所以，在无法为自己辩白的时候，只能一次又一次地拿出自己的命来作为凭证！

可是，她却连这个凭证都不想要。

“我没说谎！”他僵硬地站在那里，声音也僵硬，“我没有。”

“嗯。”她点头，轻声，“是我不好，不该怀疑你。”

“是吗？”他凝视着她，不知道她是不是真的信了，心头的隐痛越发剧烈，沉默了片刻，道，“我也不好，不该动不动就以死相逼。”

他顿了顿：“……实在是，让你见笑了。”

他的语气苦涩而克制，微微发抖。

“没有的事！”初霜连忙道，“是我不对，你别生气了……我们去用膳吧！”

见他还是神情郁郁，她补了一句：“今天是我的生辰呢。”

“是吗？”他一怔，“你的生辰？”

“嗯。”她点点头，笑了起来，“今天霜降，正好是我生辰。”

北襄雪国，在霜降节气已然冷彻骨髓。

初霜在院子里生起了小火炉，驱散初冬的寒意。一个时辰后，穆风铎从小厨房里出来，将做好的菜一样样端到廊下，摆在了一张小几上。

初霜已经泡了茶，摆好碗筷，看他将一碗面放在自己面前。

“北襄过生辰，都要吃长寿面。”他还没有从刚才的震荡中恢复过来，讷讷，“揉好了面，用一根面条做成一碗，从头到尾，不能断。”

“很考手艺呢。”初霜赞叹。

她小心地挑起面条，一圈圈地卷在筷子上，却怎么也卷不完，只能将手臂尽量往上伸，想找到那根面条的尽头在何处，有些发愁：“这……要怎么吃？”

他连忙道：“吃的时候不用非要从头到尾，可以咬断。”

“是吗？”初霜闻言松了口气，赶紧伸过脖子，一口咬断了快要从筷子上滑下的长面——那一瞬，她的模样有些滑稽，如同一只探出长颈努力吃枝头嫩叶的小鹿。

他坐在对面看着她，神色松弛了下来，嘴角微微扬起。

“哎，好吃！”初霜吃了一口，眉眼弯弯地夸奖他，“面揉得很筋道，刀工也好——穆氏新家主亲自下厨做的长寿面，果然不同凡响。”

他脸上一热，心中冰雪消融，腼腆地讷讷：“你……你喜欢就好。”

“时间好快，”初霜边吃边道，“过了这个生辰，马上就要二十岁了。”

快吗？他暗想，回忆着和她第一次见面的情景，觉得似乎还是在昨天——跟三年前相比，面前的白衫少女只略微长高了一寸，容颜气息都没有变，双眸明澈、亲切温柔，还是初见时刻骨铭心的模样。

在马厩里被吊起拷打、诬告垂死的时候，他从未想过还能有今日。

——居然还能和初霜一起坐在这里，给她过生辰。

一念及此，他心里忽然就平静了下来，片刻前那种愤怒、不甘和冤屈荡然无存，只剩下一片温暖和庆幸，顿时什么都不介意、什么都不计较了。

两人在小院子里相对而坐，开始用餐。

他拿起了碗，小心翼翼地挑着吃了几口，将初霜喜欢吃的雪芋全留给了她。看着她不大碰哪个菜，他才自己去夹几筷子，同时默默记住了她的喜好。

“你不喜欢吃肉吗？”看到荤菜都没动，他不由得问。

“小时候是喜欢的。可是少羽也喜欢吃肉，我在桌子上又抢不过他，就只能挑些素菜来吃。”初霜咬着雪芋，“再后来，我发现吃了大荤之后五感会削弱，影响望闻问切，就干脆不怎么吃啦……最多吃一点鱼。”

她说得随意，他却听得蹙眉，心中隐隐充满了怒火。

冲少羽那个家伙，居然从小就这样欺负初霜？真该死！

“师父说，她是霜降那一天在溪边捡到了我。”看他不怎么说话，初霜反而主动开口，想让气氛轻松一些，“后来，也就把那一天当作了我的生辰。”

“原来如比。”他点点头。

原来，初霜不仅无父无母，连自己在哪一日出生的都不知道？这样比起来，他居然还略好一些？东陆的淮陵国，居然这个时候才霜降吗？在北襄，这个季节早已是白雪皑皑、天寒地冻了……

唉，和走遍天下的初霜相比，马厩里长大的他简直是井底之蛙。

那一瞬，少年心底掠过了无数念头，却沉默不语。

初霜见他还是闷闷的，夹了一筷子菜，故意问：“这是什么？”

“……槐花烙。”他回过神，连忙回答。

“槐花？”初霜一怔，视线投向了庭院里那棵树——如今北襄已经霜雪覆盖，一丈高的槐树落尽了叶子，只余下枯枝在冷风里颤着，哪里有花呢？

“我娘教我的。”穆风铎也看着那棵槐树，“四月槐花开的时候，摘了腌制起来，等到冬季没有蔬菜可吃的时候，就可以拿出来烙杂粮饼。”

初霜夸奖：“你娘很厉害，很懂得生活呢。”

“生活所迫而已。小时候阿娘为了不让我挨冻挨饿，想尽了办法。”他点点头，“在院子里种菜，偷偷养几只鸡，春天摘了槐花储着，冬天就用槐树枯枝来烧火——不然，靠着那点分来的炭，我们根本熬不过北襄漫长的冬天。”

“她真是了不起。”初霜点头，诚心诚意地道，“和我师父一样，都把身边的孩子照顾得妥妥帖帖的。”

什么？她……她居然拿阿娘和天医相提并论吗？

穆风铎心中一震，双眸红了红，停了一下，才继续道：“那时候，我还以为她在院子里种下一棵槐树，只是为了温饱——后来才知道，这棵树和檐下的风铎一样，其实都是有原因的。”

初霜脸色微微一变，没有回答。

若没猜错，这棵槐树，只怕来自城外筑京观的那一片古槐林。槐为木鬼，气质极阴，小穆的母亲显然是因为祖上的秘训，才在穆宅里埋下了引线。

她一时不知道说什么好，只是挑着碗里的面条，筷子忽然戳到碗底的什么。她翻出来一看，居然是一个煎得双面金黄的荷包蛋。

她笑了：“北襄的长寿面，是习惯在碗底埋个荷包蛋吗？”

“……也不是北襄的习惯。”穆风铎一怔，有些窘迫地回答，“小时候，阿娘说，最好吃的东西要留在最后吃——所以我习惯把它埋在最底下……想着碗底还有好吃的，就能吃得快一些香一些。”

“这样啊，”初霜看着他，双眸里露出温暖怜惜的神色，将那个荷包蛋放在了他的碗里，柔声道，“现在，你可以放开吃了。”

“啊……这怎么行？”他眼眶一热，喃喃，“今天……今天是你生辰。我也没有什么其他的贺礼给你。”

“小穆变得这么了不起，就是给我最好的贺礼啦！”初霜笑着，一口气吃了半碟槐花烙，夸奖，“我都没吃过这么好吃的菜呢。”

“是吗？”他一震，沉默了片刻，仿佛鼓起了勇气，开口，“你……你要是真觉得好吃……我……我可以一直给你做。”

初霜一怔，不由得抬头看了他一眼。

对面的少年端着碗，低着头，看不到脸上的表情，然而手指在轻微地发抖，连发丝间露出的耳朵都是红的，完全不像那个血洗演武场的穆氏新家主。

她停了停，轻笑了一声：“北襄和东越那么远，怎么可能呢？”

得到了这样的回答，他手一抖，心里忽然空荡荡的。那一瞬，他几乎想说他可以不在北襄，也可以不做穆氏家主……只要她愿意，他可以跟着她去照心堂！

但是，他也知道这些话是不能说的，一旦说了，只怕初霜会看不起自己了。

“不过，你可以教我呀！”他心中正在天翻地覆，她却在对面笑盈盈地说了一句，“授人以鱼不如授人以渔，对不对？”

他点了点头，心底不知道是什么滋味。

片刻，初霜碗里的长寿面已经见底，他却还没吃完那个荷包蛋。

“初霜，我……我真的没有栽赃给六叔，”他再次开口，试图解释清楚这件让他耿耿于怀的事，“你要相信我。”

“嗯。”她点点头，慎重回答，“我相信小穆。”

“但我也知道自己的手段确实过头了一点。可……可这是有原因的……”他顿了顿，似乎在斟酌着用词，“以前，我看到族兄穆郢虽然立下赫赫战功，却因为出身低微，依旧被那些族人轻视鄙夷，心里很是不忿。”

“但是，当我在演武场上一剑腰斩了所有挑衅者的时候，那些之前不服的族人忽然全部用敬畏的眼神看着我了！”他低着头，声音也很低，“在那一刻，我忽然就明白了，虽然穆氏家训里说需要恩威并施，但很多时候，‘恩’是比不过‘威’的。

“而我的时间不多。立威，总要比施恩更快。”

初霜不由自主地停下了筷子，看着面前的少年。

此刻，在外人看来寡言的穆氏新家主仿佛换了个人，认认真真地向她剖白，将内心的纠结和取舍全部告知，毫无保留。

“但奇怪的是，看到那些人敬畏交加、不敢直视的样子，我心里却很舒爽——甚至恨不得他们永远用这种眼神看我！”说到这里，他的声音无法控制地高了起来，随即又压住，迟疑着问，“初霜，你说，我是不是真的有问题？”

“别这么说。”她摇摇头，“穆氏为北斗之主，自然武德充沛。大变横生之时，只要持心端正，手段凌厉一些并无大碍。”

“真的？”穆风铎一怔，如释重负，“天医说，黯域的力量如同一粒种子，见血生根——为什么会选我呢？是不是因为我小时候遭遇坎坷，所以才落下了心魔？”

“哪个人的心里连一点阴影都没有呢？甚至我也一度有过心魔呢！”初霜安抚他，“每个人在一生里都要反复和心魔搏斗，就像是避免不了会生病一样——能感觉到心魔的存在，警惕它、压制它，就说明小穆你是个好人了。”

“是吗？”他怔了怔。

初霜也有过心魔？她的心魔又是什么？

所有人都忙忙碌碌的时候，只有冲少羽是闲着的。

这位天临少主自小富贵，习惯了珠围翠绕、前呼后拥的生活，受不得寂寞，在穆宅待不住，每日里出去闲逛，将城中好玩好吃的地方都逛了个遍，回来却抱怨北襄落后，是个乡下地方。

“又出去鬼混了？”天医空莲闻到他衣上的脂粉香，不由得蹙眉，“是去了风月场，还是又看中了哪个良家女子？”

“北襄这种地方，还能去招惹良家女子？这里风气闭塞，一旦上手，她可就非我不嫁了。”冲少羽摇头否认，“去了红袖楼而已——可怜啊，里面最出名的花魁金丽娘都容貌俗艳，只配在天临做个端茶倒水的丫鬟！”

“你怎么一刻也不能老实？”天医空莲皱眉，“瘟疫肆虐，万一遇到意外怎么办？”

“能有什么意外？”他嗤之以鼻，“几个癔症疯子，能奈我何？”

“那万一遇到黯域的人马呢？”

“那我就立功了呗！”冲少羽毫不在意，“来一个弄死一个。”

“你能不能别这么吊儿郎当的？”天医空莲恨铁不成钢，只能说出了自己真正的担心，“天天往外跑，留下初霜天天跟小穆在一起——这样下去，只怕再过一段日子，我们都该去喝他们两个的喜酒了！”

“喝谁的喜酒？那个小书虫？”冲少羽愕然，仿佛听到什么最好笑的事一样，大笑起来，“哈哈哈……她？和北襄小野猪？不可能！”

天医空莲皱了皱眉头，看着他：“怎么不可能了？”

“那个小书虫，话本看太多了，满脑子白日梦，只知道纸上谈兵，只怕连男人的手都没碰过。”冲少羽啧啧，不客气地逐个点评，“那个小野猪也是个童子鸡，束手束脚，就算把天仙放到他怀里，他大概也不知道该怎么办事！”

天医空莲想了想，居然觉得儿子说的是这么回事，叹了口气：“三百年来，确实从未有过穆氏家主和天医一门联姻的先例——你知道为什么吗？”

冲少羽不以为然：“一个在北襄，一个在东越，隔得太远碰不上面呗。”

“纵横千里，又有何难？朱崖的慕容氏都有远嫁到北襄的。”天医空莲摇摇头，看着儿子，“傻瓜，一个是北斗之主，一个是南斗之主——双方一旦联姻，将会威胁到紫宸帝座。”

冲少羽一震，倒吸了一口气，重瞳骤然收缩。

“明白了吧？当年，你恨初霜告密，导致你被抓回天临。可是，现在呢？你很喜欢这种君临天下、生杀予夺的滋味吧？”天医空莲苦口婆心地劝告，“冲氏皇族，向来是紫微照命——而帝星天生便擅控权柄，喜欢万众敬仰、唯我独尊。这是刻在骨子里的东西，你又怎能例外？”

冲少羽没有否认，只是沉默。

“如今天下大乱，君权动荡，天临皇室面临三百年来从未有过的挑战，更需要助力。”她叹了口气，看着儿子，“我知道你虽然纵情任性，在大事上却不是个糊涂的人。这种时候该怎么做，心里应该清楚。”

冲少羽还是没有说话，神色却微妙地变了变。

“初霜明明是从小就喜欢你的，若不是你一个劲儿作死，事情何至于此？”天医空莲摇头，“以前你可以随便摆烂，可现在来了个小穆——人家已经是穆氏家主了，身上没你那些臭毛病，长得又比你好，还会做菜。若是他们真的在一起了，我这个做师父的也不能棒打鸳鸯。”

“嘁，胡说八道！”冲少羽听母亲捧一踩一，终于忍不住发作，“只要我乐意，分分钟就把小书虫哄回来了——轮得到那个北襄小野猪？”

“未必。”天医空莲笑了笑，再次激了他一句，“初霜可不比小时候了，不是你弄本书就能哄回来的。可别在这里自吹自擂了。”

“啥？你信不信我——”冲少羽愤然反驳，说到一半却忽地停住。

“嘀，”他往后一靠，看着母亲笑了起来，“差点上了你的当！”

“怎么？”天医空莲看到儿子忽然变脸，不由得一怔。

“你劝我为了皇室利益、天下大局，去娶那个小书虫？”冲少羽讥诮，“那当年你为什么不去嫁给废太子，非要跟我爹在一起？”

天医空莲一下被儿子问住了。

“而且，嫁了就嫁了，居然还要和离？你这分明是在打皇室的脸——却让我赔上自己去维护皇室利益？”冲少羽摇头，啧啧，“哎，我是你亲生的吧？”

他大笑了一声：“你这个激将法没有用！”

然而，话虽如此，在看到初霜和穆风铎一起从廊下走过来的时候，冲少羽顿住脚步，心底还是涌起了一种前所未有的微妙的不爽。

或许是因为初霜照顾得好，或许是因为得了阊阳的加持，不过短短一两个月，血月下那个奄奄一息的少年就脱胎换骨了，穿着明光铠，握着阊阳剑，身姿挺拔，双眸明锐，赫然有了一种超凡脱俗的清朗贵气。少年站在初霜的身边，清辉玉映，一柔一刚，像极了将来的北斗之主和南斗之主。

两人不知从何处回来，一路并肩谈笑。

初霜说了一句什么，穆风铎便停了下来，有些尴尬地用袖子擦了擦额角。初霜摇摇头，凑过去抬起手，细心地擦去了他眉尾的一抹灰，两个人相视而笑。

“说什么悄悄话呢？”冲少羽看得刺眼，忍不住出声，“笑成这样？”

“你怎么在？”初霜吃了一惊，手僵在了半空，显然没料到这个人今日竟然在宅子里蹲着，没出去吃喝玩乐。

“嘀，这话说的。我就不能在了？”他更加不爽，“碍着你们卿卿我我了？”

“别胡说。”初霜脸上一红，“小穆刚刚在小厨房教我做菜呢——”

“啥？”冲少羽一时没回过神，“做菜？”

“你就知道吃。”初霜笑话他，“北襄的雪芋，前几日你还赞不绝口呢！”

“哦。”他想起来了，“那个？”

就那点破东西，也能让她开心成这样？一个大男人，会做菜了不起吗？

想到这里，他越发不爽，有一种童年开始就属于自己的东西忽然被人抢走了的感觉——而且，居然是被这个北襄乡下的小野猪？堂堂天临少主，未来的紫微帝君，居然输给了一个马厩出来的小奴隶？

这要传出去，他还怎么见人？

他在这一刻的神色变化，初霜浑然未觉，穆风铎却看了他一眼，有意无意地上前一步挡住，道：“再过一刻钟就可以开饭了，要一起吗？”

“吃芋头？”他下意识地哼了一声，“免了！”

穆风铎微微一笑，没有说什么。

“有酒吗？”冲少羽立刻明白过来，想起若是自己拒绝，那就又只剩他们两人一起吃饭了，补了一句，“听说穆氏家酿的石冻春很不错？”

喝酒？穆风铎刚要回答，却瞥见初霜在一旁皱眉。

穆风铎一顿，立刻道：“酒不是好东西。”

“……喂！”冲少羽显然也看出了两个人之间的默契，不由得愤然，“我说小穆，你如今好歹也是穆氏新家主了，怎么怕女人怕成这样？她让你往东你就不敢往西？堂堂武圣穆氏，一代战神，可没有惧内的家风啊！”

穆风铎笑了笑，没有说话，眼神却极愉悦明亮。

冲少羽看得心里一窒，什么？说他惧内，他还乐上了？

“别胡说。大中午的，喝什么酒？”初霜瞪了冲少羽一眼，“一边去，别带坏了小穆。”

“嘿！喝个酒就叫带坏？”冲少羽气不过，一拉身边的穆氏新家主，“我一没带他找姑娘喝花酒，二没怂恿他赌博，三没引诱他投敌叛国，算什么带坏？堂堂穆氏家主，居然因为怕女人而不敢喝酒，岂非天下笑话？”

穆风铎及时往后退了一步，没有让他拉住。

“小穆是一张白纸，可不比你。”初霜上前一步护住他，警告，“你自己乱来就算了，要是带坏了小穆，我可饶不了你。”

“一张白纸又怎么了？”冲少羽冷哼，“就许你画，不许我画？”

“你……”初霜说不过他，脸上一红，只能扯开话题，“你的衣服怎么了？”

“衣服？”冲少羽一怔，顺着她的视线看了下去。

深秋冷风里，他外袍的衣襟半敞着，原本一溜儿拇指大的珍珠都没了，只剩下一颗孤零零的还搭着，露出了里面的玄锦中衣。

“哦，”冲少羽挠挠头，“这几天出去玩得多，都扯下来付账了。”

“你这个人！怎么老这样？”初霜有些气恼，径直走到廊下，拿起董嬷嬷留下的针线篮子，回头对他道，“给我。”

“啊？”冲少羽一怔。

“衣服！”初霜蹙眉，催了一句。

"哦哦。"他反应过来，看了看穆风铎，嘴角忽地浮起一丝笑意，在中庭直接将外袍脱了下来，嘴里抱怨，"真是的，有外人在呢！哪有逼人当众脱衣服的？虽然我光屁股的样子你也不是没看过。"

旁边的人一震，脸色骤然变了。

冲少羽瞥见，心里越发好笑，一边走，一边把内袋的东西掏出来，拿着空袍子过去挨着初霜坐下，故意凑过头，贴得极近地问："扯了那么多颗扣子，要拿什么补呢？哎，你可小心，针线活儿细，别扎了手指头。"

"怎么了？"初霜不明白他今天哪来这么多废话，微微侧头，避开他贴过来的脸颊，探手进腰畔的蟠龙锦囊，拿出了一顶璀璨夺目的凤冠。

穆风铎猛然一怔，认出那是哀皇后遗落在武庙的凤冠。

初霜从冠上摘下一颗明珠，跟衣襟上剩下那颗比了一下，点点头："大小倒是差不多，只是一个是南海鲛珠，一个是寒水冬珠，珠光冷暖不一，只能将就着顶一下——等将来回了宫，还是得让御衣坊给你重新换过。"

"嘿，随便糊弄一下得了。这种差别也就你我看得出，一般人哪懂？"冲少羽不以为然，饶有深意地看了一眼旁边的穆风铎，嗤笑，"是吧？小穆？"

穆风铎微微一怔，脸色苍白，没有回答。

这些事，马厩出身的贫贱少年闻所未闻，如何能知？

初霜坐在廊下，细心地将珠子一颗颗地穿好，钉上那一袭蟠龙暗纹箭袖锦袍，眉目安静，神色专注。而天临少主只穿着中衣坐在她身侧，横臂桌上，倾身过去看着她，拿起那顶凤冠在她头顶比了比，咧嘴一笑。

"别闹。"初霜皱着眉头歪了歪脑袋，轻声抱怨了一句，"跟你说了，别把这个东西套我头上——不吉利。"

"哎，看不上这顶六龙六凤冠？"冲少羽看了旁边的穆风铎一眼，笑道，"那天临城还有一顶九龙九凤的呢……比这个厉害多了，留着等你。"

什么？穆风铎心中一怔，手一下子握紧，心绪翻腾如沸。

天临少主的意思，是要以凤冠为聘，让初霜当未来的紫微皇后？

"好了，你试试看？"初霜却压根儿没注意那个一贯贫嘴的人说了些什么，一下就将扣子全数补好，抖开锦袍交还给他，叮嘱，"以后别乱扯扣子了……从师父那里拿点金叶子不行吗？"

冲少羽冷哼："那种阿堵物，脏了我的手。"

"那下次扣子再没了，我就不管你了！"初霜不悦，将针线放下，白了他一眼，径直走向小厨房去取午膳，"随你冻死在路边。"

"哎，好好，"冲少羽见她生气，连忙道，"金叶子金叶子。"

冲少羽站起身来，一边扣上衣襟，一边将桌子上掏出来的东西都放回内袋。

然而，当装到一半的时候，他背后忽然有一股寒意袭来，凛冽森然。

什么东西？他一惊，全身警惕，“唰”地回头看向了背后。

然而，一转过头，他对上的居然是穆风铎的眼睛——穆氏新家主悄无声息地走了过来，站在一步之遥的地方死死地看着他，脸色苍白，眼神极其可怕，眸子深处居然有暗涌的血色。

“怎么？”冲少羽怔了怔，“这就发火了？”

这个小穆，怎么如此经不起逗？自己不过是内涵调侃了他几句，也没怎么着，他竟然目露凶光想杀人？

穆风铎的视线落在他的手里，定定的，亮如妖鬼。

“这……这是她给你的？”半晌，穆风铎才开了口，声音竟像是烈火灼烧过一样低哑，整个人剧烈地发着抖，“她……她亲手给你的？”

“什么？”冲少羽下意识地低头，看了看手里那个碧玉瓶子，想起这是初霜给自己用来抵那本书钱的，有些莫名其妙，“哦，这个？是颗驻颜回春丹，怎么了？”

穆风铎一震，脸色惨白，全身止不住地开始发抖。

——“初霜，你是不是在想，若有一日你遇到了所爱的人，驻颜回春丹却只有一枚，应该如何是好？”

——“我……大约会把驻颜回春丹给他吧？”

——“也对。这样，他就能永远是你所爱的模样了。”

那一瞬间，长亭中听到过的对话在脑海里不停回响，如同雷霆一般，震得他失了魂魄——原来如此……原来如此！她把驻颜回春丹给了面前的人，希望他永远保留着她所爱的模样？

可是，她说过要带自己去桃源谷……

不！天医说得对，她……她只不过是在可怜自己而已！

枉他一度痴心妄想，还以为自己能有机会一争高下。其实多年前，在初次相遇的时候，初霜的心里早已另有所爱！

那个人是紫微少主、万王之王，还和她青梅竹马、两小无猜——无论从哪个方面来说，自己和她所爱之人都是贵贱殊途，云泥之别。

“怎么了？莫非你也想容颜不老？”冲少羽见他死死盯着自己手里的瓶子，不禁有些疑惑，抬头看看对方，嗤笑，“不过你这张脸这么美，确实也值得保存一下。”

“该死！”又听到这种语带贬义的公然挑衅，穆风铎情不自禁地往前踏出了一步，逼视着面前飞扬跋扈的天潢贵胄，双手下意识地握紧，不可抑制的杀意汹涌而来。

那一瞬，仿佛得到了召唤，阎阳“唰”地自动出鞘！

“怎么？你难道想抢？”杀气逼人而来，冲少羽不由得一凛，重瞳凝聚，手臂一振，炎龙瞬间浮动，冷笑，“想打架？太好了，来啊！”

穆风铎盯着他，双眸暗沉，似有血涌。

半晌，穆风铎才极力克制，转身：“演武场。”

当初霜端着午膳出来的时候，小院里已然空空如也。

“人呢？”她站在院子里，愕然四顾，“一眨眼都去哪儿了？”

# 第二十八章

## 对决

人在演武场。

扶风郡的武圣穆氏祖宅占地广大，足足五百亩，其中三分之二都给了演武场。这个由始祖穆钺亲自督建的演武场地平整宽阔，长宽各一百丈，可以让上百名穆氏子弟在上面驰射。

然而此刻，如此空旷的场地，却被两个人占据。

轰然巨响中，两道影子在空中乍然分开。

“一剑破万军？也不过如此！”冲少羽接住了那惊人的一剑，眼睛发亮，御龙而行，在半空中“唰”地回身，招了招手，“再来！”

话音未落，一个俯冲，炎龙低首，红莲烈焰铺天盖地而来，吞没地面上的人。

同一瞬间，穆氏新家主身披明光铠，持剑迎上，眼神冷凝肃杀。只见一点寒光急速掠来，如同流星一路破开火海，瞬间就逆行逼到了火焰的源头！

“好！”冲少羽低喝一声，在龙背上手指并起，结了一个印，重瞳内仿佛有赤炎应声点亮，瞬间发动了御龙之术！

手指一分，向天一指，炎龙赤霄应声从半空消失。下一个刹那，化身九影，从九天伴着火焰飞舞而下——那是冲氏的御龙九式之“群帝骖龙”。

九龙齐舞，气势逼人，天上地下唯我独尊。

然而，穆风铎持剑在手，双眸映照着漫天火焰，森冷凛冽，竟然毫不退缩。他手腕一振，气凝全身，在黑色的明光铠之外“唰”地开出了一层璀璨金甲。

当九龙落下的刹那，他握着阊阳向上飞掠，同时也化为九道光！

九道光芒如同太阳绽放，刺入了飞舞的九龙之中，只听一声巨大的震响，宛如天降雷霆，闪电与火焰刹那间双双熄灭。

“厉害！”冲少羽看到那一剑，失声，“还有这招？”

不是说“一剑破万军”就是穆氏《剑道》的压轴吗？可是这一击，居然比方才那一剑更加凌厉！

炎龙赤霄被那一击逼退，腾空回旋，颈下鳞片竟渗出血来，瞪着地上的穆氏少年，巨目中充满了怒意，咆哮不已，几次试图冲回去，都被冲少羽控制住。

“这招叫什么？”冲少羽在龙背俯身，问下面的人。

一剑化九，击破炎龙幻影，开出金鳞甲的穆氏新家主单膝触地，横臂握剑，“唰”地抬头看过来，双眸暗沉，里面涌动着血色，双眉间那一道红痕重新浮现，杀机毕露。

“羿射九日！”穆风铎昂首回答，“我自创的，如何？”

“好一个羿射九日！”冲少羽由衷赞叹，“气势如虹，几可屠龙。”

“几可？”穆风铎冷笑，左手四指并拢，缓缓从剑锋上平掠而过——刹那，阊阳自行变化，剑柄“唰”地延展，在他手里化为一把长槊！

“剑槊互变？”冲少羽还是第一次看到，顿时眼前一亮。

传说中，武圣穆钺为北斗战神降世，上马横槊、下马持剑，沙场所向无敌。当中兴之主穆云岐去世后，阊阳封剑八十年，此事已成传说。然而今日，昔年的一切居然在这个少年身上重现了！

在演武场上接受挑战的时候，他甚至都没有用出这一招。

“不愧是北斗武圣，够资格跟我联手了。”感觉到了炎龙的愤怒，生怕继续下去会出岔子，冲少羽决定给彼此一个台阶下，从怀里拿出那个碧玉瓶子，掂了掂，“这个算彩头——送你好了。”

然而听得此语，穆风铎一震，脸色“唰”地惨白，宛如利刃穿心而过！

什么？彩头？送他？他毕生可望而不可即的东西，居然被面前这个人轻易得到，却又轻易地拱手相送！

该死！那个高高在上的天临少主，就这样轻佻地把初霜的心意施舍似的抛下来送给自己。他……他把自己当成什么了？又把初霜当成什么了？

若说一开始他来到演武场，只是想击败这个飞扬跋扈的天临少主，证明自己比对方更强，到了此刻，却再也无法克制心底直冲上来的憎恨和杀意！

他这一生，什么都失去，什么都没有。

生于泥潭之中，一无所有，竭力挣扎向前。一路上，所有一切都分崩离析，父母、亲友、长辈……每一样都离他而去，每一样都求而不可得。到最后，唯独余下一点奢望的温暖，却偏偏竭尽全力也得不到。

而面前的这个人，生下来什么都有，却什么都不珍惜，轻佻跋扈，肆意妄为，目中无人——而上天，偏偏把自己唯一想要的东西也给了他！

为什么？为什么如此不公平！天地不仁！

那一瞬间，他只觉得愤怒到出离，热血如沸，心跳如鼓——不知道是不是幻觉，耳边竟似又听到了铮然的一声！仿佛廊下那个风铎再次摇响了，清晰而又刺耳，悬在他心头的虚空中，催起了无边的杀气。

刹那，愤怒和憎恨烈烈如火燃起，一念之间翻天覆地。

什么天临少主、紫微帝星？他要把这个家伙碎尸万断、灰飞烟灭，再也不存在于他和初霜之间！

“该死！”他霍地抬头，看着御龙而来的人，横槊一挥，一道凌厉的杀气从刃上划出，化成一道看不见的巨大的弧，“唰”地割向了半空的冲少羽！

赤霄在上一轮交手中负伤染血，被冲少羽控制着才没有暴怒。此刻又看到对方主动攻来，赤霄倏地被激发了斗志，一声长啸，也不等契主发令，立刻携着烈焰向演武场上的黑甲少年飞速俯冲过去！

穆风铎于火海之中挥槊横击，硬抗炎龙之力，双方正面相冲，又转瞬分开。

这一击令整个穆宅都震了一下，四处都有惊呼声传来。

“喂，你疯了吗！”冲少羽失声，心下震惊。

方才他御龙从高空俯冲，占尽上风，而演武场上的黑甲少年单身步战，一人一剑，竟和炎龙打了个平手！刚才那一刻，赤霄是真的想用烈焰焚烧这个人，而这个人也是真的想挥剑屠龙！

穆风铎挥出一击后落地，起手又是一式，双眸凛凛地看过来。

“喂喂！点到为止！”冲少羽一见这个眼神，不由得大吃一惊，连忙控制住赤霄，“干什么，要和我拼命吗？我好歹还帮过你呢——就在这个演武场上！”

在这个演武场上？穆风铎一震，脱口：“难道那个六叔……”

“对！”见他终于明白过来，冲少羽不由得咧嘴笑了，有些得意，“我知道那个老家伙在背地里搞事情，所以在他跑路的时候偷偷塞了一把火弩进去，又引你去抓到他——怎么样，帮了你大忙吧？”

什么？他猛然一震，几乎无法相信自己的耳朵。

那件事，竟然是面前这家伙干的？

浑蛋！这个家伙设计了这一切，像耍猴一样耍了自己，引得他当众大开杀戒，还让初霜对自己印象大坏，怀疑自己诬陷杀人后又对她说谎！

“该死！”穆风铎眼神蓦然暗了下去，“穆氏的事，轮得到你来插手？”

“什么？狗咬吕洞宾，不识好人心！”冲少羽万万没料到对方居然是这种反应，不由得也动了怒，冷笑一声，将紫微令在手中一横，“怎么，要来真的？刚才你不过是跟赤霄打了个平手，我可还没动手呢！”

“是吗？”穆风铎看着他，全无退缩，“那就一起上吧！”

说话之间，他抬起左手在刃上一划，割破指尖。

一滴血沿着阊阳流下，在剑刃上划出一抹红。他抬首凝视御龙而行的天临少主，将流着血的手按在明光铠正中，双眸暗冷，念了一句咒语。

刹那，他眉心那道血色竟又骤然一现！

“喂！”冲少羽心中一震，失声，“点到为止！”

“不止。”穆风铎持槊下击，槊尖“唰”地一点地面，激出一点火光——刹那间，演武场上风云激变，阊阳所指之处，竟然凭空凝出了一个巨大的幻影！

仿佛被武圣之血召唤，眨眼间，一头神兽轰然跃出虚空，狼首豹身，五尾一角，双眸金光璀璨，落地后对着炎龙一声长啸，其音如击石，震动天地。

什……什么？那一瞬，连冲少羽都惊呆了。

从阊阳中忽然跃出的，难道是传说中的夔狰？

夔狰乃北方灵界之主，三百年前由武圣穆钺斗气所召，寒夜啸月，纵横千军，曾跟随武圣扫平天下，诛杀邪魔无数。然而在归墟之战中，夔狰被烛龙瞑夜所伤，邪气入体，侵蚀魂魄，最终武圣不得不将其斩杀。

大战结束后，天医裴寂净化了夔狰的魂魄，封印于明光铠之中。武圣念其战功，不忍其神魂俱灭，便不远万里将它带回了故乡，和武器铠甲一起供奉于武庙，共享香火祭祀，穆氏后世也以其为家徽。

在百年不断的祭祀后，盔甲中的魂魄渐渐重新凝聚。九十年前，在中兴之主的召唤下，夔狰曾一度于武庙现形，震动整个北襄。然而，当时夔狰只出现了一瞬，看了一眼少年时代的穆云岐，便又转头消失了。

而今天，沉寂了三百年，连中兴之主都不能驾驭的灵兽，竟然在这个穆氏少年的召唤之下跃出了虚空，凝聚成形！

“厉害啊……这趟北襄没白来！”冲少羽看着面前这一幕，兴奋不已，两眼都在发光，“你拿到阊阳才几天？怎么就召唤出夔狰了？你——”

然而不等他把话说完，穆风铎双眸中光芒一闪，长槊一挑，遥点虚空！

刹那间，夔狰长啸一声，便向着半空中的炎龙飞扑而去！

与此同时，他足尖一点，跃上其背，闪电疾风般冲过来，双眸暗沉，薄唇紧抿，对着龙背上的天临少主便是竭尽全力一斩！

那是必杀的一击，充满了杀意和怒火，烈烈燃烧。

“喂！”冲少羽知道厉害，失声，“你疯啦？”

知道遇到了生平未有的强敌，生死一线。那一瞬间，天临少主来不及多想，双手结印，并指点向自己眉心，重瞳倏地一亮，同时发动了御龙和控星之术！

那一瞬，演武场上空的天色忽然暗了暗。

整个天幕骤然沉了下去，紧接着，居然有星斗在白昼现形。

冲少羽御龙凌空，头顶有一颗紫芒大星冉冉升起，照亮灵台——那是帝星紫微，也被称为北宸、长庚，为万星之尊。接着，一颗接着一颗，更多的星辰在他的头顶亮起，整整齐齐十三颗，北斗和南斗，斗勺互指，围绕着帝星紫微飞速旋转。

星辰从天而降，照耀着御龙而行的天临少主。

冲少羽一手执金箭，一手控龙下行，乌发飞扬，重瞳雪亮，携着星斗之力疾冲，迎向黑甲持剑飞来的穆风铎。

赤霄在怒中咆哮，飞向迎面扑来的夔狰。

天地风云涌动，杀气如潮，竟令整个穆宅上空暗如墨海。

“住手！”忽然间，有个声音惊呼，“快给我住手！”

初霜？两人齐齐一惊，看到了一袭白衫飞速奔来。

炎龙赤霄和苍狼夔狰在空中飞速接近，如同流星相向撞击，带起漫天的疾风闪电——穆氏家主持槊横击，天临少主挥箭相迎，杀气凛冽，眼看就要迎面碰上。

初霜惊呼着冲到，抬起双手，飞快地结印。

掌心的传灯咒应声点亮，在刹那间就连结了三个人。天医首徒凌空结印，牵制住两人，用尽全力一分一错！

瞬间，天穹间一股暗涌凭空出现，如同洪荒潮水倾泻而下，轰然冲向了当空扑向彼此的炎龙和苍狼。被那种巨大的力量裹挟，就要相撞的两人齐齐一震，无论持槊还是握箭的手忽然都失了准头，被引向了不同的方向。

两个人在间不容发之际左右错开，擦身而过。

炎龙和苍狼在虚空中交错，先后落地，归于两人身侧，转瞬消失。空旷的演武场上空，寒气和赤炎相激，竟引起了呼啸的旋风。

初霜双手结印，一错一分，用尽全力引开了两股巨大的力量，整个身体却是一震，往前踉跄了一步，脸色惨白地看着面前的两个人，嘴唇动了动，仿佛想开口问一句，却骤然呕出了一口血，在瞬间倒了下去！

“初霜？”刚落地的两个人看到这一幕，惊呼着双双飞奔过去。

然而尚未近身，凭空又是一股力量涌来，竟似撞上了一堵无形的墙壁，两人身形一顿，反而被朝着不同方向推开了几步！

同一瞬间，初霜仿佛被左右夹击，又呕出一口血来。

“都……都给我站在原地！不要动！”她吃力地从地上撑起身体，断断续续地喝止，“我设了界墙，把……把你们分开了。谁都不许乱动！”

什么？两人站住了脚步，有些不知所措地愣在原地。

初霜回到小院后，发现两个人消失不见，转头就听到演武场上的异常呼啸，知道大事不好，立刻飞奔而来。然而来得仓促，身边没有太古遗音，眼见情况危急，只能硬生生介入其间——刹那间，那一槊和一箭的力量，便全数落在了她身上！

只是一瞬，刚才那种你死我活的气氛仿佛就冷却下来了。

初霜……初霜受伤了？还伤得这么重？空旷的演武场上，两个少年面面相觑地站在那里，看着地上的白衫少女，想要靠近却又不敢，双双不知所措。

受伤的人想站起来，然而刚一使力，又是一大口鲜血喷出，踉跄倒地。初霜用手臂撑住身体，伏在地上激烈地咳着，说不出话来，血不停地从嘴角沁出，染得白衫前襟一片刺目的红，连衣角那朵莲花都如开在血池里。

“初霜！”第一次看到她这种样子，连一向心大的冲少羽也不由得惊恐起来，失声，“你……你没事吧？”

他脚步挪了挪，心急如焚，却又不敢靠近。

而旁边的穆风铎站在那里，脸色惨白，呆若木鸡，竟是一句话也说不出来。

他只觉得眼前这一切仿佛不真实，心跳如鼓，脑海里那个虚幻的风铎还在持续地摇响，一声一声，刺耳非常。他踉跄了一下，用力摇了摇头，似乎想把那个声音从脑海里甩出去，却怎么也做不到。

他死死地盯着面前的白衫少女，看着她挣扎着爬起，又跌倒在地，不停呕血，染红衣襟，一时间连心跳都几乎停止了，宛如堕入噩梦之中。

初霜……初霜在吐血！而且……竟然是被他所伤！

他……他竟然伤了初霜？

“我……我没事。你们都不许动！”初霜一手撑地，喘息着抬起头，不敢相信地看着面前的两个人，“你们……你们在干什么？这到底是怎么了？”

“都怪他！这个家伙先动的手！”这一次，冲少羽毫不犹豫地选择了推卸责任，指着穆风铎大声嚷嚷，“我说了点到为止，可他却疯了一样冲上来，非要杀我！简直莫名其妙！”

初霜看向黑甲少年，然而对方面色苍白，竟没有否认。

“小穆？”她又问了一声，“你怎么了？”

“我……”穆风铎仿佛梦醒般一震，定定地看着面前重伤的人，嘴唇动了动，全身剧烈地发抖，摇着头，忽地往后退了一步，眼里流露出绝望之色，“我……”

“这个家伙疯了！”冲少羽心有余悸，指着对方，“不信你看他的眉心！那个黯域的标记又透出来了——我看他是像哀皇后一样，也成了个怪物！”

初霜看向面前的人，心中也是一惊。

此刻的小穆与平日迥异，脸色惨白，双眸暗沉，眉心那道消失的红痕赫然再度浮现，殷红如血。那股尸山血海般的杀气从眉心红痕透出，在他头顶凝聚出墨色的深渊，如同泰山压顶！

年轻的穆氏家主站在演武场中，面色惨白，全身发抖，几乎要被压垮。

——“你是穆氏后裔，身上流着同样的血。将来你若爱上一个人，却又无法得到，不知道会不会变得和穆云岐一样？”

武庙中，天医问过的那句话在耳畔轰鸣，和脑海中那个虚幻的风铎敲击声一样刺耳，令他有一瞬的眩晕，身子晃了晃，差点就要站不住。

那时候，他曾斩钉截铁地回答“不会”——可方才那一刻，他竟然做了和穆云岐一样的事！

得不到，就想毁灭。不甘于失去，不甘于一生不如人，在瞬间被嫉恨和狂怒所控制，身心俱暗，不管不顾，只想毁灭挡在中间的一切！

到最后，他不仅想杀掉对手，几乎连初霜都一并杀了！

不……不，这不是他！他……他怎么会变成这样！

他看着初霜，一步步后退，面露恐惧绝望之色，全身发抖，却一句话也说不出来。冲少羽说得没错！刚才那一瞬间，他岂不就是个怪物？

这样的怪物，是哀皇后种入他心里的吗？还是原本就在那里的？

又是怎么从他心底放出来的？

“小穆？”初霜发觉了异常，试图走过去安抚他，“你怎么了？”

他猛然一颤，又往后退开一步，警惕地和面前的少女保持着距离。

——“你已经被黯域的力量侵蚀过。如同一颗种子植入，见血生根。一念成魔，地狱便在瞬间打开。”

那一瞬，他想起天医在武庙内对自己的叮嘱——刚刚，地狱是不是就已经打开过了？他……他是不是已经变成了怪物？

或者，他本来就是一个怪物？

他心中惊涛骇浪，只觉万念俱灰，步步后退。

初霜却还在关切地问：“小穆？你怎么了？快把剑放下来。”

她心中焦急，不顾身受重伤，立足不稳地朝着他走过来，试图解除他的戒备和武力。那一袭白衫上全是血，殷红淋漓，刺目惊心，看得他全身发抖。

这都是他干的？不！他宁可死一千次，也绝不愿意看到这样的结果！

脑海里那个刺耳的风铎声还在不停地传来，一声一声，似乎在催促着什么，让他血往上涌，心几乎被撕裂。

“别过来！”忽然间，他失去控制地大喊了一句，踉跄后退，仿佛在竭力挣扎着远离什么，眉心骤然一红，脸上有一种不顾一切的死意，“站住！别过来！”

“初霜！别动！”冲少羽眼见不妙，立刻喝止。

“对不起……都是我的错。”穆风铎看着面前满身是血的初霜，脸色苍白，语气苦痛而复杂，“对不起……初霜！我、我不是故意的……”

“对不起……我不是故意伤害你的。”穆风铎神情恍惚地喃喃，最后看了一眼面前的人，双眸里有绝望和决然一掠而过，咬牙，“你放心……我保证，以后再也不会发生这样的事了！”

话音未落，他惨然一笑，忽地一抬手，用闾阳往咽喉一割！

剑锋划过的瞬间，脑海里那个声音终于停止了。

刹那，在场的另外两个人都惊呆了。

“小穆！”初霜失声惊呼，重新启动传灯咒去阻拦，然而重伤之下，身体已经不听使唤。旁边的冲少羽也在大惊之下奔去，却被初霜设置的结界拦住，刚跨出一步便被弹了回来，根本来不及挡住那决然的一剑。

就在两人眼睁睁看着穆风铎血溅三尺的刹那，一点寒芒飞来。

那是一支银针，针尖准确地刺在剑刃上，铮然一声。那一点极细微的力量竟然令闾阳一震，“唰”地荡开，划过少年肩头，留下一道深可见骨的伤口。

“师父！”初霜抬头，惊喜。

然而，她一开口又呕出一口血，眼前顿时一片黑暗。

# 第二十九章

## 伤逝

天医空莲从来不信什么风水之说，然而此刻却不得不相信，这座穆宅确实是大大的不吉利——住进来不过短短几天，两个惊世少年忽然反目成仇，在演武场上生死相拼，惊天动地。最后，初霜身受重伤，小穆当场自尽。

而她的儿子一直大喊冤枉，说自己完全无辜，是对方无缘无故痛下杀手。

无缘无故？天医空莲并不相信这样的话。

“他看上了那颗驻颜回春丹。我送给他，他却不要，还生了好大的气。狗咬吕洞宾，不识好人心！”冲少羽也是满头雾水，对母亲控诉，“我说了点到为止，他却步步紧逼，招招要我的命——疯狗似的，简直是莫名其妙！”

驻颜回春丹？天医空莲皱了皱眉头，想不出所以然。

然而，她去问穆风铎究竟是怎么回事，少年却脸色惨白，神志恍惚，毫不辩解，只说全是自己的错，愿意接受任何处罚，最好是现在就将他押去武庙就地正法，关进那个地底的血棺，永绝后患。

这都是什么话？阿瑾刚死，难不成还要她亲手让穆氏绝后吗？

天医空莲叹着气，转头去房里看初霜，重伤的弟子靠在榻上不住咯血，却说自己不碍事，恳求师父不要动怒，千万要给小穆一个改过的机会。

天医空莲看着宅子里三个年轻后辈，不由得头痛欲裂。

这才碰面多久？三个人就已经要死要活，弄成这样了？过去的三十几年里，阿瑾是怎么搞定宅子里上百个孩子的？

天医空莲连连叹气，只觉头疼，她这一生恣意潇洒，从来就不是一个合格的母亲和长辈，之前勉强带大了少羽和初霜就已经折寿十年，如今身边又多出了第三个孩子，简直连驻颜回春丹都无法阻止她的早衰。

心绪紊乱之间，有一道白影从月光下飞来，落在了庭院。

这是天医门下人手一只的仙驭，形如美丽的仙鹤，白羽如雪，头顶一点朱丹在月下熠熠生辉，往来于天下十三国传信。

仙鹤落地后走向天医，弯下长长的脖子，用长喙优雅地取出一物。

那是一道来自天临皇室的旨意，内容如她所要求的那样，是封穆氏孤儿风铎为新家主，执掌武圣一门，统领北襄三军，掌控神策天军的星曜武库。

然而，天医空莲看着这一道旨意，却叹了口气。

计划赶不上变化。到了现在，这个安排到底是不是正确，她心里竟然没有底了——穆氏的新家主刚刚继位，却几次三番地想要杀少羽，心底的那种憎恨和杀意已然无法掩饰和控制。

三百年来，还从未有过北斗之主刺杀紫微，武曲毫光直犯帝座的先例！

大乱当前，符、剑、琴本应守望相助，如今却俱遭毁损。

“怎么？”一道光芒忽然亮起，宛如明月照亮室内，虚空中忽然浮现出璇玑星图，北斗南斗栩栩如生，天医空莲位于南斗之中，另一个人影浮现在中心天元位置，隔空凝视着她，“叹什么气？”

天医空莲抬起头，看着虚空中的王者：“冲照？”

紫微帝星掌控南北二斗，为万星之尊，虽然居于天临紫宸，却可以用“星照术”直接和璇玑十三将星沟通，不受地域和空间的限制。

此刻，天临帝王正居于紫宸殿中，看着千里之外的天医，熟悉的重瞳宛如深海，关切地开口，却说了句大煞风景的话——

“北襄的事情是不是很麻烦？你怎么看上去好像老了十岁？”

天医空莲看了对方一眼，没好气地说：“再老十岁也比你年轻。”

天临城里的紫微帝君笑了起来。帝王的面容和冲少羽类似，剑眉星目，气宇轩昂，英俊夺目，只是鬓角微霜，面有病容，笑起来的时候眼角出现了细纹，重瞳里也没有锋芒，沉静而贵气，如同被岁月打磨过的玉石。

“毕竟半辈子都过去了，”他温和地笑道，“不像你，驻颜有术。”

那么多年过来，他早已知道在她心绪不佳的时候必须顺毛捋，绝不能话赶话逞口舌之快，等她消了气，才能继续说正事。

“我快要被三个孩子折腾死了，你在天临倒是三宫六院地逍遥。”天医空莲揉着眉心，抱怨，“嗬……前几天少羽他们打了一架，差点你死我活。”

“什么？”紫微帝君的眼神一变，“你死我活？少羽怎么了？”

“放心，你儿子没事。”天医道，“还好被初霜拦住了。”

紫微帝君松了一口气，愕然：“那浑蛋又做什么了？”

“哈哈……少羽这儿子当得也太失败了，居然连亲生父亲第一反应都觉得是他惹的事？”天医空莲不由得笑出了声，摇了摇头，“不过这次好像真的不怪他，是穆家那个孩子先动的手。”

“穆氏新家主穆风铎？”紫微帝君双眸沉了下去，“为什么？”

“少年人气性大，争风吃醋，一急之下什么做不出来？”天医空莲摇摇头，若有深意地看了看他，“你们高贵的天临皇室，当年不也自相残杀过？”

她说得直接，让紫微帝君沉默了片刻：“为了初霜？”

“聪明。”天医空莲点点头，“不过，你儿子这回居然输了。”

“什么？”紫微帝君一震，“不可能！”

“那个穆氏孤儿，和少羽一对一单挑，居然还占了上风，估计连中兴之主也没有这般身手。”天医空莲赞叹了一声，“容貌长得极好，待初霜深情专一，上得演武场下得厨房——唉，无论从哪个方面来说，你儿子都没什么胜算。”

紫微帝君皱眉，大为不悦：“什么你儿子你儿子，说得好像不是你生的一样。”

“少羽是你儿子，初霜是我女儿。坏的随你，好的随我。”天医空莲白了他一眼，开始强词夺理，“这次因为你儿子，白白连累了我女儿——初霜为拦住他们重伤呕血，迄今还在榻上静养，下不了地。”

紫微帝君倒吸一口冷气：“让那混账赶紧滚回天临来！”

“等初霜略好一点，我就让他们两个先返回。”天医空莲点头，叮嘱，“你让御医把九幽玉暗芝找出来备着。初霜这回伤得重，不养好只怕会和我当年一样。”

“……你放心。”紫微帝君面色一沉，显然想起了什么不好的往事——当年，东宫万军退去后，太子妃伤重滑胎，几乎再也无法孕育胎儿。

他顿了顿，又问：“你呢？什么时候回来？怀瑾全家已经安葬了吧？”

“嗯。”提起至交好友的死，天医空莲的双眸也暗了下去，“北襄疫情严重，我还得留一段日子——”

“你已经拟出了药方，让门人留那儿赈灾不就行了？”紫微帝君显然是极其了解她，直接问，“你是不是想留在北襄找出凶手，为怀瑾报仇？”

天医空莲沉默了一下，咬着牙，没有否认。

“莫冲动。”紫微帝君面色一肃，劝阻，“黯域重现，此事非同小可，我已经召集十三国汇聚天临，商议对策——你最好也早点回来。”

天医空莲顿时不悦：“你是以帝君的身份命令我吗？”

“不敢。”紫微帝君连忙道，“我是担心你。”

“那还差不多。”天医空莲哼了一声。

“你先回来吧，”紫微帝君又道，“血月之后，我用星照术和北襄国主紧急联系过，昭文帝禀告说北斗武罡阵固若金汤，望冬城无恙，并未受到黯域力量袭击。”

三百年前，武圣穆钺分封于北襄，建望冬城。为了守住天下最北端的重镇，防止黯域卷土重来，就已经在此城筑下了强大的结界阵法。

天医空莲点点头："看来黯域这次回归，是直接冲着扶风郡穆氏来的。"

"咳咳……是，"紫微帝君咳嗽了几声，"血月灭门，穆宅一空，塞上长城已崩。若设法不将黯域力量拦截，这个天下……"

"怎么，老毛病又犯了？"听到那空洞的咳嗽声，天医空莲忍不住担忧，"我给你开的方子有在吃吗？"

"有。"紫微帝君点点头，"但是最近几年，气血在一点点地衰竭，却也是不可阻挡。我总是睡不安稳，噩梦连篇，梦见昔年的事，梦见——"

"梦见冲晔？"天医空莲一震，忽然问。

"是。"紫微帝君愕然，"你怎么知道？"

"我也梦见了。"天医空莲双眸里掠过一丝异样，喃喃，"梦见他回来找我，骂我不应该一意孤行——如果不是一开始就选错了，后面的一切都不会有。"

"错的是他！"紫微帝君立刻接口，"死不悔改。"

当年，在少羽出事之后，他终于下定了决心，派龙禁卫远赴海外清剿废太子势力。最后一直追到了北海冰川尽头，才将冲晔和其追随者全数斩杀。

可是，那一具被带回来的尸体上，居然没有双眼。

——那双天临皇室独有的黑色重瞳。

当时十五岁的阆风曾随队出海，归来禀告，说在找到废太子的时候，对方已经走投无路，自杀身亡。遗体在一个法阵内被发现，发现的时候便被挖去了眼睛。

当头颅被传回天临时，紫宫震动，雅宣太后不饮不食数日。而他看着那颗没有眼睛的头颅，也是彻夜不寐——那张和他极其相似的脸上，凝结着某种诡异的微笑，眼眶空洞不见底，似是死不瞑目的诅咒。

同为天潢贵胄、炎龙血裔，天临皇室的两兄弟自小亲厚，一起纵马入山，狩猎夜宴，一起追求贵女美人，一起修习御龙控星之术，甚至一起获得了赤霄的认可……

可一母同胞，血脉相连，到头来竟是这样的结局。

连冲晔的左右副手，被视为紫微辅弼的冲瑜和冲亮，都死在了北海。他们几个人血缘相近，从小相熟，当初还一起去了齐朔国提亲——然而，在暮春满园盛开的牡丹里，见到嫡长公主叶岚心的那一刻，命运的转轮忽然启动。

一切都失去了控制，越出了预定的轨道。

他和冲晔兵戎相见，不死不休，而冲瑜和冲亮站在冲晔这一边。最后，这两位少时的好友亲自带兵围攻了东宫，要置他于死地。

离初见的那一天，已经过去了许多年，一切却仿佛还在昨天。

不想再提到这些，天医空莲转开了话题，补完前情："那个小穆，一怒之下和少羽动手，伤及初霜——事后十分后悔，竟当场想自杀谢罪。"

"啊？"紫微帝君愣住了，"这……"

北斗之主武曲竟敢光犯紫微。方才乍然听到此事，已让帝王心中杀机暗涌，然而此刻一听后续，帝君不禁大出意外："这孩子，什么毛病？"

"武曲刚直，宁折不弯，极端时剑走偏锋，六亲不认。"天医空莲摇头，叹了口气，"当年武圣穆钺在溯水之西中了黯主的埋伏，手下三千玄甲军只剩五百，撤退中路过故乡扶风郡，自觉愧对族人父老，不也曾横剑自刎？"

"所以？"紫微帝君愣了一下，"你的意思，这是家传渊源？"

"不，我的意思是，人总有年少冲动的时候。"天医空莲摊开手，"那个傻孩子做了错事，心怀愧疚，生怕自己会再犯，以为这样就能永绝后患。"

"……少年人，"紫微帝君叹气，"难免愚蠢。"

"那你觉得应该如何处置？"天医空莲抚摸着身边的仙驭，慢悠悠地问。

"武曲犯主，其罪至大，放在以前那是抄家灭门的罪名。"紫微帝君沉吟了一下，"若不是看在穆氏只剩他一个独苗，眼下又大乱当前的分上……"

北襄的十月已然酷寒。外面下起了皑皑白雪，无声无息，积得有三寸厚。而暖阁里烧了地龙，药香馥郁，弥漫满室。

初霜穿着里衣躺在榻上翻着书，脸上没有一丝血色，薄唇如纸，腕骨伶仃。夭夭一整夜都在她身侧围绕，不停地为她吸出病气，补充血气，一双黑豆似的小眼睛乌溜溜的，满是担心，缠在她肩上不肯下去。

冲少羽嫌热，脱了外袍，只穿着中衣坐在榻边，给她剥着碟子里补气血用的朱果，一边道："哎，你知道吗？前几天你昏迷不醒的时候，那个北襄小野猪在门外一夜一夜地站着呢！也不说话，也赶不走——"

他啧啧摇头："你没看到他那可怜样……简直像分分钟要去寻死。"

初霜心中一震，垂下长睫，不说话。这一次她伤得很重，整整昏迷了三天，醒来后一直在暖阁榻上静养。天医空莲也十分担心，每日都过来用五音为她调理五脏，配了好几服药，要她日夜吃着，这才堪堪养回了一口气来。

冲少羽显然心怀内疚，这几日也不往外跑了，天天来她房里蹲着——这个屁股上长刺的人上一回这样坐得住，还是童年跟她在天医面前争宠的时候。

"不怪他。"初霜轻声，"是我自己凑上去的——他收手不及而已。"

"收手不及？那谁让他乱出手的？"冲少羽冷笑一声，愤愤然，"我娘本来气得要死，结果看到他回手一剑就割了自己脖子，反而不敢骂他了——万一说他一句他又自杀了咋办？那穆家可就真的绝后了！”

初霜一怔，脸色又白了一分，叹了口气。

“你说你们第一次见面的时候，他就想拿刀剖了自己的肚子？”冲少羽回想着演武场上惊心动魄的一幕，有些后怕，“在武庙，他也想自己进血棺，对吧？这个人是不是有毛病啊……怎么动不动就不想活了？这么心急，赶着去投胎吗？”

“……过刚易折。”初霜叹息，“小穆心性坚定，却非坚韧——走投无路之下，冰炭摧折，骤然崩溃，也是有的。”

“可我也没做什么啊！他怎么就走投无路了？”冲少羽莫名其妙，“我都说把驻颜回春丹给他了，还要怎么样？不识好人心！”

“驻颜回春丹？”初霜忽然一震，不敢相信地抬头看他。

“怎么了？”冲少羽被她的目光吓了一跳，“你怎么也这样看着我？”

“你……”初霜定定地看着他，全身微微发抖，只说了一个字，就剧烈地咳嗽起来，身子往前一倾，枕上顿时全是斑斑点点的血迹。

“哎，怎么了？”冲少羽大惊，连忙端了药盏过来，“快喝！”

她竭力撑住身体，就着他的手将药服了下去，伏在枕上不住喘息。夭夭嘤嘤地叫着，焦急万分。冲少羽伸手扶住身边的人，感觉初霜在臂弯里剧烈战栗，单薄得如同一张簌簌抖动的纸张，随时都会支离破碎，不由得心下暗惊。

怎么了？从小到大，他从没见过初霜有这样的时候。

良久，初霜才平息了身上的战栗，抬头看了一眼身旁的人，眼里掠过一丝极痛的光，如有刀锋碾过心口，又猛然咳出一口血来。

“怎么？”冲少羽被她的反应吓了一跳，“你没事吧？”

“没事。”喘息片刻，她神色复杂地笑了笑，“死不了。”

天临少主放回药碗，听到这种虚弱平静的语气，心下忽然有种说不出的不祥之感——仿佛刚才那个瞬间发生了极其凶险的事，有什么已然在电光石火之间堕入深渊，粉身碎骨，无可挽回，而他在一旁却浑然不知。

多年后，当天下平定，河清海晏时，天临少主已经成为紫微少帝，万王之王，可是在他内心深处却一直希望能逆转时光，回到大乱初起的这一刻。

——因为，初霜就是在这一刻放弃了他，从他生命中转身离去。

若在这一刻，年少轻狂的他能明白什么在发生、什么在结束，说不定就还有机会去挽回这一切。这样的话，在许多年之后，所有人、所有事，或许都会不再相同。

可是世事如浮萍逝水，各归大海，又哪有回头的路呢？

“哎，我能掐会算，就知道小书虫你一定会长命百岁！”仿佛是为了掩盖那种奇怪的不安，他比平日更多话，唠唠叨叨地说着，“天下动乱方起，正是南斗之主大显身手的时候——哪能出师未捷身先死，就在这个乡下地方挂了？是不是？”

初霜淡淡一笑，点头：“很是。”

“来，吃点补补。”冲少羽扶着她重新坐好，殷勤地将剥好的朱果递过去——那朱果剥得粗糙，上面一瓣一瓣的全是指甲印子，简直像是狗啃出来似的。

她托在掌心看了看，忽地一笑，心中释然：“谢谢。”

是的，像如今这样，不也已经很好了吗？

看到她笑了，冲少羽松了一口气，心里那种不安终于消散了一些，接上前面的话题：“……总之，我是吃不消小穆的，再好看的美人，一旦发了疯，跟你要死要活，也就不能要了。”

初霜一怔，就像当年的萧梦蝶一样吗？

据说萧梦蝶被少羽抛弃后，美人抑郁成疾，日夜哭泣，最后倒了嗓子，再也不能登台，绝迹于梨园。她听说后动了恻隐之心，曾私下去寻过对方，想治好她的嗓子，免得少羽造的罪孽太重——然而，得到的消息却是萧梦蝶因为无戏可演已然退出梨园一行，草草嫁为人妾，再也没有了音信。

不过一年之后，帝都梨园里又出现了几个更美更年轻的角儿，春兰秋菊，各擅胜场，于是萧梦蝶的名字便再也无人提起，宛如一颗短暂划过的流星。

想到这里，她不作声地抬头看了看身边的人。

那个生来尊贵的天临少主坐在暖阁榻上，敞着怀，发冠散乱，英俊逼人，眼角眉梢总有一种漫不经心的神态，似是什么也无所谓、什么也不在意——

他可以这样轻易地摧毁一个人，却转头就忘记了。

她不能重蹈覆辙。

“哎！我说，你以后最好也离小穆远一点，”冲少羽却不知道身边的人一瞬间心里掠过了多少念头，只想着演武场上的情景，心有余悸，“要不然哪天多看了他一眼他就发疯，少看了他一眼，他又要发疯——简直不知所谓。”

初霜若有所思，摇头：“不会的。”

——小穆每一次的崩溃，其实都不是无缘无故。

“怎么？你还不信？”冲少羽看了看窗外，“我看到他今天中午又来了，在外面站了一会儿，发了会儿呆，连门也没敲就又走了……真是古怪。”

初霜心里一动，看向窗外，三年前，同样的事情也上演过一次——那时候，她和阆风在楼上。而小穆也曾在门外徘徊许久，终究掉头离去。这个出身于马厩仆役的少年，惊才绝艳，光芒四射，可是，心里又藏着多少自尊和自卑？

岂非和自己一样？

那一刻，她内心深处忽然温柔地悸动了一下，仿佛有什么破裂了，有一种奇特的酸楚慢慢从裂痕里沁出，浸透了整个心，令她一时竟不知道是怜惜，还是自怜。

“不过话说回来，那小子可真是厉害！”冲少羽向来心大，说到这里，那一点后怕立刻又淡了，语气兴奋起来，“金鳞甲、寸山河、剑槊互变……全套武圣秘技！不但一人一剑和赤霄打了个平手，后来竟然还召唤出了夔狰！”

他敲了敲桌子：“嘿，穆钺我不敢说，但穆云岐肯定没他厉害！”

天临少主天生富贵，性格虽然骄纵，却行事敞亮，心怀宽广，提及演武场上那一战依旧惊叹不已，给了对方前所未有的高度评价。

“若不是你来了，最后那一下我还不知道能不能打得过呢！”说到这里，冲少羽有些不甘，恨恨地说，“可恶！不是说紫微是万星之尊吗？”

“穆氏是北斗武圣，论武道自然卓绝天下。一对一单挑，无人能敌也不稀奇。”初霜看到他悻悻然的样子，不由得安抚了几句，“而紫微是帝座，众星拱卫，化权驾煞，控制全局——哪能亲临前线，上阵搏杀？”

“那不成，我就喜欢赤膊上阵！”冲少羽不服气，“回头我去翻翻皇室秘籍，看看有没有什么压箱底的绝招还没学到？”

初霜看着他，摇头一笑，这个皇族少年天纵奇才，十五岁与炎龙结契，十六岁成为天临继承人，放诞疏狂，眼高于顶，任何人的话都当作耳旁风。若这次的事能激得他一心向学，力求上进，倒也不错。

“笑什么？”冲少羽却不放过她，哼了一声，“我差点被你家小穆弄死，你很开心吗？”

“……少羽，”初霜的笑意顿时收敛，停了一下，凝重地开口劝道，“小穆他只是一时冲动，绝非故意。你别放在心上。”

“对，他肯定不是故意伤你——但绝对是故意想弄死我！”冲少羽眼神冷了下去，“还想让我和他联手？将来上了战场，那家伙不从背后捅我一刀就不错了！”

初霜沉默，显然也意识到了事情的严重，半晌，道：“我回头好好跟他谈一谈。”

# 第三十章

## 别时月

离血月之夜已经一个多月了，庭院里似乎还有不散的浓烈血腥之气。

天医空莲坐在廊下，想着那一日来到穆宅时所看到的惨烈景象——日光当头射落，却无法驱走穆宅的阴冷寒意。地上血深达一尺，汇聚成池。而阿瑾的人头，就被放在人头垒成的京观顶上，死不瞑目地看着她！

阿瑾仿佛在问：你为什么来迟了？

当年，在万军围困东宫的时候，是阿瑾绕过长老会擅自动用了亡夫的兵符，以当家主母的身份调动全部玄甲军，从北襄千里迢迢赶到天临城——若是再来得晚了一日，她便要孤注一掷，开始弹奏那一曲《无归》了。

二十多年前的那一天，在她人生最艰难的绝境里，阿瑾没有来迟。

可为什么在血月降临的那一夜，她却偏偏来迟了一日？她这一生，救过无数不相干、不相识的人，却唯独不能救下最好的闺密！

那一刻，天医双肩颤抖，再也无法控制地发出一声啜泣。

没料到一进来会看到这样的场景，走到廊下的穆风铎怔住了，下意识地想要退出去，却又硬生生停住，垂头看着地面，窘迫不安，握紧了手中的阊阳剑。

片刻，天医空莲终于控制住了情绪，头也不回地问：“什么事？”

“初霜……初霜，她……怎样了？”穆氏新家主低着头开口，声音极轻，脸上没有一丝血色，每一个字都说得极其艰难。

那一日，在演武场上自尽未成，又因为召唤夔狰耗费了过大的灵力，在忽然崩溃后，少年陷入了昏迷，足足花了一天一夜的时间才恢复神志。

在天医的调理下，他的情绪总算稳定了下来，不再像当日那样激动莫名，整个人却笼罩上了一层沉沉死气。虽然每天都要来问好几遍初霜的伤势，却一次也不敢走进西厢，亲自去看一眼重伤的人。

“你说呢？她相当于替你挡了少羽一箭，又替少羽挡了你一槊！”天医没好气地说，“嗬……在这件事上，你们两个倒是联手了？干得漂亮！”

他明显地战栗了一下，几乎握不住手里的闾阳。

天医空莲看着少年惨白的脸色，倒也没有再继续刺激他，只道：“你给我老实一点，少折腾，就算是帮了初霜大忙了——这回她伤得重，若不能彻底养好，以后只怕再也弹不了太古遗音。”

穆风铎一震，握紧了手中闾阳，指节发白。

“不过，你也不用太担心。”天医空莲语气缓了缓，“天临藏有一枚九幽玉暗芝，皇帝愿意拿出来给初霜。等她回去服下，应该能得到有效的救治。”

“九幽玉暗芝？”穆风铎一怔，依稀记起这个名字在哪里听过，竭力回忆，“是……是那种看起来像白玉莲房，长于纯阴纯寒之地的灵芝吗？”

天医空莲怔了怔：“你见过？”

他也来不及说什么，转身拔足飞奔而去。

片刻后，他又一路狂奔着返回，手里托着一个匣子，小心翼翼地捧到了天医面前，声音发抖：“是……是不是这个？”

天医空莲一怔，打开匣子，里面是诸般奇珍异宝，辟水珠、照夜玑、鲛丝冰弦……其中有一朵看上去宛若莲房的白玉灵芝，有九孔，晶莹剔透，柔静多姿，正在发出淡淡的冰雪光华。

“九幽三暗芝！”天医空莲不由得失声，“你从哪里找到的？”

“这……这是老太君为天医备下的礼物之一。”这一路跑得迅速，他气息急促，“她说过……此物服之可逆转阴阳，弥补气血损耗，是天下至为难得的灵药。”

“是这个！没错。”天医空莲眼里有喜色，“我今晚就给初霜服下去。”

“太好了！”他几乎喜极而泣，“初霜会没事吗？”

“她不会有事的，将功补过，时犹未晚。”天医空莲语气也缓和了下来，看着面前的少年，“你这次实在是做得太过了——武曲光犯帝星，是大忌。若是天临认真追究起来，穆氏可是连你这根独苗都保不住了。”

她顿了顿：“我说过你们两个可以一争高下，却没说要争个你死我活！”

“天医责怪得对。确实是我的错，”穆风铎一颤，握剑垂头，“只要……只要这次初霜没事，以后……我再也不会和天临少主一争高下了。”

“什么？”天医空莲有些意外，“不争了？”

面前这个人，不是在武庙里放话，发誓说一定要和少羽争个高下，就算死一百次、一千次也不会放弃吗？难道因为这次连累初霜重伤，所以就不争了？

天医空莲有些不明白，却觉得这样倒也好，点点头：“那最好。”

“现在是没有什么时间去争风吃醋了。”她看着这座空空荡荡的穆宅，语气肃穆，“三百年前，在极北一剑诛魔的正是武圣穆钺，如今黯域卷土重来的第一件事就是将穆氏族灭！”

她转头看向少年：“血月之夜后，巫女和烛龙一起遁去，黯域再无踪影——你要清剿北襄，将那些东西找出来，尽数诛杀！”

穆风铎躬身：“晚辈领命。”

“望冬城有北斗武罡阵守护，迄今无恙，你需早日前去。”天医空莲叹了口气，“我原本想让少羽跟你一起去都城的，如今看来，已是万万不可。”

穆风铎一震，默认。他也不想再和那个混账一路同行。

“不如这样，”天医空莲顿了顿，按紫微帝君的意思说了下去，“你拿着天临旨意，带着玄甲军，自己去望冬城见昭文帝吧！他接了旨意，会正式册封你为穆氏家主，北襄统帅——然后，你就持着阊阳去打开星曜武库。”

星曜武库！少年骤然一震，眼里露出光亮来。

三百年前，紫微帝君带领璇玑将星在归墟封魔，凯旋后解散了神策天军，跟武圣穆钺一起建造了一座秘密武库，将此战中所有用过的武器收归其中，并在武库和天临之间设置了一道秘密回廊，连结两地。

那就是传说中的星曜武库，藏锋之地，万兵所归。

“你打开武库，装备玄甲军，清扫黯域力量。北襄安定后，再从紫宸回廊来天临面见帝君。”天医空莲叮嘱，“等你改过自新、立下战功，帝君自然会宽恕你此次的大罪，授你虎符，让你正式统领神策天军。”

“是！”他点了点头，“一切但凭天医吩咐。”

这短短几句话里，包含多少艰难波折、九死一生，他不是不知道——天医做出这个安排，是想让他独自领兵北上，远远地离开天临少主和初霜吧？

然而尽管知道，他还是顺服地接受了这个安排。

那之前，无论是董嬷嬷还是老太君都想一手安排他的人生，让他按照她们设计好的路线走下去。而他竭尽全力地反抗，从未低头接受——但到了此刻，竟再也没有任何反抗的勇气。

就算再不甘，又有什么意义呢？

初霜早就选过了，而他并不是她的选择。

那么，他就根本没有其他的选择。

天医空莲顿了顿：“到了望冬城后，昭文帝若是不肯配合，你不必客气。”

穆风铎微微一怔，一时没有回答。

“嬴氏贪权，未必肯放手。当此非常时期，北斗之主必须重掌兵权才能安定北庭。”天医空莲看看面前的少年，神色肃穆，“天下为重，君主为轻，明白吗？”

“是。”他低下头去，心中剧烈地跳了起来。

“那你去吧，”天医空莲点点头，“不要辜负我和初霜的期望。”

“是！”穆风铎一震，“北上望冬城，长途行军，尚有一些辎重粮草需要筹备——再有五六日，等一切备齐，我便带兵出发。”

“好。”天医空莲颔首，再次审视了对方一眼。

此刻，少年双眉之间的那道血痕早已消失得无影无踪，看上去宛如常人。然而，她却无法忘记冲入演武场时看到的景象——那一瞬间，只身和少羽对峙的他，身上有尸山血海一般的杀气，在头顶凝聚出墨色深渊。

双目尽暗，眉心如血，赫然变成了另外一个人！

“有一件事，我要提醒你。”天医空莲想了想，开口提点，“你是缟衣的后人。同时，也是望舒的后人。”

望舒？听到这个名字，穆风铎怔了怔。

当今天下十三国之中，有五国并不靠血脉传承，向来有主无君，能者居上，只从一门中遴选最强者传承，其中包括东越国的天医、风巽国的龙泉谷、西昆仑的裂玉宫、伽蓝佛国的梵音寺，以及云梦泽的楚巫一门。

传说云梦泽的楚巫始祖望舒，穿白袍，佩芝兰，能视无形，以舞降神，为子民祈福禳灾，甚至可以出入阴间，驾驭群鬼为己所用。

“三百年前，楚巫望舒跟随紫微帝君出征极北雪域，最后关头却被魔魇侵入内心，临阵倒戈，从驭鬼之人变成黯域鬼王，导致两位同袍先后惨死。”天医空莲叹息，“而三百年后，他的后人，巫女缟衣，竟又将封印毁坏，从归墟放出了古魔！”

穆风铎还是第一次听到此事，不由得一惊。

“楚巫一脉，向来介于人鬼之间，亦正亦邪，摇摆不定。”天医空莲顿了顿，看向面前的少年，“或许，这就是我在你眼中看到光明和黑暗交锋的原因吧？”

是吗？他一怔，眼前闪过了廊下那个摇动的风铎。

十岁那天，阿娘对他说，那里面住着“神明”。于是，还是孩童的他在大雪里跪了下来，虔诚地祈祷——当时许下的那些愿望，包括武庙、阖阳，甚至是当天晚上炉子里的炭火，竟然全部实现了。

难道，那一瞬的他，是在对着黯域之主许愿吗？

而黯域之主，竟然早已在冥冥中回应了他！

一念及此，他握紧了阖阳，内心天翻地覆。

“血月之夜，哀皇后将她的力量传承给了你，同时也将黯域力量植入了你体内。”天医空莲神色凝重，“虽然我和初霜联手将其净化和封印，但黯域之力已然见血生根——若是某一日某一刻，你心怀不顾一切的毁灭欲望，要动用全部的潜能，那种被暂时压制的阴暗力量便会冲破封印，遮蔽你的眼睛，控制你的神魂。

“可能就是因为如此，那天，你才会在演武场上判若两人。”

穆风铎一震——原来如此！在演武场上的那一刻，他内心确实有着不顾一切的念头，他想杀掉冲少羽，让这个不可一世的家伙灰飞烟灭，再也不存在于他和初霜之间，甚至再也不存在于天地之间！

那个汹涌而来的恶念，令他突破了力量界限，第一次召唤出了夔狰。

也就在那一刻，在虚幻的识海之中，他竟再次听到了那个风铎声！

那是冥冥中，黯域之主在召唤他吗？

那个声音，如同眉间的污痕，深植于他的骨血，无法洗净，无法剜出！

“此行凶险，你必须非常警惕。每一步，都要守心如守城。一旦溃败，再难收复。”天医空莲语气凝重，“若是被侵蚀第二次，连我也无法治好你了。”

“是。”他垂首，双眸中却有冷意掠过，似是下定了什么决心。

“走之前，去看看初霜吧。”天医空莲叹了口气，看着面前的少年，“你犯了大错，但总不能一辈子躲着，再也不见她吧？

“去吧，她不会怪你的。”

十月十五，下元节，又是一个满月之夜。

年轻的穆氏家主带着玄甲军在满月下整装，清点装备和器具——过两天就要出发去往北襄首都望冬城了。这一去转战千里，凶险异常，在沧海横流的乱世里不知道何时才能生还。

然而在走之前，穆风铎依旧没有勇气去见她。

他在暖阁的窗外站了许久，静静地听着里面的呼吸，心潮起伏，手指握紧又松开，直到月影悄移，里面气息变动，知道那人从浅眠中醒来，他才微微一震，转身欲走。

“小穆？”有人轻轻叫了一声，他的脚步便立刻冻住。

他无法控制地回过头，看着扶着榻走下地来的人——那天之后，他还是第一次看到初霜。不过短短数日，她骤然消瘦了许多，穿着素白的里衣，未束的乌发垂落到腰畔，娇小的身躯单薄如纸片，脸色苍白，脚步虚浮，在满月下仿佛一缕幽魂。

天医说她此次伤得重，只怕这辈子都不会痊愈。

他嘴唇动了动，有什么哽在喉中，一字不能吐。

“要走了吗？”她望向他，咳嗽了几声，“听师父说，你要去望冬城？”

他点点头，看着面前的人，口里说不出话来，脚下却仿佛不受控制似的走过去，站在门口，替她挡住了外面吹入的刺骨寒风，免得她受凉咳嗽。

“什么时候回来？”她轻声问。

他内心挣扎了一下，终于开了口：“你……你希望我回来吗？”

“什么？你怎么会这么想？”初霜愕然，随即明白了过来，失声，“小穆，你……你难道是打算一去不回？”

他垂下眼睛，看着手里的闾阳剑，没有回答。

是的，在答应天医带兵北上的时候，他心里就是这么想的。

像他这样的罪人，回不回来对她而言有什么重要吗？如果他能一去不回，在和黯域的战斗中死去，岂不是要比当日在演武场上那种死法好上一百倍？

至少不被心魔控制，不会伤害她，也不会堕了穆氏最后的荣光。

“我当然希望你平平安安地回来啊！”初霜叹了口气，在深宵的冷月下咳嗽了起来，断断续续地说，“你……你不用内疚……我真的没有怪你。”

他心底一紧，连忙掩上门，脱下大氅给她披上。

几年过去，初见时和他一样高的少女如今堪堪只到他的肩头，那件黑色大氅直垂到她纤细的脚踝，将整个人裹得如同一个小小的布娃娃。月光下，她的双眸明亮，面颊苍白，仿佛一朵被雨打湿过的梨花，透明脆弱，有一些不真实。

他不敢再看，垂下眼睛：“那……那我一定回来。”

是的，既然初霜想要他回来，他就无论如何也不能死在归途上！

“嗯，要早点平安回来，”初霜听到这个答复，松了一口气，披着大氅抬头看他，咳嗽着，微笑，“我们在天临见，好不好？”

那简单的一句话，却令他不由得深深战栗——

天临见？等将来某一日，他侥幸百战余生，带兵从北襄回来，她是不是已经戴上了九龙九凤皇后冠冕，在帝都母仪天下了？她约他回天临再见……见了，又能做什么呢？向冲少羽称臣？向她道贺？

一念及此，万箭穿心，竟是一句话也答不出。

然而，她一直抬头看着他，似乎执拗地在等他的一个回答。

“好。”半晌，他点点头，违心地许诺。

是的，既然她想让他去天临，那么，他就会去天临——无论一路上有多少坎坷风霜，沙场百战，无论在那里等待着他的是什么样的结局，哪怕是万箭穿心、刀山火海，也是要去的。

“别担心，我会好起来的。”初霜轻声安慰着他，“服了你送来的九幽玉暗芝，这两日我觉得气脉稳多了呢。”

“那就好。”他松了口气。

然后，仿佛又不知道该说什么，他只是目不转睛地看着她，眼底神色复杂深刻，似乎想把她这一刻的模样刻在心底。

两个人沉默了片刻，安静得仿佛可以听到彼此的心跳。

“……那，我走了。你保重。”他在月光下最后看了面前的人一眼，也不去拿那件大氅，咬了咬牙，转身离开。

“就这样走了吗？”然而刚转过身，却听到她问，“没什么其他的要说？”

他微微一怔，站在那里，背对着她。

门外的月光洒落满身，他的心似也浸入深不见底的寒潭里，虽然涌动着千言万语，却全部被冰封冻结，一字不能吐。事到如今，他还有什么资格说呢？

背后的人停了片刻，忽然问：“那天为什么要杀少羽？”

他手指蓦然握紧，僵在了那里，不知道如何回答。

然而，转瞬却又听到她问了一句：“是因为那颗驻颜回春丹，对吗？”

什么？那一瞬，他整个人都震了一下，再也止不住地回头看向她，踉跄着往后退了一步，竟有些惊慌失措——病弱的少女披着他的黑色大氅，站在月光里看着他，双眸明亮清澈，仿佛洞察了一切。

初霜她……她早就知道了？他全身发抖，张了张嘴，却说不出一个字。

“其实，少羽虽然收到了驻颜回春丹，却并不知道那有什么特殊意义。”初霜看着他的表情，摇了摇头，笑容有些寂寥，“你错怪他了。”

什么？他怔住，一瞬间心中天翻地覆，竟不知道是喜是悲。

原来，那个浑蛋不知道？难怪他竟能若无其事地把它送人！可……可是……为什么初霜送了他这么珍贵的东西，却没有告诉他其中的深意？

“我和少羽，虽然一起长大，却各有志向，并不是同路之人。”初霜看着即将远行的人，语声平静，吐字清晰，“我们在武庙就约好了，以后要各走各路——所以，我虽然要去天临城，却永远不会去当皇后。”

什……什么？他从未想过初霜会对自己说这样的话，向他解释和冲少羽之间的纠葛，一时心中剧烈震动，又惊又喜，竟不知道如何回答。

半晌，他才喃喃：“可是……你说过，驻颜回春丹只会给……”

“嗯，给我所爱的人。”她垂下眼睛，笑了一下，语气有些复杂，“在得到老太君馈赠的时候，我心里确实是那么想的。”

果然，他震了一下，心里刺痛。

“但那之后，又发生了很多事。”初霜轻轻叹了口气，看着黑夜的深处，“到后来，我已经不再那么想了，却还是把它给了少羽——因为我觉得灵药难得，反正这世上也没有其他人可以送了。”

她顿了顿，看向他：“但是，在那时候，我还没有回到这里。”

什……什么？他在月下茫然地看着她，想着这一句话背后的意思，一时间仿佛隐隐约约猜到了什么，却又不敢相信，内心有一股巨大的洪流开始暗涌，推动着厚厚的坚冰，令他忽然失了头绪，神志恍惚，全身发抖。

直到微凉的手指触及手腕，他才猛然一震，回过神来。

“小穆，”初霜走过来，轻轻握住他的手，抬头凝望着面前的人，“你实在是不用嫉恨少羽的——因为在我心里，你一点都不比他差。”

那一瞬，他天旋地转，身子晃了晃，几乎站不住。

一点都不比他差！初霜的意思，难道是……

内心的狂喜轰然而至，瞬间冲破了厚厚的冰层，喷涌而出，转化为炫目的白光，在眼前不停闪现，令身边的一切在刹那虚化，退到了极其遥远的地方——这一刻，他眼中唯一能看到的，便只有面前月光下的少女和她嘴角的温暖笑意。

“初霜！”他再也无法控制自己，一把将她拥入怀里，全身剧烈地发抖，不敢相信，“真……真的吗？不比他差？”

刹那间，那种熟悉的气息又回来了——清冷洁净，微寒带暖，如同雪后的晴空，曾经萦绕在他梦里千百次，每次醒后只空留惘然。

然而，这一次，怀抱里却是真实的。

“不差？不……不比他差？”他声音发抖，几乎语无伦次，“初霜！你……你不觉得我卑贱污浊，满心非分之想，又疯狂又危险？”

“当然没有。”她有些紧张，却没有挣脱他的怀抱，在月光下抬头凝望着他，慎重地回答，“小穆心地善良，坚忍不拔，惊才绝艳，而且，又温柔又真挚……你很好。我很喜欢跟你在一起。”

她语气真诚，双眸明亮，映照着此刻的月光，直映到他的心底，却也刺痛了他内心最深处的黑暗。

他迟疑了许久，终于还是开口：“可是……初霜，我并不好。”

不好？初霜微微一惊，有些不明白地看着面前脸色苍白的少年。

他颤声道：“我……我什么都没有。如果不是被你救了，甚至连命都没有。可是，一个什么都没有的马厩小仆役，却偏偏痴心妄想，在第一次见面的时候就爱上了遥不可及的人——就像是井底之蛙看到了天上的月亮，那么远，又那么近，只要看着，想着她在那里，心里就还有希望。”

这样的告白，在三年的分离之中，他曾在梦里设想过无数遍。可有朝一日真的见了她，真的一口气说了出来，身心震动，恍恍惚惚，竟像是坠入了梦里，竟然无比不真实。

白衫少女抬起头，怔怔地听着，微微动容。

“一开始，我只想着能见一面就好。可是后来，真的见到了，却又变得贪婪——在看到驻颜回春丹的那一瞬，我……我真的是太妒忌冲少羽了！

“本来，我私心里以为自己还有机会和他一争高下……结果却发现他不但是天选之人，甚至连你也选了他！

“为什么？为什么我什么都没有，而他生下来就什么都有？我一辈子都得不到的东西，他随随便便就拿到了手，居然还弃如敝履！

“凭什么？为什么上天这么不公平！”

“我……我真的是太妒忌了，简直要发狂。在那一瞬就什么也顾不上了……”穆氏新家主在月光下喃喃，将心底最深处不可告人的黑暗都倾诉了出来，“初霜，我想证明我比他强——我想让他知道就算他是天临少主、万王之王，但我，一个马厩里出来的仆役，照样能杀了他！

“卑贱之人，亦可屠龙！

“我没有守住我的心，在黑暗里完全沦陷，只想毁灭一切！”

他在冷月下对心爱的人倾诉，声音剧烈地发抖——

“这样的我，竟差点害死了你……

“与其如此，我、我还不如当年在马厩里就死了！”

“嘘……别说这种话。”初霜连忙抬起手轻抚他的后背，轻声，“小穆，你才不是这种人——我也不要你死。”

她的气息吹拂在颈畔，令他的战栗慢慢平息。

“哀皇后说，得见天地，得见所爱。”下元节的满月下，他紧紧将心爱的女子拥在怀里，语音哽咽，“可……可是，初霜，我不想成为她和曾祖那样的人——因为永远得不到的东西，被困在那里，扭曲了心魂，生生世世不能解脱。

“所以我打算今天见过了你，就带兵离开，去见我的天和地。

“等两样都见过了，也算死而无憾。”

“别说这样的话了。”这句话让初霜颤了一下，轻叱，“小穆，你的命是我救回来的呢……我要你好好地活着，早早地回来。知道吗？”

他猛然一怔，点了点头。

——如果初霜要他活着，那么，他就无论如何也不能死！

“一路保重。处理完了北襄的事，就来天临。”初霜凝视着他，双眸里有柔和的光亮，“我会在那里等你——别忘了，我们还要去桃源谷看桃花呢！”

桃源谷！他心中一怔，双眸湿润，哽咽：“一定。”

“这个给你。”初霜想了想，从脖子上解下了贴身戴着的东西。

那是一枚晶莹剔透的扣子，似玉似冰，色泽如金色琉璃，在月下流转着光华，仿佛一个小小的月轮，隐约残留着她肌肤的温暖和芳香。

“这枚澄琉古玉是师父给我的及笄礼，据说是师祖天医裴寂的遗物，”初霜将那枚玉扣挂上他的脖子，叮嘱，“北襄邪气浓重，你一路戴着它，会保佑你早日平安回来。”

他心中震动，凝视着怀里的人，说不出话来。

半晌，他才道：“我……我没有什么可以送你。”

“没关系。”她微笑着，将手按在他的心口上，“你的礼物在这里。”

“初霜！”他在瞬间战栗，拉过她的手，用力压在自己心口，定定地凝视着面前的人，近乎哽咽，“那……那，你要吗？”

她停顿了一下，垂眸一笑，轻轻点了点头。

那一瞬，轰然的狂喜席卷而来，他情不自禁地笑出声来，收紧了手臂，几乎一把将她抱起，在月光下飞快地旋转了一圈：“初霜！”

病弱的少女惊呼了一声，下意识地攀住了他的肩膀。他立刻停了下来，定定地看着怀里的人，只觉一切如梦似幻，心跳如鼓，脸颊发热。他鼓起勇气低下头，吻了吻她眉心那一颗美丽的朱砂。

初霜在他怀里一颤，长睫闪动，仿佛一朵被风吹动的白芷花。

“初霜！”在一瞬间，他被空前的巨大幸福包围，只觉得前半生所有的黑暗都被驱逐殆尽，心里只余下一片炫目的光亮，目眩神迷。

这一刻，这个生来孤独的少年，终于得到了毕生所梦想的东西。

从此以后，就算独行于长夜，他的心也永远不会黑暗枯竭。

“初霜，”他亲吻她的眉心，在月光下看定了怀里的人，一字一句许下诺言，“我现在是没有什么可以送你的——等将来，我定会清扫乾坤，斩下黯域之主的头颅，作为给你的礼物！”

那一夜，唯有高悬碧空的满月见证了这个瞬间。

见证了两颗心的靠近，和随之而来的别离。

在那时的月光下，年轻的双眸是如此澄澈明亮，宛如星辰闪烁，每一句话、每一个许诺都出自真心，百死无悔。

那时候，他是真的以为自己可以说到做到，以为相握的手、交付出去的心，可以永恒不变。以为在某一日干戈平息后，可以铸剑为犁，和她携手去桃源谷，看那云霞一样盛开的繁花，从此岁岁年年、永无离别。

却不知，一切只是镜花水月，那一点欢喜在浮生中刹那即逝。

而永夜漫漫，路长而歧，终将天各一方。

直至天地清朗，青丝变霜华，他成了盖世英雄，一代传奇神话，也实现了当初在月下对她许下的诺言——

然而，那一片桃源谷的桃花，也永远只能开在他的梦里。

# 尾声

## 黯主

下元节的明月辉光清朗，照着天地，却无法照亮黑暗的密林深处。

槐为木鬼，阴气森森，遮天蔽日。血月落下之后，林中那座骷髅台已经不见，然而，却有另一种力量开始在月之暗影中蔓延。

子夜，阴阳交界的时刻，一阵诡异的笛声如泣如诉。

灰袍巫女在密林最深处吹着黑色的短笛，脸色灰败，双目深陷，手腕不停地发抖，几乎不能握住那支短短的笛子。每吹一声，她的长袍就一阵颤抖。在她的身侧，站着四个人影，皆戴着不同的鬼形面具，每个人眉心透出一道红痕。

随着曲声，满月的光华开始渐渐黯淡。

溯水本来绕林而过，在月光下静静流动，在笛声里仿佛被一股无形的力量所催动，忽然间无风起浪，似有什么东西飞速掠来，潜行于水底抵达此处。

笛声一个拔高，水面仿佛被一剑劈开，有黑影跃出。

刹那间，林子上空的满月一黯！

趁着那一刹那绝对的黑暗，那些影子如风一般掠进来，停在了密林的中心——那是一个高大挺拔的影子，长袍飞舞，身后跟着几个戴着面具的影子。

风帽下的眼睛深陷于阴影中，不辨面目，只隐约可以看到那一袭黑袍中跃动着一点暗红色的光，明灭不定，远远望去，竟仿佛是一颗凌空跳动的心脏！

“恭迎黯域之主！”巫女缟衣收起短笛，俯身叩首。

黯域之主，为魔，名魇。

怨气凝结，吞噬生灵，寄形于人胎肉身，领阴兵鬼将，御烛龙瞑夜，所到之处天地俱黯，三百年前，被紫微帝君和璇玑将星封印于绝地归墟。

此刻，血月之后一直未曾现身的黯域之主沿着溯水潜行而来，身后带着三位跟随者，在笛声中出现在古槐林中！

黯主没有理睬巫女的迎接，一声不出，径直走到原先骷髅台所在的位置上，俯身按住了地面，左臂微微用力，忽然地面一震。

只听“嘎吱”一声，古槐林的地面应声裂开，一道浓重的黑气从地底升起，如同雾气般盘旋，在林中呼啸着凝聚，渐渐成形。

那是一条黑色的巨龙，从阴气最深之处浮出，睁开了眼睛！

“暝夜，三百年未见面了，还好吗？”黯主探出左手轻抚烛龙，停在颈下那一片冰冷的逆鳞上，声音深沉，抑扬顿挫，语调听上去竟然颇为优雅威严，“刚一重生就遇到了赤霄，差点被它咬断了脖子……真是可怜啊。”

手指划过污血斑斑的龙鳞，烛龙低吼了一声，伤口加速愈合。

“暗之巫女，你做得很好，”黯主治愈了烛龙，看向了一旁侍奉的缟衣，开口褒奖，“虽然遇到了未曾预料的劲敌，你最终还是在血月之夜屠尽了穆宅，让暝夜复活，完成了我给你的任务。”

“这是我三世之前对您许下的誓言。”巫女缟衣匍匐在密林的中心，深深跪拜，语气恭敬，“三世之后，幸不辱命！”

“这一战之后，你也受了重伤吧？连召唤我都那么吃力……”黯主伸出手，按了按她的顶心，“天临少主和天医首徒联袂，你确实还不是他们的对手。”

刹那间，巫女眉间那道血痕亮了一下，深陷的双眸宛如鬼火燃起！

“多谢主人！”她瞬间恢复，跪拜致谢。

黯域之主收回手，按住了黑袍下那一点隐约跳动的红色，手指一收一动，竟然将一颗红色的心脏从身体中拿了出来！

“你很想念她吧？”黯主将手放到面前，语气莫测，“她就在这里。”

巫女缟衣全身颤抖，情不自禁地抬起手轻触，又仿佛灼烧似的缩回——是的，那是她的皇后……是她对之许下诺言、赴汤蹈火、三生三世之人！

“如今，她的愿望已经实现了。而她的心，也会一直跳动在这里。”那一刻，黯主的声音起了微妙的变化，竟似忽然换了另一个人，轻声道，“……缟衣，谢谢你所做的一切。”

“皇后……”白发的巫女匍匐在地，哭得全身战栗，“皇后！”

黯域之主将那颗跳动的心放回了身体里，道：“但我们刚刚回到这里，前面还有很多路要走——你要跟我一起走下去。”

“是！”巫女重重叩首，竟不知道是在对谁说话，“缟衣生死相随！”

“血月之夜，穆氏虽然族灭，却没有斩草除根，”黯主的声音又转回了最初的模样，道，“我原本以为，血月之后穆宅全空，北庭精英尽灭，塞上长城将一夕崩溃——却没料到，竟然还留下了一个孤儿穆风铎！”

“是属下的错！”巫女缟衣叩首，“请主人让属下将功补过！”

“不怪你。本来这个人就压根儿不应该出现，更不应该拔出闾阳剑。”黯主语气复杂，喃喃，“世事如棋，步步惊心，连我都没有预测到还有这么一枚变子，你又怎么能料到？就是料到了，你也不可能是他的对手。”

“……谢主人。”巫女缟衣叩首。

“放心吧，我已经想好了方法。”黯主顿了顿，看着古槐林中的影子，“你们几个按我的计划一步一步来就是了。”

“是！”所有人齐齐叩首，“但凭黯主吩咐！”

“如今北襄大乱，瘟疫横行，亡灵群聚，正可募集阴兵。”黯主看了看他们，吩咐下去，“而他们几个人也即将分道扬镳，各入围场——三世以来，我们伏笔埋线，安排了那么久，也到了该合围的时候了！”

“是！”麾下诸人齐齐躬身。

“月落之前，你们就按计划出发吧。”黯主吩咐那几位鬼将，“在望冬城布下天罗地网，只等他们几个千里跋涉、自投罗网！”

“谨遵主人吩咐！”几人齐齐俯首，倏地消失。

“缟衣，你有新任务，还要留在这里几日。”黯域之主道，“等这边的事情结束，你再去望冬城和他们会合。”

巫女缟衣俯首：“听凭主人驱遣。”

黯域之主凝视着藏在黑暗天幕里的星斗，喃喃：“靠着诸天星斗的庇佑，这个世间已经苟延残喘了三百年，却也积累了无数怨气和阴暗。如今，中州王气衰竭、帝星将灭，也到了黯域夺回天下的时候了——

“血月之夜，穆氏已经族灭。接下来就应该轮到冲氏了！

“什么紫微皇族、炎龙血裔？

“明年，血月将在帝都升起，凌驾紫宸，照耀三垣。

“到那时，我要以冲氏一族头颅，以炎龙之尸，在天临再筑京观！”

【上卷完】

草稿于 2017.02.22

初稿于 2024.01.15

定稿于 2024.10.18